二見文庫

情熱の炎に抱かれて

J. R. ウォード／安原和見＝訳

Lover Unbound
by
J.R.Ward

This edition published by arrangement with NAL Signet,
a member of Penguin group (USA) LLC,
a Penguin Random House Company
through Tuttle-Mori Agency, Inc., Tokyo

この本を、あなたに。
最初のうち、わたしはあなたを誤解していました。
ここに謝罪します。
どんな形にせよ、彼を救うために介入したのは
いかにもあなたらしい行動だわ。
そしてそれを通じて、彼だけでなく、
あなたはわたしをも救ってくれました。

謝辞

〈黒き剣兄弟団《ブラック・ダガー・ブラザーフッド》〉の読者のみなさんに最大限の感謝を。
そして〈セリーズ〉のみなさんにご挨拶を！
もうソファの話を持ち出す気にもならないわ。
そんなに大きな数は数えられないもの。

カレン・ソーレム、カラ・セイザー、クレア・ザイアン、カラ・ウェルシュに、
ほんとうにありがとう。

ドリーンとアンジー、どうもありがとう。
あなたたちのおかげでほんとうに助かりました。
また、Sバイトとヴェントルーにもお礼を言います。
温かいお心づかいにはほんとうに感謝しています。

毎度のことながら、わが執行委員会の面々——スー・グラフトン、ドクター・ジェシカ・アンダスン、ベツィ・ヴォーン——に、そして
比類なきスザンヌ・ブロックマンに最大の尊敬をこめて、
心からお礼を申し上げます。

ＤＬＢへ。あのね、ママはいまもあなたが大好きよ。×××
ＮＴＭへ。いつものとおり、愛と感謝をこめて。言わなくてもわかってると思うけど。

そして、これは言っておかなくてはなりませんが、
あなたたちがいなかったら、とうていここまでやってこられなかったと思います。
いつもそばにいてくれるやさしい夫、
いつも（あらいやだ、最初からずっとじゃない！）変わらず支えてくれるすばらしい母、
家族（血のつながった家族も、選択でつながった家族も）、
そして親友たち――ほんとうにありがとう。

用語と固有名詞

仇討ち《アヴエンジ》（動）――*ahvenge*　報復のために相手を殺すこと。一般に親族の男性によっておこなわれる。

侍女《アテンデンテ》（名）――*attendhente*　とくに〈書の聖母〉のそば近くに仕える〈巫女〉。

ヴァンパイア（名）――*vampire*　ホモ・サピエンスとはべつの生物種。生きるために異性の生き血を飲まなくてはならない。人類の血液でも生きられないことはないが、長くはもたない。二十代なかばに遷移を経験したあとは、日中に外を出歩くことはできなくなり、定期的に生き血で身を養わなくてはならない。血を吸ったり与えたりしても、人間をヴァンパイアに〝変身〟させることはできない。ただし、まれに人間とのあいだに子供が生まれることはある。意志によって非実体化することができるが、それには心を鎮《しず》めて精神を集中しなくてはならない。また、そのさいに重いものを持ち運ぶことはできない。短期的な記憶に限られるものの、人間の記憶を消すことができる。他者の心を読める者もいる。寿命は一千年ほどだが、それを超える例もある。

往還者《ウォーカー》（名）——*wahlker*　いちど死んで、〈冥界《フェード》〉から戻ってきた者のこと。苦しみを乗り越えてきた者としてあつく尊崇《そんすう》される。

ウォード（名）——*whard*　後見のこと。

エーロス（名）——*ehros*　〈巫女〉のうち、性的な技巧の訓練を受けた者のこと。

〈オメガ〉（固）——*the Omega*　悪しき超越的存在。〈書の聖母〉への恨みを晴らすため、ヴァンパイアの絶滅をめざしている。超俗界に生き、強大な能力を持っているものの、生命を創造する力はない。

ガーディアン（名）——*ghardian*　保護者のこと。ガーディアンにはさまざまなレベルがあり、最も強大な権限を持っているのは、〝隔離《セクルージョン》〟下の女性を保護するガーディアンである。

グライメラ（名）――*glymera*　貴族社会の核心をなす集団。おおよそ摂政時代《リージェンシー》（一八一二〜二〇年）の英国の〝トーン〟（財力があり、血筋がよく、流行に敏感で洗練されているという、三拍子そろった貴族の一群のこと）に相当する。

血隷《けつれい》（名）――*blood slave*　男性または女性のヴァンパイアで、他のヴァンパイアに従属して血を提供する者。血隷を抱える慣習はおおむねすたれているが、いまも禁止はされていない。

競り合い《コンテスト》（名）――*cohntehst*　ひとりの女性の連れあいの座をめぐって、ふたりの男性が争うこと。

シェラン（名）――*shellan*　女性ヴァンパイアのうち、決まった連れあいを持つ者のこと。女性は一般に、複数の男性を連れあいにすることはない。これは、連れあいを持った男性は縄張り意識がひじょうに強くなるからである。

〈書《しょ》**の聖母**《せいぼ》**〉**（固）――*the Scribe Virgin*　超越的存在で、王の相談役を務め、ヴァンパイアの記録保管庫を守り、また恩典を授ける力を持つ。超俗界に存在し、さまざまな能力を持っている。一度だけ創造行為をなす能力を与えられており、その能力を用いて生み出したのがヴァンパイア種族である。

精神共感者《シンパス》（名）――*symphath*　ヴァンパイア種族の亜種。他者の感情を操作したいと望み、またその能力を持つ（エネルギーをやりとりするため）のが最大の特徴。差別されてきた歴史を持ち、見つかれば殺されていた時期もある。いまでは絶滅に瀕している。

隔離《セクルージョン》（名）――*sehclusion*　貴族の女性に対して認められている制度。家族の申し立てにより、王が認可する。これが認められると、その女性は保護者《ガーディアン》ひとりの監督下に置かれる。ガーディアンになるのはふつう家族で最年長の男性で、その女性の生きかたすべてを決定する法的な権利を持ち、社会との関わりをあらゆる面にわたって制限することができる。

遷移《せんい》（名）――*transition*　ヴァンパイアが子供からおとなになる重大な節目。これ以後は、生きるために異性の血を飲まねばならず、また日光に耐えられなくなる。一般に二十代なかばで起きるが、遷移を乗り越えられないヴァンパイアは少なくない（とくに男性）。遷移前のヴァンパイアは身体的に虚弱で、また未成熟であるため性的刺激には反応しない。非実体化の能力もまだない。

ターリイ（名）――*tahlly*　親愛の情をこめた呼びかけ。おおよそ「可愛いひと」の意。

〈奈落《ドゥーンド》〉（固）――*Dhunhd*　地獄のこと。

ドゲン（名）――*doggen*　ヴァンパイア界の下僕階級。古くから続く伝統に従って上の者に仕え、着るものから立ち居ふるまいまで堅苦しい規範に従っている。日中も出歩くことができるが、比較的老化が早い。寿命はおよそ五百年。

トライナー（名）――*trahyner*　互いに尊敬と愛情を抱いている男性どうしで使われる言葉。おおよそ〝親友〟の意。

ナーラ（女）または**ナーラム（男）**（名）――*nalla, nallum*　〝愛しいひと〟の意。

未通女《ニューリング》（名）――*newling*　処女のこと。

パイロカント（名）――*pyrocant*　ある者の重大な弱点のこと。依存症などの内的な弱点のこともあれば、愛人などの外的な弱点のこともある。

〈廟《びょう》〉（固）――*the Tomb*　〈黒き剣兄弟団《ブラック・ダガー・ブラザーフッド》〉の地下聖堂。儀式の場として用いられるほか、レッサーの壺の保管場所でもある。ここでおこなわれる儀式には、入団式、葬儀、および〈兄弟〉に対する懲罰《ちょうばつ》の儀式がある。この聖堂に足を踏み入れてよいのは、兄弟団のメンバー、〈書の聖母〉、入団候補者のみである。

〈宗家《ファースト・ファミリー》〉（固）――*First Family*　ヴァンパイアの王と女王、およびその子供たちのこと。

畏るべき《フィアサム》（形）――*phearsom*　男性性器の能力を示す言葉。文字どおりに訳せば〝女性に入るに値する〟というほどの意。

〈冥界《フェード》〉（固）――*the Fade*　超俗界。死者が愛する者と再会し、永遠に生きる場所。

〈黒き剣兄弟団《ブラック・ダガー・ブラザーフッド》〉（固）――*Black Dagger Brotherhood*　鍛《きた》え抜かれたヴァンパイア戦士の集団。〈殲滅協会《レスニング・ソサエティ》〉から種族を守るために戦っている。種族内での選択的交配の結果、〈兄弟団〉のメンバーはみな心身ともに並はずれて強健で、負傷してもたちまち治癒する。おおむね血のつながりはなく、入団はメンバーからの指名による。その性格からしてとうぜん血の気が多く、他に頼るのを嫌い、秘密主義的なところがある。そのため一般ヴァンパイアとは距離を置いており、身を養うとき以外は他階級の同族とはほとんど接触しない。ヴァンパイア界では伝説的な存在で、崇敬の対象となっている。銃弾や刃物で心臓を直撃するなど、よほどの重傷を負わせないかぎり殺すことはできない。

第一階級《プリンセプス》（名）――*princeps*　ヴァンパイアの貴族階級中最高の階級。その上に立つのは〈宗　家《ファースト・ファミリー》〉あるいは〈書の聖母〉に仕える〈巫女〉だけである。生まれつきの身分であり、他の階級に生まれた者がのちにプリンセプスに列せられることはない。

ヘルレン（名）――*hellren*　男性のヴァンパイアのうち、決まった連れあいを持つ者のこと。男性は複数の女性を連れあいとすることがある。

マーメン（名）――*mahmen*　母親のこと。普通名詞としても、また愛情をこめた呼びかけとしても用いる。

〈巫女《みこ》〉（固）――*the Chosen*　〈書の聖母〉に仕えるべく生み育てられた女性のヴァンパイア。貴族階級とされてはいるが、超俗的な意味での〝貴族〟であって世俗的な意味合いは薄い。〈第一夫《プライメール》〉を別にすれば、男性と交渉を持つことはほとんどないが、〈書の聖母〉の命令で兄弟たちと交わることはある。予言の能力を持つ。過去には連れあいのいない〈兄弟団〉のメンバーに血を提供しており、この慣習はいったんすたれたものの復活してきている。

幻惑《ミス》（名）——*mhis*　ある物理的環境を覆い隠すこと。幻想の場を生み出すこと。

欲求期《よっきゅうき》（名）——*needing period*　女性ヴァンパイアが受胎可能となる時期。一般には二日間で、この期間は性的欲求が旺盛になる。遷移後およそ五年で起こり、その後は十年に一度の割合で訪れる。欲求期の女性が近くにいると、男性ヴァンパイアは多かれ少なかれ反応する。ライバルの男性間でもめごとが起こりやすく、その女性に決まった連れあいがいない場合はとくに危険な時期である。

ラールマン（名）——*rahlman*　救い主。

ライズ（名）——*rythe*　名誉回復のための儀式。名誉を傷つけた側が、傷つけられた側に対して申し出る。申し出が受け入れられた場合、名誉を傷つけられた者が武器をひとつ選んで攻撃をしかけることになるが、そのさいにはよけたりせずに甘んじて攻撃を受けなくてはならない。

ご主人さま《リージュ》――*lheage*　敬称。性的に自分を支配する男性または女性に対して用いる。

大立者《リーダー》（名）――*leahdyre*　権力と影響力を持つ者。

リーラン（名）――*leelan*　親愛の情をこめた呼びかけ。おおよそ〝最愛の者〟の意。

ルーレン（名）――*lewlhen*　賜物。

〈殲滅協会《レスニング・ソサエティ》〉（固）――*Lessening Society*　〈オメガ〉の集めた殺戮者の団体。ヴァンパイア種族を根絶することが目的。

殲滅者《レッサー》（名）――*lesser*　魂を抜かれた人間。〈殲滅協会《レスニング・ソサエティ》〉の会員として、ヴァンパイアの撲滅をねらっている。レッサーは基本的に不老不死で、殺すには胸を刃物で貫かなくてはならない。飲食はせず、性的には不能。時とともに毛髪、皮膚、虹彩《こうさい》から色素が抜け、髪はブロンド、皮膚は白色、目の色も薄くなっていく。ベビーパウダーのような体臭がある。入会のさいに〈オメガ〉によって心臓を取り出され、それを収めた陶製の壺《つぼ》をそれぞれ所持している。

情熱の炎に抱かれて

登 場 人 物 紹 介

ジェイン・ホイットカム	〈聖フランシス医療センター〉外傷課長
ヴィシャス(V)	黒き剣兄弟団。ヴァンパイアの戦士
ハンナ・ホイットカム	ジェインの妹
ブライアン(ブッチ)・オニール	黒き剣兄弟団。元刑事であだ名は"刑事《デカ》"
マリッサ	ブッチの妻。貴族のヴァンパイア女性
ラス	ヴァンパイア一族の王
レイジ(ハリウッド)	黒き剣兄弟団
ザディスト(Z)	黒き剣兄弟団。フュアリーと双児
フュアリー	黒き剣兄弟団。ザディストと双児
ジョン・マシュー	言葉が不自由なヴァンパイア戦士の訓練生
ブレイロック(ブレイ)	ヴァンパイア戦士の訓練生
クイン	ヴァンパイア戦士の訓練生
ラッシュ	ヴァンパイア戦士の訓練生
リヴェンジ(レヴァレンド)	クラブ〈ゼロサム〉のオーナー
ゼックス	クラブ〈ゼロサム〉の警備主任者
ベラ	ザディストのシェラン。リヴェンジの妹
コーミア	〈巫女〉
アマリヤ	〈巫女〉
フリッツ・パールマター	〈兄弟館〉の執事
マニュエル(マニー)・マネロ	〈聖フランシス医療センター〉外科部長。ジェインの同僚

プロローグ

二十年前
コネティカット州グレニッチ
グレニッチ・カントリー・デイスクールにて

「ジェインってば、だいじょぶだって」

ジェイン・ホイットカムはバックパックを手にとった。「それじゃ、ほんとに来てくれるんだよね？」

「だーかーら、今朝も言ったじゃん。行くってばー」

「待ってるから」歩道を遠ざかっていく友だちを見送っていると、クラクションが鳴った。

ジェインはジャケットを直し、背筋をしゃんと伸ばしてそっちに顔を向けた。メルセデス・ベンツの運転席側の窓から、母がこっちを見ている。まゆをぎゅっとひそめて。

ジェインは急いで通りを渡った。禁制品の入ったバックパックがやたらに大きな音を立てる。少なくともジェインの耳にはそう聞こえる。バックシートに飛び乗って、それを足もとに突っ込んだ。まだドアも閉めないうちに、車はもう走りだしていた。

「お父さんが帰ってくることになったわ」

「ええっ？」ジェインは眼鏡を鼻のうえに押しあげた。「いつ？」

「今夜よ。だからかわいそうだけど――」

「嘘でしょ！　約束したくせに！」

母はこちらをふり返って、「だれにものを言ってるの、お嬢さん」

ジェインの目に涙が浮いてきた。「約束したじゃない、わたしの十三歳の誕生日にはって。ケイティとルーシーが泊まりに――」

「ふたりのおうちに電話して、もうあやまっておいたわ」

ジェインは背もたれにへたり込んだ。

母の目がバックミラーからこっちを見ている。「なんなの、そのふくれっつらは。お父さんより自分のほうがえらいとでも思ってるの？」

「まさか。お父さんは神さまだもん」

メルセデスががくんと路肩に乗りあげ、ブレーキが甲高い悲鳴をあげた。母はこちらに向きなおり、ぶとうとするように手を振りあげた。その姿勢で止まったまま、腕を震わせている。

ジェインはぎょっとして身を縮めた。

平手が飛んでくることはなく、ややあって母はまた前を向いた。ひと筋の乱れもなく整えた髪を手でなでつけているが、その手がわなないていることときたら、沸騰するお湯のほうがまだ静かなぐらいだ。「今夜の……今夜の夕食のテーブルには出てこなくていいわ。ケーキは捨てておくから」

車はまた動きだした。

ジェインは頰の涙をぬぐい、足もとのバックパックに目をやった。これまでただの一度も、友だちをうちに泊めたことがない。何カ月も前からお願いしていたのに。

台無し。もうなにもかも台無しだ。

家に着くまで、ふたりはずっと無言のままだった。ガレージに入れると、母は車を降りて、ふり返りもせずにうちのなかに入っていった。

「どこへ行けばいいかわかってるわね」とだけ言い捨てて。

ジェインはしばらく降りる気力もなかった。やっと気を取りなおしてバックパックと教科書を取りあげ、とぼとぼと厨房から家のなかに入った。料理人のリチャードが身をかがめ、皿に載ったケーキをごみ容器に落とし込んでいる。白いアイシングをかけて、赤と黄色の花で飾ったケーキを。

ジェインはなにも言わなかった。握りこぶしのようにのどが固く絞まっていて、声が出なかったからだ。リチャードもなにも言わなかった。ジェインのことを嫌っているからだ。彼はみんなを嫌っている。例外はハンナだけだ。

厨房のドアから食堂に出ていきながら、妹のハンナに出くわさなければよいがとジェインは思っていた。まだベッドに入っていますように。ハンナは今朝、具合が悪くて学校を休んだのだ。たぶん、読書感想文の提出日だったからだろう。

階段に向かうとき、リビングルームに母の姿が見えた。

ソファのクッションを直している。まただ。

母は淡青色のウールのコートも脱がず、シルクのスカーフも手に持っている。きっとずっとあのまんまだろう、クッションが整ったと満足するまでは。たぶんだいぶかかるにちがいない。クッションが整っているという母の基準は、髪を整えるときの基準と同じ――どんなささいな乱れも許されないのだ。

ジェインは階段をのぼって自分の部屋に向かった。こうなったら、夕食がすむまで父が戻ってこないことを祈るしかない。罰を食らったことはどっちみち知られるだろうが、少なくともジェインの席がからなのは見られずにすむ。父も母と同じで、ちゃんとしていないと気がすまない人だ。そしてジェインがテーブルに着いていないのは、ちゃんとしていないことのチャンピオンなのだ。

そうなったら、父のお説教はずっと長くなるだろう。母に生意気を言ったことで叱られるだけでなく、食事の席にいなくて家族をがっかりさせたことでも叱られる破目になる。

二階にあがって、バターカップ・イエロー（明るい黄褐色）の部屋に入る。ここもほかの部屋と同じ、母の髪やクッションやみんなの話しかたのようにきちんとしている。この家はすべて完璧な状態で凍りついていて、まるでインテリア雑誌から抜け出してきたみたいなのだ。

唯一、そこにうまくはまらないのがハンナだった。

クロゼットのドアをあけ、並んだローファーやメリージェーン（エナメル革のストラップつきの靴）のうえにバックパックを放り込んだ。制服を脱いで、〈ランツ（伝統的なドレスやナイトウェアのブランド）〉のフランネルのナイトガウンに着替える。ちゃんとした服を着てもしかたがない。今日はもう部屋から出ないのだから。

教科書を白い机に持っていった。宿題をやっとかなくちゃ。国語と、数学と、フランス語。ベッドサイドテーブルのほうに目をやった。『アラビアン・ナイト』が待っている。罰の時間をつぶすのにあれ以上の方法はないと思うが、とにかく宿題が先だ。どうしても。でないと、後ろめたくて楽しめない。

二時間後、ベッドでひざに『アラビアン・ナイト』をのせていると、ドアが開いてハンナが首を突っ込んできた。あの縮れた赤毛も例外のうちだ。ほかの家族はみんなブロンドなのに。「食べるもの持ってきたよ」

ジェインは驚いて身体を起こした。「だめよ、あんたまで怒られるわよ」

「怒られないよ」ハンナは滑り込んできた。手に持った小さなバスケットには、ギンガムチェックのナプキンと、サンドイッチとリンゴとクッキーが入っている。「リチャードがくれたの。今夜のおやつにって」

「あんたは食べないの?」

「お腹すいてないもん。ほら、食べて」

「ありがと、ハンナ」ジェインがバスケットを受け取ると、ハンナはベッドの足もとのほうに腰をおろした。

「それで、なんで罰をもらっちゃったの」

ジェインは首をふって、ローストビーフのサンドイッチにかぶりついた。「お母さんとけんかしたのよ」

「今夜のパーティがだめになったから?」

「まあね」

「えっとね……それじゃ、これで元気出してよ」ハンナは、ふたつ折りにした厚紙を掛け布団のうえに置いた。「お誕生日おめでとう!」

ジェインはカードに目をやり、二、三度せわしくまばたきした。「ありがとう……ハンナ」

「泣かないでよ、せっかく来てあげたのに。ほら、カード読んで! おねえのために作ったんだよ」

妹のつたない線画で、表紙にはふたりの人物が描いてあった。ひとりはくせのないブロンドの髪をしていて、下に「ジェイン」と書いてある。もうひとりは縮れた赤毛で、足もとに

「ハンナ」とあった。ふたりは手をつないでいて、にっこり笑った口が丸い顔からはみ出しそうだ。

なかを開いてみようとしたとき、一対のヘッドライトが家の正面を掃いたかと思うと、車寄せをこちらに近づいてきた。

「お父さんが帰ってきた」ジェインは声を殺して言った。「ここにいちゃだめよ」

ふだんとちがって、ハンナはあまり気にしていないようだった。たぶんあまり具合がよくないからだろう。それとも、ほかのことを考えているのだろうか。なにか、ほかの……ハンナがいつもなにを考えてるのかわからないけど。この子はたいてい白昼夢の世界に生きているのだ。きっと、だからいつも楽しそうなのだろう。

「ほら、ハンナ、早く」

「わかった。でもほんと残念だったね、パーティがおじゃんになって」ハンナはのろのろとドアに向かった。

「ハンナ、すてきなカードをありがとう」

「まだなか見てないじゃん」

「見なくったってわかるの。あんたがわたしのために作ってくれたんだもの」

ハンナの顔がほころんで、ヒナゲシのような笑みが浮かんだ。この笑顔を見ると、ジェインは明るく晴れた日を思い出すのだ。「おねえとあたしのことを書いたんだよ」ハンナは言った。

ドアが閉じたとき、下の玄関広間から両親の声が聞こえてきた。ジェインは急いでハンナのおやつを口に詰め込み、バスケットをベッドわきのカーテンの陰に隠すと、机に積んだ教科書からディケンズの『ピックウィック・ペーパーズ』をとってベッドに戻った。父が入ってきたとき学校の教材を読んでいれば、多少は点数を稼げるだろう。

一時間後、両親が階段をのぼってきたとき、ジェインは身を固くしてノックの音を待ち受けた。しかし、父はノックしなかった。

おかしい。なんでも思いどおりにしたがるという点で、父はまるで時計のように正確な人だ。ジェインはそんな父と接するのが苦手だけど、いつでも行動の予測がつくところにはみょうな安心感を覚えている。

『ピックウィック』をおろし、明かりを消して、フリルつきの羽毛布団の下に身体をのばした。なかなか寝つかれなかった。ベッドの天蓋を見あげているうちに、階段のてっぺんでグランドファーザー時計が十二回鳴った。

真夜中だ。

静かにベッドを出てクロゼットをあけ、バックパックを取り出してジッパーを開いた。なかからウィジャボードがすべり落ちてきて、床に当たって開いた。壊れたりするわけでもないのに、思わず顔をしかめて手にとり、ポインターみたいなやつも拾いあげた。

今夜はこれをやるのを楽しみにしていたのだ。ジェインも友人たちも、自分がだれと結婚することになるのか興味しんしんだから。ジェインは、数学で同じクラスのヴィクター・ブラウンという男の子が好きだった。最近ちょっと話をするようになって、つきあえたらいいなと思うようになっている。ただ、向こうがこっちをどう思っているのかわからない。たんに、ジェインが答えを教えてくれるから話しかけてくるだけかもしれないし。

ジェインはベッドにボードを広げて、ポインターに両手を当てて深呼吸をした。「わたしが結婚する男の人の名前は？」

動くとは思っていなかった。実際、動かなかった。

さらに二回やってみたところで、いやになって枕に背中を預けた。少ししてから、ベッドのヘッドボードの向こうの壁を軽く叩いてみた。あちらから叩き返す音がして、まもなくハンナがドアからこっそりもぐり込んできた。ウィジャボードを見ると、喜んでベッドに飛び乗ってきて、その勢いでポインターが飛びあがった。

「これどうやって遊ぶの!?」

「しーっ！」こんなところを見つかったら、完全に外出禁止にされてしまう。それも永久に。

「ごめん」ハンナは脚を折り曲げて、ほどけてこないようにしっかり抱え込んだ。「これ、どう――」

「質問をすると、これが答えてくれるの」

「なにを訊《き》けばいいの？」

「だれと結婚するでしょうかって」そうは言ったものの、ジェインはだんだん心配になってきた。答えがヴィクターでなかったらどうしよう。「まずあんたからね。このポインターに指先をのせて、でも強く押しつけちゃだめよ。ただ——そうそう、そんな感じ。行くわよ……ハンナはだれと結婚するでしょうか」

ポインターは動かなかった。ジェインはもういちど質問をくりかえしたが、やっぱり動かない。

「これ、壊れてる」ハンナは言って、手を離した。

「べつの質問をしてみようか。また手をのせて」ジェインは大きく息を吸った。「わたしはだれと結婚するでしょうか」

小さく引っかくような音がして、ポインターがボードのうえを動きだした。それが「V」の文字に止まったので、ジェインの身体に震えが走った。次に「I」の文字に止まったときは、心臓が口から飛び出しそうになった。

「ヴィクターだ！」ハンナが言う。「ヴィクターよ！　おねえ、ヴィクターと結婚するんだ！」

声が大きいと妹を叱るのも忘れていた。ほんとうかしら、ほんとうだったらどんなに——

次にポインターが止まった文字は「S」だった。「S」？

「そんなはずないわ」ジェインが言った。「なにかのまちがい――」

「続けようよ。だれだかわかるまで」

でも、ヴィクターでなかったらだれだろう。それに、ヴィスなんとかいう名前の子なんて、どんな子なんだか――

ジェインは動く方向を変えさせようとしたが、ポインターはそれに従おうとはせず、次は「H」に止まった。それから「O」「U」と来て、また「S」に戻る。

「VISHOUS」――ヴィシャス。

恐ろしい予感が広がって、ジェインは胸がふさがりそうだった。

「やっぱりね、これ壊れてるんだよ」ハンナがつぶやいた。「ヴィシャスなんて、そんな名前の人いるわけないもん」

ジェインはボードから目をそむけて、ぐったりと枕に背中を預けた。今日はこれまでで最低の誕生日だ。

「もういっぺんやってみようよ」ハンナが言った。ジェインがためらうと、顔をしかめて「だって、あたしなんにも答えてもらってないよ。おねえばっかり」

そういうわけで、またいっしょにポインターに指をのせた。

「クリスマスにはなにがもらえますか」ハンナが尋ねた。

ポインターは動かなかった。

「まず、『はい』か『いいえ』の質問をしてみようよ」ジェインは言った。まださっきの答えが引っかかっている。ひょっとして、このボードは単語のつづりをよく知らないのかも。

「クリスマスにはプレゼントがもらえますか」ハンナは言った。

ポインターが引っかくような音を立てはじめる。

「馬が欲しいな」ハンナはつぶやいた。ポインターが円を描く。「それを訊けばよかったなあ」

ポインターは「いいえ」に止まった。

ふたりは目を丸くしてポインターを見つめた。

ハンナは両手をふりまわした。「あたし、なんでもいいからプレゼントが欲しい」

「ただのゲームだってば」ジェインはボードを閉じた。「それに、これほんとに壊れてるのよ。さっき落っことしたから」

「プレゼントが欲しいよ」

ジェインは妹を抱き寄せた。「気にしちゃだめよ、こんなばかなボードの言うことなんか。だいたい、わたしがあんたにクリスマスプレゼントあげないわけないじゃない」

しばらくしてハンナが出ていってから、ジェインはまた上掛けをかぶった。

くだんないボード、くだんない誕生日、なにもかもくだんないわ。

目を閉じようとしてふと気がついた。妹がくれたカードをまだ読んでいない。また明かりをつけて、ベッドサイドテーブルからカードを取りあげた。なかを開くと、「ずっと手をつないでいようね！　おねえ大好き！　ハンナ」とあった。

クリスマスについてのボードの答えは完全にまちがっている。ハンナはみんなに好かれているし、みんなからプレゼントをもらっている。なにしろお父さんでさえ、ときどきはハンナのおねだりに負けることがあるぐらいなんだから。そんなことができるのはハンナしかいない。なのにプレゼントがもらえないなんて、そんなはずない。

くだんないボード……

しばらくしてジェインは眠り込んだ。眠っていたにちがいない、ハンナに起こされたから。

「どうしたの？」ジェインは起きあがった。妹はフランネルのナイトガウンを着て、ベッドのわきに立っていた。なんだか様子がおかしい。

「あたし、行かなくちゃ」ハンナは沈んだ声で言った。

「トイレ？　吐きたいの？」ジェインは上掛けをめくった。「ついていってあげ――」

「ううん」ハンナはため息をついた。「あたしひとりで行くの」

「そう、それじゃすんだらまた戻っておいでよ。よかったらいっしょに寝よ」

ハンナはドアのほうに目をやった。「あたし、こわい」

「吐くのはこわいよね。でも大丈夫よ、おねえがここで待ってるから」

「もう行かなくちゃ」またこちらに向きなおったとき、ハンナの顔は……なんだかひどく大人びて見えた。十歳の少女の顔とは思えない。「戻ってこられるかやってみるね。がんばる」

「そう……わかった」ひょっとして熱でもあるんだろうか。「お母さんを起こしてこようか？」

ハンナは首をふった。「おねえにだけは会っときたかったの。起こしてごめんね」

ハンナが出ていくと、ジェインは枕に頭を埋めた。トイレに行って妹の様子を見てこようかと思ったが、眠気に負けて行動に移すところまで行かなかった。

翌朝、ジェインは重い足音に目を覚ました。外の廊下をだれかが走りまわっている。最初は、だれかがなにかをこぼしたのかと思った。じゅうたんか椅子かベッドカバーにしみでも作ったのかしら。ところがそうこうするうちに、救急車のサイレンが車寄せを近づいてくるではないか。

ジェインはベッドから起き出して、正面側の窓から外を見、次にドアから廊下に首を突き出してみた。階下で父がだれかと話をしている。ハンナの部屋のドアが開いていた。

ペルシャじゅうたんを敷いた廊下を、忍び足で歩いていった。今日は土曜日なのに、ハンナがこんなに早くから起きているなんて。きっと、ほんとうに具合が悪いにちがいない。

戸口で立ち止まった。ハンナはベッドに静かに横になっていた。目を見開いて天井を見つめている。真っ白なシーツに横たわった妹の顔は、そのシーツに劣らず真っ白だった。

まばたきをしていない。

部屋の反対側、できるだけハンナから遠ざかろうとするかのように、窓の下の作り付けの椅子に母が腰をおろしていた。シルクのドレッシングガウンが床に広がって、まるで象牙色の水たまりのようだ。「ベッドに戻りなさい。早く」

ジェインは自分の部屋に駆け戻った。ドアを閉じる瞬間に、父が階段をのぼってくるのが見えた。紺色の制服を着たふたりの男——警察の人たちといっしょだ。父がなにか言っている。「先天性心疾患」とかなんとかいう言葉が聞こえた。

ジェインはベッドに飛び込み、上掛けを頭から引っかぶった。暗がりで震えていると、自分がとても小さく頼りなく感じる。

ウィジャボードの言うとおりだった。ハンナはクリスマスにプレゼントはもらえないし、だれとも結婚することはない。

けれど、ジェインの妹は約束を守った。ハンナはたしかに戻ってきたのだ。

1

「この牛革、ぜってえ気分じゃねえんだよな」

ヴィシャスはずらりと並んだコンピュータから顔をあげた。ブッチ・オニールが〈穴ぐら《ピット》〉のリビングルームに立っていた。太腿にレザーパンツを張りつかせ、顔には冗談きついぜという表情を盛大に張りつかせている。

「サイズが合わないか」Vはルームメイトに尋ねた。

「そういう問題じゃないって。言いたかないけどさ、まるっきし〈ヴィレッジ・ピープル《ゲイをターゲットにしたミュージック・グループ》〉じゃないか、これ」ブッチは太い両腕をあげてくるりと一回転してみせた。裸の胸に照明が反射する。「なあ、こりゃあんまりだって」

「戦闘服だからな。ファッションで着てるわけじゃない」

「それを言うならキルトだって戦闘服だけどな、おれはタータンチェックのスカート揺らして歩くつもりなんかねえぞ」

「そりゃよかった、安心したぜ。そのガニ股で、スカートはいて歩かれたら目が腐る」

ブッチはうんざりという表情を作ってみせ、「うっせえ。つべこべ抜かすととって食うぞ」**食われてみたい**、とヴィシャスは思った。

そう思った自分にたじろいで、トルコ煙草のポーチに手をのばした。巻紙を取り出し、煙草の葉で筋を描き、巻いて煙草を作りながら、いつもやることをまたやっていた。自分で自分に言い聞かせるのだ——ブッチは一生の恋人を連れあいに得て幸福なのだ。かりにそうでなかったとしても、こいつにその気《け》はないのだと。

火をつけて煙を吸い込む。刑事《デカ》の姿を目に入れまいとしてもむだだった。くされ周辺視野め。いつでも視界に入れてきやがる。

ちくしょう、おれは頭のおかしいヘンタイだ。こいつとどれだけ強く結びついてるか考えてもみろ。

この九カ月で、Vはブッチと急速に親しくなっていた。三百年以上も生きて呼吸をしてきたが、これほど親しくなった相手はかつてひとりもいなかった。ひとつ屋根の下で暮らし、ともに酒を飲み、ともに筋トレに励んだ。生きるか死ぬかの体験を、そして予言と破滅をふたりでくぐり抜けてきた。自然の法則をねじ曲げて、人間だった彼をヴァンパイアに変身させる手助けもした。その後、ブッチは種族の敵と特殊な戦いかたをするようになり、それで苦しむ彼を癒すのもVの役目だった。〈兄弟団《ブラザーフッド》〉への入団を推薦もした……そして、〝シェラン〟と誓うときには付添いも務めた。

レザーパンツに慣れようというつもりか、ブッチはうろうろ室内を歩きまわっていた。その背中には、古英語で七つの文字が刻みつけられている——MARISSA（マリッサ）と。Aはふたつとも V が刻んだ文字だ。いい出来だった。ずっと手が震えていたとは思えないほど。

「だめだ」ブッチは言った。「やっぱり気分じゃねえよ」

誓いの儀式のあと、幸せなふたりの邪魔をするまいと V は〈ピット〉を一日あけた。中庭を渡って、〈グレイグース〉三本とともに本館の客間に閉じこもったのだ。全身の血液がアルコールに変わり、水田みたいに酒びたしになったが、それでもぶっつぶれるという目標は達成できなかった。目が冴えてしかたがなかったのは、無慈悲な真実とやらのせいだ。V はルームメイトに執着していて、そのせいでなにもかもこんがらがり、それでいてなにひとつ変化せず、問題はずっともとのまま残っているのだ。

ブッチは気づいている。なにせ親友だし、ブッチはほかのだれよりも V の考えを読むのがうまいのだ。マリッサも気づいている。ばかじゃないからな。〈兄弟団〉の連中も気づいている。あいつらはおばさんの集団よりひどくて、ひとの秘密を秘密のままにはしといてくれねえんだ。

そして全員がそれを冷静に受け入れている。

V にはそれができない。この感情の揺れには我慢できない。というより、自分自身に我慢できないのだ。

「ほかの装備を試してみる気はないのかよ」煙を吐き出しながら尋ねた。「それとも、まだパンツのことでぶーたれるつもりなのか」

「そんなにおれに中指を立てさせたいのか」

「やれよ、おれはひとの趣味に口出しする気はないぜ」

「やりすぎで中指がお疲れなんだよ」ブッチはソファに歩いていき、チェストハーネスを取りあげた。分厚い肩から掛けると、レザーが胴体に完璧に寄り添う。「すげえ、どうしてこんなにぴったりなんだ」

「採寸してやっただろ、忘れたのか」

ブッチはハーネスのバックルを締めると、身をかがめて、黒い漆塗りの箱のふたに指を這わせた。〈黒き剣兄弟団《ブラック・ダガー・ブラザーフッド》〉の黄金の紋章にしばらく触れていたが、やがてその指が〈古語〉の文字をなぞりはじめる。「ラスの末裔《すえ》、ラスの子破壊者《デストロイヤー》」の文字を。

ブッチの古く高貴な血統、ブッチの新しい名前。

「いつまでやってんだ、早くあけろよ」Ｖは煙草をもみ消し、次の一本を巻いてまた火をつけた。ったく、ヴァンパイアがガンにならなくて幸いだぜ。最近のＶは犯罪人も顔負けのチェーンスモーカーになっていた。「早くしろって」

「まだほんとのこととは思えないんだ」

「いいから、さっさとあけやがれ」

「ほんとに、まだ――」

「あ・け・ろ・よ」そろそろ我慢ができなくなってきた。あんまりじりじりして、椅子から浮きあがってしまいそうだ。

デカは純金の錠を解除してふたをあけた。赤いサテンのしとねに収まっているのは、四本ひと組の黒刃の短剣《ダガー》だ。一本一本、ブッチに合わせて精密に重心を極め、切れ味鋭く研《と》ぎ澄まされている。

「信じられん、これは……美しい」

「そりゃどうも」Vは言って、また煙を吐いた。「おれはパンを焼くのもうまいぞ」

デカははっと顔をあげた。はしばみ色《ヘーゼル》の目が、部屋の向こうから射抜くようにこちらを見つめる。「おまえが作ってくれたのか」

「ああ、だがそう大層な話じゃない。短剣はみんなおれが作ってるんだ」Vは手袋をした右手をあげてみせた。「そら、おれは熱を扱うのが得意だからな」

「V……礼を言うよ」

「ばか言うな。言っただろ、おれは短剣担当なんだ。しじゅうやってんだから」

それはそうだが……ただ、これほど精魂込めて作ったことはなかったかもしれない。この四日、ブッチのためにぶっ通しでこれにかかっていた。十六時間の長丁場、呪われた光る手で特殊鋼を加工しつづけて、腰は痛むし目は疲れるし、だがそれがどうした。どの一本も、それをふるう男にふさわしい逸品に仕上げようと決めていたのだ。

それでも、完全に満足いく出来とは言えなかった。

デカは短剣を一本手にとった。握ってみるなり目を輝かせ、「うおっ、なんだ……なんだ、この感じ」胸の前で前後に振ってみる。「こんなに手にしっくりくるやつは初めてだ。それにこの柄《つか》。すごい……完璧だ」

その言葉が、いままで耳にしたどんな賛辞よりうれしい。

そんな自分に、Vはすさまじくいらいらした。

「ああ、まあな。そうなるように作ったんだから、当然だろ」手巻き煙草を灰皿に押しつけ、先端のちっぽけな輝きをもみ消す。「戦場に出るのに、〈ギンス（米国の有名な包丁のブランド。巧みなマーケティングで一世を風靡し、定番商品になった）〉の包丁セット持ってってもしょうがない」

「ありがとう」

「なに言ってんだ」

「V、ほんとに――」

「ほんとになんだ、くたばれってか」とうぜん飛んでくると思った辛辣な反撃の言葉が飛んでこない。Vは顔をあげた。

ちくしょうめ。真正面にブッチが立っていた。ヘーゼルの目が暗く陰っている。なんで気がつかなくていいことに気がつくんだ、こいつは。

Vはまたうつむいてライターに目をやった。「もういいって、デカ。ただのナイフじゃないか」

短剣の黒い切尖《きつさき》があごの下に滑り込んできて、Vの顔を上向かせる。ブッチと目を合わせる格好にさせられて、Vは全身がこわばった。と思ったら震えが走った。

短剣を通じてつながる形で、ブッチは言った。「ほんとに美しい短剣だ」

Vは目を閉じ、自分で自分をののしった。わざと首を押しつけて、短剣の刃をのどに食い込ませる。燃えあがる痛みの炎を呑み込み、それを胃袋にためて、おまえはどうしようもないフリークだと自分に言い聞かせた。フリークらしく苦しむがいい。

「ヴィシャス、こっちを見ろよ」

「ほっといてくれ」

「いやだね」

そのせつな、Vはブッチに飛びかかりそうになった。こんちくしょう、ぶっ倒れるまでぶん殴ってやりたい。だがそのとき、ブッチが言った。「おれはただ礼が言いたいだけだぜ、こんなすごいことをやってもらったんだから。当たり前のことだろ」

当たり前のこと？　Vは目をあけた。自分の目が光っているのがわかる。「ほざけ。そんな話じゃないのは、おまえだってようっくわかってるくせに」

ブッチは短剣を引っ込め、腕をおろした。Vの首を細い血の筋が伝う。温かく……やさしい接吻のように。

「あやまるんじゃないぞ」Vはぼそりとつぶやいた。返事はない。「あやまられると、ぶん殴りたくなる」

「そう言われてもな」

「おまえがあやまることなんかなにもない」くそ、これ以上ここでブッチと暮らすのは無理だ。いや、ブッチとマリッサとだ。どうしても手に入らず、手に入れたいと望んでもいけないことを、たえず思い出させられる。このままだと頭がおかしくなる。それでなくたって、もうじゅうぶんおかしいんだ。最後に日中ずっと眠って過ごしたのはいつだったか。もう何週間も前だ。

ブッチは、柄を下にして短剣を胸のホルスターに収めた。「おまえにつらい思いをさせたく――」

「この話はもうたくさんだ」Vは人さし指をのどに持っていき、自分の作った刃で流した血をぬぐった。それをなめとっていると、地下トンネルに続く隠しドアが開いた。たちまち、海の香りが〈ピット〉に満ちていく。

マリッサがかどをまわって姿を現わした。いつものとおり、グレース・ケリーを思わせる美しさだ。長いブロンドの髪、完璧に整った目鼻だちの彼女は、一族でもとびきりの美女で通っている。Vの好みのタイプではないが、それでも見とれずにはいられない。

「ふたりとも、ごきげんよ――」マリッサは立ち止まり、ブッチをまじまじと見つめた。

「まあ……どうしたの……そのレザーパンツ」

ブッチは顔をしかめた。「ああ、変だろ。わかって――」

「ねえ、こっちに来てくれない?」と言いながら廊下に戻り、寝室のほうへ引き返していく。

「こっちに来て、一分でいいから――いえ、十分ぐらい」

やわらかな咆哮のように、ブッチからきずなのにおいが噴きあがってきた。身体はもう固くなっているはずだ。Vにはそれがいやというほどわかっていた。「ベイビー、きみのためなら何分でも何時間でも」

リビングルームを出ていくまぎわ、デカは肩ごしにふり返った。「このレザーパンツ、めたくそに気に入った。フリッツに言っといてくれ、あと五十本欲しいって。大至急」

ひとり残されたヴィシャスは、〈アルパイン〉のオーディオセットに手をのばし、ラッパーMIMS《ミムズ》の『ミュージック・イズ・マイ・セイビアー』をかけた。ビートのきいたラップを聴きながら、Vは以前のことを思い出していた。頭のなかに他者の思考が流れ込んでくるのがいやで、それをかき消すためにこの大音響を利用していたものだ。それがいまはどうだ。まぼろしは干上がり、読心の能力も煙のように消え失せるとは。いまではこの腹に響く低音を、ルームメイトのあえぎ声をかき消すために使っているしまつだ。

Vは顔をこすった。どうしても、ここを出ていかなくてはならない。

しばらくはふたりを説得して、ここから出ていかせようとした。しかし、居心地がいいから〈ピット〉に住みたいとマリッサは言う。どう考えても嘘だ。リビングルームの半分はサッカーゲームの台に占領されている。一日二十四時間週に七日、スポーツ番組専門のネットワーク〈ESPN〉が無音で垂れ流し。おまけにハードコアのラップがしじゅう鳴り響いている。冷蔵庫はいわば休戦地帯で、〈タコヘル（メキシコ料理のファストフードチェーン〈タコベル〉の蔑称）〉と〈アービーズ（ローストビーフ・サンドイッチ専門のファストフードチェーン）〉の負傷者が死にかけている。どこを探しても、ウォトカの〈グレイグース〉とスコッチの〈ラガヴーリン〉しか飲むものがない。読むものと言えば写真雑誌『スポーツ・イラストレイテッド』があるきり……そりゃまあ、『スポーツ・イラストレイテッド』のバックナンバーもあるが。

まあそういうわけで、花嫁花婿の愛らしい新居みたいな雰囲気とはかけ離れてる。ここは男子寮とロッカールームを足して二で割ったような場所なのだ。インテリアデザインを担当したのは、さしずめデレク・ジーター（〈ニューヨーク・ヤンキース〉の名選手）というところか。

またブッチもブッチで、引越しを手伝おうかとVがちょっと匂わしてみたら、ソファの向こうからまっすぐ視線を飛ばしてきて、いちど首をふったきり、なにもなかったみたいにキッチンに〈ラガヴーリン〉のお代わりをとりに行きやがった。

いや、そんなはずはない。ふたりがここを出ていかないのは、Vのことが心配だからとか、そんなばかなことがあるものか。そんなふうに考えだしたら、本気で発狂してしまいそうだ。

Vは立ちあがった。べつべつに暮らすつもりなら、こっちから先に行動を起こすしかないだろう。ただ問題は、いつもブッチがまわりにいるのに慣れすぎて、そうでない生活は……とても考えられないのだ。離れるぐらいなら、いまの責め苦のほうがまだましだ。

腕時計を見て、地下トンネルを通って本館に向かおうかと思った。〈黒き剣兄弟団〉のほかのメンバーは全員、隣の粗面石造りの怪物みたいな屋敷に暮らしているのだが、それでも部屋はいくらでも余っている。ためしに住んでみようか。二、三日だけでも。

そう思っただけで胃袋が裏返りそうだ。

ドアに向かっていると、ブッチとマリッサの寝室からきずなのにおいがふわりと漂ってきた。いまなにがおこなわれているか、それを考えると血が熱くなる。恥ずかしさのあまり、皮膚はざらざらのアイスキャンデーみたいになっているのに。

ひとり毒づきながら、レザージャケットをとってポケットから携帯電話を取り出した。番号を押すとき、胸は熱くなるどころか冷えきっていた。食肉貯蔵庫のほうがまだ温かいぐらいだ。だが少なくとも、この強迫観念に対してなにか手を打っているような気分にはなれる。

女が出ると、そのハスキーな声の挨拶を切り裂くように、「今晩、日没時に。なにを着てきたらいいかわかってるな。髪は首にかからないようにしておけ。返事は？」

いそいそと従順な答えが戻ってきた。「承知しました、ご主人さま《マイ・リージュ》」

接続を切ってデスクに放り出すと、電話ははねて、四つあるキーボードのひとつに当たった。今夜のために選んだしもべは、とくに激しいプレイが好きな女だ。喜ばせてやろうじゃないか。

くそ、おれはヘンタイだ。正真正銘、骨の髄まで。根っからの性倒錯者で、それを恥とも思っていない……いつのまにか、一族内ではそういうことで有名になっている。

まったくばかげているが、それを言うなら、女たちの趣味や心理はもともとねじくれているのだ。盛大に尾ひれのついたうわさなどどうでもいい。彼にとって重要なのはしもべたちの存在だった。こちらが性的に欲しているものを、みずから進んで差し出す女がいるということが肝心なのだ。Vについて言われていること、そして女たちがVについて信じたがっていることは、たんなる言葉でのマスターベーションにすぎない。そういう言葉を吐きちらす口は、べつの方法でふさいでやらなくてはならない。

トンネルにおりて館に向かいながら、Vは我慢できないほどくさくさしていた。〈兄弟団〉はいまくだらないローテーション制をとっていて、おかげで今夜Vは戦場に出られない。まったく頭に来る。一族をつけねらう不死の殺し屋どもを退治しに行くほうが、のらくらしているよりずっとましだ。

とはいえ、眼球も張り裂けそうな病的な焦燥感にも、それを昇華させる手だてはある。

そのためにあるのが拘束具であり、それを進んで着けたがる肉体だ。

フュアリーは、屋敷のレストランサイズの厨房《ちゅうぼう》に足を踏み入れ、そこでぎょっとして立ち止まった。血みどろの事故現場にでも出くわしたように、足の裏が床に張りつき、呼吸は止まり、心臓はいったん止まってから早鐘を打ちはじめる。

配膳用のドアから外へ引き返そうとしたが、時すでに遅しだった。

ベラが――彼の双児の兄の〝シェラン〟が、顔をあげて微笑みかけていた。「あら、フュアリー」

「やあ」出ていくんだ。いますぐ。

どうして彼女はこんなにいいにおいがするのか。

ベラはローストターキーを切ろうとしていて、手にした包丁をその肉のほうに振ってみせた。「あなたもサンドイッチ食べる？」

「えっ？」フュアリーはばかみたいに訊きかえした。

「サンドイッチよ」と包丁で指し示すほうを見ると、パンとほとんどからのマヨネーズの壜《びん》、それにレタスとトマトがあった。「おなかすいてるでしょ。終餐《ラストミール》のときあんまり食べてなかったもの」

「ああ、うん……いや、それほどでも……」飢えた獣よろしく胃袋がぐうと吠えて、その嘘を台無しにしてくれた。こんちくしょうめ。

ベラは首をふると、またターキーの胸肉を切りにかかった。「お皿とってきて座って」

勘弁してくれ、それだけはごめんこうむる。生きながら埋葬されるほうがまだましだ。厨房でふたりきりになって、彼女が美しい手で食事を作ってくれるのを見ているぐらいなら。

「フュアリー」ベラは顔をあげずに言った。「お皿。座って。ほら」

彼は言われたとおりにした。戦士の血筋の生まれで、〈兄弟団〉の一員で、体重なら向こうよりゆうに四十キロは重いのに、相手がベラでは手も足も出ない。双児の兄の〝シェラン〟……双児の兄の身重の〝シェラン〟……に対しては、フュアリーはノーと言うことができなかった。

彼女の皿の横に皿を押しやって、フュアリーは花崗岩のアイランドをはさんで反対側に腰をおろした。ベラの手を見てはいけないと自分に言い聞かせる。見なければ大丈夫だ。すんなりと長い指、短く切って磨いた爪、そしてあの——

ちくしょう。

「ほんとにねえ」と、胸肉を薄切りにしながらベラは口を開いた。「ザディストったら、わたしをカバより太らせたいみたいなの。あと十三カ月も食べろ食べろって言われつづけたら、わたしプールにも入りきれなくなっちゃうわ。いまだって、もうパンツが入らなくなってきてるのよ」

「でもきれいだよ」きれいどころか、まるで女神のようだ。長いダークヘアにサファイアの瞳、すらりと背が高くて引き締まった身体。ゆったりしたシャツに腹部は隠れているが、妊娠しているのはすぐにわかる。肌は輝くようだし、しょっちゅう下腹部に手をやっているし。また、ザディストの目を見てもそれは明らかだった。彼女といるときは、目の奥にいつも不安の色が浮かんでいる。ヴァンパイアの妊娠・出産は母子ともに死亡率が高いから、きずなを結んだ〝ヘルレン〟にとって、それは至福であると同時に災いでもあるのだ。

「気分はどう?」フュアリーは尋ねた。なんと言っても、心配しているのはZだけではないのである。

「たいていは上々よ。疲れやすいけど、そんなにつらいってほどじゃないし」指先をなめて、マヨネーズの壜をとった。中身をかき出そうとナイフでかちゃかちゃやりはじめる。コインの入った壜を振っているような音。「でも、Zのせいで頭がどうかなっちゃいそう。だって身を養おうとしないのよ、あのひと」

彼女の血の味を思い出し、フュアリーは顔をそむけた。牙が伸びてきたからだ。彼女にたいする気持ちには、高尚なところなどまるでない。ひとかけらも。自分は名誉を重んじる男だとつねに誇らしく思っていただけに、行動規範と感情のあいだに、いま彼は折り合いをつけかねていた。

おまけに、こちらがどう思っていようと、その思いは完全に一方通行だった。いちどだけ養ってくれたのは、フュアリーが切羽詰まっていたからであり、またベラが心の広い女性だからだ。彼をどうしても支えたいとか、愛おしくてたまらないから養ったわけではない。

それもこれも、みんな彼の双児の兄のためだったのだ。最初に会った晩から、Zは彼女をとりこにした。そして運命に導かれて、ベラは真の意味でZを救済した。閉じ込められていた地獄から解放したのだ。百年の血隷状態から、Zの肉体を救い出したのはフュアリーだったかもしれない。しかし、魂をよみがえらせたのはベラだった。

そして言うまでもなく、彼女を愛する理由がそれでもうひとつ増えてしまった。

くそう、どうしてレッドスモークを持ってこなかったのだろう。みんな上階に置いてきてしまうとは。

「それで、あなたのほうはどう?」薄切り肉をパンにのせ、そこにレタスを重ねながらベラが言った。「新しい義肢、もう調子よくなった?」

「うん、少しはましになったよ。ありがとう」近ごろの技術は、一世紀前にくらべたら何光年も進んでいる。だが、激しい戦闘に明け暮れているだけに、フュアリーのなくした下腿はつねに管理上の問題になっていた。

なくした脚……ああ、たしかになくしたとも。頭のおかしい淫乱な女主人からZを救い出すために、自分で吹っ飛ばしたのだ。それだけの犠牲を払う価値はあった。いままた彼は自分の幸福を犠牲にしているが、こちらにもそれだけの価値はある。おかげでZは愛する女性――ふたりがともに愛した女性――と結ばれたのだから。

ベラはパンを重ねてサンドイッチを完成させ、皿をこちらに滑らせてよこした。「はい、どうぞ」

「ちょうどこういうのが食べたかったんだよ」フュアリーは最初のひと口をじっくり味わった。柔らかいパンに前歯が食い込む。まるで柔肌に食い込むように。飲み込みながら悲しみと喜びをこもごも感じる。おれのために、ベラがこの食事を作ってくれたのだ。それも一種の愛情をこめて。

「ほんと、よかったわ」ベラも自分のサンドイッチを食べはじめた。「ところでね……おとといぐらいから、あなたに訊こうと思ってたことがあるの」

「へえ、なんだろう」

「わたしいま、マリッサの〈避難所《セーフプレース》〉のお手伝いをしてるじゃない？　ああいう立派な施設だから、立派なひとがおおぜい働いてるの……」長い間《ま》があって――さてはとフュアリーは身構えた。「それでね、新しいソーシャルワーカーさんが来たのよ。お母さんたちや子供たちのカウンセリングをしてもらうの」ベラは咳払いをした。「ほんとにすてきなひとなの。心が温かくて、ユーモアのセンスがあって。それでね、わたし、ひょっとしたらって思って――」

ああ、ちくしょう。「うれしいけど、遠慮しとく」

「でも、ほんとにいいひとなのよ」

「気持ちはありがたいけどね」皮膚が縮みあがって、胸を締めつけてくるような気がした。フュアリーは猛然とサンドイッチを食べはじめた。

「フュアリー……よけいなお世話なのはわかってるけど、どうして禁欲を続けてるの？」

くそ。もっと速く食べなくては。「その話はやめよう」

「Zのためなんでしょう？　Zのために、ずっと女性を寄せつけなかったんでしょう。ZとZの過去のために犠牲を払っていたんでしょう」

「ベラ……頼むから――」

「もう二百年以上も生きてきたんだし、そろそろ自分のことを考えるべきよ。Zは完全に正常に戻ることはないだろうし、あなたもわたしも、そのことはだれよりよくわかってるわ。でも、昔にくらべたらずっと落ち着いてきたし、時間がたつにつれてもっと健康になっていくと思うの」

それはそうだろう。だがそれも、ベラがこの妊娠をぶじ生き延びられればの話だ。彼女が元気に出産を乗り越えるまでは、双児の兄は完全に危機を脱したとはいえない。ひいてはフュアリーも。

「ねえ、紹介だけでも――」

「いや、けっこう」フュアリーは牛のようにもぐもぐやりながら立ちあがった。テーブルマナーはたしかに大事だが、この話をこれ以上続けたら頭が爆発する。

「フュアリー――」

「おれは一生、女性とつきあう気はないんだ」

「フュアリー、あなたならすばらしい〝ヘルレン〟になれるのに」

ふきんで口をぬぐいながら、フュアリーは〈古語〉で言った。「手ずから食事を用意していただき、感謝の言葉もない。ごきげんよう、ベラ。わが兄ザディストのよき連れあいよ」

片づけを手伝わずに出ていくのは気がとがめたが、動脈瘤を破裂させるよりはましだ。フュアリーは配膳用のドアから食堂へ出ていった。長さ九メートルのダイニングテーブルをなかほどまで進み、そこでついに燃料切れを起こした。手近の椅子を適当に引き出し、ぐったり腰をおろす。

ちくしょう、心臓がばくばくしてやがる。

ふと顔をあげると、テーブルの向こう側にヴィシャスが立っていた。こっちを見おろしている。「おどかすな!」

「ちょっとストレスたまってるか、兄弟」Vは身長百九十八センチの巨漢だ。父は血文字《ブラッドレター》という名のみ伝わる偉大な戦士。青い縁取りのある氷のように白い虹彩、漆黒の髪、いかにも切れ者というふぜいの鋭角的な顔。美男子と言われても不思議はないところだが、伸ばしたひげとこめかみの警告の刺青のせいで、不吉な陰がまつわりついて見える。

「いや、そんなことはない。ストレスなんかぜんぜんない」光沢のあるテーブルに両手を広げながら、葉巻のことを考えた。部屋に戻ったらすぐに火をつけてやる。「じつを言うと、おまえを探しに行こうと思ってたんだ」フュアリーは言った。

「へえ、なんで」

「ラスが気にしてるんだ、今朝のミーティングの雰囲気のことで」というのは、ずいぶん控えめな表現だった。二、三の問題ではVと王は厳しく対立していたし、飛び交ったのは辛辣な議論だけではなかった。「今夜は全員、ローテーションから外すって言ってる。みんな保養休暇《R&R》が必要だって言うんだ」

　Vがまゆをあげると、アインシュタインのひと揃いより賢そうに見えた。その天才然とした雰囲気はただのこけおどしではない。なにしろ十六か国語をあやつり、手なぐさみにコンピューターゲームを開発し、一族の〈年代記〉二十巻を暗唱できる男なのだ。スティーヴン・ホーキングですら、この兄弟にくらべたら技術専門学校の受験生にしか見えない。

「全員だって？」Vは言った。

「ああ、だから〈ゼロサム〉に行こうと思ってさ。いっしょにどうだ」

「個人的な用が入ってて」

　ああ、なるほど。Vの奔放な性生活というわけか。まったく、フュアリーとヴィシャスは性行動に関しては完全に両極端だ。こっちはなにひとつ知らないのに、ヴィシャスはあらゆる分野に手を出し、そのほとんどを極めている……人の通わぬ小道と高速自動車道《アウトバーン》ぐらいちがう。だが、ふたりのちがいはそれだけではない。考えてみれば、共通点などまるっきりないのだ。

「フュアリー？」

首をふって頭をはっきりさせ、「すまん、なんだって？」

「おまえの夢を見たと言ったんだ。何年も前に」

くそ、なんてことだ。どうしてまっすぐ部屋に引き返さなかったのか。いまごろは葉巻に火をつけていられただろうに。「どんな？」

Vはあごひげをしごいた。「白い平原の十字路におまえが立ってるんだ。嵐の日で……ああ、すごい嵐だった。だが、そのときおまえが空から雲をとって、井戸のまわりに巻きつける。そしたら雨がやんだ」

「詩的だな」やれやれ、助かった。Vの幻視はたいてい、ぞっとするほど恐ろしいのだ。

「でも無意味だ」

「おれの幻視に無意味なものなんかないぞ。わかってるだろ」

「それじゃ、象徴的と言いなおそう。だって、どうやって井戸に雲を巻きつけられるっていうんだ」フュアリーはまゆをひそめた。「それはそうと、なんでいま話すんだ？」

Vの黒いまゆが寄って、鏡のような目に影を作る。「それは……その、それはわからん。ただ、言わなきゃいかんような気がしたんだ」どぎつい悪態をつくと、Vは厨房に向かって歩きだした。「まだベラは厨房にいるのか」

「なんでわかっ——」

「おまえはいつも、ベラに会ったあとはさんざんな顔してるからさ」

2

それから三十分（とターキー・サンドイッチ一個）後、Vはダウンタウンのペントハウスのテラスに実体化した。彼が個人的に所有している部屋だ。くそいまいましい夜だった。三月のように寒いのに四月のようにじめじめしていて、身を切る風が周囲をでたらめに吹きまくっている。まるでたちの悪い酔っぱらいのようだ。コールドウェルの橋の全景を前にして、絵はがきのようなきらめく都市の夜景にVはうんざりしていた。

ついでに、今夜のお楽しみやゲームにも、やる前からもううんざりしている。

年季の入ったコカイン中毒者のようなものだ。かつては強烈な陶酔感があったが、いまは薬を覚えた肉体の要求に応えているだけで、特別な情熱などかけらもない。欲求だけがあって、それが満たされる喜びはないのだ。

テラスの手すりに両手を当てがい、身をぐっと乗り出すと、凍てつく風が圧縮空気のように顔を打つ。髪が後ろに吹き流されて、ファッションモデルかなにかのようだ。いや、というより……漫画のスーパーヒーローのようと言うべきか。たしかにそっちのほうがいいたとえだ。

ただ、漫画ならおれは悪役だろう、たぶん。

気がついたら、手すりに置いた両手がその平らな石をなでていた。愛撫するかのように。手すりの高さは百二十センチほど、配膳トレーのふちのようにこのマンションをぐるりと囲んでいる。てっぺんは幅九十センチの棚板のようで、ここから飛びおりてみろとそれが誘いかけてくる。向こう側には三十階ぶんの虚空が待ち受けている。完璧なそよ風の前戯、それが死という過激なファックに向けて盛りあがっていくのだ。

そら、やっと面白そうなことを思いついたじゃないか。

自由落下の甘美さは実地に体験ずみだ。風に胸が圧迫されて呼吸がしづらくなる。目がうるむが、涙は頰に落ちずにこめかみに流れあがる。地面がぐんぐん近づいてくる。客を出迎えに駆けつけるパーティのホストのように。

あのとき、わが身を救ったのは正しい決断だったのだろうか。飛びおりたあのとき、しかし最後の最後に非実体化して、彼は戻ってきてしまった。このテラスに……そしてブッチの腕のなかに。

ブッチのくそったれ。いつも話はあんちくしょうに戻ってくるんだな。

また飛びおりたいという衝動に背を向けて、Ｖは念力でスライドドアのロックを外した。ペントハウスは三面の壁がガラス張りだ。防弾ガラスだが、日光はさえぎってくれない。たとえさえぎったとしても、日中をここで過ごすことはなかっただろうが。

ここは住む場所ではない。

なかに入ると、この部屋が、そしてここで彼がやっていることが、待ってましたとばかりに殺到してきた。まるでここだけ重力がちがうかのようだ。フロア全体を占めるだだっ広いワンルーム、壁も天井も大理石の床も黒一色。意志の力でともす何百本ものロウソクも黒い。家具と呼べそうなのはキングサイズのベッドだけだが、これは使ったことがない。そのほかは装具があるだけだ。拘束具つきの台。壁に取り付けたチェーン。マスクとボールギャグ（猿ぐつわの一種、玉口枷）、鞭《むち》にステッキにチェーン。ニップルウェイトやスチールのクリップ、ステンレスの道具が棚にずらりと並んでいる。

すべて女性に使うものだ。

レザージャケットを脱いでベッドに放り、次にシャツを脱ぎ捨てた。レザーパンツはプレイ中もずっとはいたままだ。しもべに全裸を見せることはない。人前で全裸になるのは、〈廟《びょう》〉で〈兄弟団〉の儀式に出るときだけ。それもたんに、作法でそう決まっているからだ。ほかのだれにも下半身を見せるつもりはなかった。

彼の意志に従ってロウソクの火が燃えあがり、ゆらゆらした光がなめらかな床に反射して、天井の黒いドームに呑み込まれていく。甘い雰囲気など皆無だ。ここは洞窟、進んで身を差し出す者に対して背徳のおこなわれる場所だ。火をともすのは、レザーやスチール、手や牙の位置を確かめるためにすぎない。

加えて、ロウソクには照明以外の用途もある。

ホームバーで〈グレイグース〉を五センチほどつぎ、短いカウンターに背を向けて寄りかかった。一族のなかには、ここに来てVとの性交に耐えるのを通過儀礼と見なす者もいる。また、彼が相手でなければ満足を得られないという者もいる。いちばん多いのは、苦痛と快感の混合を体験してみたいという女たちだ。

いちばんお呼びでないのが、そういうルイス・クラーク探検隊（十九世紀はじめ、ルイジアナ地方探査のためにジェファーソン大統領が派遣した探検隊）タイプだ。たいてい最後まで耐えられなくて、教えておいたセーフワードや手ぶりの合図でやめてくれと言ってくる。そういうときはすぐに中断してやるが、それでくやし涙を流すのは向こうで、彼ではない。十人中九人はもういちど挑戦したがるが、二度めのチャンスはない。一度めにあっさり音をあげたら、二度やってもたぶん同じことだ。だいたい、根性なしを訓練してこのライフスタイルに慣らしてやろうと思うほど、Vは物好きではなかった。

耐えられる女たちは、Vをご主人《リージュ》さまと呼んで崇拝する。もっとも、尊敬されてもうれしくもなんともない。欲望の刃はなまらせなくてはならない。その刃を打ちつけて痛めつけるための石、彼にとってはそれが女の肉体なのだ。それだけだ。

壁ぎわに歩いていき、スチールのチェーンを一本とると、環をひとつひとつ手のひらにすべらせた。彼は生まれついてのサディストだが、しもべを苦しめて興奮しているわけではない。内なるサディストは〝レッサー〟殺しで満足させている。

彼が求めているのは、しもべの心も身体も支配することだ。性的であれなんであれ、しもべに対してすることも、言うことも、着けさせる装具も……すべてがそのために周到に計算されているのだ。たしかに苦痛を与えはするし、屈辱と恐怖に悲鳴をあげさせもするだろう。しかし、彼女たちはそれをもっともっとと懇願してくるのだ。

だからそのとおりにしてやる。気が向けばだが。

マスクに目をやった。いつもしもべにはマスクを着けさせ、勝手にこちらにふれることは許さない。ふれてよいのは、どこを、どう、なにでふれろとこっちから命じたときだけだ。プレイ中に彼がオルガスムスに達したときは、めったにないことだけに、しもべたちは大変な名誉と喜ぶ。だが彼が身を養うのは、たんにそれが必要だからにすぎない。

彼は、ここに来る女を過度に辱《はずかし》めるようなことはしない。一部の〝ご主人さま《ドミナント》〟がえげつないことをやらせたがるのはよく知っているが、そういうことには興味がないのだ。しかし、プレイの最初にも最中にも最後にも、やさしい言葉をかけるようなこともないし、向こうの都合などいっさい考慮しない。場所と時刻を伝えるだけだ。嫉妬したり独占欲を出したりしてきたら、それっきりだ。二度と相手にすることはない。

腕時計を見て、このペントハウスを取り囲んでいる〝幻惑《ミス》〟を消した。今夜来る女はVの居場所をたどってこられる。二カ月ほど前に、彼女の血を飲んでいるからだ。プレイが終わって帰らせるときには、場所の記憶はかならず消すようにしている。

しかし、なにがあったかはわかるはずだ。行為の痕跡が全身に残っているから。

女がテラスに実体化してきたとき、彼はふり向いた。スライドドアを通して見ると、女は顔のない曲線の影だった。黒いレザーのビスチェに、長くゆったりした黒いスカートをはいている。ダークヘアは指示どおり、巻いて頭の高い位置に留めてあった。

この女は待つことを知っている。ノックをしてはならないということを。

Vは心の力でドアをあけた。女はしかし、呼ばれる前に入ってくるようなばかでもなかった。

そちらに目をやると、女のにおいが漂ってくる。完全にその気になっている。

Vの牙がのびてきた。だがそれは、女の脚の付け根の濡れた花芯にかくべつの興味があるからではない。こちらは身を養うことが必要で、向こうは女だ。そして全身の血管を進んで差し出そうとしている。要するにこれは生理現象だ。魅力は関係ない。

腕をのばし、指をくいくいとやってみせた。女が足を前に踏み出す。震えているが、それも無理はない。Vは今夜、いつにも増してぎらぎらした欲望を発散させている。

「スカートを脱げ」彼は言った。「気に入らん」

女はすぐにファスナーをおろした。サテンのスカートが衣《きぬ》ずれの音を立てて床に落ちる。

その下から現われたのは、履き口にレースをあしらった黒のストッキングと黒のガーターベルトだ。ショーツはなし。

ふむ……悪くない。あのランジェリーは、短剣で腰から切り離すことになるだろう。しまいには。

Vは壁ぎわに歩いていき、穴がひとつだけのマスクをとった。呼吸は口からするしかない。それを投げてやって、「着けろ。いますぐ」

女は無言のままそのマスクで顔を覆った。

「台にのれ」

Vは手を貸そうとしなかった。女が手探りでうろうろするのをただ眺めている。そのうち自力でたどり着けるのはわかっている。どの女もそうだ。こういう女たちはつねに、Vの拘束台にいたる道を自力で見つけだすのだ。

時間つぶしに、尻ポケットから手巻き煙草を取り出し、唇のあいだにはさみ込み、黒いロウソクをロウソク立てから抜いた。煙草に火をつけながら、炎の下に溶けたロウがしたたるのを眺める。

女はどこまで来ているかと目をやった。大したもんだ、もうたどり着いたか。女は仰向けに横たわり、脚を大きく開いた。

台に拘束したら、今夜はどこから始めるかこれで決まりだ。

片手にロウソクを持ったまま、Vは足を踏み出した。

ここは〈兄弟団〉のジム。網で保護された照明の下、ジョン・マシューは用意の構えをとり、訓練相手を見すえていた。一対の箸のように、ふたりはぴったり釣り合っている。どちらもやせた貧弱な体格で、簡単にぽっきり折れそうに見える。未遷移者《プレトラン》はみんなそうなのだ。

接近戦の今夜の指導者はザディストだ。そのザディストが歯のあいだから口笛を吹き、ジョンとクラスメイトは互いに一礼した。対戦相手が〈古語〉でしかるべき挨拶をし、ジョンはアメリカ式手話言語《ASL》を使ってそれに応える。試合開始だ。小さな手、骨と皮の腕ではふりまわしても大した効果はないし、繰り出す蹴りは紙飛行機のように頼りない。よけかたもとうてい巧みとは言えない。動作も体勢も、本来の理想像の影——大地をゆるがす落雷のとどろきそのものではなく、それのこだまでしかない。

そして本物の落雷は、ジムのほかの場所から聞こえてきた。

試合の途中、どすんと腹に響く音がした。充実した肉体が、青いマットをサンドバッグのように叩く音。ジョンも対戦相手もちらとそっちに目を向け……それきり、総合格闘技のまねごとを放棄してしまった。

ザディストが稽古をつけている相手はブレイロック、ジョンのふたりの親友のひとりだ。いまのところ、変化をくぐりぬけた訓練生はこの赤毛のブレイロックただひとりで、クラスのどの生徒より二倍も大きい。それをZが倒したのだ。

ブレイロックはすぐさま起きあがり、また猛然とかかっていったが、今度もしたたかにやっつけられた。たしかに大きくはなっているが、それを言うならZは巨人だし、そのうえ〈黒き剣兄弟団〉の一員だ。つまりブレイは、歴戦もいいところのシャーマン戦車（第二次大戦中に活躍した米軍の中戦車）と対戦しているようなものだった。

まったく、クインはなぜここにいてこれを見ていないんだろう。いったいどこにいるんだ？

十一人の訓練生がいっせいに「うわっ！」と声をもらした。Zがやすやすとブレイのバランスを崩し、マットのうえで裏返しにして関節技をかけたのだ。ブレイが降参のしるしに床を叩くと、Zはすぐに技を解いた。

立ちあがってブレイを見おろすザディストの声は、かつて聞いたことがないほど温かかった。「遷移からたった五日にしちゃ上出来だ」

ブレイは笑顔になった。もっとも、いっぽうの頬はマットに押しつけられて、まるで接着剤で貼りつけたようになっていたが。「ありがとうござ……」と言いかけて息をあえがせ、「ありがとうございます」

Zは手をのばしてブレイを床から立ちあがらせた。ちょうどそのとき、ドアの開く音がジムじゅうに反響した。

ジョンは目が飛び出しそうだった。入ってきたのは……ああ、そうか……午後じゅうクインの姿がなかったのは、こういうわけだったのか。

マットのうえをのろのろと近づいてくる男は、身長は百九十センチ、体重は百キロをゆうに超えているようだった。だれかさんに——昨日まではドッグフードの大袋と大差ない体重だっただれかさんによく似ている。クインは遷移を終えたのだ。今日は、ヤフーメッセンジャーでもテキストメッセージでもなんの連絡も来ないと思ったら、そういうことだったのか。新しい身体に成長するので忙しかったわけだ。

ジョンが片手をあげると、クインはうなずき返してきたが、首の筋でもちがえたか、ひどい頭痛でもしているかのようだった。さんざんな表情だし、全身の骨という骨が痛むような歩きかただ。おろしたての5Lサイズのフリースを着ているが、えりがこすれるのかしょっちゅういじっている。それに、ジーンズを引っぱりあげては顔をしかめている。目のまわりにあざができているのは驚いたが、遷移のさいちゅうにぶつけでもしたのだろうか。聞くところでは、変化しているときはずいぶんのたうちまわるらしいから。

「よかった、出てこられたんだな」ザディストが言った。

それに応えるクインの声は低音で、昨日までとは響きがまるでちがっていた。「来たかったんです、トレーニングには参加できなくても」

「その意気だ。あっちで休んでな」

サイドラインのほうへ歩いていきながら、クインはブレイと目を合わせ、ふたりしてにやにやしている。と思ったら、そろってジョンのほうに目を向けた。

クインの手が動いて、ASLで伝えてきた。講義が終わったらブレイの家に行こうぜ。おまえらふたりに話したいことがどっさりあるんだ。

ジョンがうなずいたとき、空気を割ってZの声がジムに響いた。「お嬢さんがた、いつまでも見とれてんじゃねえ。けつをなめられたいならなめてやるぞ」

ジョンは小柄な対戦相手に目を向け、用意の構えをとりなおした。

訓練生のひとりが遷移の途中で死んだとはいえ、ジョンは自分の番が待ちきれなかった。ちびるほどこわいのはたしかだが、ひよこのまま他人にいいようにされているぐらいなら、死んだほうがましだ。

男になる覚悟はとっくにできている。

〝レッサー〟を可愛がってやるというファミリー・ビジネスが待っているのだ。

二時間後、Vはとりあえず得られるだけの満足は得た。当然のことながら、女は非実体化して自宅へ戻れる状態ではなかったから、ローブを着せ、催眠術で意識を失わせておいて、マンションの荷物用エレベーターで一階までおろした。フリッツが歩道に車を寄せて待機している。住所を告げられても、老〝ドゲン〟はなにも訊かなかった。

いつもながら、この執事はまさに得がたい宝だ。

またペントハウスでひとりきりになると、Vは〈グレイグース〉をグラスについでベッドに腰をおろした。拷問台は、固まったロウ、血、女の愛液、そして彼の絶頂の結果で汚れている。今夜のプレイはぐちゃぐちゃだったが、それなりに満足できたときはいつもそうなるのだ。

グラスを盛大にあおった。静寂がのしかかってくる。倒錯の行為を終えたいま、刹那的な生のむなしさを思うと、冷たい手に背中をどやされるようだ。そこへ、官能的なイメージが波のように押し寄せてきた。数週間前に目にしたその光景、いままた思い出しているその光景は、けっして意図的にのぞき見たわけではなかった。だがそれでも、それをスリのようにかすめ取って、その権利もなく前頭葉にしまい込んでいることに変わりはない。

数週間前、ブッチとマリッサが……ベッドで抱きあっているのを彼は見てしまった。刑事《デカ》がハヴァーズの病院で隔離されていたときのことだ。病室のすみにビデオカメラが設置してあり、ふたりの姿がパソコンのモニターに映し出されていたのだ。マリッサは明るいピーチカラーのドレス、ブッチは入院着だった。長く熱烈にキスをかわしながら、ふたりともセックスの予感に身体を震わせていた。

Vは心臓が口から飛び出すかと思った。ブッチが体《たい》を返してマリッサにのしかかったとき、入院着がほどけて両肩から背中、腰まであらわになったのだ。ブッチはリズミカルに動きはじめ、その背中が緊張して弓なりになる。と思うと、マリッサの両手がのびてきて、彼の尻に爪を立てた。緊張していた背中がふと弛緩する。

美しかった。ふたりのからみあいは美しかった。Vが昔からずっとしてきたような、ぎらつく欲望に駆られたセックスとはまったくちがう。そこにあったのは愛情と睦《むつ》みあい……そしてやさしさだった。

ヴィシャスは引っくり返って、背中からマットレスに倒れ込んだ。グラスが傾き、危うく中身がこぼれそうになる。ちくしょう、あんなセックスをするのはどんな気分だろう。そもそも、やって楽しいだろうか。息が詰まりそうになるかもしれん。他人の手に全身をべたさわられて我慢できるかどうか。だいたい、全裸になるなんぞ想像もできん。

だが、そのときブッチのことを思い出して、たぶん相手によるのだろうと思った。

まともなほうの手で顔を覆い、この感情がどこかへ消えてくれないかと切実に思った。自分で自分がうとましい。こんなことを考えている自分が、恋着している自分が、この無益な羨望がうとましい。そんなおなじみの自己嫌悪を反芻《はんすう》するうちに、疲労という漆喰がすべてを塗りつぶしていく。骨の髄まで疲れきって、頭のてっぺんから足の先までその疲労の波に洗われそうになったとき、Vはその波に抵抗した。これは危険だ。

今回は勝てなかった。というより投票権すら与えられなかった。恐怖が背筋を這いのぼり、全身が鳥肌のキルトに覆われていたというのに、まぶたは勝手におりてしまったのだ。

くそ……まずい。このままでは眠ってしまう……

パニックを起こして目をあけようとした。だがもう手遅れだった。

まぶたが石壁に変わったかのようだ。渦巻きに足をとられて吸い込まれていく。どれだけあがいても逃げられない。

手から力が抜け、グラスが床に落ちて割れる音がかすかに聞こえた。眠りに落ちる寸前、自分はあのウォトカのグラスと同じだと思った。割れて中身がこぼれてしまった。もうこれ以上、自分をなかに押し込めておくことはできない。

3

二ブロックほど西の〈ゼロサム〉で、フュアリーはマティーニのグラスを手にとり、革張りの長椅子《バンケット》に背中を預けていた。三十分ほど前にこのクラブにやって来てから、フュアリーもブッチもやけに口数が少なかった。〈兄弟団〉のテーブルから、いわゆる人間観察ばかりやっている。

なにしろ、ここには見るものがいくらでもあるのだ。

ウォーターカーテンの向こう側、ダンスフロアでは人々がテクノミュージックに酔っていた。人間たちは〈エクスタシー〉やコカインの波に乗り、最新ファッションに身を包んで淫《みだ》らな行為にはげんでいる。〈兄弟団〉はしかし、そちらの一般的ポップカルチャーの側に長居をすることはない。かれらのささやかな「不動産」はＶＩＰセクションにある。店のずっと奥、非常口近くのテーブルが指定席だ。このクラブは保養休暇《R&R》にはいい店だった。ちょっかいを出してくるやつはいないし、とびきりの酒がそろっているし、場所はダウンタウンのどまんなか——〈兄弟団〉がしょっちゅう狩りをするあたりだ。

おまけに、ベラとZが連れあいになったいまでは、この店のオーナーはかれらの身内だ。経営者のリヴェンジは、ベラの兄なのである。

ついでに言うと、フュアリーにとってはドラッグのディーラーでもある。ウォトカ・マティーニのグラスを派手にあおった。そういうわけで、今夜また買いに行くことになるだろう。買い置きが早くも心もとなくなってきているのだ。

ブロンドの女がテーブルのそばを腰を揺らして歩いていく。銀のスパンコールの下で乳房がリンゴのように揺れ、申しわけていどのスカートからはちらと尻がのぞき、ラメのTバックがひらめいていた。たんに半裸で歩いているより、ずっときわどい姿に見える。

ひょっとしたら、「淫ら」こそフュアリーの求めるものなのかもしれない。

典型的な女だった。VIPセクションをうろつく人間の女は、ほとんどが猥褻《わいせつ》物陳列罪で逮捕される一歩手前のかっこうだが、しかしそれを言うなら、ここの女たちはたいていプロの売春婦だし、そうでなければ売春婦の一般ヴァンパイア版だ。ブロンドが隣のバンケットに向かうのを見ながら、フュアリーはちらと思った——金を払ってああいう女と過ごすのはどんな感じだろう。

あまりに長く禁欲を続けてきたせいで、そんなことが頭に浮かんだというだけで度肝を抜かれ、実行に移すなど論外だった。とはいえ、ベラのことを忘れるのには役に立つかもしれない。

「気に入ったのか」ブッチがわざと間延びした口調で訊く。

「なにを言ってるのかわからないんだが」

「ほんとかよ。いまここを通ってったブロンドに気がつかなかったって？　おまえのことをあんなにしげしげ見てたじゃないか」

「おれの趣味じゃない」

「それじゃ、髪の長いブルネットを探すんだな」

「なに言ってんだ」マティーニを飲み干した。グラスを壁に叩きつけたくなる。くそ、信じられん。金で女を買うなんて、いままで思いついたこともなかったのに。

切羽詰まってるんだ。負け犬だ。

ちくしょう、クスリが欲しい。

「そう言うなよ、フュアリー。ここの女たちはみんな、おまえが来るとずっとこっちをうかがってるじゃねえか。どれか選びさえすりゃいいんだよ」

まったく、今夜はいったいどうして、どいつもこいつもこうやいやい言いやがるんだ。

「けっこうだ」

「おれはただ――」

「うるせえ、もうたくさんだ」

ブッチは声を殺して毒づいたが、それ以上はなにも言わなかった。おかげでいよいよ後ろめたい気分になる。それも当然だが。「すまん」

「いや、気にすんな」

フュアリーが合図すると、向こうからウェイトレスが近づいてきた。空《から》のグラスが下げられたところで、彼はぼそりと言った。「さっき、いいひとを紹介するって言われたんだ」

「なんの話だ？」

「ベラに言われたんだよ」フュアリーは濡れたカクテルナプキンを手に取り、四角に折り畳みはじめた。「〈避難所《セーフプレース》〉に来るソーシャルワーカーだとさ」

「ライムかな。たしかに、すごく感じのいい――」

「でもおれは――」

「興味がない、か？」ブッチは首をふった。「なあフュアリー、こう言うとまた怒鳴りつけられるだろうけどな、そろそろ興味を持つべきだと思うぜ。女断ちみたいなしょーもないこと、もうやめどきだろ」

フュアリーは思わず笑った。「まったく、ずけずけ言ってくれるぜ」

「おまえも多少は人生を味わわなくちゃ」

フュアリーは、先ほどの人工的なブロンド美女のほうにあごをしゃくって、「それじゃおまえは、女を買うのが『多少は人生を味わう』ことになるっていうのか」

「あの目つきからすると、金を払う必要はなさそうだけどな」

フュアリーは不承不承、その筋書きに沿って先を考えてみた。立ちあがって、女に近づいていく自分を想像する。腕をとり、トイレの個室に連れ立って入る。フェラチオをされるだろうか。シンクを支えに女を立たせて、脚を開かせ、いくまで突くことになるのだろうか。時間はどれぐらいだろう。せいぜい十五分か。たしかにフュアリーは童貞だが、セックスの基本は単純なものだ。強く握ってちょっとこすりさえすればいい。いくのはむずかしくないはずだ。

まあ、理屈ではな。いまのところ、ズボンの中身はふにゃふにゃだ。今夜童貞を捨てたいとかりに思ったとしても、これではうまく行かないだろう。少なくともあの女相手では無理だ。

「やめとくよ」マティーニのお代わりが来たとき、フュアリーは言った。指でオリーブをまわしたあと、それを口に放り込んで、「うん、やっぱりやめとく」

ふたりはまた黙り込んだ。交わす言葉もなく、ウォーターカーテンの向こうから鈍いビートが響いてくるばかり。沈黙に耐えられなくなって、フュアリーがスポーツの話題を持ち出そうとしたとき、ブッチがはっと身を固くした。

見れば、VIPセクションの反対側からこっちを見つめている女がいた。このクラブの警備責任者だ。男のように筋骨隆々で、髪も男のように短く切っている。絵に描いたような手ごわいやつだ。酔っぱらった人間の男たちを、彼女がさんざんにぶちのめすのをフュアリーは見たことがある。まるで丸めた新聞紙で犬にお仕置きでもしているようだった。

だがちょっと待て、彼女が見ているのはフュアリーではない。ブッチにひたと目を当てているではないか。

「驚いた、あの女とやったんだな」フュアリーは言った。「だろ?」

ブッチは肩をすくめ、〈ラガヴーリン〉のグラスを傾けた。「一度だけだ。それに、マリッサとつきあう前だった」

フュアリーはまたちらと目をやった。あの女はどんなセックスをするのだろう。あれなら男の頭をくらくらさせることもできるにちがいない。楽しい意味で、ばかりではなさそうだが。

「行きずりのセックスっていいか?」と尋ねながら、十二歳児になったような気がした。

ブッチはいつまでもにやにやしていた。秘密めかして。「昔はいいと思ってたさ。けどな、それしか知らなかったら、冷えたピザだってむちゃくちゃうまいと思うもんだぜ」

フュアリーはマティーニをあおった。冷えたピザか、ちっ。つまり、おれを待っているのはそれだってわけだ。まったくそそられるじゃないか。

「いやその、水をさす気はないんだ。ただ、ぴったりの相手とやるのにくらべれば落ちるってだけで」ブッチは頭をのけぞらせて〈ラガヴーリン〉を飲み干した。お代わりかとウェイトレスがあいたグラスを下げに来ると、「ありがたいが、一杯でやめることにしてるんでね」

「いや、待ってくれ」フュアリーが、立ち去ろうとするウェイトレスを呼び止めた。「おれはもう一杯もらうよ」

これはあの夢だ、とヴィシャスは気づいた。なぜなら幸福だったからだ。この悪夢はいつも、天にものぼる至福の状態から始まる。最初のうちは幸せそのもの、完成したルービック・キューブのように完全無欠なのだ。

だがそのとき、銃が火を噴く。そして彼のシャツに、花が咲くように真紅のしみが広がっていく。悲鳴が空気を切り裂く。固体かと思うほど濃密な空気を。

痛みが走る。爆弾の破片にずたずたにされたような、ガソリンをかぶって火をつけられたような、皮膚を細切れにひん剝《む》かれるような激痛。

ああ、ちくしょう。おれは死ぬんだな。こんな苦悶に耐えて生き延びられるはずがない。

がっくりひざをついて、そして——

頭をブーツで蹴飛ばされたように、Vはベッドから飛び起きた。

黒い壁、夜闇を映したガラス、そんなペントハウスの黒い檻のなかで、荒い呼吸が耳障りに響く。堅い材木を鋸で挽《ひ》いているような音だ。くそったれ、心臓があまりに速く打っていて、手で押さえていないとどこかへ飛んでいってしまいそうだ。

酒が要る……いますぐ。

ふらつく足でホームバーに向かい、きれいなグラスをとって、〈グレイグース〉を十センチほどもついだ。のっぽのグラスを口もとに持っていこうとしたとき、ひとの気配を感じた。

黒い短剣を腰のさやから抜いて、くるりとふり向いた。

「わたくしですよ」

こいつは驚いた。〈書の聖母〉が目の前に立っていた。頭から足もとまで黒いローブに覆われて、顔も見えない。小柄なのに、このペントハウスのなによりも大きく見える。ローブのすその下から光が漏れ、大理石の床を照らしている。それが真昼の太陽のように明るかった。

まったく、おあつらえ向きの話し相手だぜ。**やれやれ、こんなときに。**

Vは頭を下げ、そのまま待っていた。せっかく酒をついだのだから、この体勢でなんとか飲めないかと考える。「光栄の至りです」

「嘘をおっしゃい」〈聖母〉はあっさり言った。「面《おもて》をあげなさい。顔をお見せ」

Vは精いっぱい、お目にかかれて光栄ですな表情をとりつくろおうとした。顔じゅうにくたばっちまえと書いてあるのを隠さなくてはならない。**くそったれめ。**自分でなんとかできないのなら、〈書の聖母〉に報告するとラスに脅されていたのだった。どうやら脅しではすまなかったらしい。

身を起こしながら、いま〈グース〉をなめたらやっぱり不敬になるだろうなと思った。

「もちろんです」〈聖母〉は言った。「でも、飲まずにいられないのならお飲みなさい」

水でも飲むようにウォトカをあおり、濡れたカウンターにグラスを置いた。もっと飲みたかったが、ひょっとしたら〈聖母〉はすぐに引き揚げてくれるかもしれない。

「わたくしがここへ来たのは、王には関わりのないことです」〈書の聖母〉はふわふわと近づいてきて、一フィートほど先で止まった。なんとか踏みとどまったが、Vはとっさにあとじさりそうになった。輝く手がのびてきて、頰をなでられたのだからなおさらだ。〈聖母〉のパワーは稲妻に似ている。致命的で正確だ。そのターゲットになりたい者はいない。「時は来た」〈聖母〉は言った。

時？　なんの時だ？　しかし、Vは口を固く閉ざしていた。〈書の聖母〉に質問をしてはならないのだ。履歴書に、フロアワックスとして使われた経験有りと書き加えたいならべつだが。

「おまえの誕生日が近づいている」

それはそのとおりだ。彼はもうすぐ三百三歳になる。しかしだからと言って、なぜ〈聖母〉がじきじきに訪ねてくるのか見当もつかない。誕生日おめでとうを飛ばしてよこしたいのなら、さくっとメールを送ればいいじゃないか。いやそれより、〈ホールマーク〉のサイトでカードを適当にひょいと選んで送ればさらに簡単だ。

「誕生日の贈り物があります」

「光栄の至りです」ついでに当惑の極みだ。

「おまえの女の用意が整いましたのでね」

　ジャックナイフで「浣腸」でもやられたように、ヴィシャスはぎょっとして飛びあがった。

「待ってください、それはどう――」質問はだめだ、ばかたれ。「いや、その……お言葉ですが、おれに女はおりません」

「それがいるのです」〈聖母〉は輝く腕をおろした。「〈巫女《みこ》〉たちのなかから、おまえの最初の連れあいを選んであります。最も純血で、最も美しい女を」Vは口を開こうとしたが、〈書の聖母〉はそれを圧《お》しつぶすように言い放った。「おまえは連れあいを持ち、子を作るのです。そしてほかの〈巫女〉たちとも。おまえの娘たちは〈巫女〉の欠員を埋め、息子たちは〈兄弟団〉の一員となる。これがおまえの運命です。〈巫女〉たちの〈第一夫《プライメール》〉となるのです」

　プライメールだと？　青天の霹靂、いや青天の水爆だ。

「お赦しください、〈聖母〉さま……その……」咳払いをした。〈聖母〉を怒らせたら、湯気の立つばらばらの肉片骨片を、バーベキュー用のトングで拾ってもらう破目になる。「まことに申し訳ないのですが、おれは女を連れあいに持つつもりは――」

「そうは行きません。しかるべき儀式をあげて交わり、子をなすのです。ほかの〈巫女〉たちとも」

〈彼岸〉に閉じ込められて過ごすことを考えた。女だけに囲まれ、戦うこともできず、兄弟たちにも会えない……くそ、そうとも、ブッチにもだ。そんな未来図を思ったら、口を閉じていた蝶番がはじけ飛んだ。「戦士として生きるのがおれの運命です。兄弟たちとともに。いまいるここがおれのいるべき場所なんだ」

それに、あんなことをされたおれに、そもそも子供を作ることができるのか。

この不服従はすさまじい修羅場を引き起こすだろうと思ったが、〈聖母〉はこう言っただけだった。「なんと恐れ知らずな、分をわきまえなさい。ほんとうに父親によく似ていること」

とんでもない。おれとブラッドレターのあいだには、共通点などなにひとつない。「〈聖母〉さま——」

「これは命令です。おまえはみずから進んで従うのです」

口をついて出た返事は、固く冷やかだった。「それには、それなりのまっとうな理由がなければ」

「おまえはわたくしの息子です」

Vは息が止まった。胸がコンクリートに変わったようだった。いやそうだ、〈聖母〉は広い意味で言っているのにちがいない。

「三百三年前、おまえはわたくしの身体から生まれたのです」ローブのフードがひとりでにあがり、おぼろなこの世のものならぬ美貌があらわになった。「その、いわゆる呪われた手をあげて、われらが真理を知るがよい」

心臓が口から飛び出しそうだ。Vは手袋をはめた手をあげ、力まかせに革の手袋をむしりとった。身の凍る思いで、刺青の入った皮膚の下にあるものを見つめた。その輝きは、〈聖母〉のそれとまったく同じだ。

信じられん……これほど似ているのに、いったいなぜいままで気づかなかったのか。

「見れども見えず」〈聖母〉は言った。「認めたくなかったからです。見たくないから見えなかったのですよ」

Vはよろよろと〈聖母〉のそばを離れた。ベッドにぶつかったとき、尻をマットレスに沈めて自分に言い聞かせた——いまは正気をなくしている場合では……

いや、待て……おれはもう正気をなくしてるんだ。そうだ、それだ。でなければ、いまごろは完全に度を失って大騒ぎしているはずだ。

「そんな……そんなことが、どうしてあるんですか」たしかにこれは質問だが、このさいそんなことにかまってはいられない。

「そうですね、今回ばかりは質問を許しましょう」〈書の聖母〉は浮きあがったまま部屋じゅう動きまわった。歩くのでなく浮遊している。しかしローブはいささかもなびかず、石を刻んだもののようだ。黙って浮いている姿を見ると、チェスの駒を思い出す。それもクイーンだ。ボードのうえでただひとつ、あらゆる方向に自由に動ける駒。

ついに口を開いたとき、〈聖母〉の声は低かった。有無を言わさぬ口調。「妊娠・出産をみずから体験してみたくなって、性行為の可能な形をとり、妊娠可能な状態で〈古国〉に向かった」テラス前のガラスのドアの前で止まった。「そして、種の存続のために最も望ましいと思う男性を選んだ。体力と知力と胆力を備えた強い男性を」

Vは父のことを思い描き、〈書の聖母〉があの男と交わる場面を想像しようとした。くそ、さぞかし荒っぽいセックスだったにちがいない。

「そのとおりです」〈聖母〉は言った。「わたくしはまちがいなく、求めていたものをじゅうぶんに受け取ったわけです。発情が始まったらもう後戻りはできなかったし、彼のような男性はそういうものです。けれども最後の最後に、彼は身を引き離しました。なぜか、わたくしがなにを望んでいるか、わたくしが何者かを見抜いていたのです」

彼の父はたしかに、他者の動機を見抜いてそこにつけこむのが巧みだった。

「おそらくわたくしが愚かだったのでしょう。彼のような男性を相手に、正体を隠しとおすなどできるはずもなかったのです。ほんとうに鋭いこと」と、部屋の向こうからVを見やった。「種が欲しければ、男の子は父のもとに置くことが条件だと彼は言いました。彼にはぶじ生まれて育った息子がいなかったので、戦士としては男子をあげなくてはならないと言うのです。

けれどもわたくしは、〈巫女〉たちのために息子が欲しかった。おまえの父は駆け引きをわきまえていたけれど、こちらとてそれは同じ。あちらの弱点はよくわかっていました。生まれる子の性別を決める力はわたくしにありましたからね。それで契約を結んだのです。出生後三世紀と三年間は父のもとで過ごし、こちら側で戦士としての訓練を受けさせる。そしてその後は、わたくしの目的に従ってもらうと」

〈聖母〉の目的だか親父の目的だか知らんが、くそったれ、おれには発言権もないのか。

〈書の聖母〉の声が低くなった。「こうして契約を交わしたあとは、何時間も力ずくで組み敷かれて、しまいにはわたくしのとっていた形は息も絶え絶えでした。彼はどうしても子供が欲しいと取り憑《つ》かれたようでしたし、わたくしもそれは同じでした。だから耐え忍んだのです」

耐え忍んだとはまさしく。陣営に属する男たちはみなそうだったが、父がセックスをするのをVも強制的に見せられたものだ。ブラッドレターにとっては戦闘もセックスも似たようなもので、女の体格も体力もてんから考慮しなかった。

〈書の聖母〉はまた部屋をうろうろしはじめた。「おまえの三つの誕生日に、わたくしはおまえを陣営に送り届けました」

Vはぼんやりと気づいていた——頭のなかで鈍い音がする。列車がしだいに速度をあげていくような音。両親のささやかな取引のおかげで、彼の人生は滅茶苦茶にされたのだ。父の残酷な仕打ちだけでなく、陣営の歪んだ教訓が残した後遺症に引きずりまわされてあっぷあっぷしてきたのである。

低くうなるような声になって、「おれがなにをされたか知ってるんですか。あそこでおれがどんな目にあったか」

「知っています」

こうなったら礼儀もへったくれもあるものか。「それじゃ、なんだってあそこにほったらかしにしといたんだ」

「それが約束だったからです」

Vははじかれたように立ちあがり、片手を股間に当てた。「よかったな、あんたはそれで体面を保てて。おかげでおれは保てなかったけどな。ああ、まったく公平な取引だぜ」

「おまえが怒るのは理解できます——」

「そうかい、おかあさま。それを聞いて涙が出るほどうれしいよ。おれはあの肥《こえ》だめで二十年間、生き延びるために闘ってきたんだ。その褒美に、頭はぐちゃぐちゃにされるし、身体は傷ものにされたよ。それでいまになって、おれに子供を作れって？」にたりと笑って、

「おれが種なしだったらどうするんだ。おれがどんな目にあったか知ってるくせに、そっちのほうは考えないのか」

「それは大丈夫です」

「なぜわかる」

「わが子の身体に、わたくしに見えない部分があるとでも思いますか」

「この……くそったれめ」Vは小声で毒づいた。

〈聖母〉から熱風が噴き出してきた。熱さにまゆが焦げるほどだった。ひび割れた声がペントハウスじゅうに響きわたる。「分をわきまえなさい。わたくしはたしかにおまえの父親を選びそこねたけれど、その過ちで苦しんだのはおまえだけではない。おまえのたどる道を見て、わたくしが傷つかなかったとでも思いますか。遠くから平然と眺めていたとでも思うのですか。来る日も来る日も、おまえを思って死の苦しみを味わっていたというのに」

「そりゃお情け深いこって」Vは怒鳴った。自分の身体もまた熱を帯びてくるのがわかる。「あんたは全能ってことになってるんじゃないのか。ちっとでも気にかけてたんなら、介入することだって――」

「運命は選ぶものではありません。授かるもので――」

「だれが授けるんだ。あんたか。だったら、おれがあんな仕打ちを受けたのは、みんなあんたのせいだったのか」いまではVは全身から光を放っていた。手の光が全身に広がっているのは、前腕を見おろすまでもなくわかっていた。そっくりだ。同じだ。〈聖母〉と。「くそ……くたばっちまえ」

「わが子よ――」

Vは牙を剥き出した。「わが子と呼ぶな。二度と。母と子なんかじゃない……絶対ちがう。母親だったらなんとかしてくれたはずだ。おれが自分を守れなかったとき、母親があそこにいたら――」

「できるものなら――」

「おれが血を流して傷だらけでおびえていたとき、母親だったら来てくれたはずだ。いまになって息子だ母だとたわごとを抜かすな」

沈黙が落ちた。その長い沈黙のあと、〈聖母〉の明瞭な声が力強く響いた。「今夜からわたくしは斎籠《いごも》りに入ります。それが明けたらあちらに参上なさい。連れあいのお披露目の儀式をおこないます。その後、女の用意がしかるべく整ったら、また戻ってきて生まれついての義務を果たすのです。おまえ自身の自由意志によって果たすのですよ」

「ふざけるな。お断わりだ」

「ブラッドレターが子ヴィシャス、おまえがこの務めを果たさなければ、一族は滅びるのですよ。〈殲滅協会《レスニング・ソサエティ》〉の容赦ない攻撃に耐え抜く望みがあるとすれば、そのためにもっと兄弟が必要です。おまえたち〈兄弟団〉はいまあまりに数が少ない。かつては二十名から三十名はいたというのに。選択的交配以外に増やす手だてはないではありませんか」

「あんたはブッチを〈兄弟団〉に入れたじゃないか。あいつは――」

「あれは、予言成就のために特別に規則を免除したのです。完全に同じでないのはおまえもよくわかっているはず。いかに鍛えようと、おまえたちほど頑健な肉体を持つことはありません。あの内的な力がなかったら、〈兄弟団〉の一員として戦うことなどできなかったでしょう」

Vは顔をそむけた。

種の存続のため。〈兄弟団〉の存続のため。

ちくしょう。

うろうろ歩きまわり、拷問台と壁にかけた玩具の前で立ち止まった。「おれはその手のことには向いてない。白馬の騎士ってタイプじゃないし、世界の救済なんか望んでない」

「これは生物学の論理です。逆らうことはできませんよ」

ヴィシャスは輝く手をあげて考えた。いったい何度、この手を使って燃やしてきたことか——ものを。家を。車を。「この手はどうなんだ。一世代まるごと、おれと同じように呪われてもいいのか。子孫にこれが遺伝したらどうするんだ」

「それはすぐれた武器です」

「短剣だってそうだが、短剣は味方を火だるまにしたりしないからな」

「それは呪いではない。祝福です」

「そうかね。こんな手をして生きてみるんだな」

「力には犠牲がつきものです」

Vは吠えるように笑った。「ああ、そうかい。こんな手はいつでもくれてやるさ。それでまともになれるんなら」

「なんと言おうと、おまえは一族に対する義務を果たさなくてはならないのですよ」

「そうだろうとも。あんたは、自分の生んだ息子に対する義務を果たしたのか。おれがまじめに責任を果たすようにお祈りでもするんだな」

Vは窓外に広がる街を眺めやった。〈オメガ〉の率いる〝レッサー〟の手で、めった打ちにされて死んでいった一般ヴァンパイアたちのことを思い出す。何世紀も前から、罪のないヴァンパイアが外道どもに殺されてきたのだ。たとえ狩られていなくても、生きていくのはそれだけでつらいことなのに。それは身にしみている。

〈聖母〉の言う論理の正しさがいまいましい。ブッチが入団したいまでも、〈兄弟団〉のメンバーはわずか五名。ラスは王だから、法の定めによって戦うことができない。トールメントは行方不明だし、ダライアスは昨年の夏死んだ。というわけで、次々に現われる敵にいまはたった五名で相対しているのだ。なお悪いことに、〝レッサー〟はいくらでも補充がきく。人間を引き込んできて、不死の兵隊に変身させればすむからだ。いっぽう〈兄弟団〉はと言えば、産み育てたうえに、生きて遷移を乗り越えなくてはならない。いま屋敷の奥で鍛えている訓練生たちは、いずれは兵士として戦場に出ていくだろう。しかしどんなに鍛えても、〈兄弟団〉の血を引く男ほどには強くなれない。腕力でも持久力でも治癒力でも。

それに、兄弟を増やすについては……種馬の層のなんと薄いことか。法の定めによれば、ラスは王として一族のどの女とも寝ることが許されるが、彼はベスと完全にきずなを結んでいる。レイジもZも、自分の連れあい以外には目もくれない。トールは、かりにまだ生きていていつか戻ってくるとしても、〈巫女〉に種をまくような精神状態ではないだろう。ほかに唯一可能性があるのはフュアリーだが、不淫の誓いを立てているうえにいまは失恋中だ。あまり種馬に向いているとは言いがたい。

「くそ」Vが目下の状況をつらつら考えているあいだ、〈書の聖母〉は無言のままだった。ひとことでも口を出せば、Vがなにもかも拒絶することになり、一族はおしまいだとわかっているかのように。

Vはふり向き、〈聖母〉にまっすぐ顔を向けた。「やってもいいが、ひとつ条件がある」

「なんです」

「おれはここで、兄弟たちとともに暮らす。兄弟たちとともに戦う。〈彼岸〉に行って」

——ああ、こんちくしょう——「だれとでも寝よう。だが、住むのはこっちだ」

「〈プライメール〉は〈彼岸〉に——」

「今度の〈プライメール〉は例外だ。だめならこの話はなしにしてもらう」Vは〈聖母〉をにらみつけた。「これは先に言っておく。おれは自分勝手なろくでなしだから、この条件が認められないなら出ていくからな。そうしたらどうなる？　なんと言ったって、死ぬまでずっと女とやりまくるとか、そんなことを無理強いはできないぞ。あんたが自分でおれのムスコを勃《た》たせるっていうならべつだが」冷やかな笑みを浮かべて、「それともやってくれるのか。生物学のためだもんな、ええ？」

今度は〈聖母〉のほうが部屋をうろうろする番だった。それを見ているうちにVはむかむかしてきた。考えごとをするときのくせが同じだ——じっとしていられない。

〈聖母〉は拷問台のそばで止まり、輝く手を差し出して、堅い板のうえにかざした。Vの残したセックスの名残があとかたもなく消えていく。汚れたままにしているのが気に入らないとでもいうように。「安楽な暮らしを望んでいるのかと思っていました。保護されて、戦う必要もない暮らしを」

「そしていままでの訓練をむだにするっていうのか。せっかく、親父のげんこつでやさしく鍛えられてきたってのに。この状況でそれはもったいなさすぎるだろ。保護についちゃ、三百年前ならありがたかっただろうけどな」

「きっと……連れあいを気に入ってくれると思っていました。おまえのために選んだのは、最高の血筋を引く娘ですよ。気品と美貌をそなえた純血の娘です」

「あんたはおれの親父を選んだじゃないか。そんなあんたが選んだ女じゃ、おれがあんまり気乗りしなくても責められないと思うがね」

〈聖母〉はVの装具のほうに目を向けた。「おまえはあのような……荒っぽい交わりを好むのですね」

「あの親父の子だからさ。あんたも自分で言っただろ」

「このような……性交渉に、連れあいを引き込むことはできませんよ。辱め、こわがらせることになります。また、〈巫女〉以外の女と交わることも許されません。不名誉なことですから」

自分の性癖を抑えられるとは、Vにはとても思えなかった。「おれは、身内にひそむ怪物を発散させなくちゃならないんだ。いまはとくに」

「いまがなんです？」

「わかってるはずだ、母親なんだからな。息子のことはなんでもお見通しなんだろ。幻視がすっかり干上がって、おれはいま眠れなくて発狂しかけてる。これも知ってるだろうが、先週はこのマンションから飛びおりたんだ。このまま行けばますますおかしくなっていくだろう。とくに、その……発散ができないと」

〈聖母〉はVの反論を切り捨てるように手をふった。「なにも見えないのは、おまえがいま岐路に立っているからです。最終結果がわかっていたら、自由意志を行使することができない。だから、予知をつかさどる部分が自然に閉じたのです。いずれもとに戻ります」

どうかしているとしか思えないが、それを聞いてVはほっとした。何世紀も前に、他者の運命が見えるようになってから、ずっとまぼろしが視野に割り込んでくるのと闘っていたくせに。

そのとき、ふとひらめいた。「これからおれの身になにが起こるか、あんたもわからないんだろう。おれがどんな道を選ぶのか、あんたも知らないんだ」

「向こうで務めを果たすと約束なさい。あちらで責任をもってなすべきことをなすと。いますぐ約束なさい」

「言えよ。どうなるかわからないと言え。おれに誓いを立てさせたいなら、わからないと言うんだ」

「なんのために？」

「あんたにもできないことがあると知っていたいからさ」噛みつくように言った。「そうすれば、あんたにもおれの気持ちがわかるだろうよ」

〈聖母〉の発する熱が強まり、ペントハウスはサウナさながらだった。だが、やがて〈聖母〉は口を開いた。「おまえの運命はわたくしの運命でもある。それゆえ、おまえの道はわたくしにも見えません」

Vは胸の前で腕組みをした。首に縄を巻かれて、ぐらぐらの椅子のうえに立っているような気分だ。おれは大ばかだ。「約束する」

「ではこれを取り、〈プライメール〉への叙任を受諾するがよい」と言って〈聖母〉が差し出してきたのは、黒いシルクの組紐に下がった重い黄金のペンダントだった。Vがそれを手にとると、〈聖母〉は一度うなずき、かくして契約は結ばれた。「では戻って〈巫女〉たちに伝えましょう。わたくしの斎籠りは数日で終わりますから、そのときはわが前に参じて〈プライメール〉に就任するのですよ」

黒いフードがまたひとりでにおりてきた。輝く顔が覆われる寸前、〈聖母〉は言った。「では、また会うときまで。さらば」

音も立てず、身じろぎひとつせずに〈聖母〉はかき消え、同時に光も消えた。

Vはベッドに歩いていった。ひざががくがくする。尻をマットに落として、細長く薄いペンダントを見つめた。はるか昔にかたどられた黄金に、〈古語〉の文字が刻まれている。

子供なんぞ欲しくない。欲しいと思ったこともない。とはいえ、この筋書きではVはたんなる精子提供者にすぎない。どの子供にとっても父である必要はないのだ。それが救いだった。なにしろいい父親になれるわけがないから。

ペンダントをレザーパンツの尻ポケットに突っ込み、両手に顔をうずめた。陣営で育ったころの記憶がよみがえってくる。記憶の映像は、ガラスさながらに明瞭で鋭かった。〈古語〉で激しく悪態をつきながら、ジャケットに手をのばし、携帯電話を取り出して短縮ダイヤルの番号を押した。電話の向こうからラスの声が聞こえてきたが、背後でガーガーと機械のうなる音がしている。

「いまちょっといいか」Vは言った。

「ああ、どうかしたのか」Vが黙っていると、ラスの声が低くなった。「ヴィシャス、大丈夫か」

「それが、大丈夫じゃないんだ」

衣ずれのような音がして、ラスの声が遠くから聞こえてきた。「フリッツ、掃除機をかけるのはちょっとあとにしてくれないか。すまんな」機械のうなりがやんで、ドアの閉じる音がする。「なにがあった」

「その……ええと、最後に酔っぱらったときのことを憶えてるか。その、つぶれるほど飲んだときの」

「なんだそれ……うーん……」間があった。王の黒いまゆが、ラップアラウンドのサングラスの下に隠れるのが目に見えるようだ。「ああ、たしかおまえといっしょだったな。一九〇〇年代の初めのころだったか。ふたりでウイスキーを七本あけたな」

「いや、九本だ」

ラスは笑った。「夕方四時から飲みはじめて、そうだな、十四時間かかったたっけか。そのあとはまる一日酔っぱらってたな。百年たつのに、まだ二日酔いが抜けないような気がするぞ」

Vは目を閉じた。「それで憶えてるかな、ちょうど夜が明けるころに、おれがその……その、母親を知らんっていう話をしただろう。母親がだれで、どうなったのかもさっぱりわからないって」

「全体にかすみがかかったみたいなんだが、ああ、それは憶えてる」

まったく、あの夜はふたりともぐでんぐでんだった。際限なく飲みつづけていた。そうでなかったら、Vはひとことも漏らしたりしなかっただろう。一年三百六十五日、四六時中頭のなかで腐臭を発しているものがあるなどと。

「V、いったいどうした。おまえの〝母親《マーメン》〟がどうかしたのか」

Vはぐったりとベッドに倒れ込んだ。ポケットのペンダントが尻に食い込む。「ああ……いま会ったとこなんだ」

4

〈彼岸〉の〈巫女〉の聖域で、コーミアは自室の寝台に腰をおろしていた。白い部屋、寝台のわきで小さな白いロウソクが燃えている。しきたりどおり〈巫女〉の白いローブをまとい、白い大理石に素足を置いて、両手はひざで組んでいる。

彼女は待っていた。

待つのには慣れている。待つのは〈巫女〉の仕事のうちだ。儀式のために奉仕する日が来るのを待つ。〈書の聖母〉のお出ましを待つ。〈巫女の束ね〉から仕事を与えられるのを待つ。それも、気品と忍耐と分別をもって待たなければ、〈巫女〉の奉仕する伝統のすべてを汚すことになる。〈巫女〉のあいだでは、だれもほかの姉妹たちより重要ということはない。ひとりひとりが全体の一部、神聖な機能体を構成する多くの分子のひとつだ……なくてはならないと同時に、いくらでも取り替えのきく。

そういうわけで、務めを果たすことができなければ身の置きどころがない。ほかの姉妹たち全員を辱めることになるのだから。

だが今日は、待つことが重荷だった。逃れるすべのない重荷。コーミアは罪を犯し、罰がくだるのをおびえながら待っているのだ。

長いあいだ、コーミアは遷移の訪れを待っていた。心のうちではじりじりしていた。だがそれは、〈巫女〉にふさわしい理由からではなかった。彼女は完全な自己になるときを待っていたのだ。呼吸と鼓動のうちに、意義——車輪の輻《や》の一本ではなく、この世界にただひとりの個人としての——を感じたかった。変化が訪れれば、そんな個人的自由を手に入れられそうな気がした。

変化が許されたのはつい最近だった。招かれて、神殿で杯を受けたのだ。最初のうちは有頂天だった。ひそかな願いが、露見することなくかなえられたと思った。だがその後に罰はやって来た。

自分の身体を見おろす。これのせいでこんなことになったのだと、胸やお尻が憎かった。特別な存在になりたいと願った自分が憎い。もとのままでいればよかったのに——

入口にかかった薄いシルクのカーテンが開いて、アマリヤという〈巫女〉が入ってきた。〈書の聖母〉のおそばに仕える〝侍女《アテンデンテ》〟のひとりだ。

「では、決まったのですね」コーミアは言って、痛いほどこぶしを握りしめた。

アマリヤはやさしく微笑んだ。「決まりましたよ」

「いつです？」

「〈聖母〉さまの斎籠りが明けるのを待って、こちらへお出ましになります」

切羽詰まって、コーミアはふだんなら考えられないことを口にした。「お召しを受けるのはほかのシスターではいけないのでしょうか。望んでいるかたは、ほかにもいらっしゃいますのに」

「選ばれたのはあなたなのよ」コーミアの目に涙がわくのを見て、アマリヤは近づいてきた。素足はこそとも音を立てない。「きっとやさしく扱ってくださいますよ。きっと――」

「いいえ、そんなはずありません。だって、戦士ブラッドレターのご子息なんですもの」

アマリヤはぎょっとした。「なんですって?」

「〈書の聖母〉さまからお聞きになってませんの?」

「〈聖母〉さまはただ、〈兄弟団〉のおひとりに決まったとしかおっしゃらなかったわ。すぐれた戦士の君《きみ》だと」

コーミアは首をふった。「初めてこのお話をいただいたときに、〈聖母〉さまからそううかがったんです。みんな知っているものと思っていました」

アマリヤは気がかりそうにまゆをひそめた。なにも言わず、寝台に腰をおろしてコーミアを抱き寄せた。

「わたし、いやなんです」コーミアはささやいた。「お赦しください、シスター。でもどうしてもいやなんです」

「大丈夫、うまく行きますよ……きっと」とアマリヤは言ったが、その声は自信にあふれているとは言えなかった。

「ここでなにをしているのです」鋭い声が、ふたつの手のように確実にふたりを引き離した。〈巫女の束ね〉が入口に立ち、うさんくさげににらんでいる。片手にはなにかの書物を持ち、片手には礼拝用の黒真珠のひもを持つ姿は、〈巫女〉にふさわしい目的と務めをそのまま体現している。

アマリヤはさっと立ちあがったが、この状況ではごまかしはきかない。〈巫女〉はどんなときも、自分の立場を喜んで受け入れることになっている。そうでなければ、建前上〈巫女〉としてあるまじきこととされ、悔い改めが必要とされる。そしてアマリヤとコーミアは現場を押さえられたのだ。

「コーミアに話があります」〈巫女の束ね〉は言った。「ふたりきりで」

「承知しました」アマリヤは頭を下げて入口に向かった。「失礼いたします」

「〈贖罪の神殿〉にお進みなさい。よろしいですね」

「はい、〈束ね〉さま」

「この周期《サイクル》の終わりまで出てきてはなりません。外であなたを見かけたら、わたくしはとても残念に思うでしょうね」

「はい、〈束ね〉さま」

コーミアはぎゅっと目をつぶり、出ていくアマリヤのために祈った。サイクルの終わりまであの神殿にいたら、感覚遮断で頭がおかしくなってしまう。

〈束ね〉はそっけなく言った。「あなたもあそこへ送られるところなのですよ、ほかにお務めがなければ」

コーミアは涙を払った。「はい、〈束ね〉さま」

「まずはこの書を読んで準備なさい」と、革装の本を寝台に置いた。「〈プライメール〉の権利とあなたの義務がくわしく書いてあります。読み終わったら、交接の指導を受けてもらいますから」

どうか〈聖母〉さま、〈束ね〉さまからではありませんように……どうか、どうか〈束ね〉さまからでは……

「レイラが指導してくれます」コーミアの肩から力が抜けたのを見て、〈束ね〉はぴしゃりと言った。「それは侮辱ととるべきなのかしら。指導するのがわたくしでなくて、ずいぶんほっとしたようだけれど」

「とんでもない、ちがいます」

「今度は嘘をつくのですか。顔をおあげなさい。おあげなさいと言うのに」

コーミアは目をあげ、恐怖にたじろいだ。〈束ね〉が刺すような目でにらみつけていたのだ。

「かならず務めは果たしてもらいますよ。とどこおりなく果たしてもらいます。そうでなければ追放です。わかりましたか。追放ですよ」

コーミアはあまりのことに返事ができなかった。追放？　それは……あちら側にということ？

「返事をなさい。わかったのですか」

「は……はい、〈東ね〉さま」

「よろしいですか。〈巫女〉の存続と、わたくしがここに築いてきた秩序、このふたつ以上に大切なものなどないのです。それを損なうものは排除されます。自己憐憫におちいりそうになったら、そのことを思い出しなさい。これは名誉なのですよ。取り消そうなどとしたら、かならずその報いがあるようにわたくしが取り計らいます。いいですね。よろしいですね？」

返事をしようにも声が出ず、コーミアはうなずいた。

〈東ね〉は首をふった。その目に奇妙な光が宿る。「血統をべつにすれば、あなたはまったく不適切です。じつのところ、今度のことはなにもかも不適切なのだわ」

〈東ね〉は衣ずれの音とともに立ち去った。その去りぎわを見送れば、白いシルクのローブのすそが入口の側柱を巻いて流れていく。

コーミアは両手に顔をうずめ、下唇を噛んで自分の立場を考えた。彼女の肉体は、会った

ことも ない戦士に捧げられる……その戦士は、粗野で残酷な父の子……そして彼女の肩に、聖なる〈巫女〉の伝統がかかっている。
名誉ですって？ いいえ、これは罰だ——不敵にも、自分自身のためになにかを欲したのがいけなかったのだ。

次のマティーニが来たとき、フュアリーは考えた。これは五杯めか、それとも六杯めだったか。よく思い出せない。

「今夜は戦闘が休みでよかったな」ブッチが言った。「まるで水でも飲んでるみたいだぜ」

「のどが渇いてるんだ」

「そうだろうとも」刑事《デカ》は座ったままのびをした。「それで、フリーズドライを戻すのにあとどれぐらいかかるんだ、アラビアのロレンスくんよ」

「べつにつきあってくれなくても——」

「詰めろよ、デカ」

フュアリーもブッチもそろって顔をあげた。いつのまにか、テーブルの正面にVが立っていた。なにかあったらしい。見開いた目に青ざめた顔、事故にでもあったようなありさまだが、出血している様子はなかった。

「よう、来たのか」ブッチはそそくさと右にずれた。「今夜は来ないかと思ってたぜ」

Vは腰をおろした。レザーのバイカーズジャケットが盛りあがって、広い肩がいっそう広く見える。珍しいことに、テーブルを指でこつこつ叩きはじめた。

ブッチはまゆをひそめた。「ひどい顔してるじゃないか。なんかあったのか」

ヴィシャスは両手を組み合わせた。「ここじゃ話せん」

「それじゃ帰ろう」

「冗談じゃねえ。昼のあいだずっと閉じ込められちまう」Vは片手をあげた。ウェイトレスがやって来ると、百ドルをトレーにのせた。「〈グース〉が切れないように気をつけてくれよ、な？　これは全部チップだから」

ウェイトレスはにっこりして、「承知しました」

ローラースケートでもはいているように、ウェイトレスはカウンターに走っていく。Vの目はVIPエリアをなめていった。まゆが寄っている。くそ、あれは人ごみをチェックしてるんじゃない。どう見ても戦う相手を探してる。それになんだか……身体がちょっと光ってないか？

フュアリーは左手に目をやり、耳を二度つついた。店の奥に通じるドアをムーア人が警備している、そのうちのひとりに合図したのだ。警備員はうなずき、腕時計に向かってなにごとかささやいた。

まもなく、モヒカンを短く切った大男が姿を現わした。リヴェンジは完璧な仕立の黒いスーツに身を包み、右手には黒い杖を持っている。ゆっくりと〈兄弟団〉のテーブルに近づいてくる。その彼の前で、客が左右に分かれていく。ひとつにはその巨体への畏《おそ》れのため、もうひとつには恐ろしい評判のためだ。リヴェンジが何者かはだれでも知っている。またどんなことができる男かということも。彼は麻薬王であり、その仕事に熱心に入れ込んでいる。へたなことをして怒らせたら、〈フード・チャンネル（料理・食品に関するウェブサイト）〉に出てくるなにかのように賽の目に切り刻まれてしまう。

リヴェンジは混血であり、またザディストの義兄でもある。そして意外なことに、〈兄弟団〉の頼もしい味方にもなっていた。もっとも、その本性のせいでいろいろややこしいことになってはいる。〝精神共感者《シンパス》〟と同衾するのは賢いことではない。文字どおりにも比喩的にも。そんなわけで、彼は気づまりな友人であり親戚だった。

リヴェンジは、牙をほとんど見せずに小さく微笑んだ。「これはみなさん、おそろいで」

「ちょっと内密の要件で、オフィスを使わせてもらってかまわないかな」フュアリーが尋ねる。

「話す気はないぞ」Vは歯ぎしりするように言った。ちょうどそこへ出てきた酒を、手首をくいっと返してひと息に飲み干す。胃のなかが火事で、それに水でもかけようとしているかのようだ。「ひとっことも」

フュアリーとブッチは目配せをして、完全な合意に達した。ヴィシャスは話すに決まっている。

「オフィス、いいかな」フュアリーがリヴェンジにまた尋ねる。

リヴェンジは上品に片方のまゆをあげ、紫水晶《アメジスト》の目をきらりと光らせた。「あの部屋を使うのはどうかな。マイクがしかけてあって、会話はひとことも漏らさず録音されるよ。ただ……もちろん……わたしがその場にいればべつだが」

理想的とは言えないが、〈兄弟団〉の害になるものは、リヴェンジの妹――Zの連れあい――にとっても害になる。だから、この男がいくら半分〝シンパス〟だと言っても、なにがあろうと漏らすようなことはしないだろう。

フュアリーはブースからすべり出て、Vに目を当てた。「酒を持ってこいよ」

「いやだね」

ブッチが立ちあがった。「じゃあ置いてくんだな。帰らないって言うんなら、ここで話を聞かなきゃしょうがない」

Vの目が光った。目だけではないが。「くそったれ――」

ブッチがテーブルに身をかがめた。「おまえ、いま全身からオーラが出てるぞ。けつが壁のコンセントにつながってるみたいだ。だから悪いこた言わん、ひとのことはほっとけみたいなつまんねえ意地を張るのはやめて、その情けないけつをリヴェンジのオフィスに持っていくんだ。でないと、ここでひと悶着起こっちまうからよ。な？」

長いことVとブッチはただにらみあっていたが、やがてVは立ちあがり、リヴェンジのオフィスに向かって歩きだした。歩きながら、怒りのにおいをまき散らしている。有毒ガスのような、つんと鼻を刺すにおい。

Vがこんな状態のとき、ちょっかいを出しても死なずにすむのはデカだけだった。

このアイルランド人のおかげで助かったというところだ。

かれらは一団となって、ふたりのムーア人が警備しているドアを抜け、洞窟のようなリヴェンジのオフィスに落ち着いた。ドアが閉じると、リヴェンジはデスクの向こうにまわり、手をその下に差し入れた。ピッと音が鳴る。

「これで大丈夫」と言って、黒い革張りの椅子に身を沈めた。

全員がVに目を向ける……と、Vはただちに動物園の動物になって、うろうろ歩きまわりはじめた。だれかをとって食いたそうな顔をしている。しまいに、ブッチからいちばん遠いところで立ち止まった。頭上のダウンライトより、彼の皮膚の下で輝いている光のほうが明るい。

「話せよ」ブッチがぼそりと言った。

無言のまま、Vは尻ポケットからなにかを取り出した。腕を突き出すと、黄金のペンダントがシルクの組紐の先で重たげに揺れる。

「転職することになりそうだ」

「ああ……なんてこった」フュアリーが押し殺した声で言った。

ブレイの部屋では、ジョンと仲間たちがいつもの定位置についていた。ジョンはベッドの足もとに座る。ブレイは床であぐらをかく。クインはすっかりくつろいで、ビーンバッグ・チェアに寝そべって半分身体をはみ出させている。〈コロナビール〉が何本かあいていて、〈ドリトス（トウモロコシから作ったスナック菓子）〉と〈ラッフルズ（ポテトチップのブランド）〉の袋が行ったり来たりしていた。

「よし、それじゃ聞こうか」ブレイが言った。「おまえの遷移はどんな感じだった？」

「遷移なんかよりな、おれ、やったんだぜ」ブレイとジョンがそろって目を丸くすると、クインはくすくす笑った。「そうなんだ、やったんだよ。言ってみりゃ、童貞を奪われたってわけ」

「そりゃ……さっさと……話せよ」ブレイがあえぐように言う。

「いや、マジで」クインは頭を仰向けにして、ビールを一気に半分ほどもあけた。「だけどさ、あの遷移ってのは……まったく……」と、ジョンに顔を向けた。色のちがう目を細くして、「覚悟しとけよ、J。冗談抜きできついから。死んだほうがましだって思うぜ。死なせてくれって祈りたくなって、だけどそのあとが本番なんだ」

ブレイがうなずく。「あれはやばい」

クインはビールを飲み干し、空き壜をくずかごに放り込んだ。「おれ、見られてたんだよな。おまえもそうだろ？」ブレイがまたうなずき、クインは小型冷蔵庫をあけて〈コロナ〉をもう一本取り出した。「やっぱりな、あれはその……変な感じだったな。親父が部屋に来てたし、彼女の親父さんまで来てたんだ。おれの身体がぐちゃぐちゃになっているあいだずっとだもんな。いま思うと恥ずかしいんだけど、あんときはそれどころじゃなかった」

「だれを使ったんだ」ブレイが尋ねる。

「マルナだよ」

「くそ、いいなあああ」

クインは目をとろんとさせて、「ああ、すっ、ごくよかったぜ」

ブレイは口をぽかんとあけた。「なんだって？　それはその、まさか――」

「そのまさかさ」クインは笑った。胸を撃たれたふりで、ブレイが床にばったり倒れてみせたのだ。「マルナだもんな、おれも自分で信じられないぜ」

ブレイは頭をあげた。「どうしてそういうことになったんだ？　言っとくけどな、ちょっとでもはしょってみろ、けつを蹴っ飛ばしてやる」

「ほざけ、自分のときはそりゃあぺらぺらしゃべってくれたよなー」

「話をそらすんじゃねえ。この女たらし、さっさと吐けって」

クインが身を乗り出した。それを見て、ジョンもベッドの端へにじり寄っていった。

「わかったよ。それでさ、すっかり終わったわけだ、な？　つまりその……じゅうぶんに飲ましてもらって、遷移がすんで、おれはベッドに寝っころがってたわけさ。もうすっかり……完全にへたばってたよ。マルナはすぐには出てかなかった。おれがまだ欲しがるかもしれないからって、部屋のすみかどっかの椅子かなんかに座ってた。まあそれはともかく、マルナの親父さんとおれの親父がなんかしゃべってて、おれはちょっと気が遠くなったみたいだ。次に気がついたときは部屋にひとりきりだった。ドアが開いたと思ったらマルナでさ、セーターかなんか忘れたって言うんだ。その姿をひと目見たら……なあブレイ、マルナがどんだけいい女か知ってるだろ。だから見たとたんにビンビンでさ。だれに責められるかっつうの」

「うん、そりゃしょうがない」

ジョンはまばたきして、さらにクインのほうへ身を寄せた。

「まあそれはともかく、上掛けはかぶってたんだけど、なんでかマルナに気づかれたんだ。くそ、頭のてっぺんから足の先までとっくり見られてさ、それでにっこりされてみろよ、おれはもう『ああ神さま……』って感じでさ。だけどそんとき、廊下の向こうから親父さんがマルナを呼ぶ声がしてさあ。遷移が終わるころにはもう夜が明けてたんで、ふたりでうちに泊まってたんだよ。だけど親父さんはどう見ても、娘がおれとベッドインするのはよろしくないと思ってたみたいでさ。そんでマルナは出てったんだけど、あとでこっそり戻ってくるからって言うんだ。本気で信じたわけじゃないぜ。でもひょっとしたらと思うじゃないか。

一時間過ぎてもおれは待ってた……むらむらしっぱなしでさ。でも二時間たって、ああ、これは来ないなってなってさ。内線で親父に電話して、目がさめたって言った。それで起きて、やっとの思いでシャワー浴びて、出てきてみたら……マルナがいたんだよ。素っ裸で。ベッドのうえに。もうそりゃ、しばらくはものも言えなかったぜ。だけどあっというまにわれに返ってさ」クインはじっと床を見つめたまま、頭を前後にふっている。「三回やった。立て続けに」

「そりゃ……くそったれ」ブレイがささやくように言った。「よかったか?」

「訊くなよ、ばーか」ブレイはうなずいた。クインは〈コロナ〉を口に当てて、「気がすんだところでシャワー室に連れてって、すっかりきれいにしてやって、それから三十分なめまわしちまったよ」

ブレイはむせて、胸もとをビールだらけにした。「なんてこったい……」

「熟れたプラムみたいな味がしたぜ。甘くてねっとりして」ジョンは目の玉が飛び出しそうになり、それに気づいてクインはにやにやした。「顔をあそこにべったり押しつけてさ。天にも昇るってやつ」

クインはどうだと言わんばかりに、ビールを盛大にあおってみせた。自分の身体が反応しているのを隠そうともしない——頭のなかで、いまなにを経験しなおしているのか訊くまでもなかった。ジーンズのジッパーのあたりがきつくなってきたらしく、ブレイは下半身にフリースをかけていた。

隠すものなどなにもないジョンは、手に持ったビール壜を見おろした。

「連れあいになるのか」ブレイが尋ねた。

「ばか、んなわけないだろ！」クインは片手をあげて、目のまわりのあざを軽くつついた。

「あれはただの……成り行きってやつさ。だから、ねえよ。マルナと連れあい？　まさか」

「でも、マルナは初めてじゃ――」

「いや、ヴァージンじゃなかった。あったりまえだろ。だから連れあいなんてねえよ。あんなふうにマルナがおれんとこに来ることは二度とないだろうな」

ブレイはジョンに目を向けて、「貴族の女は、連れあいが決まるまで処女を守ることになってるんだ」

「けど、そんな時代じゃなくなってきてるぜ」クインは顔をしかめた。「でもな、だれにも言うなよ、な？　彼女とおれは楽しくやったけど、そんな大騒ぎするようなことじゃない。マルナはいいやつだし」

「口が裂けたって言うもんか」ブレイは大きく息を吸って、それから咳払いをした。「それでさ……ひとりでやるよりいいか、やっぱり」

「セックスのことか？　くらべもんになるもんか。自分でやるのはさ、そりゃすっきりはするさ。だけど実際にやるのとはぜんぜんちがう。ちくしょう、もうすっごく柔らかくてさ……とくに脚のあいだなんか。うえに乗っかって、深く突っ込むだろ、彼女がよがって声をあげて、もうたまんないぜ。あんときおまえらもいればよかったのにな。そうすりゃすっごくよくわかったのに」

ブレイが目をぎょろつかせて、「おまえがセックスしてるとこにか。いやあ、そりゃ、ぜひ拝ませてもらいたいもんだぜ」

クインはにったりといささか意地の悪い笑みを浮かべた。「おれが格闘技をやってるとこを見るのは好きだろ？」

「ああ、そりゃな、おまえはうまいから」

「セックスとどこがちがうんだよ。どっちも身体を使ってやることじゃんか」

ブレイはちょっと面食らった顔をした。「そう言われても……プライバシーってもんがあるだろ」

「プライバシーなんてもんはな、時と場合によるんだよ」クインは三本めのビールを取り出した。「それにな、ブレイ」

「うん？」

「おれ、セックスも滅茶苦茶うまいんだぜ」と言うと、ビールのふたをぽんとあけてぐいとあおった。「だからさ、こうしようぜ。あと二、三日休んでおれの体力が戻ったら、ダウンタウンのクラブに三人で繰り出すんだ。またやるつもりなんだが、マルナとはもうできないから、さ」クインはジョンに目をやって、「J、おまえも〈ゼロサム〉に行くだろ。遷移前だってかまうもんか。いっしょに行こうぜ」

ブレイがうなずく。「三人いっしょのほうが調子が出るもんな。だいたい、ジョンだってもうすぐこっちに来るんだし」

計画を立てはじめるふたりをよそに、ジョンはむっつりしていた。この女あさりという話には、どこからどこまでも乗ることができない。それはたんに、まだ遷移を終えていないからではなかった。ジョンには性的なことでいやな経験がある。最悪の経験が。

ほんの一瞬、あの汚い階段がまざまざと眼前によみがえった。こめかみに銃口が押しつけられる。ジーンズが力ずくでおろされる。口に出すのもおぞましいことをされる感触。呼吸がのどに引っかかり、目に涙が浮かぶ。失禁してしまったら、男の安物のスニーカーのつまさきにその尿がかかった。

「今度の週末だ」クインが宣言する。「ブレイ、おまえに相手を見つけてやるからな」

ジョンはビールをおろし、顔をこすった。ブレイは頬を赤くしている。

「あのさ、クイン……おれはあんまり――」

「心配すんな、おれがきっとうまく行くようにしてやるから。それでな、ジョン、そん次はお前の番だぞ」

とっさに首を横にふりそうになったが、ジョンはそれをこらえた。友だちの前でばかをさらしたくない。それでなくても引け目を感じているのだ。ひとりだけチビで、男らしさのかけらもない。このうえ女遊びの誘いを断わったりしたら、負け犬どころの騒ぎではない。

「それじゃふたりとも、いいな？」有無を言わさぬ口調でクインが言った。

ブレイはTシャツのすそをいじっている。それを見て、ジョンはまちがいないと思った。きっとノーと言ってくれる。そうしたらどれだけ気が楽になるか——

「うん」ブレイが咳払いをする。「その……ああ、いいとも。おれはその、溜まっちゃってやばいんだ。もうさ、そのことばっかり考えてるんだよな。それで、なんていうか、苦しいんだよ、マジに」

「よっくわかるぜ、その気持ち」左右で色のちがう目を光らせて、クインが言った。「それじゃ、三人で思いっきり楽しもうぜ。ったく、ジョン……早く本気出せって自分の身体によく言い聞かせといてくれよ」

ジョンは肩をすくめただけだったが、逃げ出したい気持ちでいっぱいだった。

「それじゃ、そろそろ〈Sキラーズ〉やろうか」ブレイが言って、床の〈Xボックス（家庭用のゲーム機）〉のほうにあごをしゃくった。「どうせ一位はジョンだろうけど、それでも二位争いはできるもんな」

べつのことに集中できるのは大歓迎だった。三人はゲームに興奮して、テレビ画面に向かってわめき、菓子の包み紙やビールのふたを互いに投げつけあった。ジョンはこれが楽しくてしかたがなかった。画面上では対等に競争できる。ひとりだけチビでもなく、取り残されてもいない。それどころかほかのふたりに勝てるのだ。〈Sキラーズ〉のなかでは、望むとおりの戦士になれる。

ふたりをこてんぱんにやっつけながら、ブレイのほうに目をやったジョンは、そうだったのかと気がついた。ぼくを元気づけるために、わざとこのゲームを選んでくれたんだな。だがブレイはもともと、ひとがなにを考えているか察して、決まりの悪い思いをさせずに親切にしようとするたちなのだ。こんなにいい友だちはいない。

ビールの六缶パックを四つあけ、キッチンに三回遠征し、〈Sキラーズ〉をフルで二回やり、ゴジラ映画を一本見たあと、ジョンは腕時計に目をやってベッドからおりた。そろそろフリッツが迎えに来る。毎日午前四時の約束を守らなければ、訓練プログラムから叩き出されてしまうからだ。

明日、クラスでな。ジョンは手話で言った。

「もちろん」とブレイ。

クインはにやっとして、「おれは遅れるけどな」

了解。戸口で立ち止まって、**そうだ、訊きたいことがあったんだ。**自分の目の下を軽くつついて、その指でクインをさすと、ジョンは尋ねた。**そのあざはどうした?**

クインはまっすぐこっちを見たままだったし、笑顔がわずかに曇ることさえなかった。

「ああ、なんでもないんだ。シャワー室ですべって転んだのさ。まったくドジだよな」

ジョンはまゆをひそめ、ブレイにちらと目をやった。こちらはうつむいて、床をじっと見つめている。そうか、やっぱりなにか――

「ジョン」クインがきっぱりと言った。「なんでもないって」

ジョンは信じなかった。ブレイの目があいかわらず床に沈んだままなのだからなおさらだ。しかし、彼自身も秘密を抱えている身だから、あえて詮索しようとは思わなかった。

そうか、わかったよと手で言って、さよならの代わりに短く口笛を吹き、部屋の外へ出た。

ドアを閉じると、ふたりの低い声が聞こえてくる。ジョンは片手をドアに当てた。ふたりのいるところへ早く行きたくてうずうずするが、ただあのセックスってやつは……いや、遷移するのは一人前の男になるためだ。男になって死者の復讐を果たすためなのだ。女とよろしくやるためじゃない。実際のところ、フュアリーの手本にならうべきかもしれない。女禁欲にはおすすめな点がどっさりある。フュアリーは長いこと、というか、もうずっと女断ちをしているが、その効果は見ればわかる。頭は完全にしっかりしているし、ほんとうに分別のある男ではないか。

まねをしていけないわけはないだろう。

5

「なにになるんだって？」開口一番、ブッチは言った。

ルームメイトの顔を見ながら、そのいまいましい言葉をヴィシャスは無理に搾り出した。

「〈第一夫《プライメール》〉だ。〈巫女〉たちの」

「そりゃいったいなんだ？」

「要するに、精子の提供者だな」

「ちょっと待った……それはあれか、人工授精《IVF》をするわけか」

Vは手で髪をかきむしった。こぶしで壁に穴をあけられたら、どんなにかせいせいするだろう。「もうちょっと実地体験的っていうかな」

実地体験と言えば、女とのストレートなセックスなどもう長いことやっていない。〈巫女〉を相手に、正式な連れあいの儀式をやり遂げることができるだろうか。

「なんでおまえが」

「〈兄弟団〉のメンバーじゃなきゃならないんだ」暗い部屋を歩きまわりながら、母親のことはもうしばらく伏せておこうとVは思った。「選択肢が少なすぎるんだ。どんどん少なくなってくいっぽうだしな」

「あっちで暮らすのか」フュアリーが尋ねる。

「あっちってどっちだ」ブッチが割って入る。「それはつまり、もういっしょに戦えないってことなのか。ていうか、その……いっしょにいられないって？」

「いや、その点は交換条件にしといた」

ブッチが安心したようにほっとため息をついた。戦闘のさいに助けてもらえなくなるのを心配するのと同じぐらい、Vに会えなくなるのを心配しているのだ。そうとわかって、Vは思わずほろりとしそうになった。

「それで、いつからだ？」

「数日後だ」

フュアリーが口を開いた。「ラスは知ってるのか」

「ああ」

自分がどんな契約を結んだのか考えるにつけ、Vの胸のなかで心臓があばれはじめた。肋骨のかごのなかで鳥が翼をばたばたさせて、外へ逃げようとしてるみたいだ。兄弟ふたりとリヴェンジに、そろって気まずそうにちらちら見られて、パニックがますますひどくなってきた。「その、ちょっと外していいか。いまその……くそ、出かけてきたいんだが」

「おれもいっしょに行く」ブッチが言った。

「いや」Vは追い詰められたような気分だった。とんでもなく不適切なことをしたくなりそうな夜があるとしたら、いまこそそれだ。それでなくても、ルームメイトに対する想いは、口に出さないながらいつも心の奥に引っかかっている。それが行動になって現われてしまったら大惨事だ。V自身にも、ブッチにも、マリッサにも対処しきれるものではない。「ひとりになりたいんだ」

Vはいまいましいペンダントを尻ポケットに突っ込み、沈黙ののしかかるオフィスをあとにした。まっしぐらに通用口から裏道に出る。〝レッサー〟を見つけよう。どうしても見つけなくては。〈書の聖母〉に祈るような――

Vははたと立ち止まった。**ったく、くそったれ**。もう祈らないぞ、あれはおれの母親じゃないか。ともかく、この慣用句は二度と使うまい。

くそ……もうたくさんだ。

Vは〈ゼロサム〉の冷たいレンガの壁にもたれた。思い出すだけでつらいのに、あの戦士の陣営の日々を思い返さずにはいられなかった。

陣営は、中央ヨーロッパの洞窟の奥深くにあった。三十名ほどの兵士がそこを根拠地にしていたが、住人はほかにもいた。未遷移者《プレトラン》が十人ばかり送り込まれて訓練を受けていたし、売春婦も十人かそこらいて、料理をしたりあちらの用を務めたりしていた。

ブラッドレターはその陣営を何年も前から取り仕切っていて、一族のなかでも最強の戦士を育てあげてきていた。〈兄弟団〉のメンバーのうち四名は、Vの父親の下で戦闘を始めているほどだった。だが、どんなレベルの戦士だろうと、この陣営を生きて出られない者は少なくなかった。

物心ついて最初の記憶は、飢えと寒さだった。すきっ腹を抱えて、他人《ひと》がものを食うのを見ている自分。幼少年期を通じて、彼を駆り立てていたのは飢えだった。ほかのプレトランと同じく、彼の唯一の行動原理はどんなことをしても食い物を手に入れることだったのだ。

ヴィシャスは待っていた。洞窟の地面に掘った穴のなかで燃える火が、ゆらめく光を投げてくる。その光に身をさらさないように、陰にひそんで待っていた。仕留めたばかりの七頭の鹿が、下卑た熱狂のなかで食い尽くされていく。兵士たちは肉を骨からそいで、けだもののようにむさぼっている。顔も手も血まみれだった。その食事の輪のすぐ外で、プレトランたちはみな飢えに震えている。

飢えでがりがりにやせこけているのは同じだったが、Vは幼い仲間たちのそばに立って待とうとはしなかった。離れた暗がりに隠れて、狙った獲物をずっと目で追っていたのだ。

彼が目をつけたのは、豚のように太った兵士だった。革ズボンのうえに肉のひだが垂れ下がり、肉に埋もれて目鼻だちもよくわからない。ほとんど上衣《チュニック》を着ずに過ごし、膨れた胸と太鼓腹をゆさゆさ揺らしてのし歩いて、陣営に住みついた野良犬を蹴飛ばしたり、売春婦を追いまわしたりしている。しかし、そのたるんだ外見とは裏腹に、戦わせれば情け容赦のない殺し屋だった。スピードの足りないぶんはけだものじみた腕力で補い、おとなの頭ほどもある大きな手で、〝レッサー〟の手足を折って食うと言われていた。

食事となれば、いつも真っ先に肉に食らいつく者のひとりだった。すさまじい勢いで食うものの、正確さに欠けるのが困りものだった。なにしろ、口になにを放り込もうがほとんど気にしないのだ。鹿肉の切れ端や血の筋や骨片が腹や胸を覆って、胃袋への汚らしい奉仕で編んだ血なまぐさいチュニックのようだった。

その夜、でぶは早めに食事を終えて、鹿の脇腹の肉を握ったまま、上体を起こして座り込んでいた。もう満腹だったが、むさぼり食っていた肉のそばを離れようとせず、ほかの兵士たちを追い払って面白がっている。

練習試合の敗者に罰が与えられる時間が来ると、兵士たちは火のそばを離れてブラッドレターの壇に向かった。たいまつの光のなか、練習試合で負けた兵士たちがブラッドレターの足もとにひれ伏し、かれらを負かした相手に凌辱され、見物人からは嘲笑と平手打ちを食らうのだ。そのすきにプレトランたちは鹿肉の食べ残しに飛びつき、陣営の女たちはそれを食い入るように見つめて、自分の番が来るのを待っている。

Vの獲物は、敗者の辱めには大して興味がなさそうだった。ちょっと眺めていたが、鹿の脚を一本手にぶら下げて、すぐにのしのしと離れていった。彼の不潔な寝床は、兵士たちの寝場所のずっと端っこにあった。かれらでも耐えられないほど臭かったからだ。

大の字に寝そべったさまは、起伏に富んだ台地さながらだった。なにしろその巨体は山あり谷ありなのだ。腹のうえにのった鹿の脚は、まさに山のてっぺんに鎮座する宝物のようだった。

Ｖは離れて待っていた。やがて、兵士の欲深そうな小さな目が肉厚のまぶたに覆われ、どっしりした胸の上下するリズムがゆるやかになっていく。ほどなく分厚い唇が分かれて、いびきがひとつ漏れ、もうひとつ漏れた。それを待って、Ｖは兵士に近づいていった。土の床を踏む素足はこそとも音を立てない。

鼻の曲がりそうな兵士の体臭にもＶはたじろがなかったし、鹿の生肉にこびりついた汚れも気にしなかった。手をのばし、広げた小さな手のひらを、じりじりと鹿の脚の関節に近づけていく。

つかんで持ちあげたまさにそのとき、黒い短剣が飛んできて兵士の耳のすぐそばに突き刺さった。洞窟の突き固めた地面にまで突き通って、兵士ははっと目を開いた。

Ｖの父だった。ぬっと立つその姿は、まるで鎖帷子《くさりかたびら》を着けた握りこぶしだ。それがいままさに振りおろされようとしている。両足を踏みしめ、暗色の目は射抜くようだ。陣営一の巨漢で、一族にもかつてこれほど大きな男はいなかったとうわさされていた。いるだけで人を震えあがらせるが、それにはふたつ理由があった——その巨体、そしてむら気のゆえだ。機嫌がくるくる変化し、気分の振幅が大きくて予測がつかない。しかしVは、その気まぐれが見せかけなのを知っていた。なにもかも、その効果を計算し尽くしたうえのことなのだ。父の狡猾さの底知れないことと来たら、腕っぷしの強さといい勝負だった。

「起きろ」ブラッドレターが嚙みつくように言う。「ぼやぼやしてると、ひよっ子にしてやられるぞ」

Vは父を恐れて縮みあがりながらも、鹿肉をがっつきはじめた。肉にかぶりつき、できるだけ早く呑み込む。まちがいなく殴られる。それもたぶんふたりから。こぶしが飛んでくる前に、食べられるだけ食べておかなくてはならない。

言いわけを始めたでぶの足裏を、ブラッドレターがスパイクつきの長靴で蹴りつけた。でぶの顔から血の気が引いたが、悲鳴をあげるほどばかではなかった。

「理由なんざどうでもいい」ブラッドレターは兵士をにらみつけた。「どう始末をつける気だ。訊きたいのはそこだ」

ひと呼吸入れるまもなく、兵士はこぶしを固めて身を乗り出し、それをVの脇腹に叩き込んだ。口いっぱいに頰張った肉が消えた。衝撃で肺からは空気が抜け、口からは肉が吹っ飛んでいったのだ。あえぎながらも、Vは地面に落ちた肉を拾ってまた口に押し込んだ。洞窟の土にまみれてしょっぱかった。

殴られながらも、Vはげんこつが飛んでくる合間に食いつづけたが、殴られてしなったすねの骨が折れそうになり、とうとう悲鳴をあげて鹿肉をとり落とした。それをだれかが拾って逃げていく。

そのあいだずっと、ブラッドレターはにこりともせずに笑い声だけ立てていた。口から噴き出してくる吠えるような笑い声は、刃物のようにまっすぐで薄かった。笑いやんだかと思うと、太った兵士のうなじをつかんで軽々と持ちあげ、洞窟の岩壁に叩きつけた。

ブラッドレターのスパイクつきの長靴が、Vの目の前の地面に突き刺さった。「おれの短剣をとってこい」

涙のひと粒も浮いていない目をまばたきして、Vは身体を動かそうとした。

革のきしむ音がして、気がつけばブラッドレターの顔がすぐ目の前にあった。「ぼうず、短剣をとってこい。とってこないと、今夜は穴ぐらで売女《ばいた》の役をやらせるぞ」

父の背後に集まってきていた兵士たちがげらげら笑い、だれかの投げた石がVの傷ついた脚に当たった。

「短剣だ、ぼうず」

ヴィシャスは小さい指を地面に突き立て、ずるずると短剣のほうへ這っていった。六十センチほどしか離れていないのに、何マイルも先にあるような気がする。ようやく短剣の柄に手を巻きつけたものの、両手を使わなければ地面から抜けなかった。腕に力が入らないのだ。

痛みで胃袋が裏返り、短剣がやっと抜けたときには、盗み食いした肉を戻してしまった。

吐き気が収まると、Vは短剣を父のほうへ差しのべた。が、父はもう立ちあがっていて、見あげる高さにそびえ立っている。

「立て」ブラッドレターは言った。「おれにかがめと言うんじゃなかろうな。おまえみたいなうじ虫のために」

やっとの思いで上体を起こし、座る体勢まで持ってきた。だが、このうえ立ちあがって全身を支えられるとは思えなかった。肩をあげるのさえままならないのだ。短剣を左手に持ちかえ、右手を地面に突っ張ってみた。激痛が走り、目の前が真っ暗になった……とそのとき、不思議なことが起こった。なにかまばゆい光が内側からあふれてきて、まるで陽光がどっと血管を流れていき、痛みをきれいさっぱり押し流していくようだ。痛みが消え、真っ暗だった視界も開けて……気がつけば手が光っていた。

いまは不思議がっているひまはない。地面から引きはがすように身を起こし、痛む脚に体重をかけないように用心しながら立ちあがった。震える手で、短剣を父に差し出す。

ブラッドレターは、鼓動一拍ほどのあいだこちらを見返してきた。Vが立ちあがれるとは思わなかったらしい。短剣を受け取ると、こちらにくるりと背を向けた。

「だれか、こいつをまた殴り倒しておけ。鼻っ柱が気に入らん」

その命令が実行されて、Vは地面に倒れて身体を丸めた。とたんに光は失せて、痛み苦しみが戻ってくる。こぶしがまた降ってくるのを覚悟していたが、そのとき怒号が聞こえた。今日のところは、Vよりも練習試合の懲罰のほうが面白かったらしい。

苦痛の沼に沈み、さんざん殴られた痛みをこらえて息をしようとしていると、黒いローブをまとった小柄な女性の姿が目に浮かんだ。そばへ寄ってきて、両腕で包み込んでくれる。優しい言葉をささやきながら抱きかかえ、髪をなで、慰めてくれる。

まぼろしの訪れがうれしかった。Vにとってそれは想像の母だった。彼を愛し、危なくないか、寒くないか、ひもじくないかと気にかけてくれる。Vがなんとか生きていられるのは、このまぼろしの母のおかげだった。彼女がいなかったら、彼の世界には平安などどこにもないから。

太った兵士が身をかがめてきた。臭い湿った息がヴィシャスの鼻に襲いかかってくる。

「今度おれから盗んでみろ、二度と立ちあがれなくしてやるからな」

兵士はVの顔につばを吐きかけると、不潔な寝床からがらくたでも放り出すように、つまみあげて投げ飛ばした。

気を失うまぎわ、最後に目に入ったのは、プレトランのひとりが例の鹿の脚をうまそうに平らげている姿だった。

6

悪態をつきながら、Ｖは思い出を頭から振り払った。いま立っている裏道をいらいらと見まわす。あてどない視線は、風に飛ばされる古新聞のようだ。ちくしょう、おれはもう滅茶苦茶だ。タッパーのふたが持ちあがって、彼の残りものがこぼれ出て一面をよごしている。見苦しい。もうぐちゃぐちゃだ。

あのころ知らなくて幸せだった——どこかにやさしいお母さんがいてぼくを愛してくれている、なんてのは途方もないたわごとだったのだから。それを知ったら、次々に浴びせられるどんな虐待よりも身にこたえたにちがいない。

尻ポケットから取り出して、〈プライメール〉のメダルをにらんだ。数分後、にらんでいる目の前でそれが地面に落ちて、コインのようにはねた。おかしい……が、ややあって気がついた。「正常な」ほうの手が輝いている。このせいでシルクの組紐が焼け切れたのだ。

くそったれめ。なんたる得手勝手な母親だ。病的だ。ひとつの生物種を生み出して、ところがそれだけでは飽き足らないのだ。まったく信じられない。自分の血がそこに混ざらなければ満足できないのか。

そうは行くか。何百何千と子孫を増やして、あの女を喜ばせてやる気などさらさらない。あのろくでもない母親のせいで、おれの一生は台無しになった。ろくでもない祖母のせいで、一生を台無しにされる世代を増やしてなるものか。

それに、彼が〈プライメール〉に向いていない理由はほかにもある。なんのかんの言っても、彼はあの父親の息子だ。あの残忍さがＤＮＡに組み込まれているのだ。自分がそれを〈巫女〉たちにぶちまけないとどうして言いきれるだろう。あの女たちに罪はない。彼が連れあいになったら、彼女たちの脚のあいだからなにが生まれてくるか知れたものではないし、いわれもなくそんな目にあわせるのは気の毒だ。

やはり無理だ。

Ｖは手巻き煙草に火をつけ、メダルを拾い、裏道を出て、トレード通りを右に折れた。夜が明ける前に、どうしてもひと暴れせずにはいられない。

ダウンタウンのコンクリートの迷路に紛れ込めば、どこかで〝レッサー〟に出くわせるだろう。

その可能性は高い。〈殲滅協会《レスニング・ソサエティ》〉とヴァンパイアとの戦争には、ただひとつ交戦規則がある。人間のそばでは戦わないということだ。どちらの側にしても、人間の犠牲者や目撃者を出すぐらい厄介なことはない。だから隠れて戦うのが肝心であり、コールドウェルの都心部は、小規模な戦闘にはうってつけの舞台だった。一九七〇年代に小売業界が郊外に脱出したおかげで、暗い裏通りや空きビルがいくらでもある。それに、街をうろつく数少ない人間たちは、さまざまな悪徳に精を出すことで頭がいっぱいだ。裏を返せば、警察の仕事をせっせと増やしているということである。

道を歩きながら、街灯の投げる光溜まりをよけ、車のはね散らす光のしぶきを浴びないように気をつけた。寒い夜のせいで歩行者の姿はほとんどない。〈マグライダーズ・バー〉、〈スクリーマーズ〉、オープンしたばかりのストリップ・クラブの前を、Vはひとりきりで歩いていった。さらに進むと、軽食堂〈テックス・メックス〉があり、中華料理店があって、それをはさんで両側にライバルどうしのタトゥー・パーラーがある。数ブロック歩いたところで、レッド街のマンションの前に出た。ラスに会う前にベスが住んでいたマンションだ。

まわれ右をしてダウンタウンの中心部に引き返そうとしたところで、Vは足を止めた。鼻をあげ、息を吸う。風がベビーパウダーのにおいを運んでくる。婆さん連中や赤ん坊が、こんな夜更けに開店営業しているわけがない。近くに敵がいる。

だがそれだけではない。風にべつのにおいが混じっている。なにか、全身の血が凍りつくようなにおいが。

Vはジャケットの前をあけ、すぐに短剣を出せるようにして走りだした。においをたどって二十番通りに向かう。二十番通りはトレード通りからのびる一方通行の道で、その両側に並ぶオフィスビルは、夜のこの時間には眠り込んでいる。でこぼこで泥水のたまる舗道を蹴って走るうちに、においがしだいに強くなってきた。

いやな予感がした。これは間に合わない。

五ブロック入ったところで、予感が当たったのがわかった。

べつのにおいの正体は、一般ヴァンパイアの流す血のにおいだった。雲が分かれて、月光に無惨な光景が浮かびあがる。遷移を終えたばかりの若者。身に着けたクラブ用の服は引き裂かれ、明らかに死んでいた。胴体はねじれ、顔はめった打ちにされて、目鼻の見分けもつかないほど。殺しの張本人の〝レッサー〟は、いまそのヴァンパイアのポケットを探っていた。住所を探しあてて、さらなる虐殺の手づるにしようというのだ。

Vの気配を感じて、殺し屋は肩ごしにこちらをふり向いた。石灰のように真っ白だ。色の薄い髪、皮膚、目は光沢がなくてチョークのよう。大柄で、ラグビー選手のような体格。入会したてのひよっ子の域はとうの昔に超えている。それがわかるのは、自然な色素が完全に抜け落ちているせいだけではなかった。なんの気負いもなく、〝レッサー〟は即座に立ちあがった。両手を胸もとにあげるなり、まっしぐらに迫ってくる。

両者とも相手目がけて突進し、交差点で正面衝突する車のように激突した。フロントグリルとフロントグリル、体重と体重、力と力の勝負。出会い頭の激突で、Vはあごにハムの塊のようなこぶしを食らった。脳みそが頭蓋骨の中ではねまわるようなパンチだった。一瞬目がまわったが、こらえてお返しを見舞うと、〝レッサー〟は独楽《こま》のように一回転した。すかさずあとを追い、レザージャケットの背中をむずとつかんで裏返した。殺し屋のコンバットブーツが地面から浮く。

Vは取っ組み合いが好きだ。肉弾攻撃が得意なのだ。

しかし、殺し屋は素早かった。冷たい舗道から飛びあがるなり、蹴りを繰り出してきた。Vの内臓がトランプのようにシャッフルされる。後ろによろけたら、コカ・コーラの壜にすべって足首が宙に浮き、特急列車に席をとったようにアスファルトの路面を吹っ飛んだ。身体のコントロールを失いながらも、Vは敵から目を離さなかった。こっちに即座に飛びかかってくる。Vの浮いた足首を狙い、それを包んでいるごついブーツをつかむや、筋骨隆々たる胸と腕の筋力にものを言わせてねじりあげた。

Vは裏返されて、顔から地面に突っ込んで怒号を発した。が、痛みの感覚を遮断した。痛めた足首と両腕を梃子《てこ》に、アスファルトからはずみをつけて起きあがった。自由なほうの脚を自分の胸もとに引きあげ、勢いをつけて後ろへ蹴り出す。それが決まって殺し屋のひざが砕けた。〝レッサー〟は片脚立ちになり、蹴られた脚は完全に逆向きに折れ曲がっている。と見るまに、Vの背中に倒れ込んできた。

ふたりはがっちり組み合った。前腕と二頭筋を緊張させてごろごろ転がり、しまいに惨殺された一般ヴァンパイアにぶつかった。そのとき耳に嚙みつかれて、Vは本気で頭に血がのぼった。〝レッサー〟の歯をふりほどくと、こぶしを固めてそいつの額に叩き込む。骨と骨のぶつかる衝撃で向こうが一瞬くらっとする、そのすきに身体の自由を取り戻した。

つもりだった。

殺し屋の下敷きになっていた脚を引き抜いたそのとき、脇腹にナイフが突き刺さってきた。鋭い閃光のような痛みは、まるでステロイドで巨大化した蜂のひと刺しだった。左側のあばらのすぐ下、皮膚を破り、筋肉を貫いたのがわかる。

くそ、腸に傷がついたとしたら、あっというまにやばいことになる。そろそろけりをつけなくてはならない。

刺されてかえってやる気が出て、Vは〝レッサー〟のあごと後頭部をつかみ、ビール壜でもひねるようにぐいとねじった。頭蓋骨が脊柱からはずれて、木の枝がまっぷたつに折れたような音を立てる。殺し屋の身体から一瞬にして力が抜けた。両腕はばたりと地面に落ち、脚はぴたりと動きを止めた。

Vは自分の脇腹を押さえた。全身にみなぎっていた力が薄れていく。くそったれめ、冷や汗は噴き出してくるし、両手は震えている。しかし、仕事はまだ終わっていない。〝レッサー〟の身体を手早く探った。身分証を見つけて、こんちくしょうを煙に変えなくてはならない。

殺し屋が目を合わせてきた。ゆっくりと口を動かして、「おれの名は……昔はマイクルだった……八十……三……年前……マイクル・クロスニック」

札入れを開くと、有効期限内の運転免許証が見つかった。「マイクルか。ぶじに地獄へ落ちてくれ」

「これで……やっと終わるんだな」

「なにを言ってる。聞いてないのか」くそ、この脇腹の痛みがどうにもならん。「おまえの新居は〈オメガ〉の体内なんだぜ。そこにずっと暮らすんだ。家賃無料で未来永劫な」

色の薄い目が大きく見開かれた。「嘘だ」

「ばかな、嘘をついてどうするんだ」Vは首をふった。「ボスからなにも聞いてないのか。どうもそうらしいな」

Vは短剣の一本を鞘から抜き、腕を肩のうえにふりあげると、広い胸にまっすぐ刃を突き立てた。裏通りじゅうを照らし出すほどの明るい光が噴き出し、ぽんと音がはじけて……しまった、その爆発に一般ヴァンパイアの遺体まで巻きこまれてしまった。いきなり突風が吹いてきたせいで、火が燃え移ったのだ。遺体がふたつとも燃え尽きて、残ったのは冷たい風に漂う濃密なベビーパウダーのにおいだけだった。

なんてこった。これじゃ、家族に伝えようにも身もとがわからないじゃないか。

あたりを探ってみたが、ほかに札入れは見つからなかった。大型ごみ収容器《ダンプスター》に寄りかかり、ヴィシャスは浅く呼吸をした。息を吸うごとに新たな刃が突き刺さってくるようだったが、酸素なしではやっていけないのだからどうしようもない。

携帯を取り出して、助けを求めなくてはならない。だがその前に、Vは自分の短剣を見やった。黒い刃が〝レッサー〟の真っ黒な血にまみれている。あの殺し屋との戦いを思い返し、これがほかの、彼ほど強くないヴァンパイアだったらと想像してみた。彼のような血筋でない、ふつうのヴァンパイアだったら。

手袋をはめた手を持ちあげてみた。彼という男を形作ったのがこの呪いだとすれば、進む道を決めてきたのは〈兄弟団〉とその崇高な目的だ。いまここでおれが死んでいたらどうなっただろう。あのナイフが心臓に刺さっていたら？　〈兄弟団〉の戦士はたった四名になるところだったのだ。

ちくしょう。

このくそったれな生涯がチェス盤なら、駒はとっくに並べられ、ゲームの行方は最初から決まっているのだ。まったく、進む道を自分で選べることのなんと少ないことか。たどるべき道筋はとっくに決まっているのだ。

なーにが自由意志だ。聞いてあきれるぜ。

母親のことも、母親の仕組んだ芝居のこともどうでもいい。〈プライメール〉にならなくてはならないのだ、〈兄弟団〉のために。奉仕してきたその伝統に、その恩義に報いなくてはならない。

レザーパンツで刃をぬぐったあと、また柄を下にしてさやに収め、やっとの思いで立ちあがり、ジャケットをうえから軽く叩いてみた。くそ……携帯がない。どこへやったんだったか。そうだ、ペントハウスだ。置いてきてしまったのだ、ラスに電話したあと——

銃声が響いた。

銃弾が、ちょうど胸筋と胸筋のあいだに命中した。

衝撃で身体が宙に浮き、スローモーションで虚空を落ちていった。地面に仰向けに倒れたまま、じっと横たわっていた。つぶれそうに圧迫されて心臓が痙攣《けいれん》し、脳にかすみがかかる。あえぐことしかできない。浅く速い呼吸が、気道の廊下を跳ねるように行ったり来たりしている。

最後の力を振りしぼって、頭をあげて自分の身体を見おろした。銃撃。シャツに広がる血。胸が引き裂かれるような痛み。悪夢が現実になった。

パニックを起こすひまもなく、闇がおりてきて丸呑みにされた……食物さながら、苦悶という酸にまみれて消化されていく。

「ホイットカム、いったいぜんたいどういうつもりなんだ」

カルテにサインをしていたドクター・ジェイン・ホイットカムは、顔をあげて思わずひるんだ。マニュエル・マネロ、MD——〈聖フランシス医療センター〉の外科部長が、雄牛のように廊下をこっちへ突進してくる。その理由はわかっていた。

厄介なことになりそうだわ。

ジェインは処方薬のオーダーの下に手早くサインすると、カルテを看護師に戻した。受け取った看護師は一目散に逃げていく。見あげた自己防衛反応だが、ここではわりとよく見られる行動だ。外科部長がこういう状態のときは、だれもが掩蔽《えんぺい》を求めて逃げていく……爆弾が破裂しそうになっているのだから、脳みそが半分でもあれば当然の行動だ。

ジェインはその外科部長に顔を向けた。「それじゃ、聞いたのね」

「なかで話そう。いますぐ」と、外科医休憩室のドアにパンチをくれた。

ふたりいっしょに入っていくと、プリーストとデュボワという〈聖フランシス医療センター〉の誇る優秀な外科医《アーミーナイフ》たちが、外科部長の顔をひとめ見るなり、自動販売機の料理をごみ箱に放り込んでそそくさと部屋をあとにした。ふたりが出ていったドアは、こそとも音を立てずに閉まった。まるで、マネロの注意を惹きたくないと思っているかのように。

「いつおれに話すつもりだったんだ、ホイットカム。コロンビア大学は別の惑星にあって、おれには気づかれるはずがないとでも思ってたのか」

ジェインは胸もとで腕組みをした。背の高い女性だが、マネロはその彼女よりさらに五、六センチは背が高い。しかも、患者として診ているプロのスポーツ選手に負けないがっしりした体格だ。広い肩幅、分厚い胸板、大きな手。四十五歳にして肉体は衰えを知らず、アメリカ屈指の整形外科医のひとりでもある。

そしてまた、怒りだすと鬼のように恐ろしい男でもあった。

ぴりぴりした雰囲気のときに、落ち着いていられるたちで助かった。「あちらにつてがあるのは知ってたけど、黙っててくれるだろうと思ってたのよ。話を受けるかどうか、わたしの心が決まるまでは——」

「とうぜん受ける気なんだろう。でなかったら、わざわざ出かけていったりするはずがない。問題は金か」

「あのね、第一に、あなたに口出しをされるいわれはないわ。第二に、もう少し小さい声で話してもらえない？」マネロは豊かな暗色の髪を手でかきあげ、ひとつ深呼吸をした。それを見たら申し訳ない気分になってきた。「やっぱり、ひとこと断わっておくべきだったわ。こんなふうに不意打ちを食わされたら、あなたとしては立場がないわよね」

マネロは首をふった。「そりゃ、いい気はしないさ。マンハッタンから電話があって、うちの最高の外科医のひとりが、ほかの病院でおれの恩師の面接を受けたなんて聞かされたんだからな」

「ファルチェック先生から聞いたの？」

「いや、先生の弟子のひとりからだ」

「ごめんなさい、マニー。まだどうなるかもわからないうちに、先走りたくなかっただけなのよ」

「そもそも、なんでうちを離れようかなんて気になったんだ」

「わかってるでしょ、わたしは欲が深いのよ。ここではあなたがずっと部長だわ。六十五歳になるまではね、途中で辞めでもしないかぎり。ファルチェック先生はいま五十八歳だから、わたしが部長になれる可能性はコロンビアのほうが高いもの」

「もう外傷課の課長になってるじゃないか」

「その資格はあるでしょ」

マネロが白い歯を見せてにやりとした。「ずいぶん謙虚だな」

「いいじゃない。それが事実だってことは、わたしたちふたりともわかってるんだし。それでコロンビアのことだけど。あなただったら、これから二十年間もひとの下で働きたいと思う？」

マネロはまぶたを下げて、マホガニー色の目を隠した。ほんの一瞬、その目になにかひらめくものが見えたような気がする。だが、すぐに彼は両手を腰に当てて肩をそびやかした。広い肩に白衣がぴんと張りつめる。「きみを失うのは痛い。ホイットカム、きみほどの外傷外科医におれは会ったことがないから」

「でも、わたしは自分の将来のことを考えなくちゃならないのよ」自分のロッカーに歩いていきながら、「マネロ、わたしは自分で采配をふりたいの。それがわたしの生きかたなのよ」

「その面接はいつあるんだ」

「明日の午後一番よ。この週末はずっと非番で当直もないから、向こうに滞在するつもり」

「くそ」

ドアにノックの音がした。

「どうぞ」ふたり同時に声をかける。

看護師が首を突っ込んできた。「外傷患者です、二分後到着予定。三十代男性、銃創、心室を貫通してるみたいです。搬送中に二度心停止。ドクター・ホイットカム、ご自分で担当なさいます？　それともドクター・ゴールドバーグをお呼びしましょうか」

「いえ、わたしが診るわ。シュートの第四室《ベイ》の用意をして、それからエレンとジムにすぐ行くって伝えておいて」

「わかりました、ドクター・ホイットカム」

「よろしくね、ナンシー」

ドアが閉じると、ジェインはまたマネロに目を向けた。「コロンビアのことだけど、わたしの立場だったらあなたも同じことをしたはずよ。驚いたなんて言わせないわ」

沈黙が落ちた。ややあって、マネロは少し身を乗り出してきて、「だが、おれが黙って行かせるはずがないのもわかってただろう。それこそ、驚いたなんて言わせないぞ」

マネロが部屋を出ていくと、室内の酸素もあらかたいっしょに出ていってしまったかのようだった。

ジェインはロッカーに背中を預けた。キッチンのほうに目をやり、その壁にかかった鏡を見つめる。彼女の姿がくっきりと映し出されている。医師用の白衣から、緑の術衣、無造作に切ったブロンドの髪まで。

「そんなに険悪でもなかったわ」とつぶやいた。「こういう状況にしては」

休憩室のドアが開いて、デュボワが首を突っ込んできた。「嵐は去った?」

「ええ。それで、わたしはこれからシュートに向かうところよ」

デュボワが大きくドアを開いて勢いよく入ってきた。靴は〈クロックス〉だし、床はリノリウムだから足音はしない。「よくそう平然としてられるなあ。部長とやりあって、気付け薬が必要ないのはきみぐらいだよ」

「部長はほんとはいい人よ」

デュボワは舌を鳴らして、「誤解しないでほしいな、部長のことはすごく尊敬してますよ。いや、ほんとに。怒らせるのは勘弁ってだけで」

ジェインは同僚の肩に手を置いて、「プレッシャーがかかるとだれだっていらいらするものよ。そう言うあなただって、先週は爆発してたじゃないの」

「まあ、そりゃそうだね」デュボワはにやりとした。「それに少なくとも、部長も最近はものを投げなくなったし」

7

〈聖フランシス医療センター〉の〈T・ウィブル記念救急治療部〉には最先端の設備が整っている。その名を冠した人物からの、気前のいい寄付のおかげだ。まだオープンして一年半、床面積四千六百平方メートルのビルはABふたつの棟に分かれていて、どちらにも十六の治療室《ベイ》がある。急患は交互にAまたはB棟に収容され、そこで担当の治療班が決まると、あとは帰宅を許されるか、入院が決まるか、あるいは霊安室に送られるまでそこにとどまることになる。

救急治療部の中央を貫くのが、病院のスタッフ言うところの「落とし樋《シュート》」である。このシュートは完全に外傷患者専用で、そして外傷患者は二種類に分けられる。救急車で担ぎ込まれる「ローラー」と、十一階うえのヘリ発着場からやって来る「ルーファー」だ。ふつうはルーファーのほうが重傷で、コールドウェルを中心に半径二百五十キロの範囲からヘリコプターで運んでこられる。そして、そういう患者専用のエレベーターでまっすぐシュートへ下ろされるのだが、そのエレベーターというのが、台車《ガーニイ》つき担架二台に医療スタッフ十人がゆうに乗り込めるという大きなものだった。

この外傷部には開放型の治療室が六つあり、それぞれにX線や超音波などの検査機器、酸素吸入器その他の医療機器が備えつけられていて、しかも治療者が動きまわれるスペースがたっぷりある。中央には、司令塔とも言うべき管理室がでんと据えられている。いわばコンピュータとスタッフの会議室だが、悲しいことにつねに大車輪の忙しさだ。一日じゅうどの時間にも、主治医になる資格のある医師がひとり、研修医《レジデント》が四人、看護師が六人、少なくともそれぐらいのスタッフがこのエリアには詰めているし、入院患者もふつうふたりか三人はいる。

コールドウェルはマンハッタンほど大きくない。というより、比較にならないほど小さい。しかし、ギャングの抗争や麻薬関連の銃撃事件、それに交通事故にはこと欠かない。そのうえ住民が三百万近いとなれば、それこそありとあらゆるヒューマン・エラーが発生する。ジーンズのジッパーを釘打機《ネイル・ガン》で修理しようとして、腹に釘を打ち込んでしまったり、腕自慢を証明しようとして失敗し、人の頭を矢で射抜いてしまったり、旦那さんが電気ストーヴを修理しようと思い立ったはいいが、コンセントを抜いておくのを忘れて感電したり。

シュートはジェインが生きる場所であり、また支配する場所でもある。外傷課の課長として、この六つの処置室でおこなわれることのすべてについて、管理責任は彼女にある。しかし、救急医および外傷外科医の資格持ちでもあるから、現場の陣頭指揮もとっている。毎日毎日、電話をかけて一階うえの手術室にだれを行かせるか指示し、また自分でも術衣を着て何時間も針仕事をしているのだ。

撃たれた患者の到着を待ちながら、ジェインはいま治療を受けている患者ふたりのカルテをチェックし、レジデントや看護師の仕事ぶりを肩ごしに見守った。外傷チームのメンバーはジェインが自分で選んだ人材ばかりだが、選ぶときには名門大学出身かどうかはあまり関係がなかった（彼女自身はハーヴァード出だが）。重視するのは、すぐれた兵士の素質――というより、彼女自身が好んで言うとおり、地に足のついたシャーロック・ホームズ的な精神だ。察しがよくて粘り強く、超然としていること。とくに重要なのは超然としていられることだ。危機に臨んでおたおたするようでは、シュートで給料をもらうことはできない。

しかしだからと言って、すべてにおいて患者への思いやりが不可欠でないというわけではない。

外傷患者の場合、たいていは手を握って励ますようなことは必要でない。鎮痛剤でもうろうとしている患者や、ショック状態の患者ばかりだからだ。なにしろざるのように血がだだ漏れだったり、身体の一部が冷凍パックに入っていたり、表皮の七十五パーセントが焼けてなくなったりしているのだ。そんな患者に必要なのは救急カートであり、除細動器を操作するよく訓練された冷静沈着なスタッフなのである。

とはいえ、患者の家族や親しい人々には、つねに思いやりと同情が必要だし、可能ならば励ましも必要だ。日々シュートには失われる生命があり、危ういところで助かる生命がある。呼吸ができなくなったり、またできるようになったりするのは、ガーニイに横たわる患者だけではない。待合室にはそんな人々——夫や妻、両親、子供たち——がひしめいている。

わが身の一部ともいうべき人を失う、それがどんなものかジェインは知っている。だから治療にあたるときには、医療や技術の人間的な側面をけっして忘れないように気をつけていた。ともに働くスタッフにも同じことを要求している。シュートで働くためには、仕事の両面に有能でなくてはならない。戦場に必要な豪胆さと、ベッドサイドに必要な細やかさの両方を備えていなくてはならないのだ。ジェインがスタッフに言っているとおり、手を握ったり、不安の声に耳を傾けたり、顔をうずめて泣く肩を貸したり、そんなことをしている時間はないなどという言い訳は許されない。いつ自分が逆の立場に立たされるかわからないではないか。悲劇は分け隔てなく降りかかるものだから、運命の気まぐれに翻弄される可能性はだれにでもある。肌の色がちがおうと、貧しかろうと豊かだろうと、同性愛者でも異性愛者でも、無神論者だろうと信心深かろうと、彼女の立ち位置から見ればみな同じだ。そしてどこかで、だれかがその人を愛しているのだ。

看護師が近づいてきた。「ドクター・ゴールドバーグから、いま病欠のお電話がありました」

「例の風邪？」

「はい、でもドクター・ハリスに代理を頼んであるそうです」

やれやれ、助かったわ。「なにかしてあげなきゃいけないことある?」

看護師は笑顔になった。「目がちゃんと覚めたとき旦那さんがうちにいたもんだから、奥さんがすごく興奮なさったんですって。それでチキンスープを作ってあげたり、張り切って看病してらっしゃるみたいですよ」

「そう、よかった。たまには休まないとね。病気休みじゃ、せっかくの休みもエンジョイできないでしょうけど」

「ですよね。この半年に行き損なった映画をみんな、DVDで見せられそうだっておっしゃってましたけど」

ジェインは笑った。「それじゃますます具合が悪くなりそうね。ああそうだ、ミスター・ロビンスンの症例検討会を開きたいと思っているのよ。ほかに打つ手がなかったのはたしかだけれど、やっぱり亡くなられたショックをみんなで乗り越えなくちゃならないから」

「そうおっしゃるだろうと思ってました。先生がお戻りになる翌日に開く予定になってます」

ジェインは看護師の手をぎゅっと握って、「さすがだわ」

「とんでもない、上司のお仕込みのおかげです」看護師はにっこりした。「何度も検討せずに放っておかれることなんかないんですもん、もっとちがう結果を出せたんじゃないかって症例では」

それはたしかにそのとおりだ。ジェインは、シュートで亡くなった患者のことはひとり残らず憶えている。自分が主治医であってもなくてもそれは変わらない。死者は頭のなかにきちんと分類されている。眠れない夜には、氏名と顔が目の前に再生されてくる。まるで昔のマイクロフィッシュを見ているようで、この「点呼」がこれ以上続くと頭がおかしくなると思うほどだった。

まさに究極の動機づけだ。これから搬送されてくる銃創患者が、その死者のリストに加わることになったらやりきれない。

ジェインはコンピュータをのぞいて、問題の患者の情報を呼び出した。これは戦争になりそうだ。胸腔の銃弾のほかに刺傷も見つかっている。発見された場所から考えて、まずまちがいなく縄張りの外で商売をしていたヤクの売人か、だまし討ちを食らった大口顧客だろう。どちらにしても健康保険には入っていないだろうが、そんなことは問題ではない。〈聖フランシスス〉では、支払い能力にかかわらずすべての患者を受け入れている。

三分後、両開きドアがさっと開いて、危機がジェットの速さで飛び込んできた。ミスター・マイクル・クロスニックはガーニイにストラップで固定されている。巨人のような白人、刺青がびっしり。レザーパンツに口ひげ。頭のそばの救急隊員が酸素マスクをあてがい、もうひとりが装置を押さえて引っぱっている。

「第四ベイに」ジェインはその救急隊員たちに指示した。「どんな状況？」

酸素マスクをあてがっている隊員が答えた。「乳酸加リンガー液の大量静注を二度。血圧は六十－四十でまだ下がってます。心拍百四十、呼吸四十、経口挿管ずみ、途中で心室細動を起こしたんで二百ジュールかけてます。洞性頻脈百四十」

第四ベイで救急隊員はガーニイを止めてブレーキをかけ、いっぽうシュートのスタッフが集まってきた。ひとりの看護師が小さなテーブルの前の椅子に腰かけ、状況を逐一記録しはじめる。ふたりは待機して、ジェインの指示で必要な用品を差し出そうと待ち構えている。

四人めが患者のレザーパンツを切り裂く用意を始める。レジデントふたりは見学のため、あるいは必要なら手を貸すために控えている。

「札入れがありました」救急隊員が言って、ハサミを構えた看護師に手渡した。

「マイクル・クロスニック、三十七歳」看護師が読みあげる。「身分証の写真ははっきりしませんけど……たぶん本人だと思います。写真を撮ったあと、髪を黒く染めてひげを伸ばしたんでしょう」

看護師は、メモをとっている同僚に札入れを渡すと、レザーパンツを切り裂きにかかった。

「システムに記録があるか見てみます」べつの看護師が言って、コンピュータにログインする。「ありました――あれ、ちょっと……おかしいな。ああ、でも住所は合ってます。ただ年齢がちがうわ」

ジェインは声には出さずに毒づいた。「電子記録システムに切り換えるときに、ミスがあったのかもしれないわね。それじゃその情報は信用できないわ。すぐに血液型を調べて、X線胸部撮影をやりましょう」

血液サンプルを採取しているあいだに、ジェインはざっと予備検査をすませた。銃創は胸筋に小さいきれいな円を描いていたが、そのすぐ横になにかの傷痕があった。外表から見えるのは小さな血のしずくだけで、なかがどんな惨状を呈しているかはほとんどわからない。その点は刺傷もほとんど同じで、表面的にはきれいなものだった。たぶん刃物は腸に達していないのだろう。

患者の全身に目をやると、無数に刺青が——まあ、ひどい。鼠蹊部に重傷を負ったあとがある。「X線写真を見せて。それから心臓の超音波——」

室内に悲鳴が響きわたった。

ジェインはぱっと左に顔を向けた。患者の衣服を脱がせていた看護師が床に倒れている。激しい発作を起こして、両手両足をタイルのうえで痙攣させていた。片手に、患者のはめていた黒い手袋を握っていた。

せつな、全員が凍りついた。

「患者の手にふれただけで引っくり返っちゃって——」だれかが言った。

「仕事の途中よ!」ジェインがそれをさえぎった。「エステベス、彼女の手当をお願い。どんな様子かすぐに教えて。さあ、ほかのみんなは仕事よ。早く！」

彼女の声で、全員が弾かれたように動きだした。みなが集中を取り戻すなか、倒れた看護師は隣のベイに運ばれ、エステベスというレジデントが手当にとりかかる。

胸部X線画像は比較的よく映っているが、なぜか心臓の超音波はぼやけていた。とはいえ、どちらもジェインの予想を裏付けている。右心室が銃弾で傷ついて心タンポナーデを起こしている。心膜内に血液がたまり、そのせいで圧迫されて心臓の動きがさまたげられ、まともに血液を送り出せなくなっているのだ。

「腹部の超音波を撮って。心臓を処置して時間を稼いでおくから」より急を要する外傷が確認できたところで、腹部の刺傷についてもっと情報を得ておきたい。「それがすんだら、機械を両方ともチェックしてみて。胸部の画像にエコーが出てるわ」

レジデントが患者の腹に超音波探触子をすべらせているあいだに、ジェインは二十一番の穿刺《せんし》針を五十ccのシリンジに取り付けた。看護師が患者の胸をベータダインで消毒するのを待って、皮膚に針を突き通す。骨格をよけつつ針を導いていき、心膜に突き刺して血液を四十cc抜き、タンポナーデを解消した。それと同時に指示を出して、上階の第二手術室を用意させ、また心臓バイパス手術班を待機させておく。

ジェインは、看護師にシリンジを渡して処分させた。「それじゃ腹部を見てみましょう」

まちがいなく機械の調子が狂っている。画像がこちらの期待するほどクリアでない。それでもありがたいことに、触診の結果は裏付けられた。主要な臓器に傷はついていないようだ。

「よかった、腹部は異常ないようね。それじゃ、大至急うえに移しましょう」

シュートを出る途中、隣のベイをのぞき込んだ。エステベスが看護師の手当をしている。

「容体はどう?」

「意識は戻ってきてます」エステベスが首をふった。「心拍も安定しました。除細動をかけたんで」

「細動を起こしてたの? なんてこと」

「昨日の電話会社の作業員と似てますね。大電流で感電したみたいな症状で」

「マイクに電話してくれた?」

「ええ、旦那さんはこっちに向かってます」

「よかった。よく面倒見てあげて」

エステベスはうなずき、自分の同僚に目をやった。「もちろんです」

ジェインは患者に追いついた。スタッフがガーニイを押してシュートを出、エレベーターに乗り込んで手術室の階に向かう。一階上で彼女が手術衣に着替えているあいだに、看護師たちが患者を手術台に移す。指示のとおりに開胸術キットと心肺バイパス装置が用意されているし、コンピュータの画面には、階下で撮影した超音波画像とX線画像が映し出されていた。

ラテックスの手袋をはめた手が身体に当たらないように気をつけながら、ジェインはまた胸部の画像を確認した。正直なところ、どちらの画像にも合格点はつけられない。ひどくきめが粗いうえにエコーが入っている。とはいえ、状況が読み取れないほどではない。銃弾は背筋《はいきん》に食い込んで止まっていた。これはこのままにしておこう。わざわざ取り出すのは、そのまま放置しておくよりリスクが大きいからだ。実際、鉛玉がどこに食い込んで止まっていようと、銃で撃たれた患者はそれをそのままおみやげにしてシュートを去るのがふつうなのだ。

ジェインはまゆをひそめ、身を乗り出して画面をのぞき込んだ。変わった弾丸だ。丸い。患者の体内でよく見るふつうの細長い形状のものとはちがう。とはいえ、原料はごく一般的な鉛のようだ。

ジェインは手術台に向かった。患者は麻酔装置につながれている。胸部は手術を待つばかりになっており、それ以外の部位はすでに布で覆われていた。オレンジ色のベータダインが塗布されているのが、粗悪なサンレスタンニング剤を塗ったあとのようだ。「バイパスはやめておきましょう。その時間が惜しいわ。血液は用意してある?」

それに答えたのは左側の看護師のひとりだった。「はい、ただ血液型はわかりませんでした」

ジェインは患者ごしに看護師に目をやった。「わからなかった?」

「サンプルが特定不可で戻ってきたんです。でもO型が八リットル用意してあります」

ジェインはまゆをひそめた。「わかったわ、始めましょう」

レーザーメスで患者の胸を切開し、胸骨をノコギリで切り離したのち、開胸器を使って心臓を守る鉄格子をこじあけ――

ジェインは息をのんだ。「そんな……」

「ばかな」だれかが締めくくる。

「吸引」返事がない。ジェインは顔をあげて、助手役の看護師に目をやった。「吸引して、ジャックス。どんなに変わってようが関係ないわ、治療はできるから――ともかく、こんちくしょうをちゃんと狙えさえすればね」

シューッと音を立てて血液が吸引されていき、術野がはっきり見えるようになってきた。こんな形成異常は初めて見る。人間の胸に、室が六つある心臓。超音波画像で「エコー」だと思ったのは、じつは余分なふたつの室だったのだ。

「写真を撮って！」ジェインは声をあげた。「でも手早くね、頼むわ」

撮影が終わるのを待ちながら、（これは、心臓部門は大騒ぎになるわね）とジェインは思っていた。こんな心臓は見たこともない――もっとも、右心室にあいた穴は完全に見慣れたものだったが。こういう創傷のことはよく知っている。

「縫合」ジェインは言った。

ジャックスがジェインの手のひらに持針器《じしんき》をぴしゃりと置く。黒い糸を通した湾曲した針を、このステンレス製の器具でつかんで操作するのだ。ジェインは左手を心臓の裏にまわし、そちらにあいた穴を指でふさぎながら、表の射入口を縫合した。次に心臓を心嚢《しんのう》から持ちあげて、裏側の穴も同じように縫合する。

ここまで、所要時間はしめて六分たらず。あとは開胸器をはずし、肋骨をあるべき位置に戻し、半分に切り開いた胸骨をステンレスのワイヤで合わせる。横隔膜から鎖骨のあたりまで、切開口をステープルで縫合しようとしかけたとき、麻酔専門医が声をあげ、機械が警報を鳴らしだした。

「血圧が六十－四十です。下がってます」

ジェインは心停止時の手順を指示してから、患者にかがみ込んで怒鳴った。「まさか死ぬ気じゃないでしょうね。そんなことしたら怒るわよ」

だしぬけに、そして医学的常識のすべてに反して、患者の目がぱちっと開いてまっすぐに彼女を見た。

ジェインはぎょっとして身を起こした。信じられない……虹彩に囲まれた部分は、無色透明なダイヤモンドの輝きを放っていた。その冴えた光は、雲のない夜空にかかる冬の月を思わせる。生まれて初めて、彼女は驚きのあまりぼうぜんと立ち尽くしていた。その双眸《そうぼう》にじっと見つめられて、肉体と肉体が結びつけられたかのようだ。縒《よ》り合わされ、からみ合わされて、二度と離れられないような――

「また心室細動です」麻酔専門医が叫ぶ。

　ジェインははっとわれに返った。

「死んだら赦さないわよ」患者に向かって怒鳴った。「聞こえてる？　ぜったいに赦さないから」

　気のせいではない。男はまちがいなく、こちらに向かってうなずいた。そのまぶたが閉じるのを見届けて、ジェインは男の生命を救う仕事に戻った。

「もういい加減、じゃがいも発射機事件を根に持つのはやめろよ」ブッチが言った。

　フュアリーは天をあおいで、長椅子《バンケット》にぐったり寄りかかった。「おれの部屋、窓が割れたんだぞ」

「あったりまえじゃないか、狙って射ったんだから」

「二度もな」

「それはつまり、Vもおれも大した名射手だってことさ」

「この次は、頼むからべつの部屋を狙って……」と言いかけて、フュアリーはまゆをひそめた。口もとに運んだマティーニのグラスをおろす。これといった理由もなく、ふいに本能が目を覚まし、いきなりスロットマシンのようにパワー全開で騒ぎはじめたのだ。トラブルの気配でもないかと、VIPエリアを見まわした。「なあ刑事《デカ》、なにか――」

「なんか変だ」ブッチは胸のまんなかをさすりながら言って、分厚い黄金の十字架をシャツの下から取り出した。「いったいなんだ、これ」

「わからん」フュアリーはまた、混んだ店内を慎重に見まわした。まるで知らぬ間に異臭が流れ込んできたかのようだ。鼻が転職したがるほどの悪臭が漂い、空気を汚染していくような。それなのに、どこにも異状は見当たらない。

フュアリーは電話を取り出して双児にかけた。電話に出たザディストは開口一番、フュアリーに大丈夫かと尋ねてきた。

「おれは大丈夫だ。Z、おまえも感じてるんだな？」

テーブルの向こうでは、ブッチがやはり電話を耳にあてていた。「ベイビー、大丈夫か？なにも変わったことはない？　いや、よくわからないんだけど……えっ、ラスが話したいって？　ああ、もちろん、代わってくれ……やあ大将。うん、フュアリーとおれ。ああ。いや。レイジはそこにいる？　よかった。ああ、次はヴィシャスにかけてみるよ」

電話を切ったあと、デカは番号をふたつ押してまた電話を耳にあてた。眉間にしわが寄ってくる。「V、電話くれ。これを聞いたらすぐ」

彼が電話を切るのと同時に、フュアリーもZ相手の通話を終えた。

ふたりはまた深く座りなおした。フュアリーは酒のグラスをいじっている。ブッチは十字架をもてあそんでいた。

「たぶんペントハウスで女と励んでるんだろう」ブッチが言った。

「今夜は一番にそうするつもりだって言ってたしな」

「そうか。それじゃたぶん、いまごろはまっさいちゅうだな」

「ああ。すぐに電話がかかってくるさ」

〈兄弟団〉の電話にはすべてGPSのチップが埋めてあるが、Vが電話を身に着けているとGPSは効かなくなるから、館に電話をかけなおして〈RAZR《レーザー》〉の携帯で追跡しようとしてもあまり意味がない。Vに言わせると、例の手がその機能をさまたげているらしい。彼の手を光らせている原因がなんであれ、それのせいで電気や磁気が狂ってしまうのだという。とうぜん電話も聞こえにくい。電話で話していると、Vのほうが固定電話でも回線に雑音が入るほどだった。

フュアリーとブッチの我慢は一分半ほどしか続かなかった。ふたり同時に顔を見合わせ、同時に口を開いた。

「ちょっといいかな、ひとっ飛び行ってきても——」

「やっぱり様子を見に——」

ふたりして立ちあがり、クラブ側面の非常口に向かった。

裏道に出て、フュアリーは夜空を見あげた。「非実体化してあいつのとこへ大急ぎで行ってこようか」

「ああ、頼むよ」

「住所を教えてくれ。まだ行ったことないんだ」

「〈コモドア・マンション〉の最上階の南西すみだ。おれはここで待ってるから」

その派手なペントハウスは、十ブロックほど川寄りにあった。フュアリーにとっては、その吹きさらしのテラスに出現するのはあっという間のことだった。ガラスの壁に近づいてみる必要もなかった。兄弟はここにはいない。鼓動一拍ぶんの間もなく、ブッチのそばに戻ってくる。

「いなかった」

「それじゃ、ハンティングに――」デカは凍りついた。奇妙な張りついたような表情が顔に浮かぶ。頭がさっと右を向いた。「〝レッサー〟だ」

「何匹だ」と尋ねながら、フュアリーはジャケットの前を開いた。〈オメガ〉とややこしいことになってから、ブッチは文字どおり殺し屋の存在を感じとれるようになっている。あの罰当たりどもが硬貨なら、ブッチは金属探知機というところだ。

「ふたり組だ。手早く片づけよう」

「よしきた」

〝レッサー〟たちがかどを曲がって姿を現わした。フュアリーとブッチをひと目見るなり、ただちに腰をかがめて戦闘態勢をとる。〈ゼロサム〉を出てすぐの裏道は戦闘にふさわしい場所とは言えないが、幸いにも今夜は凍《い》てつくほどの寒さだから、人間の姿はどこにもない。

「後片付けは引き受けた」

「了解」

ふたりはまっしぐらに敵に突っ込んでいった。

8

二時間後、ジェインは外科集中治療室《SICU》に続くドアを大きく押し開いた。帰りじたくはすんでいて、革のバッグを肩にかけ、車のキーを手に持ち、ウィンドブレーカーも引っかけている。しかし、帰る前にあの銃創の患者の様子を見なくては気がすまなかった。

ナースステーションに近づいていくと、カウンターの向こう側の女性が顔をあげた。「こんにちは、ドクター・ホイットカム。患者さんのチェックにいらしたんですか」

「そうなのよ、シャロンダ。ほら、わたしって放っとけないたちだから。どの部屋に入れてくれたの？」

「六号室です。苦しがったりしてないか、いまフェイが様子を見に行ってるとこですよ」

「もう、あなたたちったら素敵すぎるわ。こんな優秀なスタッフのいるＳＩＣＵはほかにないわよ。それはそうと、お見舞いに来た人がいる？　近親者は見つかった？」

「医療データの番号にかけてみたんですけど、電話に出た男性は、この十年ずっとこのアパートメントに住んでるけど、マイクル・クロスニックなんて聞いたこともないって言うんです。あの住所はでたらめみたいですね。そうだ、あの患者さんが身に着けてた武器、もうご覧になりました？　すごいですよ、足りないものはないってぐらい」

シャロンダが目をぎょろつかせてみせると、ふたりは同時に言った。「ドラッグ関係」

ジェインは首をふった。「まあ当然だわね」

「そうですねえ。顔のあのタトゥーからして、保険の損害査定人ってことはないですよねえ」

「そうね、プロレスラーの集団を相手に書類を作ってるならべつだけど」

声をたてて笑うシャロンダに手をふって、ジェインは廊下を歩きだした。六号室は右手のいちばん奥にある。そこへ向かう途中、やはり彼女が執刀したふたりの患者の部屋をのぞき込む。ひとりは脂肪吸引術の失敗で腸に穴があき、もうひとりはバイク事故でフェンスの横木が突き刺さった患者だ。

ＳＩＣＵの病室は、幅も奥行きも六メートルほど。装飾のたぐいはいっさいなく、どの部屋も正面はガラス張りで、プライバシーが必要なときはカーテンを引くようになっている。窓をつけたりモネのポスターを貼ったりする部屋ではないし、テレビで朝のトークショーを観る場所でもない。テレビでなにを観るか考えられるほど元気なら、この部屋にいるはずがない。スクリーンや画像はすべて、ベッドを囲む監視装置のものばかりだ。

六号室に着いてみると、フェイ・モンゴメリという正真正銘のベテラン看護師が点滴をチェックしていた。顔をあげて、「今晩は、ドクター・ホイットカム」

「フェイ、調子はどう?」ジェインはバッグをおろし、ドアわきのポケットホルダーに入ったカルテに手をのばした。

「おかげさまで。先にお答えしてしまいますけど、患者さんは安定してます。すごいことですよね」

ジェインはカルテをめくって、いちばん新しい検査の数値をあらためた。「信じられない」カルテを閉じようとして、ジェインはまゆをひそめて左すみの数字をにらんだ。患者の十桁のIDは、最近の入院患者につけられる数字より、何万も小さい数だったのだ。ファイルが初めて作られた日付を確かめてみる。一九七一年。カルテをめくっていくと、これ以前に救急に二回担ぎ込まれていた。一度は刃物による刺傷、もう一度は薬物の過量摂取。日付は七一年と七三年。

ああそうか、こういう例は前にもあった。急いで書かれると「0」と「7」は取りちがえやすい。この病院が電子化データに移行したのは、やっと二〇〇三年になってからだ。それ以前はなにもかも手書きだった。データを処理した人が、転記するときに読みまちがったのだろう。「'01」と「'03」とあったのに、さかのぼって七〇年代の日付を打ち込んでしまったのだ。

ただ……この誕生日がおかしい。これが正しいとすると、この患者は三十年前に三十七歳になっているはずだ。

フォルダーを閉じて、手のひらをそれに載せた。「データ入力をもっと正確にやってもらわないとだめね」

「ほんとに、わたしもそう思ってました。ところで、わたしは席をはずしましょうか」

「ああ、そうしてもらえるとうれしいわ」

フェイはドアの前で立ち止まった。「聞きましたよ、今夜の手術ではすごいお手柄だったんですってね」

ジェインは小さく微笑んだ。「あれはみんなの手柄よ。わたしはただ、自分の役目を果たしただけ。そう言えば、シャロンダに言うのを忘れてたわ。この春の死闘《スプリング・マッドネス》（ここでは、毎年三月から四月におこなわれる大学バスケットボール全米王者決定戦のこと。ケンタッキー大学とデューク大学はどちらも強豪で、いわば「宿命のライバル」どうし）では、わたしケンタッキー大学を応援するつもりなの。彼女にそう――」

「言っときます。それで先にお答えしときますけど、ええ、シャロンダは今年もまたデューク大学ですって」

「やっぱり。これから六週間は派手にいがみあえるわね」

「だから、シャロンダはデュークを選んだんですよ。いわば公共サービスですね。おふたりがやり合うのを見物できるんですから、みんな大喜びですよ」

フェイが出ていってから、ジェインはプライバシー用のカーテンをきちんと引いて、ベッドサイドに歩み寄った。患者は気管内チューブを通じて機械的人工呼吸をしており、酸素分圧の値はまずまずだった。血圧は低めだが安定している。心拍は遅く、モニターの表示はおかしいが、なにしろこの患者の心臓には六つ室があるのだから無理もない。

ほんとに、この人の心臓ときたら。

身を寄せて、患者の顔をしげしげと観察した。コーカソイドの一派、まずまちがいなく中央ヨーロッパの血だろう。整った顔だちをしている——どうでもいいことだけれど。ただ、こめかみの刺青のせいで、せっかくの男前がいささか損なわれている。さらに顔を寄せて、刺青をくわしく調べてみた。みごとな作品なのは認めざるをえない。中国の文字とヒエログリフを組み合わせたような複雑な意匠。きっとギャングかなにかのマークなのだろう。もっとも、戦争ごっこをするような子供っぽい男には見えない。もっと本格的な、本職の軍人タイプだ。ひょっとして武道関係の刺青だろうか。

患者の口に挿入されたチューブに目をやったとき、おかしなことに気がついた。親指で患者の上唇を押しあげてみた。犬歯がとても目立つ。それにぎょっとするほど尖っている。

整形だわ、きっと。近ごろの人たちは、外見にどんな突拍子もない改変を加えるか知れないし、そもそも顔に刺青を入れるような人なのだ。

身体にかかっている薄い毛布をめくってみた。胸の傷口を覆う被覆《ドレッシング》は問題ない。そこで腹部のほうを調べようと、じゃまな毛布をさらに押しのけた。刺傷のドレッシングの状態をあらためてから、腹部を触診する。軽く押して内臓を調べながら、鼠蹊部のうえに入っている刺青に目をやり、さらに股間周辺の傷痕に目を向けた。

半分去勢されている。

傷痕の乱れかたからして、外科的に切除されたものではない。たぶん事故で失ったのだろう。というより、事故であってほしいと思った。そうでなければ、あとは拷問ぐらいしか考えられないからだ。

毛布をかけなおしながら、患者の顔を見つめた。ふとした気まぐれで、患者の前腕に手を置いてぎゅっと握った。「ずいぶん荒っぽい人生を送ってきたみたいね」

「ああ、おかげで鍛えられたがね」

ジェインはくるりとふり向いた。「まあ、マネロ部長。おどかさないでよ」

「悪かった。ちょっと様子を見ようと思ってね」部長はベッドの反対側にまわり、患者の全身を目で掃いた。「執刀したのがきみでなかったら、この患者はいまごろ生きてなかっただろうな」

「写真をご覧になった？」

「心臓の？　ああ、見たよ。コロンビアの連中に送ってざっと見せてやろう。あっちに行ったら感想を聞いてきてくれよ」

聞かなかったふりをして、ジェインは言った。「血液型がわからないの」

「まさか」

「この人の同意が得られたら、染色体レベルからすっかり検査させてもらわなくちゃ」

「ああ、なるほど。きみの第二志望だったね、遺伝子は」

彼が憶えているとは不思議な気がした。もう少しで遺伝研究の道に進むところだったという話は、たぶん一度しかしていないと思うのだが。

麻薬に酔ったようにうっとりして、ジェインはこの患者の体内を思い描いた。彼の生命を救ったときに手にした心臓を見、その感触をまた味わう。「医学者にとってはすばらしいチャンスかもしれない。ぜひこの人を研究したいものだわ。研究の一端に加わるだけでもいいから」

モニター機器のかすかなうなりが膨れあがって、ふたりのあいだに流れる沈黙を埋めていくようだった。ややあって、うなじがちりちりする感触にジェインは顔をあげた。マネロがこっちをじっと見つめていた。深刻な表情。がっちりしたあごをこわばらせ、まゆをぎゅっと寄せている。

「マネロ……」ジェインはまゆをひそめた。「どうかした?」

「行くな」

目を合わせられなくて、先ほどめくった毛布を見おろし、患者の腕の下にたくし込んだ。その白い布のをしわをなんとなく伸ばしているうちに、母がいつも同じことをしていたのを思い出した。

手を止めた。「探せば外科医ぐらい――」

「外科部のことなんかどうでもいい。きみがいなくなったら……」マネロは濃いダークヘアを手でかきあげた。「ちくしょう、ジェイン、きみがいなくなったら、おれは滅茶苦茶に寂しくなる。それに、きみが……くそ、おれはきみが必要なんだ。ここに残ってくれ。おれのそばにいてくれ」

ジェインはばかみたいに目をぱちくりさせた。この四年間、マネロは彼女に気があるようなそぶりも見せなかった。たしかに、親密とかそういう関係ではあった。彼が癇癪を起こしたとき、なだめられるのは彼女だけだった。それにそう、この病院の運営のことを四六時中ふたりで話してもいた。それも、勤務時間が終わったあとまで。当番が重なるときは毎晩いっしょに食事もしたし……彼の家族の話を聞き、彼女も自分の家族の話をし……

なに考えてるの。

親しかったのは確かだけど、病院という状況で見れば、この人はこのうえなく貴重な人材なのだ。それに対してわたしが色っぽいことっていったら……そう、せいぜい手術台と同じぐらいだわ。

たしかに曲線の少なさも同じぐらいだ。

「なんて顔するんだよ、ジェイン。ほんとに気がつかなかったのか。きみが一ミリでもガードを下げてくれたら、おれは次の心拍も待たずにきみの術衣にもぐり込んでるぜ」

「気でも狂ったの？」ジェインはあえいだ。

「とんでもない」と重たそうなまぶたをなかば閉じて、「意識はどこまでも澄みきってるよ」

その寝苦しい夏の夜のような表情を目にして、ジェインの脳は休暇に出ていった。頭蓋から飛び出してどこかへ行ってしまった。「不穏当だわ」と口から言葉が突いて出た。

「人前でべたべたしなきゃいいんだよ」

「けんかになるわ、あなたとわたしじゃ」なぜわたしはこんなことを言ってるんだろう。

「だろうな」にやりと笑うと、豊かな唇の端が持ちあがる。「望むところだ。おれと真っ向から対決できるのはきみだけだもんな」

ジェインは患者ごしに彼を見つめた。あいかわらずぼうぜんとしていて、なんと言ってよいかわからない。もうずいぶん長いこと、男性がいたことはなかった――彼女の人生に、ベッドに、そして頭のなかに。うんざりするほど長いこと。何年も何年も、ひとりでマンションに帰り、ひとりでシャワーを浴び、ひとりでベッドにもぐり込み、ひとりで目覚め、ひとりで仕事に行く生活だった。両親が亡くなってからは家族もいないし、何時間も病院で過ごしているから、職場の外に友人の輪もない。ほんとうに話のできる唯一の相手は……そう、このマネロだけだった。

いまこうして彼を見つめているうちに、ジェインははたと気がついた。この病院を去ろうと思った真の理由は、このマネロだったのだ。この外科部での昇進の道に立ちはだかっているというだけではない。心のどこかで、こういう告白のときがいつか来ると気がついていて、それが来る前に逃げ出そうとしていたのだ。

「なんとか言えよ」マネロがぼそりと言った。「いまは黙り込むときじゃないぞ。『マニー、わたし何年も前からあなたを愛していたの、あなたの家へ行ってこれから四日間ずっと立ちあがらずに過ごしましょう』みたいなことを、なんと表現しようかと思ってるんならべつだが」

「明日あなたは仕事じゃないの」ジェインはとっさに言った。

「仮病の電話を入れるさ。風邪を引いたとでも。上司として、きみにも同じことをするように命令するさ」患者のうえに身を乗り出してきた。「明日コロンビアに行くのはやめてくれよ。行かないでくれ。いっしょにやっていけるか試してみようじゃないか」

ジェインはうつむき、気がついたらマニーの手を見つめていた。たくましい幅広の手。数えきれないほどの腰や肩やひざを治し、プロもアマも問わず、数多くのスポーツ選手の選手生命と幸福を救ってきた手。若者や健康な人たちだけではない。あの手は、高齢者、重傷患者、ガン患者の身体の自由をも守ってきた。手足を使う能力を、そのおかげで失わずにすんだ人がどれだけいることか。

あの手で素肌に触れられたらどんな感じだろう。

「マニー……」ささやくように言った。「どうかしてるわ」

こちらは市の反対側。〈ゼロサム〉近くの裏道でフュアリーは立ちあがった。亡者のように白い〝レッサー〟の身体は動きを止めている。黒い短剣で首を切り裂くと、ぱっくり開いた傷から光沢のある黒い血が噴き出し、アスファルトを覆う溶けかけた雪に降りかかる。とっさに心臓をひと突きしそうになった。そうすれば、たちどころに〈オメガ〉のもとへ戻っていくのだ。しかしそれは古いやりかただ。いまはもっといい方法がある。

ただ、ブッチに負担がかかる。それもただごとでなく。

「こいつを頼む」フュアリーは言って、一歩さがった。

ブッチが進み出てきた。凍ったぬかるみが、ブーツの下でぱりぱりと音を立てる。険しい表情、長く伸びた牙。敵と同じ、ベビーパウダーのような甘ったるいにおいをさせている。自分で倒した殺し屋を片づけ、彼にしかできない仕事を終えて、いままたその仕事をくりかえそうとしているのだ。

刑事《デカ》はやる気満々のようだったが、同時に苦しそうにも見えた。両ひざをつき、両手を〝レッサー〟の白い顔の両側について身をかがめていく。口をあけ、殺し屋の口のうえに顔を固定して、長くゆっくり息を吸いはじめた。

〝レッサー〟の目がかっと見開かれたかと思うと、黒いもやが身体から立ちのぼり、ブッチの肺に吸い込まれていった。中断も休止もなく、ひたすら着実に、ひとつの容れものからべつの容れものへと悪が流れ込んでいく。敵の身体はしまいに、ただのねずみ色の灰に変わった。崩れ落ちて細かい塵となって、冷たい風に吹き散らされていく。――

ブッチはぐったりしていたが、やがて身体をまったく支えられなくなって、裏通りのぬかるんだ路面に脇腹を下に倒れ込んだ。フュアリーは駆け寄り、手を差し出そうと――

「さわるな」ブッチの声はあえぐかのようだった。「さわると気分が悪くなるぞ」

「少しぐらい――」

「いいって！」ブッチは地面を押して、反動で身を起こした。「ちょっとだけ待っててくれ」

フュアリーはデカを見おろすように立ち、彼をかばういっぽうで周囲に目を配っていた。新手の敵がやってくるかもしれないからだ。「館に戻るか？　Vはおれが捜しに行くからさ」

「ばか言うな」デカははしばみ《ヘーゼル》色の目をあげた。「あいつの居所が知れないってのに、うちでのんびりなんかしてられるかよ」

「ほんとに大丈夫か？」

ブッチは立ちあがった。全身が旗かなにかのように揺れていたが、休むつもりはさらさらなかった。「行こうぜ」

フュアリーはブッチに合わせて歩く速度を落とし、並んでトレード通りを歩きだした。だが、どうもブッチの顔つきが気に入らなかった。ブレンダーでフラッペが滅茶苦茶になったみたいな情けない表情を浮かべている。しかし、気絶して引っくり返りでもしないかぎり、ギブアップする気はなさそうだった。

コールドウェルという都会の脇の下をふたりしてほじくり返したものの、なんの成果もあがらなかった。Vのいないこの状況のせいで、ブッチの体調は明らかにどんどん悪化している。

レッド通りをずっと歩いて、ついにダウンタウンの端の端にやって来たところで、フュアリーは足を止めた。「戻ろう。こんな遠くまで来るわけがない」

ブッチも立ち止まり、あたりを見まわした。覇気のない声で、「なんだ、驚いたな。これ、以前ベスが住んでたマンションだぜ」

「引き返そう」

デカは首をふり、胸をさすった。「このまま進むんだ」

「探すのをやめようって言ってんじゃない。ただ、こんな街はずれにまで来るわけがないだろ？　こっから先は住宅地だ。人目が多すぎて戦闘には向かない。暴れるチャンスを探してるのに、こんなところへ来るわけがない」

「けどな、フュアリー、あいつがやられてたらどうだ？　今夜はあれっきり〝レッサー〟を一匹も見てない。でかいことが起こってるんじゃないか？　たとえばあいつが捕虜になったとか」

「意識があるなら、それはまずありえないぞ。なにしろあの手を持ってるんだ、とんでもない武器だからな。たとえ短剣を全部奪われたって困りゃしない」

「気絶させられてもか？」

フュアリーが返事をするまもなく、〈チャンネル・シックス・ニュースリーダー〉の中継車が猛スピードで走り抜けていった。ふたつめの交差点でブレーキランプが灯り、車は左に曲がった。

くそったれめ。フュアリーには内心毒づくことしかできなかった。中継車がああいう嵐の勢いで登場するのは、どこかの老婦人の飼猫が木から降りられなくなったからではあるまい。とはいえ、たんなる人間界のふつうの事件の可能性もある。ギャング関連で鉛の雨が降ったとか。

ただ問題は、とうてい無視できない強烈な胸騒ぎがして、そうではないと断言していることだ。だから、ブッチがそちらの方向に歩きだしたとき、フュアリーもそれにならった。なにも言わないということは、デカもたぶんまったく同じことを考えているのだろう。**頼む、ほかのだれかの悲劇であってくれ。おれたちには無関係であってくれ。**

テレビ局の車が駐まっている場所へ近づいていくと、犯罪現場のお約束で、十二番通りからのびる袋小路の入口に、コールドウェル警察署のパトカーが二台駐まっていた。レポーターがスポットライトを浴びてカメラに向かってしゃべっているのを横目に、制服の男たちは黄色いテープの輪のなかを歩きまわり、集まった野次馬は大騒ぎして盛んにしゃべっている。

その袋小路を掃いて、一陣の疾風が吹きつけてきた。それに乗ってVの血のにおいがする。それとベビーパウダーのような〝レッサー〟の甘ったるいにおい。

「ああ、まずい……」ブッチの苦悶が冷たい夜気にあふれ出し、その溶剤のようなつんとするにおいがそこに加わる。

デカはふらふらと立入禁止のテープに向かって歩きだそうとした。引き止めようとフュアリーはその腕をつかんで——蒼白になった。ブッチのなかの悪は濃厚だった。ちょっと触れただけで、それはフュアリーの腕を駆けあがり、腹に落ちて、おかげで胃が裏返りそうになったのだ。

それでも、どうにかデカを押さえることはできた。

「ばか、下がってろ。あの警官のなかには、おまえのもと同僚もまじってるはずだぞ」デカが口を開きかけたが、フュアリーはおっかぶせるように言った。「えりを立てて、帽子をおろせ。目立たないようにしてろ」

ブッチは〈レッドソックス〉の野球帽のひさしをおろし、あごをえりに埋めた。「もしあいつが死んでたら——」

「黙って自分のことを心配してろ。ぶっ倒れないようにな」それはむずかしそうだった。ブッチは惨憺《さんたん》たるありさまなのだ。ちくしょう……Vが死んだら、身を切られるよりつらいのは〈兄弟団〉のだれもが同じだが、ただデカには特殊な問題がある。殺し屋を相手に例の強力掃除機をやったあと、吸い込んだ悪を処理できるのはVだけなのだ。

「離れてろ、ブッチ。そこじゃまだ人目に立ちすぎる。早く離れろって」

デカは二、三メートルあちらへ歩いていき、陰に駐めてある車に寄りかかった。どうやらそこにじっとしているつもりらしいと見てとって、フュアリーは現場に近づいていき、黄色いテープのそばの人だかりに加わった。現場に目をやって最初に気づいたのは、〝レッサー〟が消されたあとに残る痕跡だった。幸い、警察はそれには目も留めていない。ぬめるように黒く光る血溜まりのことは、ただの車からこぼれたオイルだと思い、また焼け焦げのあとについては、ホームレスが焚き火でもしたぐらいに思っているのだろう。警官たちが注目しているのは現場の中央——あの赤い血溜まりのなかにヴィシャスは倒れていたのにちがいない。

ああ……まずい。

フュアリーは、たまたま隣に立っていた人間に目をやった。「なにがあったんだ?」

男は肩をすくめた。「人が撃たれたのさ。喧嘩かなんかで」

レイヴ・パーティ帰りらしい若い男が、勢い込んでしゃべりはじめた。こんなに痛快なことはないと言わんばかりの口調で、「胸を撃たれたんだよ。この目で見たんだ、おれが911に電話したんだぜ」と、戦利品かなにかのように携帯を振ってみせた。「警察にさ、ここに残っててくれって言われてんだ。事情聴取するんだってさ」

フュアリーはそちらに目をやった。「なにを見たって？」

「ほんと信じらんないよな、まるで『ビデオに撮られた世界最大の衝撃の瞬間（フォックステレビの番組）』を見てるみたいだったよ。あの番組知ってる？」

「ああ」フュアリーはその袋小路の両側の建物をチェックした。窓はひとつもない。たぶん目撃者はこの男ひとりだろう。「それで、なにがあったんだい」

「それがさ、おれはただトレード通りを歩いてたんだよ。〈スクリーマーズ〉で友人たちに置いてけぼりくらって、車がなかったんだよね。まあそんなんで歩いてたらさ、前のほうにすげえ明るい光が見えたんだよ。でっかいストロボの光みたいのが、この裏道から噴き出してきたっていうか。なんだあれって思って足を速めたんだけどさ、そしたら銃声がしたんだよ。ぽんって、なんかがはじけるみたいな音でさ、ほんと言って最初は銃声とは思わなかったんだ。ここに来てみて初めてわかったんだよ。もっとすげえでっかい音だと――」

「いつ９１１に電話したんだ？」

「えっとさ、ちょっとたってからなんだ。だれかがこの道から飛び出してくるだろうって思ってさ、そしたらおれも撃たれるかもしれないじゃん。だけど、なんかだれも出てこないしさ、そんできっと奥のほうかどっかへ逃げたのかと思ってさ、そんでここまで歩いてきたんだけど、そしたらどこにも逃げる場所なんか見当たらないじゃん。だからさ、たぶん自分で自分を撃ったんだろうね」

「どんな男だった?」

「ガイシャのこと?」若い男はこちらに身を乗り出してきた。「警察はさ、被害者のことガイシャって言うんだぜ。そう言ってるの聞いたんだ」

「ご説明ありがとうよ」フュアリーはつぶやいた。「それで、どんな男だった?」

「黒っぽい髪で、口ひげはやしてた。全身レザーでさ。倒れてるすぐそばに立って、おれ911に電話したんだよ。血は出てたけど、生きてた」

「ほかにはだれも見なかった?」

「いや、見てない。その倒れてるやつだけ。そんでさ、おれ警察から事情聴取受けることになってんだ。マジでさ。この話はしたっけ」

「ああ、よかったな。そりゃ楽しい思いができるだろうさ」このクソガキが。そのぺらぺらよくしゃべる口をぶん殴ってやりたくてむずむずした。

「なんだよ、怒んなよ。だって面白いじゃん」

「撃たれた男にとっちゃ、面白くもなんともないぞ」フュアリーはまた現場に目をやった。少なくともVは〝レッサー〟の手に落ちてはいないし、またここで死んでもいない。たぶん敵が先に発砲したが、Vにはまだ余力があって、気絶する前にそのろくでなしを消してやったのだろう。

いや、待てよ……このガキは、光が見えたあとで銃声がしたと言っていた。ということは、第二の〝レッサー〟の登場があったわけだ。

左のほうからよく練れた声が聞こえてきた。「〈チャンネル・シックス・ニュースリーダー〉のビタニー・チョイが現場から生放送でお伝えします。またダウンタウンで発砲事件がありました。警察によりますと、被害者のマイクル・クロスニックは――」

マ、イ、ク、ル・クロスニック？　なんでもいいが、Vは〝レッサー〟の身分証を見つけてそれを身に着けていたんだな。

「――〈聖フランシス医療センター〉に搬送されました。胸に銃弾を受けて重体……」

くそ、今夜は大変な夜になりそうだ。ヴィシャスは負傷、人間の手に落ちている。しかも夜明けまであと四時間しかない。

緊急撤収をかけるしかない。

フュアリーは館に電話をかけながら、ブッチの待つほうへ引き返していった。呼出音を聞きながらデカに伝える。「生きてるぞ。撃たれて〈聖フランシス〉に運ばれてる」

ほっと肩の力を抜いて、ブッチはなにごとかつぶやいた。（神よ、感謝します）というようなことを。「それじゃ、救出に行くんだな？」

「ご名答」なぜラスは電話に出ないんだ？　どうした、ラス……電話に出てくれよ。「ちくしょう……外科医の連中、それでなくても人間は寿命が短いのに、それがますます縮むだろうな。Vの胸を開いたらぶったまげるぞ――ラスか？　まずいことになった」

ヴィシャスは意識を取り戻した。が、肉体のほうはまだ休暇中だった。完全に頭ははっきりしているのに、昏睡中の骨肉という檻のなかに閉じ込められている。手足はぴくりとも動かないし、まぶたはしっかり閉じたまま、接着剤の涙でも流したようにくっついて開かない。ただ、聴覚はまともに働いているようだった。身体のうえを会話が行き交っている。声はふたつ。女の声と男の声。どちらも聞き憶えがない。

いや、待てよ。いっぽうは知った声だ。おれに向かって頭ごなしに命令していた声。女のほうだ。しかしなぜだ？

それに、なぜおれは黙ってそれを聞いていたんだ？

女の声を聞いてはいたが、内容はあまり頭に入ってこなかった。女とは思えない話しぶりだった。無遠慮で、高飛車で、頭ごなしだ。

だれだ、この女は。いったい――

ふと彼女の身分に思い当たった。ぴしゃりとやられたような衝撃に、いささか理性が戻ってきた。外科医だ。人間の外科医だ。なんてこった、ここは人間の病院なのか。人間の手に落ちてしまったのか、あの……ちくしょう、なにがあったんだったか。

パニックに頭が忙しく回転しはじめた……が、なんのかいもなかった。彼の身体は肉の厚板のようだし、のどには管が差し込まれているようだ。機械で肺を動かしているわけだ。まちがいなく鎮静剤で完全にマヒさせられている。

くそ、なんてことだ。夜明けまであとどれぐらいだ？　どうしてもここから出なくてはならない。いったいどうしたら――

脱出計画を練っていたのがだしぬけに中断させられた。本能が目を覚まし、理性からハンドルを奪い取って運転席に収まったのだ。

しかし、前面に出てきたのは戦士の部分ではなかった。独占欲全開の雄の衝動だった。これまでずっと眠ったままで、ものの本で読んだり人から聞いたり、他人のそれを目にしたりはしてきたが、自分には生まれつき欠落しているのだと思い込んでいた。引金を引いたのはこの部屋に漂うにおいだった。女を欲する男のにおい……あの女を、Ｖの手術をした外科医を抱きたがっている。

それはおれの女だ。

そんな言葉が、降って湧いたように訪れてきた。それに似合いの荷物――ライバルは殺すという衝動――を抱えて。激怒のあまり目が開いた。

首をまわすと、背の高い人間の女が目に入った。ブロンドをショートカットにして、縁なし眼鏡をかけている。化粧っけはなく、イヤリングもしていない。白衣には「ジェイン・ホイットカム、医師、外傷課長」と筆記体の黒い文字で書かれていた。

「マニー」彼女は言った。「どうかしてるわ」

視線を移すと、黒っぽい髪の人間の男が見えた。やはり白衣姿で、えりの右側に「マニュエル・マネロ、医師、外科部長」とある。

「どうもしてやしないさ」男は低い傲慢な声で言い放った。Vの主治医をずうずうしく見つめている。「自分の望みはちゃんとわかってる。きみが欲しいんだ」

それはおれの女だ、Vは思った。きさまのじゃない。おれの女なんだ。

「明日、コロンビアに行くのをとりやめるわけにはいかないわ」女が言う。「かりに、わたしたちのあいだになにかあったとしても、ここをやめなくちゃ外科部の部長になれないことに変わりはないもの」

「おれたちのあいだに、ね」いやらしくにやにやしていやがる。「それはつまり、考えてもいいという意味かな」

「なにを?」

「おれたちのことをさ」

Vの上唇がめくれて牙があらわになった。うなり声がもれはじめる。頭のなかをひとつの言葉だけが、ピンを抜いた手榴弾のように転がっている——おれの女。

「どうかしら」Vの主治医が言う。

「ノーじゃないんだな、ジェイン。ノーじゃないんだろ」

「ええ……ちがうわ」

「よかった」男は視線を下げてVに目をやり、驚いた顔をした。「意識が戻ってるみたいだ」

ああ、とっくに戻ってたとも、Vは思った。彼女に指一本でも触れてみろ、その罰当たりな腕を付け根から嚙み切ってやるからな。

9

フェイ・モンゴメリは実際的な人間だった。看護師として優秀なのはそのおかげだった。黒っぽい髪と目を持って生まれてきたのと同じように、冷静な頭を持って生まれてきて、だから危機的状況で目ざましい活躍ができる。しかも夫は海兵隊員で、うちには子供がふたりいて、集中治療室に十二年勤めてきたとなれば、よほどのことがなければ動転することなどなくなっていた。

SICUのナースステーションの奥で、いまその彼女が動転していた。

四輪駆動車《SUV》並みの巨漢が三人、パーティションの向こう側に立っている。ひとりは多色の長い髪に黄色い目をしていたが、それが本物とは思えないほど鮮やかな黄色だ。ふたりめは頭がぼうっとするほどの美形で、おまけに圧倒的な性的魅力を発していて、フェイは自分で自分を叱らなくてはならないほどだった。**あんたは幸せな既婚者で、いまも夫に魅力を感じてるんだからね。**三人めは後ろに控えていて、〈レッドソックス〉の野球帽とサングラスしか見えないが、その整った顔だちにはそぐわない禍々《まがまが》しい空気をまとっている。

そのうちのひとりがなにか尋ねたのだろうか。尋ねたような気がする。ほかの看護師はだれも口がきけないようだったが、フェイは口ごもりながら言った。「すみません、その……なんとおっしゃいました？」

目の覚めるような髪――まあ、あれは本物だろうか――をした男が小さく微笑んだ。「マイクル・クロスニックを探してるんです。救急車でここに担ぎ込まれたはずなんですが。受付で、手術のあとここへ運ばれたって聞いて」

あらまあ……あの瞳の色、お日さまを浴びたキンポウゲの花みたい。純金みたいに輝いてる。「ご家族のかたですか？」

「兄弟です」

「そうですか。ただお気の毒ですが、手術が終わったばかりですからご面会は――」なんの理由もなく、フェイの脳は方向転換をした。おもちゃの電車が線路から持ちあげられて、別の線路にひょいと移し変えられたように。気がついたら口が勝手に動いていた。「廊下の奥の六号室です。ただ、入るのはおひとりだけにして、短時間で切りあげてくださいね。あ、そうだわ、少しお待ちいただかないと、いま主治医の先生が――」

ちょうどそのとき、ドクター・マネロが大股でデスクに近づいてきた。男たちに目をやって、フェイに尋ねる。「なんか問題でも？」

フェイの首は横に動き、口は「いいえ、大丈夫です」と言っていた。

ドクター・マネロはまゆをひそめ、男たちとまともに目を合わせた。とたんにびくっとして、頭痛でもするようにこめかみをさすった。「フェイ、わたしはオフィスにいるから、用があったら呼んでくれ」

「はい、ドクター・マネロ」男たちにまた目を向けた。なにを言っていたんだったっけ。ああ、そうだ。「主治医の先生が出てらっしゃるまでお待ちくださいね」

「いまなかにいらっしゃるんですか」

「ええ、いらっしゃいます」

「わかりました、どうもありがとう」

あの黄色い目がフェイの目に突き刺さってきた……と思ったら、六号室に患者が入っていたかどうか、まるで思い出せなくなっていた。入ってたかしら？　……ちょっと待って……

「それで」男が口を開いた。「ユーザーネームとパスワードを教えてくれませんか」

「えっ……なんですって？」

「コンピュータの」

いったいなぜそんな——ああそうか、情報が必要なんだわ。そりゃそうよね、教えてあげなくちゃいけないわ。「大文字のFMONT2でログインしてください。パスワードは11Eddie11です。Eだけ大文字」

「どうもありがとう」

どういたしまして、と言いかけたところで、急に思いついたことがあった。いけない、スタッフ・ミーティングの時間だわ。でも、なぜいまごろ？　ミーティングはもうとっくに——

いいや、**まちがいなくスタッフ・ミーティングの時間よ**。緊急のスタッフ・ミーティングが必要なのだ。それもいますぐ——

フェイは目をぱちくりさせた。気がついたら、ナースステーションのカウンターの向こうをぼんやり眺めていた。だれもいない。おかしい、ぜったいだれかと話をしていたはずなのに。だれか男の人で——

スタッフ・ミーティングよ。**いますぐ**。

フェイはこめかみをさすった。ひたいを万力で締めつけられているようだ。ふだん頭痛はしないのだが、今日は目がまわるほど忙しくて、コーヒーばかり飲んでろくに食べていないせいだろう。

肩ごしに、ほかの三人の看護師のほうを見やった。全員がなんだか面食らった顔をしている。「みんな、そろそろ会議室に行きましょ。患者さんの状況の報告会をしなくちゃ」

同僚のひとりがまゆをひそめた。「今夜はもうやりませんでしたっけ？」

「またやらなくちゃならないのよ」

全員が立ちあがって会議室に向かった。フェイは両開きのドアをあけたままにしておいて、テーブルの上座に腰をおろした。こうしておけば外の廊下が見えるし、モニターも見える。このフロアの患者全員の容体がそこに表示されて――

フェイは椅子のうえではっと身を固くした。なにあれ？　多色の髪の男がナースステーションのなかにいて、キーボードにかがみ込んでいる。

警備員を呼ぼうと腰を浮かせかけたが、そのとき男が肩ごしに目を向けてきた。その黄色の目に見つめられたとたん、彼がコンピュータをいじっていていけないわけが急にわからなくなった。それに考えてみたら、五号室の患者の話をすぐに始めなくてはならないのだった。

「それじゃ始めましょう。ミスター・ハウザーの容体から」フェイは言って、全員の注意をこちらへ向けさせた。

マネロが出ていったあと、ジェインは患者を見おろしながら信じられない思いだった。あれほど鎮静剤を投与されているのに、目をあけてこちらを見あげている。刺青の入ったいかつい顔は、完全に意識のある人の顔だ。

それにしても……この目。こんな目はいままで見たこともない。虹彩が不自然に真っ白で、それが濃青の環に縁取られている。

これはおかしい、と彼女は思った。あんな目つきでこちらを見つめているのはおかしい。あの胸のなかで脈打つ六室の心臓はおかしい。口もとにあんな長い歯がのぞいているのはおかしい。

この人は人間ではない。

いや、そんなばかな。医療者の規則第一は、「蹄《ひづめ》の音を聞いてシマウマだと思うな」だ。この世に人間型の異種生物がいて、それが発見されずにいるなんて、そんな可能性がどれぐらいあるだろうか。ホモ・サピエンスというゴールデン・レトリバーの群れに、黄色いラブラドール・レトリバーが紛れ込んでいるという確率は？

患者の歯のことを考えた。レトリバーにドーベルマンが紛れ込んでいる確率、と言ったほうがいいかもしれない。

患者がこちらを見返してくる。なぜかのしかかられている気がした。仰向けに寝ていて、管につながっていて、外傷手術が終わってまだ二時間にしかならないのに。

いったいぜんたい、どうして意識があるのだろう。

「わたしの声が聞こえます？」彼女は尋ねた。「聞こえるならうなずいてください」

患者の手――刺青をしているほうの手が、鉤爪の形をしてのどもとにあがってきたかと思うと、口に挿入されている管をつかんだ。

「だめ、抜いちゃいけません」身を乗り出して押さえようとしたら、彼はさっとその手を引っ込めた。腕をいっぱいにのばして、彼女からできるだけ遠いところへ手をよける。「よかった、言うことを聞いてくれないと拘束しなくちゃいけなくなりますから」

患者の目が恐怖に大きく見開かれた。まるで眼窩から飛び出しそうだ。ベッドに横たわる大きな身体も震えはじめた。唇が動いている。チューブがのどに挿入されているから声にならないが、悲鳴をあげているようだった。その激しい恐怖にジェインは胸を衝かれた。患者の必死な様子には、追いつめられた動物を思わせるところがある。片脚を罠にとられた狼は、こんな目で人を見あげるのかもしれない。**助けてくれ、襲わないから逃がしてくれ。**

ジェインは手を患者の肩に置いた。「大丈夫ですよ、そんなことをする必要はないんですから。ただ、そのチューブは――」

病室のドアが開いて、ジェインはぎょっとして凍りついた。

男がふたり入ってきた。黒いレザーに身を包み、いかにも武器を隠し持っていそうなタイプに見えた。ひとりは、これほど大柄で、これほど美しいブロンドは見たことがないというような男だった。だが、もうひとりにはぞっとした。〈レッドソックス〉の野球帽を目深にかぶり、背筋が冷えるような邪悪な空気を漂わせている。顔はあまり見えなかったが、血の気が完全に引いていて、具合が悪そうだった。

そのふたりを目にした瞬間、目当てはこの患者だとすぐに思った。そしてそれは、花を持っておしゃべりをしに来たという意味ではない。

次に考えたのは、いますぐ警備員を呼ばなくてはならないということだった。

「出ていってください」彼女は言った。「早く」

〈レッドソックス〉の男はそれには耳も貸さず、ベッドのわきに歩み寄った。患者と目配せをすると、野球帽は手を差し出して手と手をつないだ。

かすれた声で言った。「もう生きて会えないかと思ったじゃないか、このくそったれ」

なにかを言おうとするように、患者は目に力をこめた。しかしやがてあきらめて、枕にのせた頭を左右にふった。

「うちへ連れて帰るからな」

患者がうなずくのを見て、ジェインはもう、おしゃべり人形のように「出ていってください」と決まり文句をくりかえす気を失った。すぐにナースステーションの呼び出しボタンを押さなくてはならない。患者の心肺停止を知らせるボタンだから、このフロアにいる人間の半数が駆けつけてくるはずだ。

が、そのボタンに手が届かなかった。

〈レッドソックス〉の仲間、例の美貌のブロンドは、文字どおり目にも止まらぬ素早さだった。いまドアのすぐ内側にいたかと思ったら、次の瞬間には彼女を背後からつかまえて床から持ちあげていたのだ。大声をあげようとしたら、すぐに手で口をふさがれ、癇癪を起こした子供のようにやすやすと押さえつけられてしまった。

そのすきに、野球帽は手際よく患者からすべてをひっぺがしていった。人口呼吸器も、点滴の管も、カテーテルも、心電図のワイヤも、酸素分圧モニターも。

ジェインは怒りで頭に血がのぼった。モニターの警報が鳴りはじめると同時に足を蹴りあげ、彼女をつかまえている男の向こうずねにかかとを叩きつけてやった。ブロンドの巨人はうっとうめいたが、逆にこちらの胸郭を締めつけてきた。おかげで呼吸をしようとするのに忙しくなって、もう男のすねをサッカーボール代わりにすることはできなかった。

でも、少なくとも警報は鳴っているから――

耳をつんざく絶叫は、だれも機械に触れていないのにひとりでに止まった。しかも恐ろしいことに、どうやらだれひとり廊下を駆けつけてくる者はいないようだった。

ジェインはさらに激しく抵抗し、しまいには身体に力を入れすぎて目に涙が浮いてきた。

「落ち着いてくれよ」ブロンドが耳にささやきかけてくる。「おれたちはすぐに出ていって、二度と面倒をかけたりしないから。気を楽にしてくれよ」

そうでしょうとも、気が楽にもなるわよ。目の前で自分の患者が殺されかけてるのに――

患者は自力で大きくひとつ息を吸った。そしてもうひとつ。それからあの奇妙なダイヤモンドの目をこちらに向けてきた。とたんにジェインは動けなくなった。まるで意志の力で押さえつけられたかのように。

沈黙が落ちた。ややあって、ざらざらの声で、ジェインに生命を救われた男が短い言葉を発した。その言葉がすべてを変えた……彼女の人生を変え、運命を変えた。

「来て、もらう。おれと、いっしょに」

ナースステーションのなかに立って、フュアリーは病院のITシステムに素早く侵入した。Vのように苦もなくたちどころにキーボードを操るとはいかないものの、それでもなかなかの腕前だった。マイクル・クロスニックという名前の下の記録を見つけ、ヴィシャスの治療に関連する知見やメモをランダムな文字で消していく。検査結果、スキャン映像、X線画像、デジタル写真、治療計画、術後のメモなど、すべて完全に読めなくなった。そのうえで、クロスニックは経済的余裕がなくてすぐに退院したという短い注釈を入力する。

医療記録が電子化され、統合されているのはまことにありがたい。あっという間だ。

手術室のスタッフ全員とは行かないまでも、そのほとんどの記憶はもう消してあった。ここに上がってくる途中に手術室のフロアに立ち寄って、勤務中の看護師たちと軽く会話を交わしてきたのだ。フュアリーはついていた。まだシフト交代の前だったから、Vの手術を担当したスタッフが全員残っていて、その全員の記憶を消すことができた。手術中に見たものをはっきり憶えている看護師は、もうひとりもいないはずだ。

もちろん、完璧に消せたわけではない。話のできなかったスタッフもいるし、多少はプリントアウトされたデータもあるかもしれない。しかし、そこまで心配する必要はない。Vが姿をくらましたあとにどんな混乱が起こったとしても、こんな都会の病院では、目がまわるほどの忙しさにたちまち取り紛れてしまうはずだ。たしかに、治療記録のひとつやふたつは残っているかもしれない。だが、それが表面化するころにはVはもう見つからなくなっているだろう。肝心なのはそこだ。

コンピュータ相手の作業を終えると、フュアリーはＳＩＣＵの廊下を軽く走っていった。一定の間隔をおいて、監視カメラが天井に埋め込まれている。出会うつどそれを故障させて、映像をぼやかしておいた。

ちょうど六号室の前に来たとき、ドアが開いた。ヴィシャスはブッチに抱えられて、温めなおした死体のようだった。痛みに青ざめて震えながら、顔をデカの首に埋めている。だが呼吸はしているし、目も開いていた。

「おれが抱えていこう」フュアリーは言った。ブッチも同じぐらい体調が悪いのだから。

「大丈夫だ、おれが連れてく。おまえはこっちの管理の問題を片づけて、監視カメラに気をつけてくれ」

「なんだ、管理の問題って」

「すぐにわかる」ブッチはつぶやくように言って、廊下の反対端にある非常ドアに向かって歩きだした。

と思う間もなく、フュアリーは山のような問題に直面していた。レイジが廊下に出てきたのだが、それが人間の女の首をホールドしているではないか。女は激怒していて、全力でレイジに抵抗している。くぐもった怒鳴り声から察するに、トラック運転手も顔負けのボキャブラリーの持主のようだ。

「兄弟、この女を気絶させてくれよ」レイジが言って、うっとうなった。「けがはさせたくないし、Vがいっしょに連れてくって言うし」

「誘拐は今夜の作戦のうちには入ってなかったぞ」

「もう遅えんだよ。いいから気絶させてくれってば」レイジはまたうなり、手を入れ換えた。女のふりまわす腕をつかまえようとして、口から手が離れた。

女の声がはっきり聞こえるようになった。「な、だから頼むよ。このままじゃ――」

フュアリーは女のあごをつかみ、顔をあげさせた。「気を楽に」と穏やかに話しかける。「落ち着こうか」

女の目をじっとのぞき込んで、意志の力で気を落ち着かせようとした……落ち着け……落ち――

「ふざけないでよ!」と噛みついてきた。「わたしの患者を死なせるわけにはいかないわ!」

どうもこの手は効かないようだ。この縁なし眼鏡と暗緑色の目の奥には、一筋縄では行かない脳みそが隠れている。こうなってはしかたがない。最後の手段で、フュアリーは女の意識を完全に遮断した。彼女の全身からぐったりと力が抜ける。

眼鏡をはずしてやり、たたんで自分の上着の胸ポケットに入れた。「また気がつかないうちに、さっさとずらかろうぜ」

レイジは彼女をひょいと抱えあげ、ショールでも掛けるようにがっしりした肩に担いだ。

「なかに女のバッグがあるから取ってきてくれ」

フュアリーはなかに飛び込んで、革のトートバッグと「クロスニック」と書かれたフォルダーをつかむと、また病室から飛び出した。廊下に戻ってみると、病室から出てきた看護師とブッチが口論になっていた。

「ここでなにをしてるんですか！」看護師が問い詰める。

フュアリーはその看護師の前に飛び出した。テントのように覆いかぶさり、目を見つめて意識をぼんやりさせ、スタッフ・ミーティングに出るという急ぎの用事を前頭葉に植えつける。そのあと非常口でやっと追いついたときには、レイジの抱えた女はもうマインドコントロールを乗り越えかけていた。尻に帆かけたハリウッドの足どり《ビート》に合わせて頭を前後に揺らしながら、その頭を左右にもふっている。

階段に続く非常ドアにたどり着いたとき、フュアリーは怒鳴った。「レイジ、待て」

レイジがすぐに足を止めると、フュアリーは女の首の側面に手を押し当て、圧をかけて気を失わせた。

「気絶したぞ。よし、行こう」

四人は裏の階段に出て、あとをも見ずに脱出にかかった。ヴィシャスがのどをぜいぜい言わせている。それが、この突貫作戦がどれだけつらいかを雄弁に物語っていた。しかしいつものとおりの筋金入りで、弱音を吐こうとはしない。顔はグリーンピース・スープみたいな色に変わっていたが。

踊り場に来るたびに、フュアリーは監視カメラ相手にスクランブルをかける。サージ電流を流して破壊するのだ。警備員の集団と鉢合わせをせずに、〈エスカレード〉にたどり着ければもっけの幸いなのだが。人間は〈兄弟団〉の標的ではない。そうは言っても、ヴァンパイア族の存在が露見する危険がある場合は、どんな手段でもとらざるをえない。興奮し、血をたぎらせている多数の人間に、まとめて催眠術をかけても成功率は低い。となれば戦うしかなく、人間たちには死んでもらうしかない。

八階ぶんほど駆けおりたところで階段が尽き、ブッチは金属扉の前で立ち止まった。顔を滝の汗が伝い、身体はがくがく震えていたが、戦士の目は強い光を放っている。仲間を逃がすのだ。たとえ身体が弱っていても、なにものにもその邪魔はさせない。

「おれが開ける」そう言って、フュアリーは集団の先頭に飛び出した。警報装置を処理してから、分厚い鉄板を仲間のために開いてやる。扉の向こうには、暗い殺風景な廊下がのびていた。

「ちくしょう」フュアリーは毒づいた。「ここはいったいどこだ」

「地下室だよ」デカが進み出てきた。「ここはよく知ってる。この階に霊安室があるんでな、昔はしょっちゅう来てたんだ」

百メートルほど進んだところで、ブッチは仲間を細い廊下に導いていった。冷暖房や換気用のパイプが何本も通っていて、そこはどう見ても廊下というよりはトンネルだった。

やがて救済は訪れた。非常時の保守点検用のドアが現われたのだ。

「〈エスカレード〉はこの外だ」デカはVに言った。「好都合だろ」

「ああ……助かったぜ」と言ってから、Vはまた唇をぎゅっと結んだ。吐きそうなのをこらえているかのように。

フュアリーがまた先頭に飛び出し、そこで悪態をついた。ここの警報装置はほかのと違って、回路がずっと複雑になっていたのだ。予想しておくべきだった。外部に通じるドアには、内部のドアより厳重に警戒手段が講じてあることが多いのだから。それはともかく、ここでは催眠術が使えないのが問題だ。時間がないと思い込ませて、機械を武装解除させるようなことはできない。Vは轢《れき》死《し》体よりひどいありさまだし。

「でかい音がするからな」フュアリーは先にそう言って、ドアのバーにパンチをくれた。

たちまち、警報機が泣き妖怪《バンシー》のような絶叫をあげはじめる。

夜闇のなかに飛び出しながら、フュアリーはくるりとふり向いて病院のけつを見あげた。ドアのうえに目をやって監視カメラを見つけると、映像を攪乱し、さらにその点滅する赤い目にロックをかけつづける。そのすきに、Vと人間の女は〈エスカレード〉に放り込まれ、レイジが運転席に乗り込む。

ブッチはショットガンをとり、フュアリーは「荷物」の乗っている後部に飛び込んだ。腕時計に目をやる。最初にこの裏口に車を駐めてから、ハリウッドの足がアクセルを踏み込むまで、経過時間はしめて二十九分。ここまでは比較的順調に進んできた。あとは全員ぶじに館に戻って、SUVのナンバープレートを始末するだけだ。

ただ、ひとつだけ問題がある。

フュアリーは人間の女に目を向けた。

とてつもなくでっかい問題が。

10

ジョンはそわそわしながら、館の色鮮やかな玄関の間で待っていた。毎日、夜明け前の一時間はザディストと外を散歩していて、憶えているかぎり、それが変更されたことは一度もなかった。それなのに、ザディストは三十分近くも遅れている。

時間つぶしに、ジョンはまたモザイクの床を歩きだした。ここには自分は不似合いだと感じるのはいつもどおりだが、それでもこの壮麗さは好きだし、美しさもわかる気がする。この玄関広間は豪華絢爛だから、まるで宝石箱のなかに立っているようだ。柱は赤い大理石と、なにかわからないが緑と黒の石とでできている。壁には金箔の渦巻きみたいなのが花綱のように掛け渡してあって、照明はクリスタル製だ。上階に続く階段は堂々として幅広で、赤いカーペットまで敷かれている。映画スターがてっぺんで演出効果満点に立ち止まり、それからブラックタイの人々の待つパーティ会場に颯爽《さっそう》と降りてくる——そんな場面にぴったりの階段だ。そして床に描かれているのは花盛りのリンゴの木、春らしく明るい色とりどりのモザイク画だった。きらめく無数の彩色ガラスのおかげで、まばゆいほどに光り輝いている。

しかし、一番のお気に入りは天井だった。三階ぶんの吹き抜けの天井には、たくましい馬にまたがる戦士たちが驚くほど写実的に描かれている。黒い短剣を構えて戦場に乗り込んでいくさまは、とても真に迫っていて手をのばせば触れられそうだった。

とても真に迫っている。自分もそのなかに加われそうな気がするほど。

それやこれやを初めて見たときのことを思い出した。トールに連れてきてもらって、ラスに紹介されたのだ。

ジョンはつばを飲んだ。トールメントと暮らしたのはごく短いあいだだった。たった数カ月だ。生まれてからずっと、根無し草のように感じていた。二十年間、家族の重力という錨《いかり》がなくてあてもなく漂っていた。それがようやく、長く待ち望んでいたものの片鱗を味わっていたら、たった一発の銃弾で養父と養母をいっぺんに失ってしまったのだ。

できるものなら度量の大きいところを見せて、短いあいだでもトールやウェルシーと知り合えてよかった、感謝していると言いたかった。だがそれは嘘だった。こんなことなら、会わないほうがよかった。ふたりを失った痛みは耐えがたいほど大きくて、ひとりきりだったころの漠然とした苦痛のほうがまだましだ。

これじゃ、あんまり立派な男とは言えないよな。

なんの前触れもなく、Zが大階段の下の隠しドアから大股に歩いてきた。ジョンはどきっとした。どうしようもないのだ。何度会っても、ザディストの顔を見るたびに思わずたじろいでしまう。それは顔の傷痕やスキンヘッドのせいだけではない。連れあいを得て、まもなく父になろうとしているいまでも、かつての殺気は失われていなかった。

おまけに今夜のZは、顔は険しく張りつめているし、身体はそれ以上にぴりぴりしていた。

「出かけられるか?」

ジョンは目を細めて、手話で尋ねた。なにかあったの?

「おまえが気にするこたあない。出かけるか」問いかけではなく命令だった。

ジョンはうなずいて、パーカのジッパーをあげた。Zといっしょに、正面玄関に通じる前室を抜けて外へ出る。

夜は鳩羽《はとば》の色をしていた。空を薄く覆う雲は裏から満月に照らされて、星の輝きは色あせている。暦ではそろそろ春なのだが、それはあくまで「暦のうえ」の話だ。この景色を見るがいい。館の正面の噴水は冬のあいだは止めてあり、空っぽの水盤が満たされるときを待っている。木々は黒い骸骨のようで、骨だけの腕を天にのばして、力強い太陽の復活を請い願っているかのよう。芝生には雪が消え残り、いまもかちかちに凍りついた地面にしぶとくしがみついている。

頬に平手を食らったかと思うほど冷たい風のなか、ジョンはザディストとともに右手のほうへ歩いていった。中庭の砂利がブーツの下で崩れる。遠くに館を守る壁が見える。高さ六メートル、厚さ一メートルほどもある防壁で、それが〈兄弟団〉の敷地を完全に取り囲んでいるのだ。しかも、監視カメラや動体探知機のネットワークが張りめぐらされており、武器弾薬をどっさり身に帯びた優秀な兵士さながらだった。だが実際には、それもこれもたんなる前座にすぎない。真の防衛設備というべきは、百二十ボルトの高電圧だ。防壁のてっぺんにはすきまなく有刺鉄線が巻かれており、そこに電流が流されているのである。

油断大敵だ。どんなときでも。

ジョンはZのあとについて、雪がまだらに残る芝生を進み、当て木で補強した花壇のわきを過ぎ、裏庭の水を抜かれたプールのそばを通って歩いた。ゆるやかな下り斜面をおりていくと、森のとば口に達する。巨大な防壁は、ここで急に左に折れて山腹をくだっている。ふたりはその壁から離れて、森のなかへ分け入って進んだ。

緑の葉をびっしりつけた松の木、枝の混んだカエデの木の下には、落ち葉が分厚く散り敷いて下生えはあまり茂っていない。ここには土と冷気のにおいが満ちていて、その組み合わせで鼻がむずむずする。

いつものとおり、ザディストが先に立って進む。ふたりがたどる道は毎晩ちがい、でためを進んでいるようなのに、いつも最後は同じ場所――小さな滝の前に出る。山腹を流れくだる小川が、低い崖から飛び降りをして、差し渡し三メートルほどの浅い滝壺を作っているのだ。

ジョンは近づいていって、泡立つ流れに手を差し入れた。落ちてくる水を手のひらで受けているうちに、指が冷えきって感覚がなくなってくる。

ザディストはなにもいわず、岩から岩へ飛び移って小川を渡った。その身のこなしは流れる水のようで、よどみなく力強く、足どりには迷いがない。筋肉がどう動けば全身がどう反応するか、すっかり頭に入っているのだ。

向こう岸に降りると、Zは滝に近づいてきた。ジョンと川をはさんで向かいあうかっこうになる。

目と目が会った。ああくそ、今夜はなにか言うことがあったんだな。

この散歩が始まったのは、ロッカールームのシャワーでジョンがクラスメイトを叩きのめしたあと、訓練クラスに残る条件としてラスが指定してきたからだった。最初のうち、ジョンは恐ろしくてしかたがなかった。Zがあれこれ詮索してくるだろうと思っていたのだ。だがこれまでのところ、ふたりはいつも黙って歩いているだけだった。

今夜はそういうわけには行かないようだ。

ジョンは腕を引っ込め、少し下流に移動して川を渡った。ザディストの確実で優雅な所作には及びもつかなかったが。

近づいていくと、Zが口を開いた。「ラッシュが戻ってくる」

ジョンは胸の前で腕組みをした。くそ、上等じゃないか。ジョンが病院送りにした、あのくず野郎が戻ってくるのか。たしかにラッシュの自業自得ではあった。ジョンにしつこくからみ、足を引っぱり挑発し、ブレイを嘲笑《あざわら》った。それにしてもだ。

「それで、遷移を終えてる」

サイコー。ますます愉快だ。あのろくでなし、今度は腕力で狙ってくるだろう。

いつですか、とジョンは手話で尋ねた。

「明日だ。今度厄介ごとを起こしたら、二度と戻らせないとはっきり言ってある。あいつともめたときはおれに言いに来い。わかったな」

ちくしょう。自分の面倒は自分で見たかった。子供みたいに世話を焼かれたんじゃかなわない。

「ジョン、おれに言いに来いよ。わかったらうなずけ」

ジョンはしぶしぶうなずいた。

「手出しをするんじゃねえぞ。あんちくしょうがなにを言ってなにをしようがどうでもいい。つらが見えたってだけじゃ、手を出す理由にはならねえんだからな」

ジョンはうなずいた。そうしないと、またうなずけと言われるだろうと思ったからだ。

「ダーティハリーやってるとこをおれに見つかってみろ。どうなっても知らねえぞ」

ジョンはほとばしる水を見つめた。**それにしても……**ブレイもクインも、今度はラッシュまで。みんな変化していくのに。

いわれのない不安が胸に広がって、ジョンはZに目を向けた。**遷移が来なかったらどうな**

るんだろう。

「来るさ」

どうしてそんなにはっきり言えるの？

「そうなってるからだ」Zはオークの巨木のほうにあごをしゃくった。「ああいうのは太陽が当たりゃ葉っぱを出す。出したくねえったって無理なんだ。おまえもおんなじさ。ホルモンがしゃかりきにあふれ出して、そしたら変化は起こる。自分でももう感じてるんだろ」

ジョンは肩をすくめた。

「ああ、感じてるはずだ。食ったり寝たりするパターンが前とちがう。行動だってそうだ。ラッシュをタイルの床にぶっ倒して血へどを吐くまでぶん殴るとか、一年前ならやったと思うか」

それはぜったいにない。

「腹は減るのにものは食いたくない。だろ？　眠れなくて疲れる。やたらにむしゃくしゃする」

すごい、なんでこんなによくわかるんだろう。

「おれも経験したことだからな」

まだだいぶかかるかな、とジョンは尋ねた。

「始まるまでか？　男の場合、そういうのはたいてい親父に似るんだ。ダライアスはどっちかっていうと早いほうだったが、こればっかりはな。なかには何年もそういう状態が続くやつもいるし」

何年も？　信じられない。起こったあとはどうでした？　目が覚めたときはどんな気分？　その後の沈黙のなか、Zに不気味な変化が起こった。霧に包まれて姿が見えなくなったような——傷痕のある顔も大きな身体も、いままでどおり細かいところまではっきり見えているのに。

「そういうことはブレイやクインに聞け」

ごめんなさい。ジョンは顔を赤くした。詮索する気はなかったんです。

「ああ、気にすんな。とにかく、なんも心配しなくていいんだ。身を養えるようにレイラにちゃんと頼んであるんだし、危険なことなんかなんもねえから。おかしなことにならないように、おれがちゃんと気をつけてやる」

ジョンは、傷ついた戦士の顔を見あげながら、生命を落としたクラスメイトのことを思い出していた。でも、ハールトは死んでしまった。

「まあな、たまにはそういうこともある。けどな、レイラの血は純粋に近い。〈巫女〉だからな。ずいぶん助けになるはずだ」

ジョンは、あのブロンドの美女のことを思い出した。彼の目の前でローブを脱ぎ捨てて裸を見せ、気に入ったかと尋ねてきたときのことを。まったく、いまでも思い出すたびにびっくりする。ほんとにあんなことをするなんて。

どうしたらいいか、そのときになってわかるかな。

Ｚは首をのけぞらせて空を見あげた。「そんな心配はしなくていい。身体が勝手に動くからな。なにが欲しくてなにが必要か、身体がちゃんとわかってるんだ」のけぞらせていた首をもとに戻して、Ｚは顔をこちらに向けてきた。黄色い目が、まちがいなく闇を貫いて光っている。雲の切れ目から太陽が顔をのぞかせるように。「ちょっとのあいだ、身体が手綱を握ることになるのさ」

恥ずかしかったが、ジョンは手話でこう言った。なんだかこわい気がする。

「そりゃ、おまえがばかでない証拠だ。なんせ大仕事だからな。けどな、さっき言ったとおり……おかしなことにならないように、おれがちゃんと気をつけてやる」

決まりが悪くなったように、Ｚは顔をそむけた。木々を背景にしたその横顔を、ジョンはつくづくと眺めた。感謝の気持ちが湧きあがってきて、ジョンはそれを手話で伝えようとした。だがＺはそれをさえぎって、「そろそろ帰るぞ」

川をまた渡って館に向かいながら、ジョンはいつのまにか父のことを考えていた。会ったこともない生みの父親のことを。ダライアスのことは訊かないようにしている。ダライアスはトールの親友であり、トールメントを思い出させることは〈兄弟〉たちにとってはつらい話題だからだ。

父のことを話せる相手がいればいいのに、と思った。

11

意識が戻ったとき、ジェインの神経経路は安物のクリスマスの電飾のようだった。でたらめに点《つ》いてはすぐにショートする。音が聞こえたと思うと遠くなり、と思うとまた聞こえてくる。身体には力が入らず、と思ったら急にこわばって今度は痙攣する。口のなかがからからで、暑いのにがたがた震えている。

大きく息を吸ってみた。どうやら上体を半分起こしたような体勢でいるようだ。ついでに頭ががんがんしていた。

そのいっぽうで、なんだかいいにおいもしている。周囲に信じられないほどの芳香が立ち込めている……一部は煙草のにおい、父が吸っていたのと似ている。それに濃厚なスパイスのにおいもして、まるでインドオイルの店にいるようだ。

まぶたを薄くあけてみた。よく見えないのは、たぶん眼鏡をかけていないからだろう。それでも、暗い殺風景な部屋にいるのはわかった。室内には……驚いた、本がいたるところに積みあげてある。また、座っている椅子のすぐ横にラジエーターがあるのもわかった。身体がほてっているのはそのせいかもしれない。おまけに頭がみょうな角度にかしいでいて、ひどい頭痛がするのはこれが原因だろう。

とっさにちゃんと座りなおしたくなったが、室内にだれかいる気配がしたのでこらえた。部屋の向こう側に、多色の髪の男が立っていた。キングサイズのベッドにかがみ込むようにしていて、そのベッドにはだれか寝ている。男はせっせとなにかやっている……手袋をだれかの手に――

だれかではない、彼女の患者だ。ベッドに寝ているのはあの患者だった。上掛けが腰のあたりまでかかっていて、裸の胸がむき出しになっている。その胸を覆っているのは、彼女が手術のさいに当てた被覆《ドレッシング》だ。いったいなにがあったんだろう。手術をしたのは憶えている……それで、目を疑うような心臓の奇形に気がついて、それからSICUでマネロと話をして、それから……ああなんてこと、誘拐されたんだわ。あのベッドのそばの男と、絶世の美男子と、〈レッドソックス〉の野球帽をかぶった男に。

パニックが襲ってきたが、それと同時に大量の怒りも湧いてきた。しかし、感情は肉体と連携がとれていないようだ。感情の怒濤は、全身を包む倦怠感に薄まっていく。まばたきをして、こちらに注意を惹かずに目の焦点を合わせようと――

目がぱっちり開いた。

〈レッドソックス〉の野球帽をかぶった男が入ってきたのだが、連れ立って入ってきたのが、目がさめるようなブロンド美女だったのだ。野球帽男は女性のすぐそばに立っていて、触れあってこそいないものの、ふたりがカップルなのは傍目《はため》にも明らかだった。互いに強く結びつきあっているのがわかる。

患者がしゃがれ声で言った。「断わる」

「ばかを言え」〈レッドソックス〉が言う。

「おまえ、言っただろ……殺すぞって……もし――」

「情状酌量ってやつだ」

「レイラは――」

「今日の午後、レイジを養ったばっかりだ。べつの〈巫女〉に来てもらうには、〈束ね〉とごちゃごちゃやらなきゃならん。そんなことやってる時間はないだろ」

ブロンド美女は患者のベッドに近づいていき、そろりと腰をおろした。弁護士かなにかのように男仕立の黒いパンツスーツを着ているが、長く艶やかな髪が悩ましいほど女らしい。「わたしを使って」と、患者の口もとに手首をのばした。唇のすぐうえでとめたまま、「あなたのためだけじゃないのよ。あなたが元気でいてくれなかったら、だれが彼の面倒を見てくれるの」

「彼」がだれのことなのかは尋ねるまでもなかった。野球帽男は、ジェインが初めて見たときよりもさらに具合が悪そうだった。「面倒を見る」とは具体的にはなにをするのか、臨床医としては興味を覚えざるをえない。

そうこうするうちに、〈レッドソックス〉は反対側の壁ぎわまで後退していた。両腕を胸に巻きつけて、自分で自分を抑えている。

静かな声でブロンド美女が言った。「ふたりで話し合ったわ。あなたはほんとによくしてくれたし――」

「あんたのためにしたわけじゃ……」

「彼が生きてるのはあなたのおかげだもの。肝心なのはそこよ」ブロンド美女は、患者の髪をなでようとするかのように手をのばしたが、患者がたじろいだのを見てその手を引っ込めた。「お世話をさせて。今度ぐらいは」

患者は部屋の向こうに目をやった。〈レッドソックス〉がうなずくと、悪態をついて目をつぶった。口をあけて……

信じられない。あの大きな犬歯がさらに伸びていた。もともと鋭く尖っていたのが、いまでは明らかに牙に見える。

なるほど、これは夢なのだ。まちがいなく。美容整形で大きくした歯に、あんなことが起こるはずがない。ぜったいに。

患者が「牙」を剝き出しにすると、多色の髪の男が〈レッドソックス〉の前に立って、両手を壁につき、胸と胸が触れる寸前まで身体を寄せた。

だが、そのとき患者が首をふって、美女の手首から顔をそむけた。「無理だ」「おまえが必要なんだ」野球帽男がささやいた。「あれのせいで気分が悪いんだ。おまえが必要なんだ」

患者は野球帽男にひたと目を当てた。そのダイヤモンドの目に痛切な憧れがひらめく。

「おまえの……ためだぞ……おれのためじゃない」

「おれたちふたりのためだ」

「わたしたちみんなのためよ」ブロンド美女が言葉をはさむ。

患者は大きく息を吸ったかと思うと——なんてこと！——美女の手首に嚙みついた。コブラのように素早く、また正確だった。嚙みつかれたとき、美女はぎくりとしたが、すぐにまるでほっとしたように息を吐いた。部屋の反対側で、野球帽は全身をわななかせている。見捨てられて自暴自棄になっているような顔をしている。多色の髪の男が野球帽の動きを阻止しているが、身体にじかに触れようとはしなかった。

患者の頭がリズミカルに動きはじめた。母乳を吸う赤ん坊のような動きだが、あそこから吸うのは無理ではないだろうか。

もちろん、無理に決まっている。

夢だ。これはみんな夢なのだ。とち狂った夢だ。そうでしょう？ ああ、どうか夢であってほしい。夢でないとしたら、ゴシックロマン的な悪夢かなにかにはまり込んでしまったことなる。

やがて、気がすんだように患者は枕に頭を落とし、美女は彼の口が当たっていたところを自分でなめている。

「あとは休んでね」美女は言って、〈レッドソックス〉のほうにふり向いた。「大丈夫？」

野球帽男は首を前後にふった。「きみにさわりたい。けどさわれない。いますぐしたい、でも……できない」

患者が口を開いた。「ここに来て横になれ。いますぐ」

「いまのおまえにゃ無理だ」〈レッドソックス〉がかすれた声で力なく言った。

「いま必要なんだろ。おれはもう大丈夫だ」

「なにが大丈夫なもんか。それに、おれはちょっと横にならんと。またあとで来る、少し休んでから――」

ドアがまたばたんと開いて、光が漏れてきた。ドアの外は廊下になっているようだ。そしてその廊下から、巨漢がひとりずかずか入ってきた。腰まで届く黒髪に、ラップアラウンドのサングラス。これはまずいことになりそうだ。あの冷酷そうな顔を見れば人を締めあげるぐらい朝飯前のようだし、殺気立った表情からして、いますぐだれかを締めあげたいと思っているようでもあった。巨漢に気づかれないように、ジェインはまぶたをしっかり閉じて、なるべく呼吸もするまいと努めた。

巨漢の声は、その顔や身体に劣らず厳しかった。「もうずたぼろになってるんでなかったら、おれがこの手でぶちのめしてやるところだ。いったいなにを考えてるんだ、ここによそ者を連れ込むとは」

「おれたちは退散するよ」野球帽が言った。あたふたと去るような足音がして、ドアが閉まる。

「質問に答えろ」

「連れてくることになってたんだ」患者が言った。

「連れてくることになってた？　なってただと？　気でも狂ったか」

「狂ってるさ、ただ……この件に関しては正気だ」

ジェインは薄目をあけて、まつげのすきまから様子をうかがった。巨大な男は、あのみごとな髪をした男に目をやった。「三十分後に全員おれの書斎に集まれ。よそ者をどうするか決めなくちゃならん」

「勝手に……決められちゃ……」患者は言った。口調が激しくなっている。

「おまえに発言権はない」

患者は両手をマットレスに突いて上体を起こした。だがそのせいで腕が震えている。「とんでもない、あるとも。この件については」

雲つくような大男は患者に指を突きつけた。「黙れ」

どこからともなく、ジェインは全身にアドレナリンが噴き出してきた。夢であろうがなかろうが、この楽しい会話には自分も加えてもらわなくては。椅子にまっすぐ座りなおし、咳払いをした。

全員の目がさっとこちらを向く。

「わたし帰ります」ジェインは言った。こんなにか細い声でなく、もっときつい口調で言えればいいのに。「いますぐ」

巨漢は鼻梁に手をやり、ラップアラウンドを持ちあげて目をこすった。「こいつのおかげで、それはいまのところ選択肢に入ってない。フュアリー、もう一回やってくれるか」

「わたしを殺す気？」ジェインはすかさず尋ねた。

「ちがう」患者が言った。「危害を加えたりはしない。おれが保証する」

そのせつな、ジェインは彼の言葉を信じた。正気とは思えない。ここがどこかもわからず、この男たちは見るからに犯罪者――

みごとな髪をした男が彼女の正面にやって来た。「もう少し眠っててもらうだけだから」

黄色い目に目をのぞき込まれたとたん、電源を断たれたテレビになった。壁のコンセントからプラグを抜かれて、画面が真っ暗になる。

ヴィシャスの見つめる前で、彼の主治医は寝室の奥のアームチェアにぐったりとくず折れた。

「大丈夫だろうな」彼はフュアリーに言った。「頭をフライにしたりしてないよな」

「いや、だが強靭な精神の持主だぞ。できるだけ早くここから出ていかせないと」

ラスの声が空気をびりびり震わせる。「そもそも連れてきたのがまちがいなんだ」

ヴィシャスはそろそろとベッドに身を横たえた。コンクリートブロックで胸をぶん殴られたようだ。ラスが頭に角をはやそうが、そんなことは大した問題ではない。彼女はここに連れてこなくてはならなかったのだ。しかたがないことだったのだ。とはいえ、少なくともそれらしい理由ぐらいはとりつくろっておこう。

「医者がいれば治療してもらえる。ブッチのあれでハヴァーズには頼りにくいし」

ラスはサングラスの奥からまっすぐ見つめてくる。「誘拐してきておいて、治療してもらえると思ってるのか。ヒポクラテスの誓い（古代ギリシャから伝わる医師の職業倫理を述べた誓いの言葉）にも限度ってもんがあるだろう」

「彼女がおれを見放すものか」と言ってVは顔をしかめた。「つまりその、治療するだろうってことだ。手術を担当したんだから」

「おまえ、自分のやったことを正当化するために、適当な話を――」

「なんでだよ。おれは胸を撃たれて、ついさっき心臓の手術を受けてきたんだぞ。適当な話どころじゃない。合併症のリスクだってあるんだ」

ラスは外科医にちらと目をやって、また目をこすった。「くそったれ。いつまでだ」

「おれがよくなるまで」

王はサングラスをまた鼻梁に落として、「ではとっととよくなることだな、兄弟。記憶を消して帰らせなくてはならん」

ラスは部屋を出ていき、ドアがばたんと閉じた。

「うまく行ったぜ」Ｖはフュアリーに言った。

フュアリーは、波風を立てまいとするいつもの流儀で、いまはみんなストレスで気が立ってるからとかなんとかぶつぶつ言って、話題を変えるためにチェストのほうへ歩いていった。手巻き煙草を二本、Ｖのライター、それに灰皿を持ってベッドサイドに戻ってくる。

「欲しいだろうと思って。あの医者に治療してもらうのに、どんな医療品が要る？」

Ｖは即座に必要なものをあげていった。マリッサの血のおかげで、すぐに立って歩けるぐらいには回復できそうだ。彼女の血統は純粋に近いから、タンクに高品質のガソリンを入れたようなものだった。

ただ問題は、それほど早く回復したいとは思えないということだった。

「それと、この医者の着替えも要るだろう」Ｖは言った。「食事も」

「それはおれが用意する」フュアリーはドアに向かった。「おまえは食べたくないのか」

「おれはいい」フュアリーが廊下に出ていきかけたとき、Ｖは言った。「ブッチの様子を見てきてくれないか」

「了解」

フュアリーが出ていったあと、Vは人間の女を見つめた。外見的には、ぐっとくるほど美しいとは言えないと思う。顔は角張っていて、目鼻だちはむしろ男っぽいぐらいだ。ふっくらした唇も、濃いまつげもない。女性的なアーチを描いて男を惑わすまゆもない。身に着けた白衣が豊かな胸で盛りあがっているということもない。外からわかるかぎりでは、大きく曲線を描いて出っ張ったり引っ込んだりもしていないようだ。

そんな彼女が欲しい。ひざまずいて奉仕するのが当然の、裸身輝く美の女王に見える。

おれの女。Vの腰が動いて、皮膚の下に熱いものが広がってくる。勃起するほどの体力などとうていないというのに。

正直な話、誘拐したのを後悔する気持ちなどひとかけらもなかった。これは運命だったのだ。ブッチとレイジが病室に現われたちょうどそのとき、数週間ぶりにVに幻視が訪れた。この主治医が、まぶしい白い光を背に戸口に立っていた。愛情あふれる表情でこちらに手招きし、彼を廊下に導いていく。彼女の差し出すやさしさは人肌のように温かく柔らかく、澄んだ水面のように心を落ち着かせ、もう見ることのない太陽の光のように力を与えてくれる。

だが、後悔はしていないと言っても、意識が戻った彼女の顔に恐怖や怒りが浮かんでいたのには、やはり罪の意識を感じずにはいられなかった。無理やりなにかをさせられるのがどんな気分か、母親のおかげでいやと言うほど思い知らされている。それなのに、生命の恩人に対して同じことをやってしまったのだ。

ちくしょう。あの幻視がなかったら、おれはどうしていただろう。未来が見えるという呪われた能力が、あのとき沈黙を破らなかったとしたら。あそこに置いてきただろうか。ああ、もちろん置いてきただろう。「おれの女」という言葉が頭に鳴り響いていても、やはり人間の世界にそのまま残してきたにちがいない。

だが、あのいまいましい幻視のせいで、彼女の運命は決まってしまった。

昔を思い返す。初めて幻視が訪れたときのことを……


読み書きの能力は陣営では価値がなかった。字が読めても敵を殺すことはできない。

ヴィシャスが〈古語〉の読みかたを学んだのは、戦士のなかにひとり学のある男がいて、陣営の簡単な記録を残す役目を任されていたからだった。その男はやる気がなくて、仕事に飽き飽きしていた。だからVは、読み書きを教えてくれるなら、代わりに自分がやろうと申し出たのだ。それは完璧な取引だった。起こったことを紙に書いておくというのは、なんとすばらしい思いつきだろうとVは以前から驚嘆の念を抱いていた。放っておけばすぐに消えてしまうことを、記憶にとどめておくことができるのだ。それも永遠に。

Vは憶えが早く、読むものを求めて陣営じゅう探してまわるようになり、古い壊れた武器の下だの住む者のない天幕のなかだの、人目につかない忘れられた片隅で何冊か見つけてきた。そうして蒐集したぼろぼろの革装の宝物は、陣営の隅っこの、獣皮の保管場所に隠しておいた。女の領分だから戦士は来ないし、女たちにしても、衣服や寝具を作るために皮を二、三枚とりに来るだけだ。しかも、安全に隠しておけるだけでなく、ここは本を読むのにもうってつけだった。その洞窟は天井が低くて床は石だったから、近づいてくる者がいれば音ですぐにわかる。身をかがめてごそごそ歩いてこなくてはならないからだ。

しかし一冊だけ、そんな隠し場所ですらじゅうぶんに安全とは言えない本があった。

ささやかなコレクションのうち、最も貴重だったのは一冊の日記だった。書いたのは三十年ほど前にこの陣営にやって来た男で、生まれは貴族だったが、家族を見舞った悲劇のせいでここで訓練を受けることになったらしい。美しい筆跡で書かれていて、なかにはVには意味がよくわからないむずかしい単語もあった。日記は三年にわたって書かれていたが、ここに来る前のできごとを書いた部分と、その後を書いた部分との落差はあまりに大きかった。最初のうち、男の毎日は〝グライメラ〟の社交行事のうちに明け暮れ、舞踏会と美しい女性と上流社会の礼儀に満ちていた。だがやがて、そのすべてが終わりを告げる。遷移の直後に男の運命は激変し、絶望――ヴィシャスの日々を彩るのとまったく同じ絶望が、その後のページを染めていた。

ヴィシャスはその日記を何度も読み返し、男の悲しみに親近感を覚えた。そして読むたびに、表紙を閉じて革に型押しされた名前を指先でなぞった。

マークロンの子、ダライアス。

この男はどうなったのだろうとよく考えた。最後に日記の書かれた日にはとくに変わったことは起こっていなくて、事故で生命を落としたのか、たんにふらっと出ていったのか知りようもなかった。しかし、この戦士がどうなったのかいつかわかる日も来るだろう。Vがなんとか生き延びて、この陣営を逃げ出すことができたら。

なくしたら胸に穴があいたように感じるだろうから、この日記だけは絶対にだれも来ない洞窟に隠しておいた。ここに陣営が置かれる以前、この洞窟には大昔の人間かなにかが住んでいて、そのかつての住人が壁に素朴な絵——野牛や馬のかすれた絵や、手形や目の模様——を残していた。兵士たちはそれを呪いだと思い込んで、けっして近づこうとしなかった。壁のその部分は仕切りを立てて隠してあるのだが、完全に塗りつぶしてしまうこともできたはずなのに、なぜ父がそれを厄介払いしなかったのかヴィシャスにはわかっていた。ブラッドレターは、陣営を動揺させ、不安にさせておくのが好きなのだ。彼は兵士であれ女であれ関係なく罵倒して、壁に描かれた獣の霊魂が取り憑くとか、目の模様や手形が炎と怒りでよみがえるとか言っておどしていた。

Vはその絵をこわいとは思わなかった。むしろ好きだった。獣の単純な描線は力強くて美しかったし、手形に自分の手を重ねてみるのは楽しかった。自分より前に、ここにだれかが住んでいたと思うと心が慰められる。たぶんその人たちは、もっと幸せに暮らしていたにちがいない。

日記は壁の割れ目——大きめの野牛が両側に描かれていた——に隠しておいた。幅も深さも入れておくのにちょうどよかったのだ。日中みんなが眠っているすきに、彼は仕切りの陰にもぐり込み、目を輝かせてそれを読んで寂しさをまぎらわせていた。

見つけてからたった一年後、ヴィシャスは本を失うことになった。つねづね恐れていたとおり、唯一の喜びを焼き捨てられてしまったのだ。だれに捨てられるかということまで予想どおりだった。

その数週間前から、Vは気分がすぐれなかった。当時は気づいていなかったが、遷移が近づいていたのだ。眠れなくて、起きあがってふらふら獣皮置場へ向かい、座り込んでおとぎ話の本を読みはじめた。そして本をひざにのせたまま、いつのまにか眠り込んでいた。

目が覚めると、未遷移者《プレトラン》がこっちを見おろしていた。なにかというとつっかかってくるやつのひとりで、きつい目つきに、痩せてはいるが筋肉質の身体をしている。

「ひとが働いてるときに、なにひとりでのらくらしてんだよ」少年は鼻を鳴らした。「手に持ってるそれ、本か？　そんなもんのせいで雑用から逃げてるんなら、言いつけてやったほうがいいかもな。そうすりゃ、褒美で腹の足しになるもんがもらえるだろうし」

ヴィシャスは他の数冊を獣皮のさらに奥に押し込み、なにも言わずに立ちあがった。本のために戦うのだ。飢えを満たす食物のかけらや、寒さをしのぐ古着を奪いあって戦うのと同じだ。そして目の前のプレトランは、本のことをばらす権利のために戦おうとしている。

先に手を出したのはあっちで、Vは洞窟の壁に突き飛ばされた。頭をしたたかにぶつけて一瞬息が止まったが、すぐに反撃に出て、手に持った本で相手の顔を殴りつけた。ほかのプレトランたちが駆け寄ってきて見物するなか、Vは敵を何度も何度も殴りつけた。手に入るならどんな武器でも使えと教えられてきたものの、相手を地面に叩き伏せながら、ひとを痛めつけるために大事な宝物を使っていると思うと泣きたくなった。しかし、やめるわけにはいかないのだ。優位を失ったら、今度はこっちが叩き伏せられて、ほかの隠し場所に移すひまもなく本を取りあげられるのがオチだ。

ついに相手は倒れたまま動かなくなった。顔が腫れあがって滅茶苦茶になっている。Vがのどくびをつかんで押さえつけると、ごろごろのどを鳴らした。おとぎ話の本からは血がしたたり、革の表紙は背表紙からはずれかけている。

格闘後のそんな惨憺たる状況のなかで、それは起こった。むずがゆいような奇妙な感じがVの腕を走り、相手を洞窟の床に押さえつけている手にそれが流れ込んでいく。と、だしぬけに奇妙な影がのびた。Vの手のひらから光が出て、それが影を作っているのだ。とたんに、その手の下でプレトランがもがきはじめた。手足を大きくばたつかせて、石の床に叩きつけている。全身が痛くてたまらないとでもいうように。

Vは手を引っ込め、ぞっとしてその手を見つめた。

格闘相手にまた目をやったとき、幻視が襲ってきた。こぶしでがつんとやられたように、Vはぼうぜんとして目がくらんだ。ぼやけたまぼろしのなか、相手の少年の顔が見えた。激しい風に髪がなびき、目はどこか遠くをじっと見つめている。背後には山で見るような岩があって、日光がその岩を照らし、またじっと動かないプレトランの身体をも照らしている。

死んでいる。少年は死んでいるのだ。

格闘相手のプレトランが、ふいにささやくように言った。「おまえの目……その目……どうしたんだ?」

Vの口を突いて言葉が飛び出してきた。止めようとしても止められない。「おまえは山で死に追いつかれる。風が吹きつけておまえを運び去るだろう」

はっと息をのむ音に、Vは顔をあげた。すぐそばに女がひとり立っていた。自分が言われたかのように、恐怖に顔を引きつらせている。

「こんなところでなにをやってるんだ」野太い声が響いた。

Vは弾かれたようにプレトランから飛び離れた。父からできるだけ離れると同時に、その姿をちゃんと視界に収めるために。ブラッドレターはズボンを脱いでいた。厨房の女のひとりとやったところなのだろう。陣営のこんな隅に来ていたのもそれでわかる。

「手になにを持っている」ブラッドレターはVに一歩近づいた。「よこせ。さっさと」

父の怒りを前にしては、差し出すしかない。罵りの言葉とともに本は引ったくられた。

「こんなもんは、敵をぶん殴るのに使うぐらいがせいぜいだ」鋭い暗色の目を細めて、Vが背中を預けていた獣皮の山のくぼみを見やった。「その獣皮に寄っかかって、のらくらしておったんだな。ここでだらだら過ごしておったわけだ」

Vが答えずにいると、父はさらに一歩近づいてきた。「ここでなにをしてるんだ。ほかにも本をひもといてるのか。答えはイエスだな。くれと父に言われて、まさかいやとは言わんだろうな。おれも本を読んでのらくら過ごすか、汗水垂らして仕事に精を出すよりな」

Vはためらった……すると、まともに平手をくらって獣皮の山に吹っ飛ばされた。すべって奥のほうに転げ落ち、四つんばいになって落ちた目の前に、ほかの三冊の本があった。鼻血がその表紙にしたたる。

「まだ殴られ足りないか。それともおれの頼みをきく気になったか」ブラッドレターはどっちでもよさそうに興味なさげな口調で言った。どちらでもVをいたぶって楽しめるのは同じだと言わんばかりに。

Vは手をのばして柔らかい革表紙をなでた。胸が張り裂けそうだったが、そんなふうに感じるのはむだなことだ、そうではないか。いくら大切に思っていても、この三冊は結局は失われてしまうのだ。それもいますぐに。彼がなにをしようと関係なく。すでに失ったも同然なのだ。

Vは顔をあげ、肩ごしにブラッドレターに目をやった。そしてそこにひとつの真理を見いだし、それがその後の人生を変えた。Vが慰めを求めてなにかに執着すれば、それがなんであってもすべて父に取りあげられるのだ。あの男はこれまで何度も、ありとあらゆる方法でそういうことをしてきたし、今後もそれは変わらないだろう。この本もこの出来事も、もうひとつの足跡にすぎない。そんな足跡が道をなし、道は踏み固められてどこまでものびていくのだ。

そう気づいたとたん、痛み苦しみはすべて消え失せた。あっさりと。感情的になにかと結びついてもしかたがない。いつかかならず取りあげられて苦しい思いをするだけだ。だから、もうなにも感じないことにした。

何時間も優しく手にとってきた本を拾いあげ、ヴィシャスは父に顔を向けた。かつては命綱だったものを、愛情もこだわりもなくあっさり差し出す。いままで一度も見たことがなかったもののように。

ブラッドレターは、差し出されたものを取ろうとしなかった。「おまえ、これを父にくれるのか」

「はい」

「そうか……ふうむ。そうだな、やっぱり読む気がなくなってきたな。男らしく戦うほうがいいかもしれん。一族のため、おのが名誉のためにな」太い腕をのばし、厨房の火のほうを指さした。「あっちへ持っていって火にくべろ。この冬の寒さだ、燃料はなんでもありがたい」

ブラッドレターは不審げに目を細めたが、Vは平然と歩いていって本を火に投げ込んだ。ふり向いて父に顔を向けると、向こうはVをしげしげと眺めている。

「あのぼうずは、おまえの目がなんだと言ってたんだ」ブラッドレターがぼそっと尋ねた。

「なにか言ってたのが聞こえたが」

「『おまえの目、その目、どうしたんだ』って言ってた」Vは淡々と答えた。

その後の沈黙のなか、鼻からにじみ出た温かい血が垂れ落ち、唇のうえでいったん止まってから、さらに流れてあごを伝って落ちていく。さんざん殴ったせいで腕はひりひりするし、頭も痛くなってきた。しかし、そのどれも気にならなかった。不思議な強さが身内にみなぎっている。

「なんでそんなことを言ったのかわかるか」

「わかりません」

Vと父が見合っているうちに、野次馬が集まってきた。

ブラッドレターはだれにともなく言った。「おれの息子は本が好きらしい。わが子の教育には目を光らせておかねばならんから、こいつが本なんぞ読んでるのを見たら知らせてもらいたいもんだ。そうすれば恩に着るし、悪いようにはせんぞ」Vの父はくるりとまわれ右をすると、女の腰に腕をまわし、大きな焚き火の穴のほうへ引っ張っていった。「さあ者ども、お楽しみの時間だぞ！　穴に来い！」

集まった男たちから、待ってましたとばかりに歓声があがり、野次馬は散りはじめた。

Ｖはそれを見送った。気がつけばまるで憎悪が湧いてこない。ふだんなら、父がこっちに背を向けたとたんに抑えていた感情が噴き出してきて、どれほど自分があの男を憎んでいるか気づかされる。それなのに、いまはなにも感じなかった。父に差し出す前に、あの本を眺めていたときと同じだった。なにも……感じない。

自分の手で叩きのめした少年を見おろした。「今度またおれに近づいてきたら、両手両足の骨をへし折って、まともに生きていけなくしてやるからな。わかったか」

唇が蜂に刺されたように腫れあがっていたにもかかわらず、少年はにやりとしてみせた。

「おれが先に遷移したらどうする」

Ｖは両手をひざに当てて身をかがめた。「おれはあの父親の息子だぞ。だからなんでもできる。身体のでかさなんか関係ねえ」

少年は目を見開いた。それが事実なのは明らかだったからだ。感情をなくしたヴィシャスには、もう恐ろしくてできないことなどなにもない。どんな行為もやってのけられないことはないし、目的を達するためなら、どんな手段でもとれないということはないのだ。

Ｖはいま、父がずっとそうだったもの――ひとの皮をかぶった魂のない計算機そのものだった。ついに父の教えを学びとったのだ。

12

ジェインはまた目を覚ました。恐ろしい夢を見ていた――存在しないはずのものが実際には生きてぴんぴんしていて、いっしょに同じ部屋にいるという夢。彼女の担当する患者が、鋭い犬歯と口を女性の手首に当て、血管から生き血を吸っているのを見ている夢だった。

そのぼやけた奇妙なまぼろしはなかなか消えず、ジェインはパニックが起きそうになった。防水シートがうごめいていると気づいたときのように。下になにかが隠れている。なにか危険なものが。

なにか噛みついてくるもの。

ヴァンパイア。

めったにおびえたりするほうではないが、いまは恐ろしくて、そろそろと上体を起こした。殺風景な寝室を見まわす。誘拐されたという部分は夢ではなかったようだ。でも、そのほかの部分は？ どこまでが現実で、どこからがそうでないのだろう。記憶のあちこちに穴があいている。手術をしたのは憶えている。その患者を外科集中治療室《SICU》に入れたのも憶えているし、彼女を誘拐した男たちのことも憶えている。でもそのあとのこととなると、断片的もいいところだった。

大きく息を吸ったら、食べ物のにおいに気がついた。椅子のわきにトレーが置いてある。銀のふたを持ちあげてみたら……まあ、これはほんとうにいいお皿だわ。伊万里焼——母が同じようなのを持っていた。まゆをひそめる。なかの料理もおいしそうだった。仔羊の肉に、付け合わせは新じゃがとかぼちゃ。その横には、チョコレートケーキひときれに、水差しとコップも置いてある。

面白半分に、有名シェフのウルフギャング・パックも誘拐してきたのだろうか。

患者のほうに目をやった。

ベッドサイドテーブルのランプの光を浴びて、患者は黒いシーツのうえにじっと横たわっていた。目は閉じていて、黒髪が枕に広がっている。がっしりした肩が少しだけ上掛けのふちからのぞいていた。呼吸は早くもなく乱れてもおらず、顔に赤みはさしているものの、汗のてかりは見えないから熱でほてっているわけではない。まゆはひそめているし、口は唇が見えないほどぎゅっと結んでいるが、なんというか……復活した、という感じだった。

ありえない。彼女が一週間ぶっ通しで気絶していたのでもないかぎり。

ジェインはぎくしゃくと立ちあがり、両腕を頭のうえにのばして胸をそらした。背骨がぽきぽき鳴って、凝りがほぐれていく。足音を忍ばせて近づいていき、患者の脈をとった。乱れはなく、強く打っている。

そんなばかな。理屈の通らないことばかりだ。どれをとっても。銃で撃たれ、刃物で刺されて、二度も心停止を起こし、開胸手術を受けたばかりの患者が、こんなふうにあっさり回復するわけがない。ありえない。

やはりヴァンパイアだから……

もう、なにばかなこと考えてるの。

ベッドサイドテーブルのデジタル時計を見て、日付を確かめた。金曜日。金曜日ですって？ そんな、まだ金曜日の午前十時だなんて。とすれば、手術をしたのはたった八時間前のことだ。それなのにこの患者は、何週間も回復期間があったあとのような顔色をしている。

これはみんな夢なのかもしれない。マンハッタンに向かう列車で眠り込んでいるのかもしれない。列車が止まってはっと目がさめたら、そこはきっとペンシルヴェニア駅（ニューヨークの中央駅）なのだ。気まずい思いで笑って、コーヒーでも飲んで、予定どおりコロンビア大学で面接を受けて、これはみんな自動販売機の食物のせいだと片づけることになるのだろう。

ジェインは待った。そのうち列車ががたんと揺れて、きっと目が覚めるにちがいない。

ところが、デジタル時計はただ着実に進んでいくばかりで、一分二分と時間は過ぎていく。

しかたがない。これが現実だなんてそんなばかな、に逆戻りだ。完全にひとりぼっちで死ぬほど恐ろしく、ジェインはドアに歩いていってノブをまわしてみた。鍵がかかっている。

あらあら、**これは驚きだわね**。とっさにどんどん叩きたくなったが、そんなことをしてもしかたがない。ドアのあちら側には、彼女を解放してくれる者などいないだろう。それに、目が覚めたことを知られたいとも思わない。

まずはこの部屋を調べてみなくては。窓は、ガラスの向こう側をなにかで覆われていた。その覆いはとても分厚くて、日の光すら入ってこない。ドアはもちろん問題外だし、壁にはすきまなどない。電話もなければパソコンもない。

クロゼットには、黒い服と黒いブーツと耐火キャビネットがあるだけ。キャビネットには鍵がかかっていた。

バスルームにも脱出口は見当たらなかった。窓はないし、人が通り抜けられそうな通風口もない。

バスルームを出て寝室に戻った。まったく、これは寝室なんかじゃない。マットレスつきの監房だ。

ついでに言うと、これは夢ではない。

副腎がぜんやる気を出してきて、胸のなかで心臓が早駆けをはじめた。警察が捜してくれる、と自分に言い聞かせた。そのはずだ。監視カメラもあれば職員もいるのだから、彼女と患者が連れ去られたことにだれも気づかないなんてありえない。それに、面接のときに彼女が姿を見せなければ、まちがいなく問い合わせが来るだろう。

落ち着きたくて、ジェインはバスルームに戻ってドアを閉じた。が、ロックは当然のように外してあった。トイレを使ったあと、顔を洗い、ドアの裏側にかかっているタオルをとる。そのひだに顔を当てたとたん、えも言われぬ芳香に身動きができなくなった。あの患者のにおいだ。このタオルを使ったのだろう。たぶん、出かけて胸に銃弾を受ける前に。

目を閉じて深く息を吸った。まず頭に浮かんだのはセックスのこと、唯一考えられるのもセックスのことだけだった。この香りを壜に詰めることができれば、ギャンブルや麻薬に必要な金など、合法的な手段でいくらでも稼げるだろう。

自分で自分にいやけがさして、ごみを捨てるようにタオルを放り出した。とそのとき、トイレの裏側でなにかがキラリと光った。大理石のタイルにかがんでみると、折り畳み式のかみそりだった。昔ふうの、西部劇映画を思い出させるような。拾いあげて、光る刃をじっと見つめた。

さあ、いい武器が手に入ったわ。相当にいい武器が。

白衣のポケットに滑り込ませたとき、寝室のドアの開く音が聞こえた。

バスルームを出るとき、ジェインはポケットに片手を入れ、目を鋭く光らせていた。入ってきたのは〈レッドソックス〉の野球帽だった。ダッフルバッグをふたつ抱えている。大した荷物とも思えない——少なくともあれほど大柄な男性にとっては——が、彼はふうふういっていた。

「手始めはこれで足りると思うんだが」と、疲れたかすれ声で言った。典型的なボストンなまりがある。

「手始め？」

「こいつの治療の」

「なんの話？」

野球帽は身をかがめて、バッグのひとつを開いた。なかに入っていたのは、箱入りの包帯やガーゼ、ラテックスの手袋、藤紫色のプラスティック製便器、薬壜各種だった。

「こういうのが必要だって、こいつが言ってたから」

「そうですか」冗談じゃないわ。ここで医者の役割を演じるつもりはない。誘拐された被害者をやってるだけで手一杯なのよ、おあいにくさま。

めまいでもするかのように、男はそろそろと上体を起こした。「手当をしてやってくれよ」

「わたしが？」

「ああ。それと訊かれる前に答えとくけど、あんたはちゃんと生きてここから出ていけるから」

「それはつまり、わたしが治療をすればということ？」

「そんなとこだ。でもおれは心配してない。どっちみちあんたは治療しないじゃいられないだろ」

ジェインは男をしげしげと見つめた。野球帽に隠れて顔はあまり見えないが、その帽子の下から伸びるあごの線には見覚えがあった。それにこのボストンなまり。

「あなたを知ってる気がするわ」

「いや、もう知らないはずだ」

その後の沈黙のなか、ジェインは医師の目で男を観察した。顔は青白くて生気がなく、頬はこけているし、手は震えている。二週間ぶっ続けで飲み騒いだあとのように、立っているとふらふらして、息切れもしているようだ。それにこのにおいはなんだろう。なんだか祖母を思い出させるにおい。すっかり変質した香水や白粉のようというか、それとも……なにかもっと別のもの、医学部のころを思い出させるなにか……そうだ、そっちのほうが近い。肉眼解剖学の講義で嗅いでいた、ホルムアルデヒドのにおいをさせているのだ。

顔色はまちがいなく死体の色だ。だが、いくら体調が悪そうでも、この男をやっつけられるとはちょっと思えなかった。

ポケットのかみそりにふれながら、相手との距離を目測し、今回はあきらめることにした。男が弱っているのはたしかだが、ドアは閉まっているし、鍵もかけなおされている。いま攻撃しても、こちらがけがをするか殺される危険があるし、ここから脱出するという目標には少しも近づけない。いちばん見込みがあるのは、次にだれかが入ってくるのをドアのわきで待ち構えていることだ。不意をつかなくてはならない。まともにやりあったら、どう考えてもかなうわけがないから。

ただ、この部屋から出られたとして、そのあとはどうすればいいのだろう。ここは大きな家なのか、小さい家なのか。連邦金塊貯蔵所《フォートノックス》そこのけに厳重な窓の警戒ぶりは、この部屋だけではないだろうという気がする。

「外へ出して」彼女は言った。

野球帽は、疲れ果てたというようにため息をついた。「二、三日もすれば、もとの暮らしに戻れるよ。ここのことはみんな忘れて」

「あら、そうかしら。誘拐されたら一生忘れられないものかと思っていたわ」

「いまにわかるさ。いやわからないか、この場合は」ベッドサイドに向かいながら、野球帽はチェストにつかまり、次には壁に手を当てて身体を支えている。「よくなってきてるみたいだ」

ジェインは思わず怒鳴りつけそうになった。患者に手を出されたくない。

「V?」野球帽はベッドにそろそろと腰をおろした。「V……」

ややあって患者が目を開いた。口角を歪めて、「よう、刑事《デカ》」

ふたりはまったく同時に手を差しのべあい、それを見ていたジェインは、このふたりは兄弟にちがいないと思った——が、それにしては髪や目の色がちがいすぎる。たんにとても親しい友人どうしなのか、それとも恋人どうしだろうか。

患者の目がこちらに滑ってきて、彼女の頭のてっぺんから足先まで眺めまわしている。けがなどしていないか確認するかのように。それから手もつけていない料理に目を留め、感心しないと言わぬばかりにまゆをひそめた。

「前も同じことをやったよな」野球帽が、患者に向かってぼそりと言った。「ただ、あんときは寝てたのはおれのほうだったけど。さっさと切りあげて、こういう負傷してめたくそみたいなのはもうこれっきりにしようぜ」

あの冷たく光る目が、ジェインからそれて仲間のほうへ向かった。しかし、ひそめたまゆはそのままだ。「おまえ、ひどい顔してるな」

「そう言うおまえはミス・アメリカみたいだぜ」

患者は上掛けからもういっぽうの腕を抜き出したが、ピアノでも持ち出すかのように苦労している。「手伝ってくれ、この手袋をはずすの――」

「だめだ、まだ早《はえ》えよ」

「どんどん悪くなってるじゃないか」

「明日になったら――」

「いまだ。いますぐやろう」患者は声を落として、ささやくように言った。「明日になったら、もう立てなくなってるぞ。どうなるかわかってるんだろ」

野球帽はがっくりとうなだれた。頭が重たげに首から垂れ下がって、まるで小麦粉の袋のようだ。小声で毒づくと、患者の手袋をはめた手に手をのばした。

ジェインはあとじさるうちに、さっきまで眠っていた椅子にぶつかった。あの手のせいで、看護師は発作を起こしてばったり倒れてしまったのだ。それなのにこのふたりは、それにふれるのが大したことでないかのように平然とふるまっている。

野球帽が黒い革手袋をそっとはずすと、現われた手は刺青に覆われていた。信じられない、肌が光っているように見える。

「来いよ」患者は言って、野球帽に向かって両腕を大きく広げた。「ここに横になれ」

ジェインは胸が詰まった。息ができない。


コーミアは聖所の廊下を歩いていた。素足だから足音は立たず、白いローブからは衣《きぬ》ずれの音もしない。肺を出入りする呼吸さえ、かすかにため息を漏らしてその出入りを示すこともない。そのように歩くのが〈巫女〉としてあるべき姿なのだ。目にふれる影も落とさず、耳にふれる吐息も漏らさず。

ただ、いまの彼女には個人的な目的があり、そしてそれはまちがったことだった。〈巫女〉はどんなときも〈書の聖母〉のしもべであり、その意志はつねに〈聖母〉の意志でなくてはならないのだ。

しかしいまはあまりに切羽詰まっていて、それどころではなくなっていた。

〈書堂〉は長い柱廊のつきあたりにあり、その両開き扉はいつも開いている。この聖域のなかには、宝石を収めた堂も含めて、この堂ほど貴重な品を収めた建物はほかにない。ここに保管されているのは、〈書の聖母〉が書き残してきた一族の記録だった。気が遠くなるほど長きにわたる、それこそ何万年にもおよぶ日記なのだ。そのための訓練を受けた〈巫女〉に〈聖母〉が口述するそれは、無償の奉仕であり、歴史の、そして信仰の証《あかし》だった。

象牙の壁のなか、白いろうそくの光を受けて、コーミアは大理石の床を歩いていった。無数の書架のわきを過ぎ、不安がつのるにつれて足どりが速くなってくる。記録は年代順に並んでおり、また同じ年の記録でも社会階級ごとに分かれているが、コーミアが探している記録はこの「一般の部」にはないはずだった。

肩ごしにふり返り、あたりにだれもいないことを確認すると、コーミアはそそくさと廊下を進み、光沢のある赤い扉の前に出た。扉の中央には、ふた振りの黒い短剣が描かれていた。柄《つか》を下に向けて刃を交差させている。金箔を張った柄の周囲には、〈古語〉で神聖な誓いの語が書かれている。

黒き剣兄弟団
わが母、わが一族、わが兄弟を
護り助くるために

扉の黄金の把手にかける手が震えていた。この部屋に無断で立ち入るのは禁じられているから、見つかったら罰せられる。だが、いまはそんなことにかまってはいられない。真実を知るのが恐ろしくはあったが、これ以上知らずにいるのは耐えられない。

そこは宏壮な部屋だった。高い天井は金箔で飾られ、書架は白でなく輝く黒。壁に並ぶ書も黒い革で装丁されており、背表紙の文字は金で書かれて、影の色をしたロウソクの光を反射している。床に敷いたじゅうたんは血のように赤く、花びらのように柔らかい。

この部屋は、ほかの場所とはちがうにおいがする。なにかのスパイスを思い出すにおい。ひょっとしたら、〈兄弟〉たちがみずからやって来ることがあるのかもしれない。〈兄弟団〉の歴史に囲まれ、自分自身について、あるいは先祖について書かれた本を取り出したりしているのかも。その様子を思い描いてみようとしたが、できなかった。なにしろ一度も会ったことがないのだ。〈兄弟〉どころか、ふつうの男性すらひとりもじかに見たことがなかった。

書の配列順はどうなっているのか、コーミアは急いで調べた。年ごとに並んでいるようだ――**いえ、ちょっと待って。**そのほかに伝記の部もあった。

床にひざをついた。ここの書物にはそれぞれ、番号と〈兄弟〉の名前、そして両親の血統が書いてあった。第一巻は古さびた本で、古風な文字が使われている。こういう文字は、〈書の聖母〉の古い日記で見たことがある。この最初の戦士には、その名と番号を冠した本が何巻かあった。そして次のふたりの〈兄弟〉の巻には、その同じ名が父の名としてあがっていた。

その並びをずっと下ったところで、適当に一冊取り出して開いてみた。扉には豪華に彩色された〈兄弟〉の肖像画があり、それを取り巻く手書き文字では、名前と生年月日と〈兄弟団〉加入年月日、それに武器と戦術によって戦場であげた武勲が書かれている。次のページには先祖が何世代にもわたって書かれており、そのあとには契りを結んだ女性と儲けた子供の一覧が続いている。そしてそのあとに、その戦士の生涯が戦場の内外問わず何章にもわたって語られていた。

このトーチャーという〈兄弟〉は、長寿に恵まれて赫々《かっかく》たる戦果をあげたようだ。この戦士には三巻が当てられていたが、その最後のほうには、ひとりだけ育った息子のレイジが〈兄弟団〉に加わったときの喜びが記録されていた。

コーミアはその本を書架に戻すと、人さし指で背表紙の名前に触れながら、さらに時代を下っていった。この男性たちは、みなの安全を守るために戦ってくれたのだ。何十年も前に〈巫女〉が攻撃を受けたとき、助けに来てくれたのはこの戦士たちなのだ。そしてまた、〝レッサー〟から一般市民を守っているのもこの戦士たちだ。とすれば、この〈プライメール〉の話はそう悪い話ではないのかもしれない。この戦士たちの使命は、罪のない人々を守ることなのだ。そんな戦士が、彼女にひどいことをするはずがないではないか。

契る相手がいくつで、いつ〈兄弟団〉に加わったのか知らないので、コーミアは一冊一冊確かめていった。ほんとうに数が多くて、いくつもの書架いっぱいに……

指が分厚い本の背表紙で止まった。それは三巻のうちの一冊だった。

ブラッドレター
三五六

〈プライメール〉の父親の名を見て、胸がすっと冷えた。一族の歴史書のなかで、この戦士のことは読んだことがある。やっぱり、彼女の考えは甘いのだろうか。ブラッドレターについての話がほんとうだとしたら、気高い目的のために戦う者であっても、残酷でないとはかぎらないことになる。

奇妙なことに、この本には父の血統が記載されていなかった。

ふたたび、いくつもの背表紙、いくつもの名前をたどりはじめた。

ヴィシャス
ブラッドレターの子
四二八

一巻しかなく、それも彼女の指の幅より薄かった。書架から引き出して、胸をどきどきさせながら表紙を手のひらでなでた。固くて開きにくい。めったに開かれたことがないのだろうか。その推測は当たっているようだった。肖像画はなく、ていねいに手書きされた戦闘能力への賛辞もない。ただ生年月日――もうすぐ三百三歳になるのがわかった――と〈兄弟団〉に加わった年月日が書かれているだけだ。ページをめくったが、ブラッドレター以外の先祖はひとりも書かれておらず、そのあとのページはすべて空白だった。

それを書架に戻して、その父の本の場所に戻り、三巻めを取り出してみた。息子について、彼女の恐怖をやわらげてくれそうなことが書かれていないかと読んでみたのだが、そこに表われている残忍さに、〈プライメール〉が母親似であることを――母親がだれであれ――祈らずにいられなかった。この戦士には、まさに血文字《ブラッドレター》の名がふさわしい。情け容赦のない男で、それは相手がヴァンパイアでも〝レッサー〟でも同じだった。

ぱらぱらとページをめくっていくと、最後のページに死亡の日付が記録されていた。だが、どんな死にかたをしたのかは書かれていない。第一巻を取り出して、肖像画を眺めた。〈プライメール〉の父は、漆黒の髪に長いひげをたくわえていた。その目を見たとたん、コーミアは本を放り出したくなった。放り出して、二度と開きたくない。

本を書架に戻して、床に座り込んだ。〈書の聖母〉の斎籠《いごも》りが明けたら、ブラッドレターの息子がやって来て、おのれの正当な所有物としてコーミアの肉体をわがものにするのだ。それがどういうことなのか、男性がなにをするという意味なのか想像もつかなくて、性の手ほどきを受けるのが恐ろしかった。

とはいえ、少なくとも〈プライメール〉はほかの〈巫女〉たちとも契るのだから、と自分に言い聞かせた。〈巫女〉は大勢いるし、なかには男性を喜ばせる訓練を受けている者もいる。〈プライメール〉はきっと、そういう〈巫女〉たちのほうが気に入るだろう。よほど運が悪くないかぎり、めったに彼女の寝所へは訪ねてこないにちがいない。

13

ブッチがベッドに身を横たえてきた。認めるのは恥ずかしいが、そうなったらどんなふうだろうとヴィシャスは前々からよく想像していた。どんな感触がし、どんなにおいがするだろうかと。だがいざそれが現実になってみて、ブッチを癒すことに集中しなくてはならないのがありがたかった。そうでなかったらあまりに強烈すぎて、逃げ出さずにはいられなかっただろうという気がする。

胸がブッチの胸をかすめたときには、そんな必要はないのだと自分に言い聞かせようとした。だれかが隣に寝ているというこの感触、そんなものを自分は必要としていないと思い込もうとした。だれかと枕を並べていて心が落ち着くなんてことはない。身体に感じる肌の温もりや重みがうれしいなんてことはないのだ。

デカを癒すことで自分が癒されるなんて、そんなはずはない。

だがもちろん、どれもこれもただの強がりでしかない。両腕をブッチの身体に巻きつけ、自分を開いて〈オメガ〉の悪を受け入れながら、ヴィシャスにはそのすべてが必要だった。

母の訪問を受け、銃弾を浴びたあととあって、Vは他者の温もりに飢えていた。抱擁を返してくれる腕が欲しくてたまらなかった。この胸に、自分のとは異なる心臓の鼓動を感じずにはいられなかったのだ。

あまりに長いこと、他者に手をふれず、他者と関わらずに過ごしてきた。心から信頼できる相手に、身構えることなく自分をさらけ出していると、目頭になにかがつんとしみてきた。泣いたことがなくてよかった。そうでなかったら、川辺の石のように頬がずぶ濡れになっていただろう。

ブッチがほっとして身震いし、肩と腰の震えが伝わってくる。いけないことだとわかってはいたが、ヴィシャスは自分を抑えることができず、刺青を入れた手をあげて、ブッチのうなじに当てて髪に深く埋めた。デカがまたうめき声をあげ、さらに身を寄せてくる。Vはそのとき、主治医のほうに目を向けた。

彼女は部屋の向こう、椅子のそばに立ってこちらを見ていた。目をみはり、口をかすかにあけている。

身もだえするほどの気まずさを感じずにいられる理由はただひとつ、ここを去るときには、この秘めやかな瞬間のことを彼女はきれいに忘れているはずだからだ。そうでなかったらとうてい耐えられない。これまでの生涯で、こんなことはめったになかった――そもそもめったにやらなかったからだ。個人的な秘密を赤の他人に記憶されるなど、考えただけで頭がおかしくなりそうだ。

ただ……あの主治医はあまり赤の他人という気がしない。

主治医は片手をのどもとに持っていき、へたり込むように椅子に腰をおろした。時間がけだるく伸びをする。蒸し暑い夏の夜、犬がだらしなく身体を伸ばすように。彼女はこちらの目をまっすぐ見つめている。そして彼もまた目をそらそうとはしなかった。

あの言葉がまたよみがえってくる――**おれのもの**。

ただ、いったいどっちのことを考えているのか。ブッチか、それともあの外科医か。

外科医のほうだ、そう気がついた。この言葉を呼び覚ますのは、部屋の向こうのあの女だ。

ブッチが身じろぎし、その足が毛布越しにVの足をかすめた。罪悪感に胸を嚙まれつつ、Vは思い出していた――ブッチと自分のことを何度想像したことか。こんなふうに並んで横になり、そして……まあその、ブッチを癒すのが主眼でなかったのはたしかだ。それにしても不思議だ。いまそれが現実に起こっているのに、Vはブッチに対して性的なことはなにひとつ考えていなかった。不思議だ……情欲もきずなの言葉も、その対象は部屋の向こうで黙っている人間の女だった。そしてその女のほうは、見るからにショックを受けている。男どうしでつきあうことを、彼女は受け入れられないかもしれない。彼とブッチがそうだというわけではないが。

頭がどうかしていたとしか思えないが、Vは女に声をかけていた。「こいつはおれの親友

じだった。

女は驚いた顔をした。まさか説明などしてくるとは思わなかったのだろう。それは彼も同

なんだ」

ジェインはベッドから目が離せなかった。患者と野球帽はいっしょに光を発していた。身体から柔らかな光があふれ出ている。そしてふたりのあいだではなにかが、一種の交換がおこなわれていた。そう言えば、あの甘ったるいにおいが薄れてきたような気がする。

それで、親友ですって？　患者の手が野球帽の髪に埋もれるのを眺め、あの太い腕が野球帽を引き寄せるのを見守る。仲間なのはまちがいないが、その先のどのあたりまで行っているのだろうか。

どれぐらい時間がたったものか、やがて野球帽は長々と吐息をもらし、頭をあげた。ふたりの顔はほんの数インチしか離れていない。ジェインははっと身を固くした。男どうしがつきあうのに抵抗感はないが、どういう狂った理由からか、あの患者が友人に——というより、相手がだれであっても——キスをするのは見たくなかった。

「おまえ、大丈夫か？」野球帽が尋ねる。

患者の声は低くてかすれていた。「ああ。ちょい疲れた」

「そうだろうな」野球帽は、しなやかに起きあがってベッドをおりた。信じられない。一か

月もスパで過ごしたあとのようだ。顔色は正常に戻っているし、目は澄んで輝いている。それに、あの禍々しい空気が消えていた。

患者は寝返りを打って仰向けになった。顔をしかめ、脇を下にして寝てみて、また仰向けに戻る。そのあいだずっと、上掛けの下で脚をさかんに動かしていた。なにを感じているのかわからないが、それを振り切って逃げようとしているかのようだ。

「苦しいのか」野球帽が尋ねた。返事がない。野球帽は肩ごしにこちらを見た。「先生《ドク》、なんとかしてやってくれよ」

お断わりと言ってやりたかった。ふたこと三こと毒を吐いてやって、もういちど解放を要求したかった。そしてまた、この〈レッドソックス〉ファンの股間を蹴りあげてやりたかった。いまなにがおこなわれていたにしても、それで患者の容体が悪化したのはまちがいないのだから。

だが結局、ヒポクラテスの誓いに背中を押されて立ちあがり、ダッフルバッグのほうへ歩いていった。「それは、なにを持ってきてくれたかによるわね」

なかをかきまわすと、巨大ドラッグストア〈ウォルグリーンズ〉も顔負けに、手に入るかぎりの鎮痛薬がほとんどそろっていた。どれも製薬会社の箱から出してきたばかりのものだった。これはつまり、病院につてがあるということだ。ブラックマーケットを経由してどこまでも流出していくのを防ぐため、医薬品の包装にはそれなりの防衛手段が講じてある。

まったくなんてこと、ここの男たちはきっとそのブラックマーケットなんだわ。

ほかに見落としがないか確認しようと、もういっぽうのバッグをのぞいてみたら……お気に入りのヨガ用のスウェットスーツ……それに、コロンビア大学の面接を受けにマンハッタンへ行くために用意した、その他の荷物もそっくり入っていた。

わたしの家に行ったのだ。この悪党どもが、わたしの家に入ったのだ。

「先生の車を戻してこなきゃならなかったからさ」野球帽が説明した。「それで、着替えがあったほうがいいだろうと思って。これがちょうど用意してあったし」

わたしの〈アウディ〉を運転して、わたしの部屋を歩きまわって、わたしのプライベートを引っかきまわしたのだ。

ジェインは立ちあがり、ダッフルバッグを部屋の向こうに蹴飛ばした。自分の衣服が床にこぼれ落ちるのを横目に、手をポケットに突っ込んでかみそりを握った。この野球帽ののどを掻っ切ってやる。

患者の力強い声が割って入った。「あやまれ」

身体ごとふり向いてベッドのほうをにらみつけた。「なにを？　人を無理やり連れてきておいて――」

「あんたじゃない。そいつに言ったんだ」

野球帽がすぐに口を開いた。申し訳なさそうな声で、「勝手に入ってすまない。ただ、ちょっとでも楽に過ごせるようにと思って」

「楽に過ごせる？　悪いけど、あなたにあやまってもらいたくなんかないわ。いまごろはわたしがいないのにみんな気がついて、警察が捜索を始めるはずよ」

「そのあたりはみんな手を打ってある。マンハッタンの面接の約束のほうも。列車の切符と面接の案内を見つけたからさ。向こうはもう待ってないよ」

怒りのあまり、しばらく声が出なかった。「よくもそんなことを」

「先生が病気だって言ったら、向こうから進んで日時を変更してくれたよ」それで丸く収まるとでも思っているのか。

ジェインは怒鳴りつけてやろうと口を開きかけたが、そのときはっと気がついた。いまの彼女は完全に、かれらのなすがままなのだ。とすれば、向こうの気分を損ねてもいいことはなにもない。

小声で毒づきながら、患者に目を向けた。「いつ帰らせてもらえるの」

「おれが立って歩けるようになりしだい」

患者の顔をじっと観察した。ひげにダイヤモンドの目、こめかみの刺青。とっさに口を開いて言った。「約束して。わたしが救ったその生命にかけて誓って。わたしに危害を加えず、ぶじに帰らせてくれるのね」

息をする間すらおかず、患者は即座に言った。「わが名誉と、わが血管を流れる血にかけて誓う。おれが治りしだい、あんたは解放される」

自分自身とここの男たちに腹を立てながら、ジェインは手をポケットから出した。大きなほうのダッフルバッグにかがみ込み、鎮痛剤〈デメロール〉の小壜《バイアル》を取る。「注射器がないわ」

「ここに持ってる」野球帽が近づいてきて、滅菌パックを差し出した。取ろうとしたが、向こうは手をすぐに離そうとしなかった。「おかしな使いかたはしないよな」

ジェインはその手から注射器をひったくり、「なに言ってるの、するに決まってるでしょ。この人の目に突き刺してあげるわよ、学校でそう習ってきたんだから」

またかがみ込んでダッフルバッグをかきまわす。ラテックスの手袋にアルコール綿のパック。それに、胸の被覆《ドレッシング》を交換するためにガーゼと詰めもの《パッキング》を取り出した。

術前に、点滴で感染予防の抗生物質を投与しておいたから、感染症の危険は低いのだが、それでも彼女は尋ねた。「抗生物質も手に入る?」

「必要ならなんでも」

やっぱり、まちがいなくどこかの病院につてがあるのだ。「シプロフロキサシンか、アモキシシリンが必要になるかもしれないわ。あのパッキングの下がどうなっているかによるけど」

注射針やバイアル、その他の用品をベッドサイドのテーブルに置き、パチンと音を立てて手袋をはめ、アルミホイルの四角い袋を破りあけた。

「ドク、ちょっと待ってくれ」野球帽が言った。

「なんですか」

こちらの目を射抜くように見つめる野球帽の目は、ふたつの照準器のようだった。「失礼だが、これだけは言わせてもらう。あんたがこいつをわざと傷つけるようなことをしたら、おれが素手であんたを殺してやるからな。あんたが女だろうが知ったこっちゃない」

背筋にぞっと冷たいものが走って身動きがとれなくなったが、そのとき寝室じゅうにうなり声が響きわたった。闘犬が敵に飛びかかる前にもらすような声。

ぎょっとして、ふたりはそろって患者を見おろした。

上唇がめくれあがって、あの鋭い犬歯が剝き出しになっていた。前に見たときの二倍の長さになっている。「だれにも手出しはさせん。彼女がだれになにをしようと」

仲間の頭がおかしくなったかと疑うように、野球帽はまゆをひそめた。「おまえ、協定を忘れたのか。自分で自分の面倒を見られるようになるまで、おまえの安全はおれが守る。そうじゃなかったのか。身体がすっかりよくなってからにしろよ、このひとの心配をするのは」

「だれにも手出しは許さん」

しばし絶句していたが、やがて野球帽はジェインを見、また患者を見た。物理法則を計算しなおしてでもいるように——そして、その答えがどうしても合わないというように。

ジェインは割って入ることにした。そろそろなだめないと、なべが吹きこぼれてしまいそうだ。「はいはい、もうそのへんにして。男性ホルモンで頭をかっかさせるのは」ふたりは驚いたようにこちらをふり向いた。彼女が野球帽を押しのけると、さらに面食らった顔になる。「ここにいたいのなら、ちょっと頭を冷やしなさい。このひとのためにならないわ」次は患者をにらんで、「あなたもよ。安静にしてなきゃだめでしょう」

水を打ったように静まりかえった。ややあって、野球帽が咳払いをし、患者は手袋をはめて目を閉じた。

「よくできました」ジェインはつぶやくように言って、「それじゃおふたりさん、仕事をさせてもらえる？　わたしがここを出ていけるように」

〈デメロール〉を打ってさほどたたないうちに、ぎゅっと寄せていた患者のまゆが開いた。留めていたネジがゆるんだかのように。全身から力が抜けていくのがわかる。ジェインは患者の胸のテープをはがし、ガーゼとパッキングをはずしてみた。

「まあ……信じられない」彼女は息をのんだ。

野球帽が彼女の肩ごしにのぞき込んで、「どこか変かな。きれいに治ってるみたいだけど」

金属のステープルの列と、その下のピンク色の傷口をそっとつついてみた。「もうはずしても大丈夫そうだわ」

「手伝うことある?」

「こんなはずはないんだけど」

患者の目が開いた。彼女がなにを考えているか、はっきりわかっている目だった。そして彼女が考えていたのは——このひとはヴァンパイアだ。

野球帽に目を向けずに、ジェインは言った。「あのダッフルバッグのなかから、外科用ハサミとピンセットを取ってきてくれます? そうそう、それから局所消毒スプレーもお願い」

部屋の向こうからごそごそ音が聞こえだすと、ジェインは小声で尋ねた。「どういうことなの?」

「生きてるってことだよ」患者が答える。「先生のおかげだ」

「これでいいかな」

ジェインは操り人形のように飛びあがった。野球帽がステンレスの器具をふたつ差し出している。だが、なぜそれを頼んだのか、自分でどうしても思い出せなかった。

「ステープルだ」彼女はつぶやいた。

「えっ?」と野球帽が尋ねる。

「このステープルを抜きます」ハサミとピンセットを受け取り、患者の胸に消毒薬をスプレーする。

頭蓋骨のなかでは脳みそがツイストを踊っていたが、ジェインはそれにもめげず、二十本かそこらの金属のステープルを一本ずつ切って取りはずし、ベッドわきのくずかごに落としていった。それがすむと、はずしたあとの穴からにじんでくる血のしずくを拭きとり、また胸もとに消毒薬をスプレーした。

患者の輝く目と目があって、このひとは人間ではないと確信した。いままで何人もの患者の体内を見てきたし、なかなか治らずに患者が苦しむのを何度も見てきた。そんな彼女に疑問の余地はなかった。ただわからないのは、その場合彼女は――というより、人類はどういう立場に置かれるのだろうか。

こんなことがありうるのだろうか。人類とこれほど共通点の多い別の種が存在するなんて――そしてそれはたぶん、その種がどうして発見されずにいるのか、という疑問でもある。

ジェインは薄いガーゼで患者の胸の中央を覆い、テープで留めた。それがすんだとき、患者は顔をしかめ、あの手袋をはめたほうの手を腹部に持っていった。

「大丈夫ですか」ジェインは尋ねた。患者の顔から血の気が引いている。

「むかむかする」鼻の下に汗の筋が浮いていた。

彼女は野球帽に目をやって、「はずしてもらったほうがいいと思うんだけど」

「どうして」

「患者さんが吐くからよ」

「大丈夫だ」患者がつぶやくように言って目を閉じた。

使い捨て便器をとりにダッフルバッグのほうへ歩いていきながら、ジェインは野球帽に向かって言った。「早く出ていって。この人の看病はわたしがします。見物人は要らないわ」〈デメロール〉のせいだ。痛みには効果絶大だが、ときに副作用が重大問題になることがある。

野球帽はためらっていたが、やがて患者がうめき、しきりにつばをのみはじめた。「ああ、わかった。それじゃ、出てく前に訊くけどさ、べつの食べもの持ってこようか。なんかとくに食べたいもんある？」

「本気で言ってるの？　誘拐されたうえに殺すぞって脅されたのに、なんにもなかったみたいにあなたに宅配の注文なんか出せると思う？」

「だからって、ここにいるあいだなにも食べないって法はないじゃないか」と、トレーを取りあげた。

やっぱりだわ、この声……このざらざらした感じの声、それにボストンなまり。「わたし、あなたに会ったことがあるわ。まちがいなくどこかで会ってるわよね。その帽子をとってよ。顔を見せて」

男はさめた料理を持って部屋の向こうに歩いていった。「代わりの食いもん持ってくるよ」

ドアが閉まって外から鍵がかけられると、ジェインは子供っぽい衝動を覚えた。走っていって、あのドアをどんどん叩きたい。

患者のうめき声に、彼女ははっとしてそちらに目を向けた。「そろそろあきらめたら？そういつまでも我慢できないでしょう」

「ちく……しょう……」横向きになって身体を丸め、患者は嘔吐しはじめた。使い捨て便器は必要なかった。胃になにも入っていなかったからだ。ジェインはバスルームに駆け込み、タオルを取ってきて患者の口に当てた。苦しげにげえげえやりながら、患者は胸の中心をしっかり押さえている。傷口がはじけて開くのがこわいのだろうか。

「大丈夫よ」と、背中に手を当ててさすってやった。「もうじゅうぶん治ってきてるわ、心配しなくても傷口が開いたりしないから」

「なんだか……ひどく……**くそっ**——」

かわいそうに、とても苦しんでいる。顔は歪んで真っ赤になり、全身から汗が噴き出して、肩で呼吸をしている。「大丈夫よ、あまりがんばらないで。我慢しないほうが楽になるから。そうそう……それでいいのよ……そのあいまに息をして。はい、いまよ……」

患者の背筋をさすり、タオルをあてがいながら、低い声で話しかけるのをやめられなかった。やっと収まると、患者は身じろぎもせずに横たわった。口から息をし、手袋をはめた手でシーツをつかんでしわくちゃにしている。

「あんまり楽しい経験じゃないな」患者がしゃがれた声で言う。

「合う鎮痛剤を見つけるわ」ジェインは低い声で言って、患者の目にかかる髪をかきあげた。「〈デメロール〉はもう使えないから。ちょっと傷の具合を確かめたいんだけど、いい？」

患者はうなずき、ごろりと仰向けになった。肩幅はあくまでも広く、まるでベッドいっぱいに広がっているようだ。ジェインは慎重にテープをはがし、そっとガーゼを取りあげた。

そんなばかな……ステープルを取り除いたのはほんの十五分前だったのに、そのあとの穴はもう完全にふさがっている。あとは、胸骨の上の皮膚に細いピンクの線が残っているだけだ。

「あなたはなんなの？」思わずそう尋ねていた。

患者はまた脇を下にしてこちらに顔を向けた。「疲れた」

考える間もなく、ジェインはまた患者の身体をさすりはじめた。肌を前後にすべる手がかすかな音を立てる。そうするうちにふと気がついた。この患者の肩は、固く引き締まった筋肉だけでできている……そしてまた、いま自分が触れているのは、温かくてとても男性的な……

ジェインは手を引っ込めた。

「やめないでくれ」と、刺青のないほうの手で彼女の手首をつかんだ。目は閉じたままだというのに。「さわっててくれ。というか……くそ、つかまえててくれ。なんだか……ふわふわするんだ。浮きあがってしまいそうだ。なにも感じないんだ。ベッドも……自分の身体も」

つかまれている手首を見おろし、彼の二頭筋と広い肩幅を目測した。この男なら、彼女の腕をふたつにへし折るぐらい簡単だろうとちらと思ったが、そんなことをするはずがないのはわかっている。三十分ほど前には、いちばん近しくいちばん親しい者を相手に、いまにものどに食らいつかんばかりだったではないか。彼女を守るために——

やめなさい。

この男といれば安全だなんて思っちゃだめ。ストックホルム症候群（人質が犯人に共感を抱くようになる傾向）**につけ込まれちゃだめよ。**

「頼む」震える息の下で言う。恥ずかしさに声がかすれている。

人質がどうして誘拐犯に共感を抱くようになるのか、いままでぜんぜんわからなかった。まったく理屈に合わないことだし、自己保存の法則にも反している。敵は味方になりえないのだから。

だが、この患者を冷たく突き放すなんて、いまはとてもできない。「それじゃ、手を離してくれないと」

「手は二本ある。もういっぽうを使えばいい」そう言うと、つかんだ手に身体を寄せて丸くなった。その身体の下で、シーツがいっそうしわくちゃになる。

「それじゃ手を入れ換えさせて」とささやきかけて、患者の手から手を抜き、反対側の手と代えて、自由になったほうの手のひらを肩に置いた。

彼の肌は陽に焼けたような金褐色で、なめらかで……ほんとうに、なんてなめらかでしなやかなんだろう。背筋のカーブをなであげて手がうなじに来たとき、自分でも気づかないうちにつややかな髪をなではじめていた。後ろは短く、顔のまわりは長め――こめかみの刺青を隠すためにそうしているのだろうか。ただ、これは人に見せるために入れたものにちがいない。そうでなかったら、もっと目立たないところに入れるはずではないか。

患者がのどの奥で音を立てている。猫がのどを鳴らすように、それが胸から上背部まで震わせている。やがて彼は向こうにずれて、それで彼女の手を引っ張るかっこうになった。隣に横になってもらいたがっているようだが、ジェインがそれに抵抗すると、引っ張る手から力が抜けた。

自分の腕をしっかりつかんでいる彼の腕、その腕の二頭筋を見つめるうちに、最後に男性とからみあったときのことを思い出した。もうずいぶん前の話だ。それに正直言って、そうよくもなかった。

マネロの暗色の目が脳裏に浮かび……

「そいつのことを考えるな」

ジェインはぎょっとした。「わたしがだれのことを考えてるか、どうしてわかったの」

患者は握っていた手を離すと、ゆっくり寝返りを打って向こうを向いた。「すまん。おれには関係ないことだった」

「どうしてわかったの」

「眠れるかどうかやってみる。いいだろ？」

「そうね」

ジェインは立ちあがった。またあの椅子に戻りながら、彼の六室ある心臓のことを考えた。血液型がわからなかったこと。あのブロンド美女の手首に牙で噛みついていたこと。窓を見やる。ガラスが覆ってあるのは、警備のためだけではなく、日光を入れないためでもあるのだろうか。

つまりどういうことになるの？　閉じ込められたこの部屋に、……ヴァンパイアがいっしょにいるということ？

彼女の理性的な部分は、そんな可能性をただちに却下した。しかし、彼女は筋金入りの論理派だ。首をふりながら、好きなシャーロック・ホームズのせりふを思い起こしていた。その趣旨はこういうことだ——理屈に合う説明がすべて消去されたときには、理屈に合わない説明こそが答えだ。論理と生物学は嘘をつかないはずだ。そもそも医師になろうと決めたのは、それが理由のひとつだった。

患者を見おろしながら、その意味するところにぼうぜんとしていた。進化論的な可能性を考えると頭がくらくらしたが、いっぽうでもっと現実的な問題についても考えていた。ダッフルバッグの医薬品のことを考え、撃たれたときに患者が市内の危険な地区で倒れていたことを考えた。そしてもちろん、自分が誘拐されたことも。

どうしてこの患者を、あるいは患者の言葉を信じられようか。

ジェインは片手をポケットに入れて、かみそりにふれた。この問いに対する答えは簡単だ。信じられない。

14

本館の上階の自室で、フュアリーはベッドのヘッドボードに上体を預け、両脚には青いベルベットの羽毛布団をかけていた。義肢ははずしてあるし、そばに置いた重いガラスの灰皿では葉巻がくすぶっている。隠して設置してある〈ボーズ〉のスピーカーからはモーツァルトが流れていた。

目の前にある火器の本は、いまは読むものではなくひざのイーゼル代わりになっている。分厚い白紙の束がその本の上に置いてあるが、〈タイコンデロガ〉の二番（HBの鉛筆）を持ったまま、しばらく前から線の一本も引いていない。一時間ほど前に肖像画は完成していて、それを丸めて捨てる勇気を奮い起こそうとしているところなのだ。

自分の絵に満足したことは一度もないが、この作品はけっこう気に入っていた。ブリザードのように先を見通せない空白のなかから、女性の顔と首と髪が鉛の線によって立ち現われてくる。ベラは少し左のほうに目を向けていて、口もとにはかすかな笑みを浮かべ、暗色の髪のひとふさが頬に垂れかかっている。今夜の終餐《ラストミール》の席で目にとらえたポーズだ。あのとき彼女はザディストを見ていた。口もとがかすかにほころんでいるのはそのためだ。

これまでさまざまなポーズの彼女を描いてきたが、目はいつもどこかよそを見ていた。紙のなかからまっすぐ前を、つまりフュアリーを見ていたら、それはちょっと穏やかでない気がする。というより、そもそも彼女の絵を描くことじたいが穏やかでないのだ。

紙を丸めて捨てようと、彼女の顔のうえに手のひらを当てた。

だが、ぎりぎりになってその手をレッドスモーク煙草にのばした。動悸が激しくなって、人工的な安心が欲しくなったのだ。最近ではやたらにレッドスモークの量が増えた。かつてなかったほどに。薬物のもたらす平安に頼るのは後ろめたかったが、禁煙しようかなどとはちらと思ったこともない。なんの助けもなく毎日を過ごすなど想像もできなかった。

また一服つけて、煙を肺にためる。ヘロインに手を染めかけたときのことを思い出した。去年の十二月、ヘロインの崖に頭から飛び込んでいかずにすんだのは、良識の声に従って踏みとどまったからではなく、たまたまジョン・マシューが絶妙なタイミングで邪魔してくれたからだった。

フュアリーは煙を吐き出し、レッドスモークの先を見つめた。もっと強いやつを試してみたいという誘惑がよみがえってくる。衝動を覚える。レヴに会いに行き、深い眠りの詰まった袋をもう一度買いたい。そうすれば、多少は心の平安が得られるかもしれない。

ドアにノックの音がして、Zの声が言った。「入っていいか」

フュアリーは、火器の本のあいだにスケッチを突っ込んだ。「ああ」

Zは入ってきたが、口を開こうとはしなかった。両手を腰に当てて、ベッドの足もとのほうで行ったり来たりうろうろしている。フュアリーは待ちながらまたレッドスモークに火をつけ、一卵性の双児のZが、カーペットをすり減らしているのを目で追っていた。

Zに無理に話をさせようとするのは、魚を釣り針にかけようとしてぺちゃくちゃしゃべりまくるようなものだ。どちらも有効な手段はただひとつ、黙って待っていることなのである。

ついにZは立ち止まった。「あいつ、出血してるんだ」

フュアリーは心臓が口から飛び出しそうになり、広げた手を本の表紙に当てた。「量は多いのか。いつからだ」

「隠してやがったからわからん」

「じゃあ、なんでわかった」

「トイレのすぐわきのキャビネットの奥に、〈オールウェイズ（生理用ナプキン）〉とかいうのが突っ込んであるのを見つけたんだ」

「妊娠前に使ってたやつじゃないのか」

「前に電気カミソリを出したときにはなかった」

なんてことだ。「それじゃ、ハヴァーズに診せないと」

「次の予約は一週間後なんだ」Zはまたうろうろ歩きだした。「わかってんだ、あいつが黙ってるのは、おれがおかしくなるんじゃないかと心配してやがるんだ」

「そのおまえが見つけたやつは、べつの理由で使ってるのかもしれないぞ」

Zは足を止めた。「ああ、そうかい。ああいうのが多機能製品だとでもいうのかよ。綿棒やなんかじゃねえんだぞ。なあ、あいつと話をしてくれねえか」

「なんだって」フユアリーはさっとひと息レッドスモークを吸った。「それは夫婦の問題だ。おまえと彼女の――」

Zは短く切った頭のてっぺんをこすった。「こういうことは、おれよりおまえのほうがうまいだろ。あいつの目の前で取り乱しちまったら最悪だ。いや、取り乱すならまだしも、怒鳴りつけちまうかもしれん。いまは死ぬほどびびってるから、冷静に話なんかできねえよ」

フユアリーは大きく息を吸おうとしたが、空気は気管から先にほとんどおりてこなかった。できるものなら関わりたい。彫像の廊下を歩いていってふたりの部屋に入り、ベラを座らせて話を聞き出したい。救世主になりたい。しかし、それは彼の役目ではない。

「おまえは彼女の〝ヘルレン〟なんだぞ。そういう話をおまえがしないでどうするんだ」

フユアリーは半インチ残ったレッドスモーク煙草をもみ消し、新しいのを巻いて、ライターのふたをあけた。フリントホイールが擦過音を立て、炎がぱっと立ちのぼる。「やればできる。がんばれ」

ザディストは悪態をつき、またしばらくうろうろしていたが、しまいにドアに向かって歩きだした。「この妊娠の話をしてると、あいつがいなくなったらおれは終わりだって思い出すんだ。もうほんとにどうしていいかわからん」

双児の兄が出ていくと、フュアリーは頭をベッドに落とした。レッドスモークを吸うと、先端の火が明るくなる。それを見ながらぼんやり考えた。これは、手巻き煙草のオルガスムスのようなものだろうか。

まずいな。ベラになにかあったら、フュアリーもZもそろって錐揉《きりも》み降下に叩き込まれる。あれにいちど巻き込まれたら、男は二度と脱出できない。

そう思ったとたん、罪の意識を感じた。こんなに気がかりだというのはあってはならないことだ。彼女は双児の兄の連れあいなのだから。

そんなこんなで、イナゴの大群を呑み込んだような気分になった。その感情を鎮めようとレッドスモークをさかんに吹かしていると、ふと時計が目に入った。まずい。あと一時間したら、火器のクラスで講義をしなくてはならない。シャワーを浴びて、頭を冷やしておかなくては。

目が覚めたとき、ジョンはなにがどうしたのかよくわからなかった。なんだか顔が痛いような気がするし、部屋のなかでなにかの鳴き声がしている。

ノートに伏せていた顔をあげ、鼻をこすった。ノートのらせん綴じのあとがついている。

『新スタートレック』のウォーフみたいだ。そしてあのうるさいのは目覚まし時計だった。

午後三時十五分。講義が四時から始まる。

ジョンは机から立ちあがり、ふらふらバスルームに入ってトイレの前に立った。なんだかひどく大仕事な気がして、まわれ右をして便座に腰をおろした。

信じられない、なんでこんなに疲れてるんだろう。二、三カ月間、訓練センターのオフィスでトールの椅子に丸くなって眠っていたが、ラスに厳しく叱られて本館に行かされてからは、またちゃんとしたベッドで寝るようになった。脚をのばして寝られるようになって、ずいぶん楽になったはずだ。それなのにへとへとだった。

水を流したあと、明かりをつけたらまぶしくてたじろいだ。ちくしょう。暗いままにしておけばよかった。たんに目が痛むからだけではない。天井に埋め込まれた照明の下に立つと、小さな身体がよけい貧弱に見える。文字どおり骨と皮で、なまっちろい皮膚の下から骨が突き出している。顔をしかめて、親指サイズの性器を見ずにすますために手で隠し、明かりを消した。

シャワーを浴びている時間はない。ざっと歯をみがき、顔におざなりに水をかけた。髪はもうどうでもいい。

バスルームを出て部屋に戻った。ベッドにまた戻りたかったが、子供服サイズのジーンズをはき、顔をしかめてジッパーをあげた。腰まわりがぶかぶかでずり落ちそうだ。いっしょうけんめい食べているのに。

すげえや。遷移どころか、縮んできてるじゃないか。

自分には来なかったらどうしようがまた始まって、まゆのあたりがずきずきしはじめた。**くそったれ**。眼球の奥にひとりずつ小人がいて、視神経をハンマーでがんがんやっているような気がする。

机の教科書をひっつかみ、バックパックに詰め込んで部屋を出た。廊下に出た瞬間、思わず腕で顔をかばった。まばゆい玄関の間を見たら、頭痛が怒濤のように襲いかかってきたのだ。後ろによろけてギリシャのクーロス像（古い時代の様式的な青年裸像）にぶつかり、それでシャツを着てこなかったのに気がついた。

すさまじい悪態をつきながら、部屋に戻ってシャツを引っかぶった。もつれる足をどうにかあやつり、転ばずに階下におりることができた。くそ、なにからなにまで神経に障る。玄関の間では〈ナイキ〉のスニーカーがやたらに大きな音を立てて、キーキー鳴くねずみの集団があとをついてきているみたいだ。地下道に通じる隠しドアの開く音は、まるで銃声のように頭に突き刺さる。地下道は永遠に続くかのようで、いつまでたっても訓練センターにたどり着けない。

今日はとうてい、絶好調な一日にはなりそうにない。すでにいらいらは爆発寸前だ。この一カ月かそこらの経験からして、いらいらの起こるのが早ければ早いほど、それを抑えるのがむずかしいのはわかっていた。

そして、教室に足を踏み入れたとたんに悟った。これは本格的にやばいことになる。一番後ろの列のひとりぼっちの席、親しい友人ができる前にジョンの定位置だったその席に……ラッシュが座っていたのだ。

しかもいまでは、ろくでなしのお徳用サイズ詰め合わせになっていた。大きいだけでなく肉もついて、戦士のような立派な体格だ。おまけに陸軍新兵訓練所を経験してきたような変身をとげていた。以前は派手なブランドものの服を着て、ひと財産になりそうな〈ジェイコブ〉の腕時計をひけらかしていたものだが、いまは黒のカーゴパンツに、ぴったりした黒いナイロンシャツという格好だった。ブロンドの髪も、長く伸ばしてポニーテールにしていたのを、いまは兵士のように短く切っている。

虚飾のすべてがきれいさっぱりそぎ落とされている。内面的に価値ある男になったから、もうそんなものは要らないのだと言わぬばかりだった。

ただ、変わっていないところもひとつある。目はいまもサメの皮膚のような灰色で、それがジョンをひたと見すえていた。ジョンははっきり気がついた——ひとりきりのときこいつにつかまったら、どんなひどい目にあわされるかわからない。前回はジョンがラッシュを叩きのめしたが、二度とそんなことはできないだろう。それだけではない。いまはラッシュのほうが、こちらを叩きのめす気でいる。きっと報復してやると広い肩幅が言っている。薄ら笑いを浮かべた顔には、全体に「殺してやる」と書いてある。

ブレイの隣の席に着きながら、ジョンは暗い裏道を行くような恐怖を覚えていた。

「よう、ジョン」ブレイが小声で言った。「あんちくしょうのことは気にすんなよ、な?」

ジョンは内心の弱気をおもてに出したくなくて、ただ肩をすくめてバックパックのジッパーを開いた。くそ、この頭痛はなんとかならないのか。だがそれを言うなら、闘争・逃避反応でからっぽの胃袋が裏返りそうなのも、頭痛にいいわけがなかった。

クインが身を寄せてきて、ジョンの前にメモを落とした。「おれたちがついてるぞ」とだけ書いてある。

ありがたくて、ジョンはしきりにまばたきしていた。火器の教科書を取り出しながら、今日の授業でやるテーマのことを考える。銃の講義とはなんてぴったりなんだ。いまはまさに、後頭部に銃口を向けられているような気分だった。

教室の後ろのほうに目をやった。まるで目を合わせるのを待っていたかのように、ラッシュは前に身を乗り出し、両の前腕をテーブルに置いた。両手をゆっくり握ってこぶしを作ると、それがジョンの頭ぐらいもありそうに見えた。にやりと笑えば、はえたての牙はナイフのように鋭く、あの世のように白い。

くそったれ。遷移が早く始まってくれないと、そのうち殺される。

15

ヴィシャスは目を覚ました。真っ先に見えたのは、部屋の向こうの椅子に座る主治医の姿だった。どうやら眠っているあいだも、彼女の動きを追っていたらしい。

彼女もこっちを見ていた。

「気分はどう」低くて落ち着いた声。職業的な配慮というやつだな、とVは思った。

「ましになった」もっとも、吐いていたときの気分が悪すぎたから、あれより悪くなることがあるとはちょっと思えないのだが。

「まだ痛む？」

「ああ、だがそんなでもない。痛いっていうより、うずくって感じだ」

彼女の目がこちらを探るように見ているが、これもやはり職業的な目的のためだった。

「顔色はよくなったわね」

なんと返事していいかわからなかった。早く元気になれば、それだけ早く彼女はいなくなってしまうからだ。いまの彼には、健康はまったくありがたくなかった。

「なにか憶えてる?」と尋ねてきた。「撃たれたときのこと」

「あんまり」

それはまるっきりの嘘でもなかった。断片的な記憶しか残っていないのだ。一部の切り抜きだけがあって、記事の全体が見えないような。あの裏道は憶えている。〝レッサー〟と戦った。そして銃声。そのあとは、気がついたらこの外科医の手術台のうえだったこと、兄弟たちの手で病院から救出されたこと。

「なぜ撃たれたの?」

「腹が減ったな。食べるものないかな」

「あなたは麻薬の売人なの? それともポン引き?」

Vは顔をこすった。「どうしてそのどっちかだと思うんだ」

「トレード通りの裏道で撃たれていたからよ。それに救急隊員の話では、あなたは武器を身に帯びてたそうだし」

「ひょっとして覆面捜査官かもしれないとは思わないのか」

「コールドウェルの警察官は、武闘用の短剣なんか持って歩かないわ。それにあなたの同種はそういう道には進まないでしょう」

Vは目を細めた。「おれの同種?」

「人目に立ちすぎるでしょう。それに、別の種族のために警察をやろうとは思わないんじゃないの」

いまは、生物種の問題についてまっこうから議論するような体力がない。それに、別の種族だと彼女に思われたくないという気持ちもあった。

「腹が減ってるんだ」彼は言って、チェストに置かれたトレーに目をやった。「ちょっともらえないかな」

彼女は立ちあがり、両手を腰に当てた。自分でやんなさいよ、この突然変異のけだものが、みたいなことを言い出しそうな気がする。

しかし、彼女は部屋の向こうに歩いていった。「お腹がすいているなら食べたらいいわ。あの野球帽のひとが持ってきたものにわたしは手をつけなかったから、捨てるのももったいないし」

Vはまゆをひそめた。「あんたのぶんをとるつもりはないんだが」

「わたしは欲しくないから。誘拐されたせいで食欲がなくなったわ」

Vは声を殺して毒づいた。彼女がこんな立場に置かれているのは自分のせいだ。「申し訳ない」

「あやまってくれなくてもいいから、帰らせてもらえない？」

「まだ帰せない」ずっとだ、と狂った阿呆の声がつぶやく。

まったく、もういい加減に——

おれの女だ。

その言葉を追いかけるように、しるしをつけたいという強烈な欲求が襲ってきて、身体がかっと熱くなった。彼女を裸にして組み伏せ、自分のにおいで覆い尽くし、なかに精を送り込みたい。そのさまが見えた。ベッドのうえで肌と肌を合わせ、彼が上で女が下で、彼の腰とペニスを迎え入れるために女は大きく脚を開いている。

彼女が食事のトレーをこちらへ持ってくると、体温は急上昇するし、脚のあいだの元気なものが激しく脈打ちだした。それを悟られないように、さりげなく毛布をかき寄せる。

彼女はトレーをおろし、皿にかぶせた銀のふたを取った。

「それじゃ、あなたがどれぐらい回復したら帰らせてくれるの」と言いながら、目は彼の胸を見ている。あくまでも医師として評価している目だ。ガーゼの下がどうなっているか値踏みしているような。

くそ、いまいましい。彼女に男として見られたかった。あの目が彼の肌のうえをさまようなら、外科手術のあとをチェックするためでなく、手をそこに当てることを考え、どこから始めようかと考えているせいであってほしかった。

Ｖは目を閉じ、向こうに寝返りを打って、胸の痛みにうなった。この痛みは手術のせいだと自分に言い聞かせる。むしろこの主治医のせいではないかと思いながら。

「やっぱり食べるのはやめとく。次にだれか入ってきたときに頼むことにするよ」

「いまはわたしより、あなたのほうが食べなきゃだめよ。水分の摂取量も心配だし」

身を養ったあとだから、じつはその必要はなかった。じゅうぶんに血を摂っていれば、飲み食いなどしなくてもヴァンパイアは何日でも生きられる。

これは便利だ。トイレに行く回数を減らせる。

「食べてちょうだい」彼女はVを見おろして言った。「医師として――」

「あんたのものをとる気はない」まったくとんでもない。まともな男なら、自分の女から食物を奪ったりしない。たとえ気が遠くなるほど飢えていてもだ。どんなときでも、女の必要を満たすのが第一で――

頭を車のドアのあいだにはさんで二十回ほどがんがんやられた、Vはそんな気分だった。この交尾行動のマニュアルは、いったいどこから湧いて出たんだ。まるで新しいソフトウェアを脳みそにロードされたみたいだった。

「そう、わかったわ」と彼女は言ってあっちを向いた。

次に聞こえてきたのはどんどんという音だった。彼女がドアを力まかせに叩いているのだ。

Vは上体を起こした。「なにやってんだ」

ブッチが部屋に飛び込んできて、あやうくVの主治医を押し飛ばしそうになった。「どうした」

Vは騒ぎになる前に割って入ろうと、「なんでも――」

主治医がふたりを黙らせた。落ち着きはらった堂々たる声で、「このひとには食事が必要なのに、あのトレーのものは食べたくないって言うのよ。あっさりした消化しやすいものを持ってきてください。ライスとか、チキンとか、あと水とクラッカー」

「わかった」ブッチは身体を傾けてVをのぞき込んだ。長い間があった。「調子はどうだ」

おかげさまで、頭のなかが滅茶苦茶だぜ。「大丈夫だ」

しかし、少なくともひとつはいいことがあった。刑事《デカ》が正常に戻っている。目は澄んでいるし、足もとはしっかりしている。マリッサの海のにおい、それときずなのにおいの混じりあったにおいをさせている。どうやらよろしくやっていたようだ。

不思議だ。ふだんなら、ふたりがいっしょだったと思うと、胸を有刺鉄線でぐるぐる巻きにされたように感じたものだった。それがいまは、親友が元気になってうれしいとしか思わない。

「いい顔してるな、デカ」

ブッチはシルクのピンストライプのシャツをなでて、「グッチを着りゃ、だれだってロックスターに見えるんだよ」

「そういう意味じゃないのはわかってるだろ」

あのおなじみのへーゼルの目から、ふっと笑みが消えた。「ああ。おまえのおかげだ……いつもどおり」その後のぎこちない沈黙のなか、口に出せない——だれであれ、第三者のいるところでは――言葉がふたりのあいだに漂っている。「そいじゃ……なんか食うもん取ってくる」

ドアが閉じると、ジェインは肩ごしにふり返った。「いつからつきあっているの」

目と目が合って、はぐらかせなくなった。

「つきあってなんかいない」

「ほんとに？」

「もちろん」これと言った理由もなく、彼女の白衣に目が留まった。「ドクター・ジェイン・ホイットカム」とある。「外傷課」と。なるほど、それで肝が据わっているわけだ。「担ぎ込まれたとき、おれはそんなにひどい状態だった？」

「ええ、でも助かったのよ。わたしのおかげだわね」

畏敬の念が波のように押し寄せてきた。彼女はおれの救い主《ラールマン》なのだ。おれたちは結びついて――

ああ、そうだろうとも。目下、その救い主は彼から逃げようとしている。じりじりあとじさって、とうとう向こうの壁に背中を当てた。Vはまぶたを閉じた。目が光っていたらしい。彼女が逃げたこと、顔に浮かぶ恐怖の表情。胸が張り裂けそうだ。

「あなたの目」彼女は細い声で言った。

「気にしないでくれ」

「いったいあなたはなんなの」その口調がにおわせているとおり、「フリーク」はわかりやすいレッテルだ。それに、考えてみればそう的外れでもない。

「なんなの」彼女はまた尋ねた。

ごまかしたいのは山々だったが、彼女に通じるわけがない。それに、嘘をつくのは後ろめたかった。

彼女をまっすぐ見つめながら、低い声で言った。「もうわかってるはずだ。あんたは頭がいいから」

長い間があった。「信じられないわ」

「あんたみたいに頭のいい人がなにを言ってる。だいたい、自分でもう遠回しに言ってるじゃないか」

「ヴァンパイアなんか存在しないわ」

彼女に罪はないが、Vはかっとなった。「存在しない？　それじゃ、なんでこのくされワンダーランドに連れてこられたのか説明してみろ」

息をつく間もなく、彼女は反撃してきた。「お訊きしますけどね、あなたの種族には市民権という概念はないの？」

「生き残ることのほうが大事なんでね」嚙みつくように答えた。「言わせてもらうが、おれたちは何世代も前からずっと迫害されてきたんだ」

「それで、目的はどんな手段も正当化するわけね。ご立派だこと」彼女の声も負けず劣らず鋭かった。「いつもその理屈で、人間をさらってきてるの？」

「いや、おれは人間は好かん」

「ああそう、いまはわたしが必要だから利用しているのね。わたしは幸運な例外だったのね」

ああ、ちくしょう。興奮する。こちらの攻撃にまともに反撃されればされるほど、身体が固くなってくる。いまは体力が弱っているのに、腿のあいだの昂《たかぶ》りは容赦なく脈打っている。頭のなかでは、彼女があの白衣一枚の姿でベッドに四つんばいになり……そして彼は、それを後ろから突いているのだった。

向こうが拒否反応を示してくれて、かえってありがたかったかもしれない。関わりあいになったら面倒だ、相手は人間の――

だしぬけに、撃たれた夜にあったことが脳裏によみがえってきた。一点の曇りもなく、くっきりと。幸せにも母親が訪れてきたこと、涙が出るほどありがたい誕生日のプレゼントのこと。〈プライメール〉のこと。〈プライメール〉に指名されたこと。

Vは顔をしかめ、両手でぴしゃりと顔を覆った。「ああ……くそったれめ」

いかにも不本意そうに尋ねてきた。「どうかした？」

「いまいましい運命を思い出した」

「あらほんと。わたしはこの部屋に閉じ込められてるけれど、少なくともあなたはどこでも好きなところへ行けるじゃないの」

「だったらいいんだがね」

彼女はふんと鼻を鳴らした。その後はどちらもひとことも口をきかず、三十分ほどしたころブッチがべつのトレーを持ってやって来た。デカは分別よく、むだ口を叩かず、ぐずぐずすることもなかった。また先見の明もあって、トレーをなかに運び込むときにも、まずドアに鍵をかけていた。鋭いやつだ。

Ｖの主治医は脱出の計画を立てていた。標的を目測するかのようにデカの動きを目で追い、片手をずっと白衣のポケットに入れている。

あのなかになにか武器を持ってるな。**くそ、まずい。**

Ｖはジェインをじっと観察していた。ブッチがトレーをベッドサイドテーブルに置く。どうかばかなことをしでかさないでくれと祈っていたら、彼女の身体に力が入り、体重が前に移動するのが見えた。Ｖは上体を起こし、飛びかかろうと身構えた。自分以外のだれにも、彼女の身体にふれさせたくない。ぜったいに。

だが、なにも起こらなかった。Ｖが体勢を変えたとき、彼女はそれを目の隅にとらえていた。一瞬気をとられたすきに、ブッチが部屋を出てドアにまた鍵をかけていったのだ。

Ｖはまた枕に背中を預け、彼女のあごが引き締まるのを値踏みするように眺めた。「白衣を脱げよ」

「なんですって」

「脱げって」

「お断わりよ」

「脱いでくれ」

「それじゃ、息でも止めてみたら。わたしはちっとも面白くないけど、窒息してれば少なくともひまつぶしにはなるでしょう」

股間のずきずきががんがんに変わってきた。ああちくしょう、不服従は高くつくことを教えてやらなくてはならない。いったいどんな授業になることだろう。しまいに屈伏するまでには、さぞかし猛然と抵抗するにちがいない——屈伏することがあればだが。

背骨が勝手に弓なりになり、腰が揺れはじめる。大きくなったものが毛布の下で暴れている。そんなばかな……完全に気が狂いそうに欲情していて、いまにもいってしまいそうだった。

しかし、ともかく武器は取りあげなくてはならない。「食べさせてもらえないか」

彼女はまゆを吊りあげた。「ひとりでちゃんと——」

「食べさせてくれ。頼むよ」

ベッドに近づいてきた彼女は、あくまでも事務的で、おまけに不機嫌だった。ナプキンを広げて——

Vはすかさず行動に出た。彼女の両腕をつかみ、自分の身体のうえに引き倒す。最初は不意を衝かれて抵抗しなかったが、これはまちがいなく一時的なものだ——だから、ただちに次の仕事に移った。彼女が身をよじって逃げようとするのを、できるだけ痛くないように押さえながら白衣をむしり取る。

くそ、どうしようもない。服従させたいという衝動が抑えられなかった。最初は、ポケットに入れているものにふれさせないために手を押さえていたはずだった。それがいつの間にか、ベッドに押さえつけてこっちの腕力を思い知らせるのが目的になっている。片手で両手首をつかんで頭上にあげさせ、太腿を腰で押さえつけた。

「は・な・し・な・さ・い！」歯を剝き出しにし、暗緑色の目を激怒に光らせている。

完全に興奮して、Vは背をまるめて彼女に顔を寄せ、息を吸い……ぎょっとして凍りついた。彼女のにおいには、セックスを求める女の官能的な甘さはかけらもなかった。こちらにまるで魅力を感じていないのだ。猛烈に腹を立てている。

Vはすぐに手を離し、体《たい》を開いて横にどいたが、ただ白衣は手放さなかった。マットレスに火がついているかのように、自由になったとたん彼女はベッドから飛びのいた。こちらに正対した姿を見れば、髪は根元からくしゃくしゃ、シャツはしわくちゃ、パンツの片方の脚はひざまでめくれあがっている。暴れたあとのことで肩で息をし、目は自分の白衣をにらんでいた。

ポケットを調べて、Vは自分の折り畳み式かみそりを見つけた。

「武器を持たせとくわけにはいかないんだ」白衣をていねいに畳んで、ベッドの足もとのほうに置いた。いくらやると言われようと、彼女がそばに寄ってくるはずはない。「こんなもんでおれやほかの兄弟たちを襲ったら、あんたが痛い目を見ることになる」

大きく吐いた息とともに悪態が漏れてきたが、次の彼女のせりふにVは驚いた。「どうしてわかったの」

「ブッチがトレーを持って入ってきたとき、あんたの手がこれを探ってたからさ」

彼女は両腕を身体に巻きつけた。「むかつくわ。目立たないようにしてたつもりだったのに」

「多少は経験を積んでるんでね、武器を隠してりゃわかる」Vはベッドサイドテーブルの引出しをあけた。どすんと鈍い音を立てて、そのなかにかみそりを落とし込む。引出しを閉じ、意志力でロックをかけておいた。

またふり向いて見あげると、彼女は目の下をさっと拭っていた。泣いていたのだろうか。ぱっとこちらに背を向けて、部屋の隅のほうを見ている。肩がすぼまっている。しかし声は立てず、身体も震えていない。あくまでも威厳を保っている。

Vは脚を移動させて、床に足をおろした。

「来ないで」かすれた声で言った。「ちょっとでも近づいてきたら、どんなことをしてでも痛い目を見せてやるから。大したことはできないだろうけど、きっと仕返ししてやるわ。わかった？　わかったらほっといてちょうだい」

両手をベッドについて、Vはうなだれた。涙混じりの気丈な声を聞いて、胸が張り裂けそうだった。ハンマーでぶん殴られたほうがましだ。

おれのせいで、こんな思いをさせてしまった。

だしぬけに、彼女はくるりとこちらをふり向いて、大きく息を吸った。目のふちが赤くなっているのを除けば、泣きだしかけていたとはとても思えない。「それで、食事はひとりでできるの。それともほんとに、フォークとナイフで介助してほしい？」

Vはぽかんとした。

おれは恋に陥《お》ちた、彼女を見ながら思った。**完全に、まっさかさまに陥ちてしまった。**

講義が進むにつれて、ジョンはいよいよ追い詰められた気分になってきた。痛みに吐き気。だるいのにそわそわと落ち着かない。頭痛があまりにひどくて、髪の毛に火がついているとしか思えなかった。

黒板でなくヘッドライトでも見ているように顔をしかめ、のどがからからで何度もつばをのむ。しばらく前からぜんぜんノートをとっていない。フュアリーがなにを講義しているのかわからない。いまも火器の話が続いているんだろうか。

「おい、ジョン」ブレイがささやきかけてきた。「なあ、大丈夫か？」

ジョンはうなずいた。だがそれは、ものを尋ねられたらそうするものと決まっているからだった。

「横になったほうがいいんじゃないか」

ジョンは首をふった。これも適切な返答だし、変化をつけたいと思ったからだ。うなずきのわだちにはまり込んだみたいに、ずっとそればっかりやっている必要はないだろう。ほんとに、どうしてこんなに気分が悪いんだろう。脳みそが綿あめみたいだ。くしゃくしゃで場所はとるくせに、実質はほとんどゼロ。

教壇のフュアリーが、講義に使っていた教科書を閉じた。「それでは、次は実際に火器をいくつか使ってみよう。今夜はザディストが射撃場で待っている。それじゃ、また明日」

ふいに風が起こったかのように教室がざわめきだし、ジョンはテーブルにバックパックを引っぱりあげた。少なくとも今夜は身体を使った訓練はない。とはいうものの、椅子から貧弱な尻をあげて、射撃場に移動するだけでも大仕事になりそうだった。

射撃場はジムの裏にある。そこへ向かう途中にいやでも気づいたのだが、まるでボディガードのように、クインとブレイがジョンの両脇をしっかり固めていた。プライドの面からは腹立たしかったが、ジョンのなかの現実的な部分はありがたいと感謝していた。一歩足を出すごとに、ラッシュの視線を感じる。火のついたダイナマイトを尻ポケットに入れているような気分だった。

射撃場のスチールの扉の前で、ザディストが待っていた。「壁際に一列に並びな、お嬢さんがた」と言いながらその扉をあける。

ジョンは仲間のあとについてなかに入り、水しっくいを塗ったコンクリート壁に背中を預けた。この建物は靴箱のような形をしていて、ひたすら細長く、外側に開いた十以上の射撃ブースに分かれている。標的は人の頭と胴体の形をしており、天井に渡されたトラックから吊るしてある。制御ステーションからリモート操作することで、この標的はそれぞれ距離を変えたり動かしたりできるようになっていた。

訓練生のうち、最後に入ってきたのはラッシュだった。列の最後尾に大股で歩いてきながら、昂然と頭をあげていた。拳銃ならうまくやれるとわかっているかのように。だれとも目を合わせない。ただジョンは例外だ。

ザディストは扉を閉じたが、そこでふとまゆをひそめ、腰の携帯電話〈RAZR〉に手をやった。

「ちょっと待っててくれ」隅に歩いていき、その〈RAZR〉で話をしている。戻ってきたときは真っ青になっていた。「講師が交代する。今夜はラスが代理で教えるから」

その直後、非実体化して扉の前に移動してきたかのように、ラスが入ってきた。

ザディストよりもさらに大柄で、黒いレザーの上下に身を固め、黒いシャツのそでをまくりあげている。Zとしばらく話をしていたが、やがて王は兄弟の肩をつかみ、励ますようにぎゅっと握った。

ベラだ、とジョンは思った。ベラとお腹の子供のことにちがいない。ああ、無事であってくれればいいのだが。

Zが出ていくとラスは扉を閉め、生徒たちの前に立った。刺青のある両の前腕を胸もとで組み、足を大きく広げている。十一名の訓練生を眺めるその姿は、壁――ジョンがいま寄りかかっているのと同じような――が目の前に立ちはだかっているようだった。

「今夜の銃は九ミリ自動装填式拳銃《オートローダー》だ。この手の拳銃を『半自動《セミオートマティック》』と呼ぶのはまちがっている。これからこの〈グロック〉を使ってもらうが」と、腰のくびれに手をまわし、殺傷能力を秘めた黒い金属を取り出した。「よく見ろ、この銃の安全装置《セーフティ》は引金《トリガー》についてるんだ」

銃の基本データや弾丸についてさらっていると、ふたりの〝ドゲン〟が病院の台車《ガー》つき担架《ニイ》ほどもあるカートを押して進み出てきた。メーカーも型もまったく同じ十一挺の銃が並べてあり、それぞれにマガジンが用意してある。

「今夜は姿勢と狙いかたを練習する」

ジョンは拳銃を見つめた。賭けてもいいが、射撃もきっとまるでだめにちがいない。ほかの訓練でもことごとくだめなのだ。怒りが込みあげてきて、頭痛がいっそうひどくなった。ひとつでいいから、なにか得意なことがあればいいのに。たったひとつでいいから。

16

患者が変な目でじっと見ているので、ジェインはあわてて服装をチェックしてみた。なにかはみ出しでもしているのだろうか。

「なんなの」彼女はつぶやくように言った。足をふって、めくれあがっていたパンツのすそをおろす。

だが実際には、尋ねてみるまでもなかった。この患者のような筋金入りは、女性が泣いたりするのを好まないものだ。しかし、もしそういうことだとしたら、ここは向こうに我慢してもらうしかない。こんな立場に置かれたら、だれだって少しは取り乱すだろう。だれだって。

ただ、泣き虫全般のだらしなさについて、あるいはずばり彼女の情けなさについてなにか言うかと思ったら、患者は黙ってトレーからチキンの皿を取って食べはじめた。

この患者にも、この状況にもことごとくいやけがさして、彼女はまた椅子に戻った。かみそりを失ったことでひそかな抵抗は勢いをそがれてしまったし、彼女は根っからの闘士ではあるものの、いまはあきらめて待ちに徹することにした。すぐに殺す気ならとっくに殺しているはずだ。いまの問題は脱出のチャンスだ。なるべく早くそれが訪れますように。ただし、彼女の遺灰の入ったコーヒー缶を葬儀屋がとりに来る、というような話ではありませんように。

患者がもも肉にナイフを入れている。それを眺めながら、きれいな手をしているとぼんやり考えた。

それに気づいて、自分自身にもいやけがさしてきた。まったく、あの手で押さえ込まれて白衣をむしりとられたというのに。まるで人形かなにかみたいにやすやすと。そのあとで、彼女が着ていたそれをきれいに畳んでくれたからといって、それで株があがるわけではない。沈黙が長く続いた。患者のフォークやナイフが皿に当たるかすかな音に、両親とのディナーの席の恐ろしい静けさを思い出す。

あの堅苦しいジョージ王朝ふうのダイニングルームで食事をするのは、ほんとうに苦痛だった。テーブルの上座には父が陣取っていて、まるでやかましい国王のように、家族がいかに塩をかけ、いかに食べているかを監視していた。ドクター・ウィリアム・ロスデール・ホイットカムに言わせると、塩をかけてよいのは肉だけで、野菜にかけてはいけない。そして彼がそういう意見なのだから、家族はみなその例に従わなくてはならないのだ。理屈のうえではそうだったが、ジェインはしょっちゅうこの塩禁止の規則を破っていた。さっと手首を動かして、蒸したブロッコリーやゆでた豆や焼いたズッキーニに塩をふりかける方法を会得していたのである。

　ジェインは首をふった。ずいぶん昔のことだし、父はもうこの世にいないのに、いまだに腹が立つなんてどうかしている。怒るだけむだだ。それに、いまは心配しなくてはならないことがほかにあるはずではないか。

「訊けよ」患者がいきなり口を開いた。

「なにを」

「知りたいことがあるだろ。訊けよ」と言って口をぬぐった。ダマスク織のナプキンが、いまは不精ひげまじりのひげにこすれる。「最後の仕事がやりにくくなるだろうが、少なくともふたりしておれのナイフとフォークの音を聞いてるよりはましだ」

「やりにくくなる最後の仕事って、なんなの」わたしの身体の一部を入れる、〈ヘフティ（ごみ袋などの台所用品のブランド）〉の袋を買うことだなんて言わないで。

「おれの正体には興味がないのか」

「あのね、解放されたあとなら、あなたの種族について訊きたいことはどっさりあると思うわよ。でも、いまはちょっとほかのことに気をとられてるの。このすてきな〈くそったれ《ホーリィ・シット》〉号で過ごす楽しい週末が、この先どう展開するかとかね」

「無事に帰すと約束——」

「ええ、それはわかってるわ。でもあなたは、さっきわたしを押さえつけたじゃないの。わたしのためだって言うんでしょうけど、だとしたら、わたしが帰れるかどうかはすべてあなた任せってことになるもの」ジェインは短く切った爪を見おろして、甘皮を押し下げた。左手が終わったところで、顔をあげて言った。「それでさっき言ってた『仕事』だけど……それにはシャベルを使うの？」

患者は皿に視線を落とし、フォークをライスに刺した。フォークの銀色の先端が滑り込み、粒の山を貫き通す。「仕事っていうのは……つまり……ここであったことを、あんたが思い出せないようにすることさ」

「それを聞くのは二度めだけど、正直に言わせてもらえば――そんなばかな話、だれが信じるのよ。まだ生命があるうちに、たとえばそうね、思い出して懐かしさで胸が温かくなる時が来るって言われたって、ちょっと信じられないと思うわ。だれかの肩にかつぎあげられて、無理やり病院から連れ出されて、あなたの専属医師にスカウトされちゃったのよ。それをすっかり忘れるなんて、どうしてそんなふうに思えるの」

彼は、ダイヤモンドのように輝く目をあげた。「その記憶をおれが取りあげるからさ。きれいにこそぎ落とすんだ。おれは存在したこともなく、あんたはここへ来たこともないみたいに」

ジェインはあきれて天井をあおいだ。「ああそう、ばかも――」

頭に突き刺さるような痛みが走り、彼女は顔をしかめて指先をこめかみに当てた。その手をおろしたとき、患者を見てまゆをひそめた。これどういうこと？　患者は食事をしているが、そのトレーはさっきまでここにあったものではない。新しい食事をだれが運んできたのだろう。

「おれの仲間さ。〈レッドソックス〉の野球帽の」と言って、患者は口をぬぐった。「思い出した？」

とたんに、爆発的な勢いですべてがよみがえってきた。野球帽が入ってきたこと、患者にかみそりを取りあげられたこと、自分が泣きだしかけていたこと。

「まあ……なんてこと」ジェインはつぶやいた。

患者は黙って食事を続けている。人の記憶を消すのは、いま飲み込んでいるローストチキンほども不思議なことではないと言わぬばかりに。

「どういうからくり？」

「神経経路を操作するんだ。言ってみりゃパッチを当ててるんだよ」

「どうやって？」

「どういう意味だ、どうやってって」

「どこにどんな記憶があるかどうやって見つけるの。どこで区別してるの。あなたには——」

「おれの意志に、あんたの脳。それでわかるんだよ、じゅうぶんに」

ジェインは険悪に目を細めた。「ちょっと訊くけど、その魔法みたいに灰白質をあやつる能力は、完全な良心の欠如とセットで、あなたの種族に備わっているものなの？　それとも、良心を持たずに生まれてきたのはあなただけなの？」

患者はナイフとフォークをおろした。「どういう意味かわかりかねるが？」

向こうが気を悪くしようがこのさいどうでもいい。「最初は人を誘拐してきておいて、次には記憶を消すっていう。それでちっとも悪いと思ってないじゃないの。わたしは借りてきた懐中電灯じゃ――」

「おれはあんたを守ろうとしてるんだ」彼はぴしゃりと言った。「ドクター・ホイットカム、おれたちには敵がいる。あんたがおれたちのことを知ってれば、そいつらはそれを嗅ぎつけて追いかけてきて、隠れ家に連れ去って――しまいには殺すんだ。そうならないように手を打たなきゃならない」

ジェインは立ちあがった。「いいこと、そのわたしを守るためとかいうご託は大いにけっこうですけどね、そもそもあなたがわたしをさらってこなかったら、そんなことはなにひとつ必要なかったのよ」

患者はナイフとフォークを皿に放り出した。ジェインはとっさに身構えた。てっきり怒鳴りだすかと思ったが、彼は静かに言った。「わかってくれ……あんたはおれといっしょにここへ来ることになってたんだよ」

「まあ。そうだったの。それじゃわたしのお尻には、『わたしをさらって』って書いた、あなたにしか見えないタグでも留めてあったわけ？」

　患者は皿をベッドサイドテーブルに置き、料理にうんざりしたというように向こうへ押しやった。

「おれはまぼろしを見るんだ」彼はつぶやくように言った。

「まぼろし？」彼がそれきりなにも言わないので、さっき自分の頭にしかけられた消去の術のことを考えた。あんなことができるなら……ひょっとして、未来が見えると言いたいのだろうか。

　ジェインはごくりとつばをのんだ。「そのまぼろしっていうのは、可愛い妖精がふわふわ飛んでるみたいな、そういうあれじゃないんでしょうね」

「ああ、ちがう」

「やっぱり」

　患者はひげをしごいている。どれぐらい話してよいか考えているのだろうか。「昔からずっと見てたんだが、ここのところ干上がっていた。ぜんぜん見なくなってたんだ……いや、二カ月ほど前に友人のまぼろしを見たか。それに従ったおかげでそいつの生命を救うことができたんだ。ともかく、兄弟たちがあの病室に入ってきたとき、あんたのまぼろしを見たんだよ。それで、あんたを連れてくることにしたんだ。おれに良心がないと言ったな。もしそれがほんとうだったら、おれはあんたをあそこに置いてきただろうよ」

そう言われて考えてみると、彼はジェインのために、いちばん近しい相手にけんかを売ろうとした。かみそりを取りあげるときでさえ、手荒なことはしなかった。それに、慰めを求めるようにこちらにすり寄ってきたことも思い出す。

ひょっとしたらこのひとはほんとうに、正しいことをしているつもりだったのかもしれない。だからと言って赦せるわけではないけれど……でも、良心の呵責もなにもなく、パティ・ハースト（新聞王の娘で、過激派に誘拐されたあと洗脳されてその過激派のメンバーとして活動した）をやっているよりはましだ。

気まずい沈黙のあと、彼女は口を開いた。「食事、まだ終わってないじゃないの」

「もういい」

「だめよ」と皿のほうにあごをしゃくった。「食べなさい」

「腹は減ってない」

「お腹がすいてるかどうかなんて訊いてないわ。どうしてもとなったら、鼻に管を通して強制食餌をさせるわよ」

短い間があって、彼は……まあ、驚いた……こちらに微笑みかけてきた。ひげに囲まれた口の端があがって、目がきらきら輝いている。

ジェインは息が詰まった。なんと美しいひとだろう、と思う。ぼんやりしたランプの光が、がっしりしたあごと艶やかな黒い髪を照らしている。長い犬歯にはやはり少し違和感があるものの、ああしているとずっと……人間らしい。親しみやすい。魅力的に――

ばかね、なにを考えてるの。とんでもないわ。

ジェインは、頬が熱くなったのに気づかないふりをして言った。「なんなの、真っ白い歯を見せびらかして。食事のことで、わたしが冗談を言っているとでも思ってるの？」

「いや、いままでだれかにそんなふうに言われたことがなかったからさ」

「そう、でもこれがわたしの口のききかたなの。それが気に入らないなら、お払い箱にしてくれていいのよ。ほら、早く食べなさい。食べないと、赤ん坊みたいにむりやり食べさせるわよ。そうなったら、あなたの自尊心が大喜びするとは思えないんだけど」

あいかわらずかすかな笑みを浮かべたまま、患者はまた皿をひざにのせ、ゆっくりと確実に食事をとりはじめた。食べ終わると、ジェインは近づいていって、彼が飲み干した水のコップを取りあげた。

バスルームでコップにまた水を入れてきて、差し出した。「もう少し飲みなさい」

言われたとおり、患者はその二百五十ミリリットルほどを飲み干した。彼がコップをベッドサイドテーブルに戻したとき、ジェインはその口に注目していた。彼女のなかの科学者の部分が興味しんしんになっている。

ややあって、患者は唇をめくりあげて前歯を剝き出してみせた。ランプの光を受けて、牙

しょう」

「それは伸びるのね？」と、身を乗り出しながら尋ねた。「血を飲むときは、長くなるんで

が目立って輝いている。鋭くて白い。

「ああ」と答えて口を閉じる。「それと、かっとなったときに」

「それで、そのあとはまた引っ込むのね。もういっぺん口をあけてみせて」

彼が言われたとおりにすると、ジェインは牙の鋭い先端に指で触れてみた。とたんに、彼

が全身をびくりとさせる。

「ごめんなさい」まゆをひそめて手を引っ込める。「挿管したときに痛めた？」

「そうじゃない」彼のまぶたが下がってきたので、疲れたせいかと思ったのだが――

なんだろう、このにおいは。息を深く吸ってみて、気がついた。濃厚なスパイスの混じり

あったようなこれは、バスルームのタオルと同じにおいだ。

セックスを連想した。抑制がすべて吹っ切れたときにするような。そのあと何日も身体に

余韻が残るような。

やめなさいったら。

「八週間にいっぺんぐらいだな」患者が言った。

「えっ、なんの……ああ、それぐらいの間隔で……」

「身を養うんだ。精神的なストレスとか、活動の激しさとかにもよるが」

よかった、これで完全に情欲めいたものは消滅した。ブラム・ストーカー（怪奇小説『ドラキュラ』の著者）的なおどろおどろしい場面が頭に浮かぶ。この患者が人間を追いかけ、餌食にして、生きたまま食いちぎって裏道に捨てて……

嫌悪感が顔に表われていたらしく、患者の声が尖った。「おれたちにとっては自然な行動だ。おぞましいことでもなんでもない」

「でも殺すんでしょう。人間を襲って」答えを聞こうと身構える。

「人間を？　ヴァンパイアと言ってくれ。おれたちは同じ種の異性から身を養うんだ。同種からだ、あんたたちからじゃない。それに殺しやしない」

ジェインはまゆをあげた。「そうなの？」

「あのドラキュラ神話には、反吐が出るほどうんざりしてるんだ」

頭のなかに疑問が渦を巻く。「どんな感じなの？　どんな味がするもの？」

患者の目が細くなって、ジェインの顔から首筋に視線が滑っていく。とっさに、彼女はのどに手を当てた。

「心配しなくていい」彼はぶっきらぼうに言った。「さっき身を養ったところだ。それに、人間の血はおれには合わない。薄すぎて役に立たない」

助かった。よかった。ほんとに。

ただ……それどういうこと？　進化論的に劣ってるということなの？

だめだ、完全にどうかしている。そもそもこの話題がよくないのだ。「そうだわ、あの……ドレッシングのチェックをしたいんだけど。もう取ってしまっていいんじゃないかと思うのよ」

「どうぞ」

患者は上体を起こして枕にもたれた。太い腕の筋肉がなめらかな皮膚の下で縮む。肩から上掛けがずり落ちて、ジェインは一瞬はっとした。体力が回復してくるにつれて、患者は大きくなってくるように見えた。大きく、そして……魅力的になってくる。

その言葉をきっかけに進みかけた方向から、彼女の心はおじけづいて引き返してきた。そして救命ボートにでもしがみつくように、患者の直面している医学的問題にしがみつく。確実な慣れた手つきで、患者の胸から上掛けを完全にめくり、胸筋のあいだにガーゼを留めているテープをはがす。ガーゼを持ちあげてみて、ジェインは首をふった。驚異的だ。皮膚を損ねているのは、以前からあった星形の傷痕だけ。手術のあとはもう、かすかに色が薄くなっているだけだった。ここから考えるに、体内の傷も同じように治癒しているのだろう。

「これがふつうなの?」彼女は尋ねた。「この回復の速さは?」

「〈兄弟団〉ではそうだ」

すごい。このひとの細胞がどんなふうに再生するのか研究すれば、人類の老化現象のなぞの一端を解明できるかもしれない。

「断わる」口をぎゅっと結んで、患者はベッドの反対側から足をおろした。「あんたたちの種族のために、モルモットになるつもりはない。それはそうと、よかったらシャワーを浴びて煙草を一服したいんだがね」ジェインは口を開きかけたが、それをさえぎって彼は言った。「おれたちはガンにはならない。だからお説教は要らない。そういうことだ」

「ガンにならない？　なぜ？　どうしてそんな――」

「話はあとで。いまは熱い湯とニコチンが必要なんだ」

ジェインはまゆをひそめた。「わたしのそばで煙草は吸わないでほしいわ」

「だからバスルームで吸うと言ってるんだよ。換気扇があるから」

患者が立ちあがると、その身体から上掛けが落ちて、ジェインはあわてて目をそらした。男性の裸など彼女にとっては珍しくもなんともないが、なぜかこの患者の場合は勝手がちがう。

でも、当然かもしれない。なにしろ身長が二メートル近くもあって、体格もがっしりしているのだから。

椅子に戻って腰をおろしたとき、足を引きずるような音がしたかと思うと、どん、と大きな音がした。はっとして顔をあげる。足もとがおぼつかなくてバランスを崩し、患者は壁にぶつかっていた。

「手を貸しましょうか」**お願いだから、大丈夫だと言って。お願いだから――**

「必要ない」

ああ、よかった。

ベッドサイドテーブルから、ライターと手巻き煙草らしきものを取ると、彼はふらつきながら部屋を横切っていく。部屋の隅という要所からその様子を観察し、必要ならばかつぎあげようとジェインは身構えていた。

それはまあ、いまこうして見つめているのには、彼が顔をカーペットですりむくのを防ぐのとはべつの理由があるかもしれない。彼の背中はみごとなものだった。筋肉は分厚く発達しているが、粗野な印象は受けなかった。それが両肩を覆い、背骨から羽根を広げるように伸びている。それにあのお尻……

ジェインは片手で目を覆い、ドアの閉じる音がするまでその手を下げなかった。医療と手術に長年たずさわってきただけに、ヒポクラテスの誓いの「なんじ患者に手を出すべからず」という部分は身にしみている。

その患者に誘拐されたとなったらなおさらだ。信じられない。これはほんとうに現実なのだろうか。

ややあってトイレの水の流れる音がして、次はシャワーの音が聞こえてくるだろうと思った。ところがなかなか始まらない。たぶん煙草を先に吸っているのだろうと――

ドアが開いて患者が出てきた。海に浮かぶブイのようにゆらゆらしている。手袋をはめた手で戸口の側柱《だき》をつかむ、その前腕に力が入っていた。

「くそ……目まいがする」

たちまち医師モードに切り替わって、ジェインは即座に駆けつけた。患者が素裸なのも、サイズが彼女の二倍だということもいったんおいて、ついでに二分ほど前には患者のお尻を売物でも見るように見ていたこともおいて。がっしりした腰に片腕をまわし、身体に身体を押しつけて、かかってくる重みに備えて腰に力を入れる。患者が寄りかかってくると、その重みは想像以上だった。やっと支えてベッドに運ぶ。

悪態をつきながら患者がぐったりベッドに伸びると、ジェインはその向こうにある上掛けを取ろうとした。股間の傷痕がちらと目に入る。手術の傷はあとかたもなく治っているのに、なぜこの傷痕は消えずに残ってしまったのだろう。

患者が羽毛布団をぐいと引っ張り、ジェインの手から上掛けがひったくられた。掛け布団が黒い雲のように覆いかぶさり、彼は片腕で目を隠した。ひげのはえたあごが突き出している以外、顔は見えなくなった。

恥じているのだ。

ふたりのあいだに落ちる静けさのなか、彼は……恥じている。

「清拭《せいしき》しましょうか?」

患者が息を止めた。そのままずっと黙っているので、断わる気なのかと思ったが、やがてほとんど口を動かさずに尋ねてきた。「頼んでいいか？」

とっさにまじめに答えかけた。しかしそれをすると、彼がますます気まずい思いをするだろうという気がした。「ええ、なんて言うか、聖女を目指そうと思うの。新しい人生目標にするわ」

患者は小さく笑みを浮かべた。「あんたと話してると、ブ――おれの親友を思い出すよ」

「あの野球帽のひと？」

「ああ、あいつも減らず口ばかり叩いてるんだ」

「ユーモアは知性の表われだって知らなかったの？」

患者は腕をおろした。「あんたの知性を疑ったことなんかない。ただの一度も」

ジェインは思わず息をのんだ。彼の目には深い敬意が輝いている。それに気がついたときには、自分で自分を罵るしかなかった。頭のいい女に魅かれる男ぐらい、彼女にとって魅力的なものはほかにないのだ。

もう最悪。

ストックホルム症候群、ストックホルム症候群、ストックホルム――

「拭いてもらえるとありがたい」彼は言って、急に改まって言った。「頼みます」

ジェインは咳払いをした。「ええ、わかりました」

医薬品の入ったダッフルバッグをあさって、大きな室内便器を見つけ、それを持ってバスルームに向かった。お湯を入れ、タオルをとり、部屋にまた戻って、ベッドサイドテーブルを左にして用意を整えた。小さなタオルを濡らして絞ると、水音が静かな部屋に響きわたる。ためらって、またタオルをお湯にひたす。また絞る。

ばかね、なにやってるの。胸を切り開いてなかをいじった相手じゃないの。大丈夫、できないはずないでしょ。

車のボンネットだと思えばいいのよ。ただ表面を拭くだけ。

「始めるわね」ジェインは手をのばし、温かいタオルを上腕に当てた。びくりとした。患者の全身が。「熱い？」

「いや」

「それじゃどうして顔をしかめたの」

「なんでもない」

こういう状況でなかったら突っ込んで尋ねるところだが、いまの彼女は自分の問題で手いっぱいだった。彼の上腕二頭筋はあまりにみごとで、陽に焼けたような金褐色の肌を通して、発達した筋繊維がはっきりわかる。がっしりした肩も、そこから胸筋にくだる部分も同じだ。肉体的には最高の状態で、脂肪などどこにもついていない。サラブレッドのようにしなやかで、ライオンのようにたくましい。

盛りあがった胸筋を横切るように清拭するとき、左胸の傷痕で手を止めた。丸く筋肉がへこんでいて、鈍器で打ち込まれたかのようだった。

「なぜここはきれいに治らなかったの」彼女は尋ねた。

「塩のせいだ」と、早く清拭を続けてくれとせかすように身じろぎした。「傷痕が固定されるんだ」

「それじゃ、これはわざとなのね」

「ああ」

またお湯にタオルをひたして絞り、患者の身体のうえにぎこちなく身を乗り出して、向こう側の腕に手をのばす。手先のほうへタオルを滑らせていったら、患者が腕を引いた。

「こっちの手には近づかないほうがいい。手袋をはめてても」

「なぜその――」

「その話はしたくない。だから訊かないでくれ」

なーるほど。「その手のせいで、うちの看護師のひとりが死にかけたのよ」

「さもありなんだな」と手袋をにらむ。「できるものなら、自分で切り落としてしまいたいよ」

「それはお勧めできないわね」

「そりゃそうだろう。あんたにはわからないんだ、腕の先にこんな悪夢みたいなものをくっつけて生きるのが――」

「そういう意味じゃないわ。わたしだったら、切断はほかの人に頼むってことよ。そのほうが確実だもの」

鼓動一拍ぶんほど間があって、患者はいきなり盛大に吹き出した。「口の減らない医者《せんせい》だ」

ジェインは、思わず顔に浮かんだ笑みを隠すためにまたひたして絞ってをくりかえした。

「ただ医師としての意見を言っただけよ」

タオルで腹部を拭いていくとき、胸と腹には笑いのさざ波が走っていて、筋肉が岩のように固くなっては弛緩する。タオルを通じて、彼の身体のぬくもりが伝わってくる。彼の血にこもる力を感じる。

ふと気づくと、彼はもう笑っていなかった。患者の口から鋭く息の漏れるような音がする。腹筋が収縮し、下半身が上掛けの下で動いている。

「刃物の傷のほうは大丈夫?」ジェインは尋ねた。

すると「イエス」と聞こえないこともない返事があって、ジェインは申し訳ない気分になった。胸の傷にばかり気を取られて、腹部の刺傷にはあまり注意していなかったのだ。だが、脇腹のドレッシングをめくってみると、傷は完全に治っていた。負傷箇所には、かすかにピンク色をした筋が残るだけになっていた。

「これはもう要らないわね」と、白いガーゼをはがして半分に折り、くずかごに放り込んだ。

「目をみはるとはこのことね。こんなふうに治ってしまうなんて、もう……すごいのひとことだわ」

またタオルを湯に浸しながら、さらに下のほうまで清拭するべきかと自問自答していた。下のほうと言ったら、つまり……ずっと下のほうだ。患者の肉体がどれほど完璧か、それをじかに知るのはどう考えても歓迎できないが、始めた仕事は最後までやりとげたい。この患者も、これまで診てきたほかの患者と同じだと、そう自分で自分に証明することにしかならないとしても。

できないはずはない。

ところが、上掛けをさらに下げようとしたら、患者が羽毛布団をつかんでめくらせようとしなかった。「そこはやってもらわなくていいと思う」

「前にもう見ているのよ」患者はまぶたをおろして、そのまま黙っている。ジェインは静かな声で続けた。「執刀したんだから、あなたが半分去勢されているのは気がついてるわ。わたしは交際相手じゃないの、医師なのよ。臨床的に意味のあることをべつにすれば、あなたの身体についてなんの感想も持たないわ」

患者は一瞬たじろいだが、すぐにそれを押さえつけた。「なんの感想も？」

「だから清拭させて。大したことじゃないわ」

「わかった」あのダイヤモンドの目を険悪に細めて、「お好きにどうぞ」

ジェインは上掛けを取りのけた。「なんにも気にすることなんか――」

これはまあ、**なんてこと……！**　患者は完全に勃起していた。途方もなく大きく。下腹部にくっつくほど起き上がり、股間からへそのうえまで伸びていた。目覚ましい屹立《きつりつ》ぶりだ。

「大したことじゃなかっただろ」患者があてつけがましくゆっくり言った。

「えー……」ジェインは咳払いをした。「その……とにかく清拭は続けます」

「おれはかまわないよ」

ただ困ったことに、タオルでどうすることになっていたかはっきり思い出せなかった。それに目が離せない。真剣に見入ってしまっていた。

野球のバット《ルイヴィル・スラッガー》みたいなものが突き出していたら、まじまじと見るなと言うほうが無理だ。

まいったわ、わたしったらいまほんとにそんなこと考えたの？

「おれがどんな目にあったか、あんたはもう見て知ってるんだから」患者はにこりともせずに言った。「いまはへその糸くずでも調べてくれてんだろうな」

ええ、そうですとも。

ジェインは仕事に戻り、肋骨に沿ってタオルを滑らせた。「それで……なにがあったの」

返事がない。顔に目をやると、患者の目は部屋の向こうをじっと見つめていた。無表情な生気のない目。こんな目つきは前にも見たことがある。襲われて負傷した患者の目。そのときの恐怖を思い起こしている目だ。

「マイクル」ジェインはささやくように言った。「だれにやられたの？」

患者はまゆをひそめた。「マイクル？」「あなたの名前じゃないの？」またタオルをお湯に浸した。「でも、驚く気にならないのはなぜかしら」

「Vだ」

「えっ、なんですって？」

「Vと呼んでくれ。頼む」

またタオルを脇腹に持っていきながら、「わかったわ、Vね」

ジェインは首を傾けて、自分の手を眺めていた。手は彼の脇腹をのぼり、また下へ滑っていく。そこで立ち往生した。それより下へは行けない。つらい思い出に気をとられていたはずなのに、あいかわらず勃起しているのだ。それも完全に。

しょうがない、そろそろ先へ進まなくては。いいこと、あんたはもうおとななのよ。医者なのよ。恋人だって二、三人いたじゃないの。いま目の前にあるのは、たんに生物学的な現象にすぎない。血液が、あの信じられないほど大きな――

そちらの方向に考えを進めるのは、どう考えてもよろしくない。

タオルで腰のあたりを拭きながら、ジェインはなんとか無視しようとしたものの、彼女の手が動くにつれて患者は体勢を変えていた。背中をそらして、腹につくほど屹立したものを突き出したかと思うと、またもとどおり背中を落とす。

先端に、誘うように涙がたまって光っていた。

患者の顔を見あげて……ぎょっと凍りついた。彼の目は、ひたと彼女ののどくびに向けられていた。燃えるように光っているのは、たんに情欲のためだけではない。

患者に対して魅かれるものを感じていたとしても、それはたちどころに消え失せた。これは別の種の雄なのだ。人間ではない。それに危険だ。

患者は視線を落とし、タオルを持った彼女の手に目を向けた。「嚙みつきゃしない」

「安心したわ、嚙みつかれるのは困るもの」それははっきりしている。実際、彼があんな目で見ていたことに感謝したい気持ちだった。おかげで現実に引き戻してもらえた。「あの、じかに体験したいわけじゃないんだけれど、それは痛くないの？」

「どうかな。おれは嚙まれたことがないんだ」

「でも、さっきの話では――」

「女から身は養ってるさ。だが、おれの血でだれかを養ったことはないんだ」

「どうして？」彼がぎゅっと口を結んだのを見て、ジェインは肩をすくめた。「話してくれてもいいと思うわ。だって、わたしはみんな忘れてしまうんでしょう。だったら、話してもかまわないんじゃない？」

沈黙が長く続き、ジェインは彼の股間に手をのばす度胸がなくなって、いったん足におりてそこから上へ向かうことにした。ベッドの足もとに移動し、タオルで足の裏をなであげ、足ゆびに達したところで、くすぐったかったのか患者が小さくびくりとした。そのまま足首に移る。

「親父は、おれに子供を作らせたくなかったんだ」患者がふいに口を開いた。

ジェインははっとして彼と目を合わせた。「えっ？」

患者は手袋をした手をあげ、刺青の入っているほうのこめかみをつついた。「おれはおかしい。つまり、正常じゃない。だから親父は、おれを犬みたいに去勢しようとしたんだ。もちろん、それがどえらい懲罰だったってことも関係があるんだがな、ありがたい話さ」ジェインの吐いた息が気の毒そうなため息になると、彼は立てた人さし指でこちらをさして言った。「憐れまれるのはまっぴらだ。さっきは嚙みつかないと言ったが、考え直すかもしれないぞ」

「憐れんだりしてないわ」ささやくように、ジェインは嘘をついた。「でも、それがなんの関係があるの、その、養ったことがないって――」

「見せるのがいやなんだ」

自分自身を、ということね。彼女は思った。だれにも……たぶん、あの野球帽のひとはべつとして。

患者のすねをやさしく拭きながら、「なんで罰を受けたの」

「ジェインと呼んでいいかな」

「ええ」またタオルを湯に浸し、それをふくらはぎの下に滑り込ませる。彼がまた黙り込んだので、もう邪魔はしないことにした。いまのところは。

彼女の手の下で患者のひざが曲がり、その上の大腿が官能の波に収縮しては弛緩する。勃起した股間をちらと見やって、ジェインはつばをのんだ。

「それで、あなたたちの生殖器の機能は人間と同じなの？」

「ほとんどな」

「人間とつきあったことがある？」

「人間には興味がない」

ジェインは引きつった笑みを浮かべた。「それじゃ、いまだれのことを考えているのか訊かないことにするわ」

「そのほうがいい。答えを聞いたら、たぶん平静じゃいられなくなるだろうから」

野球帽を見ていた目つきを思い出して、「あなたはゲイなの？」

彼は不審げに目を細くした。「なんでそう思った？」

「ずいぶん魅かれてるように見えるもの。あのお友だち、野球帽をかぶったひとに」

「あんた、あいつを知ってるんだろう。以前から」

「ええ、見憶えがあるんだけど、はっきりとは思い出せないの」

「それで、気になるか」

ジェインはタオルで腿を上へ拭いていき、腰とのはっきりした境目まで来てわきへそれた。

「あなたがゲイだってことが？　いいえ、ちっとも」

「そのほうが安全な気がするからだろう」

「ええ、それとゲイに偏見がないからよ。わたしは医者だから、こういうことはかなりわかってるの。嗜好がどうだろうと、みんな中身はそうちがわないのよ」

まあ、少なくとも人間の場合は。ベッドサイドに腰をおろし、また患者の脚を清拭しはじめた。屹立したペニスに近づいていくと、患者の息が速くなり、固く起きあがったものがびくりと震えた。腰が揺れている。顔をあげると、患者は下唇を噛んでいた。牙が柔らかい唇に食い込んでいる。

まあその、ほんとに……

わたしには関係のないことだ。でもいまはきっと、あの野球帽のひとを相手に、さぞかし激しい空想にふけっているのにちがいない。

ふだんと少しも変わらない、いつもどおり患者を清拭しているだけだと自分に言い聞かせ、いっぽうでそんな嘘は一瞬も信じていなかったが、ともあれジェインは患者の腹部に手をのばし、下から拭いていって固く起きあがったものを乗り越え、次いで向こう側を下へ拭いていく。タオルの端が軽く性器の先端をかすめたせいで、患者が低くうなるような声をあげた。

勘弁してほしい、と思いながらもう一度くりかえす。ゆっくり下から上へ、乗り越えて上から下へ。起きあがったものは軽くなでただけ。

患者の両手がシーツを固く握りしめている。低いきしるような声で彼は言った。「それを続けてれば、おれと人間の男にどれぐらい共通点があるかわかる」

信じられない、いま見てみたいと――まさか、とんでもない。

いいえ、とんでもないわ。

彼の声が一段低くなった。「いくところを見たくないか?」

ジェインは咳払いをした。「いいえ、見たくないわ。だって――」

「恥ずかしいからか? だれにも知られる心配はないんだぞ。ここにいるのはあんたとおれだけだ。それに正直言って、おれはいまちょうどそういう気分なんだ」

ジェインは目を閉じた。彼にとっては、相手はわたしではないのだ。それに、わたしがベッドに飛び乗って、患者を性的に虐待するという話でもない。でも、わたしは本気でどんなに美しいか見たいと思っているのだろうか、このひとが――

「ジェイン、こっちを見ろよ」コントロールでもされているように、目がゆっくりとあがって、彼と見つめあうかっこうになった。「顔じゃない。おれの手を見るんだ。ほら」

ジェインは言われたとおりにした。さからうなど思いつきもしなかったから。そしてそのとたん、手袋をした彼の手のひらが、握っていたベッドカバーから離れて、屹立した太いものをつかんだ。どっと患者の口から息が漏れ、手が上下に動いて、革の黒さが濃いピンク色にくっきりと浮かびあがる。

まあ……これは……ほんとうに……

「自分でやってみたいんだろう？」患者がかすれた声で言う。「おれが欲しいからじゃなく。感触を知りたいから、おれがいったらどうなるか見たいから」

彼の手が上下するのを見ながら、ジェインの頭は完全に麻痺していた。

「そうだろう、ジェイン」呼吸が速くなっている。「知りたいんだろう？　さわるとどんな感じか。おれがどんな声をあげるか。どんなにおいがするか」

まさかうなずくなんて、そんなはずは……嘘でしょう。彼女はうなずいていた。

「ジェイン、手を出せよ。やりかたを教えてやる。臨床的な興味しかないのはわかってるが、それでもあんたの手でいきたい」

「でもあなたは……あなたは、人間が嫌いなのかと思ってたわ」

「ああ、そのとおりだ」

「それじゃ、わたしをなんだと思っているの？」

「あんたの手でしてほしいんだ、ジェイン。早く」

指図されるのは好きではない。それがだれからでも、男でも女でも関係ない。しかし、こんなハスキーな声で、こんな堂々たる雄から命令されると……とくに、その雄が目の前にこうして大の字になって、完全に性的に興奮していると……拒否するのは不可能に近かった。

あとで思い出せば、命令されたのに腹が立つだろう。だがいまは従うしかなかった。ジェインはタオルを湯のなかに戻し、信じられない思いで手を差しのべた。彼は差し出されたものを取った。命じられたとおりに彼女が与えたものを取って、自分の口に持っていった。ゆっくりと味わうように、手のひらの中央をなめた。温かく濡れた舌が吸いつく。それから彼女の血肉を、屹立したものに当てがった。

ふたり同時にはっと息を呑んだ。それは岩のように固く、炎のように熱く、彼女の手首より太かった。手のなかでそれが跳ねたとき、わたしはいったいなにをしているのかといぶかるいっぽうで、彼女のなかの性的な部分は目が覚めたように活気づいていた。彼女はうろたえた。その感情を、置き換えのテクニック――何年も医療にたずさわるうちに磨かれた――を使って抑え込み……いっぽう、手はあてがったままだ。

愛撫すると、柔らかくきれいな皮膚の下の固い芯を感じる。患者は口を開いて、ベッドの上で全身を波打たせている。弓なりになった肉体が、彼女の目を奪って離さない。**信じられない**……まさに純粋なセックスの化身だ。抑制や恥じらいに汚染されることのない、いやまさる嵐のようなオルガスムス。

自分の手が彼を刺激している、そのあたりに目をやった。手袋をした彼の手がたまらなくエロティックだ。彼女の手のすぐ下にあって、指で軽く根もとにふれ、畝《うね》状の瘢痕《はんこん》を隠している。

「おれの感触はどうだ、ジェイン」しゃがれた声で言った。「人間の男とくらべてちがいがあるか」

あるわ、あなたのほうがすてき。「いいえ、まったく同じ」目が牙に吸い寄せられる。豊かな下唇に食い込んでいる。長くなってきているようだ。セックスと血を吸うのとは結びついているのかもしれない。「でも、見た目はちがうわね、言うまでもないけど」

彼の顔をなにかがよぎった。なにか影のようなもの。手がすっと股間におりていく。最初は、そこに下がるものをつかんでいるのかと思ったが、そのときはっと気がついた。傷痕を彼女の目から隠しているのだ。

マッチでもするように胸に痛みが走った。だがそのとき、彼がのどの奥から低いうめき声を漏らした。頭をぐっとそらし、漆黒の髪が黒い枕に羽根のように広がる。腰が弓なりにそり返り、腹筋がめまぐるしく緊張しては弛緩し、股間の刺青が伸びては縮む。

「もっと速く。ジェイン、もっと速くやってくれ。さあ」

片脚が持ちあがり、あばらが激しく上下しはじめた。なまめかしくみずみずしい肌の全体に汗が吹き出し、ぼんやりしたランプの光を受けて輝いている。絶頂が近づいている……そして近づけば近づくほど、いよいよはっきりしてくる。彼女はこれを、やりたいからやっているのだ。臨床的な興味だなんて嘘だ。彼に魅きつけられる理由はほかにある。

ジェインはそのまま続けながら、プラムほどもある亀頭を集中的に刺激した。

「そのまま続けて……**くそっ**……」絞り出すように言った。肩と首が緊張し、胸筋が引き締まってくっきりと浮かびあがる。

と、だしぬけにかっと目が見開かれ、星のように明るく輝いた。

　剝き出しになった牙は完全に伸びきっている。口から絶頂の叫びが噴き出してくる。達したとき、彼はジェインの首筋を見つめていた。オルガスムスはいつまでも終わらず、続けて達したのかと彼女は思った。二度か……あるいはもっと。信じられない……なんという壮観。その絶頂に達しているあいだに、濃厚なスパイスのようなあの贅沢な香りが部屋に満ち、しまいには空気でなくその芳香を呼吸しているような気がしてきた。

　患者が落ち着いたところで、ジェインは手を離して、タオルを使って腹部や胸を拭き浄めた。ぐずぐずそばにいようとはせず、すぐに立ちあがった。しばらくひとりになれたらいいのにと思う。

　患者は閉じかけたまぶたの奥からこちらを見ている。「ほらな」とぶっきらぼうに言った。

「おんなじだろ」

いいえ、まるっきりちがうわ。「そうね」

　羽毛布団を腰に引きあげて、目を閉じた。「よかったらシャワー使えよ」

あせってぎくしゃくしながら、ジェインは室内便器とタオルを持ってバスルームに向かった。洗面台に両手を突っ張りながら思った――熱いお湯を浴びて、術衣以外の服を着れば頭がすっきりするかもしれない。いま目に浮かぶのは、あのときの患者の姿だけだ——彼女の手と、自分の身体じゅうに射精したときの。

自分で自分をもてあまして、バスルームを出た。小さめのダッフルバッグから必要なものを取り出し、これは現実ではないのだと自分に言い聞かせた。これはわたしの人生の一部ではない。いっときの逸脱、人生という糸のもつれ、運命が流感にかかったようなものだ。

これは現実ではないのだ。

講義が終わったあと、フュアリーは部屋に戻って着替えをした。講義用の黒いシルクのシャツにクリーム色のカシミヤのズボンを脱いで、戦闘用のレザーの上下を身に着ける。本来なら今夜は休みのはずなのだが、Vが起きられないいま、手がもう二本よけいにあっても困らないというわけだった。

それはフュアリーにとってもありがたかった。街に出て狩りをしているほうが、Zとベラと妊娠という厄介ごとに巻き込まれるより楽だ。

チェストホルスターを締め、ふた振りの短剣を柄を下にして収め、腰の両側に〈シグ・ザウエル〉を手早く装着する。ドアに向かう途中でレザーコートを引っかけ、内ポケットを叩いてみて、レッドスモーク二本とライターが入っているのを確認する。

足早に大階段をおりながら、だれにも会わないようにと祈っていた……が、館の外に出る寸前になってつかまった。入口の間に足を踏み入れたとき、ベラに名を呼ばれたのだ。玄関広間のモザイクの床を横切る彼女の足音。無視するわけにはいかない。

「初餐《ファーストミール》には出てこなかったのね」

「講義をしてたんだ」肩ごしにふり返ってほっとした。ベラは元気そうだった。血色もいいし、目も澄んでいる。

「ちゃんと食べたの？」

「食べたよ」嘘だった。

「そう……ならいいけど……でも、レイジを待たなくていいの？」

「あとで落ちあうんだ」

なにも言うんじゃないぞ、と自分をいましめた。Zに応援演説をして、そっちに向かうドアはもう閉じたじゃないか。これはおれにはなんの関係も――

彼女が相手のときはいつもそうだが、自分を抑えることはできなかった。「ベラ、Zに言わなきゃならないことがあるだろう」

軽く頭をかしげると、髪が肩の下まで流れ落ちる。くそ、なんてきれいなんだ。ダークカラーだが、黒ではない。ていねいに磨きあげられたマホガニーを思い出す。真紅と深い茶色に輝いている。

「なんのこと？」

ばかやろう、なんで首を突っ込むんだ。

「Zになにか隠してるなら……言わなきゃだめだ」

ベラはいぶかしげに目を細めた。体重を反対側の足に移しかえて姿勢が変わり、目線がななめにずれる。腕を胸もとで組む。「あの……どうして知ったのか訊かないけど、想像はつくわ。あのひとったら気がついたのね。もう……なんてこと。今夜、ハヴァーズに診てもらったあとで言うつもりだったのよ。予約してあるの」

「ひどいの？　その、出血は」

「大したことないのよ。だから言わないでおこうと思ったのよ、ハヴァーズに診てもらうまでは。だって、ねえフュアリー、Zがどんなだかわかるでしょう。それでなくてもわたしのことでぴりぴりしてるし、そのことで頭がいっぱいなのよ。だからわたし、心配でたまらないの。戦うときに集中できなくて、けがでもしたらって」

「わかるよ。だけど、いまはなおまずいことになってるじゃないか。どうなってるのか知らされてないんだから。話してやれよ。黙ってちゃだめだ。あいつは大丈夫だよ。きみのためにがんばってるんだ」

「あのひと、怒ってた？」

「たぶん少しは。だけど、それ以上に心配してるんだ。あいつはばかじゃない。なんで、なにかあってもきみが黙ってるのかちゃんとわかってる。なあ、今夜診てもらうときにZも連れていったらどう。いっしょに行ったらいい」

ベラは少し涙ぐんだ。「そうね、あなたの言うとおりね。わたしはただ、あのひとにつらい思いをさせたくないだけなのよ」

「Zも、きみに対してまったく同じことを思ってるんだよ。だからいっしょに行くといい」

ふたりはともに黙り込んだ。ベラの目には迷いの色があるが、それには彼女が自分で対処するしかない。フュアリーは言うべきことはすでに言い終えたのだ。

「ベラ、それじゃまた」

背を向けようとしたとき、ベラに手をつかまれた。「ごめんなさい、怒らないでね」

そのせつな、フュアリーは思った――彼女のお腹にいるのが自分の子だったら。抱き寄せて、いっしょに医師のもとへ行き、そのあとしっかり抱きしめることができたら。

そっと彼女の手首をとって引き離すと、その手の先が彼の肌を柔らかくかすめた。それが有刺鉄線に打たれたように痛い。「きみはおれの双児の連れあいだ。なにがあっても怒ったりしないよ」

入口の間を抜け、冷たい夜風のなかに出ていった。自分で言ったことながら、まったくそのとおりだと思った。なにがあろうと、ベラに対して腹を立てることなどできない。だが自分自身に対してなら……なんの支障もありはしない。

非実体化してダウンタウンに移動したとき、行く手に壁のようなものが立ちふさがっているのがわかった。彼はその壁に衝突しようとしている。壁がどこにあるのか、なにでできているのかはわからない。自分で突っ込んでいくのか、それともだれか、あるいはなにかに叩きつけられるのかもわからない。

しかしその壁はまちがいなく、この苦い闇のどこかで待っている。心のすみでフュアリーは疑っていた――その壁に大きく黒々と書かれているのは、ヘロインのHの文字ではないだろうか。

17

ジェインがバスルームに入っていく。着替えをカウンターにのせようとくるりと向きを変えたとき、横向きになった身体が優美なS字カーブを描いていた。この手をあの身体に置きたい。舌を這わせたい。なかに入りたい。

ドアが閉じてシャワーの音が聞こえてくると、Vは悪態をついた。ちくしょう……彼女の手の感触はすばらしかった。近ごろは、まともにセックスをしたときでもあれほど興奮したことはなかった。だが、それも一方通行でしかない。あちらからは、少しも昂りのにおいはしていなかった。彼女にとっては、あれは生物学的機能に対する好奇心であり、それ以上のものではなかったのだ。

正直に言えば、オルガスムスを見せれば彼女も興奮するかもしれないと思っていた。なんとばかばかしい。自分の下半身のありさまを考えても見ろ。正気の人間なら、(わあすげえ、タマひとつの絶景だ。よだれが出そう)なんぞ思うわけがない。

セックスのさいに、いつもズボンをはいたままなのはそのせいだった。

シャワーの流れる音を聞いているうちに、下半身は柔らかくなり、牙も引っ込んでいった。おかしな話だ。彼女に刺激されていたとき、自分でも驚いたことに嚙みつきたいと思った。身を養うためではない、いまは飢えてはいないから。彼女の味を知りたかったから、首に自分の歯形をつけたかったからだ。ふだんは必要がなければ女に歯を立てたりしないし、必要なときでもとくに好きではない。

それが、相手がジェインだと……血管に歯を突き立てたくてたまらない。彼女の心臓を流れてきたものを、すすって胃袋に流し込みたくてうずうずする。

シャワーの音がやんだ。いまはもう、あのバスルームで彼女とふたりになることしか考えられない。彼女の一糸まとわぬ裸身が、シャワーの湯に濡れて火照っているさまを想像せずにいられない。くそ、この目で見てみたい。うなじはどんな形をしているのか。肩甲骨と肩甲骨のあいだの肌の張りを、背骨の根元のくぼみを見てみたい。鎖骨からへそまで舌を這わせたい……そこからさらに腿のあいだにもぐり込ませるのだ。

まずい、また固くなってきている。もうなんの意味もないのに。彼の身体への好奇心はすでに満たされたのだから、たとえ頼んでも二度と手を貸してはくれないだろう。それに、たとえこちらに多少なりと魅力を感じていたとしても、彼女にはもう男がいるではないか。それを思うと険悪なうなり声が漏れた。いかにも医者という風貌のダークヘアの男が目に浮かぶ。彼女が自分の世界に戻ったときには、そこにあの男が待っているのだ。同種の、そしてどこから見ても男らしい男。

あの野郎が彼女とまともにつきあう――昼間だけでなく、夜にベッドのなかでも――と思うと、それだけで胸が刺すように痛い。

ちくしょう。

Vは腕で目を覆った。いったいいつ人格の移植手術を受けたんだ。理屈のうえでは、ジェインに手術されたのは心臓であって脳ではないが、あの手術台に寝かされてからというもの、彼はまともではなくなっている。問題は、自分を連れあいとして見てほしいと思わずにいられないことだ――が、それは不可能なのだ。理由はいくらでもある。彼はヴァンパイアで、しかもヘンタイで……おまけに数日後には〈プライメール〉に就任することになっているのだ。

あちら側で待っているもののことを考える。そうするうちに、過去を思い出すのは願い下げだというのに、記憶が勝手によみがえってきた。受けた仕打ちを反芻《はんすう》し、最初のきっかけを思い起こす。それがもとで傷つけられて、半人前にされてしまった事件のことを。

父に本を焼かれてから、一週間ほどあとだったと思う。洞窟壁画を隠している衝立《ついたて》のかげから出てくるところを、ヴィシャスは見とがめられた。彼の破滅のもとになったのは、戦士ダライアスの日記だった。この宝物に近づくのを何日も我慢したが、しまいに我慢しきれなくなった。手はあの重みに恋い焦がれ、目はあの文字に、頭はその文字が生み出すイメージに、心はその書き手とのつながりに恋い焦がれていた。

あまりに孤独が深くて、誘惑に抵抗しきれなかった。

出てくるVを見てしまったのは厨房の売春婦で、ふたりともその場で凍りついた。名前はわからないが、この陣営にいる女に特有の顔をしていた。冷たい目、しわの寄った肌、きつく結んだ口。彼女から養った男たちのせいで、首筋には歯形がいくつも重なってついている。シュミーズは汚れて、すそがほつれていた。片手に粗削りのシャベルを持ち、車輪の壊れた手押し車を後ろに引きずっている。くじで短い藁しべを引いて、便所の穴の始末を押しつけられたのだろう。

女が目を下げてVの手を見る。武器を警戒するかのように。

Vはわざとこぶしを握ってみせた。「だれにも言わないよな。もし言ったら困ったことになるだろう?」

女は青ざめた。そそくさと逃げていき、途中でシャベルを取り落としていった。

例のプレトランとのあいだであったことは、陣営じゅうでうわさになっていた。おかげで恐れられるとすればまったく好都合だ。唯一残ったこの本を守るためなら、たとえ女だろうと脅すのにためらいはなかったし、それを恥とは思わなかった。父の支配するこの陣営では、だれひとり安全ということはなかった。それで得ができるとなったら、あの女はいま見たことをまちがいなく利用するだろう。そういうものだ。

ヴィシャスは洞窟を抜けようと、山にうがたれたトンネルのひとつを進んでいった。出たところはイバラの茂みのなかだった。冬の訪れにイバラは早くも枯れはじめており、寒さのせいでもやが出て空気は骨のように白い。前方から川の流れる音が聞こえてくる。水が飲みたくなったが、身をさらさないように松の木の茂る斜面をよじ登った。洞窟を出てからは、川には近づかないように気をつけた。そうするように体罰で叩き込まれたせいもあるが、それだけではなく、まだプレトランの身では、相手がヴァンパイアだろうと人間だろうと動物だろうと、襲われたらとうていかなわないからでもあった。

夜の始まるころには、プレトランたちはいつもからっぽの胃を満たそうと川にやって来る。Vの耳は、釣りに出てきたほかのプレトランたちの物音をとらえていた。川の広くなっている場所に集まっている。そこでは流れがゆるくなって、いっぽうの岸辺に淀みができているのだ。Vはかれらには近づかず、ずっと上流の地点を選んだ。

革袋から極細の糸を取り出した。粗末な針と、きらめく銀の重りがいっぽうの端につけてある。その名ばかりの釣り糸を早瀬に投げ込み、糸がぴんと張るのを感じた。岩のうえに腰をおろし、糸を棒切れに巻きつけて両手で支えた。

待つのは退屈だが、重荷でも楽しみでもない。川下で言い争う声が聞こえたが、Vは気にしなかった。小競り合いもまた陣営の日常だし、プレトランたちのけんかの原因はわかっている。川から魚を釣り上げたからといって、それを自分のものにできるとはかぎらないのだ。速い流れを見つめていると、首筋に奇妙な感覚が走った。だれかにぽんとうなじを叩かれたような。

ぎょっとして飛びあがった拍子に釣り針を取り落としたが、背後にはだれもいなかった。においを嗅ぎ、木々のあいだを透かし見る。なんの気配もない。

かがんで拾おうとしたとき、釣り糸を結んだ棒がはねあがって逃げた。魚がえさに食いついたのだ。Vは飛びついたが、その目の前で即席の竿は川に飛び込んでいった。悪態をついてあとを追い、岩から岩へ飛び移っていったが、竿はどんどん川下へ流れていく。

そのとき、Vはべつのプレトランに出くわした。

本でめった打ちにしてやった、あのプレトランだった。手に鱒《ます》をもって川上に向かってくる。ずるそうな顔に満足の笑みが浮かんでいるところからして、まちがいなくだれかから盗んできたのだろう。向こうもVに気がついた。ちょうどそのとき、Vの獲物をつけたままの竿がぷかぷかとそばを流れていき、彼ははっと足を止めた。勝ち誇った声をあげて、ぴちぴちあばれる鱒をポケットに突っ込むと、Vの獲物のあとを追いはじめた――追手のほうへ逆戻りすることになるのに。

たぶんうわさを耳にしていたからだろう、Vが追いかけていくと、ほかの少年たちは道をあけ、盗人を追いかけるのもやめて、野次馬になっていっしょに走りはじめた。

問題のプレトランはVより速かった。岩から岩へ無鉄砲に飛び移っていく。いっぽうVは慎重だった。粗末なブーツの靴底は濡れているし、岩の背にはこけが生えていて、豚の脂を塗ったようにすべりやすい。獲物はどんどん流されていくが、足を踏み外しては困るから無理はしなかった。

川幅が広がって、ほかの少年たちが釣りをしている淀みに差しかかったとき、例のプレトランは岩の平らな表面に飛び乗った。Vの針にかかった魚に手が届きそうだ。ところが、手をのばして棒切れをつかもうとして、身体の重心がずれ……とたんに足がすべった。

羽毛が舞うようにふんわりと、プレトランは頭から早瀬に落ちていった。水面の数インチ下の岩に当たり、こめかみの砕ける音がした。斧の刃が固い木に当たるような音。と同時にプレトランはぐったりして、棒切れと糸はそのまま流されていった。

そこへ追いついてきて、Vはあのときの幻視を思い出した。みごとに外れた。まぼろしのなかでは、このプレトランが死ぬのは山のてっぺんのはずだった。顔に陽光を浴び、髪を風になびかせていた。だが実際には、いまここで、川の腕に抱かれて死んだのだ。

少しほっとした。

ヴィシャスの目の前で、死体は川に流されて暗く静かな淀みに運ばれていく。水中に没する直前、横転して仰向けになった。

もの言わぬ唇から気泡があふれ、水面に浮かんで月光にきらめいた。Vは死のありように目をみはった。死が訪れたあとは、すべてがこれほど穏やかなものなのか。魂が〈冥界《フェード》〉に解き放たれるときの怒号や悲鳴や行為がどうあれ、そのあとには降り積もる雪の濃密な静けさが訪れるのだ。

なんの気なしに、氷のように冷たい水に右手を差し入れた。

だしぬけに、暗い淀みに光が満ちた。彼の手のひらから光が発している……その光に照らされたプレトランの顔は、まちがいなく陽光を受けているように見えた。Vははっと息をのんだ。あの幻視が現実になったのだ。あのとき予知したとおりだった。ぼやけてはっきり見えなかったのは、実際には水のせいだった。髪がなびいていたのも、風に吹かれていたのではなく、淀みの底の流れのせいだったのだ。

「水になにをしたんだ」と声がした。

Vは顔をあげた。湾曲した川岸に少年たちがずらりと並んで、こちらをまじまじと見つめている。

Vは水からさっと手を引っ込め、だれにも見られないように背中にまわした。とたんに淀みを照らしていた光は薄れ、プレトランの亡骸《なきがら》は淀みの暗がりに呑み込まれていく——まるで埋葬されたかのように。

Vは立ちあがって、少年たちを見つめた。乏しい食料やぬくもりを奪いあう、たんなる競争相手ではもうない。みな敵だった。肩と肩がくっつくほどに寄り集まって立つその団結ぶりを見て、Vは悟った。貧しい陣営のなかでどれほどいがみあっていても、かれらはみな同じ意見でまとまっているのだ。
Vはのけ者だった。

Vはまばたきをして、次になにがあったか思い起こした。おかしなものだ。行く手に曲がり角を予期していても、その路面に氷が張っていると思う者はいない。ほかのプレトランたちに陣営から追い出されるだろう、と彼は思っていた。遷移を終えた者たちが寄ってたかって襲ってくるにちがいないと。しかし、運命というやつは不意打ちが好きなものだ、そうではないか。

寝返りを打って横向きになり、少し眠るぞと決めた。ただ、そのときバスルームのドアが開いて、薄目をあけてみずにはいられなかった。ジェインは白いボタンダウンのシャツと、ゆったりした黒のヨガ用スウェットパンツに着替えていた。顔はシャワーの熱で上気し、髪は濡れてつんつん立っている。息をのむほど美しい。

こちらにちらと目を向けた。すぐに目をそらした感じからして、眠っていると思ったようだ。すみに歩いていって例の椅子に腰をおろした。両脚を引きあげ、ひざを両腕で抱えて、あごを埋めた。あんなふうにしていると、とてもはかなげに見える。ただ肉と骨をより合わせて、椅子にくるんだもののようだ。

Vは目を閉じた。つらい。何世紀もスイッチが切れていた良心が、目を覚まして痛みだした。あと六時間もすれば完全に回復するのに、そうでないふりをすることはできない。彼女がここにいる理由はなくなるわけだ。日が沈んだら、今夜のうちに帰らせなくてはならない。ただ、それならあのまぼろしはなんだったのか。彼女が戸口に立って、背中から光を受けているまぼろしは。ああちくしょう、あれはただの幻覚だったのかも……

Vはまゆをひそめた。なにかにおいがする。なんだ、これは？

深く吸い込んだとたん、たちまち固くなった。股間のものが起きあがり、下腹に重くのしかかってくる。部屋の向こうのジェインに目をやった。目を閉じ、口を少し開いて、まゆが下がっていて……そして性的に興奮していた。それと自覚したら腹を立てるかもしれないが、まちがいなく興奮している。

おれのことを考えているのか、それともあの人間の男のことだろうか。

Vは心の手をのばしたものの、彼女の頭のなかがのぞけると本気で思っていたわけではなかった。幻視が干上がってしまったとき、他者の思考がテロップのように流れてくるのもさたやみになった。いやおうなく頭のなかに押し入ってくるのも、こちらの意志でのぞき込むのも――

彼女の心に浮かんでいたのは、Vの姿だった。

ちくしょう、やったぜ。まちがいなくVの姿だった。ベッドのうえで身を反り返らせ、腹筋を緊張させて、腰を突き出している。彼女の手のひらに愛撫されて。絶頂に達する直前、手袋をした手をペニスの下に当てていたのを、離して羽根布団を握りしめたときだ。

彼の主治医は彼を求めている。半分去勢されているし、同類でもないし、彼女をむりやり監禁している当人だというのに。それなのに、彼女は欲しがっている。欲しがっているのだ、このおれを。

思わず笑みをこぼしたら、牙がにゅっと伸びてきた。

いまこそ人道的に行動するべきだ。人道的に、彼女のうずきを軽くしてやろうじゃないか……


股を大きく開いてごついブーツを踏ん張り、両手のこぶしをわきで固めて、フュアリーは〝レッサー〟を見おろして立っていた。こめかみに容赦ない一発をお見舞いして、たったいま気絶させてやった相手だ。汚れた融け残りの雪の塊に顔を突っ込み、両手両脚をわきに投げ出して倒れている。レザージャケットは、先ほどの戦闘でずたずたに裂けていた。

フュアリーはひとつ深呼吸をした。敵を殺すなら紳士的なやりかたというものがある。戦争の最中には、あっぱれな死にかたをさせてやるべきだ。たとえどんなに憎い相手でも。

小路の左右を見まわし、空気のにおいをかぐ。人間はいない。ほかの〝レッサー〟も。そして兄弟たちの気配もなかった。

殺し屋にかがみ込む。たしかに、敵の生命を奪うときには、守るべき行動基準というものがある。

今回は守れそうにないが。

フュアリーは、革のベルトと淡色の髪をつかんで〝レッサー〟を持ちあげ、大きく振って、破城槌《はじょうつい》のように頭からレンガ壁に叩きつけてやった。ぐしゃりとくぐもった音がして、前頭葉がつぶれ、脊椎が頭蓋を突き抜けて後頭部にめり込んだ。

だが、この化物は死んでいない。この殺し屋どもを殺すには、胸をひと突きしなくてはならないのだ。このまま放っておけば、こいつはいつまでも腐りかけた状態のまま生きつづける。しまいに〈オメガ〉がこの肉体を回収しに来るまで。

フュアリーはそいつの腕をつかんで大型ごみ容器《ダンプスター》の陰に引きずっていき、短剣を抜いた。だがそれは、胸をひと突きして主人のもとへ送り返すためではない。この怒り、認めたくないこの感情、人にも出来事にも爆発させるわけにいかないエネルギー、それが身内で吼《ほ》え猛りはじめた。その衝動には抵抗できなかった。

自分の行為の残忍さに良心が痛む。いくらこいつが邪悪きわまる殺し屋で、つい二十分前に一般ヴァンパイアをふたり誘拐しようとしたとはいえ、いまフュアリーのやっていることは褒められたことではない。ヴァンパイアふたりは助かった。敵はもう反撃できない。きれいにけりをつけるべきだ。

だが、自分で自分を抑えられなかった。

〝レッサー〟が苦痛に吼えるのもかまわず、フュアリーはそのまま続けた。ベビーパウダーのようなにおいのする血肉のなかを、手と短剣が目まぐるしく飛びまわる。ぬらぬら光る黒い血が舗道に流れ落ち、フュアリーの腕を覆い、油を塗ったようにブーツを光らせ、レザーパンツに飛び散る。

やがてその殺し屋は、彼の憤怒と自己嫌悪のトレッドミルに――憤怒と自己嫌悪を鍛える道具に成り代わっていた。言うまでもなく、こんなことをしていたら自分で自分がますますいやになるだけなのだが、手を止めなかった。止められなかった。血がプロパンガスなら感情は炎で、いったん火がついたら燃え盛るものは止めようがない。

この血みどろの仕事に熱中するあまり、べつの〝レッサー〟が背後から近づいてくる物音が聞こえなかった。ふっとベビーパウダーのにおいがした、と思うとそいつは打ちかかってきた。彼の頭を狙って野球のバットが振りおろされるのを、とっさに横に転がって危うくよけた。

動けなくなった殺し屋から、足でちゃんと立っているやつのほうへ怒りの矛先を転じた。全身の血管を戦士のＤＮＡが雄叫びとともに駆けめぐり、彼はただちに攻撃に移った。低く構えて敵の腹部を狙い、黒い短剣を突き出す。

だが届かなかった。その前に〝レッサー〟にしてやられたのだ。〝レッサー〟はフュアリーの肩にバットを振りおろし、それを振りあげるついでによいほうの脚に強烈な一撃を見舞った。それをひざの横に食らってフュアリーはくずおれた。短剣に意識を集中して取り落とすまいとしたが、〝レッサー〟はアルミニウムのバットを持つ強打者ホセ・カンセコになりきっていた。次のフルスイングで短剣は吹っ飛び、スピンしつつ空を切って、濡れた舗道の向こうに落ちて跳ねた。

〝レッサー〟はフュアリーの胸に飛び乗り、片手でのどを押さえつけた。万力のような手で絞めあげてくる。気管をふさがれながらも、フュアリーはそいつの太い手首に片手を巻きつけたが、気がつけば窒息以外にも厄介な問題が持ちあがっていた。殺し屋はバットを持つ向きを変え、それと同時に短くかまえて中ほどをにぎった。狙いすまして腕を高々とあげるや、バットをまっすぐ打ちおろしてフュアリーの顔にグリップエンドをまともに叩きつけてきた。

頬と目に痛みの爆弾が炸裂した。白熱の破片が全身に飛び散り、跳弾《ちょうだん》のようにはねる。だがそれが……奇妙なことに快かった。すべてがそれに圧倒される。いま頭のなかにあるのは、心臓も凍る衝撃と、その後に襲ってくるビリビリと電気の走るような拍動痛だけだ。

悪くない。

いまも見えるほうの目で、〝レッサー〟がまたバットを高くあげるのを見守った。上下するピストンのようだ。フュアリーは身構えることすらしなかった。ただ力学が作用するのを眺めていた。筋肉が協調して働き、磨かれた金属棒を持ちあげていき、いっぱいに上がったところで緊張し、また顔に叩きつけてくるのを。

（とどめの一撃だ）とぼんやり考えた。たぶん、すでに眼窩骨は粉砕されているだろう。少なくとも骨折はまちがいない。もう一発食らったら、今度は灰白質を守りきれまい。

自分で描いたベラの絵が脳裏に浮かんだ。あの紙に写しとろうとしたモデルの姿が目に浮かぶ。ダイニングルームのテーブルに向かって座り、彼の双児のほうを見ている。ふたりのあいだに通いあう愛情は、シルクのように実体があって美しく、そして鍛鋼のように強靭だった。

ふたりのために、そして生まれてくるふたりの子のために、〈古語〉で古い祈りを唱えた。みなに幸多かれと祈る言葉。はるか遠い未来のいつか、〈冥界《フェード》〉で再会するときまで。**われらが新たな生を得るときまで**、というのが締めくくりの言葉だった。

フュアリーは殺し屋の手首をつかんでいた手を離し、その最後の語句を何度もくりかえした。ぼんやりと考える――この語句のどこを唱えているときに最期が来るのだろう。

ただ、なんの衝撃も訪れてこない。のしかかっていた〝レッサー〟の姿も消えた。ふいっと胸の上からいなくなったのだ。糸を引っ張られた操り人形のように。

ろくに息もできずにその場に横たわっていると、小路にたてつづけにうなり声が響き、まばゆい光がぱっとはじけて消えた。エンドルフィンが噴き出して、心地よいとろけるような恍惚感が訪れる。まるで健康に光り輝いているような気分だ。だが実際には、これはとんでもなくやばい状態にある証拠だった。

もうとどめの一撃は襲ってきたのだろうか。それとも最初の一発がすでに致命傷で、脳内出血が起こっていたのか。

どっちでもかまわない。いい気分だ。なにもかもすばらしい。セックスをするとこんな感じなのだろうか。つまり終わったあとということだが。全身がゆったりとリラックスしている。

何カ月も前、パーティの最中にザディストが呼びに来たときのことを思い出した。片手にはダッフルバッグを持ち、途方もない要求に目を光らせて。双児の兄がなぜこんなことを欲するのかと気分が悪くなったが、それでもいっしょにジムに行き、何度もくりかえし殴りつけてやった。

ザディストがああいう解消法を求めたのは、あれが初めてではなかった。

フュアリーは以前から、双児に頼まれて殴るのがいやでたまらなかった。そんなマゾヒスティックな衝動が理解できなかった。だがいまならわかる。じつに爽快だ。なにも気にならなくなる。現実が遠くの落雷のように感じられる。その通り道からはずれていて、なんの影響も受けずにいられるような。

同じく遠くから、レイジの低い声が聞こえてきた。「フュアリー、わかるか。迎えを呼んだからな。ハヴァーズんとこに連れていく」

フュアリーは口を開こうとしたが、あごが言うことを聞かない。まるで接着剤でがっちり固められたようだ。どうやら早くも顔が腫れあがっているらしい。しかたなく首をふった。

歪んだ視野にレイジの顔が入ってきた。「ハヴァーズに診てもらわないと——」

フュアリーはまた首をふった。今夜は、ベラが赤ん坊のことで診療所に行っている。もし流産の崖っぷちにいるのなら、彼が急患として担ぎ込まれるのを見せたくない。ショックでそのふちから転げ落ちでもしたら取り返しがつかない。

「だめだ……ハヴァーズは……」しゃがれ声で言った。

「兄弟、いまのそのざまじゃ、応急処置じゃ間に合わないぞ」モデルのように完璧に整ったレイジの顔が、わざとらしいほど穏やかな仮面になっている。これは本気で心配しているしるしだった。

「帰る」

レイジは悪態をついた。診療所に行くべきだともういちど強く説きつけようとしたが、そのときこの小路に車が入ってきた。ヘッドライトがひらめく。

「くそ」レイジははじかれたように行動に移った。フュアリーを舗道から抱えあげ、ダンプスターの陰に急ぐ。

そして飛び込んでみたら、そこには例の滅茶苦茶にされた〝レッサー〟が倒れていた。

「なんだこれは」レイジは息をのんだ。クロムメッキの二十インチ・ホイールをつけた〈レクサス〉が、ラップミュージックをずんずん響かせながらゆっくり通り過ぎていく。

その音が遠くなると、輝く青緑色の目を不審げに細めて、レイジは言った。「おまえがやったのか」

「汚い……やりあいで……それだけだ」フュアリーはつぶやくように言った。「館へ連れて帰ってくれ」

目を閉じて、ふと気づいた。今夜はひとつ学んだことがある。痛みはよいものだ。適当な状況で手に入れられれば、ヘロインほど恥ずかしくもない。おまけに手に入れるのも簡単だ、なにしろ痛みはこの仕事につきものの副産物なのだから。

完璧じゃないか。


患者のベッドの反対側にある椅子に腰をおろして、ジェインは頭を下げ、目を閉じていた。どうしても考えずにはいられなかった……患者に対して自分がやったこと……そしてその結果として彼がしたこと。目に浮かぶのは、絶頂に達したときの患者の姿だった。頭をそらし、牙が光る。勃起したものが、彼女の手のなかでびくりとはねる。呼吸があえぎに変わり、うめき声になって噴き出してくる。

ジェインは身じろぎした。暑い。だがそれは、暖房が入ったからではなかった。

ああいやだ、あの場面を何度も何度も反芻するのがやめられない。あまりに不愉快で、口から息をしなくては苦しいほどだ。その無限ループの最中に、頭が一瞬ちくりと痛んだ。首をちがえたときのようだったが、いぶかる間もなくうとうと眠り込んでしまった。

当然ながら、記憶が途切れると無意識があとを引き継いだ。

夢が始まったとき、なにかが肩に触れた。なにか温かくてずっしりしたもの。その感触に心が安らぐ。それがゆっくり腕をおりていって、手首に、そして手に触れる。指を集めてこぶしを作らせ、そのうえからぎゅっと握られる。と思ったら開かれて、手のひらのまんなかにキスをされた。柔らかい唇、温かい息、ベルベットのような……ひげの感触。

間があった。続けてよいかと問いかけるかのような。

だれの夢を見ているのかはっきりわかっていた。もし続けてよいと許したら、この夢想のなかでこれからなにが起こるか、それもはっきりわかっていた。

「ええ」夢のなかでささやいた。

患者の両手がふくらはぎにのびていき、彼女の両脚を椅子から浮かせた。幅広で温かいものが脚のあいだに入ってくる。太腿のあいだに割り込み、大きく開かされる。患者の腰だ……まあなんてこと、大きくなったものが花芯に当たっている。柔らかいスウェットパンツを通して、固いものが押しつけられている。シャツのえりがいっぽうに寄せられて、首に口が押し当てられる。ぴったり寄せた唇に肌を吸われる。固くなったものがリズミカルに前後に動きだす。片手が乳房を探し当て、それが腹部に下がっていく。そこからウェストに、さらにその下へ、固くなったものが離れたそのあとに。
ジェインが声をあげて身をのけぞらせると、尖ったものがふたつ、のどくびをあごの付け根まで這いあがってきた。牙だ。

全身の血管に恐怖があふれた。と同時にハイオクタンの情欲の疾風が吹き抜ける。

ふたつの両極端を処理しかねていると、彼の口が首を離れて、シャツのうえから乳房に押し当てられた。シャツごしに吸いつきながら、指で花芯をまさぐる。彼を迎え入れようとしているもの、彼に恋い焦がれているものを愛撫する。ジェインが唇を開いてあえぐと、なにかが押し込まれてきた……親指だ。無我夢中で吸いつき、愛おしむように舌をからめながら、唇のあいだにあるものが彼のほかの部分だったらと想像する。

すべてに采配をふっているのは彼のほうだった。ハンドルを握る手、操縦する手は彼のものだ。彼女の反応を正確に把握しつつ、柔らかなスウェットパンツと濡れた下着のうえから指を使って、彼女を断崖へ押しあげていく。

頭のなかで声――彼の声だ――がした。「感じてくれ、ジェイン――」

どこからともなく明るい光が顔に当たって、ジェインはぎょっとして飛びあがった。患者を突き飛ばそうと両腕を突き出す。

ただ、そばに患者の姿はなかった。ベッドのなかだ。眠っている。

光はと見れば、廊下から射し込んできているのだった。野球帽の男がドアをあけたのだ。

「お休みのとこ申し訳ない」男は言った。「非常事態なもんで」

　患者は上体を起こし、こちらに目を向けてきた。目が合った瞬間、ジェインは赤くなって顔をそむけた。

「だれだ」患者が尋ねる。

「フェアリーだ」野球帽が椅子のほうをあごで指して、「医者《ドクター》が要るんだ。その、大至急っていうか」

　ジェインは咳払いをした。「なぜこっちを見て――」

「先生に手を貸してほしいんだ」

　とっさに、これ以上関わりあいになってたまるものかと思った。だが声をあげたのは、彼女のなかの医師の部分だった。「なにがあったの」

「それが、滅茶苦茶にひどいけがなんだ。野球のバットでぶん殴られてさ。いっしょに来てもらえないかな」

　返事をする間もなく、患者の声が割って入ってきた。砂地にきっぱりと引かれた一本の線のように、まぎれもないうなり声だった。「先生がこの部屋を出ていくなら、おれもついていく。そんなにひどいのか」

「顔を殴られてるんだ。重傷なんだが、ハヴァーズんとこへは行きたくないとさ。ベラが赤んぼのことで行ってるから、ひどいつらを見せて脅かしたくないんだと」

「まったく、ヒーローにならなきゃ気がすまねえやつだ」Vはジェインに顔を向けた。「手を貸してくれないか」

ややあって、ジェインは顔をこすった。まったくもう。「ええ、わかったわ」

支給された〈グロック〉の銃口を下げて、ジョンは十五メートル先の的を見やった。安全装置《セーフティ》をかけながら、完全に言葉を失っていた。

「すげえ」ブレイが言った。

夢を見ているような気分で、ジョンは左側の黄色いボタンを押した。二十一・五センチ×二十八センチの紙が、びゅーんとばかりに近づいてくる。呼ぶと駆けてくる犬のようだ。六つの弾痕が、きれいに紙の中心に集まって花の絵を描いている。信じられない。こと戦闘に関しては、これまでなにを教わっても、どれもこれもからっきしだめだった。それがついに得意なことが見つかったのだ。

とはいえ、それで頭痛が忘れられるというわけではない。

ずしりと重い手が肩に置かれて、ラスの誇らしげな声がした。「よくやった、ぼうず。みごとだったぞ」

ジョンは手をのばし、標的を外した。

「よし」ラスが言った。「今日はこれまで。銃はちゃんと片づけろよ」

「おい、クイン」ブレイが声をあげた。「これ見ろよ」

クインは銃を〝ドゲン〟のひとりに渡してこっちへ寄ってきた。「うひょー、こりゃまるっきりダーティハリーじゃないの」

ジョンは標的の紙を小さくたたんで、ジーンズの尻ポケットに突っ込んだ。銃をカートに戻すとき、次の実習でも同じ銃が使えるように、なにか目印になる特徴がないかと調べてみた。あった……製造番号は削り取ってあるが、銃身に薄いしるし——というか引っかき傷がある。これなら、まちがいなくまたこの銃が見つけられる。

「急げ」ラスがその巨体でドアを押さえながら言った。「バスが待ってるぞ」

銃を戻して顔をあげると、すぐ後ろにラッシュが立っていた。全身から悪意を発散させ、のしかかるように。さりげなく身をかがめて〈グロック〉をおろしながら、銃口をジョンの胸に向けた。だめ押しに、人さし指をしばしトリガーにかけてみせる。

ブレイとクインがぴったり並んで、ふたりのあいだに割り込んできた。じつになにげない動きで、なんの気なしに近づいてきたかのようだったが、メッセージははっきりしている。肩をすくめてラッシュは〈グロック〉から手を離し、ブレイの肩に肩をぶつけて、ドアのほうへ向かった。

「くそったれが」クインがつぶやいた。

三人そろってロッカールームに向かい、教科書をとって連れ立って外へ出た。ジョンはトンネルを通って館に戻るので、トールのオフィスだった部屋のドアの前で立ち止まる。

ほかの訓練生が歩いていくのを横目に、クインは声を低めて言った。「今夜出かけようぜ。これ以上は我慢できねえよ」顔をしかめて足をしきりに踏みかえている。ズボンのなかにサンドペーパーでも仕込んであるかのように。「頭が変になりそうなんだ、女のことばっか考えてて。言ってる意味わかるだろ?」

ブレイが少し赤くなった。「ああ……ああ、そうだな、おれも出かけていいって気分だけど。ジョンはどうする?」

射撃でうまくやったので気が大きくなって、ジョンもうなずいた。

「よし」ブレイはジーンズを引っぱりあげた。「〈ゼロサム〉に繰り出すぞ」

クインはまゆをひそめた。「〈スクリーマーズ〉じゃだめか?」

「いや、〈ゼロサム〉のほうがいい」

「わかった。おまえの車で行こうぜ」クインはこちらに目を向けて、「ジョン、いっしょにバスに乗ってブレイんちへ行かないか」

着替えなくてもいいかな。

「ブレイの服を借りればいいさ。〈ゼロサム〉に行くならキメてかなくちゃ」

そこへラッシュがぬっと現われた。不意打ちのパンチのようだ。「ジョン、おまえダウンタウンに行くのか。それじゃあっちで会えるかもな。楽しみだぜ」

にたりと底意地の悪い笑みを浮かべると、ラッシュはゆうゆうと離れていった。全身に闘志をみなぎらせ、筋骨隆々の肩をそびやかしている。戦闘に向かう男のようだ。それとも、戦闘に向かいたがっている男のようと言うべきか。

「ラッシュ、ジョンとデートがしたいのかよ」クインが大声を張りあげた。「こりゃいい、ずっとそういうアホ面下げてがんばってりゃ、いつかは一発やってもらえるだろうよ、楽しみだぜ」

ラッシュは立ち止まってこちらをふり向いた。頭上から電灯の光を浴びている。「ようクイン、親父さんによろしく言っとけ。昔からおれのほうがおまえよりお気に入りだったからな。なにしろおれは色ちがいじゃねえし」

ラッシュは中指で自分の目のわきをつついてみせると、そのまま歩いていった。

彼が去ったあと、クインの顔は凝固したようにこわばっていた。そのまま彫像になれそうだ。

ブレイはそのクインのうなじに片手をあて、「なあ、ジョンをおれんちに連れてくから、待っててくれよな。四十五分ぐらいでおまえんちに迎えに行く」

クインは黙っている。ややあってようやく返事をしたが、その声は暗かった。「ああ、わかった。すまん、ちょっと待っててくれ」

クインは教科書を放り出し、またロッカールームに引き返していった。ドアが静かに閉まると、ジョンは手話で尋ねた。ラッシュの家族とクインの家族はつきあいがあるわけ？

「あのふたりはいとこなんだ。親父さんが兄弟なんだよ」

ジョンはまゆをひそめた。ラッシュが目を指さしてたのはなんで？

「気にすんな、大したことじゃ――」

ジョンはブレイの前腕をつかんだ。教えてくれよ。

ブレイは赤毛をかきむしった。そこから返事をかき出そうとでもするかのように。「ああ、そうだな……つまりその……クインの親父さんは〝グライメラ〟の有力者なんだよ。おふくろさんもそうなんだ。そんで、〝グライメラ〟には欠陥があっちゃいけないんだ」

それですべて説明がつくと言わぬばかりだった。よくわからないんだけど、クインの目のどこが悪いんだよ。

「片っぽが青で、片っぽが緑だろ。色がちがうから、クインは連れあいを選ぶときも、ぜったいにその……それでな、クインの親父さんはずっとそれを恥だと思ってんだ。うまく行ってないわけさ。集まるときいつもおれんちだろ、あれもそのせいなんだよ。あいつ、親のそばにいたくないんだ」ブレイはロッカールームのドアを見つめた。なかにいる友だちの姿が透けて見えるかのように。「これまであいつがうちから放り出されなかったのは、遷移のときに直るかもしれないって望みをかけてたからなんだ。だから、マルナみたいな彼女を使うことになったんだよ。マルナはすごく血筋がいいから、それが役に立つだろうって思ったたんじゃないかな」

でもだめだったんだ。

「ああ。たぶんそのうち、あいつ出てけって親に言われると思う。だからおれ、うちにあいつの部屋を用意してあるんだ。でも、うちには来ないだろうな。プライドの高いやつだから。そこがあいつのいいとこだけど」

ジョンは恐ろしいことを思いついた。**あの打ち身はどうしてできたんだ。遷移のあと、顔にあざができてたよな？**

そのときロッカールームのドアが開いて、クインが顔にがっちり笑みを浮かべて出てきた。

「いざ行かん、おのおのがた」教科書を拾う姿には、いつもの勢いが戻っていた。「ひと暴れしてから、クラブでいい女引っかけようぜ」

ブレイがその肩をぽんと叩いた。「ついていきますとも、大先生」

地下の駐車場に向かうとき、クインが先頭に立って歩き、ブレイがしんがりで、ジョンはまんなかだった。

クインがバスの踏み段をのぼってなかに姿を消したとき、ジョンはブレイの肩を叩いた。

あれ、親父さんにやられたんだろ？

ブレイはためらったが、ややあってひとつうなずいた。

18

なるほどね、これは飛び抜けてイケてるか、ちびるほどこわいかのどっちかだわね。

いまジェインが歩いているここは、ジェリー・ブラッカイマー（アメリカの映画製作者。アクションものやSFものを多く手がけるヒットメーカー。ただし『ダイ・ハード』の製作者ではない）の映画に出てくる地下トンネルさながらだった。高額製作費のハリウッド映画から抜け出てきたようだ。スチール製で、天井にはめ込まれた蛍光灯にぼんやり照らされていて、そして果てしなく長い。一九八八年の『ダイ・ハード』に出たころのブルース・ウィリスが、ぼろぼろの袖なしシャツにマシンガンを抱えて、いまにも裸足で走ってきそうだ。

天井の蛍光灯のパネルを見あげ、次に磨かれた金属の床を見おろす。壁にドリルで穴をあけたら、賭けてもいいが、厚みは十五センチぐらいはあるだろう。ここの連中は金を持っている。うなるほど。ブラックマーケットで処方薬を売りさばいたり、依存症患者にコークやクラックや覚醒剤《クランク》を融通するぐらいで、これほどの富を築けるはずがない。これは一国の政府規模の富だ。ヴァンパイアはたんにべつの生物種というだけでなく、べつの文化文明を築いていると見てよさそうだ。

三人で歩きながら、ジェインは拘束されなかったことに驚いた。でも考えてみたら、この患者も野球帽も銃を持っているはず――

「そうじゃない」患者が、こっちを見て首をふった。「手錠をかけなかったのは、逃げるはずがないからだ」

ジェインは口をぽかんとあけそうになった。「わたしの心を読まないでくれる?」

「すまん。そんなつもりはなかったんだが、勝手に聞こえてくるんだ」

ジェインは咳払いをした。やめようと思っても目測せずにいられない。立ちあがったらこの患者のなんと背が高いこと。いったい何センチあるのだろう。〈ブラック・ウォッチ〉の格子縞のパジャマパンツに、黒い袖なしシャツ。そろそろと歩いてはいるが、その姿にはいつでも戦えそうな自信がみなぎっていて、思わず見とれるほど魅力的だ。

なんの話をしていたんだったかしら。「逃げるはずがないなんて、どうしてわかるの」

「治療が必要なやつがいるのに、すっぽかして逃げたりできないだろ。あんたはそういう人だ。ちがうか」

まあ……くやしい。完全に読まれている。

「まあね」患者が言った。

「読まないでって言ったでしょ」

ジェインの頭越しに、野球帽が患者に目をやった。「読心能力、戻ってきたのか」

「この先生のなら、ときどきな」

「ふうん。ほかのやつのもなんか読めてるのか？」

「いや」

野球帽の男は野球帽をかぶりなおして、「そうか、その……おれの考えが読めたときは教えてくれよな。おれにも秘密にしときたいことってのはあるもんでさ」

「了解。けどな、勝手に聞こえてくることもあるからな」

「だからおれはいつも、おまえがそばにいるときは野球のことを考えるようにしてるんだ」

「〈ヤンキース〉のファンでなくてよかったな」

「ヤの字を使うなよ。レディの前だぜ」

それきり会話は途切れて、三人は黙ってトンネルを歩きつづけた。ジェインは自分の正気を疑わずにはいられなかった。ここは暗い地下で、いっしょにいるのは巨人のようなヴァンパイアふたり、これでこわくなかったらどうかしている。それなのにこわくなかった。不思議と安心感があった……そうすると誓ったのだから、この患者はわたしを守ってくれるだろう。そしてこの野球帽の男は、患者と強いきずなで結ばれているから、やはりわたしを守ってくれるにちがいない——そんな気がする。

患者が身をかがめて、彼女の耳もとでささやいた。「そのとおり、あんたをびくりとでもさせるやつがいたら、それがなんだろうとおれたちふたりで血祭りにあげてやる」患者はまたまっすぐ背筋を伸ばした。小山のような男性ホルモンの高波が、室内履きから噴出するの図だ。

ジェインは患者の前腕をぽんと叩いて、人さし指をくいっとやってみせた。患者がまた身をかがめてくると、その耳に今度はこっちからささやきかけた。「わたし、ネズミと蜘蛛《くも》が苦手なの。でも、わたしがどっちかを見て悲鳴をあげたからって、腰の拳銃をぶっ放して壁に穴をあけなくてもいいと思うわ。ネズミ捕りと丸めた新聞紙でじゅうぶん役に立つし、それならあとで石膏ボードで穴をふさいだり、漆喰を塗りなおしたりする必要もないし。まあ好き好きだとは思うけど」

腕をまたぽんとやって話は終わったと伝えると、ジェインはまたトンネルの前方に顔を向けた。

Vは笑いだした。最初は気まずそうだったが、だんだん明るい笑い声に変わっていく。野球帽がこっちを見ているのを感じて、ジェインはためらいがちに目を合わせた。きっと不愉快そうな表情が浮かんでいると思ったのだが、予想ははずれた。そこにあったのは安堵感だった。その男というかオスというか、ともかくなんであれ、ジェインと友とを見くらべる目には、安堵と好感の色が浮かんでいる。

ジェインは顔を赤らめて目をそむけた。Vをめぐって、彼女と友情の張り合いをする気が向こうにまるでなさそうだからといって、思いがけずうれしいなんてことはない。あってたまるもんですか。

百メートルほど進んだところで、浅い階段の前に来た。階段のうえにあるドアには、彼女の頭より大きそうな門型のロックがついていた。患者が階段をのぼって暗証番号を打ち込む。それを見ながらジェインは考えた。きっとあのドアの向こうには007ばりの――

と思ったら当てがはずれた。そこはクロゼットのなかで、棚には黄色い罫線の入ったリーガルパッドと、プリンターのカートリッジと、クリップの箱が積まれていた。たぶん、このクロゼットを出たら……

今度もはずれ。そこはただのオフィスだった。ごくふつうの、中間管理職が使いそうなオフィスで、デスクと回転チェア、ファイルキャビネットとパソコンがあるだけだ。

なるほど、ここにはジェリー・ブラッカイマーも『ダイ・ハード』もお呼びでないと。それなら〈オールステート保険〉とか抵当証券会社のコマーシャルはどうかしら。

「こっちだ」Vが言った。

ガラスのドアから外へ出て、なんの目印もない白い廊下を歩いていくと、ステンレスの両開きドアの前に出た。その向こうにあったのは、本格的なジムだった。広い。プロバスケットボールの試合と、レスリングの試合と、バレーボールの非公式試合《エキシビション》がいちどに開けそうだ。つやのある蜂蜜色の床に青いマットが敷かれ、階段席のある張り出したバルコニーの下には、サンドバッグがいくつも吊るしてあった。

裕福なんてものではない。莫大な富だ。こんな大がかりなものを建設していながら、人間側のだれも気がつかないなんてことがあるだろうか。きっとヴァンパイアはおおぜいいるのだ。でないとおかしい。労働者や建築家や職人や……その気になれば、人間のなかでもそれとして通用するような。

身内の遺伝学者が脳みそをしぼりすぎてひどい頭痛を起こしている。チンパンジーのDNAは人間と九十八パーセント同じだというが、人間とヴァンパイアはどれぐらい近いのだろう。進化の途上で、この生物種はいったいいつ、類人猿やホモ・サピエンスから枝分かれしたのだろう。ああ……ぞくぞくする……かれらの二重らせんを解読させてもらえるなら、なんでもくれてやるのに。解放される前には、ほんとうに記憶を消されるのだろうか。だとしたら、医学にとっては途方もない損失だ。なにしろガンにもかからず、傷の治癒も驚くほど速いのだから。

なんと大きなチャンス。

ジムの奥まで来て、スチールのドアの前で立ち止まった。「備品室」と標示がある。なかには武器の棚がずらりと並んでいた。武道用の刀やヌンチャクが山ほど。鍵のかかるクロゼットには短剣。銃器。手裏剣。

「まあ……すごい」

「これはただの訓練用だ」Vが言った。(そんなことはどうでもいい)と言外に何百回も言っているような口調で。

「それじゃ、実戦ではいったいなにを使ってるの」ありとあらゆる「世界大戦」の筋書きが頭のなかを行進していく、とそのとき、嗅ぎなれた血のにおいがした。いや、嗅ぎなれたと言っては少し言いすぎだ。ややちがうにおいが混じっている。スパイシーな香り。この患者のいる手術室に入ったとき、これと同じワインのような芳香がしたのを思い出した。

向かいに「理学療法」と標示のあるドアがあったが、それがさっと開いた。美貌のブロンドのヴァンパイア——病院からジェインを担ぎ出した男だ——が、入口の側柱から頭を出して、「ありがたい、来てくれたんだ」

ジェインは医師の本能を全開にさせて、タイル張りの部屋に入っていった。台車つき担架《ガーニイ》から垂れ下がる、ごついブーツの靴底がふたつ見えた。男たちを押しのけ、わきへどかせて、ガーニイに寝ている男のそばへ近づいていく。

彼女に催眠術をかけた男だった。黄色い目とみごとな髪をした男。たしかにこれは治療が必要だ。左の眼窩のあたりが陥没していた。目をあけられないほどまぶたが腫れあがっていて、顔のそちら側は二倍ほどに膨らんでいる。目の上の骨が陥没骨折を起こしているようだ。それと頬骨も。

男の肩に手をおいて、開いているほうの目と目を合わせた。「ひどいありさまね」

弱々しい笑みを浮かべて、「そうかな」

「でも治してあげるわ」

「治せると思う？」

「いいえ」と言いながら首を縦にふって、「治せるとわかってるの」

彼女は整形外科医ではないが、かれらの治癒能力を考えれば、整った顔だちを損なわずに治せるという自信があった。ただ、それにはちゃんとした医療品が必要だ。

またドアが大きく開いて、ジェインはぎょっとして凍りついた。信じられない、これこそ巨人だ。漆黒の髪に、黒いラップアラウンドのサングラスをかけている。過去に夢に出てきたことがあるような気もするが、この巨人はどう見ても悪夢の住人ではなく現実の存在だった。完全に現実だ。そして場を支配している。室内にあるもの、いる者をみな所有しているような、片手をひとふりすればすべて始末することもできると言いたげな態度だった。

彼女のそばの、ガーニイに横たわっている男をひと目見るや、巨人は言った。「なんだこれは。どういうことだ」

とっさに、ジェインはVのいる方向にあとじさった。そしてそれと同時に、Vが背中に近づいてきたのを感じた。ふれはしなかったが、すぐそばにいるのがわかる。彼女を守ろうと身構えている。

黒髪の巨人は、負傷した男に向かって首をふった。「フュアリー……これはどうあっても、ハヴァーズに診せないわけにはいかんぞ」

憤怒《フュアリー》？　またなんという名前だろう。

「だめだ」と弱々しい声。

「なぜだ」

「ベラが行ってる。こんなところを見せたら……気が動転して……でなくても出血してるのに」

「くそ……そうか」

「それに、医者ならここにもいる」と、息をあえがせた。開いたほうの目をジェインのほうへ動かして、「だろ？」

全員がジェインのほうに目を向けたとき、黒髪の巨人は見るからに激怒していた。それだけに、彼がこう言ったときは驚いた。「治療してもらえるか」

脅しの口調ではなく、むしろ敬意がこもっている。どうやら最初怒っていたのは、仲間がダウンしてカウントをとられているのに、治療されていなかったからのようだ。

ジェインは咳払いをした。「ええ、そのつもりです。でもなにを使えばいいのかしら。まずは麻酔をかけたいんだけれど――」

「その必要はない」フュアリーが言った。

ジェインは彼をまともに見つめた。「その顔をもとに戻さなくちゃならないのに、全身麻酔をかけなくていいって言うの？」

「かけなくていい」

ひょっとしたら、痛みに対する耐性がちがうのかも――

「気はたしかかよ」野球帽がぼそっと言った。

やっぱりそうじゃなかったみたいね。

だが、もう四の五の言っている場合ではない。このめった打ちにされたロッキーみたいな顔の坊やが、彼女の患者と同じスピードの治癒能力を備えているとすれば、すぐに手術しないと骨がおかしな形で癒合《ゆごう》してしまう。そうなったら、改めて切り離さないともとに戻せなくなる。

室内を見まわして、ガラス扉のキャビネットに目を留めた。医薬品が詰まっている。あそこにあるもので、外科用器具をひとそろい集められればいいのだが。「まさかと思うけど、医療の経験のあるひとはいない？」

すぐ耳もとでVが声をあげた。身に着けた衣服さながら、彼はジェインにぴったり寄り添っている。「いるぜ、おれが補佐する。医療補助者の訓練を受けてるんだ」

肩ごしにVを見ると、熱いものが全身をなめた。

仕事に戻るのよ、ホイットカム。「助かるわ。なにか局所麻酔に使えるものはある？」

「リドカインなら」

「鎮静剤はどう？　それからそうね、モルヒネが少しあればいいんだけど。いざってときにびくっとされたら、失明させてしまう恐れがあるわ」

「わかった」Ｖはステンレスのキャビネットのほうへ歩きだした。見ればふらふらしている。あのずいぶん長いトンネルを歩いてきたし、表面的には治っているように見えても、まだ開胸手術をしてほんの数日しかたっていないのだ。

ジェインは彼の腕をつかんで引き戻した。「あなたは座ってなさい」野球帽のほうに目をやって、「椅子を持ってきて。早く」患者が口を開いて反論しようとしたが、彼女は耳も貸さずに部屋の向こう側に歩きだした。「黙んなさい。手術中にはしゃんとしててもらわなくちゃ困るのよ、この手術には時間がかかりそうだし。あなたはよくなってきてるけど、自分で思ってるほどには回復してないの。だからおとなしく座って、どこになにがあるか教えてちょうだい」

鼓動一拍ぶんほど間があって、だれかが派手に吹き出した。患者の悪態がそのＢＧＭになっている。王者のような巨人がジェインに笑顔を向けてきた。

野球帽が渦流浴室（水流によるマッサージに使う。足などを治療するときのためにキャスターつきの椅子が備えつけてある）から椅子を転がしてきて、Ｖの膝の裏側に押し込んだ。「座れよ、兄貴。ドクターの命令だぜ」

患者が腰をおろしたところで、ジェインは言った。「それじゃ、必要なものを言っていくから」

彼女があげたのは、まず標準的なメス、鉗子《かんし》、血を吸わせるスポンジ。それから縫合用のワイヤと糸、ベタジン、すすぎ用の緩衝液、滅菌ガーゼ、ラテックスの手袋……あっという間に事態がうまくまわりだしてジェインは驚いたが、考えてみると、彼女と患者は同じ波長でものを考えているのだ。患者は必要なものをあらかじめ予想し、言葉少なに指示を出して彼女を部屋のあちこちに走らせ、むだ口は叩かない。いわば理想の看護師だった。

外科手術用ドリルがあるのがわかって、ジェインは大きく安堵の吐息をついた。

「頭部装着式拡大鏡《ヘッドルーペ》なんかないでしょうね?」

「緊急カートの横のキャビネットに入ってる」Vが言った。「下の引出し。左側。おれも手を洗っとこうか」

「お願い」ジェインはキャビネットの引出しをあけてヘッドルーペを見つけた。「X線撮影はできるかしら」

「できない」

「そう」と両手を腰にあてた。「しょうがないわ、当てずっぽでやるしかないわね」

彼女がヘッドルーペの装着にかかると、Vは立ちあがって部屋の隅の流しで両手と前腕を洗いはじめた。それがすむとジェインと交代し、その後そろって手袋をはめる。

フュアリーのそばに戻り、よいほうの目をのぞき込んだ。「局所麻酔とモルヒネを使っても、かなり痛いと思うわ。気を失うかもしれないけど、それが早ければ早いほどいいわね」

注射器をとる。修復すべきものを修復しにかかるときの、いつもの自信が訪れるのを感じ――

「待ってくれ」フュアリーが言った。「薬は要らない」

「なんですって」

「このまま始めてくれ」と言う目は、病的な期待に輝いている。これはひじょうに多くの意味でよろしくない。この男は痛みを求めている。ひょっとしてこれも、わざと自分でけがをするように仕向けたのではないだろうか。

ジェインは目を細めて男を見つめた。

「悪いけど」ジェインは、リドカインの小壜《バイアル》のゴム栓に針を突き刺した。薬液を吸い出しながら、「麻酔もせずに手術はできないわ。それがどうしてもいやだと言うのなら、べつの外科医を探してもらうしかないわね」

小さなガラス壜をキャスターつきのスチールトレーに置くと、注射針を上に向けたまま、フュアリーの顔にかがみ込んだ。「それでどうするの。痛み止めを使ってわたしにやらせるか、それとも……あらあら、ほかにはだれもいないわよ」

黄色い目が怒りに燃えあがった。なにかをだまし取られたとでもいうように。

だがそのとき、あの王者ふうの巨人が口をはさんだ。「フュアリー、ばかなまねはよせ。

失明するかどうかっていう話なんだぞ。黙って先生に治してもらえ」

黄色い目が閉じて、「わかったよ」彼はぼそりと言った。


二時間ほどたつころには、ヴィシャスは認めずにはいられなかった。これはまずいことになった。とんでもなくまずい。フュアリーの顔には、黒い縫い目が小さくきれいに並んでいる。それを見るにつけ、ヴィシャスは感服のあまり声も出なかった。

ああそうとも、メガトン級にまずいことになった。

ジェイン・ホイットカム医師は名外科医だ。超一流の職人だ。その両手は優美な道具、その目は手にしたメスより鋭い。すべてを忘れて没頭する、その突き刺すような集中力は戦場の戦士そこのけだ。あるときは目にも留まらぬ速さで手を動かし、あるときは止まっているのかと思うほどそろりと動かす。フュアリーの眼窩骨はいくつもの破片に砕けていたが、ジェインはそれをひとつひとつもとに戻し、牡蠣の殻のように白い小さなかけらを取り除き、骨にドリルで穴をあけて、破片のあいだにワイヤを通し、頬骨は小さなネジで留めていった。

この仕上がりに、彼女が完全には満足していないのがわかった。縫合が終わったとき、顔に厳しい表情を浮かべていたからだ。それでなにかまずいことでもあるのかと尋ねたら、ほんとうなら頬にプレートを入れたかったのだが、適当な材料がなかったから、骨が早く癒合するように祈るしかないと言う。最初から最後まで、彼女は完全に場を支配していた。ばかばかしくも情けないことに、ヴィシャスはそこに欲情してしまった。たんに、いままでこんな女――ヴァンパイアでも人間でも――に会ったことがなかったというだけなのに。彼女はたんに兄弟を治療してくれただけだ。あざやかな手ぎわで。Vなど足もとにも及ばない技量で。

くそ、まいった……いま彼は滅茶苦茶にまずいことになっている。

「血圧は？」彼女が尋ねる。

「安定してる」手術が始まって十分ほどでフュアリーは意識を失ったが、呼吸はしっかりしているし、血圧も異状なしだった。

目と頬骨の周囲を清拭して、ジェインはそこをガーゼで覆いはじめた。戸口に立っていたラスが咳払いをする。「目は大丈夫だろうか」

「それは本人に聞かないとわかりません」ジェインが言った。「確かめる手段がないんですけど、視神経が損傷されているかもしれないし、網膜や角膜に傷がついているかもしれない。その場合は、専門の病院に行って治療してもらわないと。ここでは設備がそろっていないというだけじゃなくて、わたしは目の外科医じゃないので、その種の手術はとてもやる気になれないんです」

王は、まっすぐな鼻梁にのせたサングラスを少し押しあげた。自分の弱い視力のことを思い出し、フュアリーにはその種の問題を抱えてほしくないと思っているようだった。

フュアリーの顔の片側をガーゼで覆ってから、ジェインは包帯をターバンのように頭に巻いた。それがすむと、使った器具を滅菌器に入れる。魅入られたようにそれを見つめている自分がいやで、Vは使用済みの注射器やガーゼや針をせっせと集めて廃棄しにかかった。ついでに、吸引機の使い捨てチューブも。

ジェインはぱちんと音をさせて手袋をはずした。「それで、感染症のことだけど。あなたたちの種はどれぐらい細菌感染の心配があるの？」

「あんまりない」Vはまた椅子に腰をおろした。認めたくはなかったが、疲れきっていた。ジェインが気をつかって負担を軽くしてくれなかったら、いまごろは立ったまま気絶していただろう。「おれたちの免疫系はとても強いから」

「あなたたちの医師だったら、予防的に抗生剤を投与する？」

「いや」

ジェインはフュアリーに近づいていってじっと見つめた。聴診器も血圧計も使わずに、生命徴候《バイタルサイン》を読み取ろうとするかのように。ややあって、手をのばしてフュアリーの豪華な髪をなでつけた。所有者の目であり、しぐさだった。Vはそれを見ているといらいらしてきた。いけないのはわかっている。彼女が兄弟に特別な関心を抱くのは当然のことだ。たったいま、その顔の半分を修復したところなのだから。

だが、それでもだ。

くそ、きずなを結んだ男というのは、まったく始末におえない連中じゃないか。

ジェインはかがみ込んで、フュアリーの耳元にささやきかけた。「よくがんばったわね。もう大丈夫よ。あとはゆっくり休んで、あなたたちの抜群の治癒能力に仕事をさせるのよ、いいわね」肩をぽんと叩くと、ガーニイを真上から照らす高出力のシャンデリアを消した。「ほんとに、あなたたちを種として研究できたらいいのにと思うわ」

部屋のすみから冷たい風が吹きつけてきて、ラスが口を開いた。「お断わりだ。人類みたいな種のために、モルモットになるつもりはない」

「望み薄なのはわかってるわ」室内の全員を見まわして、「付添いなしは心配だから、わたしがここに残るか、でなければだれかに残ってもらいたいわ。ほかの人が付添うなら、二時間おきぐらいに容体をチェックさせてもらいたいんだけど」

「おれたちが残る」Vは言った。

「あなたはいまにも倒れそうな顔をしてるじゃない」

「倒れやしない」

「それはいま座ってるからでしょ」

彼女の目に自分が弱く見えていると思うと、思わず声が尖った。「あんたに心配なんかされたくない」

ジェインはまゆをひそめた。「いいわ、さっきのは事実を指摘しただけで、心配して言ったんじゃないから。好きなようになさい」

あいた。くそ……まったくあいてってだぜ。

「もういい、おれは出てる」Vは立ちあがって、そそくさと部屋をあとにした。

備品室で、〈アクアフィーナ〉のボトルをクールボックスからつかみ出し、ベンチに身体を伸ばした。ボトルのキャップをねじったとき、ラスとレイジが近づいてきて話しかけられたのにぼんやり気づいたが、なにを言っているのかわからなかった。

ジェインにこちらを見ていてほしい。そう思っている自分に腹が立って頭が変になりそうだ。彼女に無視されて傷ついたのはさらに赦しがたく、自我も崩壊しそうだった。

目を閉じて、頭を冷やそうとした。もう何週間もまともに眠っていない。あの悪夢に悩まされてきた。

母親が会いに来た。おまけに死にかけた。くそったれ。

Vはボトルの水をほとんど飲み干した。調子が狂ってるなんてものじゃない。おかしな感情が湧いてくるのはそのせいにちがいない。ジェインのせいじゃない。状況のなせるわざだ。このところ「くそくらえ」の詰め合わせみたいな日々だったから、ジェインにのぼせあがったのはそのせいだったのだ。だいたい、彼女のほうはその気があるようなそぶりもないではないか。あくまでも患者として、科学的興味の対象として見ている。もう少しでオルガスムスに達しそうだったのはたしかだが、ぱっちり目が覚めていたらあんなことはぜったいに起こらなかっただろう。Vのことを考えていたとは言っても、あれは危険な怪物とやるという女にありがちなファンタジーだ。現実に、彼女がおれを欲しがってるというわけじゃない。

「よう」

Vは目をあけて、顔をあげた。ブッチだ。「よう」

刑事《デカ》はVの足を押しのけて、同じベンチに腰をおろした。「なあ、あの彼女さ、フュアリーのあれ、まるで神技だよな」

「ああ」Vは、理学療法室の開いたドアに目をやった。「いまあそこでなにしてるんだ」

「キャビネットをあさってる。なにがあるか在庫を調べるんだって言ってたが、ほんとはフュアリーのそばを離れたくないんで、そうじゃないふりをしてるだけだと思う」

「なにも四六時中見張ってなくたってよさそうなもんだ」Vはぼそりと言った。

その言葉が口から飛び出したとき、大けがをした兄弟に嫉妬している自分が信じられなかった。「いや、つまり――」

「ああ、気にすんな。わかってるよ」

ブッチが指の関節を鳴らしはじめたとき、Vは声に出さずに毒づきながら、退散しようかどうしようかと考えた。このぽきぽきが始まると、たいてい「折入って話が」と来るに決まっているのだ。「なんだよ」

ブッチが両腕を曲げると、〈グッチ〉のボタンダウンの肩がぴんと伸びる。「なんでもねえよ。ただその……これは言っときたいんだが、おれは賛成だからな」

「なにに」

「あの先生だよ。おまえと彼女」ブッチはこっちをちらと見て、すぐ目をそらした。「お似合いだからさ」

その後の沈黙のなか、Vは親友の横顔を目でたどった。濃色の髪、それが垂れかかる秀でたひたい、昔つぶされて歪んだ鼻、突き出たあご。それを見ていても、ブッチに恋い焦がれる気持ちが湧いてこない。こんなことは久しくないことだった。これは進歩に分類してもいいことのはずだ。それなのに、べつの理由で心が沈んだ。

「ねえよ、彼女とおれなんて」

「ほざけ。この目で見たんだぜ、おまえに治してもらったあとで。しかもつながりがどんどん強くなってきてるじゃねえか」

「なにもどうもなってやしねえよ。これは純金混じりっけなしの真実ってやつだ」

「へえ、そうかい……で、そっちの水は甘いか」

「なんの話だ」

「ホタルじゃあるまいし、そんな話に乗るかって」

Vはこのジャブを無視したが、気がつけばブッチの唇をじっと見つめていた。驚くほど静かな声で、彼は言った。「わかってると思うけどな……おれ、おまえとセックスがしたくてたまらなかったんだ」

「ああ、わかってる」ブッチが首をひねって、目と目が合った。「いまは過去形なんだな」

「そのようだ。うん」

理学療法室の開いたドアのほうに、ブッチはあごをしゃくった。「理由は彼女だろ」

「たぶんな」備品室の向こうを見やると、ジェインの姿が目に入った。キャビネットをせっせとあさっている。彼女が前かがみになると、身体がたちまち反応して、Vは腰をもぞもぞさせる破目になった。大きくなったものの先端が締めつけられて、オレンジのように絞られそうになったからだ。その痛みが鎮まるのを待ちながら、ルームメイトに対する自分の感情のことを考えた。「正直言って、おまえが冷静なんで驚いた。気色悪いとかなんとか、そう感じるだろうと思ってたんでな」

「感情ばっかりはどうしようもないからな」ブッチは自分の両手を見おろし、爪をしげしげと眺め、〈ピアジェ〉の腕時計の留め金を見、プラチナを嵌《は》めたカフスに目を移す。「それに……」

「それに、なんだ」

デカは首をふった。「なんでもない」

「言えよ」

「なんでもねえよ」ブッチは立ちあがって伸びをした。大きな身体が弓なりに反り返る。

「そろそろ〈穴ぐら《ピット》〉に戻るか――」

「おまえもおれが欲しかったんだろう。ちらっと思っただけにしても」

ブッチは背筋を戻し、両手をわきにおろした。頭がしかるべき位置に収まる。まゆをひそめ、顔をぎゅっとしかめた。「だからって、おれはゲイじゃないぞ」

Vは四分の一ほど口をあけて、それをぱくぱくさせた。「なんだって、ほんとか。そいつはびっくり仰天だ。ボクはボストン南部出身のアイルランド系の善きカトリックでーすってのは、ただの目くらましかとずっと思ってたぜ」

ブッチは身体をくねくねさせて、「どっちだってかまうもんか。おれは同性愛には理解があるほうなんでね。おれに言わせりゃ、だれでも好きなやつと、自分の興奮する好きな方法でヤりゃあいいんだよ。自分も相手もみんな十八歳以上で、だれもけがしないかぎりはな。おれはたまたま女が好きだってだけさ」

「怒るなよ。ちょっとからかっただけじゃないか」

「たいがいにしとけよ。おれがホモ嫌いじゃないってことは知ってるくせに」

「ああ、わかってるよ」

「それで、おまえはどうなんだ」

「ホモ嫌いのことか」

「ゲイなのか、バイなのか」

Vは大きく息を吐き、これが口に煙草をくわえているせいだったらよかったのにと思い、反射的にポケットを叩いて、手巻き煙草が入っているのを確かめてほっとした。

「なあV、おまえが女とやってるのは知ってるけどさ、おまえのやりかたは、レザーパンツにワックスがけしてるだけじゃねえか。おまえ、あれでゲイとはちがうって言えるのか」

Vは手袋をはめた手でひげをしごいた。これまでずっと、ブッチとのあいだにはお互い話せないことなどなにもないと思っていた。しかしこれは……この話はきつい。それはおもに、ブッチとの仲をずっとこのまま保ちたいからであり、また自分の性的嗜好のことをあまり大っぴらに話すと、その仲がおかしなことになりはしないかと不安だったからだ。実際のところ、ブッチは異性愛者《ヘテロ》だ。それはたんに育ちのせいではなく、そう生まれついているのだ。それが、Vに対してときどき、なにか常ならぬ感情を抱いていたとしたら……そんな逸脱は、たぶんブッチを落ち着かない気分にさせるだろう。

Vは〈アクアフィーナ〉のボトルを両の手のひらにはさんで転がした。「いつから訊いてみたいと思ってたんだ。その、ゲイのこと」

「だいぶ前からだ」

「なのに訊かなかったのは、おれがなんと答えるか心配だったからか」

「いや、答えがどっちでもおれにとっちゃ大した問題じゃないからさ。男が好きでも女が好きでも両方でも、おまえはおれの親友だもんな」

Vは親友の目をのぞき込んで、悟った……そうだ、ブッチはおれを断罪したりはしないだろう。なにがあっても、おれたちは大丈夫だ。

悪態をつきながら、Vは胸のまんなかをこすり、目をしばたたいた。泣きはしなかったが、いまにも涙がこぼれそうな気がした。

ブッチはうなずいた。Vの気持ちはすっかりわかっているというように。「さっきも言ったけどな、どっちだってかまやしねえよ。おまえとおれは、これからもずっとこのまんまさ。おまえがだれとやってたって関係ない。ただ……よろしくやる相手が羊だとな、ちょっときついかもしんないな。平気な顔してられる自信がないぜ」

Vは思わず笑顔になった。「家畜とはやらねえよ」

「レザーパンツに干し草が入ると我慢できないからか」

「ああ、歯のあいだに毛が入るのもな」

「なるほど」ブッチはまたこちらに目を向けてきた。「それで、V、どうなんだ」

「おまえはどう思う」

「男とやったこともあると思うな」

「ああ、ある」

「でも、おれが思うに……」と指を振って、「おれが思うに、おまえがご主人さまをやってる女たちとくらべて、男のほうが好きってことはないいんだろ。おまえにとっちゃ、長い目で見りゃどっちだっておんなじなんだ。ほんとに好きになったことがないから。おれは例外だけどな。それと、……あの主治医の先生と」

Vはうつむいた。これほど見透かされていたのは愉快ではないが、いつも身にまとっていたベールがぺらぺらだったとわかって、本気で驚いたわけではない。ブッチとのあいだではすべてそうだ。秘密などない。それと同じことで……「デカ、これはおまえに話しといたほうがいいと思うんだが」

「なんだ」

「おれは一度、男を強姦したことがあるんだ」

まったく、こんなに静かだとこおろぎのリンリンいうのも聞こえそうだぜ。

ややあって、ブッチはまたベンチに腰をおろした。「ほんとか」

「むかし戦士の陣営にいたころ、練習試合で勝ったら、ほかの兵士が見てる前で負けた相手をやることになってたんだ。それで、遷移を終えて最初にやった試合で勝っちまったわけだ。あいつは……まあ、ある意味では合意のうえだったんだが。つまり、抵抗しなかったってことさ。だが、あれはまちがったことだった。その……ああ、ほんとはやりたくなかったんだが、やめられなかった」Vはポケットから煙草を取り出し、その細く白い紙巻きを見おろした。「それがあってすぐ、おれは陣営を離れたんだ。あのあと……ほかにもいろいろあってな」

「それが初体験だったのか」

Vはライターを取り出したが、火をつけようとはしなかった。「大した滑り出しだよな」

「ひでえ話だ」

「ともかく、それで世間に出てからしばらくは、片っ端からいろんなことをやってみたもんさ。腹が立ってしかたがなかったし……ああ、完全に頭にきてたんだ」ブッチを見やって、「だから、経験してないことなんかほとんどない。しかもたいていは徹底的にやった、と言ってわかるかな。いつもお互い合意のうえだったが、それでも行くところまで行っちまうのさ。これはいまでもだけどな」Vは引きつった笑い声をあげた。「みょうな話だが、それでいてすぐに忘れちまうんだ」

ブッチはしばらく黙っていたが、やがて口を開いた。「たぶん、だからおれはジェインが好きなんだと思うな」

「えっ？」

「おまえさ、彼女を見るとき、ほんとにちゃんと彼女が見えてるだろ。そんなことといままであったか？」

Vは自分で自分を励まして、ブッチの目をじっと見つめた。「あったさ。おまえは見えた。まちがったことだったが、それでもおまえは見えたぜ」

悲しげな口調になってしまった。悲しげで……寂しそうな。話題を変えなくてはならないと思った。

ブッチはVの太腿をぴしゃりと叩いて立ちあがった。Vの考えていることがはっきりわかったかのように。「なあ、頼むから自分を責めるなよな。しょうがないさ、おれの性的魅力にはだれも抵抗できねえんだよ」

「勝手に言ってろ」Vは笑ったが、その笑みはすぐに消えた。「おれとジェインのことで、おまえのロマンチック好みを爆発させんなよな。ジェインは人間だ」

ブッチは口をぽかんとあけて、その口をぱくぱくさせてみせた。「なんだって、ほんとか。そいつはびっくり仰天だ。おれはまた羊かと思ってたぜ」

Vは（たいがいにしとけ）という目でブッチをにらんだ。「それに、そういう意味でおれに興味があるわけじゃない。ほんとに気があるわけじゃないんだ」

「たしかなのか」

「ああ」

「ふうん。おれなら、あきらめる前にその仮説を検証してみるけどな」ブッチは髪に手を突っ込んだ。「なあ、あのさ……ちくしょう」

「なんだよ」

「話してくれてうれしかった。あの、セックスの話」

「特ダネなんかひとつもなかっただろ」

「そりゃそうだ。だけど、自分から打ち明けたのは、おれを信用してるからだろ」

「まあな。さて、そろそろ〈ピット〉に戻れよ。マリッサがもうすぐ帰ってくるころじゃないか」

「そうだった」ブッチはドアに向かいかけたが、ふと立ち止まって肩ごしにふり向いた。「なあ、V」

ヴィシャスは顔をあげた。「うん？」

「これは言っといたほうがいいと思うんだが、こんな突っ込んだ話をしたからって……」

ブッチは重々しく首をふった。「おれたち、まだつきあってるわけじゃないぞ」

ふたりはそろって吹き出し、デカはジムに出ていくときもあいかわらず大笑いしていた。

「なにがそんなに面白かったの？」ジェインが尋ねた。

Vはわが身を叱咤《しった》して身構えてから、そちらに顔を向けた。平静を装うのにどれだけ苦労しているか、彼女にはどうしても気づかれたくない。「あいつがまたふざけたことを抜かしただけだよ。あいつの生きがいなんだ」

「だれだって、なにかしら目的が必要だものね」

「そうだな」

彼女は離れたベンチに腰をおろした。Vはその姿を飢えた目で追った。何十年と暗闇で過ごしたあと、初めてロウソクの光を見た人のように。

「また身を養う必要があるの？」彼女は尋ねた。

「いや、どうかな。なぜだ」

「顔色が悪いわ」

胸が締めつけられてると、男はそうなるんだよ。「おれは大丈夫だ」

長い沈黙のあと、彼女が口を開いた。「あのとき、わたし気が気じゃなかったのよ」

その声ににじむ疲労に、彼女へのあこがれに隠されていたものが見えてきた。気がつけば肩は丸まっているし、目の下にはくまが浮いているし、まぶたはくっつきそうだ。見るからに疲れはてている。

帰らせてやらなきゃだめだ。早く。

「気が気じゃなかったって、なぜ？」彼は尋ねた。

「とてもむずかしい部位を、野戦病院で修復する——あれはまさに、そういう状況だったでしょ」と顔をこすった。「それはそうと、あなたは見あげた看護師ぶりだったわ」

Vのまゆがはねあがった。「どうも」

うめき声をあげて、ジェインは足をお尻の下にたくし込んだ。寝室の椅子でそうしていたように。「あのひとの目が心配だわ」

くそ、あの背中をさすってやりたい。「ああ、また障害が増えちゃ大変だからな」

「またって、ほかにもあるの？」

「片脚が義肢で――」

「V、話があるんだが、ちょっといいか」

Vはぱっとふり向いた。ジムに通じる戸口にレイジが戻ってきていた。まだ戦闘用のレザーパンツをはいたままだ。「よう、ハリウッド。どうした」

ジェインが丸めていた身体を起こして、「よかったらわたしは向こうに――」

「行かなくていい」Vは言った。ここでなにがあろうと、ずっと憶えていられるわけではない。なにを聞かれてもかまわない。それに……彼の一部――その部分のせいで自分の頭を酒壜でぶん殴りたくなるのだが、彼女といっしょにいられる時間を一分一秒も失いたくないと、そいつが女々しいことを言っているのだ。

ジェインがまた座りなおすと、Vはレイジにうなずきかけた。「なんだ」

レイジはVを見たりジェインを見たりしている。その碧《みどり》を帯びた青い目は、Vに言わせれば抜け目がなさすぎる。やがて肩をすくめて、「今夜街に出てたとき、〝レッサー〟が動けなくなってるのを見つけたんだ」

「動けなくって、どうして」

「はらわたを抜かれてた」

「仲間にやられたのか」

レイジは理学療法室のほうにちらと目をやった。「いや」

Vもそちらを見て、まゆをひそめた。「フュアリーが？　ばかな、あいつがクライヴ・バーカー（英国のホラー作家。映画『ヘル・レイザー』の原作などで有名）なんかやるわけがない。戦闘がこじれたかどうかしたんだろ」

「そうじゃない、きれいに切り刻んでるんだ。外科手術みたいに。言っとくが、車のキーを呑み込まれたんで切り裂いて探してたわけじゃないぞ。まっとうな理由もなくやってたんだと思う」

なんと……そんなばかな。フュアリーは〈兄弟団〉一の紳士、高潔な戦士であり、ボーイスカウトみたいにまじめな男だ。なににつけても守るべき規範があって、戦場で名誉を汚さないというのもそのひとつだ――たとえ、敵がそれに値しないようなクズであっても。

「信じられん」Vはつぶやくように言った。「つまりその……くそ」

レイジはポケットから棒つきキャンデーを取り出し、包み紙をむくと丸ごと口に突っ込んだ。「あの罰当たりどもを、所得税申告書みたいにずたずたにしたいってんなら、やりゃあいいさ、どうってことない。おれが気に入らないのは、そういうことをする動機だよ。あんなふうに切り刻むのは、すさまじく鬱憤が溜まってる証拠だろ。それだけじゃない。今夜あいつが顔を割られたのが、『ソウ2（アメリカのホラー映画）』をやってたせいだとしたら、安全管理の面でも問題だ」

「ラスには言ったのか」

「まだだ。その前にZに話そうと思ってたんだ。ハヴァーズんとこで、ベラになんも問題がないってわかったらだけどさ」

「そうか……それがフュアリーの理由だな、だろ？　ベラか、ベラの腹の子になにかあったら、あいつらふたりともおかしくなっちまうぞ、まちがいなく」Vは声に出さずに毒づいた。自分の将来に待ち受ける妊娠出産のことを急に思い出したのだ。**くそったれめ**。〈プライメール〉のことを考えると頭がおかしくなる。

レイジはキャンデーを嚙み割った。しみひとつない頰の奥で、その音がくぐもって聞こえる。「フュアリーも、いいかげんベラを思い切らなくちゃだめだよな」

Vはうつむいて床をにらんだ。「それができりゃ、とっくにやってるだろうさ」

「なあ、おれZに会ってくるわ」レイジは口から白い棒を抜くと、紫色の包み紙に包んだ。「ふたりとも、なんか要るもんあるか？」

Vはジェインに目をやった。彼女の目はレイジに向けられている。医師らしく体格を目測し、比率をチェックし、頭のなかでレイジのデータを計算しているのだろう。というか、少なくともそうであってもらいたかった。ハリウッドはなにしろ美貌の持主なのだ。

脅すように牙がずきずきしはじめて、Vは憂鬱になった。以前の冷静さや落ち着きが戻ってくることがあるのだろうか。ジェインのそばにズボンを履いたやつが近づくと、漏れなく嫉妬の炎が燃えあがるのは困ったものだ。

「いや、とくにない」と兄弟に向かって言った。「ありがとよ」

レイジが出ていってドアが閉じると、ジェインはベンチのうえで身じろぎして、両脚をまっすぐ伸ばした。ばからしいと思いながらも、Vの胸に幸福感が湧きあがってきた。ふたりして同じ姿勢で座っていることに気がついたからだ。

「〝レッサー〟ってなんなの」ジェインが尋ねてくる。

自分で自分をだめなやつと罵りながら、Vは彼女を見つめた。「不死身の殺し屋で、おれたちの種族を絶滅させようと襲ってくるんだ」

「不死身ですって」ひたいにしわが寄った。いま聞いたことを脳が拒絶しているかのようだ。流れ作業でできてきた機械が、品質管理ではねられたというところか。「不死身ってどうして？」

「説明すると長くなる」

「時間ならあるじゃない」

「そんなにはない」ぜんぜんない。

「あなたを撃ったのも、そのなんとかなの？」

「ああ」

「フュアリーを攻撃したのも？」

「ああ」

長い間があった。「それじゃ、そのうちのひとりだけでも切り刻まれてよかったわね」

Vのまゆが髪の生え際まで飛びあがった。「よかった？」

「遺伝学者としては、絶滅なんかとんでもないもの。種族抹殺《ジェノサイド》は……ぜったいに許せないわ」立ちあがり、理学療法室のドアに歩いていって、フュアリーの様子をのぞいた。「あなたも殺してるの？　その……〝レッサー〟を」

「おれたちはそのためにいるんだ。おれたち〈兄弟〉は戦うために生み出されたんでな」

「生み出された？」暗緑色の目が彼の目をとらえた。「どういう意味？」

「遺伝学者なら、どういう意味かは正確にわかってるだろ」〈プライメール〉の語が、弾丸のように頭蓋骨のなかを跳ねまわっている。Vは咳払いをした。くそ、〈巫女〉の種馬になるという未来なんぞ、いますぐ話したい気分ではまったくない。なにしろ目の前にいるのは、ほんとうならこの女と結ばれたいと思っている相手なのだ。しかももうすぐ去っていく相手なのだ。たぶん日が沈んだらすぐにも。

「それじゃここは、あなたたちを増やすための訓練施設なのね」

「いや、おれたちを支援する兵隊のだな。おれたち兄弟はちょっとちがうんだ」

「どうちがうの」

「さっき言ったとおり、おれたちは腕力と耐久力と治癒能力を高めるために、特別に生み出されたんだ」

「だれに？」

「それも説明すると長くなる」

「わたしはかまわないわ」彼が黙っていると、ジェインは重ねて言った。「いいじゃない。黙ってるよりは話してるほうがいいわ。それにわたし、あなたの一族にすごく興味があるのよ」

おれにではない。おれの一族にか。

Ｖは悪態をつきたくなるのを呑み込んだ。ちくしょう、これ以上彼女のことで女々しさ全開になったら、そのうちマニキュアを塗るようになっちまうぞ。

手に持った煙草に火をつけたくてうずうずしたが、ジェインのそばではそうもいかない。

「標準的なやりかたさ。強い男を選んで、頭の切れる女とつがわせる。そうするとおれみたいなのが生まれるわけさ。種族を守るのに最適な男ってやつだ」

「それで、そういう交配から生まれた女性は？」

「一族の信仰生活の基盤になってた」

「なってた？　それじゃ、そういう選択交配はもうやってないの？」

「じつを言うと……再開することになってる」ちくしょう、どうしても煙草が要る。

「ちょっと失礼する」

「どこへ行くの」

「ジムに出て一服してくる」手巻き煙草を唇のあいだに滑り込ませ、立ちあがり、備品室のドアを少し出たところで、ジムのコンクリート壁にもたれる。〈アクアフィーナ〉のボトルを足もとに置き、やっとライターをまともに使った。母親のことを考えながら、煙といっしょに悪態を吐き出す。

「あれ、変わった弾丸《たま》だったわ」

Vはぱっとふり向いた。ジェインが戸口に立っていた。胸もとで腕を組み、ブロンドの髪がかきむしったようにくしゃくしゃになっている。

「なんだって？」

「あなたが撃たれた弾丸よ。その〝レッサー〟っていうのは、変わった銃を使うの？」

彼女のほうに煙が流れないように、次はよそを向いて息を吐き出した。「どう変わってたって？」

「ふつうの弾丸は円錐形をしてるでしょ。先端はライフルだったらかなり尖ってるし、ピストルだったらもう少し丸っこいけど。でも、あなたの体内にあった弾丸は丸かったわ」

Vはまた煙草を吸った。「それ、X線写真で見たのか」

「ええ、わたしにわかるかぎりでは、ふつうの弾丸みたいに写ってたわ。ふちは少しでこぼこになってたけど、あれはたぶん肋骨に当たったせいでしょうね」

「ふうむ……〝レッサー〟どもがどんな新種のテクノロジーで遊んでるのか、わかったもんじゃないからな。おれたちと同じで、向こうもおもちゃはいろいろ持ってるし」煙草の先端を見つめた。「それで思い出した、あんたに礼を言っとかんと」

「なんの？」

「生命を救ってもらった」

「あら、どういたしまして」彼女は少し笑った。「あなたの心臓には驚いたわ」

「ほんとに？」

「あんなの初めて見たもの」と言って、理学療法室のほうにあごをしゃくった。「あなたの〝兄弟〟が治るまでここに泊まりたいんだけど、いいかしら。なんだかいやな予感がするのよ。どこがどうとは言えないけど……なんにも問題はなさそうに見えるんだけど、なんだか胸騒ぎがするの。こんなふうにいやな予感がするときは、それに従わないときっと後悔するのよ。どっちみち月曜の朝までは、現実に戻らなくちゃならない用事もないし」

Vは凍りついた。煙草を口に持っていく途中で手が止まる。

「どうかした？」とジェイン。「なにか不都合でもあるの」

「いや……ない。うん、なんにもない」

彼女はまだ帰らないのだ。まだあと少しは。

Vはひとり微笑んだ。そうか、宝くじに当たるってのはこんな気分なのか。

19

〈ゼロサム〉の前で、ジョンはブレイやクインといっしょに列に並んでいた。楽しみでもないし、居心地も悪い。このクラブに入るためにもう一時間半かそこら待っている。唯一ありがたいのは、今夜はタマが縮みあがるほど寒くないということだけだ。

「ここに突っ立ってると、どんどん歳食っていきそうだぜ」クインが足踏みをした。「せっかくめかし込んできたってのに。こんな列に並んで壁の花かよ」

たしかに、今夜のクインが決まっているのは認めないわけにいかない。えりを開いた黒のシャツ、黒のズボン、黒のブーツに黒のレザージャケット。ダークヘアにオッドアイで、人間の女たちから熱い視線を浴びている。たとえばいまも、ブルネットふたりに赤毛がひとり、列の横をぶらぶら歩いているが、まさにその三人が三人とも、クインのわきを通ったときはぱっとばかりにふり向いた。クインもクインで、例によって照れもせずにその目を見返している。

ブレイが悪態をつく。「ここにやけに危険なやつがいるみたいじゃないか」

「そうだろうそうだろう」クインはズボンを引っぱりあげた。「腹ぺこだぜ」

ブレイは首をふって、通りの左右をうかがった。これをもう何回もやっている。鋭い目つき、右手はジャケットのポケット。その手になにが握られているかジョンは知っていた。九ミリの銃把《グリップ》だ。ブレイは武装しているのだ。

いとこから手に入れた銃で、ぜったいに秘密だと本人は言っている。だが、それは当然のことだった。訓練プログラムの規則では、外を出歩くときに銃を持ち歩いてはいけないことになっているのだ。これはもっともな規則だった。生半可な知識はけがのもとだし、訓練生の分際で、戦闘のことはちょっとわかっているようなふりをするべきではない。それでも、銃も持たずにダウンタウンに行く気はないとブレイは言う。そういうわけで、ジョンはあの膨らみの理由は知らないふりをすることにしていた。

それに心の片隅では、もしラッシュに出くわしたときには、銃があっても悪くないと思う気持ちがあった。

「やあ、お嬢さんたち」クインが声をかける。「どこ行くの」

ジョンはそちらに目をやった。ふたりのブロンドがクインの前に立っていた。彼の身体を見るふたりの目つきは、映画館のキャンデー売場のカウンターで、最初のお菓子はミルクダッズ（ハーシーズのキャラメル菓子）にしようかスウェーディッシュ・フィッシュ（魚の形をしたグミ）にしようかと考えているみたいだった。

右側の、お尻まで届くロングヘアにペーパーナプキンサイズのスカートがにっこりした。真っ白な歯が真珠のように光る。「〈スクリーマーズ〉に行こうと思ってたんだけど……あなたがこの店に入るんなら、予定を変えてもいいかも」

「列に混じってくださったら、待つのもつらくなくなります」と、片腕を身体の前で大きく振りつつお辞儀をした。

ブロンドは連れのほうを見ると、ベティ・ブープのようにしなを作って、ヒップと髪を揺らした。何度も練習したと見える。「わたし、紳士は好きよ」

「おれは骨の髄まで紳士だよ」クインは片手を差し出し、その手をとったベティを列のなかに引き込んだ。男のふたり連れが顔をしかめたが、クインがちらと目をくれると、なに食わぬ顔をとりつくろう。無理もない。クインのほうが身長も横幅もある。こっちがセミトレーラーなら、向こうはステーションワゴンだ。

「こっちがブレイとジョンだ」

女ふたりに笑顔を向けられて、ブレイは髪の生え際まで真っ赤になった。ふたりはそれからジョンにおざなりに目を向けた。軽く頭を下げると、すぐに友人たちのほうに目を戻す。

借りもののウィンドブレーカーに両手を突っ込んで、ジョンはわきへよけて、ベティの友人がブレイの隣に入れるようにしてやった。

「ジョン、そこでいいのか」ブレイが尋ねた。

ジョンはうなずき、友人に向かって素早く手話で答えた。ちょっとはずしとく。

「あらあ」ベティが言った。

ジョンは急いで両手をまたポケットに突っ込んだ。くそ、手話を使ってるのに気づかれた。このあとの展開はふたつにひとつ、珍しがられるか同情されるかのどっちかだ。

「かっこいい時計してるじゃない！」

「どうも」クインが言った。「買ったばっかりなんだ。〈アーバン・アウトフィッターズ〉のなんだぜ」

ああ、そうか。彼女はジョンのほうなど見てもいなかったのだ。

二十分後、やっとクラブの入口までたどり着いた。ジョンが入れたのは奇跡的だった。入口の用心棒ふたりは、ジョンの身分証を陽子顕微鏡でも取り出しかねない勢いで調べ、しまいにそろって首をふりかけたが、そこへ三人めがやって来た。その三人めが、ブレイとクインをちらと見るなり、全員なかに入れてくれたのだ。

ドアを抜けて一メートルと進まないうちに、ジョンはここにはなじめないと思った。どこを見ても人だらけで、しかもここはビーチかと思うぐらい肌を露出している。それに向こうの男女は……うわ、あいつスカートに手を入れてるのか？

いや、あれは彼女の後ろの男の手だ。キスしてるのとはべつの男。

店じゅうどこでもテクノミュージックが轟《とどろ》いていて、耳をつんざくビートが空気を震わせ、そしてその空気にはむっとするにおいがこもっている。汗と香水、それにこのムスクっぽいのはセックスのにおいではないだろうか。レーザー光が薄闇を切り裂く。どう見ても彼の眼球を狙っているとしか思えない。どこに目を向けても、必ずまともに突き刺さってくるのだ。サングラスと耳栓を持ってくればよかった。

さっきの男女ふたり――いや、三人組にまた目をやった。よくわからないが、女は両方の男のズボンに手を突っ込んでいるようだった。

目隠しも要るな、と思う。

ロープで仕切られているエリアに沿って、五人は列を作って歩いた。その一般人立入禁止のエリアは、自動車ほどの巨体の用心棒たちにガードされている。その巨漢のバリケードの向こう側では、有象無象からウォーターカーテンで隔てられて、きらびやかな人々が革張りのブースに座っている。デザイナースーツに身を固め、ジョンには読みかたもわからないような酒を飲んでいるのにちがいない。

クインは巣に戻る鳩のようにまっすぐクラブの奥に向かい、壁ぎわの席を選んだ。男女が腰を振っているフロアがよく見えて、カウンターに酒を買いに行くのにも便利な席だ。クインに訊かれて、女性ふたりとブレイはなにを飲むか答えたが、ジョンはただ首をふった。こんなところで、ちょっとでも酔っぱらうのはまずすぎる。

なにもかもが、〈兄弟団〉と暮らしはじめる以前のことを思い出させる。ひとりで世間の荒波にもまれていたときは、いつでも周囲でいちばんのちびだった。そしてまさしく、ここではまたそうなっている。みんな彼より背が高くて、まわり全員から見おろされている。女性からもだ。おかげで彼の直観は出力全開だ。肉体的にわが身を守る力に乏しいときは、直観に頼るしかない。逃げ足の速さが、つねに自分で自分を守る戦略だったのだ。

まあ、一度だけ例外はあったが。

「ねえ……すっごく緊張してない？」クインが席をはずすと、女ふたりはブレイにべったりだった。とくにベティのほうは、ブレイのことをセクシーなポールダンスのポールとでも思っているようだった。

どう見てもブレイにはそれに乗る気はなさそうで、自分からすぐになにかしようとはしなかった。しかし、払いのけようとはしていないのもたしかで、ベティの手がどこへのびても黙っている。

クインがバーカウンターからぶらぶらと戻ってくる。キンタマのかちかち鳴る音が聞こえそうだ。やれやれ、もう完全に自分の世界だ。両手に〈コロナ〉を二本ずつ持って、まっすぐ女たちを見つめている。もうセックスをしてるみたいな身のこなし。足を運ぶごとに腰が揺れ、肩の筋肉は盛りあがって、準備完了いつでもオーケイを全身で主張していた。

それで女たちはと言えば、それにすっかり夢中になって、クインが人込みを抜けてこっちへくるのを目をぎらぎらさせて見守っている。

「お嬢さんがた、おれの骨折りにチップをよろしく」ブレイのほうにビールを一本すべらせ、もう一本からひと口飲み、残る二本を頭上に高く掲げた。「ご褒美がもらいたいな」

ベティはさっそく誘いに乗り、両手をクインの胸に当てて精いっぱい伸びをした。クインは少し首を傾けたが、まだまだ届かない。ベティはあきらめるどころか、いっそうがんばりだした。唇と唇が重なると、クインの唇の端があがって笑みを作った……と思ったら、手をのばしてもうひとりの彼女を引き寄せる。ベティはまるで気にしていないようで、むしろ友だちを引き入れるのに手を貸しているほどだ。

「トイレに行かない？」ベティが聞こえよがしに言った。

クインはベティの向こう側に身を寄せて、もうひとりの彼女にディープキスをする。「ブレイ、おまえもいっしょにどうだ」

ブレイは頭をのけぞらせ、ビールを盛大にあおった。「いや、おれは遠慮しとく。気晴らしに来ただけだし」

ほんの一瞬、ちらっとジョンに目を向けたとき、その目がいまのは強がりだと言っていた。

ジョンはむっとした。**お守《も》りしてくれなんて頼んでないぞ。**

「わかってるよ」

クインの両肩からおそろいのドレープのようにぶら下がって、女ふたりはジョンを見て顔をしかめた。人の楽しみに水を差すヒステリー男を見るような目だ。クインがふたりから身を引きはがしはじめたら、その顔が明らかに険悪になった。

ジョンはきつい目で友人に釘を刺した。そこまで行っといてやめたりすんなよ。そんなことしたら、二度と口きかないぞ。

ベティが首をかしげると、ブロンドの髪がクインの前腕に垂れかかった。「どうかしたの？」

ジョンは手話で言った。なんでもないって言って、さっさとやってこいよ。クイン、おれ本気だからな。

クインも手話で答える。おまえをほっとくのは気がとがめるんだよ。

「ねえ、どうかしたの？」ベティがさえずる。

行けって。行かないと帰るぞ。このクラブからいますぐ帰るからな、クイン。これは本気だぞ。

クインはちょっと目を閉じたが、どうかしたのをベティがまた始めないうちに、「じゃあ彼女たち、行こうか。すぐ戻ってくるから」

クインはまわれ右をし、女ふたりは腰をふりふりいっしょに離れていく。それを見送りながら、ジョンは手話で言った。ブレイ、おまえもやってこいよ。おれ、ここで待ってるから。

返事がない。ブレイ、さっさと行けって！

ちょっとためらって、彼は言った。「だめなんだ」

なんで？

「それはその……つまり、おまえをひとりにしないって約束したんだ」

ジョンはすっと身体が冷えた。約束って、だれに？

ブレイロックの頬が、信号機のように真っ赤になった。「ザディストだよ。おれが遷移を終えたあとすぐ、講義のあとおれをすみに呼んで、おまえといっしょに出かけるときはって……な」

怒りがしみ通ってきて、頭のなかでブーンと低い音がしはじめた。

「おまえが遷移するまではってさ」

ジョンは首をふった。わめきだしたいのに声が出なかったら、そうするしかない。待ってましたとばかりに、目の奥のずきずきが戻ってきた。

あのさ、おれの心配をしてくれるんなら、銃を貸してくれよ。

ちょうどそこへ、湯気が立ちそうにホットなブルネットが歩いてきた。ビスチェにパンツ姿だが、そのパンツがぴったり身体に張りついていて、〈スパックル（壁などの補修用プラスティック）〉をこてで伸ばしたみたいだった。ブレイの目が釘付けになり、周囲の空気が変化した。全身から熱を発しているのだ。

ブレイ、ここでおれになにがあるっていうんだよ。かりにラッシュがなにか——

「あいつは、このクラブには出入り禁止になってる。だからここにしようって言ったんだ」

なんでそんな……いや、わかった――ザディストだな。ここなら来ていいって、ザディストに言われれたんだろ。

「かもな」

銃を貸せよ。それで行ってこいって。

ブルネットはバーカウンターでぐずぐずして、肩ごしにふり返った。まっすぐブレイを見ている。

おれをほったらかしにするわけじゃない。ふたりともこのクラブのなかにいるんだからさ。

それにおれ、ここにはマジでうんざりしてきてるんだ。

間があった。やがて銃を手渡してきて、ブレイはビールをおろした。恐ろしくそわそわしているようだ。

がんばれよ、とジョンは手話で励ました。

「くそ、おれいったいなにやってんだろ。ほんとにやりたいのかどうかもわかんねえのに」

やりたいに決まってるだろ。すぐやりかたもわかるって。早く行かないと、ほかのやつにとられちゃうぞ。

とうとうひとりきりになると、ジョンは壁に寄りかかって、細い足首を交差させた。人でいっぱいのフロアを見やる。ほかの客たちがうらやましかった。

ほどなく、全身に電気が走ったようにびくっとした。まるでだれかに名前を呼ばれたようだった。あたりを見まわす。ブレイかクインに大声で呼びかけられたのかと思ったが、ちがった。クインとブロンドふたりの姿はどこにも見あたらないし、ブレイはカウンターで、おっかなびっくりブルネットに顔を寄せているところだ。

だが、まちがいなくだれかに呼ばれている気がする。

ジョンは気を入れて周囲を見わたした。目の前の人だかりに意識を集中させる。どこを見ても人だらけだが、とくにこれという顔は見当たらない。ただの気のせいだったかと思いかけたとき、ひとりの女に目が留まった。初めて見る顔だ。

その女は、バーカウンターの端の物陰に立っていた。酒壜の棚のバックライトから漏れる、ピンクと青の光でかすかに照らされている。長身で、男のような身体つき。ダークヘアをベリーショートにしている。あくまでビジネスライクな表情が、あたしにちょっかい出してただですむと思うなよと声高に宣言している。目は寒けがするほど鋭い知性に輝き、戦士のように厳しく……その目がまっすぐこちらを見ていた。

身体がたちまちかっと火照った。皮砥《バフ》で全身こすられながら、細い角材で引っぱたかれているみたいだった。急に息は苦しくなるし、目まいはするし熱くなるし、だが少なくとも頭痛のことは忘れてしまった。

どうしよう、こっちに来る。

彼女の歩く姿にはパワーと自信がみなぎっている。獲物をねらう肉食獣のようだ。ずっと体重のありそうな男たちが、ねずみのようにこそこそと道をあけていた。彼女が近づいてくるのを見て、ジョンはウィンドブレーカーをいじり、少しでも男らしくみせようとした。なんたるお笑いぐさ。

低い声で彼女は言った。「このクラブの警備員ですが、ちょっといっしょに来ていただけませんか」

返事も待たずに腕をとると、暗い廊下に引っ張っていった。なにがなんだかわからないうちに、どう見ても尋問室にしか見えない部屋に押し込まれて、ベルベット・エルヴィス(黒か濃色のベルベット地に描かれたプレスリーの肖像画のこと)みたいに壁にぺったり押しつけられた。前腕で気管を押さえつけられてあえいでいると、身体検査が始まった。素早く無感動に、彼女の手が胸から腰を探っていく。

ジョンは目を閉じて身震いした。ああちくしょう、これは性的興奮だ。勃起する能力があれば、いまごろはまちがいなくハンマーのようにかちんかちんになっているにちがいない。とそのとき、はたと思い出した。製造番号を消したブレイの銃が、借り物のズボンの大きな尻ポケットに入っているのだ。

くそ、しまった。

館の備品室で、ジェインはベンチに腰をおろしていた。ここからなら、さっき手術の終わった患者の様子が見える。いまは、Vが煙草を吸い終わるのを待っているところだった。異国風の煙草のかすかな香りが鼻孔をくすぐる。

それにしても、あの夢。彼の手が脚のあいだに――

身体がうずきだして、ジェインは脚を組んでぎゅっと締めつけた。

「ジェイン……」

咳払いをして、「はい？」

彼の声は低く、開いたドアを通して漂ってくる。悩ましく、それでいて肉の実体から切り離されたようなものうげな声。「なにを考えてる？」

そう言われてもまさか言えるわけがない、いま空想していたのが――

ちょっと待って。「もうわかってるんでしょう」Vは黙っている。ジェインはまゆをひそめた。「あれは夢だったの？　それとも……」

返事がない。

身を乗り出して、ドアの側柱の向こうに目をやった。Vは煙を吐きながら、吸殻を水のボトルに押し込んでいる。

「わたしになにをしたの」と追及した。

キャップをきつく締めていた。前腕の筋肉を盛りあがらせて。「あんたのいやがることはしてない」

彼はこっちを見ていなかったが、ジェインは銃でも突きつけるように指を突き出した。「言ったでしょ。わたしの頭のなかをのぞかないで」

彼がさっとふり向いて、目と目が合った。まあ……なんてこと……その目は星のように白く、太陽のように熱く燃えている。その熱に顔を打たれた瞬間、彼を求めて身体がほころんだ。食べものをねだる大きくあけた口のように。

「ちがうのよ」思わず言ったが、とりつくろってもしかたがないのはわかっている。身体が勝手に求めていることだし、彼には完全にお見通しのはずだった。

Vの口角があがって、よそよそしい笑みを作った。深々と息を吸うと、「いまのあんたはいいにおいがする。頭のなかをのぞくだけじゃなく、ほかのこともしたくなる」

なああるほどね。どうやら男だけでなく女もお好きなようね。

ふいに表情が消えて、「だが心配しなくていい。そっちのほうには手を出さないから」

「どうして？」という問いが口から飛び出して、ジェインは自分で自分をののしった。こっちからあなたとはしたくないと言って、向こうがセックスする気はないと答えたら、それに対して抗議に聞こえるようなことを言うのは、ふつう反撃として望ましい反応ではない。

Vは戸口のなかに身を乗り出して、水のボトルを部屋の向こうに放り投げた。ボトルは決然とした勢いでごみ容器に飛び込んだ。「おれとはしたくないだろうから、出張から戻ってきて、うちに帰れてほっとしたとでもいうように。「おれとはしたくないだろうからさ。ほんとうにはな」

それは大まちがいだわ。

お黙り。「どうして？」

もう！　いったいどうしたの、わたしったらなに言ってるの？

「ほんとのおれとは絶対にしたくないさ。でも、あんたが眠ってるときにやったあれはよかった。完璧だったよ、ジェイン」

彼が名前を呼ぶのをやめてくれればいいのにと思った。あの唇から彼女の名前が飛び出すたびに、釣りあげられる魚になったような気がする。彼女には理解できない水のなかを、だんだん引きずられて網にすくいとられる。網にとらわれたら暴れることしかできなくて、しまいには自分で自分を傷つけることになるのだ。

「したくないだろうっていうのは、どうして？」

彼の胸が広がる。彼女の昂ぶりのにおいを吸い込んでいるのだ。「おれは支配するのが好きだからさ。言ってる意味わかるかな」

「いいえ、わからないわ」

彼がくるりとこちらに身体を向けると、入口が完全にふさがって見える。自然に目がその股間に向いて、本心を勝手に暴露してくれた。信じられない、勃起している。完全に興奮している。その大きなものの形がはっきりわかるほど、身に着けたフランネルのパジャマのズボンを押しあげている。

腰をおろしているのに、ジェインは身体がぐらついた。

「〝ドム〟って言葉を聞いたことは?」低い声で言う。

「〝ドム〟……それは……」えっ……「それは、性的支配《セクシャル・ドミナント》のこと?」

彼はうなずいた。「おれとセックスするっていうのはそういうことだ」

思わず口が半開きになり、顔をそむけずにはいられなかった。でないと怒鳴りだしてしまいそうだ。そういう主流をはずれたライフスタイルのようなことには、彼女はまるで経験がなかった。だいたい、ふつうのセックスでさえ大して経験していないのに、そんな過激なことに手を出したことなどあるわけがない。

どうかしている。けれども彼が相手なら、危険で荒々しいこともいまはたまらなく魅力的に思える。ただおそらくそれは事実上、これが現実ではないからかもしれない。いまはちゃんと目が覚めているとはいっても。

「どんなことをするの」彼女は尋ねた。「つまりその……縛るの?」

「ああ」

彼がその先を続けるのを待った。だがその気がないようなので、彼女はつぶやくように尋ねた。「ほかにもなにかあるの」

「ああ」

「どんなこと」

「言いたくない」

ではやはり痛めつけるのだろう。痛めつけてからするのだ。たぶんしている最中にも。ただ……野球帽の彼を、とてもやさしく抱いていたのを思い出した。男性が相手のときはちがうのだろうか。

最高じゃないの。両刀使いのご主人さまのヴァンパイアで、誘拐がたくみ。このひとにこんな感情を抱いてはいけない理由がこれだけそろっているのに……

ジェインは両手で顔を覆った。だがあいにく、それでは彼の姿が見えなくなるだけだ。頭のなかで起こっていることからは逃げられない。わたしは……彼が欲しい。

「むかつくわ」彼女はつぶやいた。

「どうかしたのか」

「なんでもない」嘘ばっかり。

「嘘だな」

上等じゃないの、彼にはわかっているのだ。「いま感じていることを感じたくないの。これでいい？」

長い間があった。「それでジェイン、いまどう感じてるんだ」黙っていると、彼はつぶやくように言った。「おれを欲しいと思う自分がいやなんだな。それはおれが変態だからか？」

「ええ」

考える前に返事が口から飛び出してしまった。ほんとうはそうではないのに。正直な気持ちを言えば、問題はそんな単純なことではないのに……昔からずっと、自分は頭がいいと自信を持っていた。感情を理性で抑え、理屈でものごとを進める能力に、いままで一度も裏切られたことはない。それなのにいまはどうだろう。手を出さないほうが絶対に、絶対にいいと本能が言っているものに恋い焦がれている。

沈黙が長く続いた。やがて、ジェインは片手をおろしてドアのほうを見た。もう戸口に彼の姿はなかったが、遠くには行っていないという気がした。また身を乗り出して、彼の姿を目にとらえた。壁に寄りかかり、ジムの青いマットを眺めていた。海を眺めわたしてでもいるかのように。

「ごめんなさい」彼女は言った。「あんなふうに言うつもりはなかったのよ」

「いいや、あったのさ。だが、それでいいんだ。おれはおれだしな」手袋をはめた手を握る。無意識にやっているのだろうという気がした。

「正直に言って……」と言いかけて、それきり彼女は口ごもった。彼はこちらに顔は向けなかったが、片方のまゆをあげてみせる。ジェインは咳払いをした。「正直に言って、自己保存本能はありがたいものだから、それに従うべきだとは思うの」

「だけど?」

「だけど……そうできないときもあるのね。あなたが相手だと」

彼の唇が少し持ちあがった。「生まれて初めて、ひととちがってうれしいと思ったぜ」

「でもわたし、こわいの」

彼はすっと真顔になった。ダイヤモンドのように輝く目が彼女の目をとらえる。「こわがらなくていい。おれはあんたを傷つけたりしない。ほかのだれにも、なににも傷つけさせたりしない」

ほんの一瞬、ガードが下がった。「約束してくれる？」かすれた声で言った。

彼は手袋をはめた手を、彼女が治した心臓のうえに置いた。その口から美しい言葉がほとばしる。理解できずにいると翻訳してくれた。「名誉にかけて、この身を流れる血にかけて、ここにかく誓う」

その顔から目をそらすと、あいにくなことに壁に並ぶヌンチャクが目に飛び込んできた。フックに掛けられて、黒い握りがチェーンの肩から下がる腕のようだ。いつでも人を殺せそうに見えた。

「いままで、こんなにこわいと思ったことなかったわ」

「くそ……すまない、ジェイン。すまない、ジェイン。なにもかもほんとうにすまなかった。かならず家に帰らせるから。いやほんとは、もういつでも好きなときに帰ってくれていいんだ。ひとこと言ってくれれば、すぐに家まで送る」

ジェインはまたそちらに向きなおり、彼の顔を見つめた。たくわえたひげのまわりに不精ひげが伸びて、以前よりなお恐ろしげに見える。目のまわりの刺青にあの大きな身体。裏道で出くわしたら、ヴァンパイアだと知らなくてもこわくて逃げ出しているだろう。

それなのにどうだろう、わが身の安全を彼に託して安心している自分がいる。

これは本心からの感情だろうか。ほんとうは、ストックホルム症候群にどっぷり浸かっているのでは。

彼の広い胸を見、引き締まった腰を見、長い脚を見た。もう、そんなことはどっちでもいい。なにも要らない、ただ彼が欲しい。

彼が低くのどを鳴らした。「ジェイン……」

「やめてよ」舌打ちする。

Vも舌打ちして、次の煙草に火をつけた。煙を吐きながら、「もうひとつ、できない理由がある」

「なに？」

「おれは嚙みつくからさ。自分で自分が止められないと思う。あんたが相手だったら」

ジェインは夢を思い出した。彼の牙が首筋をあがってくる、あのかすかに引っかくような感触。身体に熱いものが満ちてくる。心では、どうしてあれが欲しいのかといぶかっているのに。

Vはまた戸口に戻ってきた。手袋をした手に煙草を持っている。その先端から巻きひげのように煙が立ちのぼる。女の髪のように細く優美に。

視線と視線がからみあい、Vはあいたほうの手を胸に当て、そこから腹部へ、そしてさらに下へおろしていった。パジャマのズボンの薄いフランネルの奥で、高々と屹立しているものへと。彼がそこを手で覆うと、ジェインはごくりとつばをのんだ。情欲の塊にラインバッカー（アメフトで、ディフェンスラインを守る要となるポジション）ばりの体当たりを食わされて、その激しさに危うくベンチから落ちそうになった。

「あんたさえよかったら」と低い声で言う。「眠ってるときに、また会いに行くよ。会いに行って、前回やり残したことを最後までやる。どう思う、ジェイン。それならいけると思うか？」

そのとき、理学療法室からうめき声が聞こえてきた。

ジェインはつんのめるようにベンチから立ちあがり、いちばん新しい患者の様子を見に行った。逃げなのは見え見えだが、そんなことはどうでもいい――もう頭がおかしくなっているのだから、いまさらプライドにこだわってもしかたがない。

ガーニイのうえで、フュアリーは苦痛に身をよじり、顔の側面の包帯をむしろうとしている。

「ほらほら……落ち着いて」と、片手を腕に置いてなだめた。「落ち着いて。大丈夫だから」

肩をなでながら話しかけているうちに、フュアリーはひとつ身震いしておとなしくなった。

「ベラ……」とつぶやく。

Vがすみに立っているのははっきりわかっていたから、ジェインは尋ねた。「奥さん？」

「いや、双児の兄貴の奥さんだ」

「え、それじゃ……」

「うん」

ジェインは聴診器と血圧計を用意し、手早く生命徴候《バイタル》チェックをした。「あなたたちの一族は、血圧低めが正常なの？」

「ああ、心拍もな」

フュアリーのひたいに手を置いた。「熱があるみたいだけど、あなたたちの核心温度は人間より高いんでしょうね」

「うん」

フュアリーの多色の髪に指を入れ、ふさふさとした波を手で梳《す》いて、もつれをほぐして言った。黒いべとべとする油のようなものが――

「それにさわるな」Vが言った。

あわてて腕を引っ込めた。「なぜ？　これはなんなの」

「おれたちの敵の血だ。それは手につけないほうがいい」彼は大またで近づいてきて、手首をつかむと流しに引っ張っていった。

そんながらではないのだが、ジェインはおとなしくじっと立って、子供のようにせっけんで手をこすられ、水で洗い流されるままになっていた。彼の剝き出しの手と手袋をはめた手が、彼女の指をこすっていく感触……その摩擦をやわらげるせっけんの泡……そして彼の体温。それがしみわたってくる。腕を這《は》いのぼってくる。ジェインはわれを忘れていた。

「いいわ」彼の手がしていることを見おろしながら、彼女は言った。

「なにがいいって？」

「また来て。わたしが眠ってるあいだに」

20

〈ゼロサム〉の警備主任として、ゼックスは店内にどんな銃も入れたくはないが、なかでもとくに入れたくないのが銃器フェチのけちな青二才だった。キンタマは十セント玉サイズのくせに、物騒なもので気を大きくしてうろうろされてはかなわない。

９１１に電話する破目になるのはそういうときだ。コールドウェル警察の世話になるのは願い下げだった。

そういうわけで、なんの挨拶もなく目下の問題のちびに手荒な身体検査をして、並んで立っていたあの赤毛から受け取っていた銃を見つけた。ズボンのポケットから九ミリを引っぱり出すと、マガジンを抜いて、〈グロック〉の外身を台のうえに放り出す。マガジンを自分のレザーパンツのポケットに入れ、次には身分証を探しあてる。身体検査をしていて、同種だとは勘づいていた。なぜだかそれがいっそう気に障る。

しかし、腹を立てる理由などないのだ。ばかをやるのは人間の専売特許ではないのだから。こっちを向かせ、上から押さえつけて椅子に座らせる。逃げないように肩を押さえて、札入れを開いた。運転免許証にはジョン・マシューとある。生年月日によれば二十三歳。住所は平均的な核家族の住む地区。賭けてもいいが、こいつはここに行ったことすらないだろう。

「身分証は見たけどね、ほんとの名前は？　家族は？」

二度ばかり口をあけたが、声は出てこない。見るからにびびっているからそのせいだろう。無理もない。お飾りをはぎとられたら、あとに残るのはちびのプレトランだけだ。青ざめた顔のなかで、明るい青の目がバスケットボールみたいにまん丸になっていた。

ああ坊や、あんたは大したやつだよ、ほんとに。カチカチバンバン、ギャングのまねごとでつっぱって。こんな見栄っぱりの気取り屋の相手はもううんざりだった。そろそろ潮時かもしれない。しばらくフリーランスに戻って、いちばん得意な仕事をして過ごそうか。なにしろ適当な世界を選べば、暗殺の需要が切れることはない。それに彼女は半分〝精神共感者《シンパス》〟だから、仕事の満足感も得られるというものだ。

「なんとか言ったらどうよ」札入れを台のうえに放った。「あんたの正体はわかってるんだよ。両親はだれなの」

今度は本気で驚いたようだが、口を割るのには役に立たなかった。最初の驚きから立ち直ると、あとは胸の前で両手をひらひらさせるだけだった。

「手間とらせんじゃないよ。銃を持ち歩く度胸があるんなら、いまさら怖じ気づくこともないだろ。それともほんとは根っからの腰抜けで、その金物があってやっと一人前だっていうわけ？」

ゆっくりと口が閉じて、両手がひざに落ちた。風船がしぼむように、うつむいて肩もすぼまる。

沈黙が続く。ゼックスは胸もとで腕組みをした。「あのね坊や、まだ夜は始まったばっかりだし、これであたしは辛抱強いほうでね。好きなだけだんまりをやっててかまわないけど、あたしはどこにも行かないし、あんただって出ていけないよ」

ゼックスのイヤホンから声が吹き出した。バーカウンター周辺を担当する警備員から報告だった。向こうが話し終わると彼女は言った。「わかった、それじゃ連れてきて」

すぐにドアにノックの音がした。ドアを開くと、彼女の部下が真正面に立っていた。このぼうずに銃を渡していた、赤毛のヴァンパイアもいっしょだ。

「ご苦労さん、マック」

「お安いご用で。またカウンターんとこに戻ってます」

ドアを閉じて、ゼックスは赤毛に目をやった。遷移を終えてからそうたっていない。身のこなしを見るに、まだ自分の大きさがつかみきれていないようだった。

赤毛がスエードのブレザーの内ポケットに手を入れるのを見て、ゼックスは言った。「身分証以外のものを出してみな、この手で担架にのっけてやるよ」

赤毛は手を止めて、「そいつの身分証なんですけど」

「それはもう見たよ」

「それは本物じゃないです」と言って手を差し出した。「こっちが本物」

ラミネートで覆ったカードを受け取り、近影の下に書かれた〈古語〉の文字に目を走らせた。あらためて例のちびに目をやる。目を合わせようとしない。身体を縮こまらせてじっと座っているさまは、腰かけているこの椅子に丸呑みにされたいと思っているようだった。

「ちっ」

「これも見せろって言われてるんです」赤毛が言って、分厚い紙を差し出してきた。真四角にたたまれて、黒いロウで印章が捺《お》されている。その印章を見て、また舌打ちをしたくなった。

王冠のしるしだ。

いまいましい手紙を読んだ。もう一度読みなおした。「これ預かっていい？」

「ええ、どうぞ」

もとどおりにたたんで、赤毛に尋ねた。「あんたの身分証は？」

「あ、はい」またラミネートのカードが出てきた。

それをあらためて、カードを二枚とも返した。「次にこの店に来たときは、列に並ぶ必要はないから。警備員にあたしの名前を言ってくれれば、あたしが自分で案内しに行く」銃をとりあげて、「これはあんたの、それともこのひとの？」

「おれのです。だけど、そいつが持ってたほうがいいと思う。おれより腕がいいから」

ゼックスは〈グロック〉の床尾にマガジンをまた押し込み、銃口を下にして無言のちびに差し出した。受け取る手は震えていなかったが、その手で扱うには銃が大きすぎるように見えた。「身を守るのに必要なとき以外は、ここで銃は使わないでね。わかった?」

プレトランはこくんとうなずき、椅子から腰をあげた。セミオート銃は、さっきゼックスが引っぱり出した同じポケットに姿を消している。

ったく……冗談きついよ。これはただのプレトランではなかった。身分証によれば本名はテラー、〈黒き剣〉の戦士ダライアスの子。ということは、彼女の勤務時間中にこの子が危ない目にあったりしたら責任問題になる。〈ゼロサム〉の敷地内でけがでもされたら、彼女もレヴもただではすまない。

勘弁してよ。ラグビー選手のうじゃうじゃいるロッカールームに、クリスタルの花瓶を置くようなものだ。

しかもそのうえに、口がきけないと来てる。

ゼックスは首をふった。「さて、ロックの子ブレイロック、ちゃんとこのひとの面倒見てやってよ。あたしたちも気をつけるから」

赤毛がうなずいたとき、プレトランはやっと顔をあげてこっちを見た。その明るい青の目に見つめられると、なぜかゼックスは落ち着かなくなった。なんだろう……みょうに年老いて見えた。まるで悠久の時を生きてきたような目。せつな、ゼックスは声を失った。

咳払いをすると、彼女はまわれ右をしてドアに向かった。ドアをあけた彼女に、赤毛が声をかけてきた。「あのすみません、あなたの名前は……」

「ゼックス。このクラブのなかなら、どこで呼んでもすぐに駆けつけるよ。それが仕事なんでね」


ドアが閉じたとき、屈辱はアイスクリームに似ているとジョンは思った。とりどりのフレーバーがあって、身体が冷たくなって、咳がしたくなる。

つまり〈ロッキー・ロード〉のアイスクリームのことだ。いま彼は、あれをのどに詰まらせているのだ。盛大に。

腰抜けか。くそ、そんなにわかりやすいんだろうか。まったくの初対面だったのに、あっさり見抜かれた。たしかに腰抜けだ。弱虫の腰抜けで、敵討ちはしていないし、声は出ないし、十歳児にも見くびられそうな身体つきだ。

ブレイが大きな足を踏み替え、ブーツが小さな音を立てた。それがこの狭い部屋では、だれかが怒鳴っているように大きく聞こえる。「ジョン、うちへ帰るか?」

サイコー。おとなのパーティで眠くなった五歳児か。

怒りがふつふつと湧いてくる。そのおなじみの重みがのしかかるのを、そして焚きつけてくるのを感じる。この感じには憶えがある。こういう怒りを爆発させると、ラッシュを押し倒したりするのだ。こういう激情に身を任せると、あいつの顔をめった打ちにして、タイルをケチャップのように真っ赤にしてしまうのだ。

しかし奇跡的にも、まだまともに働いているニューロンが二本残っていて、いまいちばんいいのは館に帰ることだと指摘してきた。このクラブにぐずぐずしていたら、あの女に言われたことを何度も何度も反芻し、あげくに正気を失うほど逆上して、とんでもなくばかなことをしてしまうにちがいない。

「なあ、もう帰ろうや」

ちくしょう。今夜はブレイにとって記念すべき夜になるはずだったのに。それなのに、彼が水を差したせいで、がんがんやりまくるチャンスをつぶしてしまった。フリッツに電話する。おまえはクインと残れよ。

「そう言うなよ、いっしょに帰ろうぜ」

ふいにジョンは泣きだしたくなった。いったいあの紙切れはなんだったんだ。あの女に渡したやつは？

ブレイは赤くなった。「ザディストにもらったんだよ。のっぴきならない破目になったら、あれを見せろって」

それで、なんなんだあれ。

「Zが言うには、ラスが王として出してるやつだってさ。ラスがおまえの〝保護者《ガーディアン》〟だっていうなんからしい」

なんで教えてくれなかったんだよ。

「ザディストに、必要なとき以外はだれにも見せるなって言われたんだ。おまえも含めて」

ジョンは椅子から立ちあがり、借り物の服をなでつけた。なあ、おまえはここに残って、一発やって楽しく過ごして――

「来るときも帰るときもいっしょだ」

ジョンは友人をにらみつけた。Zにおれのお守りをしろって言われたからって――

歴史始まって以来の椿事というべきか、ブレイがきつい表情を浮かべた。「ふざけんな、だからじゃねえよ。おまえが本格的に格闘技モードに入る前に言っとくけどな、これが逆の立場だったら、おまえだってぜったいおんなじようにしたはずだ。そうだろ。ぜったいそうするだろ。友だちじゃないか。友だちは助けあうもんだろ。わかったら、もうごちゃごちゃ言うな」

ジョンは、座っていた椅子を蹴飛ばしたくなった。いや、もう少しで蹴飛ばすところだった。

だが、思い止まって手話で悪態をついた。くそったれ。

ブレイは携帯端末《ブラックベリー》を取り出して電話をかけた。「クインに連絡しとく。いつでも必要なときに迎えに来るって」

待つあいだに、ジョンはちらと想像した。クインはいまごろ、薄暗くて人目につかないところでよろしくやっているのだろう。あの人間の女のどっちかと。いや、両方とかも。少なくともクインは楽しい夜を過ごしているわけだ。

「ああ、クインか。うん、おれとジョンは先に帰るから。えっ——いや、べつになんでもない。ただちょっと警備員につかまっちまって……いや、いいって。……いや、だからなんでもないって。いや、だからさ、クイン、おまえはべつに帰らなくたって——おい、もしもし？」ブレイは電話をにらんだ。「正面の入口で落ち合おうってさ」

ふたりしてその狭い部屋を出て、汗にまみれて火照った人間たちをかき分けて進むうちに、ジョンはひどい閉所恐怖が起こりそうになった——生き埋めになって、息をすると口にも鼻にも泥が入ってくるような。

やっと正面の入口にたどり着いたときには、クインは左手の黒い壁に寄りかかって待っていた。髪はくしゃくしゃだし、シャツのすそははみ出しているし、唇は赤くなって少し腫れている。近づくと香水のにおいがした。

それも二種類の。

「大丈夫か？」とジョンに尋ねてくる。

ジョンは返事をしなかった。みんなの楽しみをぶち壊しにしてしまったのが耐えられなくて、そのままドアに向かって歩きつづけた。と、またあのみょうな感じがした。だれかに呼ばれているような。

ドアのバーに両手をかけたまま立ち止まり、肩ごしにふり向いた。警備主任があの鋭い目でこっちを見ていた。今度もやはり影の重なるなかに立っている。あの場所が好きなのだろうか。

きっと、いつも便利に使っている場所なのだろう。

頭のてっぺんから爪先までひりひりとうずいて、ジョンは壁にこぶしで穴をあけたくなった。このドアでも、だれかの腕でもいい。しかし、求める満足感が得られないのはわかっている。こぶしで殴ったところで、彼の上体の筋力では新聞のスポーツページさえ貫通できるかあやしいものだ。

そうと気づいたら、当然ながらますます腹が立ってきた。

警備主任に背を向け、冷え込む夜気のなかへ出ていった。ブレイとクインが並んで歩道を歩きだすと、ジョンは手話でふたりに言った。しばらくそのへんをぶらぶらする。**いっしょに来たければ来てくれていいけど、やめさせようったってむだだから。どうしても、いますぐ車に乗って帰る気にはなれないんだ。いいだろ？**

友人ふたりはうなずき、彼を先に行かせて、一メートルばかりあとをついてくる。明らかにふたりとも察していた。ジョンはもう爆発する寸前も寸前で、しばらく頭を冷やさずにはいられないのだ。

十番通りを歩きながら、背後でふたりがひそひそ話しているのが聞こえる。ジョンのことを話しているようだが、もうどうでもよかった。彼はいま怒りの詰まった袋だった。まさにそのものだ。

しかし弱虫は弱虫らしく、彼の独立独行は長続きしなかった。信じられないほどあっという間に、ブレイに借りた服は三月の風に浸食されるし、歯ぎしりするほど頭痛はひどくなってくる。最初はコールドウェル橋かその先まで、ずっと友人たちを引っ張っていこうと思っていた。あんまり腹が立っていたから、夜明けの直前になってもう帰ろうと言いだすぐらい、友人たちをへとへとにさせてやるつもりだった。

ただ、毎度のことだが、彼の能力は期待をはるかに下回っていたということだ。

ジョンは立ち止まった。**もう帰ろう。**

「うん、なんでもおまえの言うとおりにするよ」クインの色ちがいの目はありえないほどやさしかった。「おまえのしたいようにしようぜ」

三人は引き返しはじめた。車は、クラブから二ブロックほど離れた屋外駐車場に駐めてある。角を曲がったとき、駐車場の隣のビルがいま工事中なのに気がついた。夜間のことで建設中のあたりには板が張ってあり、風がビニールシートを巻きあげ、重機は静かに眠っている。ジョンの目には、それがわびしく映った。

だがそれを言うなら、いまはデイジーの咲き乱れる野原で陽光を浴びていても、目に映るのは暗い影ばかりだろう。夜だから昼よりわびしいなんてことはない。ぜんぜんない。

車までまだゆうに十五メートルはあるというとき、甘ったるいベビーパウダーのにおいが風に乗って漂ってきた。そして、ショベルカーの陰から〝レッサー〟が姿を現わした。

21

意識は戻ったが、フュアリーは動かなかった。分別のある行動だ。なにしろ、顔の片側が燃え尽きたように感じるのだから。二、三度深く息をしてから、ずきずきと痛むところに手を持っていった。ひたいからあごまで包帯がかかっている。きっと『ER』のセットのエキストラみたいなかっこうにちがいない。

そろそろと上体を起こすと、頭全体ががんがんした。鼻の穴に自転車用の空気入れを突っ込まれて、力持ちのだれかに容赦なく空気を送り込まれているみたいだ。

いい気分だ。

ガーニイから両足をおろそうとしながら、重力の法則のことを考え、いまそれに耐える体力があるだろうかと自問した。とりあえず試してみることにしたら、驚くまいことか、どうにかふらふらとドアにたどり着いた。

ふた組の目がぱっとこっちを向いた。ひと組はダイヤモンドのように光り、もういっぽうは深緑《フォレストグリーン》だ。

「やあ」彼は言った。

Vの主治医が近づいてきた。完全に患者を見る医師の目だった。「まあ、こんなに早く回復するなんて信じられない。ふつうならまだ意識がないはずよ。まして起きあがるなんて」

「作品の仕上がりをチェックしたい？」彼女はうなずき、フュアリーがベンチに腰をおろすと、慎重にテープをはがしはじめた。痛さにたじろぎながら、フュアリーは彼女の向こうのヴィシャスに目をやった。「もうZには言ったのか」

兄弟は首をふった。「まだ帰ってこない。レイジが電話しようとしたが、通じなかったんだ」

「それじゃ、検査の結果はまだわからないんだな」

「少なくともおれはまだ聞いてない。もっとも、夜明けまであと一時間ぐらいしかないから、そろそろ戻ってくるはずだが」

医師が低く口笛を拭いた。「まるで、目の前で皮膚がもとに戻っていくのが見えるみたい。もう一枚ガーゼを当てていい？」

「お好きなように」

医師が理学療法室に戻っていくと、Vは言った。「おまえに話がある」

「なんの？」

「わかってると思うんだがな」

くそ。あの〝レッサー〟か。Vみたいな兄弟を相手に、しらばっくれようとしても無理だ。しかし、まだ嘘をつくという手は残っている。「手ごわい相手だったんだ」

「ほざけ。そんな手が通じると思うなよ」

フュアリーは二カ月ほど前のことを考えた。しばらく双児の兄になった——文字どおり——ときのことを。「おれはあいつらの拷問台でさんざん痛めつけられたんだぞ。断言するが、あいつらが戦場の礼儀なんか気にするもんか」

「だが今夜は、〝レッサー〟のけつを包丁でなますにしてたせいで、上手《うわて》をとられたんだろうが。ちがうか」

そこへジェインが医療品を持って戻ってきた。**助かった。**

包帯を巻きなおしてもらったところで、フュアリーは立ちあがった。「それじゃ、自分の部屋に戻るよ」

「手を貸そうか」Vが固い口調で言った。言おうとして言えなかったことを丸ごと飲み下したかのように。

「いや、ひとりで大丈夫だ」

「どっちみちおれたちも戻らなきゃならんから、いっしょに遠足といこうぜ。ゆっくりな」

それはたしかにありがたい話だった。フュアリーは頭が割れるように痛かったから。

トンネルをなかほどまで進んだころ、フュアリーはふと気がついた。Vの医師に見張りも護衛もついていない。だが、そもそも逃げたがっているようには見えなかった。実際のところ、Vと仲よく並んで歩いているのだ。

あのふたりのうちのどっちかでも、自分たちがどれぐらい恋人どうしみたいに見えるか気づいてるんだろうか。

本館に通じるドアにたどり着くと、Vとは目を合わさずに別れの挨拶をして、蹴上げの浅い階段をのぼり、フュアリーはトンネルを出て館の玄関の間に向かった。彼の部屋は大階段をあがってすぐだが、それが町の反対側にあるように感じる。激しい疲労感に、身を養う必要があるのを痛感した。まったく面倒なことだ。

二階の寝室に戻ると、シャワーを浴びて、自分の堂々たるベッドに身体を伸ばした。血をくれる女たちのだれかを呼ばなくてはならない。それはわかっているのだが、まるで気乗りがしなかった。電話を取りあげるのはやめて、目を閉じて両腕をわきに落とした。片手が銃火器の本のうえに落ちた。今夜の講義に使った本。絵を描く画板代わりにしていた本だ。

ドアが開いた。ノックがないということはザディストだ。では検査の結果が。

うっかり上体を勢いよく起こしてしまい、頭蓋骨のなかで脳みそが水槽に変わった。ばしゃばしゃ揺れて、耳からあふれ出しそうだ。痛みが突き刺さってきて、フュアリーは片手で包帯を押さえた。「ベラはどうだって?」

傷痕の走る顔のなかで、Zの目が黒い穴に変わっている。「てめえ、いったいなに考えてやがるんだ！」

「なんの話だ」

「不意を衝《つ》かれたんだろ、それも——」フュアリーが顔をしかめると、Zは例によって、ボリュームのスイッチを切られたラジカセのように黙り込み、ドアを閉じた。静かにはなったが、気分がよくなったわけではない。押し殺した声で、嚙みつくように言った。「くそ信じられねえ、切り裂きジャックをやったあげく、めためたにやられやがって——」

「ベラはどうだったのか教えてくれよ」

Zはまっすぐフュアリーの胸に指を突きつけた。「おれの〝シェラン〟の心配ばっかしてんじゃねえよ。そんなひまがあったら、ちっとは自分の心配でもしやがれ。わかったか」

痛みがどっと押し寄せてきて、フュアリーはよいほうの目をぎゅっとつぶった。言うまでもなく、Zは完全にお見通しなのだ。

「くそったれ」黙っているフュアリーに、Zは毒づいた。「ったく……このくそが」

「おまえの言うとおりだ」気がつけば、フュアリーの手は銃火器の本を握りしめていた。その手をむりやり本から引き離す。

かちかち音がしはじめて、フュアリーは顔をあげた。〈RAZR〉の携帯を、Zが親指で開いたり閉じたりしている。「死んでたかもしれねえんだぞ」

「死んでない」

「せめてもの慰めってやつか、少なくともおれたちのひとりにとっちゃな。目はどうなんだ。Vの医者が手術したんだろ。見えるのか」

「まだわからん」

Zは窓ぎわに歩いていった。どっしりしたベルベットのカーテンを開けて、テラスとその向こうのプールをにらむ。傷痕の走る顔には、ありありと緊張が浮かんでいる。歯を食いしばり、眉間に深くしわを寄せて、まゆで目が隠れそうだ。不思議だ……以前は生死のふちに立っていたのはいつもZだった。それがいまでは、その細くてつるつるするふちにフュアリーが立っている。そして仲間の戦士たちに心配をかけているのだ。

「おれは大丈夫だよ」と心にもないことを言って、身体を傾けてレッドスモークの袋と巻紙をとった。手早く太い一本を巻いて火をつける。たちまち偽りの平安が訪れてくる。そうなるように身体が訓練されているかのようだ。「ちょっと魔が差しただけだから」

Zが笑った。愉快そうどころか、悪態をついているような笑いかただ。「うまいこと言うもんだよな」

「なにが」

「しっぺ返しは忘れたころにやって来るって言うだろ」ザディストは大きく息を吸った。

「おまえがばかなまねして殺されたりしたら、おれは――」

「大丈夫だって」フュアリーはまたレッドスモークを吸った。それ以上、守れる自信のない約束をしたくなくて、「それで、ベラはどうだったのか教えろよ」

「床上安静になった」

「そんな」

「いや、むしろよかった」Zは刈り込んだ頭をこすった。「つまり、まだ流産したわけじゃねえし、安静にしてりゃしないですむかもしれないってことだから」

「おまえの部屋にいるのか」

「ああ、食べるものは持ってってやるつもりだ。一日に一時間は起きていいことになってるけど、ベッドを出る口実を作らせたくねえから」

「よかった、ベラが――」

「黙れ、この野郎。おまえもこんな感じだったのか」

フュアリーはまゆをひそめ、吸いさしを灰皿のうえで叩いて灰を落とした。「なんだって?」

「おれはいま、しじゅう頭んなかがぐちゃぐちゃなんだ。そのときそのときになにやっててても、いつも半分しか生きてないみたいだ。心配なことがくそみたいに積みあがってて」

「でも、ベラは――」

「あいつのことだけじゃねえよ」Zの目――怒りが収まってきたおかげで、また黄色に戻っている――があちこちをさまよう。「おまえのことだよ」

フュアリーは慎重に吸いさしを口に持っていき、くわえて吸った。煙を吐き出しながら、双児の兄を慰めるいい言葉がないかと頭をしぼる。

あまりいい考えは浮かばなかった。

「ラスが、次の日没にミーティングをするって言ってる」Zは言って、また窓の外に目を向けた。実のある励ましの言葉など期待できないのは、うんざりするほどよくわかっていると言いたげに。「全員出席だとさ」

「わかった」

Zが出ていったあと、フュアリーは火器の本を開いて、自分で描いたベラの絵を取り出した。絵のなかのベラの頰を親指で何度もなぞり、よいほうの目でじっと見つめた。静寂がのしかかってきて、胸が締めつけられる。

つらつら考えてみるに、彼はもうそのふちから転落したあとなのかもしれない。すでに、破滅の山の斜面を滑り落ちているところなのかも。岩や樹木にぶつかり、はねかえり、手足も折れて、とどめの一撃を待つばかりになっているのでは。

吸いさしをもみ消した。破滅に向かって墜ちていくのは、恋に陥ちるのに似ている。どちらも裸にむかれて、奥に隠していた真の自分だけが残される。

そして彼の乏しい経験から言うと、どちらも結末は同じようにつらい。

降って湧いたような〝レッサー〟を前に、ジョンは身動きができなかった。交通事故にあったことはないが、きっとこんな感じだろうと思う。ふつうに道路を走っていたら、まったくだしぬけに、交差点に差しかかる前に考えていたことがみんな保留状態になる。そして、衝突の衝撃だけが唯一の最優先事項になってしまうのだ。

信じられない、ほんとうにベビーパウダーみたいなにおいがするんだ。

だが唯一の救いは、髪が白くなっていなかったことだ。こいつはまだ新入りなのだ。そうでなかったら、ジョンとふたりの友人たちが助かる見込みは完全にゼロだっただろう。クインとブレイが前に出て道をふさいだ。だがそのとき、第二の〝レッサー〟が影のなかから姿を現わした。見えない手で動かされたチェスの駒のように。こちらもやはり髪は白くなっていない。

それにしてもでかい。

最初の〝レッサー〟がジョンに目を向けて、「さっさと逃げろよ、ぼうず。おまえの出る幕じゃない」

信じられない、ジョンがプレトランだと気がついていない。ただの人間だと思っているのだ。

「そのとおりだ」クインが言って、ジョンの肩を押した。「びびって突っ立ってないで、さっさとどっか行けよ」

ただ、友だちを置いて逃げるわけには――

「さっさと行けって言ってんだろ」クインに強く押し飛ばされて、ジョンはよろめき、ソファほどもあるタール紙のロールの山に倒れ込んだ。

ちくしょう、逃げたら腰抜けだ。しかしここに残ったら、役に立つどころか足手まといになる。自己嫌悪にさいなまれながら、ジョンは一目散に駆けだし、まっすぐ〈ゼロサム〉に向かった。館に電話ができればいいのだが、こういうときにかぎって、バックパックをブレイの家に置いてきてしまった。また、〈兄弟団〉のだれかが近くでハンティングをしているという薄い可能性に賭けて、時間をむだにするわけにもいかない。力になってくれそうな相手はひとりしか思いつかなかった。

クラブにたどり着くと、入口前の行列の先頭に用心棒が立っていた。ジョンはまっすぐそこへ走った。

ゼックスに、ゼックスに会いたいんです。取り次いで——

「そりゃなんのまねだ、坊主」用心棒は言った。

ジョンは手話をしながら、声の出ない口で何度も「ゼックス」とくりかえした。

「もういい、いい加減にしろ」用心棒はジョンの頭上にぬっとそびえたった。「さっさと帰れ。でないとおふくろや親父を呼んでやるぞ」

行列のなかからくすくす笑う声がして、ジョンはますます半狂乱になった。**お願いです！ゼックスに会わなくちゃ——**

そのとき遠くからいやな音が聞こえてきた。タイヤのこすれる音か、それとも悲鳴のような……はっとして回れ右をしたとき、ブレイの〈グロック〉が鈍重に揺れて太腿に当たった。電話がなくてテキストメッセージが送れない。ひとに知らせる手段がない。

しかし、尻ポケットに六発《シックスパック》の鉛玉ならある。

ジョンは駐車場に駆け戻り、縦列駐車している車をよけ、荒い息をしながら命がけで走りに走った。頭が割れるように痛い。必死で走っているせいでさらに痛みが増し、吐き気がしてきた。角を曲がる勢いで、砂利に足がすべる。

ちくしょう！　ブレイが地面に倒れていて、〝レッサー〟がその胸に馬乗りになっている。どうやら飛び出しナイフのようなものを奪いあっているようだ。クインは自分のナイフを構えてもういっぽうの殺し屋とやりあっているが、ふたりの実力は互角すぎるように見えた。

遅かれ早かれどちらかが――

クインが顔に右フックをもらって半回転した。独楽《こま》のように頭が背骨より先に回転し、遅れて全身が円を描く。

それを見た瞬間、ジョンはなにかに取り憑かれた。なにかが裏口から入ってきて、まちがいなく居すわった。まるで霊かなにかに乗り移られたかのようだった。身にしみついた知識、長い経験によって培ったたぐいの知識、ジョンはまだとてもそんな経験を積めるような年齢ではないのに、そんな知識によって手を尻ポケットに深く突っ込む。〈グロック〉を握り、さっと引き抜いて、両手に握った。

まばたきひとつで銃を水平に構える。ふたつで、ブレイとナイフを奪いあっている〝レッサー〟に銃口を向ける。三つで引金《トリガー》をしぼり……そして〝レッサー〟の頭という大きな標的を吹っ飛ばす。四つで身体の向きをくるりと変えて、もういっぽうの殺し屋――クインの前に立ちはだかって、こぶしにつけたメリケンサックの具合を直している――を正面にとらえる。

パーン！

ジョンは一発で〝レッサー〟のこめかみを撃ち抜いた。黒い血が噴き出して細かい霧になる。がっくりとひざを折り、顔から先にクインに倒れ込む。いっぽうクインはぼうっとしていて、そいつを押しのけることしかできない。

ジョンはブレイに目をやった。ぼうぜんとしてこっちを見あげている。「なんてこった……ジョン」

クインのそばの〝レッサー〟はのどをごろごろ言わせていた。ドリップが終わったばかりのコーヒーメーカーのようだ。

金属製のものが要る、とジョンは思った。なにか金属でできたもの。ブレイは〝レッサー〟とナイフを取りあっていたはずだが、いまはどこにも見当たらない。どこを探せば――

ショベルカーのそばに破れた箱があって、なかに屋根用の大釘《スパイク》が入っていた。

ジョンはそこから一本とって、クインのそばの〝レッサー〟に近づいていった。両手を高くあげ、全体重と怒りをのせて振りおろすと、そのせつな、現実が砂のように崩れた。手にしているのはスパイクではなく短剣だ……そして彼は大きい。ブレイよりもクインよりも大きい……そして、これはもう何度となくやってきたことだった。

スパイクを〝レッサー〟の胸に叩き込むと、噴き出した閃光はジョンが思っていたより強かった。それが目に突き刺さり、火炎の波になって全身を洗う。だが、まだ仕事は終わっていない。クインをまたぎ越し、アスファルトを踏んで歩いたが、足の下に地面の感触がない。

身じろぎもせず、声もないままブレイがただ見つめる前で、ジョンはまたスパイクを振りあげた。今回は、それを振りおろしながらジョンは口を大きくあけ、声にならない鬨《とき》の声をあげていた。耳に聞こえなかろうと、その力強さはいささかも減じることはなかった。

噴き出す光を浴びたあと、ジョンは頭のすみでサイレンの音を聞いていた。銃声を聞いて、人間が警察に通報したのだろう。

ジョンは腕をわきにおろした。手から滑り落ちたスパイクが、路面にあたって音を立てる。

おれは腰抜けじゃない。戦士だ。

いきなり激しい発作が襲ってきた。地面に倒れ、見えない腕に押さえつけられる。皮膚の外に飛び出そうとするかのように、全身が何度もバウンドする。ついに意識が途切れ、咆哮をあげる虚無にジョンは呑み込まれていった。

22

Vといっしょに部屋に戻ると、ジェインはまた例の椅子に腰をおろした。もう自分の椅子だと思うようになっている。Vはベッドに身体を横たえた。やれやれ、長い夜に――いえ、昼になりそう。疲れているのにそわそわしている。あまりいい組み合わせではない。

「なにか食べたら」Vが言った。

「いまなにが欲しいかわかる？」ジェインはあくびをした。「熱いココアよ」

Vは電話をとりあげ、ボタンを三つ押して待った。

「あら、注文してくれるの？」

「ああ、ほかにも――ああフリッツ、持ってきてほしいものが……」

Vが電話を切ると、ジェインは思わずにやりとした。「またずいぶんなごちそうね」

「ずっと食べてないじゃないか、あのとき――」と言いかけて口ごもった。誘拐の話を持ち出したくないのだろう。

「もういいのよ」とつぶやいて、わけもなく悲しくなった。

いや、わけならじゅうぶんある。もうすぐここを去ることになっているのだ。「心配要らない、おれのことは思い出さないから」Vが言った。「だから、ここから戻ったあとはなにも感じないはずだ」

ジェインは顔を赤らめた。「その……心を読むって、具体的にはどうやるの」

「ラジオの周波数を合わせるような感じだな。以前はそのつもりがなくてもしじゅう合ってたんだ」

「いまはそうじゃないの？」

「アンテナが壊れたんだろう」と言う顔に苦い表情がにじみ出てきて、目が鋭くなった。「その筋の話じゃ、そのうち勝手に直るらしいがな」

「なぜ壊れたの」

「あんたはなぜが好きだな」

「科学者だもの」

「なるほど」彼はその言葉を、のどを鳴らすように発音した。いまセクシーな下着を着てるの、と彼女が言ったかのように。「あんたの思考回路はおれ好みだ」

喜びがどっと押し寄せてきたが、ジェインの胸のなかで、それがごちゃごちゃに乱れていく。

葛藤を感じとったらしく、間をもたせようとVは言った。「以前は未来も見えてたんだ」

ジェインは咳払いをした。「ほんと？　どんなふうに？」

「たいていは夢みたいに見えるな。発生順は関係なくて、その場面だけがでたらめに見えるんだ。とくに死の場面はよく見る」

死の場面……「ひとが死ぬところ？」

「ああ。兄弟たち全員、どんなふうに死ぬかわかってる。ただいつかはわからない」

「まあ……気の毒に。それじゃきっと――」

「ほかにも特殊技能があるんだ」と、手袋をした手をあげてみせた。「それがこれさ」

「それ、訊いてみたいとずっと思ってたのよ。あなたが救急治療室に担ぎ込まれたとき、看護師がそれで引っくり返っちゃったんだもの。その手袋を外そうとしてたの、そしたら雷に打たれたみたいに」

「そんとき、おれは気絶してたんだろう？」

「ええ、完全に意識がなかったわ」

「その看護師が死なずにすんだのは、たぶんそのせいだな。こいつは母親譲りなんだが、とんでもなく強烈な武器なんだ」と言ってこぶしを作った。声が厳しくなり、一語一語を打ち込むようにして言った。「その母親が、おれの将来まで勝手に決めてくれてるんだ」

「どういうこと？」Vは答えようとしない。直観で彼女は言った。「ひょっとして、結婚相手が決まってるとか」

「それも複数形でな、言ってみれば」

ジェインはたじろいだ。大きな目で見れば、彼の将来は彼女にとってなんの意味もない。だが、それでもだれかの夫に――それもおおぜいのだれかの夫に――なるのかと思うと、なぜだか胃が裏返りそうになった。

「その……つまり、何人奥さんができるの？」

「この話はやめよう。な」

「そうね」

十分ほどたつころ、英国の執事ふうのお仕着せを着た老人が、料理を満載したワゴンを押してやってきた。〈フォーシーズンズ〉ホテルのルームサービス・メニューから抜け出してきたかのようだった。ベルギーワッフルのストロベリー添え、クロワッサン、スクランブルエッグ、ココア、フルーツの盛り合わせ。

まさに目をみはる美しさだった。

ジェインの胃袋が大きな音を立てる。自分がなにをしているか気がつくまもなく、一週間も食べものを見ていなかった人のように、山盛りの皿に攻撃をしかけていた。お代わりを半分ほど食べ、ココアを三杯飲み干したところで、フォークを口に運ぶ手が凍りついた。いやだ、これではVになんと思われたことか。まるで豚みたいに――

「おれはうれしい」Vが言った。

「ほんと？　男子学生みたいにがつがつ食べてるのに、ほんとにいやにならない？」

彼はうなずいた。目が輝いている。「あんたが食べてるのを見るとうれしい。うっとりする。もう入らないぐらい食べて、その椅子で眠り込んでほしい」

ダイヤモンドの目に魅入られたように、ジェインは言った。「それで……眠り込んだらどうなるの？」

「目を覚まさないようにそっとこのベッドに運んで、手に短剣を構えてあんたを守るのさ」

なんというか、そういう穴居人的なあれはあまり魅力的とは言えないはずだ。だいたい、自分の面倒ぐらい自分で見られる。だがそれでも、守ってくれるひとがいると思うと……なんだかとてもうれしい。

「ぜんぶ食べろよ」と彼女の皿を指さす。「ココアもまだサーモスに入ってるぜ」

ばかみたい。だが彼の言うとおりにして、四杯めのココアもついだ。

両手にマグを持って椅子に腰を落ち着けると、おなかいっぱいで幸福な気分だった。

これといった理由もなく、ふと彼女は言った。「その親譲りって話、わかるわ。父も外科医だったの」

「そうか。それじゃ、きっと自慢の娘だったんだろうな。あんたは優秀だから」

ジェインは身構えるようにあごを引いた。「わたしのキャリアを知ったら、父は満足だろうと思うわ。とくに、コロンビア大学で教えるようになったら」

「だろうっていうのは？」

「父も母も亡くなったの」それだけでは言い足りない気がして、彼女は付け加えた。「十年ぐらい前に、ちょっと飛行機の事故があってね。両親ともそれに乗ってたの、医師の会合に行く途中で」

「そりゃ……気の毒に。寂しいだろうな」

「こう言うと人でなしみたいだけど……でも、大して寂しくないのよ。わたしにとって両親は他人も同然だったの。学校へ行ってないとき、いっしょに暮らす人っていうだけ。妹が死んだのはいまでも寂しいけど」

「なんだって、妹さんも亡くなったのか」

「先天的な心欠陥でね。ひと晩であっさり逝《い》ってしまったわ。父はずっと、わたしが医者になったのは自分の影響だと思ってたけど、ほんとはハンナのことで腹が立ったからなの。いまでも腹が立つわ」マグからひと口飲んだ。「ともかく、父はずっと、わたしにとっては医者になるのが最高最良だと思ってたわ。いまも憶えてるけど、十五歳のわたしの顔を見て、おまえは頭がよくてよかったなって父は言ったの」

「それじゃ、あんたが大成すると期待してたんだな」

「そうじゃないのよ。その顔じゃ、大していい結婚はできないだろうからって意味よ」Vが驚いて息をのみ、ジェインは笑みを浮かべた。「一九七〇年代から八〇年代に、ヴィクトリア朝の人みたいなことを言ってたのよ。英国出身だったからかもしれないわね、どうでもいいけど。でもとにかく、女は結婚して子供をたくさん産んで育てるべきって考えの人だったの」

「思春期の女の子にひどいことを言うな」

「父ならほんとうのことだって言うでしょうね。どんなことでも嘘はいけないって人だったし。だからいつも、ハンナのほうが可愛いって言ってたのよ、もちろん気まぐれだとも言ってたけど」いやだ、わたしったらなんでこんな話をしてるのかしら。「ともかく、親ってときどき厄介よね」

「ああ、わかる。いやってほどわかるよ」

ふたりとも黙り込んだ。頭のなかで家族のアルバムをめくりながら、Vも同じことをしているにちがいないという気がした。

ややあって、Vは壁のフラットテレビのほうにあごをしゃくった。「映画でも観ないか」

椅子のなかで身体を左右にひねりながら、ジェインは笑みを浮かべた。「いいわね。最後に観たのはいつだったかしら。なにがあるの？」

「ケーブルに接続してるからなんでもある」さりげなく、自分の隣の枕をあごでさして、「ここに座ったらいい。そこからじゃあんまりよく見えないだろう」

行きなさいよ。彼の隣に行きたい。彼に……近づきたい。

この状況に脳みそは縮みあがっていたが、ジェインはベッドにあがって、Vの隣に腰を落ち着けた。胸もとで腕を組み、両脚は足首で交差させる。いやだわ、デートでもしてるみたいに緊張してる。びくびくして、手のひらに汗をかいて。

久しぶりね、副賢さん。

「それで、どんな映画が観たいの」と彼女は尋ねた。Vが手にしたリモコンには、スペースシャトルも打ち上げられるほど無数のボタンが並んでいる。

「今日は退屈なのがいいな」

「ほんと？　なぜ？」

ダイヤモンドの目がこちらをむいた。まぶたに隠れて、目の表情がよく読めない。「べつに理由はない。あんたが疲れた顔してるから、それだけさ」

そのころ〈彼岸〉では、コーミアが自室の寝台に腰をおろしていた。待っている。いまも。ひざのうえで組んでいた両手を開く。また組む。このひざに本が一冊あれば気が紛れるのに。黙って待ちながら、自分の本が持てたらどんなふうだろうとちょっと考えた。たぶん表紙に自分の名前を書くだろう。そうすれば、ほかのひとにもこれがわたしの本だとわかるから。そうだ、そうしよう。**コーミア**。いや、**コーミアの本**のほうがいい。

もちろん、姉妹たちが借りたいと言えば貸してあげる。でも、それがほかのひとの手にあって、ほかのひとの目がその文字を読んでいても、その装丁もページも物語も自分のものだとわかっている。そしてその本も、自分はわたしのものだと知っているのだ。

〈巫女〉の図書室のことを考える。書架がぎっしり並ぶさまは森のようで、革の甘い香りがただよい、圧倒されるほどの言葉の宝庫。図書室で過ごす時間はまさしく安息であり、歓喜に満ちた隠遁だった。知るべき物語は数知れず、生涯この目で見るなど望みようのない場所も数知れず、それを学ぶのが好きだった。学ぶのが待ち遠しく、待ちきれなかった。

ふだんは。

いまはちがう。自分の寝台に座って待ちながら、まもなく始まる講義を受けるのが苦痛だった。これから知ろうとしているものごとは、彼女にとって学びたいようなことではない。

「ごきげんよう」

コーミアは顔をあげた。入口の白い帳《とばり》をあげる〈巫女〉は、無私と奉仕の権化にして真に尊敬すべき女性だった。穏やかに満ち足りて内に平安があり、それが表情ににじみ出ている。そんなレイラが、コーミアはうらやましかった。

それもまた許されないことだった。うらやむのは、全体と合一していないからだ。うらやむのは個人だから、それも卑しい個人だからだ。

「ごきげんよう」コーミアは立ちあがったが、これから行くところを思うと、恐怖でひざが崩れそうだった。以前は、〈プライメール〉の神殿のなかを見てみたいとよく思っていたが、いまではその大理石の境内に足を踏み入れるのもいやだった。

ふたりはたがいに頭を下げ、その姿勢を保ったまま、レイラは言った。「つつしんでお力添えいたします」

低い声でコーミアは答えた。「ご指南に……ご指南に感謝いたします。よろしければどうぞお先に」

頭をあげたとき、レイラの淡い緑の目には理解の色があった。「すぐに神殿に行くより、ここで少しお話ししようかと思っていたのですが」

コーミアはごくりとつばをのんだ。「はい、お願いいたします」

「かけてよろしいですか」コーミアがうなずくと、レイラは寝台に歩いていって腰をおろした。白いローブの前が、腿のなかほどまで開く。「あなたもこちらへ」

コーミアも腰をおろした。身体の下のマットレスが石のように固く感じられる。息ができず、身動きもできず、まばたきするのもやっとだった。

「こわがることはないのよ」レイラが言った。「こわいどころか、〈プライメール〉と過ごすのを喜びと感じるようになりますから」

「そうでしょうか」コーミアはローブのえりをかき合わせた。「でも、〈プライメール〉はほかのかたがたのところへいらっしゃるのでは……」

「あなたがいちばん大切なお相手になるのよ。就任の連れあいとして、いっしょに内裏《だいり》を営むんですもの。わたしたちに序列はないけれど、〈プライメール〉との関係では例外的に序列ができるの。あなたは〈巫女〉全員に先立つ第一の〈巫女〉になるのよ」

「でも、どれぐらいしたらほかのかたがたのところへいらっしゃるのでしょう」

レイラはまゆをひそめた。「それは〈プライメール〉しだいね。もっとも、あなたの意見もお聞きになるかもしれませんけど。あなたにご満足なされば、しばらくはあなたとだけお過ごしになるかもしれないわ。以前にもそういう例はあったそうよ」

「でも、ほかのかたがたのところへいらっしゃるように、わたしから申し上げてもいいんでしょうか」

非の打ちどころもない頭をかしげて、レイラは言った。「お信じなさい、あなたもきっと〈プライメール〉とのあいだに通いあうものが好きになりますから」

「あなたはご存じなんでしょう？　〈プライメール〉がどんなかたか」

「じつは、お会いしたことがあるのよ」

「ほんとうに？」

「もちろん」レイラは、ブロンドの髪をまとめたシニヨンに手をやった。言葉を慎重に選んでいるしるしだとコーミアは思う。「あのかたは……戦士にふさわしいかたよ。強くて賢いかた」

コーミアは探るように目を細めた。「わたしをこわがらせまいとして、なにか隠していらっしゃるでしょう」

レイラが答えるひまもないうちに、〈巫女の束ね〉が帳をさっとあけた。コーミアにはひとこともなく、レイラに近づいていってなにごとか耳打ちする。

レイラは立ちあがった。花が咲いたように頰を染めて、「すぐにまいります」コーミアのほうをふり向いたとき、その目は奇妙な興奮に輝いていた。「ごめんなさい、戻るまでお待ちになってね」

慣例どおり、コーミアは立ちあがって頭を下げた。理由はともかく、この授業から一時放免になったのはありがたい。「お気をつけて」

しかし、〈束ね〉はすぐに立ち去ろうとはしなかった。「神殿にはわたしが案内します。そこで指導しましょう」

コーミアは両手を身体に巻きつけた。「レイラがお戻りになるのを待っては――」

「わたしの決定が気に入らないのですか」〈束ね〉は言った。「そうね、そうでしょうとも。講義の内容もご自分で決めたいのでしょう。あなたが選ばれた地位がどういうものなのか、歴史や意味もよくご存じなのでしょうね。じっさい、わたしのほうがお教えを乞うべきかもしれないわ」

「お赦しください、〈束ね〉さま」コーミアは小さくなって答えた。

「なにを赦すことがあるの。あなたはね、〈プライメール〉の第一の連れあいとして、わたしにいくらでも指図できる身分になるのですよ。ですからわたしも、あなたに指図されることに早くから慣れておいたほうがよいかもしれない。どうなさいます、神殿に向かうときには、わたくしが数歩下がってついてまいりましょうか」

涙が浮いてきた。「いいえ、〈束ね〉さま」

「なにがいいえなの」

「わたくしがついてまいります」コーミアは頭を下げて、か細い声で言った。「どうぞお先に」

『イシュタール（一九八七年アメリカ映画）』を選んだのは完璧だったな、とVは思った。死ぬほど退屈だ。一年も続くかと思うほど長い。目を惹きつけられることときたら、塩入れにまさるとも劣らない。

「ひどいわね、こんな最低な映画初めて観たわ」ジェインが言って、またあくびをする。

くそ、いいのどくびをしている。

牙が伸びてきた。昔のドラキュラ映画のように、横たわる彼女のうえにのしかかるさまを想像しながら、Vは無理に画面に目を戻した。ダスティン・ホフマンとウォーレン・ベイティがのろのろ砂漠を歩いている。こんなくそ映画を選んだのは、ジェインが退屈して眠り込めばいいと思ったからだ。そうすれば、彼女の心のなかにもぐり込んで、やりたいようにやれる。

この口で彼女をいかせたくてたまらない。たとえ夢という別世界でのことにすぎなくても。彼女が退屈してレム睡眠に落ち込むのを待ちながら、Vは砂漠の景色を眺めていた。ふと気がつけば、ひねくれたことに冬を思い出していた……あの冬と、あの遷移のことを。

プレトランが川に落ちて死んでからわずか数週間後、Vは変化をとげた。それが始まるだいぶ以前から、身体の変調に気がついてはいた。頭痛に悩まされ、たえず空腹なのに食べると吐き気がする。くたくたなのに眠れない。以前と変わらないのは血の気の多さだけだ。この陣営ではつねに戦える態勢でなくては生きられないから、少々気が荒くなったぐらいでは、行動が明らかに変わったと目をつけられることもなかった。

彼が男として生まれ変わったのは、無慈悲にも早く訪れた吹雪のさなかのことだった。急激に気温が下がって洞窟の岩壁は凍りつき、毛皮を内張りした長靴を履いていても、床の冷たさに凍傷になりそうだった。空気も冷えきり、息を吐けば空のない雲に変わった。陣営は完全に冬将軍の手に落ち、兵士も厨房の女も寄り集まって、大きな肉の塊になって眠っていた。セックスのためではなく、暖をとるためだ。

Vは変化が迫っているのに気がついた。暑くて目が覚めたからだ。最初のうちこそ穏やかなぬくもりがありがたかったが、やがて全身から高熱を発して、悶絶するほどの飢えが襲ってきた。地面で身をよじりながら、求めて得られない救済を願った。

永遠とも思える時間が過ぎたころ、苦痛を切り裂いてブラッドレターの声が聞こえた。

「女どもが、おまえの身は養いたくないと言ってる」

もうろうとした意識のまま、Vは目をあけた。

ブラッドレターがうずくまる。「理由はわかるだろう」

Vはつばをのんだが、握りこぶしに変わったかと思うほどのどが締めつけられている。

「わからない」

「洞窟の絵がおまえに取り憑《つ》いたんだと言ってる。あの壁にとらわれてた悪霊が、おまえの手に乗り移ったんだとさ。おまえの目はもうおまえの目ではなくなってるんだそうだ」

Vが返事をせずにいると、ブラッドレターは言った。「否定せんのか」

泥の詰まったような頭で、ヴィシャスは可能な返答のどちらが有利か計算した。ほんとうのことを答えたのは、それが真実だからではなく、自己保存のためだった。「否定……します」

「べつのうわさも否定するのか」

「べつの……うわさ……？」

「その手を使って、川で仲間を殺したそうじゃないか」

それは嘘だ。あの場にいたほかの少年たちはそれを知っている。あのプレトランが自分から落ちたのはみんな見ていたのだから。女たちは、プレトランが死んだことと、Vが近くにいたことを考えて勝手にきめつけたのにちがいない。男たちが、Vの強さの証拠をみずから望んで広めたりするわけがない。

いや、そのほうがかれらにとっては得なのかもしれない。身を養う女がいなかったらVは死ぬ。それはほかのプレトランにとって好都合なことではないか。

「なんとか言え」責めるように父が言う。

ここは強者のふりをすることだ。だからVはぼそりと答えた。「おれが殺した」

ブラッドレターは、ひげもじゃの顔を大きくほころばせた。「やっぱりな。それなら、褒美に女をよこそう」

そしてたしかに、女が連れてこられてVは身を養った。遷移は過酷だった。長く続いてへとへとになってしまった。ついにそれを乗り越えたとき、Vの身体は寝床をはみ出し、仕留めた獣の生肉のように、両手両脚とも冷たい洞窟の床で冷えきっていた。

遷移のあとでは股間がうずいたが、むりやり彼を養わされた女は、それ以上の関わりを持とうとしなかった。変化するのにちょうど足るだけの血を与えると、そそくさと立ち去ってしまったのだ。あとに残されたVは、骨がはじけ、筋肉がちぎれるまで引き伸ばされる苦悶のなか、ついていてくれる者もないまま、産みの母を心のなかで呼んでいた。空想の母は愛情に光り輝いて、髪をなでてくれ、大丈夫よと励ましてくれる。その情けない空想のなかでは、彼は母の愛しい〝ルーレン〟なのだ。

〝ルーレン〟——賜物。

だれかの「賜物」になれたらどんなによいか。賜物として大切にされ、慈しまれ、守られたら。戦士ダライアスの日記はVにとって賜物だった。その贈り主はたぶん、あれを残していったことでだれかに恩を施すことになるとは思わなかっただろう。だがそれでも。賜物。

肉体の変化が終わるとVは眠りに落ち、目覚めたときは肉に飢えていた。遷移のさいに衣服は破れていたから、獣皮で身体をおおって、裸足で厨房へ歩いていった。ほとんどなにもない。腿の骨をしゃぶり、少しばかりのパンの皮を口にし、ひと握りの小麦粉をむさぼった。手のひらについた白い粉をなめていると、背後から父の声がした。「戦闘の時間だぞ」

「なにを考えてるの」ジェインが尋ねた。「そんなに身体をこわばらせて」

Vははっとわれに返った。どういうわけか、とっさに嘘がつけなかった。「この刺青のことを考えてた」

「いつ入れたの」

「三百年近く前だ」

ジェインが口笛を吹く。「あきれた、そんなに生きるの？」

「まだまださ。戦闘でぶっ殺されなければ、それとばかな人間どもがこの惑星を吹っ飛ばさなかったら、あと七百年ぐらいは息をしてるはずだ」

「すごい。〈アメリカ退職者協会〉は、なにもかも考え直さなくちゃならなくなるわね」と身を乗り出して、「こっちを向いて。顔の刺青をよく見せて」

昔を思い出したせいで混乱していて、Vは言われたとおりにしてしまった。頭がちゃんと働いていなくて、見せてはいけないわけを忘れていたのだ。それでも、彼女の手があがってくると思わずぎょっとたじろいだ。

ジェインは、Vに触れないまま手をおろした。「これ、無理やり入れられたんでしょう。たぶん、去勢されたのと同じときに。ちがう？」

Vは内心ひるんでいたが、身体を引こうとはしなかった。女性にお定まりの同情をされると完全にいらいらするのだが、ただジェインの言葉はたんなる事実の指摘だった。単刀直入だった。だからこちらも、事実として単刀直入に返事ができた。

「ああ、おんなじときにやられた」

「たぶんこれは警告なのね。手とこめかみと大腿と鼠蹊《そけい》部に入れてあるんだから。たぶん、あなたの手の力と、予知能力と、あとは生殖の問題に関係があるんでしょう」

彼女の超人的な推論能力に、いまさら驚きはしない。「ああ、そのとおり」

声を低めて、「だから、拘束するとわたしに言われてパニックを起こしたのね。あのとき、病院の外科集中治療室《SICU》で。縛られたんでしょう」

Vは咳払いをした。

「ねえ、そうなんでしょう」

Vはテレビのリモコンを手にとり、「ほかに観たいもんはないか」

映画のチャンネルを次々に切り換えていく。そのあいだ、ふたりともずっと黙っていた。

「わたし、妹のお葬式で吐いちゃったの」

リモコンのボタンを押すVの親指が、『羊たちの沈黙』で止まった。ジェインに目を向けて、「葬式で?」

「いままで生きてきて、あんなに恥ずかしくて情けなかったことってないわ。あんなときにっていうのもあるけど、おまけにまともに父に吐きかけちゃったの」

レクターの独房の前で、クラリス・スターリングが固い椅子に腰かけている。それを観ながら、Vはジェインのことがもっと知りたかった。生まれてから今日まで、どんなふうに生きてきたのかすべて知りたい。すべてを、いますぐに。

「なんでそんなことになった?」

ジェインは腹をくるかのように咳払いをした。Vは映画との類似に気づかずにはいられなかった。彼が檻に入った怪物、ジェインは善なるものの与え手で、ひとかけらずつ彼女自身を与えてケダモノに食わせている。

しかし、どうしても訊かずにはいられなかった。生きていくのに血が必要なのと同じぐらいに。「ジェイン、なんでだ？」

「ええと、その、つまり……父はオートミールはよいものだって固く信じてたの」

「オートミール？」ジェインがそれきり黙っているので、Vは言った。「話してくれよ」

ジェインは胸元で腕を組み、自分の足を見つめている。やがて顔をあげてVと目を合わせてきた。「はっきりさせておきたいんだけど、わたしがこんな話を持ち出したのは、そうすればあなたもなにがあったか話してくれるだろうと思うからよ。ギブ・アンド・テイクっていうか、傷の見せあいみたいな。サマーキャンプで二段ベッドから落ちたあととか、ラップの金属のぎざぎざで切った傷痕とか、自分で頭をどこかに——」まゆをひそめた。「まあその……どれも、あんまりいいたとえとは言えないかもね。だってあなたたちはすぐに治っちゃうんだし。でもわたしにとってはそんな感じなの」

Vは苦笑した。「わかるよ」

「でも、五分は五分だと思うの。だからわたしが話したら、あなたも話してくれなくちゃ。それでいい？」

「うーん……」ただ、彼女の話はどうしても聞きたい。「そうだな」

「いいわ、それじゃ父とオートミールの話ね。父は——」

「ジェイン？」

「なに？」

「おれはあんたが好きだ。とても。それは先にわかっといてくれ」

　ジェインは二度まばたきした。それからまた咳払い。くそ、あんなふうに赤くなるととてもきれいだ。

「それで、オートミールがどうしたって？」

「ああ……そうそう……さっきも言ったけど、父はオートミールはいいものだって信じ込んでいたの。だから毎朝家族みんなに食べさせていたの、夏でも。母も妹もわたしも、父が言うからしかたなく無理に飲み込んでた。おまけに、ボウルに入れられたぶんは全部食べなくちゃ承知しないのよ。食べるところを見張ってるの。みんなでゴルフをしてて、正しいスイングができなくちゃ困ると思ってるみたいに。ほんとに、背骨の角度とかスプーンの持ちかたまでうるさく言ってたわ。夕食のときはいつも――」と言いかけて言葉を切った。「話がそれたわ」

「それたっていいさ、何時間でも聞いてるから。ピントがぼけてたってかまわない」

「ええ、でも……ピントは合わせなくちゃ」

「そりゃ、顕微鏡をのぞいてるときの話だろ」

　小さく笑みを浮かべた。「オートミールに戻るわね。妹はわたしの誕生日に亡くなったの。金曜日の夜だった。お葬式を急いであげることになって、ていうのも、次の水曜日に父がカナダで論文を発表することになってたから。あとでわかったんだけど、父がその発表を予定に入れたのは、ハンナがベッドで亡くなってるのが見つかったその日のことだったのよ。たぶん早く忘れたかったんでしょうね。それはともかく……お葬式の日、わたし目が覚めたときからとても気分が悪かったの。ほんとにつらかった。吐き気がひどくて。ハンナは……ハンナは、高級できれいなものばっかりのあの家で、たったひとつの本物だったの。だらしなくて、騒がしくて、いつも笑ってて……わたし、あの子が大好きだった。土のなかに埋めるなんて耐えられなかったわ。あんなふうに閉じ込められるの、あの子だっていやだったと思う。そうよ……でもそれはともかく、お葬式用に黒のコートドレスのセットを母が用意してくれたんだけど、それが困ったことに、お葬式の朝に着てみたら合わなかったのよ。小さすぎて、息ができないぐらい窮屈だったの」

「それじゃますます吐き気がひどくなるな」

「ええ。それでも朝食のテーブルに着いたんだけど、胃は空《から》なのに吐き気が止まらないの。いまでも思い出すわ、両親がテーブルの端と端に向かい合わせに座って、目を合わさないようにしてるの。母は品質管理に失敗した陶器の人形みたいだった。お化粧はしてるし、髪もまとめてるんだけど、なにもかも少しずつずれてるの。口紅の色は服に合ってないし、頬紅はさしてないし、シニヨンからはヘアピンが飛び出してるし。父は新聞を読んでて、ページをめくる音がショットガンの銃声みたいに響きわたってた。どちらもひとことも言葉をかけてくれなかったわ。

それで椅子にかけたんだけど、どうしてもテーブルの向かいのからっぽの席を見てしまうのよ。そこへ、オートミールのボウルが降りてきたの。メイドのマリーがわたしの肩に手をのせて、目の前に置いてくれたんだけど、あのときはもう少しで泣きだしそうだったわ。でもそのとき、父が新聞をぱしっとやったの。敷物にうんちをした子犬を見るみたいな目でこっちを見るわけ。それでスプーンをとって食べはじめたんだけど、無理やり飲み込んだら息が詰まりそうだった。それからお葬式に出かけたの」

Vはジェインにふれたくなった。もう少しで彼女の手を握りそうになったが、そこでこらえて尋ねた。「いくつだったんだ?」

「十三よ。ともかく、それで教会に着いてみたらもう人でいっぱいなの。グレニッチでは、両親を知らない人はいなかったから。母はいやらしいほど上品で、父は石みたいに冷たく落ち着きはらってた。つまりふだんとまったくおんなじだったのよ。思い出すわ……そう、あのとき思ってたのは、ふたりともいつもとぜんぜん変わらないってことだった。ただちがうのは、母のお化粧がすごく変だってことと、父がポケットの小銭をずっといじってることだった。それって、とてもらしくないことだったのよ。騒音はどんな音でも大嫌いな人で、だから小銭をずっとちゃらちゃらいわせて気にならないのかって驚いたわ。たぶん、自分の立てる音だから平気だったんでしょうね。だって、やめたければいつでもやめられるわけだから」

ジェインがふと口をつぐんで、部屋の向こうを見やる。その心のなかを、Vはのぞいてみたかった。いまどんな場面が再現されているのか、この目で見てみたい。だが、そうはしなかった。うまくできるか自信がなかったからではない。彼女がみずから進んで打ち明けてくれることのほうが、こっそり盗みとるものよりはるかに貴重だからだ。

「最前列だったの」とつぶやくように言った。「教会でね、最前列に座ってたの、祭壇の真ん前。お棺のふたは幸い閉じてあったけど。でも、ハンナは非の打ちどころもなく美しかっただろうと思うわ。ストロベリーブロンドだったの、妹は。そりゃあみごとな波打つ髪で、バービー人形の髪みたいだった。わたしのはまっすぐだったけど。それはともかく……」

Vはちらと思った――「それはともかく」という言葉を、彼女は黒板消しのように使っているのではないか。黒板がいっぱいになると、この言葉を持ち出してそれまでに話したことを消し、新しいことを書き込めるようにしているのだ。

「そうそう、最前列の話よね。礼拝が始まって、パイプオルガンがずうっと演奏されて……困るのはね、パイプの振動って床から伝わってくるのよ。教会に行ったことある？　たぶんないんでしょうね……それはともかく、おなかの具合が悪いときに、ああいう音楽の低音がこたえるのはわかるでしょう。当然だけど、礼拝は広くて改まった場所であったから、パイプオルガンも大きかったわけ。パイプの数なんか、コールドウェル市の下水道より多いぐらいよ。それがいっせいに鳴りだすと、離陸する飛行機に乗ってるみたいだったわ」

言葉を切って深呼吸をする。思い出して消耗しているのだろう。進んで戻りたくない、めったに戻らない場所へ連れ戻されるのだ。

次に口を開いたとき、彼女の声はかすれていた。「それで……礼拝が半分ぐらいすんだころ、服は窮屈だし、おなかは痛くてたまらないし、父の大好きなオートミールは、むかつく根っこを出して胃のなかに根付きはじめてるみたいだったし。そこへ司祭さんが、追悼の言葉を述べるために説教壇にあがってきたわけ。映画から抜け出してきたみたいだった。白髪で、よく響く声をしてて、白と金色のローブを着てて。たしかコネティカット州全体の監督教会派のビショップだったと思う。それはともかく……その司祭さんが、天国で待っている神の恩寵とか、神とイエスと教会とかのたわごとを並べだしたわけ。ハンナのためっていうより、キリスト教の宣伝のために話してるみたいだったわ。

わたしはじっと座ってたけど、ちゃんと聞いてはいなかった。そのとき母のほうに目をやったら、手が見えたの。ひざのうえでぎゅっと握りしめてて、関節が白く浮き出してた……ジェットコースターに乗ってるみたいに。ほんとはちっとも動いてないんだけど。それで左を向いて父の手を見たの。手のひらをひざに置いてるんだけど、指はぜんぶズボンに食い込んでるの。右手の小指だけは伸びてて揺れてた。それがパーキンソン病の患者みたいにぶるぶる震えて、ズボンの上等なウールをずっと叩いてるの」

ジェインがなにを言おうとしているのかわかって、Vはそっと尋ねた。「それであんたのは……あんたの手はどうだった？」

ジェインはかすかな嗚咽《おえつ》をもらした。「わたしのは……わたしの手はぴくりともしてなかった。完全にリラックスしてるの。なんにも感じなかった。胃のなかのオートミールが気持ち悪いだけ。どうして……妹が死んで、両親が――これ以上はないぐらいいつも冷静な両親がこんなに動揺してるのに、どうしてわたしは平気なんだろうって……お棺のなかでサテンのうえに寝てるのがわたしだったら、きっとハンナは泣くだろうって思ったわ。わたしのために泣いてくれるだろうって。でも、わたしは泣けなかった。

それで、いかに神が偉大かとか、ハンナは神のみもとに行けていかに幸運かとか、そういう司祭さんの解説つきコマーシャルが終わって、パイプオルガンが鳴りだしたわけ。あの低音のパイプの振動が床から座席に伝わってきて、それがちょうどいい周波数――というより、ちょうど悪いって言うべきでしょうね――で襲ってきたのよ。それでわたし、父に向かってオートミールを吐いちゃったの」

（なんてこった）Vは思った。手をのばして彼女の手を握った。「大変だったな……」

「ええ。それで母が立ちあがってわたしを連れ出そうとしたんだけど、父が座ってなさいって母に言って、わたしを教会の婦人会のひとのところに連れてって、トイレに連れてってくれって頼んだの。それで自分は男子トイレに入っていったわけ。わたしは個室にひとりで放っとかれたんだけど、十分ぐらいしたら婦人会のひとが戻ってきて、車に乗せて家まで送ってくれた。だからわたし、埋葬には立ち会えなかったのよ」音を立てて息を吸って、「戻ってきたとき、両親はどっちもわたしの様子を見には来なかった。しばらく両親の立てる物音が聞こえてたけど、そのうちひっそり静まりかえったの。それでわたし、しまいに降りていって冷蔵庫のなかをあさって、カウンターの前で立って食べたわ。二階に食べものを持ってあがっちゃいけないことになってたから。わたし、そのときも泣かなかった。その晩は風が強くて、例によってそれがこわかったんだけど。それにうちのなかはほとんど真っ暗だったし、おまけに妹のお葬式を台無しにしちゃったって思ってたのに」

「それはショック状態だったからだろう」

「ええ。でも変なの……わたし、妹が寒いんじゃないかって心配してたのよ。冷え込む秋の夜だったの。地面は冷たいし」ジェインは手を振って、「それはともかく、父は翌朝、わたしが起きる前に出かけて、それから二週間戻ってこなかった。何度も電話してきて、むずかしい症例の助言を求められてるから、国のどこそこに行かなくちゃならないってずっと母に言ってたわ。そのあいだ、母は毎日起きて着替えてわたしを学校へ送り迎えしてたけど、そこにはいないも同然だった。まるで新聞になったみたい。話すことっていったら、お天気のことと、わたしが学校に行ってるあいだに、家や使用人のことでどんな問題があったかってことだけ。しまいに父は戻ってきたんだけど、もうすぐ帰ってくるなってどうしてわかったと思う？　ハンナの部屋のせいよ。わたし、毎晩あの部屋に入って、あの子のものに囲まれて座ってたの。どうしても理解できなかった——服も本も絵ももとどおりそこにあるのに、あの子だけがいない。どうして、おかしいって思ってた。ハンナの部屋はエンジンのない車みたいだった。なにもかもちゃんとしてるのに、ぜんぜん役に立たないの。もう二度と使われることがないの。

父が帰ってくる前の晩、あの部屋のドアをあけたら……なんにもなくなってた。母がそっくり片づけさせて、ベッドカバーもカーテンもべつのに取り替えてたのよ。ハンナの部屋だったのが、客用寝室になってた。それでわかったの、ああ、お父さんが帰ってくるんだなって」

Vは親指で彼女の手の甲をさすった。「それはまったく……ジェイン……」

「つまり、これがわたしの打ち明け話。泣く代わりにオートミールを吐いちゃったわけ」

ジェインがそわそわして、気を鎮めようとしているのがわかる。その気分はよくわかった。V自身も、まれに個人的な話をすると同じように感じるからだ。彼女の手を愛撫しつづけるうちに、ジェインがこちらに顔を向けてきた。沈黙が落ちる。彼女が待っているのがわかる。

「ああ」彼はぽつりと言った。「押さえつけられた」

「それでそのあいだ、あなたはずっと意識があったのね」

声がうわずった。「ああ」

ジェインが顔に触れてきた。ひげののびた頬を手のひらがなでる。「それで殺したの？報復のために」

Vは手袋をした手をあげてみせた。「こいつが引き受けてくれたよ。全身から光が噴き出してな。みんなおれに手を触れてたから、石に変わったみたいに引っくり返った」

「それはよかったわ」

ちくしょう……完全に恋に陥ちてしまった。「あんたはいい戦士になれそうだな」

「いまでも戦士よ。敵は死神」

「ああ、そうだな、そのとおりだ」ちくしょう、Vが彼女にきずなを感じたのはあまりに当然のことだったようだ。こいつは戦士だ……彼とよく似た。「メスがあんたの短剣なんだな」

「ええ」

ふたりはしばらくそうしていた。手と手を合わせ、目と目を合わせて。しまいに、なんの前触れもなく、ジェインがVの下唇を親指でそっとなぞった。

Vがはっと息を呑むと、ささやくように言った。「ねえ、眠っていないときでもかまわないわよ」

23

意識を取り戻したとき、ジョンは高熱を出していた。皮膚は燃えるようだし、血は溶岩流のよう、骨髄はそれを送り出す溶鉱炉のようだ。涼に餓えて、寝返りを打って服をむしり取ろうとしたが、気がつけばシャツもズボンも着けていなかった。全裸で身をよじっていたのだ。

「どうぞ、わたくしの手首を」女性の声が左上から聞こえてきて、彼はそっちのほうに首をよじった。汗が涙のように顔を流れ落ちる。それともこれは涙だろうか。

痛い、と口だけ動かした。

「若さま、どうぞわたくしの手首をおとりください。もう切ってございます」

なにかが口に押しつけられて、芳醇なワインで唇が濡れた。本能がけもののように跳ね起きた。この熱に熱ではない、飢えだ。そしていま差し出されているものこそ、彼に必要な生命の糧《かて》だ。夢中でつかんだら、それは腕だった。口を大きくあけ、力いっぱい吸った。

信じられない……大地と生命の味がする。頭がくらくらして、強烈で、麻薬のようだ。世界が回転しだす。爪先立ちのバレリーナのよう、カーニバルの乗物のよう、終わりのない渦巻きのようだ。その回転のさなかにも、彼は生命がけで飲みつづけた。言われなくてもわかっている。いまのどを流れ落ちるものだけが、彼を死のふちから救う力を持っているのだ。幾日も幾晩も飲みつづけ、何週間も過ぎた。それともまばたきの間のことだったのか。だが、それにもやはり終わりの時はやって来た。ジョンは驚いた。差し出された手首にすがっているうちに、残りの人生はすべて過ぎ去った——そう聞かされても納得できそうな気がする。

しがみついていた手首を離して、ジョンは目をあけた。

レイラが、あのブロンドの〈巫女〉が、ベッドの彼のわきに腰をおろしていた。白いローブが、弱った目に日光のようにまぶしい。部屋のすみのほうに、ラスがベスといっしょに立っている。ふたりは互いの身体に腕をまわして、心配そうな顔をしていた。

変化だ。ついに変化の時が来たのだ。

両手をあげた。酔っぱらいのように震えるその手で、手話で尋ねた。**これで終わり？**

ラスが首をふった。「まだだ、これからだ」

これから？

「大きく息を吸っておけ」王が言った。「必要になる。いいか、おれたちはここにいるからな。絶対にそばを離れないから」

くそ、王の言うとおりだった。遷移は二部構成だったのだな。そして苦しい部分はまだこれからなのだ。恐怖と闘うために、自分に言い聞かせた――ブレイはこれを乗り越えたのだ。そしてクインも。

〈兄弟〉たちもみんな。

そして彼の姉も。

ベスの濃青色の目と目を合わせたとき、どこからともなくぼんやりした幻が訪れてきた。どこかのクラブだ……ゴスロックふうのクラブ。いっしょにいるのは……トールメントだ。いや、いっしょにいるのではない。トールがほかのだれかといっしょにいるのを見ているのだ。そのだれかは大きな男性だった。〈兄弟〉たちと同じぐらい大きい。顔は向こうを向いていて見えなかった。

ジョンはまゆをひそめた。いったいぜんたい、脳みそのどこからこんなまぼろしが湧いて出たのだろう。そのとき、見知らぬ男の声が聞こえてきた。

おれのじつの娘なんだぞ、トールメント。

半分は人間じゃないか。ラスが人間をどう思ってるか知ってるだろう。トールメントは首をふった。おれのひいひい祖母《ばあ》さんは人間だけどな、ラスの前じゃそんなことおくびにも出せやしない。

ふたりが話しているのはベスのことじゃないか……ぼやけて顔の見えないあの見知らぬ男は、それならジョンの父ということだ。ダライアスだ。

父の顔に焦点を合わせようとジョンは力んだ。ひと目でいい、ひと目だけでもはっきり顔が見たい。ダライアスが手をあげてウェイトレスの目をとらえ、自分の空《から》のビール壜とトールメントのほとんどあいたグラスを指さす。

自分の子をまた死なせるわけにはいかん。助けられる見込みがあるかぎりはな。それに、あの子が変化するかどうかもまだわからんのだ。こっちの血のことはなにも知らずに、あのまま人間として幸せに生きていけるかもしれん。前にそういうこともあったからな。

父はジョンの存在を知っていたのだろうか。たぶん知らなかったのだろう。バスの停車場のトイレで生まれて、そのまま放置されていたのだから。娘のことをあんなに心配する男なら、息子のことだって心配するはずだ。

まぼろしが薄れはじめた。逃すまいとしがみつくほどに、いよいよぽろぽろと崩れていく。ついに消える直前、見えたのはトールの顔だった。軍人ふうの短髪、骨ばった顔、澄んだ目。胸が痛い。トールは、テーブルの向かいに腰をおろす男性を見ていた。そのトールの目つきにも胸が痛んだ。ふたりは親しかったのだ。きっと親友どうしだったのだろう。

どんなにすばらしいだろう、あのふたりがふたりとも、彼のそばにいてくれたら——

襲ってきた激痛はまるで宇宙規模だった。ビッグバンに全身が粉砕され、体内の分子がスピンしつつ飛び散る。すべての思考、すべての理性が吹っ飛び、屈伏するしか手がなかった。口をあけ、声にならない悲鳴をあげる。

ジェインには信じられなかった。ヴァンパイアの顔をじっと見つめて、彼とセックスがしたいと切望しているなんて。だがそれと同時に、その望みにはなんの迷いもなかった。これまで生きてきて、これほどの確信を抱いたことはないというぐらいに。

「目を閉じろよ」Vが言った。

「それは、ほんとうにキスをするため？」お願い、そうだと言って。

Vは手をのばしてきて、手袋をしていない手で彼女の顔を上から下へなでた。その手のひらは温かく大きく、濃厚なスパイスのにおいがする。「ジェイン、眠るんだ」

彼女はまゆをひそめた。「起きたまましたいわ」

「だめだ」

「なぜ」

「そのほうが安全だ」

「待って、それは妊娠の可能性があるってこと？」それに性感染症はどうだろう。

「人間が妊娠する例もたまにはあるが、あんたはいま排卵してない。してればにおいでわかる。それと感染症だが、おれは病気を持ってないし、あんたから感染《うつ》ることもない。だが、そんなことはどうでもいいんだ。あんたが起きてないときのほうが、おれにとって安全なんだ」

「ばか言わないで」

Vはベッドのうえでもぞもぞ身体を動かした。そわそわと、じれったそうに。昂ぶりを抑えきれないように。「眠っているときでないと無理なんだ」

まあしょうがないわね、彼はあくまで紳士的にふるまおうと決めているのだ。このくそったれ。

ジェインは身を引き、ベッドからおりた。「わたし、空想には興味がないの。現実にする気がないのなら、ぜんぜんしないほうがましよ」

Vは羽毛布団を引っ張って腰を覆い、フランネルのズボンを押し上げている股間を隠した。

「あんたを傷つけたくないんだ」

ジェインはVをにらみつけた。その目の光は、なかばは性的欲求不満のため、なかばはガートルード・スタインふうの怒りのためだった。「わたしは見かけほどやわじゃないのよ。それに正直言って、そういう恩着せがましい、おれはきみのためを思ってるんだみたいな男の言いぶんには虫酸が走るわ」

つんとあごをあげて向こうを向いたが、気がついてみたらどこにも行く場所がない。出ていこうにも出ていけない。

ほかにどうしようもなくて、バスルームに入った。シャワーと洗面台のあいだを行ったり来たりしていると、厩舎《きゅうしゃ》の馬になったような――

なんの前触れもなく、後ろから抱え込まれた。顔を壁に押しつけられ、彼女の倍もある岩のような身体で押さえ込まれる。最初にあえいだのは驚きのため、二度めは快感のためだった。お尻にVが身体を押しつけてきている。

「やめておこうと思っていた」低くうなるように言いながら、手を彼女の髪に埋め、つかんでぐいと引っぱった。顔をのけぞらせながら、彼女は叫んだ。足のあいだがうるおってきている。「いいひとを演じようとした」

「ああ……だめ――」

「いまさらだめはない。ジェイン、もう遅い」その声には後悔の色が混じっていた――エロティックなあきらめの響きとともに。「あんたのやりかたでやろうとしていたのに。こうなったらもうおれのやりかたでやるしかない」

わたしが求めていたのはこれだ。この彼が欲しかったのだ。「お願い――」

「まだだ」手首をひねって彼女の頭を横に倒した。のどくびがあらわになる。「お願いするのは、おれがそうしろと言ってからだ」温かく濡れた舌が、彼女の首を這いあがってくる。

「さあ、なにをするつもりなのかと訊け」

口をあけたが、あえぐことしかできない。

髪を引っ張る力が強くなった。「訊け。さあ言え、『わたしになにをするつもり?』」

つばを呑んだ。「わたしに……わたしになにをするつもり?」

彼女の身体をぐるりと横向きにさせた。そのあいだもずっと、腰は彼女の尻に強くあてがわれたままだ。「あの洗面台が見えるか、ジェイン」

「ええ……」なんてこと、もういってしまいそう――

「あの流しに覆いかぶさらせて、両側を握らせる。それからパンツをおろす」

ああ、どうしよう……

「ジェイン、それでそのあとはどうするのか訊け」またのどくびを下から上へ舌でなぞる。耳たぶがなにかにはさまれた――牙を立てられたのだ。その軽い痛みに全身に快感が走り、脚のあいだに熱いものが押し寄せてくる。

「それで……そのあとは？」あえぎながら尋ねた。

「おれは両ひざをつく」彼の頭がおりてきて、今度は鎖骨が嚙まれる。「さあ言え、『それでその次は、V？』」

嗚咽《おえつ》が漏れそうだった。感じすぎて脚ががくがくしてくる。「それで、その次は？」

髪を引っ張られた。「最後を忘れてるぞ」

最後ってなに――最後って……「V」

「だめだ、やりなおし。最初から」大きくなったものを押しつけてくる。固い先端が、いま、すぐ入りたがっているのがわかる。「やりなおしだ。今度はまちがわずに言うんだ」

だしぬけにオルガスムスの波がのしかかってきた。彼のざらざらした声に押されて、その波が身体のなかに——

「だめだ、待て」と下がって少し離れた。「まだいくんじゃない。おれがいいと言ってからだ。それまではだめだ」

頭はぼうっとしているし、身体はうずく。ぐったりしているうちに、突き刺すような欲求が薄れてきた。

「ほら、さっきの言葉を言いなおすんだ」

さっきの言葉って……「それでその次は、V？」

「おれは両ひざをついて、両手でおまえの太腿を裏側からなであげて、指で開かせて舌を入れる」

さっきのオルガスムスが一度に戻ってきて、脚ががくがくする。

「だめだ」うなり声で言った。「まだだ。おれがいいと言ってからだ」

洗面台に連れていかれ、さっき彼がそうするとと言ったとおりにされた。前かがみにされ、両手を洗面台の両側に置かれて、「つかまってろ」と命令される。

言われたとおり、ふちをしっかりつかんだ。

両手を使って彼女の身体をまさぐり、シャツの下にもぐり込ませてきて、乳房をわしづかみにする。やがてその手が腹部におりて、さらに腰にまわった。

と、ひと息にパンツが引き下ろされた。「ああ……ちくしょう。これが欲しかったんだ」

と、革の手袋をした手で尻をつかみ、もみしだいた。「こっちの脚をあげろ」

言われたとおりにすると、ヨガパンツが足から引き抜かれた。腿を押し開かれて、そして……彼の両手、手袋をした手としていない手がゆっくりあがってくる。彼の前で自分がむき出しにされていると思うと、身体の芯が熱く濡れてうずきだす。

「ジェイン……」感極まったようにささやく。

なんの前奏もなかった。なんの心構えもないうちに、それは始まっていた。彼の口が。花芯に。ふた組の唇が接する。指が尻に食い込み、動かないようにがっちりおさえつけて、口を動かしつづける。もうなにもわからない。どれが舌で、どれがひげのはえたあごで、どれが口なのか。ねっとりとなめられるあいまに貫かれ、肉と肉の当たる音が聞こえ、彼に征服されていくのがわかる。

「いけよ」と花芯に向かって言う。「いま、いけ」

堰を切ったように、オルガスムスが殺到してきて、洗面台をつかんでいた手のいっぽうがすべった。倒れるところへVの腕がさっと伸びてきて、彼女はそれにしがみついた。

口が離れたと思うと、両方の尻にキスをされた。手のひらが背骨を這いのぼってきて、ジェインは両手を洗面台についたままうなだれた。「なかに入るぞ」

彼が着衣を脱ぎ捨てる音は彼女のあえぎより大きく、屹立《きつりつ》したものが腰をかすめただけで、ジェインはまたいきそうになった。

「これが欲しかったんだ」のどにかかった声で言った。

「くそ……これが欲しかった」

強いひと突きで強引に入ってきて、腰が彼女の尻に当たった。恐ろしいほど太いもので貫かれたのは彼女のほうなのに、声をあげたのは彼のほうだった。ひと呼吸置くまもなく、激しく突きはじめる。彼女の腰をつかむと、自分の突きに合わせて引き寄せ、また押し戻す。

彼女は口をあけ、目を見開いた。セックスの甘やかな音声に耳をそばだてる。洗面台に腕を突っ張って身構えていると、また突き抜けるようなオルガスムスが襲ってきた。ふたたび絶頂が訪れ、彼女は髪に顔を打たれ、頭はがくがくし、身体と身体がぶつかりあう。かつて経験したなにものにもたとえようがない。これをセックスと言うならセックスの百万乗だ。

そのとき、手袋に包まれた手に肩をつかまれた。彼は腰を前後に動かしつづけながら、彼女の上体を引き起こした。彼の手がのどくびを這いあがってきて、あごをしっかりつかんでぐいと持ちあげ、頭をのけぞらせる。

「おれだけのものだ」うなるように言いながら、しゃにむに入ってくる。

そして牙を立てた。

24

目が覚めたとき、ジョンはまっさきに思った――チョコレートソースのサンデーにベーコンをのせたやつを食べたい。ほんとうにやったら胸焼けがしそうだ。

ただ、ちくしょう……いまなら、チョコレートとベーコンで天国に行けそうな気がする。

目をあけてみてほっとした。目に入ったのは、いつもの寝室の見慣れた天井だ。だが、なにがあったのか思い出せない。恐ろしいことがあったような気がする。なにか途方もないこと。なにがあったんだっけ？

目をこすろうと手をあげて……息が止まった。

腕についている、その手は巨大だった。巨人の手だ。

頭をあげて、身体を見おろして……これはだれの身体だ？　前の日に、脳みそを移植でもされたんだろうか。彼の脳がつながっていたのはこんな身体ではなかった。それはまちがいない。

遷移だ。

いた。

「ジョン、気分はどうだ」ラスの声がしたほうに目をやった。王とベスがベッドのそばにいて、疲れきった顔をして

意識的に努力して、やっと両手を動かして言葉をつづった。もう終わったんですか。

「そうとも。そうとも、ぼうず、ぶじ終わったんだ」ラスは咳払いをした。刺青の入った前腕をベスがさする。こみあげるものを抑えかねていると察したかのように。「おめでとう」

ジョンは忙しくまばたきした。胸が締めつけられる。ぼくはいまも……ぼくのままですか？

「もちろんだ。別人になるわけじゃない」

「わたくしは、これで失礼してよろしゅうございますか」女の声がした。

ジョンはそちらに顔を向けた。薄暗いすみにレイラが立っていた。非の打ちどころのない美しい顔、非の打ちどころのない美しい肉体が、陰に包まれて。

とたんに、固くなった。

まるで鋼鉄を注入されたようだ。

あわてておさぐって、身体がむき出しになっていないか確かめると、幸い毛布がかけてあった。ほっとして枕に頭をうずめる。ラスがなにか言っていたが、ジョンの頭を占領しているのは、股間のうずきのこと……と、部屋の向こうの女性のことだけだった。

「では喜んで、いましばらくお仕えさせていただきます」レイラは言って、深々と頭を下げた。

やった、とジョンは思った。まだ帰らずにいてく……

ちょっと待て。なにがやっただ。レイラとセックスなんかできるわけがない。絶対に無理だ。

彼女が近づいてくる。ベッドサイドテーブルのランプの投げる、光の環《わ》のなかに入ってきた。肌は月光のように白く、サテンのようになめらかだ。それに柔らかいにちがいない……手にふれ、口にふれてみれば……この身体の下に組み敷いてみれば。出し抜けに、上の前歯の両側のあたりがむずむずしてきて、なにかが口のなかに突き出してきた。舌でさっと探ってみると、先端が鋭く尖っている。牙だ。

情欲が全身を駆けめぐり、見ていられなくなってレイラから顔をそむけた。

なにもかも承知しているというように、ラスが忍び笑いを漏らした。「おれたちは外そう。ジョン、なにか用があれば廊下のすぐ先にいるからな」

ベスがかがみ込んできて、両手でジョンの手にそっとふれた。いま彼の皮膚が過敏になっているのがわかっているのだ。「ほんとによくがんばったわね」

目と目があったとき、ジョンは思った——あなたこそ。

どう考えてもおかしな返事だ。だから、不器用に手を動かしてありがとうと答えた。

そのあとすぐふたりは出ていき、ドアが閉じると、ジョンはレイラとふたりきりになった。だめだ、これはまずい。暴れる野生馬にまたがっているような気分だ。なにしろ自分で自分の身体がまるで制御できないのだ。

レイラを見ていると危険だと思って、バスルームのほうに目をやった。ドアのすきまから大理石張りのシャワー室が見え、麻薬が切れたような強烈な欲求に襲われた。

「お湯をお使いになりますか」レイラが言った。「お湯を出してまいりましょうか」

ジョンはうなずいた。彼女になにかしていてもらって、そのあいだに自分の身体をどうにかする方法を考えなくては。

彼女としろよ。やらせてもらえよ。十二とおりぐらいの体位で。

ああそうとも、そんなことができるわけないだろ。

シャワーの音がしはじめ、レイラが戻ってきた。と、なにがなんだかわからないうちに、毛布がめくりあげられていた。あわてて両手で股間を覆ったが、レイラが目を留めるほうが早かった。

「ご入浴をお手伝いさせていただけますか」とハスキーな声で言いながら、ジョンの腰を見つめている。ほれぼれしているみたいに。

両手の下のものがさらにずっしりと重くなった。

「若さま？」

こんな状態で、どうして手話が使えるだろうか。

いや、どっちみちレイラには通じないだろう。

ジョンは首をふり、上体を起こした。片手で股間を覆いながら、もういっぽうはマットレスについて身体を支える。くそ、まるでネジがみんなゆるんだテーブルみたいだ。身体のパーツがどれもこれも合わなくなっている。バスルームまでの道のりは、行く手をさえぎるものなどなにもないのに、障害物競走のコースのように見えた。

少なくとも、これでレイラのことばかり考えていられなくなった。

あいかわらず手で隠したまま、立ちあがってよろよろとバスルームに向かった。尻がレイラに丸見えだということは考えるまい。歩くジョンの頭のなかでは、生まれたばかりの子鹿のイメージが渦巻いていた。とくに、きゃしゃな脚で立ちあがろうとして、それが針金のようにぐしゃっと曲がってしまうところが。いまの自分はあれにそっくりだ。いまにもひざが休暇に出かけて、ぶざまにべったり倒れてしまいそうだった。

よし。バスルームに入った。**よくやった**。

あとは、このむき出しの大理石にぶっ倒れさえしなければいいのだ。ただちくしょう、打ち身を作ってでも、いまは身体が洗いたい。ところが、浴びたくてたまらないシャワーでさえ厄介だった。温かくやさしい湯滴の下に足を踏み入れたら、まるで鞭《むち》で打たれたかのようで、思わず跳びすさった——ところへ、目のすみにレイラの姿が飛び込んできた。服を脱いでいる。

信じられない……なんてきれいなんだ。

レイラが入ってきて、ジョンは言葉を失った。それは喉頭がないからではない。豊かな乳房、美しく盛りあがった中央に小さく突き出すバラ色の乳首。ウェストは細くくびれて、両手をまわせば指と指が届きそうだ。細い腰は狭い肩幅と完璧につりあっている。それに性器……隠すものもなく目の前にさらけ出されている。肌はなめらかで無毛、ふたつのひだでできた小さな割れ目、あのひだを開いてみたくてたまらない。

ジョンは大きくなったものを両手でつかんだ。股間から勝手に飛び出していくのを心配するかのように。

「お手伝いさせていただけますか」レイラは言った。ふたりのあいだに立ちのぼる湯気が、そよ風に揺れる薄絹のようだ。

両手の下のものが、ぐいと頭をもたげる。

「若さま?」

ジョンは首を縦にふった。全身がずきずきする。クインの言っていたことを思い出す。女性にあんなことやこんなことをしたという話を。ちくしょう、どうしよう……それがいま、ジョンの身にも起ころうとしているのだ。

レイラはせっけんを手にとり、両手で持ってこすりはじめた。棒状のせっけんが手のなかで転がって、白い泡が立ち、床のタイルにしたたり落ちる。あの手に自分のペニスが握られているさまを想像したら、苦しくなって口から息をせずにはいられなかった。**おっぱいが揺れている**、と思いながら唇をなめた。あそこにキスをさせてくれるだろうか。どんな味がするだろう。なかに入らせてくれるだろうか――

ペニスが跳ねあがって、ジョンは哀れっぽいため息を漏らした。

大理石の壁の小さな受け皿に、レイラはせっけんを戻した。「そっといたしますね。いまは過敏になっていらっしゃいますから」

ジョンはごくりとつばを呑み、暴走せずにすむようにと祈った。泡まみれの両手が近づいてきて、両肩に置かれる。残念ながら、現実は想像していたのの足もとにも及ばなかった。軽くふれられただけで、日焼けした肌をサンドペーパーでこすられているようだ……それなのに、さわってもらいたくてならない。彼女が欲しくてたまらない。

フランス製のせっけんのにおいが湯気にのって漂うなか、彼女の手が両腕をおりていく。それがまたあがって、堂々たる幅に育った胸に移る。せっけんの泡が腹を流れ落ち、手に垂れかかり、指と指のあいだを抜けて、柔らかにペニスを包んでしたたり落ちていく。ゆっくりと胸をなぞる彼女の顔を見つめた。淡い緑の目が、大きく育った彼の身体のうえをさまよっている。それがぞくぞくするほどエロティックだった。

彼女は欲しがっている。彼がいま両手に握っているものを欲しがっているのだ。彼が与えたくてたまらないものを、のどから手が出るほど欲しがっている。

レイラはまたせっけんを手にとり、ジョンの前にかがんで大理石のタイルにひざまずいた。髪はまだシニヨンにまとめたままだ。あれをほどいてみたい。あれが濡れて、乳房に張りつくさまを見てみたい。

彼女の手が下肢に置かれ、そこから這いのぼってくる。淡い緑の目があがった。そのせつな、彼女にくわえられるさまが頭にひらめいた。彼の屹立したものを含んで口が大きく開かれ、頰がへこんでは膨らんで彼を喜ばせようとするさまが。

ジョンはうめいた。身体が揺れて、肩がぶつかる。

「お手をお下げくださいませ」

そのあとどうなるかと思うと恐ろしかったが、言われたとおりにしたかった。ただ、ばかをさらす破目になったらどうしよう。我慢しきれなくて、彼女の顔じゅうにぶちまけてしまったら。そうなったら——

「若さま、どうぞお手を」

そろそろと両手を離したら、それは股間から高々とそそり立った。重力に逆らうどころか、まるでまったく関係ないと言わぬばかりだった。

ああ、どうしよう。ああ、どうしよう……彼女の手があがってきて——

その手がふれた瞬間、そそり立っていたものがしぼんだ。どこからともなく、薄汚い階段にいる自分の姿が目の前に飛び出してきた。銃口を突きつけられて、身動きができない。凌辱されて、声にならない悲鳴をあげている。

ジョンはぐいと身を引き、よろめきながらシャワーから離れたが、濡れた足とがくがくするひざのせいで、大理石の床のうえで滑った。倒れまいとして、トイレのうえに座り込むかっこうになった。

ぶざまだ。男らしくない。どうしていつもこうなるんだ。やっと身体は大きくなったが、これでは男とは言えない。身体が小さかったときとまるで同じではないか。

シャワーが止まった。レイラがタオルで自分の身体を覆う気配がする。震える声で、「退《さ》がってよろしゅうございますか」

彼はうなずいた。恥ずかしくて顔があげられなかった。

ずいぶんたってから顔をあげたときには、バスルームにひとりきりだった。ひとりきりで、そして寒い。シャワーの熱は冷え、あの快い湯気も嘘のように消え失せていた。

初体験だったのに……途中で萎えてしまった。ああちくしょう、吐き気がする。

Vは牙でジェインの皮膚を破り、のどに穴をあけ、血管に食い込ませて、唇で吸いついた。彼女は人間だから、エネルギーがみなぎってくるのは、それが血液だからではない。その血が彼女のものだからだ。夢に見た彼女の味を味わっている。そして……彼女の一部を吸収しているのだ。

ジェインが声をあげた。だが、それは苦痛の悲鳴ではない。彼女の身体は官能に艶めき、その香りはさらに強くなっていく——彼が求めるものを奪《と》るごとに。ペニスで快楽を、口で血を奪うごとに。

「いっしょにいってくれ」かすれ声で言って、彼女ののどくびから口を離し、また洗面台に腕をついて身体を支えさせる。「いっしょに……いって……くれ……」

「**ああ、くそ……**」

Vは、彼女の腰に身体をぴったり張りつけていた。オルガスムスが訪れたとき、ジェインも同時に絶頂に達し、彼の精を吸い取っていく。彼がさきほど彼女の首から吸い取ったように。公平なギブ・アンド・テイク、双方ともに満足な。彼の体内に彼女の一部が、そして彼女の体内に彼の一部が在《あ》る。それはふさわしいこと、美しいことだった。

彼女はおれのものだ。

果てたあと、ふたりはともに荒い息をしていた。

「大丈夫か？」とあえぎあえぎ尋ねながら、彼ははっきり気づいていた。セックスのあと、自分の口からこんな問いが飛び出したのはこれが初めてだということに。

ジェインは答えない。少し身体を引いてみると、白い肌にあとがついていた。手荒く扱われたあとが赤くなっている。これまでセックスをした相手は、たいていそうなっていた。

荒っぽいのが好きだから、荒っぽくなければ満足できないからだ。いままでは、相手の肉体にどんなあとが残ろうが気にしたことはなかった。

いまはそれが気になる。ますます気になってしかたがない。口もとをぬぐったら、彼女の血が手についてきたからだ。

くそ、まずい……あまり手荒に扱いすぎた。あまりにも手荒すぎたのだ。「ジェイン、ほんとに――」

「すごくよかったわ」と首をふると、ブロンドの髪が揺れて頬に当たった。「ほんとに……よかった」

「大丈夫か、ほんとに――」

「ほんとによかったわ。ただ、この洗面台から手を離すのがこわいの、引っくり返りそうで」

安堵のあまり頭がくらくらした。まるで快く酔ったかのように。「痛くなかったか」

「征服されたって感じね……でも、仲のいい女友だちがいたら、電話して『ねえ聞いて、生まれて初めての最高のセックスをしたの』って言いたいみたいな」

「そうか、よかった……よかった」できればなかにずっと入っていたかった。彼女がこんなふうに話しているのだからなおさらだ。それでも腰を引いて離れたのは、あまり無理をさせたくなかったからだった。

後ろから見る姿は格別だった。青筋が立ってしまうほど美しい。食べてしまいたい。股間が心臓のように脈打つのを感じながら、パジャマのズボンを引きあげてフランネルの下に隠した。

Vはゆっくりとジェインを起きあがらせ、鏡に映る彼女の顔を見つめた。目はとろんとして、口は開き、頬は紅潮している。首には彼の嚙みあとが残っている。ちょうど望みどおりの場所、だれにでも見える場所に。

彼女にこちらを向かせて、手袋に包まれた人さし指でのどをなであげ、穴から流れる細い血の筋をすくいとった。黒い革をきれいになめて、彼女の血を味わいながらもっと欲しいと思った。

「傷をふさいでいいか？」

うなずくのを見て頭を下げた。穴にそっと舌を這わせながら、目を閉じて、うっとりと鼻をすり寄せる。次に彼女の脚のあいだを責めるときは、腰の継ぎ目を走る血管に牙を立てたい。そうすれば、血を吸うのと交互に花芯をなめられる。

Vは身体を傾けて、シャワーの栓をひねった。ジェインの着ているボタンダウンのシャツを脱がせると、乳房は白いレースに包まれていた。ピンクの乳首が、きれいな模様のあいだから透けて見える。身をかがめて、細い繊維ごしに乳首を吸うと、それに応えて彼女は手をVの髪に埋め、のどの奥からうめき声を漏らした。

Vはうなり、手のひらを彼女の脚のあいだに滑り込ませた。腿の内側に、彼の残したものがついていた。そんなことを望むのは最低のくず野郎だと思いながらも、それをずっとこのままにしておきたいと思った。それはそのまま残して、さらに多くを彼女のなかに送り込みたい。

なるほど、これがきずなを結んだ男の本能というやつか。皮膚をまとうのと同じように、彼女の全身を覆い尽くしたい。全身あますところなく。

ブラをはずしてやり、やさしくシャワーの下に彼女を押しやると、両肩をつかんで支える。自分も入っていくと、パジャマのズボンが濡れ、足になめらかな大理石の床を感じる。両手で彼女の髪を梳き、短いブロンドの波を顔からかきあげて、目をのぞき込んだ。

おれだけのもの。

「まだキスをしてなかったな」

彼女は伸びあがり、バランスを崩さないように彼の胸に手をついた。まさに彼の望みどおりに。「ええ、口にはまだ」

「していいか?」

「して」

くそ、彼女の唇を見ていると緊張してきた。なんてばかな話だ。これまで生きてきて、セックスはいやというほどしてきた。ありとあらゆるセックスを、ありとあらゆる組み合わせで。それなのに、彼女とまともにキスをすると思うと、そんな経験のすべてが拭い去られたようだった。まるで童貞のように——童貞だったときもそんなことはなかったのに——どうしていいかわからず、緊張でひざががくがくする。

「してくれないの？」ためらっていると、ジェインが尋ねてきた。

ああ……ちくしょう。

モナリザのような微笑を浮かべて、両手を彼の顔に当てた。「してよ」

彼を引き寄せ、頭をかしげさせて、唇に唇をそっと重ねてきた。ヴィシャスの全身に震えが走った。だれかの力を感じたことは何度もある。全身の筋肉には自分の力を感じるし、運命にはいまいましい母親の力を感じる。人生に王の力を、仕事に兄弟たちの力を感じてきた——が、そのどれにも圧倒されたことはなかった。

それがいま、ジェインに圧倒されている。両手に顔を包まれて、完全に支配されている。

彼女を抱き寄せ、もっと強く唇を押し当てた。こんな甘やかな交歓を、自分が求めているとは思いもしなかった。まして貴いと感じるなどとは。唇を離すと、なめらかな曲線を描く身体をせっけんで洗い、シャワーで流した。髪をシャンプーして、脚のあいだもきれいに流した。

彼女の世話をするのは、息をするように自然なことだった……頭と身体が自然に動いて、考える必要もなかった。

シャワーを止め、タオルで拭いてやってから、抱きあげてまたベッドに運んだ。黒い羽毛布団のうえに彼女は身体を横たえた。両腕を頭上に伸ばし、脚を少し開いている。身を包むものといったら、湯あがりでピンクに染まった女らしい肌だけだ。

なかば閉じたまぶたの下から彼を見つめて、「パジャマが濡れてるわ」

「うん」

「また大きくなってる」

「うん」

彼女がベッドのうえで背中をそらすと、そのうねりが腰から胸へと上半身をのぼっていく。

「それをどうにかするつもり?」

牙を剝き出しにして、きしるような声で言った。「させてくれればな」

彼女が片脚を横に開く。それを見て、角膜が破れそうになった。濡れて光っているのは、シャワーのせいではない。

「ノーと言ってるように見える?」

まばたきの間にズボンをかなぐり捨て、のしかかって延々濃厚なキスをした。腰をあげ、位置を調整して入っていく。このほうがずっとすばらしい。現実のほうが、夢のなかでするより。一度……二度……三度と彼女をいかせながら、胸が破れそうだった。

生まれて初めて、愛する者とセックスをしている。

せつな、盲目的な恐怖に襲われた。自分を無防備にさらけ出している。いったいなんでこんなことになった？

だが心配することはない。愛とかそんなものをやってみるのは、これが最初で最後だ。そうではないか。それに彼女はなにもかも忘れてしまうのだから、こちらも心配は要らない。最後の最後につらい思いをさせることもないのだ。

おまけに……そうだ、彼女が忘れるということは、彼にとっても安心材料ではないか。ラスとふたりでぐでんぐでんになって、自分の母親のことをぶちまけた夜のような、あんなことになる心配はないのだ。

彼の内面を知る者は、少なければ少ないほどいい。

ただくそったれ、ジェインの記憶を消すことを思うと、なぜこんなに胸が痛いのか。

ちくしょう、彼女とともに過ごせる時間はあまりに短い。

25

〈彼岸〉では、コーミアが〈プライメール〉の神殿を出て、巨大な黄金の扉を〈束ね〉が閉じるのを待っていた。この神殿は盛りあがった円丘のうえにある。小さな丘の頭を飾る金の冠のようだ。ここからは〈巫女〉の世界のすべてが見渡せる。白い家々、神殿、円形劇場、屋根つきの通路。そんな建物と建物のあいだの土地は、刈り込まれた白い芝生に覆い尽くされている。芝生は伸びることも枯れることもなく、そしていつものように、地平線と呼べるようなものはない。ただ、境界をなす遠くの白い森がぼやけて見えるだけだ。この眺めに唯一色を添えるのは水色の空だけ。だがその空でさえ、端のほうは白っぽく色あせている。

「これで講義は終わりです」と〈束ね〉は言いながら、繊細なチェーンで首にかけた鍵束をはずし、扉に鍵をかけた。「しきたりどおり、まもなくあなたは第一の浄《きよ》めの儀式に入ります。迎えが来るまで、わが身に与えられた恩寵を思い、わたくしたち全員のために果たす奉仕のことを考えてお過ごしなさい」

そう言う〈束ね〉の口調はあいかわらず厳しかった。説明のときもそうだった。〈プライメール〉がコーミアの肉体になにをするか。それもくりかえしくりかえし。いつでも気の向いたときに。

抜け目のない表情を目に浮かべて、〈束ね〉はまたチェーンを首にかけた。ちゃらちゃらと音をたてながら、鍵がその乳房のあいだに収まる。「ではご機嫌よう」

丘を下っていくにつれて、〈束ね〉の白いローブは地面とも周囲の建物とも見分けがつかなくなっていく。白に重ねた白のしずくがそれでも区別できるのは、たんに動いているからにすぎない。

コーミアは両手で顔を覆った。〈束ね〉が言うには――というより断言するには、〈プライメール〉の下で起こることは苦痛でしかないらしい。コーミアもそのとおりだろうと思った。具体的なあれこれには愕然とするばかりだったし、契りの儀式をやりおおせる自信がなくて恐ろしかった。途中で取り乱したりしたら、〈巫女〉全体の名折れになる。すべての〈巫女〉の代表として、みなの期待に応え、堂々とやりとげなくてはならない。それができなければ、いままで奉仕してきた尊い伝統を傷つけることになる。永遠の汚点を残すことになるのだ。

肩ごしに神殿をちらとふり返り、片手を下腹部に置いた。コーミアは受胎可能な状態だった。というより、こちら側ではすべての〈巫女〉がつねにそうなのだ。初めてお相手をするときから、〈プライメール〉の子を宿す可能性があるわけだ。

ああ〈冥界《フェード》〉の〈聖母〉さま、なぜわたしが選ばれたのでしょう。

向きなおって見まわすと、〈束ね〉はすでに丘を下りきっていた。それがことさら小さく見えるのは、周囲の建物が高くそびえ立っている――というより、実際には途方もなく巨大だからだ。しかしそのどれよりも、あるいはほかのだれよりも、〈束ね〉はこの風景を支配している。〈巫女〉はみな〈書の聖母〉に仕える身だが、彼女らの日々を取り仕切っているのは〈束ね〉なのだ。少なくとも、〈プライメール〉がやって来るまでは。

〈束ね〉は、自分の領域に男性が入ってくるのを喜ぶまい。

〈書の聖母〉にお選びいただく候補者として、コーミアが指名されたのはそのためだった。選ばれてもおかしくなく、また選ばれれば喜ぶ〈巫女〉がいくらでもいるなか、コーミアほどそれを歓迎せず、またそれに不向きな者はいない。支配者の交代に、受動攻撃的な方法で反対を表明しているわけだ。

コーミアは丘を下りはじめた。素足で踏む白い芝生は、肌触りはあっても温度はない。熱さ冷たさのあるのは飲食物だけだった。

一瞬、逃げ出そうかと思った。なじんだ世界をすべて捨てるのはつらいが、〈束ね〉の描く未来図を耐え忍ぶぐらいなら、そのほうがまだましな気がする。ただ、向こう側に渡るにはどうすればいいのかわからない。〈書の聖母〉の奥の庭を通らなくてはならないのは知っているが、そのあとはどうするのだろう。それに、もし〈聖母〉さまに見とがめられたりしたら……

考えるのも恐ろしい。〈プライメール〉のそばに仕えるよりまだこわい。

ひとには言えない罪深い思いにふけりながら、コーミアはただ当てもなくさまよい歩いた。生まれてからずっと眺めてきた世界だが、ここでは簡単に道に迷ってしまう。どこをとっても、外観も雰囲気もにおいもまるで同じだからだ。なんの変化もないから、世界の輪郭はつるつるで、精神的にも肉体的にもつかみどころがない。地に足がつかない。空気と化したかのように。

〈宝物庫〉のわきを通りかかったとき、その堂々たる階段の下で足を止めて、なかの宝石のことを考えた。あれ以外には、真に色彩を持つものを彼女は見たことがない。鍵のかかった扉の向こうに、貴重な宝石の詰まったバスケットがいくつもある。一、二度見たことがあるだけだが、あの色彩は目に焼きついていた。サファイアの鮮やかな青、エメラルドの濃い緑、血のように強烈なルビーの真紅。アクアマリンは空の色だから、さほど心を魅かれなかったけれど。

いちばん好きだったのはシトリンだ。愛くるしい黄色のシトリン。こっそり手にとったことがある。だれも見ていないときに、バスケットにさっと手を入れただけだったが、それにしてもあれはなんという幸福だったろう。カットされた宝石が、明るい光をひらめかせるのを見ることができて。表情を変えるその光は、まるで活き活きとおしゃべりしているようで、持っているだけで心がいっぱいに満たされた。手のひらから殺到するあの不思議な感触。悪いことをしている後ろめたさも手伝って、あれにはほんとうにわくわくした。〈宝物庫〉に入るのは格別の喜びだが、それは宝石のためばかりではない。ガラスケースには、あちら側の物品が保管されている。一族の歴史に重要な役割を果たしたという理由で収められたものもあるし、いつしか〈巫女〉の所有物になったために収められたというものもある。なんなのかわからないものもあったが、それでも目を開かされる思いがする。あの色彩。質感。外からやって来た外の世界のものたち。

ただ皮肉なことに、いちばん惹きつけられたのは一冊の古い本だった。ぼろぼろの表紙に、色あせた型捺《かたお》しの文字で「マークロンの子ダライアス」とあった。

コーミアはまゆをひそめた。あの名は以前にも見たことがある……書庫の〈黒き剣兄弟団〉の部屋で。

〈兄弟〉の日記。そうか、だから保管されていたのか。

閉じた扉を見つめながら、いにしえの日々に戻れればよいのにと思った。どの建物にも鍵などかかっておらず、書庫と同じく自由に出たり入ったりできたころ。だが、そんな日々は襲撃によって終わったのだ。

あの襲撃以後はなにもかも変わってしまった。とても信じられない話だが、一族の荒くれ者どもが武器を帯び、向こう側から渡ってきて略奪を働こうとした。門から侵入してきて、〈宝物庫〉を襲ったのだ。前《さき》の〈プライメール〉は、〈巫女〉たちを守ろうとして生命を落とした。三人のならず者を倒したものの、その後息を引き取ったのである。

考えてみれば、それが彼女の父だったわけだ。

この恐ろしい出来事のあと、〈書の聖母〉は入口の門を閉じ、〈聖母〉の奥の庭を通らなければここには立ち入れないようにした。また用心のため、〈宝物庫〉にはつねに鍵をかけるようにもなった。それが開かれるのは、〈書の聖母〉の斎籠《いごも》りその他の儀式で、宝石が必要になるときだけだ。その鍵は〈束ね〉が持っている。

足を引きずるような音がして、コーミアは柱廊のほうに目をやった。全身をすっぽりローブに包んだ人物が、ひょこひょこと歩いている。片脚を黒いローブの後ろに引きずって、手袋をした両手にタオルの山を抱えていた。

コーミアはあわてて目をそらし、せかせかと歩きだした。〈プライメール〉の神殿と同じぐらい、あの女性には近づきたくなかった。しまいに、どちらからもこれ以上はないほど遠く離れて、気がつけば鏡の池のほとりにたどり着いていた。

池の水は澄みきって波ひとつなかった。空を映す鏡だ。水に足を入れてみたかったが、それは禁止されていて――

コーミアは耳をそばだてた。なにか聞こえる。

最初はなんの音かわからなかった。というより、空耳ではないかと思った。見渡すかぎり人の姿はなく、あるのは〈幼子《おさなご》の廟《びょう》〉、そして聖域の境界を区切る白い木の森だけだ。しばらく耳をすましていたが、もうなんの物音もしない。やはり空耳だったのだと、彼女はまた歩きだした。

　こわいと思いながらも、吸い寄せられるようにお墓に近づいていった。ここには、生きて生まれてこられなかった赤ちゃんたちが眠っている。

　不安が背筋を這いあがってくる。ここを訪れるのは初めてだった。ほかの〈巫女〉たちもここに来ることはない。白い塀に囲まれてぽつんと建つ、この四角い建物にはだれも近づこうとしないのだ。その塀のなかには悲しみがわだかまっている。扉の把手に結ばれた黒いサテンのリボンに劣らず、その悲しみには確かな実体が感じられる。

　ああ〈フェード〉の〈聖母〉さま、間もなくわたしはここに通いつめることになるにちがいない。母が〈巫女〉でも、新生児の死亡率はやはり高い。わたしの一部がここに眠ることになるのだ。わたしの小さな断片がここに納められて、やがては干からびてしまうのだ。妊娠するしないを選ぶことはできない。「ノー」などという言葉は、口にするのはおろか考えるのも許されない。わたしは〈巫女〉になるために生み出されて、そのわたしの子もまた同じ役割を果たす運命《さだめ》なのだ。そんなことを考えるうちに、自分もこの寂しい墓に入っているのも同然と思えてきた。小さな小さな死者たちとともに閉じ込められている、そんな自分の姿が目に浮かぶ。

　ローブのえりをかきあわせて、震えながら廟の門のうちを見つめた。いままでは、ここは不安をかき立てられる場所だと思っていた。幼子たちが寂しがっているような気がしていた。〈フェード〉に渡って楽しく安らかに暮らしているはずなのに。

その廟がいまは恐ろしい。

さっき聞いた物音がまた聞こえてきた。ぎょっとして跳びすさり、廟に住まう浮かばれない霊から逃げようとした。

だが……いや、あれは幼子の霊ではない。嗚咽を漏らす声だ。幽霊ではなく、生きただれかの。

足音を忍ばせて、塀のかどを曲がった。

レイラが芝生に座り込んでいた。両ひざを胸に抱え、腕を自分の身体に巻きつけている。顔をひざに埋め、肩を震わせていた。ローブも髪も濡れている。

「レイラ……」コーミアは声をひそめて呼びかけた。「どうなさいましたの」

レイラがぱっと顔をあげた。あわてて頬をこすって涙を拭う。「来ないで。お願い」

コーミアは近づいていき、かたわらにひざをついた。「ねえ、どうなさったの？」

「なんでもないの、あなたが気になさることは――」

「レイラ、お聞かせくださいましな」身体にふれたかったが、それはしてはいけないことだった。レイラをいっそううろたえさせてしまう。だから手はのばさずに、やさしい言葉と口調で言った。「どうぞお話しになって。話せば少しは気が紛れますわ。さあ」

レイラのブロンドの頭が前後に揺れて、崩れたシニヨンがさらに乱れる。「しくじったの」

「なににです？」

「わたし……しくじったんです。さっき、ご満足いただけなかったの。追い返されてしまったの」

「どなたに？」

「男のかた。わたしが遷移のお世話をしたかた。契りを結ぶお身体になっていらしたのに、わたしが手をふれたら萎えてしまわれたの」レイラの息が乱れて嗚咽に変わった。「わたし……わたし、なにがあったか王にご報告しなくてはならないの、それがしきたりだから。ほんとうは帰ってくる前にそうしなくてはならなかったのに、こわくてできなかったのよ。陛下になんと申し上げたらいいの。〈束ね〉さまにも……」また顔を伏せた。顔をあげておく気力がないかのように。「殿方を喜ばせる訓練を受けてきたのに、みんなの期待に添えなかった」

　コーミアはこの機会をとらえて、レイラの肩に手を置いた。いつもこうなのだと思う。〈巫女〉の名でなにかをすることになると、全体の重荷がそのひとりの女性にのしかかる。だから自分だけの個人的な不名誉などは存在せず、失敗は途方もない重圧となるのだ。

「レイラ――」

「王と〈束ね〉にご報告をすませたら、黙想に入ることになると思うわ」

まあ、そんな……黙想とは、食物もとらず、光の入らない部屋でだれとも会わずに七周期を過ごすことだ。最も重大な規則違反をおかしたときの償いである。話に聞くところでは、いちばんつらいのは暗闇らしい。〈巫女〉は光に焦がれるものだから。

「レイラ、ほんとうにそのかたはあなたをお望みでなかったの？」

「殿方のお身体は、こういうことでは嘘をつかないのよ。ああ〈聖母〉さま……たぶんこれがいちばんよかったのだわ。わたしではご満足いただけなかったでしょうから」淡い緑の目がこちらを向いた。「あなたは、わたしに指導されなくて幸いだったわ。わたしは理論の訓練は受けたけれど、実地は受けていないの。だから具体的な知識をお伝えすることはできないもの」

「わたしは、あなたから教わりたかったわ」

「ばかなことをおっしゃらないで」レイラの顔が急に年老いて見えた。老婆のように。「今度のことはよい教訓になったわ。〝エーロス〟集団から脱退しなくては。肉感の伝統を守る能力がないことがはっきりしたんだもの」

　コーミアは、レイラの目に浮かぶ冷めた色に不安を覚えた。「その殿方のほうに落ち度があるということはないの？」

「これは殿方の落ち度という問題ではないのよ。わたしがお気に召さなかったんだから。わたしの責任なの、あのかたではなく」涙をぬぐった。「ほんとうに、床の失敗ほどつらい失敗はほかにないわね。こんなに深く傷つくことってないわ、この身を拒否されて、契りを結びたいと思う相手から交歓の本能を拒否されるんですもの……裸身のときに拒まれるのは、最悪の拒絶だわ。だから〝エーロス〟を抜けなくてはならないの、その貴い伝統を守るためだけではなくて、わたし自身のためにも。もうこんな思いはしたくない。二度と。お願い、ひとりにして。なにもおっしゃらないで。わたし、気持ちを落ち着けなくては」

コーミアは立ち去りかねたが、言いあいをするわけにもいかないだろう。立ちあがり、重ね着したローブを脱いでレイラの肩にかけてやった。

レイラは驚いて顔をあげた。「まあ、寒くはありませんのに」

そう言いながらも、ローブをきつく胸もとでかき合わせる。

「ごきげんよう」コーミアはレイラに背を向け、鏡の池をあとにした。

水色の空を見あげると、わけもなく叫びだしたくなった。


ヴィシャスは体《たい》を開くようにして横に移動し、ジェインを胸に抱き寄せた。こんなふうに左側に身を寄せてくれていれば、利き手が自由になる。彼女を害する敵が現われても、だから楽に殺せる。こうして横になっているいま、これほど意識が研ぎ澄まされたことはなく、生きる目的がこれほど明瞭だったこともないような気がする。唯一最大の関心事は、彼女の生命と健康と安全を守ることだ。そしてその至上命令を実行する力があると思うと、自分が完全無欠な存在になったように感じた。

彼女のおかげで、あるべき自分の姿を取り戻せた。

知りあってまだ間もないのに、彼の胸の奥にある秘密の部屋にジェインは押しかけてきて、その途中でブッチを押しのけ、しっかりそこに居すわってしまった。そしてVはそれがうれしかった。しっくりなじんでいると感じる。

ジェインが小さく何事かつぶやき、寝返りを打っていっそう身を寄せてきた。その背中を愛撫しながら、これといった理由もないまま、気がつけば最初の戦闘のことを思い出していた。その対決のすぐあとに、彼は生まれて初めてセックスを経験したのだ。

陣営では、遷移を終えたばかりの男たちは、ゆっくり体力を回復するひまなど与えられなかった。だがそれでも、目の前に立った父に戦闘の時間だと告げられたとき、Vは驚いた。ふつう一日ぐらいは休ませてもらえるものなのに。

ブラッドレターはにやりとして、つねに巨大化している牙をむき出しにした。「対戦相手はグローズトだ」

Vが以前、鹿の腿肉を盗んだ相手だった。ハンマーを得手とする太った兵士だ。

疲労が重くのしかかってくる。意地だけでなんとか立っているような状態で、Vは闘技場に歩いていった。兵士の寝場所から引っ込んだところにあるそれは、洞窟の地面にだいたい円形になるように掘られた穴だ。巨人が腹立ちまぎれに、げんこつを地面にめり込ませたあとのようだ。深さは腰ぐらいで、側面と底はかつて流された血で黒ずんでいる。ここでは、立てなくなるまで戦うことになっているのだ。禁じ手などなく、唯一あるのは敗者に関する規則だけ。そしてそれが定めているのは、おそまつな戦いぶりへの罰として、敗者がどんな目にあわされるかということだった。

ヴィシャスには、自分が戦える状態でないのがわかっていた。闘技場の穴におりるのもやっとで、いまにもぶっ倒れそうだ。だがそもそもそれこそが目的なのだ、そうではないか。彼の父は、権力を守るために完璧な作戦を立てたのだ。Vが勝てるとすれば、方法はひとつしかない。そのために手の力を用いれば、陣営じゅうがそれをじかに目撃し、うわさは正しかったと知ることになる。そうなれば彼は完全につまはじきにされる。いっぽうもし負ければ、父の支配に対する脅威とはまったく見なされなくなるだろう。つまりどちらに転んでも、成人した息子に対するブラッドレターの優越は、今後もまったく揺らがないというわけだ。

力強いかけ声とともに、太った兵士は穴に飛びおりてハンマーを振った。ブラッドレターが穴のふちにぬっと立ちあがる。「せがれにどんな武器をくれてやればよいかな」と、周囲の見物人たちに尋ねる。「そうさな……」厨房の女のひとりに目をやった。ほうきに寄りかかって立っているのに向かって、「よこせ」

あわてて従おうとして、女はブラッドレターの足もとにほうきを倒した。かがんで拾おうとしたが、ブラッドレターはそれをわきへ蹴りのけた。道に落ちている木の枝かなにかのように。「ほれ、これを使え。〈聖母〉にお祈りしておけよ、負けたときにそれを突っ込まれんようにな」

見物の群衆からどっと笑い声が沸くなか、ほうきの木製の柄をVは握った。

「始め！」ブラッドレターが吼えた。

歓声があがり、だれかが蜂蜜酒《ミード》の飲み残しをヴィシャスに浴びせた。生ぬるいしぶきがむき出しの背中にかかり、裸の尻にしたたり落ちる。向かいあう太った兵士がにやりと笑い、上の歯ぐきから伸びる牙をむき出しにした。Vのまわりに円を描くように移動しながら、チェーンの先につけたハンマーをふりまわし、低い口笛のような音をさせている。

脚がなかなか言うことをきかなかったが、Vは敵の動きに合わせてぎこちなく向きを変えていった。敵の右肩にとくに注目する。そこが緊張すれば、ハンマーを投げてくる合図だ。だがそれと同時に、視野のすみでは見物人たちの動きも追っていた。ミードならまだしも、ほかになにを投げつけてくるか知れたものではない。

それは戦闘というより、いかにうまく戦闘を避けるかの競いあいになっていた。Vはよたよたと逃げまわるだけだし、敵は派手な大立ちまわりをひけらかすだけ。兵士が得意の武器で熟練の腕を披露するあいだに、Vはハンマーのリズムはもちろん、男の次の動きも読めるようになっていった。いかに力持ちとは言っても、人の頭ほどもあるスパイクつきのハンマーの球を放るには、やはり両足をしっかり踏ん張らなくてはならない。一瞬動きが止まる、そのときをねらって、Vは攻撃に出た。ほうきを持ち替え、太った兵士の股間に柄をまともに突っ込んだのだ。

敵は絶叫し、ハンマーを取り落とした。股間を押さえてがっくり両ひざをつく。ためらうことなく、Vはほうきを肩のうえにあげ、両腕をのばせるだけのばして振り切った。こめかみにそれをまともに食らって、兵士が気絶してばったり倒れる。

歓声がしだいに薄れていく。やがて、聞こえるのは火のはぜる音、そしてVの乱れた息の音だけになった。Vはほうきを捨て、倒れた敵をまたぎ越して、穴からあがろうとした。その穴のふちに、父が長靴を踏みしめて行く手をふさいだ。

ブラッドレターは、刃のように険悪に目を細めて言った。「まだ終わっておらん」

「あいつはもう戦えません」

「そういう問題じゃない」ブラッドレターは、倒れた兵士のほうにあごをしゃくった。「最後までやれ」

敵のうめき声を聞きながら、ヴィシャスは父の考えを読もうとした。ここでノーと言えば、父の仕組んだパワーゲームの目的は達せられ、狙いどおりVはつまはじきにされる。もっとも、最初に予想していたのとは形がちがう。敵を罰する根性のない弱虫という、わかりやすい昔ながらの軽蔑の対象になるのだ。いっぽう最後までやり抜けば、とりあえずこの陣営での立場は安定する——だがそれも、次の試練が訪れるまでの話だ。

どっと疲れが襲ってきた。これからもずっと、そんな野蛮で非情な天秤のバランスに従って生きていかなくてはならないのか。

ブラッドレターがにたりと笑った。「おれのせがれを名乗るこのろくでなしは、どうやら肝っ玉がすわっとらんようだ。母親の胎が食らったのは、べつの男の種だったのか」

笑い声がさざ波のように広がり、だれかが怒鳴った。「お頭《かしら》の子なら、こんなところでおじけるわけがねえ！」

「おれのほんとうのせがれなら、男の急所を攻撃するような、あんな卑怯なこともせんだろうしな」ブラッドレターは配下の兵士たちと目を合わせた。「うじ虫は狡猾でなくてはならんのだ。強さが足りんからな」

のどが締めつけられる。まるで父の手が首に巻きついて、ぐいぐい絞めあげられているようだ。また息が早くなり、怒りが胸に膨れあがってきて、心臓が激しく打ちはじめた。あのとき彼をぶちのめした太った兵士を見おろし……父に言われてこの手で焼いた本のことを思い出し……これまで受けてきた数々の残酷で粗暴な扱いのことを思い起こした。

燃え盛る怒りに突き動かされて、身体が動きだした。自分でも気づかないうちに兵士を裏返しにして、太鼓腹を下にさせていた。

Vはその男を犯した。父の目の前で。陣営じゅうが見守るなかで。

情け容赦もなく。

ついに果てて、Vは身体を引いたはずみに後ろへよろけた。兵士は、Vの血と汗と憤怒の名残にまみれている。

ヤギのようにあたふたと穴からあがり、いま何時ごろなのかもわからないまま、陣営の洞窟を駆け抜けて外界に通じる本道へ向かった。飛び出してみると、夜の寒さが大地を支配しつつあり、白みはじめた東の空のかすかな光が顔を灼くようだった。

ひざをついてうずくまり、Vは吐いた。何度も何度も。

「情けないやつだ」ブラッドレターの声が降ってきた。飽き飽きしたと言わぬばかりの口調……だが、それはうわべだけだ。その言葉の奥底には、目的を達成した満足感がひそんでいる。ヴィシャスはあの兵士に対してやるべきことはやったが、そのあと逃げ出してしまった。それは臆病者の証拠であり、それこそ父が求めていたものだったのだ。

ブラッドレターは目を細めた。「きさまはけっしておれを超えられん。またおれから逃げることもできんぞ。生きるも死ぬも、すべておれの思うがまま——」

憎悪の高波にさらわれて、Vはかがんだ姿勢から跳び起きるなり、輝く手を前に突き出して正面から父に襲いかかった。巨体を雷に貫かれたように、ブラッドレターは硬直した。ふたりはともに地面に倒れ、ヴィシャスがのしかかるかっこうになる。本能のおもむくままに、Vは白光を発する手を父の太いのどくびにかけ、力いっぱい絞めあげた。

ブラッドレターの顔が深紅に変わったとき、Vの目がちくりと痛んだかと思うと、眼前の光景が消えてまぼろしが現われた。

見えたのは父の死にざまだった。いま現に起こっているかのようにはっきりと見えた。口から言葉があふれ出てきたが、自分が語っているという自覚はまるでなかった。「おまえのよく知る苦痛が炎をもたらし、おまえはその炎の壁のなかで生涯を閉じる。身体は燃え尽きて煙しか残らず、風に吹き散らされるばかりだろう」

父の顔が、身も凍る恐怖の表情に歪んだ。

Vはほかの兵士によって引きはがされた。両脇に腕をまわして持ちあげられ、雪の積もる地面のうえで足を揺らす破目になる。

ブラッドレターは跳ね起きた。顔は赤く染まり、鼻の下には汗が筋を作っている。全力で疾駆した馬のように荒い息をつき、口からも鼻からも白い雲が噴き出していた。

Vは観念した。これは殴り殺されるにちがいない。

「剣を持て」父がわめいた。


ヴィシャスは顔をこすった。そのあとにあったことを考えずにすむように、あの兵士との初体験のことを考えた。あの記憶はずっと心にわだかまっている。三百年もたったいまでも、あの男を凌辱したような罪の意識を覚える。陣営では、あれが当たり前だったというのに。

隣で丸くなっているジェインに目をやり、少なくとも自分に関するかぎりでは、今夜でやっと童貞を喪失したのだと思うことにした。肉体では、数々の相手とさまざまな行為をしてきたとはいえ、セックスというのはもともと力のやりとりだ。だが彼は、あちらから流れ込んでくる力を奪うばかりで、それによって自分を安心させていたのだ。もう二度と、大の字なりに両手両足を縛りつけられ、抵抗を封じられて、むごい虐待を受けることはないのだと。

しかし、今夜はそんなパターンからは外れていた。ジェインとのあいだにはやりとりが成立していた。彼女から与えられたものに対して、彼は自分自身の一部をお返しに引き渡したのだ。

Vはまゆをひそめた。一部であって、全部ではない。

だがすべてを渡すためには、もうひとつの部屋に行く必要がある。そして……ええい、くそ、行ってやろうじゃないか。考えただけで冷汗が噴き出してくるが、これきり去っていく前に彼女に与えなくてはならない——これまでほかのだれにも与えてこなかったものを。

そして今後も、ほかのだれにも与えることはないものを。

彼女が寄せてくれた信頼に報いたかった。個人としても女としてもジェインはとても強いが、それでも彼との性行為に身をゆだねるのは簡単なことではない。なにしろ過激な支配・被支配プレイが好みだと知っていて、しかも肉体的にはとうてい彼にかなわないのがわかっているのだ。

その信頼に、彼はひざを屈したのだ。彼女が去っていく前に、その信頼に報いなくてはならない。

ジェインがまばたきをして目を開き、目と目があった。ふたりは同時に口を開いていた。

「行かせたくない」

「離れたくないわ」

26

午後に目が覚めたとき、ジョンはこわくて動けなかった。動くどころか、目をあけるのもこわい。なにもかも夢だったらどうしよう。しまいに覚悟を決めて、片腕をあげ、薄目をあけると……ああよかった、夢ではなかった。手のひらは自分の頭と同じぐらいの大きさだし、前腕は以前の自分の太腿よりも長い。手首も太く、遷移前のふくらはぎと変わらない。彼はやりとげたのだ。

携帯電話に手をのばし、クインとブレイにテキストメッセージを送った。超特急で返事が戻ってきた。ふたりとも好奇心丸出しだ。じらしてやるのが楽しくてにやにやしていた……が、そのときトイレに行きたくなってきた。開いたドアをちらと見やると、その向こうにシャワーが見えた。

ああ、くそ……昨夜、あの狭いところにレイラとふたりで入ったなんて、あれはほんとうにあったことなのか。

携帯を羽根布団のうえに放り投げた。まだピーピー鳴って、読んでいないメッセージがあると言い立てている。見慣れない広い胸を、シャキール・オニール（もとプロバスケットボール選手。巨体で有名）並みになった手でこすりながら、ジョンは気がとがめてしかたがなかった。レイラにあやまらなくては。でもなにをあやまればいいのか。だらしなくて、いざというときに萎えてしまったことをか？　ああ、そりゃあきっと楽しい会話になるだろう。彼のあのていたらくに、レイラは心底幻滅しているにちがいない。

なにも言わないほうがいいだろうか。ああ、そのほうがいいかも。レイラはあんなに美人で色っぽくて、まったく非の打ちどころがないのだから、自分の落ち度だなどと思うはずがない。喉頭があったら言っていたはずのことを書いて送ったりしたら、あんまり恥ずかしくて動脈瘤が破裂するのが関の山だ。

そう思いながらも、やはり気がとがめてどうしようもない。

目覚まし時計が鳴りだした。このキングサイズの腕をのばしてあんなものを止めるのは、なんだかとてつもなく変な感じがした。立ちあがるとますますおかしな気分だ。いままでと眺めがまるでちがっていて、なにもかも小さく見える。家具も、ドアも、この部屋も。天井まで低く見えた。

いったいどれぐらい大きくなったんだろう。

何歩か歩こうとしたが、サーカスの高足に乗っているみたいだった。やたらに脚が長いし、ふらふらしているし、いまにも引っくり返りそうだ。まさしく……脳卒中を起こしたサーカスの高足乗りだ。脳みその出す指令が、筋肉や骨にまともに伝わっていない。バスルームに向かうつもりが、ふらふらしてあっちこっちによろけ、カーテンにつかまり、窓の刳《く》り形にすがり、ドレッサーに寄りかかって、やっとドアの枠にたどり着いた。

　これといった理由もなく、ザディストと散歩していて川を渡ったときのことを思い出した。こうして伝い歩いていると、手がかりに使うさまざまなモノは、川をぶじに渡るのに使ったあの飛び石のようだ。小さな助けに大きな意味がある。

　ドアを閉じると、バスルームのなかは真っ暗になった。日中のことでシャッターがまだおりているし、レイラが帰ったあと、彼が自分で照明をみんな消していたからだ。片手をスイッチにかけ、大きく息を吸って、ダウンライトをつけた。

　激しくまばたきをした。目が過敏になっているだけでなく、以前よりずっと鋭くなっていた。しばらくすると、鏡に映った自分の姿に目の焦点が合ってきた。まぶしい光のなかから、自分自身の亡霊が徐々に姿を現わしてくるかのようだ。その姿は……

見たくない。いまはまだ。

　明かりを消してシャワーブースに向かった。湯が流れだすのを待ちながら、冷たい大理石の壁に寄りかかり、両腕を自分の身体に巻きつけた。だれかに抱きしめられたくてたまらない。ばかみたいだ。ひとりきりでよかった。遷移を乗り越えれば強くなれると思っていたのに、以前よりずっと女々しくなった気がした。

〝レッサー〟たちを殺したときのことを思い返した。スパイクを突き立てた直後には、自分が何者で、どんな力を持っているかはっきりわかったと思ったのに。あのときの感覚はすっかり薄れ、ほんとうに自分がそんなふうに感じたとは信じられないぐらいだった。

シャワーのドアを押し開け、なかに入った。

うわ、いてて。やさしいシャワーが針のように皮膚に突き刺さってくる。せっけんの泡で腕を洗おうとしたら、フリッツの買ってきたフランス製のやつがバッテリーの酸のようにしみてひりひりした。顔を洗うのにも勇気が要った。あごをさわったらざらっとしている。史上初めてのことでぞくぞくするほど興奮したが、顔にかみそりを当てると思ったら全身が縮みあがりそうだった。チーズおろしで頬を削りとるのも同然だ。

できるだけそっと身体を洗っていくうちに、股間を洗う番になった。とくになにも考えず、これまでずっとしてきたことをしようとした。さっと玉の裏側を洗ってから――

ただ今回は、いままでとちがうことが起こった。固くなった。つまり……ムスコが固くなったのだ。

そんな言葉を使うのは変な感じだった……が、いまではまちがいなく、それはムスコと呼ぶべきものだった。おとなの男についているもの、おとなの男が使う――

勃起が途中で止まった。太く長くなっていく途中で。下腹部にとぐろを巻くうずきも消え失せた。

せっけんの泡を洗い流しながら、セックスにまつわるおぞましい記憶のふたをあけまいと努めた。自分の身体がアンテナの壊れたラジコンカーになったようだ。教室に行けば、みんなにじろじろ見られるだろう——と、そこではたと気がついた。銃を持ってダウンタウンに行ったことを、ラスはもう知っているにちがいない。なにしろ連れて帰ってもらったわけだから、ブレイとクインはあそこでなにがあったか説明しなくてはならなかったはずだ。ブレイのことだ、九ミリのことではジョンをかばおうとして、あれは自分のだと白状するだろう。だが、それでブレイが訓練プログラムから外されることになったらどうする？　武器を持って外出してはいけないことになっているのだ——なにがあっても。

シャワーブースは出たものの、タオルで身体をこするなど論外だった。震えが来るほど寒かったが、自然乾燥するしかない。乾くのを待つあいだに、歯を磨き、爪を切った。暗がりでも目がはっきり見えて、引出しから目当てのものを探すのは簡単だった。しかし鏡から目をそらしつづけるのは簡単ではなかったから、バスルームから寝室に出ていった。

クロゼットをあけて、〈アバクロンビー＆フィッチ〉の袋を取り出した。何週間か前、フリッツがこれを持って部屋に現われたとき、この執事は頭がどうかしたのではないかとジョンは思った。袋に入っていたのは、ダメージ加工の真新しいジーンズ、寝袋と見まがう特大のフリース、5LサイズのTシャツ、それにぴかぴかの箱に入った三十二センチの〈ナイキ・ショックス〉だったのだ。

だがいつものとおり、やはりフリッツは正しかった。どれも身体にぴったりだった。ボートかと思うサイズの靴まで。

部屋から外へ出た。脚はぎくしゃくするし、腕はぶらぶら揺れているし、すぐにバランスがくずれそうになる。

大階段のてっぺんに来たとき、目をあげて天井を眺めた。偉大な戦士たちの描かれた天井画を。

あんな戦士になりたい。しかし、自分があそこまで到達できるとはとうてい思えなかった。


フュアリーが目を覚ますと、そこには夢にまで見た女性の姿があった。それとも、これもまた夢なのだろうか。

「目が覚めたのね」ベラが言った。

咳払いをしたが、返事をする自分の声はやはりかすれていた。「これは現実?」

「そうよ」と彼の手をとって、ベッドのふちに腰をおろす。「夢でもまぼろしでもないわよ。気分はどう?」

ちくしょう、ベラに心配をかけてしまった。お腹の子によくない。

わずかな気力体力を総動員して、フュアリーは急いで頭のなかの大掃除にとりかかった。脳みそを〈オキシクリーン〉で漂白し、吸いまくっていたレッドスモークの名残を掃き出し、それと同時に負傷と寝起きの疲れも追い払う。

「もう大丈夫だ」と言って、よいほうの目をこすろうと片手をあげた。しまった。その手にはベラの絵が握られていた。眠っているあいだに握りしめていたらしく、くしゃくしゃになっている。それはなにかなどと訊かれないうちに、急いで上掛けのなかに突っ込んだ。

「寝てなくちゃいけないんだろう」

「毎日少しは起きてていいのよ」

「それでも、やっぱり――」

「その包帯はいつとれるの」

「ああ、もうとれると思う」

「手伝いましょうか」

「いや、いいよ」ベラのいる前で、片方の目が見えなくなっているのに気づく――そんな事態はぜったいに避けなくてはならない。「でも、ありがとう」

「なにか食べるもの持ってきましょうか」

彼女のやさしさが胸に痛い。まるで肋骨にタイヤレバーを押し込まれるようだ。「ありがたいけど、フリッツに電話して持ってきてもらうから大丈夫だよ。きみこそ部屋に戻って寝てなくちゃ」

「まだ四十四分残ってるわ」と腕時計を見て、「あと四十三分」

　フュアリーは両腕をついて身体を起こし、胸があまり見えないように上掛けをかき寄せた。

「それで、気分はどう」

「いいわよ。ちょっとこわいけど、気分は上々」

　ノックもなくドアがいきなり開いた。なかに入ってきながら、ザディストの目はベラの顔にひたと向けられている。そこから生命徴候《バイタルサイン》でも読みとろうとするかのように。

「ここだろうと思った」身をかがめて口にキスをし、首の両側の動脈の位置にもキスをする。

　フュアリーは、そのふたりの挨拶から目をそらした。気づいてみたら、手を上掛けのなかに突っ込んで例の絵を握っている。強いてその手を離した。

　Zの態度は全体にずっとやわらいでいた。「それでフュアリー、具合はどうだ」

「ああ、もう大丈夫だ」とは言ったものの、このふたりからまた同じことを訊かれたら、『スキャナーズ』みたいに頭が破裂してしまいそうだった。「今夜はもう出かけられると思う」

　双児の兄はまゆをひそめた。「Vの医者から許可はもらったのか」

「必要ないさ。決めるのはおれだ」

「ラスがどう言うかな」

「かまうもんか。ラスがなんと言おうと、おれは出かけるぞ。鎖で縛りつけでもしないかぎりはな」フュアリーはそこで話題を変えることにした。ベラの前で言いあいはしたくない。

「今夜の前半はおまえが指導するのか」

「ああ、火器の実習をもう少し進めとこうと思ってる」Zは、ベラのマホガニー色の髪と背中を同時になでている。見たところ無意識にやっているようだ。そしてベラのほうも、それを同じく無意識のうちに受け入れている。

フュアリーは胸が苦しくなって、口で息をせずにいられなかった。「なあ、初餐《ファーストミール》のときにまた会おう。シャワーを浴びて、包帯とって、着替えなくちゃ」

ベラが立ちあがると、その腰にZは手をまわして抱き寄せた。

ああ、もうすっかり家族じゃないか。連れあいふたりと、ベラのお腹の子供と。そしてあと一年とちょっとしたら、もし〈書の聖母〉の御心にかなうならば、ふたりは腕に幼子を抱いてこうして立っているだろう。その息子か娘もいつかは連れあいを持ち、ふたりの血を引く新たな世代が、種族の歴史を前に進めていくのだ。それが家族《ファミリー》の力だ、夢まぼろし《ファンタジー》ではなく。

ふたりを急かしたくて、フュアリーは立ちあがるしぐさでごそごそしはじめた。

「それじゃ、食堂でな」Zは言って、手のひらを〝ジェラン〟の下腹部にまわした。「ベラはベッドに戻らなきゃならんし。そうだろう、〝ナーラ〟?」

ベラは腕時計に目をやった。「あと二十二分ね。そろそろお風呂に入らなくちゃ」

別れの挨拶をあれこれ交わしはしたが、フュアリーはろくに聞いていなかった。早く出ていってもらいたい。ドアがやっと閉じると、杖を手にとり、ベッドを出て、まっすぐたんすのうえの鏡に向かった。包帯のテープをはがし、何層ものガーゼをむいていく。まつげが固くくっついて開かない。バスルームに入って水を出し、何度も洗ってようやくくっついていたのが離れた。

目をあける。

完璧によく見えた。

視力が無事だったのに、ほっとした気分がまるで湧いてこないのが不気味だった。気にして当然なのに。気にするべきなのに。自分の身体、自分自身のことではないか。だが、どちらもどうでもよかった。

空恐ろしい気持ちでシャワーを浴び、ひげを剃って、義肢をつけ、レザーパンツをはいた。短剣と銃のホルスターを手に持ってバスルームを出て、ベッドのそばで立ち止まる。自分で描いたあの絵が、いまもベッドのうえで丸まっていた。青いサテンのひだのあいだに、白い紙のくしゃくしゃのふちがのぞいている。

双児の手が目に浮かんだ。ベラの髪をなでていた。それから下腹部を。

フュアリーはその絵をとりあげ、ベッドサイドテーブルのうえで広げた。最後にもういちど眺めてから、細かく引き裂き、破片を灰皿にのせて、自分の親指でマッチをすった。炎が燃えあがると、それを紙に近づけた。

灰しか残らなくなったところで、立ちあがって部屋を出た。

そろそろ片をつけなくてはならない。どうすればいいかはわかっている。

27

Vはこのうえなく幸福だった。なにもかも完璧だ。ルービック・キューブが完成したみたいだ。腕を自分の女にまわし、身体と身体をぴったり寄せ、彼女のにおいを嗅いでいる。夜中だが、太陽がわが身に降り注いでいるような気がした。

そのとき、銃声が響いた。

これは夢だ。眠って夢を見ているのだ。

悪夢の恐怖が広がる。いつも同じだが、初めてのときと同じようになまなましく襲いかかってくる。自分のシャツに広がる血。胸を貫く激痛。地面が近づいてきて、両ひざに当たる。おれは死ぬ――

Vはがばと起きあがった。悲鳴をあげながら。

落ち着かせようとジェインがすぐに抱きついてくる、と同時にドアが開いてブッチが飛び込んできた。手に銃を構えている。矢継ぎ早のふたりの言葉が重なって、フルーツサラダさながらに声がまじりあう。

「どうした！」

「大丈夫？」

Vは定まらない指で上掛けをつかみ、むしりとって自分の胸を見た。傷ひとつないが、それでも片手でさすった。「ちくしょう……」

「撃たれたときのことを思い出したの？」そう尋ねながら、ジェインは腕を巻きつけてきた。横になれとうながす。

「ああ、くそ……」

ブッチは銃口を下げて、ボクサーショーツを引っぱりあげた。「おどかすなよ、おれもマリッサも寿命が縮んだぜ。〈グース〉でも持ってきてやろうか」

「ああ、頼む」

「ジェインは？　なんか欲しいものある？」

彼女は首をふりかけたが、Vが口を出した。「ココアがいい。頼む、あれを持ってきてくれ。フリッツに作ってもらったやつがキッチンにあるから」

ブッチが出ていくと、Vは顔をこすりながら言った。「すまなかった」

「いやだわ、あやまらないでよ」と胸をさすってくれた。「もう大丈夫？」

Vはうなずいた。われながら女々しいと思うが、キスをして言った。「きみがいてくれてよかった」

「それはこっちのせりふよ」両腕をまわし、愛しげに抱きしめてくる。

しばらく黙っていると、ややあってブッチが戻ってきた。片手にグラス、片手にマグカップを持っている。「チップをはずんでほしいね。コンロで小指を火傷しちまったぜ」

「診ましょうか?」ジェインは両脇に上掛けをたくし込んで、ココアを受け取った。

「死にゃあしないさ。でも礼を言うよ、ジェイン先生」ブッチは〈グース〉をVに渡した。

「それでおまえはどうだ、もう大丈夫か」

大丈夫なものか。あの夢が戻ってきたのだ。ジェインはもうすぐ帰るのだ。「ああ」

ブッチは首をふった。「嘘がへただな」

「くたばれ」と言うVの声にはまるで力が入っていない。説得力皆無だったが、それでも言ってみた。「おれはなんともない」

デカはドアに向かいながら、「そうだ、なんともないって言えば、フュアリーが初餐《ファーストミール》に出てきてさ、それが今夜はもう戦闘に出かけるって準備してやがったんだ。三十分ぐらい前、講義に行く途中でZがここに寄ってったんだぜ、ジェイン先生にいろいろありがとうって言いに」

ジェインはマグに息を吹きかけながら、「念のために、視力検査を受けてくれるといいんだけど」

「あいつがぶじでほんとによかった」Vは言った。それは掛け値なしの本心だったが、問題は、ジェインがここに残る唯一の口実がこれで消え失せたことだ。

「まったくだぜ。それじゃ、おれはこれで消えるよ。またあとでな」

ドアが閉じた。Vの耳に聞こえるのは、ジェインの息の音だけだ。またココアに息を吹きかけている。

「今夜、うちに送ってくよ」

息を吹きかける音がやんだ。長い間があって、ココアを飲む音がした。「そうね。もうそろそろよね」

グラスの〈グース〉を半分ほども飲み干した。「ただその前に、まず連れていきたい場所があるんだ」

「どこ?」

なんと説明したらいいのか。帰らせる前にやりたいことがある。ただ送っていってそれきりなのはつらい。その後の長い年月のことを思うと。自分をあざむいて、したくもないセックスをしつづけることを思うと。

グラスを干した。「おれの個人的な場所」

マグのココアを飲みながら、ジェインのまゆが曇った。「それじゃわたし、ほんとに帰ることになるのね?」

彼女の横顔を見つめる。こんな状況で出会ったのでなければよかったのに——ただ、これ以外の状況だったら、こんなことになっていただろうか。

「ああ」と低い声で言った。「そういうことになるな」

三時間後、自分のロッカーの前に立ったジョンは、クインがあの大きな口を閉じてくれればいいのにと思っていた。金属の扉が閉じる音、服がばたつく音、靴が落ちる音、そんなこんなでロッカールームは騒々しかったが、それでもクインの口には拡声器がホッチキスで留めてあるような気がする。

「ジョン、おまえでっけえなあ。ほんとにでけえ。なんていうか……ばか巨大ってか」

そんな言いかたは変だ。いつものようにバックパックを押し込みながら、ジョンは気がついた。ロッカーのなかでくしゃくしゃになっている服は、もうどれも着られないだろう。

「そりゃそうだけどさ。ブレイ、おまえもなんとか言えよ」

ブレイは道着に着替えながらうなずいた。「うん、小山みたいっていうのかな。そうだな、〈兄弟団〉サイズになりそうだな」

「めちゃ巨大だぜ」

もういいって。その言いかたも変だぞ、このばか。

「わかったよ。それじゃ、ほんとにほんとにほんとにでっかい。これでどうだ」

ジョンは首をふった。教科書を床におろし、小さくなった服を手近のごみ入れに捨てた。

あらためて友人たちを眺めてみて気づいたのだが、ジョンのほうがゆうに十センチはふたりより背が高かった。信じられない、これじゃZとおんなじぐらいじゃないか。

通路の向こうのラッシュにちらと目をやった。うん、あいつよりでかい。

ジョンの視線に気づいたかのように、ラッシュはシャツを脱ぎながらこっちに目を向けてきやがった。流れるような動きで、わざと両肩をぎゅっと寄せてみせると、皮膚の下で筋肉が高々と盛りあがった。二日前にはなかったのに、いまは上腹部に刺青が入っている。〈古語〉の文字で、ジョンには読めなかった。

「ジョン、ちょっと廊下に出てこい」

水を打ったように静まりかえるなか、ジョンはぱっとふり向いた。ザディストがロッカールームの入口に立っている。固い表情で。

「まずい」クインがつぶやいた。

ジョンはバックパックを押し込んでロッカーの扉を閉じ、シャツを直した。できるだけ急いでザディストのほうへ向かう。クラスメイトたちをよけて歩いていくと、かれらのほうはいままでやっていたことをやりつづけるふりをしていた。

Zがドアを押さえて大きくあけてくれ、ジョンはそれを抜けて廊下に出た。ドアを閉じると、Zは言った。「いつものとおり夜明け前に会おう。ただ、今夜は散歩はしねえからな。おれはウェイトリフティングをやるから、トレーニング室に来い。話がある」

たしかにこれはまずい。ジョンは手話で尋ねた。時間は同じですか。

「午前四時だ。それと今夜の訓練だが、おまえはジムで見学してろ。ただ射撃訓練には参加すんだぞ。いいな」

ジョンは首をかしげ、歩きだそうとするZの腕をつかんだ。昨夜のことで？

「そうだ」

Zは離れていき、ジムの両開きドアにパンチをくれた。二枚の扉がきしむような音を立ててまた閉じる。

ブレイロックとクインが後ろから近づいてきた。

「なんだって？」ブレイが尋ねた。

あの〝レッサー〟を片づけたせいで、厄介なことになりそうなんだ、とジョンは手話で答える。

ブレイは自分の赤毛をかきむしった。「すまん、おれ言いわけがへたくそで」

クインが首をふった。「ジョン、責任はおれたちがとるよ。だって、クラブ行こうって言い出したのおれだし」

「それにあの銃はおれのだ」

ジョンは胸もとで腕組みをした。心配しなくても大丈夫だよ。

というか、少なくともそう思いたかった。それでなくても、ジョンは訓練プログラムから蹴り出される瀬戸際のところなのだ。

「それはそうと……」クインがジョンの肩に手を置いた。「まだ礼を言ってなかったよな」

ブレイがうなずく。「おれもだ。昨夜のおまえはすごかった。ほんっとすごかった。おれたちの生命の恩人だ」

「まったく、もう何度もやったことがあるみたいだったぜ」

ジョンは顔が赤くなるのを感じた。

「こりゃ、仲のいいこって」ラッシュの嫌みな声が割って入ってきた。「あのさあ、おまえら三人でくじ引きして、だれがいちばん下になるか決めてんの？　それともいつもジョンって決まってんのか」

クインがにやりと笑って牙を剝き出しにした。「おまえさ、おさわりとお殴りのちがいって教わったことないだろ。よかったらおれが教えてやるぜ。いますぐでもいいぞ」

ジョンはクインの前に進み出て、ラッシュの真正面に立った。黙って上から見おろしてやる。

ラッシュはにやっと笑って、「言いたいことがあるのかよ。なんで黙ってんだ。ああそうか、あいかわらず声が出ないのか。ふん……このできそこない」

クインがいまにも飛びかかりそうなのがわかった。その熱気と衝動が身体から噴き出してくる。衝突を防ごうと、ジョンは後ろ手に友人の腹部を押さえた。

ラッシュを叩きのめすやつがいるとしたら、それはおれだ。

ラッシュは笑って、道着の帯を締めた。「ジョンちゃんよ、いいかっこすんのはやめとけよ。遷移したからって中身は変わらないし、身体の欠陥だって治りゃしないんだ。そうだよな、クイン」こちらに背を向けながら、低い声で言った。「オッドアイのフリークが」

クインが飛びかかる前に、ジョンはくるりとふり向いて腰に手をまわした。と同時に、ブレイがクインの腕をつかむ。ふたりがかりで押さえているのに、まるで闘牛を引き止めているようだった。

「落ち着けよ」ブレイがうなった。「気にすんなって」

「いつか殺してやる」クインが荒い息の下で吐き捨てた。「いつか絶対に」

ジョンがちらと背後に目をやったとき、ラッシュはゆうゆうとジムに姿を消そうとしていた。自分で自分に誓いを立てながら、ラッシュのどこをぶん殴ろうかと見当をつける。そのせいで訓練プログラムから完全に追放されてもかまうものか。

以前から思っていたとおり、友人をこけにしたやつには思い知らせてやらなくてはならない。「でも」も「ただし」もない。

ただこれまでとちがうのは、いまはやろうと思えばやる手段があるということだ。

28

真夜中ごろ、ジェインは黒い〈メルセデス〉のバックシートに座っていた。下ろした仕切りの向こう側で運転手をつとめているのは、神よりも年寄りでテリアよりも陽気なあの執事だ。隣に座ったVは黒のレザーの上下を着て、墓石のように静かで陰気だった。

彼はほとんど話さなかった。でもずっと手を握っていてくれた。

窓ガラスが濃い色つきのせいで、トンネルのなかを走っているようで落ち着かない。ここがどこか確かめたくて、こちら側のドアについているボタンを押した。窓ガラスがおりると、ぎょっとするほど冷たい風が吹き込んできて、温かい空気が逃げていく。いじめっ子がやって来て、運動場からほかの子たちを追い散らしているみたいだ。

窓から顔を出して風にあたり、ヘッドライトが投げる光のプールを見つめた。風景の輪郭はぼやけ、まるでピンぼけの写真のようだった。下り坂、ということは山をおりているのだろう。ただ、どこへ向かっているのかわからない。というより、いままでどこにいたのかもわからないのだ。

おかしな話だが、そのわからなさが似つかわしいと感じた。ここは、いままでいた世界と戻っていく世界の幕間《まくあい》なのだ。ここでもなくあそこでもないのだから、ぼんやりかすみがかかっていてこそふさわしい。

「どこだかわからないわ」ぽつりとこぼして、また窓を閉めた。

「幻惑《ミス》って言ってな」Vが言った。「いわば保護膜代わりの幻覚なんだ」

「トリックみたいなもの？」

「まあな。一服してもいいかな、外の空気を入れるから」

「いいわよ」どうせいっしょにいる時間はあと少しなんだから。

ああ、いまいましい。

Vは彼女の手をぎゅっと握り、五ミリくらい窓を開けた。風の吹き込む低くものうげな音が、セダンの静かなエンジン音をかき消していく。レザーのジャケットをきしませて、Vは手巻き煙草と金色のライターを取り出した。ライターの発火石が小さな音をたて、トルコ煙草のかすかなにおいが鼻孔をくすぐる。

「このにおいを嗅ぐと――」そこで言葉に詰まった。

「嗅ぐと？」

「『あなたを思い出すわね』って言おうと思ったんだけど。でも、思い出さないのよね」

「思い出すかもしれないな、夢のなかでなら」

指先を窓につけた。ガラスが冷たい。それと同じように、胸の奥も冷えきっていた。沈黙に耐えられなくなって、ジェインは口を開いた。「あなたたちの敵だけど、いったい何者なの？」

「もとは人間だったんだ。それが変身していまじゃ化物さ」

煙草を吸うと、彼の顔がオレンジ色の明かりに照らされる。出かける前にひげを剃っていた。以前、ジェインがそれで襲いかかろうとしていた剃刀で。その顔は信じられないぐらい美しかった。傲慢で、男らしくて、迷いのない顔。まるで意志がそのまま表われているかのよう。こめかみの刺青はいまもみごとだと思うが、もう好きにはなれない。暴力で無理やり入れられたものだと知ってしまったから。

彼女は咳払いした。「どういうこと？」

「敵は〈殲滅協会〉《レスニング・ソサエティ》っていって、慎重に段階を踏んでメンバーを選ぶんだ。社会病質者《ソシオパス》とか殺人犯とか、ジェフリー・ダーマー（アメリカの有名な連続殺人犯）みたいな良心のないのが見つかると、〈オメガ〉が手を下して――」

「〈オメガ〉って？」

彼は手巻き煙草の先端を見おろした。「キリスト教で言えば悪魔みたいなもんだな。ともかく〈オメガ〉が手で触れると……まあ手だけじゃないが、アブラカダブラみたいなあれで、生ける屍になってよみがえるわけだ。そうなると強い。ほとんど不死身だな。鋼の武器で胸を突き刺されないかぎり死なない」

「なぜ敵対してるの」

彼はまた煙草を深々と吸い、まゆを曇らせた。「おれの母親のせいじゃないかな」

「あなたのお母さんって？」

Vは苦笑を浮かべたが、たんに唇を歪めたようにしか見えなかった。「おれの母親はいわゆる造物主なんだ。おれは神の子ってわけさ」と、手袋をした手をあげてみせた。「この手は母親ゆずりでね。個人的には、こんな誕生祝いは遠慮したかったな。銀のがらがらか、ベビーフードでよかったのに。だが子供には選べないからな、親がなにをくれようが受け取るしかない」

ジェインは、彼の手を覆っている黒い革を見つめた。「それじゃ、あなたは救世主《キリスト》ってこと……？」

「まさか。こっちの宗教にそんな言葉はないし、おれはそんながらじゃない。救世主なんてとんでもない」煙草を口にくわえて手袋をはずした。バックシートの暗がりのなかで、彼の手はぼうっと光っていた。そのやさしく美しい光は、新雪を照らす月光のようだった。

もういちど深々と吸い込んでから、Vは火のついた煙草の先を手のひらに押しつけた。

「ちょっと」彼女はとっさに止めた。「なにを——」

ぱっと炎があがって煙草は灰に変わった。彼が息を吹きかけると、細かい粉になって散っていく。「この手を厄介払いできるならなんでもくれてやるんだが。まあ、灰皿がないときは便利だけどな」

ジェインは頭がくらくらしてきた。理由はどっさりあるが、とくに言えば彼の未来を考えてしまったせいだ。「お母さんのご命令なの、あなたが結婚するっていうのは」

「ああ。おれが自分からしたがるわけがない」Vはこちらに目を向けた。そのせつな、わかってしまった。相手がジェインならべつだと言おうとしている。だが、彼はなにも言わずに目をそらした。

くやしい。彼がほかのだれかと結婚すると思うと、なにもかも忘れてしまうとわかっているのに、まるで胃のあたりを蹴りあげられたように苦しかった。

「何人と？」ジェインはかすれた声で訊いた。

「訊かないでくれよ」

「教えてよ」

「訊くなって。おれだってなるべく考えないようにしてるんだ」またこちらに顔を向けた。

「おれにとってはなんの意味もないんだ。それだけはわかってくれ。もう二度と会えなく……いやその、だから、とにかくおれにとってはどうでもいいことなんだから」

わたしは最低の人間だ。そうと聞いてうれしいと思うなんて。

彼はまた手袋をはめた。言葉もないふたりを乗せて、セダンは亡霊のように闇を走り抜けていく。それがやがて停まった。また走りだす。停まる。また走りだす。

「もうダウンタウンなのね？」彼女は言った。「信号がたくさんあるみたい」

「ああ」Vが前に身を乗り出してボタンを押した。運転席との仕切りがあがって、フロントガラスから外が見えた。

やっぱり、コールドウェルのダウンタウンだ。帰ってきてしまった。

涙が目にしみる。目をしばたたいてそれを払い、自分の手を見おろした。

ややあって〈メルセデス〉が停まったのは、煉瓦造りの建物の通用口の前だった。がっしりした金属製のドアに、白い字で「関係者以外立入禁止」の文字。積み下ろし用のコンクリートのスロープ。都会の建物としては管理が行き届いているらしく、きれいだった。つまりあまりきれいではないということだが、ごみは散乱していなかった。

Vが車のドアをあけた。「まだ降りるな」

彼女は着替えの入ったダッフルバッグに手を置いた。もしかしたら、病院に帰らせるつもりなのだろうか。ただ、〈聖フランシス〉でこんな通用口は見たおぼえがない。

と思っているとドアがあき、Vが手袋をしていないほうの手を差しのべてきた。「荷物はそのままでいい。フリッツ、ちょっとここで待っててくれ」

「かしこまりました」老人は微笑みを浮かべて言った。

ジェインは車から降り、Vといっしょにスロープの横にあるコンクリートの階段をのぼっ

ロウソクが一本ともった。でもずいぶん遠い。十メートル以上は離れている。あまり明るくない。壁が……いや、天井も……そして床も……どこも真っ黒だ。黒ずくめだ。ロウソクまで。

Vが光のあたらない物陰に移動した。ぬっとそびえる影にしか見えない。

ジェインの心臓が早鐘を打ちはじめた。

「おれの股間の傷のことを訊いたよな」彼は言った。「どうしたのかと」

「ええ……」ささやくように答えた。なにもかも夜闇のように真っ黒にしてあるのはそのせいだったのか。いまも顔を見られたくないのだろう。

またべつのロウソクに火がともった。さっきのロウソクの反対側。それでわかったが、ここはとんでもなく広い部屋だ。

「あれは親父がやらせたんだ。おれに殺されかけたもんでな」

ジェインははっと息をのんだ。「まあ……そんな」

ヴィシャスはジェインをじっと見つめていた。だが、その目に見えるのは過去の情景ばかりだった。父を地面に倒したあとであったことが……

「剣を持て」ブラッドレターは言った。

Vは抵抗したが、兵士は彼の腕を離そうとしない。それでも暴れていると、新たにふたりの兵士が応援に駆けつけてきた。さらにふたり。そしてまた三人。

ブラッドレターは、黒い短剣を受け取ると地面につばを吐いた。Vは刺されるものと覚悟した……が、ブラッドレターは自分の手のひらを刃で切り裂いて、そのまま短剣をベルトに差した。両手を合わせてこすりつけると、右手をVの胸のまんなかに叩きつける。

Vは自分の胸についた手形を見おろした。追放のしるし。死刑ではなく。なぜだ。

ブラッドレターは激昂した声で言った。「金輪際、ここに姿を見せることはまかりならん。おまえを助ける者は死刑だ」

兵士たちはヴィシャスを放そうとした。

「まだだ。陣営に連れていけ」ブラッドレターは背を向けた。「鍛冶屋《かじ》を呼べ。われらに課せられた責務として、こやつの邪悪な本性を世に警告せねばならん」

生命がけで暴れるところを、またべつの兵士に脚をすくいあげられて、Vはまるで狩りの獲物のように洞窟に運び込まれた。

「衝立の後ろだ」ブラッドレターは鍛冶屋に言った。「壁の絵の前でやる」

鍛冶屋は顔色を失ったが、商売道具を入れた粗末な木の箱を持って衝立の陰にまわった。

いっぽうVは仰向けにされ、四人の兵士に手足を、もうひとりに腰を押さえつけられていた。

ブラッドレターはVを見おろして立った。両手から真っ赤な血がしたたる。「しるしをつけろ」

鍛冶屋は目をあげた。「どんなしるしにしやしょうか」

ブラッドレターが〈古語〉の警告の文字を伝えると、兵士に押さえつけられたVのこめかみと股間と太腿にそれが彫り込まれた。そのあいだずっと抵抗しつづけたが、墨は皮膚にしみ込んで、あとには生涯消せない文字が残った。終わったときには疲れ果てて、遷移がすんだ直後のようにぐったりしていた。

「手を忘れるな。手にも彫れ」鍛冶屋は首を横にふりかけた。「そうか、ではべつの鍛冶屋を探してくるしかあるまいな。どうやら死にたいらしいからな、おまえは」

鍛冶屋は全身がたがた震えてはいたが、皮膚にじかに触れないように用心していたおかげで、なにごともなく刺青は彫り終わった。

それが終わると、ブラッドレターはVを見おろした。「もうひとつ、やらなければならんことがあるな。脚を大きく開かせろ。一族のために、こいつが子をなせないようにしてくれよう」

Vは目玉が飛び出しそうだったが、足首と太腿をつかまれて力任せに開かれた。父はまたベルトから短剣を抜こうとしかけて、ふとその手を止めた。「いや、これは使うまい」

そう言うと、鍛冶屋にやっとこでやれと命じた。

ヴィシャスは絶叫した。敏感な皮膚に金属の刃が食い込んでくる。突き刺すような激痛、耐えがたい苦しみ、そして——


「なんてこと」ジェインは言った。

Vは胴震いをしてわれに返った。どれくらい声に出してしゃべっていたのか。ジェインの顔に浮かぶ恐怖からして、どうやらほとんど全部のようだ。

彼女の濃緑の目にロウソクの光がちらちら映っている。「最後までやり通すことはできなかったけどな」

「でも、情けをかけてくれたわけじゃないんでしょう」ささやくように言った。

Vは首をふり、手袋をはめた手をあげた。「おれは気絶しそうになってたんだが、それでも全身が光を発した。押さえつけてた兵士たちは即死だった。鍛冶屋もだ——金属の道具を持ってたから、それを伝わったエネルギーに直撃されたのさ」

彼女は一瞬目をとじた。「それからどうなったの?」

「おれはうつ伏せになって、またへどを吐いて、それから這いずるようにして出口に向かった。陣営じゅうが黙ってそれを見送ってたよ。親父でさえ、行く手をふさごうともしなかったし、なにも言わなかった」あの気が遠くなるほどの激痛を思い出して、Vは股間に軽く手を当てた。

「洞窟の……洞窟の床は細かい塵で覆われてたんだが、それにはいろんな鉱物が混じっていて——どうやらそのなかに塩もあったらしい。傷口はふさがって失血死はしなかったが、そのせいで傷痕が残ってしまったんだ」

「なんて……ひどい」ジェインは彼のほうに手を差しのべかけたが、その手をおろして言った。「死ななかったのが不思議だわ」

「あの最初の夜にはあやうく死にかけたよ。寒くてたまらなかった。しまいに木の枝を杖代わりにして、とくにどっちともなく歩けるだけ歩いたんだが、ついにぶっ倒れてしまった。頭では進もうとしてたんだが、身体が言うことを聞かなかった。かなり出血したし、痛みもひどかったしな。

　夜明けの少し前に、同族がおれを見つけてくれた。なかに入れてはくれたが、その日の昼間だけだった。この警告が……」とこめかみをつつく。「顔と身体につけられた警告が、親父の望みどおりの効果をあげたわけさ。これのおかげで、おれは恐ろしい怪物になってたんだ。日が落ちてからその家をあとにした。何年間もひとりでさまよい、日陰を歩み、人目を避けつづけた。しばらくは人間から身を養ってたんだが、それだけじゃ長くはもたないんだよ。百年ぐらいたってからイタリアにたどり着いて、人間と取引してる同族の商人の用心棒になった。ヴェネツィアには同族の娼婦もいたんで、彼女らを使って身を養ってた」

「ずっとひとりぼっちで」ジェインは自分ののどに手をやった。「寂しかったでしょう」

「いや、大して。むしろだれにも会いたくなかったな。十年かそこらその商人の下で働いてたんだが、ある晩ローマで、〝レッサー〟が女のヴァンパイアを殺そうとしてるのに出くわした。おれはその野郎を仕留めたが、べつにその女を助けたかったわけじゃない。ただ……つまり、その女には子供がいたんだ。暗い通りの物陰から息子が見てたんだよ。荷車のそばにしゃがみ込んでて、その様子がまるで……いや、とにかく明らかに未遷移者《プレトラン》だった。それもかなり幼かった。実際のところ、おれが最初に気づいたのはその子供のほうで、通りの向こうでなにが起こってるか気づいたのはそのあとだったんだ。おれは自分の母親のことを思い出して、というか、頭のなかに作りあげてた母親のイメージを思い出して、そうしたら……このちびに、自分を産んでくれた女が死ぬとこなんか見せられるかと思ってな」

「そのお母さんは助かったの？」

彼は顔をしかめた。「おれが駆けつけたときには、もう死んでたんだ。のどの傷から血を流して。でもな、あの〝レッサー〟はまちがいなくずたずたにしてやったぜ。それはよかったが、子供をどうしていいかわからなかった。しまいに、用心棒をしてた商人のところに連れてって、その仲介で引き取ってくれる家族を見つけたんだ」Vは短く笑った。「それでわかったんだが、死んだ母親は逃げた〈巫女〉でな、そのプレトランがおとなになって作った子供が、〈兄弟〉のひとりのマーダーになったんだ。まったく、世間は狭いよな。

そんなわけで、おれは戦士の血筋の子供を救ったことになって、それがうわさになって、〈兄弟〉のダライアスがおれを見つけてラスに紹介してくれたわけだ。Dは……Dとおれの

Vの頬がうっすら赤くなった。「おれは……おれはその、そんなふうには思わないな」

「そう。でも、わたしはそう思うわ」彼が気まずそうだったから、ジェインは咳払いをして言った。「それで、さっきの話だけど。なぜわたしをここへ連れてきたの」

頭をはっきりさせようとするかのように、Vは両手で顔をこすった。「いや、だから、やりたいんだよ。ここで」

ジェインは安堵と悲しみにほっと息を吐いた。さよならがしたいのは彼女も同じだ。身体と身体で親密なさよならを。それも、閉じ込められたのでない場所で。「わたしもしたいわ」

またべつのロウソクに火がともった。分厚いカーテンのそばにある。四本めは小さなホームバーのそば。そして五本めのそばには大きなベッド。黒いサテンのシーツに覆われている。

それを見て、ジェインの顔に笑みが浮かびかけた……が、そのとき六本めに火がともった。壁になにかがかかっている……あれはどう見ても……鎖?

ロウソクに次々に火がともっていく。仮面。鞭。杖。猿ぐつわ。

黒い台から拘束具が床に垂れている。

急に寒気がして、両腕を身体に巻きつけた。「つまり、ここは緊縛プレイをする場所だったのね」

「ああ」

ああ、なんてこと……こんなさよならはしたくない。取り乱しそうになるのをこらえて、

「そうね、無理もないわ。あなたがどんな目にあったか考えれば、こういうのを好むのはああもう、わたしには無理だわ。「それで……男なの、女なの？　それとも両方？」レザーのきしむ音がして、ジェインはふり向いた。Vがジャケットを脱ごうとしていた。次は二挺の拳銃。あんな銃を身に帯びていたとは知らなかった。続いて黒い短剣が二本。あれもどこに隠してあったのかしら。驚いた、完全武装していたのね。

ジェインは巻きつけた両腕に力を込めた。彼としたいけど、縛られてマスクをつけられて、頭は『ナインハーフ（一九八六年アメリカ映画。恋人とのアブノーマルな性行為がエスカレートするうちに精神的に崩壊していく女性を描く）』みたいにおかしくされ、身体は鞭でさんざん打ちすえられるなんて……「ねえV、わたし――」

彼はシャツを脱いでいた。背中の筋肉が背骨に沿って動き、大きく盛りあがった胸筋が平らに戻る。ブーツを蹴り脱ぐ。

そんな……冗談じゃないわ。Vがなにをしようとしているのか、やっとわかってきた。

次は靴下とレザーパンツだ。下着をつけない習慣らしく、ボクサーショーツを脱ぐ手間はかからなかった。ひとことも発しないまま、つややかな床を踏んで歩いていき、流れるような動作で拷問台のうえにあがった。大の字に横たわる姿は、ため息が出るほどみごとだった。隆々たる筋肉に包まれて、その動きは流麗にして男性的だ。大きく息をつくと、胸郭があがってまた下がった。

全身の皮膚にかすかな震えが走る……それともあれは、ロウソクのちらつく光の見せた錯覚だろうか。

Vがごくりとつばを呑む。

錯覚ではない。恐怖に震えているのだ。

「マスクを選んでくれ」低い声で言った。

「V……できないわ」

「仮面とボールギャグも」顔をこちらに向けて、「選んでくれ。それから拘束してくれ」

ジェインが突っ立ったままでいると、Vは壁にかかったもののほうにあごをしゃくった。

「頼むよ」

「なぜ?」彼女の目の前で、Vの全身から汗が噴き出してくる。

彼は目を閉じ、唇をほとんど動かさずに言った。「この週末、おれは多くのものを与えてもらった──たんに長い人生の一度の週末というだけじゃない。なにをすればそれに報いられるか考えたんだ──ほらあれだ、ギブ・アンド・テイクってやつさ。オートミールを吐いた話の代わりに、おれの傷痕のわけを話したみたいな。おれが持ってるのは、この身体とこれだけだから……」と言って、固い木製の拷問台をこぶしで軽く叩いた。「これ以上に自分をさらけ出すことはできないと思う。これがおれの返礼なんだ」

「あなたに痛い思いはさせたくないわ」

「わかってる」いきなり大きく目を見開いた。「でも、きみにはおれを与えたいんだ。過去にも未来にも、ほかのだれにも与えることはない。だからマスクを選んでくれ」

ごくりとつばをのむと、太い柱のような首の前面に沿って喉仏が上下した。「こんな贈り物を望んでいたんじゃないわ。こんなさよならだって」

長い沈黙が落ちた。やがてVが口を開く。「結婚することになってるって話をしただろう？」

「ええ」

「それが数日後なんだ」

まあ、それならなおのこと、こんなことはしたくない。だれかの婚約者とそんな――

「相手とは会ったことがない。向こうもおれを知らない」ジェインに目を向けて、「しかもそれはただのひとりめで、ほかに四十人ぐらいいるんだ」

「四十人？」

「つまりこういうことさ。これから先、セックスは生物学的機能がすべてになるんだ。それにほら、いままでだって自分をさらけ出したことなんか一度もなかった。だからいまやりたいんだ、でないと……いや、だからともかくやろう」

Vを見つめた。こんなふうに横たわることが、彼にとってはどれだけつらいことか。見開いた落ち着きのない目、青ざめた顔と胸に浮かぶ汗。ここでノーと言ったら、彼の勇気を踏みにじることになる。

「つまり……」もうやけくそだわ。「つまり、具体的にはどうすればいいの」

説明がすむと、Vは顔をそむけて天井をにらんだ。広々とした黒い天井にロウソクの火が躍って、まるで油の池のようだ。ジェインの答えを待つあいだに、めまいが襲ってきた。部屋が上下さかさまに引っくり返って、天井のうえに宙づりになっているような気がする。いまにも〈クエーカーステート〉最高級モーターオイルのなかに落ち、ずぶずぶと沈み込んでいきそうだ。

ジェインからはひとこともない。

ちくしょう……ありのままの自分を捧げて、拒絶されるよりつらいことがあろうか。

だが考えてみれば、ヴァンパイア盛《も》りはお好みではなかったのかもしれない。

とそのとき、Vはぎくりとした。足に彼女が手を置いたのだ。金属と金属がぶつかる音。拘束具を持ちあげているらしい。裸の自分の身体を見おろすと、足首に十センチ幅の革のストラップが巻かれていた。彼女の白い手が自分を拘束していくのだ。いきなり股間のものが跳ねあがった。

ジェインはひたすら仕事に熱中している表情で、革のベロをバックルに通して左側に引っ張った。「これでいい？」

「もっときつく」

顔もあげずに思いきり引っ張る。ストラップが足首に食いこみ、Vはあげていた頭をまた落としてうめいた。

「きつすぎる？」

「いや……」もういっぽうの足も拘束されて、全身が激しく震えた。恐怖と、途方もない興奮のせいだ。こちらの手首、次はあちらの手首と拘束されていくごとに、その興奮はいよいよ高まっていく。

ジェインが顔をあげた。「続けて大丈夫？」

「ああ。マスクのなかに、目を隠すだけのやつがある。あれを使ってくれ」

そばに戻ってきた彼女の手には、頭からはめるタイプの赤いボールギャグ、それとマスクが握られていた。

「ボールギャグを先に」そう言って、大きく口をあけた。ジェインが一瞬目を閉じたのを見て、ここでやめると言いだすかと思ったが、すぐに身を乗り出してきた。ボールはラテックスのような味がした。舌を刺すような苦みがある。ストラップをまわせるように頭をあげると、息が鼻を抜けて笛のような音を立てた。

ジェインは首をふった。「マスクはいやだわ。目が見えなくなるのはいやよ。だって……だってできないわ、目を見ないとなにを考えてるかわからないじゃない。いいでしょ？」

そのほうがいいかもしれない。ボールギャグが本来の役目を果たしているせいで、もう息がつまりそうだった……それに拘束具も立派にやることをやっていて、とらわれているような気分にさせてくれる。相手がジェインだと目で確認できなければ、完全に取り乱してしまうかもしれない。

うなずいてみせると、ジェインはマスクを放り出し、コートを脱いだ。黒いロウソクを取りに行く。

彼女が迫ってくる。肺が焼けそうだ。

大きく息を吸って、「ほんとにいいのね？」

またうなずいてみせたが、太腿はひくひくしているし、目は飛び出しそうだった。恐怖と興奮を覚えながら見つめる前で、胸のうえに彼女の腕がのびてきて……ロウソクを傾けた。

黒いロウが乳首にしたたる。ボールギャグに歯が食い込み、全身がぎりぎりと硬直する。引っ張られて革のストラップがきしむ。腹のうえでペニスが跳ねあがったが、いきそうになるのを無理にこらえた。

こうしてくれと頼んだとおり、ジェインはしだいに下半身のほうへ移動していき、股間をとばして、今度はひざから始めて上にあがってくる。苦痛には累積効果がある。最初は蜂に刺された程度だったのが、しだいしだいに強烈になっていく。汗がこめかみを流れ、あばらを伝い落ち、鼻から荒い呼吸をし、ついには全身が反りかえる。完全に台から浮きあがっている。

最初に達したのは、彼女がロウソクを置いて杖を手に取り……その先端で、大きくなったものの頭に触れたときだった。彼はボールギャグに叫び声をぶつけ、黒いロウの冷え固まった腹部一面に精液を飛ばしていた。

ジェインはぎょっとして凍りついた。こんな反応は予想外だったのだろうか。だがやがて気を取りなおし、彼のぶちまけたものに杖をすべらせ、それを胸にまで広げていく。きずなのにおいがペントハウスに満ち、彼の服従のうめき声が響くなか、彼女は杖でなぞるように彼の身体を愛撫し、それを腰のほうへおろしていった。

二度目に達したのは、杖が脚のあいだをすべり、腿の内側を愛撫されたときだった。皮膚の下にあるものは、もう恐怖とセックスと愛情だけだ。それが筋肉になり骨になり、彼を形作るものになる。感情と欲望だけの存在になって、完全に彼女にコントロールされている。

そのときだった。ジェインは腕をひと振りし、杖で太腿を打ちすえた。


ジェインは自分で自分が信じられなかった。興奮している。こんなことをしているのに。でも、Vが大の字なりに縛りつけられ、彼女の手でオルガスムスに達しているのを見たら、ふるいつきたくなるのはどうしようもなかった。

たぶん彼はもっと強く打ってほしかったのだろうが、それでも杖で叩いた太腿や腹や胸にはあとが残った。ほんとうにこれで悦べるというのが信じられない。あんなひどい目にあってきたというのに。だが事実、彼は恐ろしく感じていた。こちらをひたと見つめる彼の目は、まるで電球のように明るく光っている。それが、ロウソクのぼんやりした黄色い明かりに白い影を投げかけていた。ふたたび絶頂に達すると、あの濃厚なスパイスの香り——ああ、彼のにおいだ——がまたふわりと立ちのぼった。

信じられない。恥ずかしくもあり、不思議でもあったが、気がつけばほかに使えるものはないかと考えていた。壁のほうを見ると、さっきはおぞましいと感じた金属製クリップの箱や鞭が、さまざまな官能を約束するものと思えてくる。彼を痛めつけたいわけではない。いま以上に強烈に感じさせたいだけだ。官能の限界にまで連れていってあげたいのだ。

やがて身体が熱く火照って、ジェインはパンツをおろし、下着も脱ぎ捨てた。「可愛がってあげる」

彼は狂おしいうめき声をあげ、腰をまわしつつ突きあげてくる。何度も射精したのにまだ石のように硬く、びくびくと脈打ち、いまにもまた射精しそうだった。

拷問台のうえにのり、腿を開いて彼のうえにまたがった。彼の鼻呼吸が激しくなって、そのあまりの荒さにジェインは心配になってきた。鼻孔がへこんではふくらみ、ふくらんではまたへこむ。ギャグをはずそうと手をのばしたが、Vはぐいと顔をそむけて首をふる。

「大丈夫？」

じれったそうにうなずくのを見て、ぬらぬらと精液にまみれた股間に腰を下げていった。

高々と起きあがったものの固い先端をとらえる。花芯が分かれて彼を迎え入れ、しっかりくわえ込む。彼が目を剝き、まぶたをひくひくさせている。まるで気絶する寸前のようだが、それと同時にストラップも切れそうなほどに腰を突き上げてくる。

前後に身体を揺すりながら、ジェインはシャツを脱ぎ捨てた。ブラのカップを脇に押しやると、乳房が高く盛りあがる。ストラップのきしむ音が一段と高まり、Ｖは拘束に抗って全身を緊張させている。もし縛られていなければ、一瞬にして彼女は押し倒され、組み敷かれていただろう。

「あなたはわたしのものよ」彼女は言い、片手で自分の首をなであげた。指が彼の嚙みあとをなぞると、Ｖの唇がボールギャグの向こうにめくれあがり、伸びた牙が赤いラテックスに突き刺さった。うなり声が漏れる。

彼に嚙まれたあとに触れたまま、彼女はまたひざ立ちになり、屹立するもののうえにまたがった。勢いよく腰を下げると、入ったとたんに彼はのぼりつめ、奥深くで激しく痙攣しつつ精をほとばしらせた。出し尽くし、痙攣がやんでからも、まだ固く起きあがったままだ。

こんなに感じたのは初めてだった。ジェインは彼にまたがったまま腰を揺らしはじめた。ロウにまみれ、絶頂の果ての精にまみれた彼の身体を美しいと思った。汗に光り、ところどころ真っ赤になっているのも、洗い落とすのが大変なほど汚れているのも、すべて美しかった。これはみんな、彼女がしたことなのだ。そしてそうされて彼は悦んでいるのだ。そうであればこそ、これは正しいことなのだと思えた。

自身もまた荒れ狂うような絶頂に翻弄されながら、ジェインは彼の目をのぞき込んだ。大きく見開かれ、狂おしい光を宿すその目を。

このままずっとそばにいたい。

30

〈メルセデス〉をコンドミニアムの短い私道に停め、フリッツはギヤをパーキングに入れた。Vはフロントガラス越しに外を眺めた。

「いいところだな」ジェインに言った。

「ありがとう」

彼は黙り込み、あの二時間にペントハウスであったことを思い返していた。彼女にあんなことをされて……ちくしょう、あれほど感じたことはかつてなかった。そしてまた、あのあとぐらい心が安らいだことも。すべて終わったあと、ジェインは縛《いまし》めをほどいてシャワーに連れていってくれた。シャワーに打たれて昂ぶりのしるしは洗い流され、ロウははがれ落ちたが、ほんとうに浄化されたのは身体の内側だった。

彼女がつけた赤い痕が残ればいいと思った。いつまでも肌のうえに残っていてほしい。

ああくそ、別れるのは耐えられない。

「ここにはどれくらい住んでるの」彼は訊いた。

「研修医になったときからよ。だから十年くらいね」

「きみにはいい場所だ。病院にも近い。ほかの住人はどんな人たち？」なんとお上品な、無意味なパーティトークだ。パーティ会場の家に火がついているというときに。

「住人の半分は若い専門職で、あとの半分は年配者よ。それでジョークがあるんだけど、ここを出ていくのは結婚するときか、老人ホームに入るときかだっていうの」左隣の部屋のほうにあごをしゃくって、「ミスター・ハンコックは二週間前に引っ越して介護施設に入所したの。次の入居者がどんな人かはわからないけど、たぶんおんなじような人だと思うわ。ああいう一階建ての居住区は高齢者が入ることが多いから。でも、わたしったらどうでもいいことをしゃべってるわね」

そして彼のほうは、それを長引かせようとしている。「前にも言ったけど、きみの話す声が好きなんだ。いくらでもしゃべってくれ」

「こんなふうに話すのはあなたといるときだけよ」

「おれは運がいいな」腕時計をちらと見る。ちくしょう、時間はどんどんなくなっていく。栓を抜いた浴槽のお湯のようになくなって、あとに残るのは冷たい空白ばかりだ。「部屋を見せてくれないか」

「喜んで」

Vは先に降り、あたりをざっと確認してから、わきによけて彼女を立ちあがらせた。フリッツには待たなくていいと伝えた。館には非実体化して戻るつもりだ。車が私道を出ていくのを横目に、ジェインのあとについて玄関へ歩いていった。

鍵一本で錠をあけ、ノブをひねっただけでドアは開いた。警備システムなし。錠がひとつあるだけか。ドアの内側にも、閂《かんぬき》もなければチェーンもない。彼とちがって敵がいないとはいえ、これでは不用心すぎる。もう少しなんとか――

いや、なんとかなどしようもないのだ。もう数分したら彼は赤の他人になるのだから。

平静を保とうとあたりを見まわす。家具がどうもおかしい。象牙色の壁紙にマホガニー材の家具と油絵。これじゃ博物館だ。まるでアイゼンハワー時代の展示のようだ。

「この家具は……」

「両親のだったの」と言いながら、コートとダッフルバッグをおろした。「両親が死んだあと、ここに入りそうなのをグレニッチの家から運んできたんだけど、やめとけばよかったわ。まるで博物館に住んでるみたいなんだもの」

「うん……言いたいことはわかるよ」

リビングルームを歩きまわって見ていくと、医師の住むコロニアル様式の邸宅――それも屋敷町に建っている――にありそうな家具ばかりだった。それが不釣り合いに大きいせいで、本来なら開放的なはずの部屋が窮屈に感じられる。

「ほんと言うと、なぜ捨てずにいるのかわからないのよ。子供のころだって、好きで使ってたわけじゃないのに」くるりとひとまわりして、そのまま黙り込んだ。

なにを言っていいかわからないのはVも同じだった。

とはいえ、なにをすればいいかはわかっている。「で……キッチンはこっちかな」

彼女は右のほうに歩いていった。「大したことないわよ」

しかし悪くないキッチンだ、と入っていきながら思った。ほかの部屋と同じく白とクリーム色でまとめられていたが、少なくともここではツアーガイドが必要だという気分にはならない。朝食コーナーに置かれたテーブルと椅子は白木のパイン材で、そのスペースにぴったりの大きさだ。花崗岩のカウンタートップはしゃれている。設備はステンレス製だ。

「去年模様替えしたの」

画面に「ゲームオーバー」の文字がちかちかしているのを無視して、ふたりはさらにパーティトークのような無意味な会話を続けた。

Vはコンロに歩いていき、あてずっぽうに左上の戸棚をあけてみた。大当たり《ビンゴ》。インスタントのココアがあった。

そそくさと取り出してカウンターに置き、次は冷蔵庫に向かった。

「なにをしてるの」

「マグはある？　小鍋は？」冷蔵庫から牛乳のパックを取り出し、ふたをあけてにおいをかいだ。

コンロに戻る彼に、ジェインがどこになにがあるか低い声で教えてくれた。急に、うわべをとりつくろうのがつらくなったようだった。認めるのは恥ずかしいが、動揺する彼女を見てVはうれしくなった。このつらい別れのさなか、未練がましいとか寂しいとか思う気持ちがそれで少しはやわらいだから。

まったく、おれは最低のクズだぜ。

ホウロウの小鍋と、ダイナーふうの分厚いマグを取り出し、コンロに細く火をつけた。牛乳を温めながら、カウンターの細々《こまごま》したものを眺めるうちに、脳みそが短い休暇に出てしまったような気がしてきた。この道具立ては、まるで〈ネスレ〉のコマーシャルではないか。郊外族の母親が守る城のようだ。いっぽう子供たちは雪のなかで遊びまわって、鼻を真っ赤にして手を冷たくしているんだろう。目に見えるようだ。身体を冷えきらせて子供たちが歓声とともになだれ込んでくると、自己満足の過保護な母親がちょうどテーブルに温かいごちそうを並べているというわけだ。ノーマン・ロックウェルに激甘の関節技をかけたような情景じゃないか。

ナレーションまで聞こえるようだ。グッドフード・グッドドライフ。

まあ、ここには子供もママもいないけどな。暖かく燃える暖炉もないし。もっとも、このコンドミニアムはじゅうぶん快適だし、これはほんもののココアだ。ほかになにもすることを思いつかなくて、ふたりとも心がぐちゃぐちゃのときに、愛する女に作ってやるような。

胸が締めつけられて、口のなかがからからで、本気で泣きたい気分なのに、男を気取っているせいで弱音が吐けない、そんなときにかき混ぜるような。

口に出してこなかった愛情、口に出したくても出せず、出す機会もなかった愛情のありったけをこめて作るような。

「わたしはみんな忘れてしまうのね」ジェインが投げ出すように言った。

もう少し粉を加えてスプーンで円を描き、ココアの渦が牛乳に溶けていくのを見守った。

答えられなかった。とても言葉にできない。

「そうなんでしょう」

「聞いた話では、ものやにおいがきっかけになって、そのときの気分を思い出すことがあるらしい。ただ、なぜそんな気分になるのか自分ではわからない」人さし指を入れて温度を確かめ、その指をなめて、またかきまわした。「ただ、たぶんぼんやりした夢は見るだろう。きみの心は強いから」

「空白の週末のことはどうなの？」

「空白だとは思わないはずだ」

「まさか、どうして？」

「代わりの記憶を植えつけるからさ」

それきり彼女はなにも言わなかった。肩ごしにふり向いてみたら、冷蔵庫によりかかって立ち、両腕を身体に巻きつけていた。目には涙が光っている。

ああくそ。やっぱり気が変わった。おれと同じぐらいつらい思いをしてほしくなんかない。こんな胸の張り裂けそうな思いをさせずにすむなら、どんなことでもする。

おれにはその力がある。つらさ悲しさを忘れさせる力が。そうではないか。

熱さを確かめ、ちょうどよいと満足して火を止めた。マグにつぐと、ぽこぽことやさしい音がする。愛する女に与えたい安らぎと満足を約束する音。マグを持っていったが、受け取ろうとしなかったから、身体に巻きつけた彼女の前腕をほどいた。ジェインはマグを手のひらに包み込んだが、それはVが作ってくれたココアだからで、飲みたいからではなかった。飲まずに、マグを抱くように鎖骨に当てている。手首をひねって、腕を巻きつけるようにして。

「行かないで」彼女はささやいた。涙がいまにもあふれてきそうな悲しい声。

手袋をしていないほうの手で彼女の頬にふれた。柔らかさと温かさが伝わってくる。ここを立ち去るとき、おれはこのノータリンのくされ心臓を彼女のもとに残していくのだ。胸のなかで鼓動を打つものはそのまま残り、ずっと血液を全身に送りつづけるだろうが、これからはもう機械としての役目を果たすだけになるのだ。

いや待てよ。これまでもずっとそうだったじゃないか。ほんのつかのま、彼女がそれに肉と生命を与えてくれただけだ。

腕に抱き寄せ、頭のてっぺんにあごを乗せた。こんちくしょうめ、これからはココアのにおいを嗅ぐたびに思い出すだろう。思い出して恋い焦がれるだろう。目を閉じた瞬間、背筋をぞわぞわと這いのぼるものがあった。それがうなじを震わせ、あごの付け根に抜けた。日が昇る。彼の身体が、もう立ち去る時だと言っている。もうすぐではなく、いますぐだと。それも切羽詰まったすぐだと。

身体を引いて、彼女の唇に唇を重ねた。「愛してる。これからもずっと愛してる。きみがおれの存在を忘れてしまっても」

「V……わたし……」

彼女のまつげが揺れ、ずっと溜めていた涙がこぼれた。Vは親指でその顔をなでた。

鼓動一拍ぶんだけ待った。彼女が続きを言おうとしないので、手のひらにあごを包んで目をのぞき込んだ。

「ああ、もうやるつもりなのね」彼女は言った。「もう――」

31

ジェインは目をしばたたき、手に持ったココアを見おろした。なにかがそのなかにぽたぽたと落ちている。

なにこれ……涙がとめどなく顔を流れて、マグに落ち、ボタンダウンのシャツを濡らしていた。全身がたがた震えていて、ひざに力が入らず、胸が痛くてたまらない。どういうわけだか、床に身を投げ出して大声で泣きたい気がしていた。

頬の涙をぬぐい、キッチンを見まわした。カウンターに牛乳とココアとスプーンが出ている。コンロにかかった小鍋からまだ湯気があがっている。左側の戸棚が半開きになっている。あれを取り出したのも、いま手に持っているものを作ったことも憶えていない。でも、しょっちゅうやっていて、習慣になっている動作ではよくあることだ。心ここにあらずで――

ちょっと、あれなに？ 朝食コーナーの奥の窓を通して、このコンドミニアムの前にだれかが立っているのが見えた。男だ。それも大男。街灯の投げる光の輪のすぐ外側に立っている。だから顔は見えなかったが、こちらを見つめているのはわかった。

これといった理由もなく、またどっと涙が流れてきた。さっきよりずっと激しく。見知らぬ男は、背を向けて通りを歩いていく。それを見たらますます涙が止まらなくなった。

放り出さんばかりにマグをカウンターに置くと、ジェインはキッチンから飛び出した。あのひとをつかまえなくては。止めなくては。

玄関ドアの前まで来て、いきなり猛烈な頭痛に襲われた。足を引っかけられたようにばったり床に倒れ込み、玄関の冷たい白いタイルのうえに伸びてしまった。身をよじって横向きになり、こめかみに指先をねじ込みながらあえいだ。

どれくらいそこに転がっていただろうか。ただじっとして、痛みが治まるのを待っているうちに、やっと楽になってきた。上体を起こし、ドアにもたれかかった。いまのは脳卒中の発作だったのだろうか。でもそれにしては、認知の遮断も視覚障害もなかった。いきなりの激しい頭痛だけ。

週末にかかったインフルエンザの名残だろう。数週間前から病院にはびこっていたウイルスに、枯れたイバラの茂みみたいに引っかかってしまった。それも無理はない。ずいぶん長いこと風邪ひとつひいていなかったし、かかるのが遅すぎたくらいだ。

遅いといえば……いけない、コロンビア大学の面接、延期してもらう電話をかけたかしら。ぜんぜん記憶がない……つまりかけていないのだろう。いやだ、木曜日の夜、病院からどうやって帰ったかすら憶えていない。

どれぐらい、ここでドアストッパーをやっていたのだろう。やがてマントルピースの時計が鳴りはじめた。グレニッチ時代、父の書斎にあった真鍮製の古風な〈ハミルトン〉で、あれは絶対英国訛りで鳴っているとかねがね思っていたやつだ。昔から嫌いだったが、ただ時間は正確だった。

朝の六時。仕事に行かないと。

それは感心な心がけだったが、立ちあがってみたら無理なのはよくわかった。頭はくらくらするし、身体には力が入らないし、だるくてたまらない。こんな状態で治療にあたれるわけがない。まだぜんぜん治っていないではないか。

しかたがない……欠勤の電話をしておかなくちゃ。ポケベルと携帯電話は……？

ジェインはまゆをひそめた。玄関のクロゼットの横に、マンハッタンに行くために荷造りしたバッグとコートが置いてある。

でも、携帯電話はなかった。ポケベルも。

重い身体にむちうって二階へあがり、ベッドのわきを探したが見当たらなかった。一階に戻ってキッチンを探す。やはりない。それに、いつも職場に持っていくショルダーバッグもない。まさか、週末じゅうずっと車のなかに置きっぱなしだったのだろうか。

ガレージへのドアをあけると自動で点灯した。

おかしい。車が頭から先に入れてあった。いつもバックで入れるようにしているのに。つまり、それだけぼんやりしていたということだ。

案の定、バッグはフロントシートにあった。自分で自分をののしり、番号を押しながら部屋に戻る。病院に電話も入れずに、こんなに長いこと所在不明でいたなんて。いくらほかの当直の医師たちがカバーしてくれるとは言っても、いままで五時間以上連絡を絶やしたことはなかったのに。

留守電はどっさり入っていたが、幸い緊急の用件はなかった。患者の治療に関する重要なメッセージは当直医に転送されていたから、残りのメッセージはあとで対応すればいいものばかりだった。

キッチンから寝室に直行しようとしたとき、ふとココアの入ったマグに目が留まった。さわってみなくても、もう冷めているのはわかっている。捨ててしまおうとマグを手にとったが、シンクの前でためらった。なぜだか捨てるにしのびなかった。あったところにそのまま戻し、ただ牛乳は冷蔵庫に戻しておいた。

二階の寝室で服を脱いだ。そのまま床に放っておいて、Tシャツを着てベッドにもぐり込む。

上掛けをかぶってさあ寝ようとしてみて、身体がこわばっているのに気がついた。とくに腿の内側と腰のあたり。こんな状況でなかったら、最高のセックスを大いに楽しんだか……

山にでも登ったかと思うところだ。ただ、これはたんにインフルエンザのせいだけど。

あっ、しまった。コロンビア大の面接。

ケン・ファルチェックにあとで電話して謝罪し、仕切りなおしを頼んでまた日程を調整してもらわなくては。先方はのどから手が出るほど彼女を欲しがってはいるが、学部長との面接をすっぽかすなんて、失礼もいいところだ。いくら具合が悪かったとはいっても。

枕の位置を調整してみたが、どうもしっくりこなかった。首が凝っている。マッサージしようと手を当ててみて、顔をしかめた。正面右寄りのあたりに、ひりひりするところがあった。まるで……まるで、なんだっけ。なにかのあとだろうか、ぶつぶつができている。

なんでもいいわ。インフルエンザで発疹が出ることもないわけではないし、蜘蛛《くも》にやられたのかもしれないし。

目を閉じて、眠りなさいと自分に言い聞かせた。眠ったほうがいい。眠ればこのウイルスを早く追い出すことができる。眠ればいつもの自分に戻り、身体を再起動できるはず。

眠りに落ちようとするとき、頭に浮かぶものがあった。男の顔。ひげをたくわえ、ダイヤモンドの目をしている。こちらを見て口を動かす、その口が……「愛している」と動いた……

いま見えているものにすがりつこうとしたが、眠りの暗い抱擁のなかにたちまち滑り落ちていった。イメージを手放すまいと戦い、その戦いに敗れた。枕に涙が流れ落ちているのに気づいたのを最後に、無意識の闇に引っさらわれていった。

まったく、こんなばつが悪いことがあるか。

ジョンはトレーニング室のベンチプレスに座り、ザディストが二頭筋カールをやっているのを眺めていた。大きな鋼鉄のダンベルを上げ下げするごとに、小さくかちりと音がする。聞こえるのはそれだけだ。ここまでひとことも交わしていない。木がないだけでいつもの散歩と同じだ。だが間もなく始まるはずだ。それが感じられる。

Zはダンベルをマットにおろし、顔の汗をぬぐった。むき出しの胸が光り、呼吸に合わせて乳首のリングが上下していた。

黄色い目がこちらに向かってきた。

ほら来た。

「それで、おまえの遷移のことだけどな」

なあるほどお……そこからじっくり〝レッサー〟の話に移ろうってわけか。遷移がどうか？　と手話で尋ねた。

「気分はどうだ」

気分は悪くない。ふらふらするし、まだ慣れないけど。ジョンは肩をすくめた。深爪をして、一日くらい指先が変な感じがするみたいな、すごく過敏になってるみたいな、全身がそんな感じです。

ばかだな、いったいなにをつまんないことしゃべってるんだ。Zはとっくに遷移を経験してる。そのあとどんな気分かだって知ってるはずだ。

ザディストはタオルを放り出し、またダンベルを持ちあげて二セットめにとりかかった。

「どっか具合の悪いとこはねえか」

とくになにも。

Zはじっとマットを見すえながら、左の前腕と右の前腕を交互に持ちあげていた。左。右。左。あんな重たいダンベルが、こんなにやさしい音を立てるのが不思議な気がした。

「レイラがな、報告してきたんだ」

あっ……まずい。

なんて言ってきたんですか。

頼むから……シャワー室のことではありませんように……

「セックスしなかったとさ。いったんはおまえもその気だったみたいなのに」

頭のなかが真っ白になって、ジョンはぼんやりとZの動きを目で追っていた。右。左。右。

それ、だれが知ってるんですか。

「ラスとおれ。そんだけだ。ほかのやつには関係ねえからな。こんな話を持ち出したのは、具合が悪いんだったらちゃんと検査しなくちゃならんと思ったからさ」

ジョンは立ちあがり、例によってふらつきながらうろうろ歩きだした。腕も脚も頼りなくて、酔っぱらいのように足もとが定まらない。

「なんで途中でやめたんだ」

ちらとZのほうを見て、大したことじゃないみたいにごまかそうとした。だがそこで、はたと気づいてぞっとした。そんなことは不可能だ。

Zの黄色い目が光っていた。なにもかもお見通しと言いたげに。

ちくしょう、あのハヴァーズって医者が話したんだな。あの病院でセラピーを受けたとき、階段であったことをしゃべった、あれが漏れたんだ。

知ってるんでしょう。ジョンははらわたが煮えくりかえった。知ってて訊いてるんだ。そうでしょう。

「ああ、知ってる」

あのセラピストのちくしょう、だれにも言わないって言ったくせして——

「訓練プログラムに参加するときは、医療記録のコピーが送られてくることになってんだよ。全員が対象の標準の手続きだ。ジムでなにかあったときや、講義中に遷移が始まったときの用心だ」

だれがファイルを読んでるんですか。

「おれだけだ。ほかはだれも読みゃあせん。ラスでもだ。鍵をかけてしまい込んであるし、どこにあるか知ってんのもおれだけだ」

ジョンはほっと肩を落とした。せめてもの慰めだ。いつ読んだの。

「一週間ぐらい前だ。そろそろ遷移があってもおかしくないって思ったんでな」

なにが……なにが書いてありました？

「まあ、ほとんどすべてだな」

くそったれ。

「おまえ、だからハヴァーズんとこに行きたくねえんだろ」Zはまたダンベルをおろした。

「またセラピーを受けさせられると思ってんだろう」

もうあの話はしたくないから。

「だろうな。話せって言う気もねえよ」

ジョンはかすかに笑みを浮かべた。話したほうが楽になるとか、なんかそんなことを言うかと思ったのに。

「ばか言うな。自分がしゃべんの得意じゃねえのに、ひとに話せなんて言えるかよ」Zはひじをひざにのせ、身を乗り出してきた。「ジョン、それじゃこれでどうだ。あの話が外に漏れることはぜったいにねえ、それは百パーセント信用してくれ。いいな。おまえの記録を見たがるやつがいたら、おれが気を変えさせてやる。いざとなったら燃やしちまってもいい」

急にのどにこみあげるものがあって、ジョンはそれを無理に呑み込んだ。手をぎこちなく

動かして、恩に着ます。

「レイラの話をしろってラスがおれに言ったのは、遷移のときに配管がおかしくなったんじゃねえかって心配したからだ。緊張してできなかっただけだって言っとくから、それでいいな」

ジョンはうなずいた。

「マスかいたことあるか」

ジョンは頭のてっぺんから爪先まで真っ赤になった。気が遠くなるかと思った。地面までの距離を目測すると、百メートルもありそうに見えた。だが、ここなら引っくり返っても大丈夫だ。なにしろマットがどっさり敷いてある。

「どうだ？」

ジョンはしぶしぶ首をふった。

「いっぺんやってみろ。どこも悪くないか確認のためだ」Zは立ちあがり、タオルで身体の汗をぬぐってシャツを着た。「いまから二十四時間以内にちゃんとやっとくんだぞ。どうなったか訊いたりしねえから心配すんな。おまえがなにも言わなきゃ、うまく行ったんだと思っとく。ただし、だめだったら言いに来いよ。そんときゃふたりで対策を考えよう。いいな」

いやその、あんまりよくない。もしできなかったらどうしよう。わかりました。

「それともうひとつ、銃と〝レッサー〟のことだけどな」

しまった、もうそれでなくても頭がガンがんしてるのに、あの九ミリの話がこれから始まるのか。両手をあげて、言い訳をしようと——

「武器を持ってたのはどうでもいい。ていうか、〈ゼロサム〉に行くんなら武装していけ」

ジョンはびっくりしてZを見つめた。**でも、それは規則違反だけど。**

「おれがそんなことを気にするとでも思ってんのか」

ジョンはちょっとにやにやした。**いや、あんまり。**

「またあの殺し屋どもに十字線を合わせるときが来たら、おんなじようにやってやれ。聞いたところじゃ、大したことをやってのけたみたいじゃねえか。おまえは仲間を守ったんだ。よくやった」

ジョンは顔を赤らめた。胸のなかでは心臓が歌を歌っている。トールメントがぶじに戻ってくることをべつにすれば、この世にこれ以上にうれしいことがあるとは思えなかった。

「そろそろわかっただろ、おれがブレイロックとつるんでなにやってたか。あの書類とか身分証とか、〈ゼロサム〉以外には行くなとかよ」

ジョンはうなずいた。

「ダウンタウンに行くならあのクラブにしとけ。少なくともあと一カ月かそこら、体力がつくまではな。昨夜のことはほめてやるけどよ、だからって〝レッサー〟狩りなんか始めんじゃねえぞ。そんなまねをしてみろ、小学生みてえに外出禁止にしてやるからな。おまえはまだまだ訓練を受けなきゃならねえ。自分の身体の扱いかただってまるでわかってねえ。阿呆なまねをして殺されでもしてみろ、ぜったい赦さねえからな。いまここでおれに誓え。おれがいいって言うまでは、あんちくしょうどもを追いかけまわしたりするんじゃねえぞ。わかったな」

ジョンは深く息を吸った。できるだけ厳粛な言葉で誓いを立てたいと思ったが、なんと言っても薄っぺらになる気がした。それで、ただこう手話で伝えた。**約束します。〝レッサー〟狩りなんかしません。**

「よし。そいじゃ、今夜はもう終わりだ。部屋行って寝ろ」Zは向こうを向きかけたが、ジョンは口笛を吹いて引き止めた。Zが肩ごしにふり返る。「ああ?」

ジョンは自分を叱咤して、自分の心中を手話にしようとした……この機会を逃したら、二度と尋ねる勇気は出ないと思ったから。

おれのこと、軽蔑します? あのとき、あそこであんなことが……つまり、あの階段であんなことがあって。ほんとのことを言ってください。

Zはまばたきをした。一度。二度。そして三度。それから、みょうにか細い声で言った。

「ばか言うな。おまえに落ち度があったわけじゃねえし、なんかの報いでもなんでもねえ。いいか、おまえは悪くねえんだからな」

ジョンはたじろいだ。涙が目にしみてきて、Zの顔がまともに見られない。マットのうえに立って、自分の大きな身体を見おろした。床がやけに遠く見える。それなのに、こんなに自分が小さかったことはないような気がした。

「ジョン」Zがさらに言った。「ちゃんと聞いてるか？　おまえは悪くねえんだ。おまえの落ち度でもなんでもねえんだぞ」

なんと答えていいかわからず、ジョンはただ肩をすくめた。それから手話で、**お礼を言います。ひとに言わないでいてくれたし、それと、無理にしゃべらせようとしないでくれたし。**

Zが黙っているので、ジョンは顔をあげて、ぎょっとしてあとじさった。

ザディストの面相が完全に変わっていた。たんに目が黒く変わったせいだけではない。ふだんよりもっと骨がごつごつして、皮膚は引き締まり、傷痕がぞっとするほど目立っていた。身体から冷たい風が噴き出してくる。一瞬に気温が下がって、訓練室はさながら冷凍庫と化したかのようだった。

「なにも知らないときにレイプで踏みにじられるなんざ、あっていいことじゃねえ。だが、もしそんな目にあっちまったら、自分で折り合いをつけてくだけだ。ほかのだれにもどうにかできることじゃねえからな。この話は二度としたくねえだろうから、おれも二度と持ち出さねえことにする」

Zは足音も荒く立ち去った。ドアが閉じると、徐々に気温がもとに戻ってきた。

ジョンは大きく息を吸った。Zがいちばん親しい〈兄弟〉になるとは思いもしなかった。なにしろ、なにひとつ共通点がないのだから。

だが、どこで見つけようとも友だちは友だちだ。大切にするつもりだった。

32

二、三時間後、女性的な内装のラスの書斎で、フュアリーはソファの背もたれによりかかり、脚を組んで座っていた。〈兄弟団〉のミーティングはVが撃たれて以来初めてで、これまでのところずっとぎくしゃくした雰囲気だった。なにせ、目の前にものすごく巨大な問題がぶら下がっているのに、だれもそれにふれようとしないのだ。

ヴィシャスに目をやった。両開きの扉に背中を預けてまっすぐ前を見つめている。その魂の抜けたような顔は、古い西部劇映画をテレビで見ている人の顔だ。あるいは、〈ライフタイム（おもに古い映画を流す衛星・デジタル放送のチャンネル）〉の映画とか。

この生ける屍《しかばね》効果はすぐに見分けがつく。以前にもこの部屋に出現したことがあるからだ。永遠にメアリを失ったと思っていたときのレイジも、この息をする死体をやっていたし、ベラと別れようと決めたときのZもそうだった。

まったく……きずなを結んだ男のヴァンパイアは、その女を失うと抜け殻になってしまう。皮膚一枚で肉と骨がつながっているだけになってしまうのだ。だれがそんなふうになっても気の毒だが、例の〈プライメール〉のあれでVは山のように厄介ごとを抱えている。それを考えると、ジェインを失ったのはとくべつ残酷だという気がする。ただ、あのふたりの組み合わせでは、どう考えても長い目で見てうまく行くわけがない。あっちは人間の医師で、こっちはヴァンパイアの戦士だ。歩み寄る足場すらない。

ラスが大きな声を出した。「V？　おい、ヴィシャス」

Vははっとしたように顔をあげた。「なんだ？」

「今日の午後、〈書の聖母〉のところに行くんだろう」

Vはろくに口も開かずに答えた。「ああ」

「〈兄弟団〉を代表する付添いが必要だ。ブッチでいいか」

Vは刑事《デカ》に目をやった。淡青色のふたり掛けのソファに座っている。「来てくれるか」

ブッチはVのことを心配していたらしく、すぐに引き受けた。「もちろん。なにをすりゃいいんだ」

Vがなにも言わないので、ラスが代わって答えた。「人間の習慣で言えば、まあ結婚式の新郎の付添いだろうな。今日はお披露目に出て、式は明日だ」

「お披露目？　その女は美術品かなんかなのか」ブッチは顔をしかめた。「この〈巫女〉がなんとかいう話、おれはまるっきり気に入らねえんだけどな、正直な話」

「昔のしきたりだ。昔からの伝統」ラスはサングラスの下の目をこすった。「変えなきゃならんことは多いが、こいつは〈書の聖母〉の縄張りなんでな、おれにはどうしようもない。よし、それで……ああ、次はローテーションの話だな。フュアリー、今夜はおまえが休め。ああ、負傷してからおまえがいらついてるのはわかってる。だがな、スケジュールで決まってた休みを、おまえ二回続けてとってないだろうが」

フュアリーは黙ってうなずいた。ラスがおやと笑みを浮かべて首をかしげる。「反論はなしか」

「まあね」

じっさい、今夜はやることがあるのだ。だからこれは、いわゆる好都合というやつだった。

そのころ〈彼岸〉の神聖な大理石の沐浴の間で、コーミアは自分の身体をいとわしく思っていた。いささか皮肉な話だ――〈プライメール〉のために、いまその身体はこれほど入念に整えられているのだから。こんなに浄められたものを、なぜうとましがるのかと人は驚くかもしれない。もう十二種類もの儀式的な湯浴《ゆあ》みをやらされた。髪は浄めと再度の浄めを受けたし、顔はバラの香りの軟膏パックをされ、次はラヴェンダーの香り、その次はセージやヒヤシンスの香りの軟膏でパックをされた。〈プライメール〉を称えて香がたかれ、祈りが唱えられるなかで、全身に香油を塗り込まれた。まるで神に捧げられる食物として加工されているような気になってくる。肉の塊だ。スパイスで風味をつけ、調理されて、食べられるのを待っているみたいだ。

「一時間後にご到着の予定です」〈東ね〉が言った。「お急ぎなさい」

胸のなかで、心臓が止まった。それが激しく動悸を打ちはじめた。湯気だの沐浴だのでぼうっとしていたのが覚めて、身を切られるほどはっきりと気がついた——生まれてからずっとなじんできた、そんな暮らしの終わる時が刻々と近づいている。

「ああ、礼服が来ました」〈巫女〉のひとりがはしゃいだ声をあげる。

コーミアは肩越しにふり返った。宏壮な大理石の広間の向こう、黄金の扉を抜けてふたりの〈巫女〉が入ってくる。フード付きの白い衣裳を広げて、両側から捧げ持っていた。衣裳に縫いつけられたダイヤモンドと黄金が、ロウソクの火を受けてちらちら輝き、さまざまな色彩が躍っている。そのふたりのあとに続く〈巫女〉は、両腕に透ける布を捧げ持っていた。

「ベールをこちらへ」〈東ね〉は命じた。「かぶせなさい」

コーミアの頭に透き通ったレースがかけられてひだを作る。それが一千個の石のように重くのしかかってきた。目の前がレースで覆われて、あたりがぼやけて見える。

「お立ちなさい」

立ちあがったとたんによろけそうになった。肋骨の下で心臓が激しく鼓動し、手のひらが汗でじっとりと濡れている。〈巫女〉ふたりがどっしりした衣裳を持って進み出てくるのを見て、ますますパニックがつのってきた。その礼服を背中からかけられたら、身体が包まれるというより、がんじがらめに締めつけられるようだった。巨人が後ろに立っていて、巨大な獣じみた手で押さえつけられているかのように。

フードをかぶせられたら、なにも見えなくなった。

そのフードの端をたくしこむようにして、前のボタンがはめられた。考えたくなかったが、このボタンがいつ、どんなふうに外されることになるのかと思わずにはいられない。コーミアは、ゆっくりと深く呼吸しようとした。えりもとの空気穴から外気が入ってはくるものの、それではじゅうぶんでなかった。ぜんぜん足りない。

こんな衣裳にくるまれていては、音はすべてくぐもって聞こえる。またコーミアがなにか言っても、だれにもよく聞こえないだろう。とはいえ、これから始まるお披露目の儀式でも、契りの儀式でも、彼女がこちらから果たすべき役割はなにひとつない。コーミアは象徴であり、ひとりの女ではないのだ。だから個人として返事をする必要はないし、またそれは望ましいことでもない。伝統がすべてを支配するのだ。

「文句のつけようがないわ」姉妹たちのひとりが言う。

「まぶしいぐらい」

「〈巫女〉の名にふさわしいですね」

コーミアは口を開いて、自分自身に言い聞かせた。「わたしはわたし。わたしはわたし。わたしはわたし……」

涙がこみあげてきて、顔を伝い落ちていく。しかし手をあげてぬぐうことはできないから、涙はそのまま頬からのどくびへと流れ落ち、衣裳のなかに消えていく。

なんの前触れもなく、縛めを解かれた獣のように、パニックが抑制をふりきって暴走しはじめた。コーミアはくるりと体《たい》を返した。どっしりした衣裳に足をとられていても、逃げ出したいという衝動を抑え込むことはできなかった。重い衣裳を引きずりながら、扉があると思われる方向に走りだした。驚いた〈巫女〉の叫びが、沐浴の間に響きわたるのがかすかに聞こえる。それと同時に、壜や鉢や壺が倒れて割れる音も。

コーミアはふらふらと逃げまどいながら、衣裳を脱ぎ捨てようとした。求めて得られない救済を求めて。

逃れようもないおのれの運命から逃れようとして。

33

コールドウェルのダウンタウン、〈聖フランシス医療センター〉の北東角の一室。医師マニュエル・マネロは、デスクの電話の受話器をおろした。番号を押しもしなかったし、かかってきた電話に出ていたわけでもない。その〈NEC〉の電話機をじっとにらむ。家電量販店〈サーキット・シティ〉の常連の淫靡《いんび》な夢から抜け出てきたような、ボタンのどっさりついたしろもので、おまけにリンリンだのピーだのとやかましい。

部屋の向こうに投げつけてやりたかった。

とはいえ、本気で投げつけたりはしない。テニスラケットだのテレビのリモコンだの、メスだの本だの、そんなものを投げるのをやめたのは、〈聖フランシス〉始まって以来最年少の外科部長になると決めたときだ。それ以来、なにかを投げるのは空《から》の壜か自動販売機の容器をごみ箱に放り込むときだけだった。それも、たんにコントロールの腕をなまらせないためにすぎない。

革張りの椅子にもたれ、くるりと回転してオフィスの窓の外を眺める。いいオフィスだった。広いし、なにしろ豪華だ。マホガニーの羽目板がこれでもかと張られ、床にはペルシャじゅうたんが敷きつめられて、「玉座の間」とあだ名されている。ここはこの五十年間、外科部長の降臨する場所となってきた。この仮住まいにかしこまって座りはじめて、かれこれ三年になろうとしている。いつか時間ができたら模様替えをしたいと思っている。権力を絵に描いたような豪華絢爛に囲まれていると、身体がむずがゆくなってくるのだ。

いまいましい電話機のことを考えた。かけないほうがいい電話をかけることになるのはわかっている。そういう女々しいことはしたくないし、いつものようにおれは男だと尊大にふんぞりかえってやったとしても、やっぱり女々しいことをすると思われるだろう。

それはわかっている。だがそれでも、結局は指に運動をさせることになるのだ。

その不可避の運命を先延ばしにしようと、時間つぶしに窓の外を見やる。ここからは、〈聖フランシス〉の造園された正面の庭とその向こうの街が見渡せた。この病院のなかではとびぬけて眺めのいい部屋なのだ。春ともなれば、車寄せの中央分離帯には桜やチューリップが咲き誇る。その二車線の道路の両側はカエデ並木になっていて、夏にはエメラルド色の葉が茂り、それが秋には赤や黄色に紅葉する。

ふだんはゆっくり景色を眺めるひまはないのだが、眺めようと思えば眺められるというのが大事なのだ。たまには考えをまとめなければならないときもあるからな。

ちょうどいまがそんなときだ。

昨夜、ジェインの携帯電話に電話した。そろそろくされ面接から帰っているころだと思ったのだが、ジェインは出なかった。今朝もかけてみた。やはり出なかった。なめやがって。コロンビアの面接のことをジェインが話そうとしないのなら、じかに面接もとに訊くまでだ。あっちの外科部長に自分で電話をかければすむ。自尊心は自尊心として、もと恩師はためらいもなくくわしく話してくれるはずだ。とはいえ情報を探るのが目的なのだから、ばつの悪い思いをするのはやむをえない。

マニーはまた椅子をまわして、十桁の番号を押して待った。〈モンブラン〉の万年筆で吸取紙をとんとんやりながら。

電話がつながると、挨拶も待たずに言ってやった。「やあファルチェック、元気か、この人さらい」

ケン・ファルチェックは笑った。「マネロ、おまえほんとに口が悪いな。目上のわたしに向かってこれとは、まったく赦しがたいやつだ」

「それで隠居暮らしはどんなもんだい、じいさん」

「悪くはないさ。ところで坊や、おまえはもう固形物を食べさせてもらってるのか、それともまだ〈ガーバー〉の離乳食か？」

「もうオートミールまで進化したぜ。だからな、その歩行器にがたが来たら、いつでも人工股関節置換手術をしてやるぞ」

言うまでもなく、これはみんな他愛のないジョークだった。五十八歳のケン・ファルチェックは健康そのもので、マニーと同じぐらい現役ばりばりだ。十五年前、マニーがファルチェックのもとで研修を受けて以来、ふたりは親しくつきあっているのだ。

「それで、高齢者に大いに敬意を払って訊くんだがね、なんでうちの外傷外科医を引き抜こうとしてるんだ。それと面接はどうだった？」

短い間があった。「いったいなんの話だ。木曜日に男の声で伝言があって、面接の日程を変更してほしいと言ってきたんだがね。だから電話してきたんじゃなかったのか。こっちを袖にしてそこに残ることになった、ざまあ見ろと言うのかと思ったよ」

マネロは平静な声で言った。「ご冗談、そんなことするわけがないだろ」

うなじにぞわりと妙な感覚が走った。冷たい泥を手のひらいっぱい叩きつけられたような。

「いいや、おまえならやる。おまえを指導したのはわたしだぞ、忘れたのか。おまえの悪習はすべてわたし譲りだ」

「職業上のだけだよ。ところで、その電話してきた男だが、名前はわかるかな」

「いや。秘書かなんかだろうと思った。おまえじゃなかったのは確かだ。声がちがったし、ちゃんと礼儀を知ってたからな」

マニーはごくりとつばを呑んだ。よしわかった、とにかくすぐにこの電話を切らなきゃならん。くそったれめ、ジェインはそれじゃどこにいるんだ。

「それでマネロ、彼女はそっちに残ることになったと思っていいのか」

「事実を直視しろよ。こっちにいりゃ、どっさり特典があるんだから」おれ自身もふくめてな。

「学部長の地位はべつだろう」

ちくしょう、こうなったら、医学部の権力争いなんぞもうどうでもいい。マニーに言わせれば、ジェインはすでに立派な行方不明《MIA》だ。早く捜さないと——

おあつらえ向きに、ドアの向こうから秘書がひょいとのぞき込んできた。「あら、失礼しまし——」

「いや、いいんだ。すまんファルチェック、急用ができた」ケンの別れの挨拶も終わらないうちに電話を切り、間髪をいれずにジェインの自宅の番号を押す。「ちょっと待ってくれ、電話を一本かけてしまうから——」

「ドクター・ホイットカムから病欠の連絡がありました」

マニーは電話から目をあげた。「本人と話したのか。かけてきたのは本人だった？」

助手はちょっと変な顔をした。「もちろんです。この週末はインフルエンザで寝込んでらしたんですって。担当の患者さんと救急のほうは、ゴールドバーグ先生が代理で診てくださることになってます。あの、大丈夫ですか」

マニーは受話器をおろしてうなずいたが、頭がひどくくらくらしていた。まったく、ジェインになにかあったのかと思っただけで、血が水のように薄まってしまうとは。

「ほんとに？」

「ああ、大丈夫だ。ホイットカムのこと、知らせてくれてありがとう」立ちあがると、床が少しうねった。「一時間後に手術室だから、なんか食べといたほうがいいな。ほかには？」

あと二点ほど確認をとると、秘書はオフィスを出ていった。

ドアが閉じると、マニーはやれやれと椅子の背もたれに身体を預けた。ちくしょう、しゃんとしろよ。ジェイン・ホイットカムのことは以前から気になってはいたが、彼女が無事と知って、安心のあまり震えが来るほどとは思わなかった。自分で驚きだ。

そうだ。なにか食べておかなければ。

わが身を励ましてまた立ちあがり、休憩室で目を通そうと研修医の応募書類の束を取りあげた。そのさいに、なにかがデスクから滑り落ちた。かがんで拾いあげ、まゆをひそめた。心臓の写真を出力したものだが……室が六つある。

なにか、心の奥にちらつくものがあった。動きまわる影、形をとる寸前の思考、明確になる一歩手前の記憶。と、右のこめかみに刺すような痛みが襲ってきた。悪態をつきながら、これはいったいどこから来たのかと思い、写真の下に入っている日付と時刻を確かめた。ここで撮った写真だった。彼の取り仕切る外科部の、彼の手術室で撮って、このオフィスで出力されていた。ここのプリンターにはちょっとした癖があって、いつも左下の角にインクの染みができる。そしてこの写真にもその染みがあった。

パソコンのスイッチを入れ、ファイルを検索した。そんな写真はない。**これはどういうことだ。**

腕時計に目をやった。ファイルあさりをしている暇はない。手術の前に、どうしても食べておかなくてはならないのだ。

大層なオフィスをあとにしながら、今夜は昔ふうの医者をやろうと決めた。

往診に出るのだ。医師になって初めて。


　ヴィシャスはゆったりした黒いシルクのパンツをはき、それとそろいの上着――四〇年代のスモーキングジャケットみたいな――を身に着けた。くそいまいましい〈プライメール〉のメダルを首にかけ、煙草を吸いながら部屋を出た。廊下を歩いていくと、リビングからブッチの悪態が聞こえてきた。巻き舌のくぐもった連禱《れんとう》には、くそったれ《ファック》だの、ばかやろう《アスホール》の気の利いたバリエーションだのがどっさりちりばめてあって、こいつはあとあとのために憶えておこうとVは思った。

　リビングに入っていくと、ブッチはソファに腰かけて、マリッサのノートパソコンをにらみつけていた。「どうした、刑事《デカ》」

「どうもハードドライブがいかれちまったみたいで」ブッチは目をあげた。「こいつは驚いた……まるでヒュー・ヘフナーじゃないか」

「ふざけんなよ」

ブッチは顔をしかめた。「すまん。その……V、悪かっ――」

「いいから、そのPCを見せろ」Vはブッチのひざからそいつを取りあげて、手早くメンテナンススキャンをした。「もう死んでるぜ」

「やっぱりな。〈避難所《セーフプレース》〉はありゃ、もうITのカスの吹き溜まりだぜ。サーバはダウンしたし、今度はこれだ。いまマリッサはメアリと館に行って、もっと人員が必要だって陳情してるんだ。なのにこれだ、まったく勘弁してほしいぜ」

「ラスの書斎の外に備品棚があるだろ、あれに新品の〈デル〉を四台入れといた。あれを使えってマリッサに言っといてくれよ。セットアップもしてやりたいところだが、もう行かなきゃならん」

「助かったよ。それにそうだ、おれもいっしょに行くしたくを――」

「来なくていい」

ブッチはまゆをひそめた。「ばか言え。付添いが要るだろ」

「だれかに代わってもらう」

「おまえをほっとくわけには――」

「ほっとくとか、そういう話じゃない」ヴィシャスはぶらぶら歩いていき、テーブルサッカー台のロッドの一本をまわした。「なんて言うか……つまりだな、おまえがいると生々しすぎるんだよ」

「だから、ほかのやつに付添ってほしいってか」

Vがまたロッドをまわすと、台が低い音を立てた。あのときはとっさにブッチを選んでしまったが、考えてみたらこいつは面倒のもとだ。Vにあまりに近すぎるから、お披露目だの儀式だのをやり抜くのがかえってむずかしくなる。

リビングルームの向こうに目をやった。「ああ。そうだ、ほかのやつのほうがいい」

短い間があった。ブッチは、熱すぎる皿を持っている人のような顔をしている。つらそうな、困ったような。「そうか……わかってるだろうけど、おれはなにがあってもおまえの味方だからな」

「わかってる、頼りにしてるよ」Vは電話をとりに行きながら、だれにしようかと考えていた。

「ほんとにいい——」

「いいんだよ」と答えて番号を押す。電話をとったフュアリーに、Vは言った。「今日なんだが、おれの付添いを頼めないか。ブッチはこちらに残る。うん。そうか。助かったよ」電話を切った。不思議な人選に思えるかもしれない。フュアリーとは、これまでとくに親しかったわけではない。だが、まさにそこがねらいだった。「フュアリーが引き受けてくれたから、大丈夫だ。ちょっとあいつの部屋に行ってくる」

「V――」

「もういいって。二時間もすりゃ戻ってくる」

「ほんとに、こんなことにならなきゃよか――」

「もういいって言ってんだろ。大してなにも変わりゃしねえって」たとえこんなことがなかったとしても、ジェインは帰らせなくてはならなかっただろう。きずなを結びながら、女を失った男という状況に変わりはないのだ。そうとも、だから同じことなのだ。もうなにがどうなってもかまうものか。

「ほんとに、おれがついてかないほうがいいんだな？」

「帰ったときには、ここで〈グース〉といっしょに待っててくれ。どうせ飲まなきゃいられないんだ」

Vは〈穴ぐら《ピット》〉を出て地下トンネルを抜け、本館に向かった。歩きながら客観的に状況を見直してみた。

彼が契りを結ぶ〈巫女〉はただの肉体だ。それはこちらも同じだ。ふたりは必要なときに、必要なことをするだけだ。たんに男性器と女性器を合体させ、射精するまで突いたり引いたりするだけだ。たとえこっちがまったく性的に興奮しなくても、心配することはない。〈巫女〉たちは勃起を起こさせる軟膏を持っているし、いかせる香もある。だから、まったく気分が乗らなくても、肉体はそうするように生まれ育ったことをする。一族の最高の血統を絶やすことがないように。

くそ、もっと医学的な、カップとチューブみたいなやつならよかったのに。しかしヴァンパイアの場合、体外受精を過去に試みたときはことごとく失敗しているのだ。昔ながらの方法で子作りに励むしかない。

まったく、何人の女とやることになるのか考えたくもない。おれには無理だ。無理を押してやったら、いつか――

ヴィシャスはトンネルの真ん中で立ちどまった。

口をあけた。

そして声がかれるまで絶叫した。

34

ヴィシャスとフュアリーはともに〈彼岸〉に渡った。実体化したところは、コリント式の列柱に囲まれた白い中庭だ。中央に白い大理石の噴水があり、水晶のように澄んだ水が噴き上がっては、白く深い水盤に落ちていく。奥には白い花をつけた白い木が一本あって、七色の小鳥が群がっていた。まるで、カップケーキのうえに散った飾りのようだ。フィンチとコガラの耳に快いさえずりが、噴水の水音に調和している。どちらも同じ歓びの歌を歌っているかのように。

「戦士たちよ」〈書の聖母〉の声がVの背後から聞こえてきた。それを聞いただけで、皮膚が引き攣《つ》れて骨をおおうプラスティックに変わってしまったようだった。「ひざまずいてわたくしの挨拶をお受けなさい」

Vはひざを折ろうとしたが、なかなか言うことをきかない。ややあってやっと折れたものの、まるでカードテーブルの錆びついた脚を畳んでいるようだった。フュアリーのほうはそんなこわばりなどまるで感じていないようで、流れるような自然な動作でひざをついた。

だが考えてみれば、フユアリーは憎んでもあまりある母親の前にひざまずいているわけではない。

「アゴニーが子フユアリー、息災にしていましたか」

まったくよどみなく、フユアリーは〈古語〉で答えた。「おかげさまで大過なく。拝謁をたまわりまして光栄至極に存じます」

〈書の聖母〉は低い笑い声を漏らした。「言葉も作法も時宜にかなっている。まことに好ましいこと。わが息子からもそのような挨拶が聞きたいものです」

フユアリーがはっとこちらに投げた視線を、Vは見るというより感じた。**悪かったな兄弟、このうれしいニュースを伝え忘れてたぜ。**

〈書の聖母〉がするすると近づいてくる。「ああ、母方の血統のことを息子は黙っていたようですね。なんと慎み深いこと。それとも、一般に信じられているわが処女性の原理を損なうのを恐れたのですか。なるほど、そうだったのですね。ブラッドレターが子ヴィシャスよ」

許可も求めず、Vは顔をあげた。「たんに、母とは認めてないからという可能性は考えないんですか」

それはまさしく、〈聖母〉が予想していたとおりの返答だった。そうとわかるのは考えを読んだからではない。あるレベルにおいてはふたりは同一であり、隔てる時空にもかかわらず、分かちがたく結びついているからだ。

　ったく、ありがたい話だぜ。

「おまえが認めようが認めまいが、わたくしが母であることにはなんの変わりもない」〈聖母〉はぴしゃりと言った。「本が開かれなくとも、なかのページの文字が変わることのないのと同じです。事実は事実」

　許しも得ずにVは立ちあがり、フードに覆われた母の顔をまともに見た。目には目を、強さには強さを。

　フュアリーはたぶん血の気を失っているだろうが、しかたない。そのほうが周りの色合いにはよく合うだろう。それに〈書の聖母〉だって、次期〈プライメール〉こと可愛いわが子をトーストにしたりはすまい。それは確実だ。だったら好きにやらせてもらおうじゃないか。

「早いとこすませようぜ、おっ母さんよ。おれは早く現世に戻りた――」

　あっという間もなく、Vは仰向けに倒れて息ができなくなっていた。なにがのっているわけでもなく、圧迫されているわけでもないのに、胸にグランドピアノがのしかかっているようだった。

　目を見開き、肺に空気を送り込もうともがいていると、〈書の聖母〉が中空に浮いたまま近づいてきた。そのフードがひとりでに持ちあがり、こちらを見おろしてくる。この世のものならぬ輝く顔には、うんざりしたような表情が浮かんでいる。

「約束なさい。わが〈巫女〉たちの前では言葉を慎み、わたくしに敬意を払うのですよ。おまえには当然のこととしてある程度の自由裁量が与えられているけれど、それを公の場で出すようなら、わたくしは躊躇なく悲惨な運命を下しますよ。いまおまえが捨てたいと思っている運命よりさらに悲惨な運命を。わかったら約束するとおっしゃい」

約束？　約束だと。なにをぬかす、そんなのは自由意志があってこその話だろうが。おれは生まれてこのかた、自分にはそんなものはないとことあるごとに思い知らされてきたんだ。

このくされ女。

ヴィシャスはゆっくりと息を吐いた。身体の力を抜く。窒息を受け入れる。

〈聖母〉の視線を受け止め……このまま死ぬことにした。

自分で自分を窒息させにかかって一分ほど過ぎたころ、自律神経系のスイッチが入り、肺が胸郭にパンチをくれて拡張しようとし、酸素を吸い入れようとしはじめた。奥歯を食いしばり、唇を固くとじて、のどを引き締めて、呼吸反射を封じ込んだ。

「ばか、いい加減にしろよ」フュアリーの声が震えている。

肺の焼けつくような痛みは上半身に広がり、視界がぼやけてきた。意志力と、生物学的な呼吸への欲求との戦いに全身が震えている。この戦争の目的は、もう母親への面当《つらあ》てではなかった。自分の欲するもの、つまり心の平安を求める戦いに変わっていた。ジェインがいなければ、死こそが唯一望ましい選択肢ではないか。

意識が遠のきはじめた。

とたんに、存在しない重石が取り払われた。空気が鼻孔になだれ込み、たちまち肺を満たしていく。実体はあるが見えない手で押し込まれるように。

肉の欲求のほうが勢いづいて、意志力をぶちのめして押し返した。心ならずも、水でも飲むように酸素を飲んだ。横向きになって身体を丸め、激しくあえいだ。徐々に視界が晴れて、母のローブのすそに目の焦点が合った。

ようやく顔を白い床から引きはがして見あげると、〈聖母〉は見慣れた輝きを失っていた。光が鈍っている。その明るさには調光スイッチがついていて、だれかがそれを押してムードを盛りあげようとでもしているようだった。

しかし、表情はもとのままだった。ダイヤモンドのように透明で美しく、そして硬い。

「では、お披露目を始めましょうか」〈聖母〉は言った。「それとも、連れあいをその大理石の床に横たえるほうがよいのですか」

Vは上体を起こした。目まいがしたが、このさい気絶してもかまいはしない。母親に勝利したのだから、少しは勝利の歓びがあってもいいはずだと思ったが、そんなものはかけらも感じなかった。

フュアリーに目をやると、すっかり震えあがっていた。黄色い目は見開かれてぶどうのようだし、顔は真っ青で冷汗が浮いている。靴の代わりにステーキ肉を足に巻いて、アリゲーターの池のまんなかに立っている人のようだった。

　やれやれ、このささやかな親子げんかでフュアリーがこれほどびびるとは。このジョーン・クロフォード（往年のハリウッド女優。養子への虐待を疑われた）みたいな頑固な母親とおおっぴらに対立したら、〈巫女〉たちがどれほどうろたえるか想像もつかない。なんの親愛の情も感じていないとはいえ、〈巫女〉たちをわざわざ怒らせる理由もなかった。

　立ちあがろうとしたら、フュアリーがすかさず近づいてきた。Ｖがいっぽうによろけると、脇の下に腕をまわして支えてくれた。

「では、ついてくるがよい」〈書の聖母〉は柱廊に向かって進んでいく。宙に浮かび、音も立てず、身じろぎもしない。そのさまは、実体を持った小柄な亡霊のようだ。

　柱廊の突き当たりには黄金の両開き扉があった。ここを通るのは初めてだ。巨大な扉には〈古語〉の文字が刻まれている。古い書体だが、現在の文字によく似通っており、Ｖにも読み解くことができた。

見よ、〈巫女〉の聖所を。一族の過去、現在、未来の聖なる領域を。

　扉はひとりでに開き、輝かしくも牧歌的な景色が目の前に開けた。こんな状況でなかったら、Ｖでも心が鎮まりそうな眺めだ。すべて白一色だということをべつにすれば、まるでアイヴィーリーグの大学のキャンパスのようだった。なだらかに起伏する真っ白な草地に白い樫や楡《にれ》の木があり、重厚なジョージ王朝様式の建物が点在している。

白いシルクのじゅうたんが敷かれ、Vはフュアリーとそのうえを歩いた。〈書の聖母〉は三十センチほど浮きあがったまま進んでいく。気温は快適かつ一様で、そよとも風はない。露出した肌にも空気のわずかな動きさえ感じられなかった。重力でつながれているのは変わらないはずなのに、身体がどんどん軽くなって浮きあがってしまいそうだ。ちょっと助走をつければ、月面の人類の映像のように、この野原をひとっ跳びにできそうな気がする。ひょっとしたら、さっきのあれで脳がフライになっていて、そのせいで月面を歩いているように感じるのかもしれない。

丘にのぼると、眼下に円形劇場が、そして〈巫女〉たちの姿が見えた。

勘弁してくれ……四十人かそこらの女たち。そろいの白いローブを着て、髪を結いあげ、手袋をはめている。髪や目や肌の色は、ブロンドからブルネット、赤毛までさまざまだが、ほっそりとした長身とそろいのローブのせいで、みんな同じに見える。〈巫女〉たちはふた手に分かれて円形劇場の両側に並び、斜め四十五度の角度でこちらを向き、右足を少し前に出して立っていた。ギリシャ彫刻の女人像柱のようだ。その堂々たる頭で破風《ペディメント》や屋根を支えている彫像たち。

こうして見おろしていると、脈打つ心臓や呼吸する肺があるようには思えなかった。風のない空気と同じく、身じろぎひとつしていない。

そうだ、これが〈彼岸〉の厄介なところだ。ここには動くものがない。ここの生は……この生には生命が欠けているのだ。

「お進みなさい」〈書の聖母〉は言った。「お披露目が待っています」

ああ……ちくしょう……また息が苦しくなってきた。

フュアリーが肩に手を置いてきた。「二、三分休もうか」
二、三分どころか、何百年でも休みたかった。ただ、たとえそんな時間があったとしても、結果は変わらない。これが運命《さだめ》なんだ。あの路地で見た一般ヴァンパイアの姿を思い出した。彼が撃たれた夜に出くわした男。あの〝レッサー〟を殺して仇をとってやった男のことを。〈兄弟団〉にはもっと戦士が必要なのだ。そう思ってまた歩きだした。その仕事はコウノトリがやってくれるわけではない。
正面におりていくと、この劇場には座席はひとつしかなかった。玉座めいた黄金の椅子で、舞台のふちのすぐそばに置かれていた。ここまで近づいてみて気がついたが、舞台奥の真っ白な壁だと思っていたのは、実際には巨大な白いベルベットのカーテンだった。天井から下がったまま微動だにせず、まるで壁画のようだった。

「おかけなさい」〈書の聖母〉がVに向かって言った。どうやら息子にすっかりうんざりしているようだ。

笑えるぜ、こっちもあんたにすっかりうんざりしているよ。

Vは椅子に腰をおろし、フュアリーはその背後に立った。まるで根が生えたように身動きもせずに。

〈書の聖母〉はVの右側、舞台端に浮かんでいる。まるでシェイクスピア劇の監督のように、すべての儀式を取り仕切るというわけか。

ちくしょう、いま毒蛇が手に入るならなんでもするのに。

「始めなさい」〈聖母〉がぶっきらぼうに言う。

カーテンが中央でふたつに分かれ、するすると開いて、ひとりの女が現われた。頭のてっぺんから足先まで、宝石に飾られたローブにすっぽり包まれている。ふたりの〈巫女〉に両側からはさまれて、彼の花嫁はみょうな角度で立っているように見えた。いや、立っているのではないようだ。信じられん、板かなにかに固定されていて、よく見えるようにその板が傾けられているのだ。まるで標本の蝶のように。

前に押し出されてくるにつれて、女がほんとうに固定されているのが明らかになってきた。上腕にバンドが巻かれていて、それがローブとそろいの宝石でカムフラージュされている。女はそのバンドで板に縛りつけられているのだ。

これも儀式の一部なのだろう。あの衣裳に包まれている女は、このお披露目とその後の契りの儀式のために用意されたというだけではなく、第一の〈巫女〉になれると思って有頂天になっているはずなのだから。〈プライメール〉と最初に契る〈巫女〉には特権が与えられる。それでどんないい思いができるのか、Vには想像もつかないが。

理屈に合わないかもしれないが、その豪華なローブをまとった女にVは腹が立ってきた。〈書の聖母〉がうなずくと、左右に立つ〈巫女〉たちが花嫁のローブを脱がせはじめた。それと同時に、巫女たちのあいだからエネルギーがうねるように高まり、静まりかえった円形劇場の全体にそれがさざ波のように広がっていく。古い伝統の復活を待ち望んでいた〈巫女〉たちの数十年間が、いまようやく終わりを告げようとしているのだ。

なんの関心も抱けないまま、Vはその様子を眺めていた。宝石をちりばめたローブが開かれると、息をのむほど美しい女性の肉体が現われた。紗のように薄いぴったりしたドレスに包まれている。花嫁の顔は、伝統にのっとってフードで隠されたままだ。彼に与えられるのはこの女ではなく、〈巫女〉の全員だから。

「気に入りましたか」〈書の聖母〉があっさり尋ねる。非の打ちどころがないのはわかっていると言わぬばかりだ。

「まあな」

〈巫女〉たちのあいだに、不満げなささやき声が広がっていく。まるで硬い葦《あし》のあいだを冷たい風が吹き抜けていくかのように。

「もう少しべつの言いかたはできないのですか」〈書の聖母〉はぴしりと言った。

「これでいい」

気まずい沈黙が流れたが、ややあってひとりの〈巫女〉が香炉と白い羽根を手に進み出てきた。単調な旋律を口ずさみながら、フードに覆われた花嫁の頭から足先まで、香の煙を羽根であおぎかけていく。過去のために一周、現在のために一周、未来のために一周。

儀式が進行していくにつれて、Vは不審に思って身を乗り出した。花嫁の透けるように薄いドレスの胸もとが濡れているのだ。

〈プライメール〉の花嫁として用意されているときに、香油でもこぼれたのだろうか。

また玉座の背もたれに身体を預けた。くそったれ、この古くさいのにはうんざりだ。なにからなにまでうんざりもいいところだった。


フードの下で、コーミアはもうこれ以上耐えられないと思っていた。空気はむっとするほど熱くて息が詰まりそうだ。息ができないよりなお悪い。ひざは草の葉のように揺れ、手のひらは絞れそうなほど汗にまみれている。拘束されていなかったらくずおれていただろう。

沐浴の間でパニックを起こして逃げ出しかけ、しまいにつかまってしまったが、そのあと〈束ね〉の命令で苦い液体を無理やりのどに流し込まれた。しばらくはそれで気持ちが落ち着いていたが、いまはもう薬の効果が切れてきて、またしても恐怖が込みあげてきていた。

それに羞恥心も。ローブの前を手がおりていき、金のトグルをはずしていくのを感じたときは涙が止まらなかった。見られたことのない肌を、見知らぬ男の目で汚されるのが恥ずかしかった。やがてどっしりしたローブが左右に開かれると、肌に冷たいものを感じた。全身にのしかかっていた重みが取り払われても、解放感を覚えるどころではなかった。

〈プライメール〉の目にこの身をさらしているとき、〈書の聖母〉の声がした。「気に入りましたか」

コーミアは〈兄弟〉の反応を待った。少しでも温かみを感じられることを祈りながら。

だが、そんなものはかけらもなかった。「まあな」

「もう少しべつの言いかたはできないのですか」

「これでいい」

その返事を聞いた瞬間、コーミアの心臓は鼓動を止め、不安は恐怖に変わった。ブラッドレターの子ヴィシャスは、冷たい声をしていた。父の評判がくわしく語っているよりも、息子の性質はいっそう冷酷なのかもしれない。

これでどうして、契りの儀式を耐えることができようか。まして、尊敬に値する〈巫女〉の代表としてふるまうことなどとうてい無理だ。沐浴の間で〈束ね〉からきつく言われたように、コーミアは〈巫女〉の名誉を汚すことになってしまう。しかるべき威厳をもってふるまわなかったら。自分の責任を果たせなかったら。〈巫女〉全体の代表として立派にやりとげることができなかったら。

どうしてこんなことに耐えられるだろう。

また〈書の聖母〉のお声が聞こえた。「ヴィシャス、あなたの付添人は正しく目を向けていませんね。アゴニーが子フュアリー、〈プライメール〉の証人として、ここに差し出された〈巫女〉をしかと見ねばならぬ」

コーミアは震えた。またも見知らぬ男の目に、この身を蹂躙されるのかと思うと恐ろしかった。あれほど念入りに浄められたのに、薄汚れてしまったように感じる。汚穢にまみれてもいないのに不潔だと思う。フードの下で、小さくなりたいと思った。ピンの頭よりも小さくなってしまいたい。

小さくなれれば、だれの目にも見えなくなる。小さくなれば大きなもののなかに隠れてしまえる……そして姿を消してしまえるではないか。

フュアリーは、黄金の玉座の背もたれに視線を張りつけていた。ほかのどこにも目を向けるつもりはない。これはなにからなにまでまちがっている。完全にまちがっている。

「アゴニーが子、フュアリー」〈書の聖母〉が父の名を呼ぶ口調を聞くと、フュアリーが儀式に参加するかどうかに、家門の名誉がすべてかかっているかのようだった。

やむなくまぶたをあげて、正面の女性の――

とたんに、脳に急ブレーキがかかったかのようになにも考えられなくなった。

代わって反応したのは肉体のほうだった。それも即座に。シルクのズボンのなかで、股間のものが大きくなっている。息をするより早く固く起きあがっていた。そのいっぽうで、そんな自分が恥ずかしくてならなかった。どうしてこれほど残酷になれるのか。目を伏せ、胸の前で腕を組む。じっと立ったままで、自分のけつを蹴飛ばす方法があればよいのだが。

「戦士よ、いかがです」

「輝くばかりです」降って湧いたように言葉が口から飛び出してきた。さらに彼は付け加えた。「まことに麗しき〈巫女〉の伝統にふさわしい」

「ああ、これこそ正しい答えというもの。承認がなされたがゆえに、この女子を〈プライメール〉の選びし者と宣言いたします。香の浄めを終わらせなさい」

視界のすみに、フュアリーは〈巫女〉ふたりが進み出てくるのを認めた。手にした道具から、白い煙が後ろにたなびいている。ふたりが高く澄んだ声で歌いはじめると、フュアリーは深く息を吸い、庭園の花のような女性たちの香りをより分けていった。

花嫁のにおいを見つけた。これにまちがいない。なぜならこのなかでただひとつ、混じり気のない恐怖を——

「儀式は中止だ」Vがきつい声で言い放った。

〈書の聖母〉は顔をそちらに向けた。「そうは行きません」

「中止と言ったら中止だ」玉座から立ちあがり、大股に舞台に近づいていく。やはりにおいに気づいたのだ。彼が歩きだすと、〈巫女〉たちは甲高い恐怖の声をあげ、列を乱した。女たちが逃げまどい、白いローブがひらめく。風に飛ばされるペーパーナプキンのようだ、とフュアリーは思った。ピクニックに出かけた公園で、芝生のうえを吹き飛ばされていくみたいだ。

ただ、ここは日曜日の公園ではない。

ヴィシャスは花嫁の宝石をちりばめたローブの前をかきあわせ、腕の縛めを解いた。よろける彼女の腕をつかんで支え、「フュアリー、先に戻っててくれ」

風が起こった。〈書の聖母〉から噴き出してくる。しかしVは一歩も引かずに受けて立った。相手は彼の……つまり、彼の母親ということらしいが。

母親か。まったく、とんだ不意打ちを食らったぜ。

Vはあわれな女をしっかりつかみ、憎悪をむき出しにして〈書の聖母〉をにらみつけた。

「フュアリー、さっさと行け」

フュアリーは生まれついてのなだめ役ではあるが、こんな家族の対立に首を突っ込むほどばかではない。いまできるのは祈ることだけだ。Vが骨壺に入って戻ってくることがなければよいが。

立ち去る前にもう一度だけ、フードをかぶった女性の姿に目をやった。Vに両手で支えられているが、どうやら気を失っているらしい。ひどい話だ……なんとひどい。

フュアリーはまわれ右をして、白いシルクのじゅうたんを逆にたどって〈書の聖母〉の中庭へ向かった。まず行くべきは、ラスの書斎だ。なにがあったか、王の耳に入れておかなくてはならない。どう見ても、物語の山場はこれからとしか思えないが。

35

意識が戻ったとき、コーミアは仰向けに寝かされていた。ローブは身に着けたままで、フードもかぶっている。だが、さっきまで縛りつけられていた、あの板のうえに寝ているのではないと思った。そうではなくて……これはあの板では――

そのときなにもかも思い出した。〈プライメール〉が儀式を中断させ、彼女の縛めを解いたのだった。円形劇場を強い風が吹き抜けた。そして〈兄弟〉と〈書の聖母〉が言いあいを始めたのだ。

そこでコーミアは気を失って、だからそのあとはどうなったのかわからない。〈プライメール〉はどうなったのかしら。たぶんもう生きてはいないだろう。〈聖母〉に刃向かって無事にすんだ者はいないのだから。

「脱がせてやろうか」ぶっきらぼうな男の声がした。

背筋を戦慄が駆け抜けた。ああ、慈悲深き〈聖母〉さま、あの男は死んでいなかったのか。とっさに身を守ろうとして、コーミアは身体を丸めた。

「心配するな。なにもしやしない」

険しい口調から考えても、その言葉を信用することはできなかった。彼の発する一言一句が、怒りにふちどられ、刃のように切りつけてくる。相手の姿は見えなくても、彼に恐ろしいほどの力があるのはわかった。彼はまちがいなく戦士であり、ブラッドレターの息子なのだ。

「とにかく、まずはそのフードをとって、息ができるようにしよう。いいな」

コーミアは男の手から逃げようとし、なんのうえで寝ているにしても、そこから這いおりようとした。しかし、衣装がからまって身動きもとれなかった。

「じっとしてろって。楽にしてやろうって言ってるんだ」

彼女は凍りついたように動けなくなった。男の手が触れてくる。殴られると確信した。しかし彼はボタンを上からふたつ外し、フードを取り去った。

薄いベール越しに、清々しい空気が顔にかかった。それはまるで飢えた者にとっての食物だったが、大きく吸い込むことはできなかった。全身がちがちに緊張している。〈聖母〉のみが知る運命が迫り来るのを感じながら、目をきつく閉じ、唇も引き結んでいた。

が、なにも起こらなかった。彼はまだそばにいる。その恐ろしい香りがしている。けれど触れてこようとはしない。それ以上、ひと言も話しかけようとはしない。

ガサガサという物音に続いて、息を吸い込む音がした。と、ツンと鼻を刺激する煙のような香りがした。まるでお香のような……

「目をあけろ」背後から聞こえたその言葉は、命令以外の何物でもなかった。

彼女はまぶたを開き、何度かまばたきした。ここは円形劇場の舞台のうえだった。舞台から外のほうを向いている。視線の先にはだれも座っていない黄金の玉座があり、小高い丘に続く道に白いシルクのじゅうたんが敷かれているのが見えた。

重い足音がまわってくる。

気がつけば目の前に男が立っていた。頭上に塔のようにそびえている。これまで見たどん

な生きものよりも大きい。薄い色の目も険しい顔も冷たくて、コーミアは縮みあがった。

男は白く細いものを口にくわえ、息を吸った。ものを言うと、口から煙がこぼれてくる。

「言ったろう、なにもしやしない。名前はなんていうんだ」

のどが締めつけられて、なかなか声が出てこない。「〈巫女〉です」

「それは身分だろう」嚙みつくような声だった。「名前を訊いてるんだ。お、ま、え、の名前を」

このひとには、そんなことを尋ねる権利が与えられているのだろうか。このひとには——

わたしったらなにを考えているの。なにをしても許されるのだ、〈プライメール〉なのだか

ら。「コ——コーミアです」

「コーミアか」彼はまた白いものを吸った。先端のオレンジ色の光が明るくなる。「いいか、

こわがらなくていいんだぞ、コーミア。わかったな?」

「あなたは——」声がかすれた。ものを訊いてよいのかわからなかったが、訊かずにはいられなかった。「あなたは神なのですか」

白い瞳のうえで、黒いまゆがぎゅっと真ん中に寄る。「まさか」

「でも、だったらどうして——」

「もっと大きな声でしゃべってくれ。聞こえんぞ」

コーミアは、努めて声を張りあげた。「だったら、どうして〈聖母〉さまに罰せられずにすんだのですか」彼がむっとした顔をしたので、コーミアはあわててあやまった。「お赦しください、わたしはけっして——」

「まあいい。なあコーミア、おれと契りを結ぶのは気が進まないんだろう？」なにも言えずにいると、じれったそうにぎゅっと口を結んだ。「黙ってないで、なんとか言え」

口をあけてはみたが、言葉が出てこない。

「ったく、勘弁してくれよ」手袋をした手で黒っぽい髪をかきあげ、うろうろ歩きまわりはじめた。

きっとこのひとは神に近い存在なのだ。あの荒々しい姿かたち、あれなら雷のひとつぐらいいつでも起こせそうに見えた。

足を止めた。近くで見るとのしかかられるようだった。「だから言ってるだろう、なにもしやしないって。ったく、おれをなんだと思ってるんだ、化物じゃないぞ」

「わたし、男のかたを見るの初めてなんです」コーミアは思わず口走った。「そんなことおっしゃられてもわかりません」

男はぎょっとしたように凍りついた。

ジェインが目を覚ましたのは、ガレージのドアがきしむ音が聞こえたからだ。鼻を鳴らすような高い音が、左手のコンドミニアムのほうから聞こえてくる。寝返りを打ち、時計に目をやった。午後五時。ほとんど丸一日眠ってしまった。

まあ、これが眠ったと言えるのかどうかは疑問だ。その大半は、奇妙な夢の世界に囚われていた。そのなかでジェインは、形にならないぼんやりしたイメージを解き明かそうともがいていた。男がひとり出てきたのはなんとなくわかっている。とても大きな男で、彼女の一部であるかのように感じられると同時に、まったく異質なものにも思えた。顔は見えなかったが、においはわかってる。妖しげでスパイシーな香りが、とても近くにあって、鼻孔を突き、あたりを取り巻き、素肌にまとわりついていた。

またしても例の頭蓋骨を割られるような激しい頭痛に襲われた。火かき棒の熱く焼けたほうの端をつかんでしまってあわてて放り出すように、ジェインはいま考えていたことを手放した。幸いにして、目の奥の痛みは少しずつやわらいでいった。

車のエンジン音が聞こえ、枕から頭を上げた。ベッドのそばの窓の外を見やると、一台のミニバンが隣家の車寄せをバックしているのが見えた。隣にだれか越してきたようだ。子持ちの家族でなければいいのだが。アパートメントにくらべればコンドミニアムの戸境壁は薄くはないが、そうは言っても、銀行の金庫ほどがっちりしているわけではない。それに泣きわめく子供も苦手だ。

上半身を起こした。ひどい気分を通り越し、ずたぼろの新たな領域に踏み込んでいるのがわかる。胸がやたらに痛むものの、どうやら筋肉痛ではなさそうだ。左右に身を揺すってみながら、こんなふうに感じたことが前にもあったような気がしたが、いつどこでそうなったのかは思い出せなかった。

シャワーはまさに試練だった。バスルームにたどり着くだけでもひと苦労だ。ただありがたいことに、ふだんどおりにせっけんで洗ってすすいでいるうちに、多少は生き返った気分になってきた。それに胃のほうも、なにか食物を入れても悪くないと動きだしてくれた。髪は自然乾燥にまかせ、一階に下りて、コーヒーを淹《い》れた。まずは一速《ファーストギヤ》でもいいから、とにかく頭を動かしはじめなければ。その後、留守中の電話に対応する必要がある。どんなことがあろうとも、明日は仕事に出なくてはならない。だから、病院へ行く前にできるかぎり準備をしておきたかった。

マグカップを手にリビングルームへ向かった。ソファに腰かけ、両手で包んだカップを口に運ぶ。われらがヒーロー〈キャプテン・カフェイン〉が助けに来て、気分をすっきりさせてくれるといいのだが。ふと視線を落とし、シルクのクッションが目に入ってたじろいだ。これは母がしょっちゅう整えていたクッションだ。わが家が〝平常運転〟かそうでないかを示すバロメーターになっていたクッション。最後にこれに座ったのはいつのことだったろうか。信じられない、一度も座ったことがないような気がする。記憶にあるかぎりでは、最後にこれに尻を預けたのは両親のどちらかだったということもじゅうぶんありうるのだ。

いや、おそらくは客人だろう。両親は書斎にある揃いの椅子にしか座らなかった。父はパイプと新聞を手に右側の椅子に座り、母は左側の椅子で、プチポワン刺繍の枠を膝に乗せていた。〈マダム・タッソー蠟人形館〉から抜け出てきたようだった。まるで『互いに口をきかない裕福な夫婦たち』の展示から拝借したひと組だった。

両親が催したパーティのことを思い出す。おおぜいの人たちが、あの大きなコロニアル様式の家をうろうろしていた。その客のあいだを制服姿のウェイターが歩きまわって、クレープとか、マッシュルームペーストを詰めた料理とかを配っていた。毎回同じような客が来て、同じような会話が交わされ、同じような粋な黒《リトルブラック》のドレスと同じような〈ブルックス・ブラザーズ〉のスーツであふれていた。唯一の変化は季節だった。そしてそのリズムが止まったのはただ一度、ハンナの死の直後だけだ。葬儀のあと、父の命により〝夜会〟はしばらく休止したものの、半年ほどたつと、ふたたび変わらぬにぎやかさで再開された。準備ができているか否かにはおかまいなくパーティは動きだし、母はいまにも壊れそうなほど危うげながらも、化粧をし、リトルブラックドレスを身にまとい、玄関のわきに立って、真珠のアクセサリーと偽りの笑みを輝かせていた。

そう、ハンナはああいうパーティが大好きだった。

ジェインは眉根を寄せ、胸に手を置いた。そう言えばあのとき感じたのは、今と同じような胸の痛みだった。ハンナがすでにこの世にいないことを思うと、これと同じ種類の押しつぶされるような痛みを感じたものだった。

いきなり目覚めて、こんな風に哀悼に暮れるとは妙な話だ。だれも失ったりしていないのに……

コーヒーを一口飲み、ココアにすればよかったと——

ここでふと、男がマグカップを差し出している姿が頭に浮かんだ。カップには熱いココアが入っていて、それはその男が手ずから作ってくれたものだ。なぜなら、彼はジェインのもとを、去ろうとしていたから……そんな……彼が行ってしまったなんて——

鋭い痛みが頭を貫き、もろく崩れ去る映像をかき消した。ちょうどそのとき、ドアベルが鳴った。眉間を指で揉みながら、廊下の先に目をやった。とてもじゃないが、いまは来客を迎える気分ではない。

が、ドアベルはそんなことはおかまいなしに、ふたたび鳴り響く。

やっとの思いで立ちあがり、よろよろと玄関へ向かった。鍵をあけながら、もしも宗教の勧誘なら、とっとと帰れと——

「マネロ?」

外科部長が玄関の前に立っていた。いつものとおりふんぞりかえって、この家の玄関マットに立つのは当然の権利だ、おれがそう言うからにはそうなんだ、と言わんばかりに。手術着にクロックス、そのうえから羽織った上等のスエードジャケットは、瞳と同じく温かなダークブラウンだ。車寄せの半分を、彼のポルシェが占領していた。

「生きてるかどうか確認しに来たんだ」

ジェインは思わず笑みを浮かべた。「マネロったら、ずいぶんとロマンティックなことを言ってくれるのね」

「目も当てられない顔だな」

「今度はお世辞? やめてよ。顔が赤くなるじゃない」

「入るぞ」

「そうでしょうとも」ジェインはぼそっと言い、一歩わきへよけた。

上着を脱ぎながら、マネロは室内を見まわしていた。「なあ、来るたびに思うんだが、ここはどう見てもきみらしくないな」

「ピンクのフリルだらけの部屋を思い浮かべてたわけ?」ジェインはドアを閉め、鍵をかけた。

「いや、最初に来たとき、がらんとしてるだろうと思ってたんだ。おれのとこと同じで」

マネロは〈コモドア〉という豪華絢爛な高層マンションに住んでいるのだが、その内部をひとことで言えば、やたらと高価なロッカーだ。内装を担当したのは、強いて言うならナイキ。スポーツ用具に、ベッドがひとつ、コーヒーポットがひとつ、以上。

「たしかに」彼女は言った。「あなたは『ハウス・ビューティフル』に載るようなタイプじゃないものね」

「で、具合はどうなんだ、ホイットカム」マネロがじっと見つめてきた。その顔にはなんの感情も表われていないが、目は燃えるような光を放っている。ジェインは彼と最後に交わした会話を思い出した。彼女のことを憎からず思っているというあれだ。具体的になんと言われたのかはよく憶えていないが、場所はＳＩＣＵの病室だったような気がする。たしか患者のベッドをはさんで——

また例の頭痛が始まった。顔をしかめていると、マネロが言った。「とにかく座れよ」

悪くないアイディアだ。ジェインはソファへ戻った。「コーヒー、飲む？」

「キッチンだろ？」

「いま取ってくる——」

「自分でできるよ。何年も血のにじむような訓練をしてきたんでね。きみはソファで寝てろ」

ジェインはふたたびソファに腰を下ろし、こめかみを指先で揉みながらローブのえりをかきあわせた。ったく、こんな調子で、まともな状態に戻れる日が来るんだろうか。

マネロが戻ってきたとき、ジェインはうなだれて両手で頭を抱えていた。それを見たとたん、彼は当然のように完全な医師モードに切り替わった。ジェインの母親が所有していた建築関係の本の山にマグカップを置き、ペルシャじゅうたんに膝をつく。

「どうした。どこがどうした?」

「頭」ジェインは呻《うめ》いた。

「目を見せて」

なんとか身体を起こそうとした。「もう収まってきて――」

「いいから」と、彼女の両手首を両手でそっとつかんで腕を開かせた。「瞳孔を調べるからね。上を向いて」

ジェインは降参した。完全に白旗をあげて、ソファに背中を預ける。「こんなに具合が悪くなるなんて、何年ぶりかしら」

親指と人さし指を彼女の右目に当てがい、慎重にまぶたを押し広げながら、マニーはペンライトを取り出した。くっつきそうなほど顔を近づけられて、彼の長いまつげと、一日分伸びたひげと、きれいにひきしまった毛穴が見えた。いいにおいがする。オーデコロンだ。

どこのコロンかしら、とぼんやりした頭で考えた。

「用意してきてよかったよ」彼は間延びした口調で言いながら、ペンライトのスイッチを入れた。

「そう、いつも準備万端のボーイスカウトなのよね——ねえちょっと、まぶしいわねこれ」

目にまともに光線を向けられて、ジェインはまばたきをしようとしたが、彼の指に阻まれてできなかった。

「頭痛がひどくなる？」と言って左目に移ろうとする。

「とんでもない。最高よ。待ち遠しいくら——もう、ほんとにまぶしいわね」

彼はペンライトのスイッチを切り、手術着の胸ポケットに戻した。「瞳孔の反応は正常だ」

「よかった。クリーグライト（映画撮影用の強力な照明）の下で本を読みたくなっても安心ってことよね」

マネロは彼女の手首を取り、人さし指で脈をとりながら、ロレックスを持ちあげた。

「この検査、健康保険の自己負担分を払うことになる？」

「いいから黙って」

「いま、たぶん現金を切らしてて——」

「いいから」

患者扱いされるのは、なんだか居心地が悪かった。黙っているとよけいに落ち着かない気分になる。もうほんとに、この気まずさを言葉で覆い隠すために、なにか言わなければ——

暗い部屋。ベッドに横たわる男。ジェインが話している……話している……ハンナの葬儀だ。「もう！」またしても、狙いすましたように痛みの矢が頭に突き刺さってきて、ジェインは息を呑んだ。

マネロは彼女の手首を放し、今度はひたいに手を当てた。「熱はないな」両手を首すじに当て、あごのすぐ下を触れてみる。

「リンパ節の腫脹はないね」と言いながら、指で首すじを下へたどっていく。その途中で、まゆをひそめてそのあたりをつついている彼に、ジェインは言った。「のどの痛みはないわ」

ジェインは痛みに顔をしかめた。マネロが彼女の首を傾ける。「おや……なんだこれは？」

「なに？」

「あざがある。いや、あざじゃないな。驚いた、いったいなにに噛まれたんだ」

ジェインは降参とばかりに両手をあげた。「ああ、それね。なんだかわからないのよ。いつできたのかも心当たりがないし」

「順調に治癒してはいるようだが」次は首の付け根、鎖骨のすぐ上あたりを触診する。「ああ、ここも腫れてない。なあジェイン、残念な知らせで申し訳ないが、インフルエンザにはかかっていないようだぞ」

「かかってるわよ」

「いや、かかってない」

「あなたは整形外科医でしょ。いつから感染症の権威になったの」

「まったく免疫反応が出ていないんだぞ、ホイットカム」

ジェインは自分ののどを触ってみた。考えてみれば、くしゃみも咳も出ていないし、吐き気もない。でも、だったらこれはどういうことなんだろう。

「頭部CTスキャンを受けてくれ」

「女と見れば、そういう甘い言葉で誘うのね」

「同じような症状の娘なら、もちろんそう言うさ」

「がっかりだわ、わたしだけ特別かと思ったのに」力なく笑ってみせてから目を閉じた。

「大丈夫よ、マネロ。仕事に戻りさえすれば」

長い沈黙があった。そうするうちに、ジェインはふと気がついた。マネロは彼女のひざに両手を置いている。そしていまもすぐそばにいて、こちらにかがみ込んでいる。

ジェインはまぶたをあげた。マニュエル・マネロが見つめている。それは患者を見る医師の目ではなく、大切に思う女を見る男の目だった。まいったな、彼、魅力的じゃないの。とくにこんなふうに……でも、どこかおかしい。彼じゃなく、わたしのほうが。

そりゃそうでしょ。頭が痛いんだから。

彼はほんの少し身を寄せてきて、彼女の顔から髪を払いのけた。「ジェイン……」

「なあに？」

「CTスキャンの用意をさせてくれ」ジェインが断わろうと口を開けかけたとき、彼は畳みかけるように言った。「おれのためだと思って受けてくれよ。あのときもっと強く勧めてたらなんて、あとで後悔するのは願い下げだ」

まいったな。「わかったわ、受けるわよ。だけど——」

「ありがとう」間があった。ややあって彼はかがみ込んできて、唇にキスをした。

36

〈彼岸〉では、ヴィシャスがコーミアを見下ろしながら、自分の足を撃ち抜いてやりたいと思っていた。いままで男を見たことがないと震える声で打ち明けられて、良心の呵責に責めたてられていたのだ。女しか見たことがなかったとは、まさか思ってもみなかった。だが、最後の〈プライメール〉が死んだあとに生まれたのだとしたら、異性に会う機会などあろうはずがない。

彼を見ておびえるのも当然だ。

「ったく、なんてことだ」低い声で言った。紙巻き煙草を深々と吸い、叩いて灰を落とす。円形劇場の大理石の舞台を灰皿代わりにしていたが、そんなことを気にしている余裕はなかった。「おまえにとってこれがどれだけ大変なことか、まるでわかってなかった。おれはてっきり……」

てっきり、彼女のほうは喜んで抱かれるつもりだろうと思っていたのだが、実際には彼自身と大差なかったのだ。

「ああ、ほんとうにすまなかった」

驚いたように目を見開くのを見れば、瞳は翡翠《ひすい》色に輝いていた。

優しい口調に聞こえればいいがと思いながら、ヴィシャスは言った。「ああその……おまえはこれをどう思ってるんだ」煙草を持つ手で、自分と彼女を交互に示した。「おれと連れあいになるのを」コーミアが黙っているので、首をふってまた言った。「あのな、目を見ればわかるんだよ。おれから逃げ出したいんだろう。こわいからだけじゃなくて、これからやることになってる、ああいうことから逃げ出したいんだ。そうだろう」

コーミアは両手で顔を覆った。重いローブのひだが細い腕を滑り落ち、曲がったひじの内側に折り重なる。彼女は消え入りそうな声で言った。「〈巫女〉の名を汚すわけにはいかないんです。わたし……わたし、〈巫女〉全体のために務めを果たさなくては」

務めを果たす、か。これは共通のテーマソングだな。

「おれとおんなじか」彼はつぶやいた。

それきり、ふたりとも黙り込んでしまった。ヴィシャスはどうしてよいかわからなかった。もともと女を相手にするのは苦手だが、いまはふだんにもましてそれがひどい。なにしろジェインを手放したせいで、すっかり調子がおかしくなっているのだ。

とそのとき、ヴィシャスははっと顔をあげてあたりを見まわした。だれかいる。「おい、そこの柱の陰のおまえ、出てこい。早く」

現われたのはひとりの〈巫女〉だった。伝統的な白いローブの下で身体をこわばらせ、頭《こうべ》を垂れている。「戦士の君《きみ》」

「ここでなにをしてるんだ」

〈巫女〉は身体を小さくして大理石の床に目を落としている。まったく、これ以上へいこらされるのは勘弁してほしかった。おかしな話だ――セックスのときには服従を要求するのに、いまはそのせいで頭がおかしくなりそうだ。

「心配して様子を見に来たんだろうな」うなるように言った。「そうでないなら、さっさと出ていってくれ」

「様子を見にまいりました」〈巫女〉は低い声で言った。「心配しておりました」

「おまえの名は？」

「〈巫女〉でございます」

「いい加減にしろ！」〈巫女〉とコーミアが、そろってびくっとする。ヴィシャスは苛立ちをぐっと呑み込んだ。「おまえの名前を訊いてるんだ」

「アマリヤと申します」

「そうか。それじゃアマリヤ、おれが戻るまでコーミアの面倒を見てやってくれ。これは命令だ」〈巫女〉がお辞儀をしつつ誓いの言葉を述べるのを聞きながら、最後にもういちど紙巻きを深々と吸って、指二本の先をなめて煙草の先に押し当てた。ローブのポケットに吸殻を入れると、〈彼岸〉の連中はなぜ寝巻みたいなものばかり着ているんだろうと、意味もなく思った。

コーミアに目をやって、「それじゃ二日後にな」

ヴィシャスはその場を離れ、白いシルクのじゅうたんが敷かれた道を避けながら、ふり返りもせずに白い草に覆われた丘を登った。中庭に戻ったときには、〈書の聖母〉に出くわしはしないかと冷や冷やしたが、姿がなかったので心底ほっとした。「試合」のあとに、応援に来たママに抱きしめられるみたいなのは、いくらなんでも勘弁してほしい。

小鳥たちにじっと見つめられながら中庭を去り、現実世界に戻ってきた。だが、館へは行かなかった。

代わりに、行かなくていいところへ行った。ジェインのコンドミニアムの向かいで実体化したのだ。それはまさに、摩天楼レベルに突き抜けた愚かなアイディアだった。しかし悲しみのせいでなかば死んだような状態で、まともに頭が働かなかった。それに、もうなにもかもどうでもよくなっていた。自分たち一族と人間とを隔てる、越えてはいけない一線のことすらもうどうでもよかった。

寒い夜だった。儀式用の衣裳を着ているだけだったが、そんなことさえ気にならなかった。感覚はすっかり麻痺し、頭のなかもぐちゃぐちゃだ。嵐のなかを素っ裸で歩いていても、たぶん気がつか――

ちょっと待て。

ジェインのコンドミニアムの車寄せに車が駐まっている。〈ポルシェ・カレラ4S〉。ザディストのと同じだが、あいつのはガンメタルでこっちはシルバーだ。

ヴィシャスとしては、通りの向こうから眺めるだけで、それ以上近づくつもりはなかった。しかしコンバーティブルカーから立ちのぼる男のにおいを嗅いだとき、その計画はどこかへ吹き飛んでしまった。あの医者だ。よりにもよって病室で、ジェインを口説こうとしていやがったやつだ。

ヴィシャスは前庭のカエデの木のそばに実体化し、キッチンの窓からなかを見た。コーヒーメーカーに電源が入っている。砂糖のポットが出ている。カウンターにはスプーンが二本。

いや、それはないだろう。いくらなんでもあんまりだ。

ここからはほかの部屋はほとんど見えなかった。壁沿いに走って裏へまわる。地面をさらに覆う氷交じりの雪を踏んで、素足が痛みに悲鳴をあげた。コンドミニアムの隣戸に住む老女が窓からこちらを見ている。まるで彼の姿が見えているようだ。Vは自分のまわりに〝幻惑《ミス》〟を張りめぐらした。用心のためだ——が、まだ脳みそが動いていることを、自分で自分に証明する必要を感じたためでもあった。

こんなストーカーまがいの真似ばかりしていたら、脳みそが溶けてなくなりそうだからな。

裏の窓に近づき、そこからリビングルームをのぞき込んだ。いまこの手で殺人を犯しているかのように、相手の死にざまがはっきりと目に浮かんだ。あの人間の男、あの医者が、ソファに座るジェインの前で床にひざをついている。身を寄せて、片手を彼女の顔に、片手を首に当てている。視線はジェインの唇に注がれている。

Vは集中力が切れ、〝ミス〟が消えているのも気づかずに前に出た。なにも考えず、理性もかなぐり捨て、ためらいもせずに。叫びをあげる男性本能の塊と化して、フランスドアへと突き進んだ。いますぐあいつの息の根を——

と、どこからともなくブッチが現われ、彼の前に立ちはだかった。そしてVの腰をつかんでコンドミニアムから引き離し、せっかくの殺人計画をふいにしてくれた。親友同士とはいえ、これは極めて危険な行為だ。自身が大型トレーラーでもないかぎり、きずなを結んだ男と、この手の攻撃目標とのあいだに割って入るのはやめたほうがいい。Vの闘争本能の対象は、すぐさま切り替わった。牙を剝き、ブッチの手をふりほどくと、だれよりも近く、だれよりも親しい男の側頭部にパンチを食らわせた。

アイルランド男は蜂の巣をつかんでしまったかのようにVから手を放し、いったんこぶしを引いてから斜め上に突き出した。Vのあごにアッパーカットが決まる。あごが頭蓋骨にめり込み、きしんだ歯が天使の聖歌隊のように歌いだす。乾燥した草原に火を放ったように、一瞬にしてかっと火がついた。

「〝ミス〟だよ、この阿呆」ブッチが吐き捨てるように言う。「〝ミス〟を張っとけよ、やりあうのはそのあとだ」

Vが視覚的な遮蔽をかけるなり、ふたりは禁じ手なしの真剣勝負に突入した。容赦なくこぶしが飛び交い、鼻や口から血が噴き出す。殴りあいながらVは気づいた——たんにジェインを失っただけではない。いまの彼は完全に独りぼっちだ。ブッチがいても、ジェインの不在は埋められない。もうなにひとつ残っていないのと同じだ。

気がすむまで殴りあったあと、Vと刑事《デカ》は並んで仰向けに横たわっていた。あえぐ息に胸を上下させ、汗は乾く前に凍りついていた。くそっ——Vはすでに腫れが始まっているのを感じた。こぶしも顔も、タイヤメーカーのキャラクター、ミシュランマンのようにパンパンになりそうだ。

小さく咳をした。「煙草が吸いてえ」

「おれは氷嚢と皮膚用抗生物質《ネオスポーリン》が要る」

ヴィシャスは横向きになって血を吐くと、また仰向けに戻った。口を手の甲でぬぐう。

「礼を言うぜ。おかげで助かった」

「お安い——」と言いかけてうめいた。「お安いご用だ。このくそったれ、よくもあんなにおれの肝臓を痛めつけてくれやがったな。それでなくたってだな、こいつはスコッチびたりって問題を抱えてんだぞ」

「おれがここにいるって、どうしてわかった？」

「ほかに行くとこなんかあるかよ。フュアリーがひとりで帰ってきて、滅茶苦茶になったって言うから、いずれここに来るだろうと踏んだのさ」ブッチは肩の関節を鳴らして毒づいた。「しょうがねえよな、おれんなかの警官は電波塔みたいなもんで、大ばかやろうの波長を拾っちまうんだ。言っちゃなんだが、今年はおまえ、おりこうさん部門じゃ受賞は無理だな」

「おまえが来なかったら、あの男をぶっ殺してただろうからな」

「そうだろうな」

Vは首をもたげた。それでもジェインの家のなかは見えない。ひじをついて身体を起こし、なんとかのぞき込んだ。ソファに人影はなかった。

また地面にぐったりねそべった。二階のベッドでよろしくやってるんだろうか。いまこの瞬間にも？　おれがこの裏庭の芝生でずたぼろになってるっていうのに。

「くそっ、やってられん」

「ああ、わかるよ」ブッチが咳払いをした。「なあ……ここにはもう来ないほうがいいんじゃないか」

「おまえに言われたかないね。マリッサの家のまわりを何カ月も車でまわってやがったくせに」

「危険だぞ、V。彼女にとって」

Vはいちばんの親友をにらみつけた。「頭を冷やせなんて説教をする気なら、おまえとはもう友だちでもなんでもねえ」

ブッチは歪んだ笑みを浮かべた。上唇が裂けているせいだ。「悪いな、脅そうったってその手には乗らないぞ」

ヴィシャスは二、三度まばたきをした。とんでもないことを言いそうになってひるんだのだ。「このやろう、てめえ聖人にでもなるつもりかよ。いつもそばにいてくれて……いつもだ。あのときだって……」

「あのときってどのときだよ」

「言わせんな」

「言わなきゃわかんねえだろ」

「こんちくしょう。おれがおまえに惚れちまってたとか、そういうときだよ」

ブッチは胸の前で両手をふりしぼった。「惚れちまってた？　もう過去形なの？　もうあたしのことなんかどうでもいいのね」サラ・ベルナール（ベルエポックを象徴するフランスの大女優）よろしく、片腕で目を覆ってみせた。「あなたと幸せになりたいって夢見てたのに――」

「いい加減にしろよ、デカ」

ブッチがあげた腕の下からこっちを見て、「冗談だろ。リアリティショーの傑作を企画してたのに。VH1（ケーブルテレビチャンネル）に売り込んでさ。タイトルは『二度噛まれるのは一度より《トゥー・バイツ・アー・ベター・》素敵《ザン・ワン》（歌詞などによく使われる「ふたつの心はひとつより素敵（トゥー・ハーツ・アー・ベター・ザン・ワン）」のもじり）』ってんだ。何百万ドルって稼げるぜ」

「阿呆か」

ブッチは体を起こして横向きになり、ふと真顔になって言った。「なあV、おまえとおれさ、こうやっていっしょに生きてくことになったろ。これはさ、おれにかけられた呪いのせいだけじゃない。おれだって神の摂理なんぞ信じてるとは言いきれないが、おれたちが出会ったのには意味があるんだ。それと、おまえのその、おれに惚れたとかなんとかいうそれだけどさ、それは要するにだ、おまえが初めてだれかのことを大事だと思ったってことなんじゃないのか」

「わかった、そのへんで勘弁してくれ。大事だの信頼だの言われると蕁麻疹《じんましん》が出んだよ」

「認めろよ、おれの言うとおりだろ」

「ぬかせ、おまえはドクター・フィル（人生相談のカリスマと言われるアメリカの心理学者）か」

「よし、意見が一致してうれしいぜ」ブッチは眉根を寄せた。「そうだ、おれにはトークショーの司会者って道があるかもな。おまえがシットコムでおれの女房役をやるのに気が進まないっていうんなら、そっちに行くしかないか。タイトルは『オニールの時間』。なんかこう、重みがあるだろ」

「まず第一にだな、女房役はおまえのほうじゃ――」

「ばか言うんじゃねえよ。なんでおれが押し倒されるほうなんだよ」

「なんとでも言え。第二に、おまえの名前がついてる心理学になんか、需要があるわけねえだろ」

「わかってねえな」

「なに言ってんだ。たったいま、おれとボッコボコになるまで殴りあっといて」

「始めたのはそっちだろうが。あっそうか、だったら〈スパイクＴＶ（米国の若い男性向けのケーブルチャンネル）〉にはぴったりじゃないか。ＵＦＣ（米国の総合格闘技イベント）と『オプラ・ウィンフリー・ショー』を足して二で割りゃあいい。すげえ、おれ天才じゃないかな」

「勝手に言ってろ」

　ブッチは声を立てて笑ったが、それをかき消すようにつむじ風が吹いて裏庭を打ちすえた。

「よし、このへんで切りあげようぜ。ずっとしゃべってても悪かないが、こう真っ暗じゃ日焼けもできやしねえ」

「日焼けなんかしてないじゃないか」

「ほらな、だからできやしねえって言ったろ。そろそろ帰ろうぜ」Ｖは黙っている。ややあって、ブッチは言った。「ったくもう……いっしょに帰らないつもりだな」

「もうだれかをぶっ殺したい気分じゃないから大丈夫だ」

「そりゃよかった。せいぜいあいつを半身不随にする程度だと思えば、心も晴々とうちへ帰れるぜ」ブッチは上半身を起こしながらぼやいた。「せめて、あいつが帰ったかどうか確かめさせろよ。いいだろ」

「ちぇっ、勝手にしろ」

「すぐ戻る」ブッチはまたうめいて立ちあがった。交通事故にでもあったように、どこもかしこも痛くてこわばっている。「やれやれ、こりゃしばらく大変だぜ」

「おまえはもうヴァンパイアなんだぞ。傷なんかあっという間に治っちまうさ」

「そういう意味じゃねえよ。喧嘩したなんて知られたら、マリッサにふたりともぶっ殺される」

Vは顔をしかめた。「あたた。そりゃまちがいなく痕が残るな」

「そういうこと」ブッチは足を引きずりながら歩いていく。「おまえもおれも、頭をゴツンとやられるぜ」

Vはコンドミニアムの二階を見あげた。灯りが点いていないのは良い兆候と見るべきか悪い知らせと取るべきか？　目を閉じ、ポルシェがなくなっていればよいがと思った……が、本気でそれを期待したわけではない。くそっ、ブッチの言うとおりだ。こんなところでいつまでもうろうろしていたら、この家を殺人現場にしてしまう。こんなことはもう、これで最後に――

「あいつ、帰ってたぜ」ブッチが言った。

パンクしたタイヤのように大きく息を吐いたが、そこで気がついた。これは今夜だけの執行猶予にすぎない。遅かれ早かれ、ジェインはほかのだれかとつきあうことになるのだ。

遅かれ早かれ、あの医者と結ばれることになるだろう。

Vはいったん頭をあげて、それを凍てつく地面に打ちつけた。「耐えられるとは思えん。ジェインなしでは生きていける気がしない」

「選択の余地があるのか」

ない――ただのひとつも。

考えてみれば、だれにとっても選択の余地などないのだろう。初めから。選択の余地があるのは、せいぜいテレビのチャンネルとか食事のメニューぐらいのものだ。NBCかCBSかは選べるし、ビーフステーキかチキンかは選べる。だが調理台とかリモコンとかの及ばないところでは、選択の余地などという言葉はもう当てはまらなくなるのだ。

「先に帰れよ、ブッチ。おれはばかな真似はせんから」

「これ以上にばかな真似はしないってことだな」

「意味論なんぞクソの役にも立たん」

「十六か国語を操る男だったら、それが嘘だってことくらいわかるだろう」ブッチは大きく深呼吸し、答えを待っている。「それじゃ、先に〈ピット〉に帰ってるぞ」

「ああ」Vは立ちあがった。「もう少ししたら帰る」

ジェインはベッドのうえで寝返りを打った。本能の声で目が覚めたのだ。

だれかいる。上体を起こした。心臓が激しく打っている。だれの姿も見えないが、廊下から射し込む光が影を作っていて、隠れ場所ならいくらでもある。書き物机の裏、半開きのドアの陰、窓際の布張り椅子の後ろ。

「だれかいるの？」

答えはなかった。だが、彼女のほかにだれかいるのはまちがいない。

全裸でベッドに入ったのは失敗だった。

「だれなの」

物音ひとつしない。聞こえるのは自分の息の音だけ。

羽毛布団をつかむ手に力を込め、ひとつ深呼吸した。信じられない……すばらしくいいにおいがする……豊潤で官能的、セクシーで支配的。もういちど息をする。脳のなかで影がちらつく。どこかで嗅いだ憶えがある。ある男の香りだ。いやちがう……あれはただの男ではなかった。

「来てくれたのね」身体がかっと熱くなり、蕾のようにほころぶ――が、そのとき胸が張り裂けそうに痛んだ。あまりに痛くて息もできない。「ああ、そんな……そんなことって……」

さっきの頭痛がまた戻ってきて、頭が締めつけられる。できるだけ早くCTスキャンを受けようと心に誓った。うめきながら頭を押さえ、これから何時間もこの痛みが続くものと覚悟した。

ところが、ほとんど瞬時にして痛みがふわりと遠のいた……そして意識も。眠りが毛布のように覆いかぶさってきて、身体を包み込み、心を鎮めてくれた。

寝入ってまもなく、男の手が髪に触れた。それから顔に。そして唇に。

男の温もりと愛が、胸にぽっかりあいた底なしの穴を癒していく。事故で大破した車のように人生が滅茶苦茶になっていたのが、部品をひとつひとつ集めて組み立てなおされていくようだった。エンジンが一から組み立てられ、バンパーを付け変え、粉々になったフロントガラスを交換する。

それなのに、そのとき男の手が離れた。

夢のなかで、ジェインは当てずっぽうに手をのばした。「行かないで。お願いだからここにいて」

その手を、大きな手のひらが包み込んでくれた。だが、答えがノーなのはわかっている。なにも言われなくても、彼がここにいられないのはわかっていた。

「お願い……」涙があふれた。「行かないで」

つないだ手が離れる。男を呼びながら手をのばした――

上掛けのこすれる音がし、冷たい空気が吹き込むと同時に、巨大な男の身体が入ってきた。無我夢中でそのたくましい温もりにしがみつき、あの濃厚なスパイスの香りがする首に顔を埋めた。がっしりした腕が身体に巻きついてきて、きつく抱きしめられた。

その抱擁にいっそう深くもぐり込み……すると、彼の昂ぶりを感じた。

夢のなかで、ジェインはすばやく、なんのためらいもなく行動した。まるで、それが彼女に与えられた当然の権利であるかのように。ふたりの身体のあいだに手を滑り込ませ、いきり立つものをつかむ。

大きな身体がびくりと反応する。「わたしの欲しいものをちょうだい」

そうしたら、彼は応えてくれた。

ジェインはたちまち仰向けにされ、両脚を大きく開かれて、分厚い手に秘部を覆われた。とたんに絶頂に達し、背中を浮かせて身をよじり、声をあげた。その快感も冷めやらぬうちに、上掛けがむしりとられ、脚の付け根に唇を押し当てられた。ふさふさと豊かな髪をつかみ、彼の唇がもたらす快感に身をまかせた。

彼女が二度目のオルガスムスを迎えたとき、彼はいったん身を離した。着るものをおろす音が聞こえ、そして——

痛みを感じるほどいっぱいに満たされて、ジェインは思わず悲鳴をあげたが、すぐに快感にわれを忘れていた……覆いかぶさってきた唇に唇をふさがれ、なかで彼が動きだす。盛りあがる背中に指を食い込ませ、官能のリズムに従った。

その夢の途中でふと思った。わたしはこれを失って悲しんでいたのだ。この男こそが、胸の痛みの原因なのだ。

いや、そうではない。原因は、この男を失ったことなのだ。

まちがったことをしているのは、ヴィシャスにもわかっていた。このセックスは盗んだも同然だ。だれと愛しあっているのか、ジェインはほんとうにはわかっていないのだ。それでも、自分を抑えることができなかった。

いっそう激しく舌をからめ、いっそう力を込めて突いた。燃え盛る炎の竜巻のように、オルガスムスが渦を巻いて迫り、彼はその熱に頭から呑み込まれた。彼女のなかで彼自身が猛り狂い、精を放出してやっとその激しい熱は引いていった。彼女も同時に絶頂を迎え、彼の精を搾りとって絶頂をさらに長引かせる。やがて全身に震えが走り、Vはジェインのうえに突っ伏した。

身体を浮かせ、彼女の閉じた目を見おろし、意志の力でより深い眠りに導いていった。いまあったことはただの官能的な夢、魅惑的で鮮烈な夢想だと彼女は思うだろう。しかし、相手がだれだったのかはわからない。思い出すことはできないのだ。ジェインは強い精神の持主だから、狂気に陥る危険が大きい。隠された記憶と、ふたりいっしょのときに感じたこと、その両者の食いちがいに気づかずにはいられないからだ。

Vは彼女から離れて、ベッドを降りた。上掛けを整え、シルクのズボンを引きあげながら、自分で自分の皮膚をそぎ落としているような気分だった。

身をかがめ、ひたいに唇を押し当てた。「愛してるよ。いつまでも」

立ち去る前に寝室を見まわし、ふらりとバスルームに入った。自分を抑えられなかった。二度とここに戻ってくるつもりはない。だから、彼女の私的な空間を残らず見ておきたかった。

この二階は一階より彼女らしい。どこを見てもシンプルで整然としている。家具は控えめで、壁には目にうるさい絵や写真もかかっていない。それでもひとつだけ、節操もなくあふれているものがあって、それが大いに気に入った。V自身の部屋と同じ、それは本だ。いたるところにある。寝室の壁は床から天井まで書棚に埋まっていて、どの段を見ても科学や哲学や数学の本がぎっしり並んでいる。廊下に出てみると、高さ三メートル近いガラス扉つきの棚に、さらに多くの本が詰め込まれていた。こちらはシェリーやキーツ、ディケンズやヘミングウェイ、フィッツジェラルドの作品だ。バスルームにさえ、浴槽のそばに何冊か並べてあった。湯に浸かっているときも、好きな本を手元に置いておきたいというように。

また明らかにシェイクスピアも好きらしく、そこもVは気に入った。

やっぱりな。これこそ彼の考える装飾だった。活発な脳は、物理的環境のなかに気晴らしなど求めない。必要なのは、すぐれた書物のコレクションといい照明だけだ。あとはせいぜい、チーズとクラッカーがあればいい。

バスルームを出ようと向きを変えたとき、ふたつ並んだ洗面台の上の鏡に目が留まった。その前に立つジェインの姿が目に浮かぶ。彼女はここで髪をとかし、デンタルフロスを使い、歯を磨き、爪を切っているのだ。

そんな当たり前の行動、ヴァンパイアも人間も等しく、この地球上のだれもが毎日やっていること。それが証拠だ——そんなありふれた活動においては、このふたつの種もやはりほとんどちがわないのだ。

一度でいいから、そんなことをしている彼女を見てみたかった。

いや、かなうことなら、彼女といっしょにそういうことをしてみたい。彼女の洗面台と彼の洗面台。きっと喧嘩をしたりするだろう。使い終わったデンタルフロスを捨てるとき、ちゃんと確認しなかったせいでくずかごのふちに引っかかっていたとか、そんな他愛もないことで。

ふたりいっしょの生活。

手をのばし、一本指で鏡に触れた。ガラスの面をなぞった。彼女の眠るベッドのそばに戻りたいのを抑え、その場で非実体化した。

これを最後と決めて姿を消した。いままでの彼が泣く男だったとしたら、これからは泣きわめく男になる。それがいやで、〈ピット〉で待つ〈グレイグース〉のことを考えた。この二日間は、完全に酔いつぶれて過ごすつもりだった。

くされ〈プライメール〉の儀式をしたければ、あのヒュー・ヘフナーみたいなシルクの上下に彼を押し込み、儀式のあいだずっと支えているしかあるまい。ざまあ見やがれ。

37

深夜、ジョンはベッドに横たわって天井をにらんでいた。

凝った天井だ。刳形《モールディング》だのなんだのにぐるりとふちどられていて、眺めていて飽きない。バースデーケーキのようだ。いや、というよりウェディングケーキだな。中央に照明が取り付けてあって、その周囲に渦巻き形のものがどっさり並んでいるのだが、それが小さな新郎新婦の人形を載せる台にそっくりなのだ。

どういうわけか、ジョンはその全体の雰囲気が気に入っていた。建築のことはなにもわからないが、その華麗さとか堂々たるシンメトリーとか、飾りのある部分とない部分との釣り合いとか――

わかってる。これはやっぱり、ぐずぐず先延ばししてるんだろうな。

ああ、むかむかする。

三十分ほど前に目を覚まして、トイレで用を足して、また上掛けの下にもぐり込んだところだった。今夜は講義はない。出かける前に勉強して遅れを取り戻しておかなくてはならないのだが、教科書を取り出してどうこうする気にはとうていなれそうにない。

なにしろ、いま彼は問題を抱えている。

そしてその問題はいま、かちんかちんに固くなって下腹のうえにのっている。

ベッドのなかでぐずぐずしながら、できるだろうかと自問していた。どんな感じがするのだろうか。だいたい、それ以前にやる気になるだろうか。途中で萎えたらどうしたらいいんだ。ちくしょう、さっきのZとのやりとりがずっと心に引っかかっている。なんだか、もしその……うまく行かなかったら、どこかおかしいところがあるんじゃないか、という感じ。

もう、ぐずぐずしてんなよ。見る前に飛べって言うじゃないか。

片手を胸の筋肉のうえに置いてみると、肺は拡張と収縮をくりかえし、心臓は激しく打っている。身の縮む思いで、手のひらを下のほうへ、どくどくと脈打つもののほうへ動かしていった。文字どおりどくどく「言って」いて、その音が耳に聞こえるぐらいだ。まったくもう、うるさいやつだ。さわられるのを待ち構えている。早く噴出させたいと叫びたてている。おまけにその下の袋もぱんぱんに張りつめて、いまにもはち切れてしまいそうだった。どうしてもやらなきゃならない。それはたんに配管の具合を確かめるためだけではない。早く出さないと、もううずくなんて段階は超えて、完全に痛くなってきていた。

腹までおろした手を、さらに押し下げていく。温かくなめらかな無毛の皮膚が、がっしりした骨格と硬い筋肉を覆っている。こんなに大きくなったとは、いまだに自分で信じられない。腹は果てしなく広がって、まるでフットボールのフィールドみたいだ。

股間のそれに触れる直前で手が止まった。心のなかで悪態をつき、思い切ってつかんでしごいた。

うめきが胸の奥を振動させ、声にならないまま口から噴き出した。固くなったものが手のなかでびくんと跳ねる。ああ、ちくしょう。いい気持ちだ。力を込めてゆっくり何度かしごいてみる。汗が胸全体に吹き出してくる。赤外線ランプの下に寝かされているような――いや、身体の内側から熱が放射されている感じだ。

身体をのけぞらせ、一物をしごきつづける。やましく恥ずかしく、快感の大きさに罪悪感さえ覚える。ああ……すごくいい……一定のリズムに落ち着いたところで、足で上掛けを蹴りのけて自分の身体を見おろした。そそり立つものを見ると、誇らしい気分になるのが後ろめたい。ずんぐりした亀頭は信じられないほど大きく、手がそれをしっかりつかんでいるさまも気に入った。

ええい……ちくしょう。もっと早く。小さくプツプツと音がしたかと思うと、透明なぬるぬるする粘液が先端から出て、手のひらを濡らしていた。その液が側面を伝い落ちて、屹立したものをぬめぬめと光らせている。

ええい……ちくしょう。

どこからともなく、女性の姿が目の前に浮かびあがってきた……えっ、〈ゼロサム〉のあの手厳しい警備責任者じゃないか。その姿がくっきりと見える。男のような髪型、筋骨たくましい肩、射抜くような目、あの強烈な存在感すら伝わってくる。急に自分でも驚くほど大胆な気分になって、ふたりでクラブにいるところを思い描いた。彼女に壁に押しつけられ、ズボンのなかに手を突っ込まれ、むさぼるようにキスをされて、舌が口のなかに入ってくる。

すごい……信じられない……手が目にもとまらぬ速さで動きだし、ペニスは大理石のように硬く、あの女のなかに入っていく妄想で頭は爆発しそうだ。

それがついに臨界点を超えた。妄想のなかで、女は唇を離し、ゆっくりと身体を沈めて両ひざをついた。ズボンのファスナーをおろし、なかのものを出して、口にくわえて――

うわっ！

ジョンはとっさに横向きになった。はずみで枕が床に落ちるのもかまわず、両ひざを胸に引き寄せる。声にならない叫びをあげ、のたうちまわるうちに、熱い液が一面に噴き出して、胸にも太腿の付け根にもはねかかり、手を濡らしていく。それでもしごく手は休めず、目を固く閉じていた。首には血管が浮き出し、肺は灼《や》けつくようだ。

完全に出し尽くしてからっぽになると、ジョンはごくりとつばを呑み、荒い息をつきながら目をあけた。よくわからないが、二度はいったような気がする。三度だったかも。

まずい。シーツがすごいことになっている。

いやそれにしても、それだけの価値はあった。すごかった。あれはほんとに……とにかくすごかった。

ただ、あんな妄想をしたのには罪の意識を感じた。あの警備責任者に知られたらと思うと生きた心地もしない。

携帯が鳴った。シーツで手を拭いてから取りあげる。クインがテキストメッセージを送ってきていた。三十分後にブレイの部屋に集まろう、〈ゼロサム〉がにぎわってるうちに繰り出そうぜ、と言ってきたのだ。

あの警備責任者のことを思ったら、また固くなってきた。

なるほど、厄介なことになる危険もあるわけだ。そう思いながら、そそり立つものを見やった。とくに、クラブへ行ってあの女に会って、それで……つまりその、こいつが完全に起きあがってしまったら。

まあだけどさ、ものごとは明るい面を見なくちゃな。少なくとも、身体のこの部分は立派に使えることがわかったじゃないか。

そこで、ふっとわれに返った。ああ、たしかにうまく行ったし、ぞんぶんに楽しんだ……少なくともひとりでやるぶんには。しかし、あれをだれかとすると思うと……

やはり、背筋がぞっと冷えるのは変わらなかった。

午前一時ごろ、フュアリーは〈ゼロサム〉に足を踏み入れた。兄弟たちといっしょでなくてよかったと思う。これからしようとしていることに関しては、いくらかプライバシーが必要だ。

覚悟を決めてVIPエリアへ行き、〈兄弟団〉の専用テーブルに着いてマティーニを注文した。兄弟たちのだれかが、ここにちょっと寄ろうという気を起こさなければよいが。ほかの店へ行ければとは思うものの、いま欲しいものが手に入る店は、この街には〈ゼロサム〉しかない。だからここに来たのだ。

最初のマティーニはうまかった。二杯めはさらに。

飲んでいると、人間の女が入れ替わりテーブルにやってきた。最初の女はブルネットだったので、その気になれなかった。ベラに似すぎている。次はブロンドで、それはよかった……のだが、以前Zが身を養ったことのあるショートカットの女だったから、いまひとつ気乗りがしなかった。次にまたブロンドが寄ってきたが、ひどくラリっているようだったので、どうにかするには罪悪感を覚えた。そのあとにやって来た黒髪は、テレビドラマ『ジーナ』に出てくる古代ギリシャの女戦士を思わせ、ちょっと食指が動かない。

が、そのとき……赤毛の女がテーブルの前で足を止めた。

小柄な女だった。ストリッパーふうのピンヒールを履いていて、それでも百六十五センチないほどだが、そのぶん髪を大きく盛りあげている。派手なピンクのビスチェとマイクロミニスカートのせいもあって、まるでマンガのキャラクターだ。

「ねえ、遊ばない？」

フュアリーは座ったまま身じろぎした。えり好みはやめて、さっさとやっちまえ。たかがセックスじゃないか、くそったれ。「いいな。特等席のチケットはいくら？」

女は片手をあげ、二本指を立てて唇に触れた。「試合終了まででね」

童貞を捨てるのに二百ドル。生きた年月で割ると、一年あたり一ドル以下だ。お買い得もいいところじゃないか。

フュアリーはうんざりして腰をあげた。「悪くないな」

売春婦のあとについてVIPエリアの奥へ向かいながら、ぼんやり考えた。平行世界《パラレルワールド》のどこかには、愛する女と初体験をしている自分もいるかもしれない。愛するまで行かなくても、好きな女と。少なくとも、こんな行きずりの相手ではなく。その世界では、百ドル札《ベンジャミン》二枚とクラブのトイレみたいな話ではないだろう。

だがあいにく、この世界はこの世界なのだ。

女が光沢のある黒い扉をあけ、フュアリーは彼女についてなかへ入った。扉を閉めると、テクノミュージックがいくらか遠のく。

目いっぱいそわそわしながら金を差し出した。

それを受け取って、女は彼を見あげて笑みを浮かべた。「お兄さんとだったら大歓迎だよ。きれいな髪してんのね。それって、エクステ？」

フュアリーは首を横にふった。

女がベルトに手をのばしてきたとき、彼は反射的にあとじさり、ドアにぶち当たった。

「悪い」彼は言った。

女が不思議そうな顔をする。「いいけど。初めてなの、あたしみたいなのとするの」

だれとするのも初めてだよ。「ああ」

「そうなんだ。大丈夫、あたしにまかしといて」ぐっと近づき、大きな胸を腹に押しつけてきた。その頭を上から見おろすと、髪の根もとは黒かった。

「お客さん、背が高いね」とつぶやきながら、ズボンのウェストに手を引っかけて、女は彼を個室の奥へ引っ張っていこうとする。

ロボットよりもぎくしゃくと、フュアリーは女についていった。感覚が麻痺したように感じながら、こんなことをしようとしている自分が信じられなかった。しかし実際、これ以外にどうする手があったというのか。

洗面台まで後ろ向きに歩いてきたところで、女は慣れたしぐさでひょいと台に飛び乗った。脚を開くとスカートのすそがめくれあがる。腿までの黒いストッキングは、履き口の部分がレースになっている。下着はつけていなかった。

「キスはなしよ、わかってると思うけど」小声で言いながら、ズボンのファスナーをおろす。

「口と口のはね」

冷たい空気がもぐり込んできた、と思ったら女の手がボクサーショーツのなかに入ってきた。ペニスをつかまれてぎくりとする。

このためにここに来たんだろう。このために買って、金を払ったんじゃないか。できないはずはない。

そろそろ前に進まなければならない。ベラを忘れ、不淫の誓いを捨てて。

「リラックスして」女がかすれ声で言う。「奥さんにはぜったいばれないから。口紅は十八時間持続型の落ちないやつだし、香水もつけてないもん。安心して楽しめばいいの」

フュアリーはごくりとつばを呑んだ。**大丈夫だ、できるはずだ。**

紺色の〈BMW〉から降りたとき、ジョンはまっさらの黒いズボンに黒いシルクのシャツに身を固め、ブレザースタイルに仕立てたクリーム色のスエードジャケットを引っかけていた。どれも自前ではない。ブレイのものだ。ついでに言えば、クインといっしょにここダウンタウンまで送ってくれた、この車もそうだった。

「今夜は三人とも、ばっちり準備完了ってやつだな」クインが駐車場を横切りながら言った。

ジョンは、先日レッサーを始末した一角をちらとふり返った。あのときは、身体には力がみなぎり、胸には確固たる信念があった。自分は戦闘員であり、戦士であり、〈兄弟団〉の一員だという信念が。だが、いまはもうそんな感じはしない。あのときは、彼のなかでべつのなにかが作用していたかのようだ。なにかが乗り移っていたというか。こうして友だちと歩いているいまは、ばかでかい役立たずの塊を、友だちのいかした服で飾りたてているような気がする。身体はまるで水袋のようで、ひと足ごとになかで水が揺れてぴちゃぴちゃ言っているみたいだ。

〈ゼロサム〉の前に来たとき、ジョンは入店を待つ列のしんがりにつこうとした。すかさずクインに身体の向きを変えさせられて、「おれたちはフリーパスなんだよ、忘れたのか」

たしかにそのとおりだった。クインがゼックスの名を出すと、ドアの前にいた小山のような大男はたちまち目の色を変え、即座に無線のイヤーピースに向かって話しかけた。と思ったらすぐに道をあけて、「奥へどうぞと言ってます。ＶＩＰエリアはわかりますか」

「ああ、わかるよ」クインは言って、大男と握手を交わした。

用心棒はなにかをポケットに入れて、「次からはすぐに入れますよ」

「悪いね」クインは男の肩をぽんと叩いて、ゆうゆうと店内に消えていった。

ジョンはそのあとに続いたものの、クインの自信たっぷりな歩きぶりを真似しようともしなかった。真似しなくてよかった。ドアを通ろうとしたとき、階段をのぼりそこねて左に傾き、体勢を立てなおそうとして後ろによろけ、順番待ちの列に並んでいる男にぶつかった。女を口説いていたせいで男はドアに背を向けていたのだが、かっとしてくるりとこちらをふり向いた。

「このやろう、気をつけー」ジョンを見たとたん凍りついた。目が飛び出そうになっている。「いや、あの……なんでもないです。すんません」

相手の反応に面食らっていると、ブレイの手にうなじを押された。「そら、ジョン、行こうぜ」

なかに入りながら、クラブの熱気に呑まれまいと身構えていた。人のうずに巻き込まれる覚悟をする。それなのに、なんだか様子がおかしい。あたりを見まわしても、以前ほど圧倒される感じはしなかった。だが考えてみれば、いまの彼は身長二メートルの高みから人々を見おろしているのだ。

クインがきょろきょろしながら、「奥って言ったよな。奥ってどっちだよ」

「おまえ、知ってるんじゃないのか」とブレイ。

「知るかよ。ちょっと見栄張っただけ――お、手がかりがあったぞ」と言って、ロープで区切られた一角のほうへあごをしゃくった。その前には大男がふたり立っている。「あれ、いかにもVIPって感じじゃん。いざ姫君、こちらでございますぞ」

クインはいかにも慣れた様子で近づいていき、用心棒に向かって単語をふたつささやいた。するとあら不思議、ロープはすぐさま外されて、三人は意気揚々となかへ入っていった。

いやその、ブレイとクインは意気揚々だったが、ジョンはひとにぶつからないように神経を使っていた。ドアの前でぶつかった男は腰抜けだったからよかったが、次回はものの見事にプロの殺し屋にぶち当たってしまうかもしれない。武器を持ったやつに。

　ＶＩＰエリアには専用のバーがあって、専属のバーテンダーがいた。ウェイトレスは高級ストリッパーのような格好で、肌をたっぷり露出しながら、たっぷりのヒールで歩きまわっている。男性客はみんなスーツ姿で、女性客は極端に面積の狭い高価な服を身に着けている。享楽的で派手な人々……そのなかに紛れ込んでいると、完全ななりすまし屋になった気がする。

　このセクションの両側にはバンケット席（ソファでテーブルを囲む形の座席）があって、うち三つがあいていた。クインはその一番奥、角にある席を選んだ。

「ここがベストだな」と高らかに宣言した。「非常口に近いし、影になって目立たないし」

テーブルにはマティーニグラスがふたつ置いてあったが、三人はかまわず腰をおろした。ウェイトレスが来てテーブルを片づける。ブレイとクインはビールを注文した。ジョンはやめておいた。今夜は頭をはっきりさせておきたい。

　席に腰をすえてまだ五分とたたないころ、ブレイとクインがまだ〈コロナ〉に口をつける間もないうちに、早くも女の声がした。「ねえ、お兄さんたち」

　三人がいっせいに顔をあげると、ブロンドのワンダーウーマンが目の前に立っていた。まさしくパメラ・アンダーソン（カナダ出身のモデル・女優。ブロンドのグラマラスな美女）ふうの美女で、なにより目立つのはその立派な胸だ。

「やあ、ベイビー」クインがすかして応じる。「名前はなんていうの」

「スイート・チャリティよ」両手をテーブルについて身を乗り出し、豊満な乳房、日焼けサロン製の小麦色の肌、それにブリーチした輝く白い歯を見せびらかす。「理由を知りたくない？」

「知らなきゃ死んでも死にきれない」

女はいっそう身を乗り出してきて、「おいしいし、サービス満点だからよ」興奮のあまり、クインの笑顔が引きつっていた。「だったら、こっちに座んなよ。おれの隣に――」

「ちょっと待った」よく響く低い声がした。

うわ、やばい。巨大な男がテーブルに近づいてきていた。これはとてもいい徴候とは思えない。みごとな黒のスーツ、突き刺すようなアメジストの目、短く切り詰めたモヒカン。悪党のようでもあり、紳士のようでもある。

そうか、ヴァンパイアなんだ。なぜと言われると答えられないが、ともかくまちがいないと思った。たんに身体が大きいからではなく、〈兄弟団〉と似た波動を発しているからだ。矯《た》められたエネルギーが、ささいなきっかけで爆発しそうな。

「チャリティ、ほかを当たってくれ」男は言った。

ブロンドは、ちょっと残念そうにクインから身を引いた。いっぽうのクインは嚙みつきそうな顔をしている。しかし、女はすぐにそそくさと離れていき……と思ったら、ふたつ先のバンケット席で同じ客引きを始めていた。

　クインのこわばった表情が少しやわらいだところで、モヒカン男は身をかがめて言った。

「わかっただろう、彼女はきみとつきあいたくて誘ってたわけじゃない。あの娘《こ》はプロなんだ。このエリアをうろついている女はほとんどそうだ。だから金を払ってしようというのでなければ、あっちの一般エリアで何人か引っかけて連れてくればいい。いいね」男が微笑むと、立派な牙がひらめいた。「ところで、ここはわたしの店でね。だからここでは、きみたちの身の安全を守る責任があるわけだ。お行儀をよくして、あまり面倒を起こさないでくれると助かるね」去りぎわにジョンに目を向けて、「ザディストがよろしくと言っていたよ」

　そう言い残すと男は離れていった。目に入る人や物のすべてをチェックしつつ歩いていき、なんの標示もない奥の扉に姿を消す。Zとどういう知りあいなのだろう。どんなつながりがあるにせよ、あのモヒカン刈りの大物は、ぜひとも味方につけておきたい男なのはまちがいない。

　敵にまわしたら、ケヴラー繊維のボディスーツでも着て過ごすしかない。

　いや、いっそ亡命するほうがましだ。

「まいったね」クインが言った。「ためになるお話だったぜ、ちぇっ」

「ああ、そうだな」ブレイは座ったままもぞもぞした。またべつのブロンドがそばを通りかかったのだ。「それで……その、あっちのフロアに出てみるか」

「ブレイ、おまえも好きだな」クインは張り切って立ちあがった。「もちろん出てくるとも。ジョン――」

おれはここに残るよ、と手話で言った。だって、席をとっとかないと。

クインがその肩をぽんと叩いて、「わかった。ビュッフェからおまえのぶんも取ってきてやるからな」

ジョンはあせって首を横にふったが、友人たちはお構いなしに行ってしまった。ああ、どうしよう。家にいればよかった。ついてきたのは大まちがいだった。

ブルネットの女がさっそうと近づいてきたので、ジョンは泡を食って目を落とした。しかし、女は歩調もゆるめずにそのまま通り過ぎていく。ほかの女もみんなそうだった。さっきのオーナーが、手を出すなと女全員に言ってくれたのかもしれない。やれ助かった。なにしろあのブルネットなんか、男を丸飲みにできそうだ。それも、丸飲みされてつねにうれしいとは言いにくそうだった。

ジョンは胸もとで腕組みし、革張りのバンケットにもたれて、じっとビール壜を見つめていた。じろじろ見られているのを感じる。こいつはここでなにをしているのかと思っているのだろう。それも当然だ。彼はブレイやクインとはちがうし、ちがっていないというふりもできない。音楽にも、酒にも、セックスにも元気づくことがない。ただここから消えたくなるだけだ。

本気でそろそろ引きあげようかと考えているとき、どこからともなく熱風が吹きつけてきた。真上に空調の吹き出し口でもあって、いま暖房が入ったところなのかと思って天井を見あげた。

いや、ちがう。

あたりを見まわし——

わっ、まずい。あの警備責任者だ。ベルベットのロープを越えてＶＩＰエリアに入ってくる。薄ぼんやりした頭上の照明が彼女に当たったとき、ジョンはごくりとつばを呑んだ。あのときと同じ服装だ。袖なしのシャツからはたくましい腕が突き出し、レザーパンツが腰と長い腿にぴったり張りついている。このあいだ会ったあとでまた切ったらしく、突っ立った髪が光を反射していた。

目が合った瞬間、ジョンは顔をそむけた。消防車のように真っ赤になっている。完全にうろたえて、ばれると思い込んだ。さっき彼女のことを考えながらなにをしていたか、きっと見透かされるにちがいない。知られてしまうのだ、あのとき……彼女のことを想像しながらいったことを。

ちくしょう、酒のグラスでもあればまだ間がもてるのに。ついでに頰を冷やすアイスパックも欲しい。

ブレイのビールをつかんでひと口あおった。彼女がこっちに来るのがわかる。まいった。どっちが最悪なのかわからない。ここで立ち止まられるのと、素通りされるのと。「また来たんだ。ずいぶん変わったね」低い声。弱めたボイラーの火のような。ジョンはますます顔が赤くなった。「おめでとう」

彼は咳払いした。ばかな真似はよせ。咳払いしたってどうせ声なんか出ないじゃないか。自分のばかさ加減にあきれながら、ありがとう、と口を動かした。

「お仲間はナンパに出てるの」

ジョンはうなずき、〈コロナ〉をもう一口飲んだ。

「きみは行かないんだ？　それともきみのぶんも連れてきてくれるって？」なんとぞくぞくする声。性的魅力の塊だ。聞くだけで身体がうずいて……股間のものが起きあがってきた。「もう知ってるかもしれないけど、奥の化粧室には、特別広くてプライバシーの保てる個室があるよ」と言ってふっと笑った。勃起していることに気づかれたのだろうか。「それじゃ楽しくやって。ただ、あんまり破目を外すんじゃないよ。またあたしの尋問を受けたくなかったらね」

警備主任は離れていった。彼女が歩いていくと、前の人垣がさっと分かれる。アメフト選手並みの大男まで道をあけていた。その後ろ姿を見送るうちに、股間に射撃名人の登場を感じて目をおろした。かちかちに固くなって、前腕なみに太くなっていた。座ったままもぞもぞしたら、ズボンにこすれて思わず唇を噛んだ。

手をテーブルの下に入れ、ズボンのファスナーの下に余裕を作ろうとした。ところが手がふれた瞬間、警備主任の姿が目の前に浮かび、危うく達しそうになった。あわてて引っ込めようとして、テーブルの裏面に手の甲を思いきりぶつけてしまった。

ジョンは腰をもぞもぞして楽な体勢を探したが、逆に痛みが増しただけだった。うずうずするのと欲求不満で気が立ってきた。どんどん危ない領域に近づいている。ベッドのなかで自分で処理したときのことを思い出し、またやろうと思った。つまりいますぐだ。いますぐと言ったらいますぐだ。いっちゃってからでは遅い。

くそ、たぶんここでもできないことはないだろう。まゆをひそめ、奥へ通じる廊下を見やった。両側にはドアが並んでいる。

ちょうどそのとき、ドアのひとつが開いた。

小柄な赤毛の女が出てきた。どう見てもプロだ。髪を膨らませ、派手なピンクの服を整えながら歩いてくる。そのあとから出てきたのは……まさかフュアリー?

まちがいない、ほんとにフュアリーだ。シャツのすそをズボンにたくし込みながら歩いている。ふたりは言葉を交わそうともしない。女のほうは左手に向かい、そこにいた男性のグループに話しかけている。フュアリーのほうはそのまままっすぐ歩いてきた。出口に向かっているようだ。

そのときフュアリーが顔をあげ、目が合ってしまった。気まずい間があったが、ややあって向こうは片手をあげて挨拶してきて、すぐにわきの出口に歩いていき、外へ出ていった。ぼうぜんとして、ジョンはビールをまたあおった。あの女がフュアリーと同じ化粧室に入っていたのは、まさか肩をもんでやるためではないだろう。信じられない、だって不淫の誓いはどうなっ――

「それで、こいつがジョン」

ジョンはぎょっとして声のほうに顔を向けた。すげえ。ブレイとクインは、見事に金塊を掘り当てていた。人間の女を三人引き連れていたが、三人ともすごく可愛いし、おまけに裸同然のかっこうをしている。

クインは三人をひとりひとり指さして、「この子たちはブリアンナ、シシ、リズっていうんだ。それで、こいつがおれたちの友だちのジョン。こいつは手話で話をするから、おれたちが通訳するよ」

ジョンはブレイのビールを飲み干した。ばかをさらしているような気分だ。例によって、コミュニケーションの壁の問題が醜い首をもたげてきたからだ。「そろそろ失礼します」の挨拶をどうやって伝えようかと思っていると、女の子のひとりが隣に座ってきて、出口をふさがれるかっこうになった。

ウェイトレスがオーダーをとって離れていくと、たちまちにぎやかなおしゃべりと笑い声が起こった。女の子たちの高い声に、クインのよく響く低音と、ブレイの照れくさそうな低い笑い声がまじりあう。ジョンはずっと下を向いていた。

「ねえ、カレシすごくかっこいいね」女の子のひとりが言った。「モデルでもしてる?」

とたんに会話が失速した。

クインがこぶしを作って、ジョンの目の前のテーブルをコンコンと叩く。「ようJ、彼女、訊いてるぞ」

面食らって顔をあげると、左右色ちがいのクインの目と目が合った。ジョンの隣の女の子のほうをあごで示して、目をまん丸にしてみせる。ちゃんと調子を合わせてくれよと言いたいらしい。

ジョンは深く息をし、左隣に目をやった。彼女のこっちを見あげる目は……嘘だろ、まるで映画スターでも見るようにとろんとしている。

「だって、すっごい美形なんだもん」彼女は言った。

困ったな、こんなときどうすりゃいいんだよ。

顔には血がのぼってくるし、全身がちがちに緊張していた。ジョンはあせってクインに手話で伝えた。**おれ、フリッツに迎えに来てもらう。もう帰るよ。**

隣に座った彼女を踏みつけそうになりながら、ジョンはあたふたとバンケット席から逃げ出した。一刻も早く家に帰らなくては。

38

午前五時に目覚ましが鳴りだしたとき、ジェインはしかたなくスヌーズボタンを押した。それも二回。ふだんの彼女は、起きたと意識するより早くベッドを出て、すぐにシャワーを浴びている。目覚ましのピーピーという音で目が覚めるというより、その音を合図にベッドを飛び出している感じ。トースターからぽんと飛び出すパンのようだ。しかし今朝はちがう。今朝は、枕に頭を預けたまま天井を見あげていた。

それにしても、昨夜はなんて夢を見たんだろう……亡霊のように訪れた恋人に、激しく抱かれ、求められる夢だった。彼の身体の重みが、彼に満たされた感覚が、いまも身体に残っている。

でももうたくさんだ。考えれば考えるほど胸が痛む。そういうわけで、ジェインは超人的な努力で仕事に意識を向けた。まあ、マネロの件を思い出すにつけ、それはそれでまた悩みの種だ。キスされたなんていまだに信じられない。信じられようが信じられまいが、彼は実際にキスをしてきた。唇に唇を押し当ててきたのだ。心の片隅では、彼のキスはどんなふうだろうと前々から考えていたから、拒もうとはしなかった。そうしたらもういちど重ねてきた。

上手なキスだった。べつだん意外ではない。驚いたのは、してはいけないことのように感じられたこと。まるでだれかを裏切っているような気分になってしまった。

いまいましい目覚ましがまた鳴りだした。ジェインは毒づきながら手で止めた。ったくもう、早めにベッドに入ったつもりなのに、すっかり疲れ切っている。少なくともあれはかなり早い時間だったと思う。もっとも、マニーがいつ帰ったかよくわからない。二階にあがるのを手伝ってくれて、ベッドに寝かしつけてくれた。そこまでは憶えているのだが、頭がひどく混乱していたようで、何時ごろのことだったのか、ベッドに入ってから眠るまでどれくらいの時間がかかったのかはさっぱりわからない。

ま、いいか。

上掛けをめくりあげ、バスルームに入って、シャワーの湯を出した。湯気があがり、視界がかすむ。バスルームの扉を閉め、Tシャツを脱ぎ、そして――

まゆをひそめた。脚のあいだをなにかが伝うような感触。急いで日にちを数え、きっと早めに生理が来たんだろうと――

いや、生理ではない。セックスの名残だ。

ぞっと全身が冷えて、シャワーのぬくもりも消え失せた。なんてこと……なにがあったのだろう。いったい、なにをしてしまったのか。

ジェインはくるりとふり向いた。どこに行くあてがあるわけでもないのに。そしてはっと口を押さえた。

湯気にくもった鏡に、文字が浮かびあがっていた。**愛してるよ、ジェイン。**

よろよろとあとじさるうちに、ドアに背中が当たった。

信じられない。マニー・マネロと寝てしまったんだ。それなのに、なにひとつ憶えていないなんて。


フュアリーはラスの書斎で腰を下ろした。今回は暖炉の前に置かれた優しい水色の袖椅子だ。シャワーを浴びたばかりで髪はまだ濡れており、手にはコーヒーカップを持っていた。

レッドスモークが要る。

〈兄弟団〉の残りのメンバーが部屋に入ってきたとき、彼はラスに目を向けた。「吸ってもいいかな？」

王はやれやれと首をふって、「そのほうが公共の利益というもんだろう。今日は全員、間接陶酔《コンタクト・ハイ》（麻薬のにおいだけで酔ったようになること）があっても悪くない気分だろうからな」

まったく、たしかにそのとおりだ。みんなどこか様子がおかしい。書棚のそばではザディストがそわそわしている。ブッチはひざにのせたパソコンに気をとられている。ラスは山と積まれた書類を前に、疲れきった表情だ。レイジは落ち着きなくうろうろ歩きまわっている——前の晩に、まともな戦闘相手が見つからなかったしるしだ。

そしてきわめつけが……ヴィシャスは最悪だった。ドアのわきに立ち、宙を見つめている。ふだんの彼が氷のようだとすれば、いまはまるで氷河だ。この部屋に出現した底なし穴だ。くそ、昨夜よりもなお不機嫌そうじゃないか。

レッドスモークに火をつけながら、フュアリーはジェインとVのことをぼんやり考えた。ふたりはどんなセックスをしたのだろうか。激しいプレイをたっぷり楽しみながらも、きっと心の通いあう美しい瞬間もあったにちがいない。

それはもう、あの化粧室で彼がやったのとは大ちがいだろう。彼が、あの売春婦としたこととは。

あいたほうの手で髪をかきあげた。女のなかに入れただけで達しなかったら、やっぱりまだ童貞ということになるのだろうか。よくわからない。いずれにしても、ひとに訊いてみるつもりはない。なにもかも胸糞悪いことばかりだ。

ちくしょう、女を抱けば前に進むきっかけになるかと思ったのに、そうはいかなかった。それどころか、以前にもまして身動きがとれなくなったような気がする。戻ってきて館の玄関を入ったとたん、ベラのことを思い浮かべてしまったものだからなおさらだ。女のにおいをさせて戻ってきたのを、彼女に気づかれていないとよいのだが。

距離を置くには、もっとべつの方法が必要だ――どう考えても。あるいは……必要なのは距離そのものなのか。この館を出ていくべきなのかもしれない。

「始めようか」ラスが言って、ミーティングが始まった。まずはラス自身から、〝グライムラ〟に関する問題について、いくつか続けて簡単な報告があった。次にレイジとブッチとZが、戦場の状況を報告する。これもさほど長くはかからなかった。殺し屋どもは、このところ比較的おとなしい。おそらく、二週間ほど前に〝筆頭殲滅者《フォアレッサー》〟がブッチに殺されたからだろう。よくあることだ。〈殲滅協会《レスニング・ソサエティ》〉でリーダーの交代が起こると、しばらく戦闘が下火になる。だがその平穏はけっして長くは続かない。

フュアリーが二本めに火をつけたとき、ラスが咳払いをした。「さてと……次は〈第一夫《プライメール》〉の儀式についてだ」

フュアリーが深々と煙を吸い込むのをよそに、Vがダイヤモンドの目をあげた。なんてことだ……この一週間で、百五十歳は老けこんだように見えた。肌は土気色で、眉間にしわを寄せ、唇をむっつりと引き結んでいる。もともと明るい男ではなかったが、いまはまるで死期が近い者のようにげっそりやつれていた。

「儀式がなんだ」Vが言う。

「おれも参列することにした」ラスが一同を見渡した。「フュアリー、おまえもだ。今夜の真夜中に出発だ。いいな」

フュアリーはうなずき、そこではっと身構えた。ヴィシャスがなにか言おうとしている。身体を緊張させ、周囲を鋭い目で見まわし、あごが動いて……だが、その口からは結局ひとこともなかった。

フュアリーは細い煙を吐き出し、クリスタルの灰皿でもみ消した。兄弟が苦しんでいるのを見るのはつらい。それと知りながら、どうしてやることも――

そこではっと凍りついた。不気味な静けさに包み込まれる。だが、それはレッドスモークとはなんの関係もなかった。

「ああくそ、まったく」ラスが目をこすりながら言った。「それじゃ、これで会議は終わりだ。好きに休め。みんないらいらして――」

フュアリーは口を開いた。「ヴィシャス、〈プライメール〉のあれがなかったら、ジェインと別れなくてすむんだろう」

Vのダイヤモンドの目がさっとこちらを向き、糸のように細くなった。「それがどうしたっていうんだ」

「別れなくてすむんだ」フュアリーはラスに目を向けた。「ラスだって別れろとは言わないだろう？　そりゃ、たしかにジェインは人間だけど、メアリがここに来るのには反対しなかったし――」

Vが彼の言葉をさえぎった。目の色に負けず劣らず冷たい声で、こんなにばかだとは思わなかったと言わんばかりに、「いまさらなにを言ってもしかたがないだろ。いい加減にしろ」

「いや……しかたがないってことはないさ」

ヴィシャスの白い目が、猛々しい光を放った。「悪いがな、おれはそろそろ切れそうなんだ。いまは口をつぐんどくのが身のためだぞ」

レイジがさりげなくVのそばに近づき、いっぽうザディストはフュアリーのそばに立った。

ラスが腰をあげる。「そろそろお開きにしよう」

「いや、ちょっと聞いてくれ」フュアリーは椅子から立ちあがった。「〈書の聖母〉が求めてるのは〈兄弟団〉の男なんだよな。子供を作るために、そうだろう? だったらおまえでなくてもいいじゃないか」

「ほかにだれがいるって言うんだよ、ええ?」Vはうなった。いまにも飛びかかってきそうな前傾姿勢で。

「だめかな……おれじゃ」

いきなりしんと静まりかえった。ラスのデスクの下で手榴弾が破裂しても、いまはだれも気づかなかっただろう。〈兄弟団〉の全員がまじまじと見つめている。フュアリーの頭に角でもはえてきたかのように。

「つまり、おれだってかまわないだろう。必要なのはただのDNAだろ。だったら、〈兄弟団〉の一員ならだれだっていいんじゃないのか。おれの血統は強いし、由緒正しい血筋だぞ。

「だめってことはないはずだ」

 ザディストがあえぐように言った。「ったく……こいつは」

「つまり、おれが〈プライメール〉になっていけない理由はないわけだ」

 Vの戦闘意欲はすっかり消え去り、いまはフライパンで後頭部を殴られたような顔をしていた。「なんでおまえが名乗りをあげるんだ」

「おれたちは兄弟だろ。困ったことがあって、おれの力でなんとかできるんなら、なんとかしたいじゃないか。おれにはきずなを結びたい女もいないし」と言ったらのどが締めつけられ、フュアリーはそこを手でさすった。「おまえは〈書の聖母〉の息子なんだろう。だったらおまえから提案してみろよ。ほかのやつが口出ししたら死刑かもしれないけど、おまえなら大丈夫だ。いや、そうすることに決めたって言うだけでいいかもしれないぜ」手をおろして、「おれのほうが適任だって、〈聖母〉にはっきり言ってやれよ。おれにはほかに好きな女がいるわけじゃないし」

Vのダイヤモンドの目は、フュアリーに釘付けになっている。「いいやりかたじゃない」

「どうやったって、いいやりかたなんかないじゃないか。このさい良し悪しは関係ないだろう」精緻な細工のフランスふうのデスクに目をやり、王と目を合わせた。「ラス、どう思う?」

「くそったれ」というのが返事だった。

「まさしくそのとおり。ですがわが君《マイ・ロード》、それではお答えになっておりません」

ラスの声が限界まで低くなる。「まさか本気じゃないだろうな」

「これまで二世紀も禁欲してきたんだ。埋め合わせにはちょうどいいと思うな。欲求不満解消に、これ以上の方法はないだろ」冗談のつもりだったが、だれも笑わなかった。「なあ、ほかにだれができるって言うんだよ。おまえらみんな連れあいがいるじゃないか。ジョン・マシューなら候補になれるかもしれない。ダライアスの血筋だからな。だけどジョンは〈兄弟団〉の一員じゃないし、いつか一員になれるかどうかもわからない」

「だめだ」ザディストが首をふった。「だめだ……おまえ、死ぬ気だろう」

「うん、死ぬまでやりまくるって意味ならそうかもな。だけど、それをべつにすりゃ危険なんかない」

「そんなことして、一生まともに生きられねえぞ」

「なに言ってるんだ」ほんとうは、Zの言いたいことはよくわかっていた。だからわざとラスにまた目を向けて、「Vとジェインの仲を認めてくれるだろう。こっちはおれがやるから、ふたりが結ばれるようにしてやってくれよ」

うまいやりかたでないのはわかっている。王に指図するなどありえない。慣例からも法からも許されないことだし——だいたい、ラスに尻をしたたかに蹴飛ばされてしまう。それもニューヨーク州から蹴り出されるぐらいに。だがいまのフュアリーには、儀礼や慣習などにかまっている余裕はなかったのだ。

ラスがまたサングラスの下に指を入れ、例によって目をこすった。それから長々と息を吐いた。「人間と関わりあえば、保安上の危険が生じる。それに対処できるやつがいるとしたら、それはVだ。まあだから……ったくしょうがない、許可しよう」

「だったら、おれが代理になるのも許可してくれるんだよな。それと、Vが〈書の聖母〉にかけあいに行くのも」

書斎の隅のグランドファーザー時計が鳴りだした。心臓の鼓動のような規則的な響き。それが鳴り終わったとき、全員がラスの顔に目を向けた。

ややあって、王は言った。「やむをえん」

ザディストが毒づいた。ブッチが低く口笛を吹く。レイジは棒付きキャンデーに嚙みついた。

「じゃ、そういうことで」フュアリーは言った。

ばかやろう、なんてことをやっちまったんだ、おれは。

明らかに全員が同じことを考えていたらしい。それが証拠に、みんな突っ立ったまま押し黙っていた。

この閉塞状況を打ち破ったのはヴィシャスだった。書斎を一足飛びに移動してきたせいで、フュアリーはなにがぶつかってきたのか最初わからなかった。いまレッドスモークに火をつけようとしていたのに、次の瞬間には突進してきたVの太い腕が巻きついてきて、窒息するほどきつく抱きしめられていたのだ。

「すまん」ヴィシャスがかすれた声で言った。「恩に着る。たとえ〈聖母〉が許さなくとも、この恩は一生忘れんからな、兄弟」

39

「おれを避けてるんだろう、ジェイン」

ジェインはコンピュータの画面から顔をあげた。デスクの前に、マネロが家のようにがんばっている。両手を腰に当て、目をいぶかしげに細めて、どう見てもあっさり退散してくれそうにない。まったく、彼女のオフィスはかなり広々としているのに、マネロがいると袋のなかに押し込められたような気分だった。

「避けてなんかいないわ。週末ずっと休んでいたから、遅れを取り戻すのに必死なのよ」

「嘘をつけ」胸の前で腕組みした。「もう午後四時だぞ。ふだんなら、二回はいっしょに食事してるころだ。なにが気に入らないんだ」

ジェインは椅子の背にもたれた。もともと嘘は得意なほうではないが、そっち方面の技術はなんとしてでも向上させなければと感じている。

「気分が悪いのよ、マネロ。おまけに、首まで仕事にどっぷり浸かってあっぷあっぷしてるの」まあ、この二点はいずれも嘘ではない。だが、この言い訳を選んだのは、大事なことを省いたのをごまかすためだ。

長い間があった。「昨夜のことのせいか?」

ジェインは顔をしかめ、観念した。「ねえ、そのことなんだけど……マニー、ごめんなさい。わたしもう、あなたとはああいうことはできないのよ。あなたは素敵だと思う。これは嘘じゃないわ。でもわたしには……」言葉を濁した。ほかに好きな人がいるというようなことを言いそうになったが、それはばかげている。そんな人はいないのだから。

「同じ外科部に属してるからか」

そうではない。ただ、なぜかまちがったことだという気がするのだ。「穏当じゃないのはわかってるでしょう。たとえ秘密にしてたって」

「それじゃきみがここを離れたら? そのあとならいいのか」

ジェインは首をふった。「だめよ。とにかく……だめなの。昨夜も、あなたと寝たりしちゃいけなかったんだわ」

マネロは目を丸くした。「なんだって?」

「とにかく、あれはまちがって――」

「ちょっと待てよ。おれと寝たなんて、いったいどこをどうして思いついたんだ」

「え……だって、てっきり……」

「キスはした。気まずくなって、だから帰った。セックスはしてない。なんでまた、したなんて思うんだ」

ああ、なんてこと……ジェインは震える手をひらひらさせて、「夢を見たせいだわ、きっと。すごくリアルな夢で。その……ちょっとひとりにしてくれない？」

「ジェイン、いったいなにがあったんだ」デスクをまわって近づいてきた。「おびえてるようだが」

彼を見あげたとき、追い詰められたような恐怖が自分の目に映っているのはわかっていた。しかし、隠すことができなかった。「つまりわたし……わたし、発狂しかけてる可能性があると思うの。真面目な話よ、マニー。統合失調症の疑いがあるわ。幻覚、現実認識の歪み、おまけに……記憶が飛んでるし」

とは言え、昨夜セックスをしたのは事実だ。あれは想像の産物などではない。いや……それとも、想像の産物だったのだろうか。

マニーが身をかがめて、彼女の両肩に手を置いた。静かな声で言った。「だれかに診てもらえばいい。ふたりでなんとかしよう」

「こわいわ」

マニーは彼女の手を取って立ちあがらせ、胸にしっかり抱き寄せた。「おれがついてるじゃないか」

ジェインは力を込めて抱きかえした。「マネロ、あなたならいい恋人になるでしょうね。

ほんとうにそう思う」

「いまごろわかったのか」

ジェインは小さく笑った。のどにかかった笑い声が、覆いかぶさる彼の首もとに埋もれて消えていく。「大した自信家ね」

「正当な評価と言ってくれ」

マネロは身体を引いて、手のひらをジェインの頬に当てた。濃いブラウンの目は真剣そのものだ。「ジェイン、こんなことを言うのはとてもつらいんだが……しばらくは手術室に入ってもらうわけにはいかない。精神状態がそんなふうじゃ」

とっさに、反論しようと思った。しかしすぐにあきらめ、ため息をついた。「みんなにはなんて説明するつもり？」

「いつまでかかるかによるな。いまのところはインフルエンザだ」髪をかきあげて、耳にかけてくれた。「こうしよう。おれの友人に精神科医がいるから、診てもらってくれ。カリフォルニアだからだれにも知られる心配はない。これからすぐ電話しておくよ。それと、CTスキャンの手配もしておこう。時間外に、街の反対側の〈イメージング・アソシエイツ〉で受ければ、これもだれにも知られずにすむさ」

去りぎわ、マネロの目には傷心の色が浮かんでいた。それを見てあらためてこの状況について考えるうちに、まるで関係のなさそうな記憶が脳裏によみがえってきた。

三年か四年前の冬、ジェインは夜遅くなってから病院を出たことがある。落ち着かない気分だった。虫の知らせというのだろうか、今夜は帰らずオフィスのソファで寝たほうがいいような気がしてならなかった。だが、たんに天気が悪いからだと自分に言い聞かせた。みぞれ混じりの雨が何時間も前から降りつづいていて、コールドウェルはさながらスケートリンクだった。こんな天気のときに、外へ出たい人などいないだろう。

それでも嫌な予感は消えなかった。屋内駐車場に向かうあいだずっと、頭のなかの声と言いあいをしていた。そしてついに、キーをイグニションに差し込んだ瞬間、まぼろしを見てしまった。いまいましいほど鮮明で、すでに起こったことかと思うほどだった。それを思い出しているのかと。ハンドルを握る自分の両手が見えた。と思ったら、ひと組のヘッドライトがフロントガラスにまっすぐ突き刺さってきた。衝突の瞬間の激痛、車がスピンしたときの激しい回転を感じ、肺が灼けつくほどの絶叫をあげていた。

気味は悪かったが、そのせいで逆に意固地になって、みぞれ混じりの雨のなかへ車を進めた。まさに守りのドライブ法。車を見かけるたびに、突っ込んできはしないかと警戒した。できるものなら、車道でなく歩道を走りたいくらいだった。

家までの道のりを半分ほど来たとき、赤信号で停まった。だれもぶつかってきませんようにと祈った。

しかし、あたかもあらかじめそう決まっていたかのように、一台の車が後ろから近づいてきた、と思ったとたんにスリップし、大きく横滑りしながら突進してきた。ジェインはハンドルを握りしめ、バックミラーを見あげ……ヘッドライトが迫ってくる。

が、こちらにはまったくかすりもしなかった。

だれにも怪我がないのを確認したあと、ジェインはひとり声をあげて笑った。深呼吸をひとつして、また車を走らせた。わが家へ向かいながら、しみじみ考えた。脳はなんとたやすく、周囲の状況をもとに推測を組み立て、一足飛びに結論に達してしまうものだろうか。強烈な想念や恐怖があると、なんとたやすく予知能力かなにかのように思い込んでしまうことか。道路状況が悪いというニュースが無意識にしみ込んでいて、それで——

配管工のトラックが正面からぶつかってきたのは、自宅から四、五キロの地点だった。かどを曲がったとたん、こちらの車線を逆走してくるヘッドライトが目に入ったのだ。なんてこと、やっぱりあの予感は正しかったんだ、と思ったことしか憶えていない。結局ジェインは鎖骨を折り、車は廃車。幸い配管工とトラックは無事だったが、こっちは何週間も手術室に入れなかったものだ。

そんなわけで……彼女のオフィスを出て行くマネロを見送りながら、これからどうなるかはっきりわかった。その鮮明さは、あの事故のときのまぼろしと同じだった。目の色のように不変で、時の流れのように抗いがたく、黒い氷のうえを滑ってくる配管工のトラックのように止めようのないもの。

「医師としてはもうだめね」とうつろな声でつぶやいた。

「おしまいだわ」

ヴィシャスはベッドの前にひざまずき、黒真珠のネックレスを首にかけて目を閉じた。想念で〈彼岸〉に手をのばし、意識的にジェインを想った。〈書の聖母〉には彼が何をしようとしているか、最初から知らせておいたほうがいいだろう。

母から返答があるまで、少し時間がかかった。やがて彼は反物質界を移動し、時のない国へ渡ると、白い中庭に実体化した。

〈書の聖母〉は小鳥たちの木の前に立っていた。そのうちの一羽、桃の色をしたフィンチに似た鳥を手に止まらせている。黒いローブのフードをおろしていて、亡霊めいた半透明の顔が見えた。光る手のなかの小さな生きものを見つめるその顔、そこに浮かぶ愛慕の表情にVは驚いた。なんという愛の深さだ。

〈聖母〉がなにかを愛することがあろうとは、夢にも思わなかった。

先に口を開いたのは〈聖母〉のほうだ。「もちろん、わたくしは小鳥たちを愛していますよ。苦難のときは慰めとなり、幸福なときにはさらなる喜びを与えてくれます。小鳥たちの甘やかな歌声ぐらい、心を軽くしてくれるものはありません」肩ごしにこちらをふり向いた。

「あの人間の外科医のことですね」

「ああ」と言って身構えた。

くそったれめ。〈聖母〉はみょうに静かだった。怒り狂っているものと思っていた。戦わねばならないと覚悟していた。それがどうだ。落ち着きはらってるじゃないか。

嵐の前の静けさというやつか。

〈書の聖母〉が小鳥に向かって口笛を吹くと、それに応えて小鳥はのどを鳴らし、気持ちよさそうに小さな翼を広げた。「交代は認められないと言っても、おまえは儀式をやりとげる気はないのでしょうね」

身を切られるようだ。まさに血を吐く思いで彼は答えた。「約束したうえは、やりとげるつもりだ」

「ほんとうですか。それは驚いたこと」

〈書の聖母〉は、小鳥を木に戻しながらその歌声を口笛でまねた。あの歌を翻訳したら、「愛している」というような意味になるのだろう。小鳥も同じような歌でそれに応える。

「この小鳥たちは」と、奇妙に心ここにあらずという口調で言った。「わたくしにとって、まさしく唯一の歓びなのです。なぜだかわかりますか」

「さあ」

「なにも求めず、多くを与えてくれますからね」

〈聖母〉はこちらを向くと、いつものよく響く声で言った。「ブラッドレターが子ヴィシャスよ、今日はおまえの生誕の日。おまえの時は周到に計算されているのです」

どうだかな。彼自身は、今日がなんの日か憶えてもいなかった。「おれは――」

「そして三百と三年前の今日という日、わたくしはこの世におまえを産み落とした。それゆえ、おまえの求めに応じて恩典を垂れてもよいと思っています。また、もうひとつの恩典のほうも――これまで口にこそ出されなかったものの、おまえがそれを望んでいるのは晴れた夜空に昇る月のごとくに明らかですから」

Vの目が光を放った。希望が――どんなによい状況のときでも危険な感情が、熱く小さな火花に点火されて胸のうちに燃えあがる。背後では、小鳥たちが愉しげにさえずっている。あたかも彼の幸せを予感するかのように。

「ブラッドレターが子ヴィシャスよ、おまえの最大の望みをふたつかなえましょう。おまえの兄弟フュアリーが、おまえに代わって儀式をやりとげることを認めます。フュアリーはよき〈プライメール〉となるでしょう。〈巫女〉たちにやさしさと思いやりをもって接し、また一族にすぐれた血統をもたらすでしょうから」

Vは目を閉じた。安堵感の大波に全身を洗われて、足元をすくわれそうになった。「ありがとうございます……」ささやくように言いながら、これは〈聖母〉にというより、運命の流れの変化に対して言っているのだと気づいていた。もっとも、運命の方向を決めるのは〈聖母〉なのだが。

「おまえが感謝するのはこの場にふさわしいことですが」母の声には、なんの感情もこもっていなかった。「わたくしにとっては奇異なことでもある。とはいえ、贈り物は美のようなもの。美が見る者の目にあるように、贈り物のあるべき場所は、与える側の手のなかではなく、受け取る側の目のなかなのですね。今回、わたくしはそれを学びました」

Vは短気を起こすまいとしながら、〈聖母〉のほうに目をやった。「フュアリーは戦いたいと言ってる。兄弟は――戦うこととあちら側で生きることを希望しているのですが」ベラと二度と会えない生活など、フュアリーには耐えられないだろう。

「それも許しましょう。少なくとも、〈兄弟団〉の戦士の層がもっと厚くなるまでは」

〈書の聖母〉は、輝く両手をあげてローブのフードを持ち、顔を覆った。そして音もなく大理石の床のうえに浮きあがると、小さな白い扉のほうへ向かった。以前から思っていたとおり、あれが私室の入口なのだろう。

「よかったら教えてください」彼は呼びかけた。「もうひとつの恩典とは？」

〈聖母〉は小さな入口の前で止まり、こちらに顔も向けずに答えた。「おまえを勘当します。これよりは母でもなく子でもない。ごきげんよう、戦士よ」

そう言い捨てて扉のなかへ入っていった。Vの目の前で扉は固く閉ざされ、さらに錠が下ろされた。残された小鳥たちは静まりかえった。先ほどまでは、〈聖母〉のいるのがうれしくて歌っていたかのように。

Vは中庭に立ち、噴水の立てる鈴の音のような穏やかな水音に耳を傾けた。

六日間だけの母だった。

母を失って寂しい——などと言ったら嘘になる。いままでどおりの人生を返してもらって感謝していると言えば、それもやはり嘘だ。もとはと言えば、向こうが先にすべてを奪おうとしたのだから。

ふたたび非実体化して館に戻り、報告をすませたあとでふと気づいた。たとえ母に拒否されていたとしても、彼は〈書の聖母〉ではなくジェインを選んだだろう。そのためにどんな犠牲を払おうとも。

〈書の聖母〉は最初からそうとわかっていたのだ。だから勘当したのだ。

まあ、そんなことはどうでもいい。いまほんとうに大事なのはジェインと結ばれることだ。事態は好転してきているが、危機を脱したとはとうてい言いがたい。考えてみれば、ジェインに断わられる可能性もあるわけだ。ヴァンパイアの連れあいになるという危うい道より、慣れ親しんだ人生を選んだとしても不思議はない。

だがちくしょう、彼としてはこちらを選んでもらいたかった。

Vは自室に戻り、昨晩ジェインといっしょに過ごしたときのことを考え……そして赦しがたい過ちを犯したことに気がついた。ジェインのなかで果ててしまったのだ。なんてことだ。頭に血がのぼって、置き土産を残してきたのをすっかり忘れていた。いまごろ彼女はわけがわからず思い悩んでいるにちがいない。

おれは最低なやつだ。考えなしの、自分勝手なろくでなしだ。

本気で思っていたのか、彼女に選ばれるだけの美点が自分にあるとでも？

40

陽が没するころ、フュアリーは〈第一夫《プライメール》〉の儀式に備え、白いシルクの上下を身に着けた。布が肌に触れる感覚はなかった。ごく薄い生地でできているからではない。この二時間ぶっとおしでレッドスモークを吸っていたせいで、すっかり感覚が麻痺しているのだ。

とは言え、ドアにノックの音がしたとき、それがだれだかわからないほど酔ってはいなかった。

「どうぞ」ドレッサーの鏡からふり向きもせずに彼は言った。「ベッドに入っていなくちゃいけないんじゃないのか」

ベラは笑い声をあげた。それともあれはすすり泣きだろうか。「言ったでしょ、一日一時間は起きてていいの。まだ五十二分あるわ」

フュアリーは、〈プライメール〉の金のメダルを取って首にかけた。胸にずしりと重い。まるでだれかが胸筋に手のひらをあてて、寄りかかってきているようだ。それも思いきり。

「本気なのね」ベラは静かに言った。

「ああ」

「Zもいっしょに行くんでしょう？」

「証人役を頼んだからね」フュアリーは手巻きのレッドスモークをもみ消し、また新しいのに火をつけた。

「戻るのはいつ？」

煙を吐きながら、首を横にふった。「〈プライメール〉は〈彼岸〉に住むんだ」

「ヴィシャスはこっちに住むって言ってたじゃない」

「あれは特例だったんだよ。戦闘にはこれまでどおり加わるけど、おれは向こうで暮らすつもりだ」

ベラがはっと息を呑んだが、フュアリーはアンティークガラスの鏡に映る自分の顔をにらんでいた。髪が濡れていて、先のほうがからまっている。ブラシを取って力まかせに梳《と》かしはじめた。

「フュアリーったら、なにやってるの……はげ頭で儀式に出るつもり？　やめなさいってば。まったくもう、それじゃ髪の毛がぜんぶ抜けちゃうわよ」後ろに近づいてきて、フュアリーの手からブラシを取りあげた。窓のそばの長椅子を示して、「座って。やってあげるから」

「いや、せっかくだが、自分で――」

「あなたは自分をいじめすぎなのよ。ほら、そっちへ行って」と左のほうへフュアリーを軽く押す。「やってあげるから」

なぜかはわからないながら、そしてやめておいたほうがいいのは重々わかっていながら、フュアリーは歩いていって長椅子に腰をおろした。胸の前で腕組みをし、覚悟を決めた。ベラが長い髪の先のほうから梳かしはじめる。まずは毛先から始めて、だんだん上のほうを梳かしていく。やがてブラシが頭頂部に当たり、そこからゆっくりおりていくのを感じた。ブラシを持っていないほうの手が、ブラシのあとを追って髪をなでつけ、整えていく。ブラシが髪のあいだを通る音、ひたいが後ろに引っ張られる感触、鼻孔をくすぐる彼女の香りに、ほろ苦い歓びが湧いてくる。そのせいで、フュアリーはついガードをゆるめてしまった。

涙がまつげに引っかかっている。彼女と出会ったのは、あまりにも残酷な運命に思えた。欲しいものを目の当たりにしながら、けっして手に入れることはできないのだから。もっとも、それが彼にはふさわしいのかもしれない。考えてみれば、彼の人生は求めて得られないことばかりだった。まず、何十年間も双児を探して過ごした。ザディストがこの世のどこかで生きているのは感じていたのに、救い出すことができずにいた。やっと解放に成功はしたものの、Zは依然として手の届かない存在だった。Zの女主人からふたりして逃げたあとの百年は、種類はちがってもやはり地獄だった。Zがいつ爆発するかとたえず気をもみ、いざ爆発したらなだめ、今度はいつ修羅場が始まるかとびくびくしていた。

そこでベラが現われて、ふたりはそろって恋に陥ちてしまった。

おなじみの責め苦が、姿形を変えて現われたようなものではないか。なぜなら、それが彼の運命だからだ。あこがれるのが。ただ外から指をくわえて眺めるのが。燃える火を目にしながら、近づいて暖をとることはできないのだ。

「もう戻ってこないの？」

「わからない」

ブラシが止まった。「素敵なひとだといいわね」

「ああ。もう少し続けてくれないか。もう少しでいいから」

ブラシがまた動きだし、フュアリーは目をこすった。この穏やかな時間がふたりの別れの挨拶であり、そのことは彼女もわかっている。ベラも泣いていた。あたりには爽やかな雨のようなにおいがしていた。

けれどベラの涙は、彼と同じ理由からではない。彼女が泣いているのは、フュアリーと彼の行く末を憐れんでいるからなのだ。フュアリーを愛し、もう二度と会えなくなることで胸を痛めているわけではない。もちろん、会えなくて寂しいとは思ってくれるだろう。どうしているかと心配もしてくれるだろう。それでも、どうしても会いたいと焦がれたりはしない。いままで一度もそんなふうに感じたことはないのだ。

そんなこんなで鎖は切れて、うじうじと情けない毎日から抜け出せるはずだった。しかしそうはならなかった。いまフュアリーは悲しみに浸りきっている。

もちろん〈彼岸〉でも、ザディストに会うことはできる。だがベラは……まさか会いに来てくれるとは思えないし、もし来ればそれはあまりほめられたことではない。〈プライメール〉になる以上は、外の世界の女性と個人的に会ったりしたらまゆをひそめられるだろう。たとえその女性が、双児の兄の〝シェラン〟であっても。身でも心でもまた体裁でも、〈巫女〉との一夫一婦婚を守ること、それが誓いを立てて〈プライメール〉になるということなのだ。

そのときふと気づいた。赤ん坊。ベラとZの子を、この目で見ることはできないのだ。もっとも、写真ぐらいは見られるかもしれないが。

ブラシが髪の下へもぐり込み、襟足からうえへ梳かしだす。フュアリーは目を閉じ、頭皮が引っ張られては解放されるリズミカルな刺激に身をゆだねた。

「あなたに、恋をしてほしいの」彼女は言った。

恋ならしているよ。「いいんだ、べつに」

ベラは手を止め、正面にまわり込んできた。「だれかを本当に愛してほしいの。わたしのことを愛してると思い込んでいるみたいなのじゃなくて」

彼は眉間にしわを寄せた。「言葉を返すようだが、どうしてきみにわかるんだ、おれが――」

「フュアリー、あなた、ほんとはわたしのことを愛してなんか――」

彼は立ちあがり、ベラと目を合わせた。「それはちょっと失礼じゃないかな。どうしておれの気持ちがおれ自身よりわかるなんて思うんだ」

「だって、女性とつきあったことがないじゃないの」

「昨夜つきあったよ」

これで、ベラはしばらく言葉を失っていたが、やがて言った。「まさか、クラブでじゃないわよね。お願い、ちがうって言って。あんな――」

「奥の化粧室でね。それに悪くなかったよ。まあ、なにしろ相手は商売だからな」でかしたぞ、これで立派な男のくずだ。

「フュアリー……そんな」

「ブラシを返してもらえるかな。髪はもうじゅうぶんだと思う」

「フュアリー――」

「ブラシを」

一世紀ほどにも感じられる長い一瞬の後、彼女はブラシを差し出した。フュアリーは腕をのばしてそれを手に取った。ほんの一呼吸ぶんのあいだ、ふたりは木製の柄を通じてつながっていたが、そこで彼女が手を離した。

「あなたにはもっと価値があるはずよ」ベラはささやいた。「そんなの、あなたにふさわしくない」

「いや、この程度さ」まいった。胸を引き裂かれてでもいるような彼女の表情を、これ以上見せられてはたまらない。「きみは憐れみに目がくもって、おれを過大評価してるんだ」

「ただの自滅じゃないの。今度のことは全部」

「とんでもない」フュアリーは書き物机に近づき、レッドスモーク煙草を手に取って、煙を大きく吸い込んだ。「おれ自身が望んだことだ」

「ほんとう？　だからそうやって、昼からずっとレッドスモークに火をつけてるの？　館じゅうその臭いでいっぱいだわ」

「おれが吸ってるのは、こいつの依存症だからだ。おれは意志薄弱でクスリに頼るしかないんだよ、ベラ。昨夜は娼婦とクラブのトイレにしけこんでたようなやつさ。こんなやつは憐れんじゃいけない、罵らなきゃ」

彼女は首を横にふった。「わたしのまえでひどい男のふりなんてしなくていいわ。あなたはとても立派なひとで――」

「いいかげんにしてくれないか――」

「――兄弟たちのために犠牲を払ってきた。大きすぎるぐらいの犠牲を」

「ベラ、やめてくれ」

「双児の兄を救うために、自分の脚を棄てたようなひとだもの。そして今度は、〈兄弟団〉の仲間のために、自分の未来を犠牲にしようとしてる。これ以上立派なことなんてできないわ」こちらを見あげる視線は小揺るぎもしない。「あなたがどんな男か、教えようなんて思わないで。わたしのほうが、あなたよりずっとよくわかってるんだから」

フユアリーは室内をうろうろしたあげく、いつの間にかドレッサーの前に戻っていた。〈彼岸〉には鏡なんてものがなければいいと思った。そこに映る自分の姿が嫌いだった。大昔からずっと。

「フユアリー――」

「行ってくれ」彼はかすれた声で言った。「どうかもう出てってくれ」ベラがその言葉に従いそうにないと、彼はふり向いた。「頼むよ、きみの前でみっともなく泣き崩れたりするのだけは嫌なんだ。おれにはいま、プライドが必要なんだ。それのおかげでやっと立っていられるんだから」

ベラは口を手で覆い、せわしなくまばたきした。自分で自分を引っぱりあげるようにして立ちあがり、〈古語〉で言った。「アゴニーの子フユアリー、あなたに幸《さいわい》がありますように。あなたの行く道が平坦でありますように。そして夜の闇があなたの肩を優しく包みますように」

フユアリーは一礼した。「あなたにも同じ幸せが訪れますように、血を分けた兄ザディストの大切な〝ナーラ〟、ベラよ」

彼女が出ていき、ドアが閉まると、フユアリーはベッドにどさりと腰をおろし、レッドスモークを口もとへ運んだ。〈兄弟団〉がこの館へ越してきて以来、ずっと自室にしてきた部屋を眺めながら、ここは自分の家ではないと悟った。これはただの客間だ。四方の壁に趣味のいい油絵が飾られ、上等なじゅうたんが敷かれ、女性の夜会服のように豪華なカーテンがかけられた、贅沢ではあるが持主のいない客間なのだ。

いいだろうな、帰る家があれば。

フュアリーには家があったことがない。乳飲み子のころにザディストが誘拐されてから、〝母《マーメン》〟は地下に引きこもってしまい、父はZを連れ去った子守女を探しに追跡の旅に出た。動き、息をする影と化した一族郎党に囲まれて、フュアリーは成長した。だれもが――〝ドゲン〟までもが、生きているとは名ばかりの日々を送っていた。屋敷のうちに笑いはなかった。心躍るひとときも、カレンダーに記された祝いの予定もなかった。

そして抱きしめてくれる人も。

フュアリーは、物静かに、控えめにふるまうことを学んだ。なにしろ、それが彼にできる精いっぱいの親切だったのだ。彼は失われた宝の模写だった。みなに喪失の痛みを思い出させる存在だった。顔を隠すためにつばのある帽子をかぶるようになり、足音を忍ばせて歩き、人目に立たないように背中を丸めて小さくなって暮らした。

遷移が終わるとすぐ、双児の兄を探す旅に出た。見送ってくれる者はだれもいなかった。惜しむべき別れもなかった。Zが消えたことで、だれかの不在を悲しむ能力はすでに使い尽くされていて、フュアリーのぶんは残っていなかったのだ。

むしろそれがありがたかった。おかげで気楽に出立《しゅったつ》できたから。

十年ほど過ぎたころ、遠い親戚から母が就寝中に亡くなったと聞かされた。フュアリーはすぐに家へ戻った。が、葬儀は彼を待たず、すでにおこなわれたあとだった。父もそのおよそ八年後に亡くなった。このときはフュアリーも葬儀に間に合い、生家で最後の一夜を過ごした。その後、屋敷は売却され、〝ドゲン〟も散り散りになって、彼の両親が生きた痕跡はなにひとつ残らなかった。

いまの根なし草のような状態は、けっして昨日今日始まったものではないのだ。物心ついた最初の瞬間から、それを感じていたと言ってもいい。これまでずっとさすらいながら生きてきて、〈彼岸〉とて彼の安住の地とはなりえない。双児の兄弟と離れているかぎり、そこが家になることはないのだ。あるいは〈兄弟団〉と離れているかぎり。そして――

フュアリーはそこで考えるのをやめた。ベラのことはもう考えてはいけない。

立ちあがり、義肢に体重がかかるのを感じた。自分のような放浪者が脚を失うとはなんとも皮肉な話だと思った。

レッドスモークの火をもみ消し、新しいものを何本かポケットに入れ、ドアを出ようとしたところでふと足を止め、方向を転じた。四歩大股に歩いてウォークイン・クロゼットに入った。三回ダイヤルをまわしてロックを解除し、金属の扉を開く。二本の手を差し入れる。

一本の黒い短剣が現われた。

手にとった。完璧なバランス、手にしっくりなじむ柄《つか》、これはぴったり彼に合わせて作ってある。ヴィシャスがこの短剣を作ってくれたのは……あれはいつのことだったろう。七十五年前……そうだ、〈兄弟団〉に入ってから、今年の夏で七十五年になる。

フュアリーは明かりにかざして刃の具合を確かめた。レッサーを殺しつづけて七十五年になるが、刃には傷ひとつついていない。もういっぽうの短剣も取り出した。これも同様だ。Vはまちがいなく超一流の職人だ。

短剣を眺め、その重さを感じながら、今日の夕刻、この部屋の入口に立っていたヴィシャスの姿を思い出した。〈プライメール〉の交替を〈書の聖母〉が許可したと伝えに来たのだ。ふだんは氷のように冷たい兄弟が、このときばかりは目を輝かせていた。生命と希望にあふれ、明るい未来を見すえて。

フュアリーは腰に締めたサテンの帯に剣の一本を差し、もう一本を金庫に戻した。それから背筋をぐいと伸ばし、大股にドアに向かった。

愛のために犠牲になるなら本望だ——そう思いながら部屋を出た。たとえ、それが彼の愛ではないとしても。

ちょうどそのころ、ヴィシャスはジェインのコンドミニアムの前に実体化していた。通りを隔てて向かい側から見ると、彼女の家に明かりはまったくついていなかった。すぐになかに入ろうかとも思ったが、しばらく影のなかに身をひそめて待った。

ちくしょう、頭のなかがぐちゃぐちゃだ。フュアリーに申し訳なくて良心がとがめる。ジェインがなんと言うかと思うと死ぬほどこわい。ともに生きていくことを考えると不安でならない。くそ、おまけにあの気の毒な〈巫女〉、仲間の代表を務める破目になって苦しんでいる娘のことまで気にかかる。

腕時計に目を落とした。午後八時。ジェインはそろそろ帰って——

ジェインの隣のコンドミニアムで、ガレージのシャッターが甲高い音を立ててあがった。出てきたのはくたびれ果てたミニバンだ。ややあって、ブレーキを小さくきしませて停まると方向転換にかかり、運転者はギヤをフォワードに入れた。

Vはまゆをひそめた。これといった理由もなく本能が騒ぎだしたのだ。鼻をくんくんやってみたが、車の風上にいるので、なんのにおいも捕えられなかった。

上等じゃないか。被害妄想まで出てきたのか。もともと周囲に対する不安が強かったが、最近では自己愛的行動がとみに目立ってきている。そのうえこれでは、今夜の彼は『精神医学会診断マニュアル《DSM-Ⅳ》』を総なめにしかねない勢いだ。

もういちど、ためしに時計をチェックしてみた。二分経過。すげえ。

携帯電話が鳴ったので、ほっとして電話に出た。なんでもいいから暇をつぶすものが欲しかった。「デカか、よくぞ電話してきてくれたぜ」

ブッチの声の調子が、どこか変だった。「彼女の家にいるのか」

「ああ、だがまだ帰ってきてない。どうかしたか」

「おまえのコンピュータだけどさ」

「なんだ」

「病院のシステムを見張るのに追跡プログラム《トレーサー》仕込んだだろ、あれが作動したんだ。マイクル・クロスニックのカルテを閲覧したやつがいる」

「大した問題じゃない」

「それが、閲覧したのは外科部長のマネロなんだ」

ったく、名前の響きまで気に食わない。「それで?」

「あいつ、自分のコンピュータでおまえの心臓の画像を検索してたぞ。たぶん、おまえを脱出させたときにフュアリーが壊したファイルを探してたんだろう」

「ほほう」なにがあの男の注意を惹いたのだろう……日付と時刻入りのプリントアウトでも見つけたのか。患者についての記載がまるでなくても、手術のさいに撮影されたものだと突き止め、ジェインの手術台にのぼった患者のものだと推測するぐらいの頭は持ち合わせていたわけだ。ある意味では大した問題ではない。カルテの記録では、マイクル・クロスニックは手術後すぐに退院したことになっているからだ。それにしても……「あの大先生に会ってきたほうがよさそうだな」

「うーん、そうだな。こいつは外注したほうがいいんじゃないのかな。おれにやらせてみちゃどうだ」

「だっておまえ、記憶の消しかたを知らないじゃないか」

少し間があった。「くそっ。痛いところを突いてきやがる」

「あいつ、いまログイン中か」

「ああ、自分のオフィスにいる」

診察時間は過ぎているとはいえ、公共の場で対決するのは厄介だ。しかし、放っておいたらどこに首を突っ込んでくるか知れたものではない。

くそったれめ。おれがジェインに与えてやれるものときたら、秘密と嘘と危険だけだ。まったくどこまで自分勝手なくず野郎なんだ。なお悪いことに、彼女の人生を滅茶苦茶にするために、フュアリーの人生まで滅茶苦茶にしようとしている。

そのとき、一台の車が入ってきた。街灯の下を通ったのを見れば、ジェインの〈アウディ〉だと知れた。

「まずい」Vは言った。

「帰ってきたのか」

「マネロの件はおれが対処する。それじゃ、またな」

電話を切ったとき、ジェインにこんなことをしていいのかと不安になった。いますぐ発てば、フュアリーが〈プライメール〉の誓いを立てる前に〈彼岸〉に着くぐらいの時間はある。

くそったれめ。

41

ジェインは〈アウディ〉をバックでガレージに収め、ギヤをパーキングに入れた。だがエンジンを切らないまま、しばらくじっと座っていた。隣の助手席にはCTスキャンの画像が置いてある。マネロとふたりでこっそり撮影してきたのだが、結果はまったく異状なし。腫瘍も動脈瘤も、その他の異状もまるで見つからなかった。

ひと安心していいところだが、説明がつかないのが不安の種だ。相変わらず頭の回転が遅くてもたついている。頭のなかに障害物があって、神経経路が最短距離をとれなくなっているみたいだ。おまけにいまも胸はひどく痛むし――

ヘッドライトの光のなかに、男がひとり進み出てきた。大男だ。ダークヘアで、ひげをたくわえ、レザーの上下に身を包んでいる。背後では、景色がぼんやりかすんでいる。まるで霧のなかから現われ出たかのようだ。

ジェインの目にいきなり涙があふれてきた。

この男……このまぼろし……これは彼女のシャドウ、彼女の頭のなかにしか存在しないのだ。何度も現われては消え、知っているのに思い出せない。不在を悲しみながら、その理由はわからない。これはなにもかも――

次に呼吸をしたとき、こめかみに突き刺すような痛みが走った。押しつぶされるような痛み。

ところが、その痛みは全身に広がるかと思いきや、小さなうずきすら残さずにすっと消えてしまった。そしてそのあとに、さまざまな情景がよみがえってきた。この男に手術をしているところ。拉致され、ひとつの部屋に監禁され……ベッドをともにし……そして……恋に陥ちて……最後には置き去りにされた。

V。

洪水のように戻ってきた記憶がよじれ、次々に流れていくなか、とらえどころのない現実に手がかりを見つけようとジェインはあがいた。こんなことはありえない。彼が戻ってくるはずはない。戻ってきているのではない。

夢を見ているのだ。

「ジェイン」恋人のまぼろしが言った。ああ、神さま……記憶にあるとおりの声、低く美しく、ワインカラーのシルクのように耳のなかに滑り込んでくる。「ジェイン……」

もつれる指でイグニションをキーを回し、ライトを消して〈アウディ〉を降りた。

頬に当たる空気は冷たく、湿っていた。心臓が早鐘を打っている。「これは現実なの？」

「ああ」

「どうしたら確かめられる?」声がうわずっている。両のこめかみを押さえた。「もう、なにがなんだかわからないの。まともに……考えることができないの」

「ジェイン……」あえぐように言った。「ほんとうにすまなかった――」

「頭がどうかしてしまったみたい」

「おれのせいだ。なにもかもおれのせいなんだ」猛々しい彼の顔が悲しみに歪む。その表情が、混乱したジェインの意識にすっと入りこんできた。それが彼女を支える足掛かりになった。

ジェインはひとつ深呼吸をした。映画『ビューティフル・マインド』の、終わり近くの一場面を思い出す。ラッセル・クロウ演じる数学者のもとへ、見知らぬ人物が現われる。ノーベル賞受賞を伝えに来たその人物を、あれは実在の人間かそれとも幻覚かと疑う場面だ。気持ちを奮い立たせ、Vのように見える人影に近づいていって、肩に二本指を当てて押してみた。

岩のようにしっかりした感触があった。においも同じ……濃厚なスパイスの香り。そしてその目――輝くダイヤモンドの目――も記憶にあるとおりの光を放っている。

「もう二度と会えないんだと思ってたわ」ささやくように言った。「なぜ……」

いまのところは、なにがどうなって、なぜ彼が戻ってきたのか理解したい、ただそれだけだった。

「結婚しなくてよくなったんだ」

ジェインは息が止まった。「ほんと?」

彼はうなずいた。「どうしてもできなかった。きみ以外の女とはできない。ただ、きみがもしいやなら――」

意識の表層に次の考えが浮かぶより早く、ジェインは彼に飛びついていた。種族や環境の壁などどうでもいい。彼が必要なのだ。それ以外のことは、あとでゆっくり話しあえばいい。

「いやなわけないじゃない」彼の耳にささやきかけた。「愛してるわ」

Vはかすれ声でなにごとかつぶやくと、彼女をひしとかき抱いた。息ができないほど抱きしめられて、ジェインは思った――そうだわ、本物の彼にまちがいない。今度は彼女を離さずにいてくれるだろう。

ああ、夢のようだ。


ジェインを抱きあげながら、ヴィシャスは百パーセント幸福だった。これで完全になったという想いは、手足の指が全部そろっているなどという次元をはるかに超えている。勝利の雄叫びをひとつあげると、そのまま彼女のコンドミニアムへ突進した。途中歩調を緩めたのはガレージのシャッターを下ろしたときだけだった。

「わたし、気が変になりかけてるんだと思ってたわ」カウンターに座らせたとき、ジェインは言った。「本気でそう思ってたのよ」

きずなを結んだ男としては、彼女のなかに入りたくてうずうずしていたが、そういう低次の衝動はしばしば抑え込むことにした。そいつらにはあとで発言の機会を与えることにしよう。

いや、マジで。

くそっ、それにしても彼女が欲しい。

「すまなかった――ちくしょう、ジェイン、ほんとに悪かった。全部消さなきゃならなかったんだ、どうしても。さぞかし混乱しただろうし、こわかっただろうな」

ジェインの手が彼の顔に触れた。まだこのVが本物かどうか、確かめようとしているかのように。「どうして結婚しなくてもいいことになったの?」

「兄弟のひとりが代わってくれたんだ」Vは目を閉じた。ジェインの指先が頬や鼻やあごやひたいに触れる。

「ほんと?」

「フュアリーだよ。きみが治療してくれたやつだ。あいつが引き受けてくれたんだ。どう恩返しをしたらいいかわからない」そのときだしぬけに、きずなを結んだ男の部分が首をもたげ、前頭葉を力任せにねじ伏せた。礼儀も良識も知ったことか。「なあ、ジェイン、いっしょに暮らそう。きみのそばにいたい」

彼女ははずんだ声で言った。「わたしと暮らすといらいらするわよ」

「いや、ありえない」ジェインの指先が彼の下唇をなぞる。Vは軽く口を開いた。

「そうね、試してみてもいいかもね」

Vは彼女を見つめた。「ただ、おれと暮らすことになったら、きみはこの世界を棄てなくちゃならない。仕事も辞めなきゃならんし、それに……そうだな、生活を総取っ替えするようなことになる」

「まあ……」ジェインはまゆを曇らせた。「そうね、それだとどうかしら――」

「わかるよ。きみにそこまで要求することはできない。それに実際、きみにこの生活を手放してほしくないとも思うんだ」それもまた、彼の正直な気持ちだった。きずなを結んだ男のあれこれにもかかわらず。「だから、とにかく毎日少しずつ解決していこう。おれがきみのところへ越してきてもいいし、よそに家を買ってもいい。どこかの田舎にでも、数日引っ込んで過ごせるような。きっとなんとかなる」彼はジェインのキッチンを見まわした。「ただ、ここには防犯装置をつけたいな。安全のためにモニターをつけるんだ」

「わかったわ」ジェインは肩をゆすってコートを脱いだ。「好きなだけやって」

ふむ……やると言えば。Vは視線をジェインの手術着に落とした。目に映るのは彼女の裸身ばかりだ。

「V」彼女が声を低めて言う。「なにを見てるの」

「おれの彼女を」

ジェインが柔らかな声で笑う。「さてはなにか企んでいるのね？」

「そうかもしれない」

「いったいなにかしら」彼女の身体から、昂ぶりのなまめかしいにおいが立ちのぼってくる。すでに全裸で足を広げているかのように、その中心に狙いを定めて身を沈めたくなる。

ジェインの手を取り、彼の股間に当てがった。「なんだと思う？」

「ああ、なるほど……やっぱりそういうことね」

「いつだってさ」

Vは息を吐く音を響かせながら滑るように牙を露出した。彼女の手術着のえりに牙を食いこませ、身頃をまっぷたつに引き裂く。ジェインのブラは白いコットン製で、ありがたいことにフロントホックだった。そのホックを外し、いっぽうの乳首にしっかり吸いついたまま、彼女をカウンターから抱きあげた。

二階の寝室への移動は愉快だった。途中で何度も止まったせいで、ベッドに横たえるころには、彼女は一糸まとわぬ裸身になっていた。V自身もあっという間にレザーの上下とシャツを脱ぎ捨て、たちまち彼女にのしかかっていった。開いた口、牙はもういっぱいに伸びている。

ジェインが笑顔で見あげてくる。「のどが渇いた？」

「ああ」

彼女はあごを美しい角度に傾け、のどくびをあらわにした。彼はうなり声をあげて、脚のあいだとのどくびとを同時に貫いた。激しく求められながら、ジェインは短く切った爪を背中に食い込ませ、腰に脚をからめてくる。

たっぷり二時間後にセックスは終わり、闇のなか、彼女の隣に横たわっていた。満ち足りて安らいで、わが身の幸福をひとつひとつ数えあげるうちに、ふと小さな笑いが漏れた。

「どうかした？」ジェインが尋ねる。

「これまでさんざん未来のまぼろしは見てきたが、さすがにこれは予知できなかっただろうな」

「どうして？」

「こんな……こんな夢みたいなことが実現するとは、とても信じられなかっただろうから」

ジェインのこめかみにキスをし、目を閉じて、まどろみのなかに沈んでいこうとした。

だが、そうは行かなかった。眠りに向かう途上で、黒い影が頭上を横切ったのだ。精神の警報システムに引っかかるものがあり、それが恐怖とパニックを呼び覚ます。いや、これは誤報だと自分に言い聞かせた。愛する女と結ばれる機会を危うく逃すところだったのだから、不安を鎮めるのに時間がかかっているのだ。

だが、そんな説明では納得できない。ぜったいにそんなものではない……あれは考えるのも恐ろしいなにか、わが家の郵便受けに残された爆弾だ。

試練はまだ終わっていないのではないだろうか。

「大丈夫？」ジェインが尋ねてくる。「震えてるじゃない」

「おれは大丈夫だ」Vは彼女をさらに抱き寄せた。「きみさえいれば、おれは大丈夫なんだ」

42

そのころ〈彼岸〉では、フュアリーが円形劇場のスロープを降りていこうとしていた。両側にはZとラスが控えている。〈書の聖母〉と〈巫女の束ね〉はどちらも黒ずくめで、舞台中央で待っていた。〈束ね〉はあまりうれしそうではなかった。不快げに目を細め、唇をぎゅっと結んで、両手は首にかけたメダルを握りしめている。〈書の聖母〉の表情は読めない。顔は着衣で隠れているし、かりに見えていたとしても、なにを考えているか推し量れるとは思えない。

黄金の玉座の前で足を止めたものの、フュアリーは腰をおろさなかった。だが、おろしておけばよかったかもしれない。まるで身体が浮きあがっているように感じる。歩いているのではなく、ふわふわと漂っているようだし、頭は首のうえではなく、どこか別の場所にあるようだ。これはレッドスモークを大量に吸いつづけたせいだろうか。それとも、三ダースもの女たちと結婚しようとしているせいだろうか。

まったく、なんてことだ。

「ラスの子ラスよ」〈書の聖母〉が呼びかけた。「進み出てわたくしに挨拶するがよい」

舞台のふちへ歩み寄ると、ラスはひざまずいた。「〈聖母〉さま」

「なにか頼みたいことがあるのなら、いま頼むがよい。正しく言葉にできるものならば」

「御心にかないますならば、戦闘の面に関しては、フュアリーにもヴィシャスと同様のご配慮をお願い申し上げます。われわれには戦士が必要なのです」

「しばらくのあいだは、その許可を与えようと思います。あちら側で暮らし――」

フュアリーはきっぱりとそれをさえぎった。「お断わりいたします」その場の全員がいっせいにこちらに目を向けた。「わたくしはここにとどまります。戦闘には参じますが、住まいはこちらに定めます」非礼をわびるように軽く会釈して、「御心にかないますならば」

ザディストが口をぽかんとあけている。傷痕のある顔に、おまえいったいなにを言いだすんだ的な表情がありありと浮かんでいた――が、〈書の聖母〉が短く笑ったため、なにも言わずじまいだった。「ならばそうなさるがよい。〈巫女〉もそのほうが喜びましょう。わたくしも同じです。ラスの子ラスよ、お立ちなさい。儀式を始めます」

王がすっくと立ちあがると、〈書の聖母〉はフードを下ろした。「アゴニーの子フュアリーよ、なんじを〈プライメール〉に推薦します。同意しますか」

「はい」

「では舞台にのぼり、わが前にひざまずくがよい」

足の感覚がまったくないまま、舞台まで歩いていき、短い階段をのぼった。〈書の聖母〉の前にひざまずいたときも、ひざが大理石の床をつく感覚はなかった。〈聖母〉の手が頭にのせられても、フュアリーは震えず、なにも考えず、まばたきすらしなかった。まるで車の助手席に座り、スピードも行先も運転者にすべて任せているような気分だ。すべてを明け渡してしまうというのは、こんなにも楽なものなのか。

なぜこうなるのだ。これはおれが自分で選んだことではないか。おれがみずから志願したのだ。

ああ。だがそうと決めたせいでどうなるか、それは神のみぞ知るということか。

首《こうべ》を垂れたフュアリーの頭上で、〈書の聖母〉が発した〈古語〉が響き渡る。しかし、なにを言っているのかまるで理解できなかった。

「立て、面《おもて》をあげよ」〈書の聖母〉は最後に命じた。「なんじの伴侶らに顔を見せよ。爾後はなんじが彼女らの主人、彼女らの肉体はなんじの命ずるままに供される」

フュアリーは立ちあがった。カーテンが開かれ、その向こうに〈巫女〉たちがずらりと勢ぞろいしている。彼女らの装束は血の赤で、白一色を背景にルビーのように輝いている。ひとつの生きもののように、こちらに向かっていっせいにお辞儀をした。

ああ、ちくしょう……これは、彼がみずから招来した事態なのだ。

と突然、Zが舞台に飛びあがってきて、フュアリーの腕をつかんだ。いったいなにを——

ああ、そうか。身体が横に傾いてきていたのだ。支えられていなかったら、またひざをついていたかもしれない。あまりみっともいい格好ではない。

〈書の聖母〉の声が朗々と響きわたり、底知れぬ力に見合った強いこだまが返ってくる。「かくてこと成れり」亡霊のように透き通る手をあげ、丘のうえの神殿を示した。「これより寝所に進み、男《おのこ》のするがごとく第一の伴侶をとるがよい」

ザディストの手が腕に食い込む。「ったく……おまえってやつは――」

「やめろよ」フュアリーは声を殺して言った。「大丈夫だって」

双児の手をふり払い、〈書の聖母〉とラスのそれぞれに会釈をしてから、ふらつく足で階段をおり、丘へ向かって歩きはじめた。踏みしめる芝生の感触は柔らかだった。〈彼岸〉に満ちる奇妙な光が彼を取り巻いている。しかしそのいずれも、心をなだめてはくれなかった。背中に〈巫女〉たちの視線を感じる。レッドスモークのもやのなかにあっても、その飢えを思うとすっと背筋が冷たくなった。

丘のうえの神殿はローマふうの建築だった。白い円柱が立ち並び、その高みにはギャラリーがある。壮麗な両開きの扉には、結び目をかたどった一対の金の把手がついていた。フュアリーは右側の把手をまわし、扉を押してなかへ入った。

立ち込める香りに、たちまち身体が反応した。頭がくらくらする。ジャスミンのにおい、甘くすぶるような香のにおいが混じりあい、それが彼に誘いかけ、性的に興奮させる。狙いどおりというわけだ。前方には白いカーテンがかかっていて、ひだのあいだから稲妻のような閃光が漏れてくる。あのちらちらと揺れる輝きは、何百本ものロウソクの光にちがいない。

　そのカーテンを開けた。とたんにぎょっとして、昂ぶっていたものもいささか萎えてしまった。

　契りを結ぶべき〈巫女〉は、大理石の台に敷きのべた寝具に身を横たえていた。天井から吊るされたカーテンが、のどもとに垂れて顔を隠している。両脚は大きく広げられ、白いサテンのリボンで固定されている。腕も同じく。紗のように薄いドレスから裸身が透けて見えていた。

　この儀式を支える思想はあまりに明らかだ。女は生贄という名の器《うつわ》であり、〈巫女〉全体を代表する名もない存在だ。そして男はワインの入った壜で、それを彼女の肉体に注ぎ込むのである。これはまったくもって恥ずべきことだが、そのせつな、フュアリーは彼女をわがものにしようと思った。それしか考えられなかった。

　おれのものだ――そう思った。法と慣習によって、また明らかな事実として、この女は彼のものなのだ。黒き剣が彼のものであるように。彼自身の頭皮から伸びた髪のように。この女のなかに入りたかった。なかにすべてを放ちたかった。

　だが、そんなことはできない。彼のなかの善人が本能を圧倒し、あっさり蹴散らしてしまった。この女はおびえきっている。唇を噛み、声を殺してすすり泣いている。震える四肢は、まるで恐怖のリズムを刻むメトロノームだ。

「こわがらなくていい」フュアリーは穏やかな声で呼びかけた。

女はびくっとした。そして前にも増して激しく震えはじめた。

とたんにフュアリーの頭にかっと血がのぼった。ひどすぎる。かわいそうに、さあ使ってくださいとばかりに、家畜のように男の前に差し出されるとは。使われるという点ではこちらも同じだが、しかし彼はみずから選んでここにわが身を置いているのだ。二度とも手足を縛られていたことから考えて、女のほうはとてもそうとは思えない。

フュアリーは手をのばし、女の顔を隠しているカーテンをつかみ、力まかせに引き下ろした。

信じられん。唇を噛んですすり泣きを押し殺しているのかと思ったが、そうではなかった。猿ぐつわをかまされ、ひたいにかけたリボンで頭をベッドにくくりつけられている。赤くまだらになった顔を涙が流れ落ちている。首の筋肉が浮き彫りのように盛りあがっている——悲鳴をあげているのだ、声にならないだけで。目は恐怖に見開かれて飛び出さんばかりだった。

フュアリーは手をのばし、猿ぐつわの結び目をほどき、口に噛まされているものを取ってやった。「落ち着いて……」

女は息をあえがせ、話すこともできないようだ。ここは言葉より行動で示すのが近道だと考え、ひたいを押さえつけているリボンを外し、からみつく長いブロンドの髪から引き抜いた。

細い腕の縛《いまし》めを解くと、女は両胸と太腿の付け根を手で隠そうとする。フュアリーはとっさに、さっき引きおろしたカーテンを拾ってかけてやり、それから足の縛めを解きにかかった。それがすむとそばを離れ、この神殿のなかでいちばん遠い壁に歩いていって背中を預けた。このほうが安心するだろうと思ったのだ。

視線を床に落としていても、目に浮かぶのは女の姿ばかりだ。色白のブロンドで、瞳は翡翠の色。華奢な目鼻だちは陶製の人形を思わせ、ジャスミンによく似たにおいがした。あれほど繊細な女にこの仕打ちはむごすぎる。見知らぬ男の情欲にさらしていいたぐいの女ではない。

くそ、もう滅茶苦茶だ。

フュアリーはそのまま黙っていた。そのあいだに、女が彼の存在に慣れてくれればいい。そしてこっちは、次にやるべきことを考えなくては。

それがセックスでないことだけはまちがいなかった。

ジェインはどちらかと言えば、『サウンド・オブ・ミュージック』のような明るいミュージカルが苦手なほうだ。だがこうしてベッドに横たわり、Vが服を探してうろうろするのを眺めていると、ジュリー・アンドリュースのように歌い出したい気分になった。あきれた。恋をすると、ほんとうに陽射しの中で両手を広げ、幸せいっぱいの間抜けな笑顔でくるくる回り出したくなるものなんだわ。おまけにわたしのブロンドのショートヘアは、あの役にぴったり。もっとも、膝丈の革ズボンだけは固くお断わりしたいところだけど。

ただし、ひとつだけ頭の痛い問題がある。

「お願い、彼を傷めつけたりしないって約束して」レザーパンツに脚を通し、引き上げているVに向かって言った。「わたしの上司が、両脚とも骨折なんてことにならないって約束してよ」

「まさか」Vは黒いシャツを頭からかぶる。盛りあがった胸筋に、シャツの布地がぴんと張りつめた。「みょうなヒモがついてないか確認するだけさ。あとは、おれの心臓の写真を確実に廃棄する」

「どうなったか教えてくれるわよね」

彼は上目づかいにこちらを見て、にたりと笑ってみせた。「おれに色男は預けられないって?」

「狼に羊は預けられないわね」

「賢い女だ」Vは近づいてきて、ベッドのふちに腰かけた。ダイヤモンドの目はいまも、愛を交わした名残の火に輝いている。「少なくともきみに関しては、あの外科医には手を引いてもらわなくちゃならない」

手袋をしているほうの手に彼女が近づくのをVは嫌うから、ジェインは反対側の手を取った。「マニーは、わたしとはつきあえないってわかってるわ」

「ほんとに？」

「はっきり言ったもの。あの週末のあとに。あなたのことを思い出せなくても、どうしても……まちがっている気がしたの」

Vは身を乗り出し、彼女に口づけをした。「外科医の用がすんだら戻ってくる。そうすれば、あいつがまだぴんぴんしてるってことがわかるだろう、おれの目を見ればさ。あと、これは真面目な話なんだが、ここに防犯装置を仕掛けるために、今日の午後フリッツに機材を持ってこさせるつもりだ。ガレージのシャッターの合い鍵はある？」

「ええ、キッチンにあるわ。電話の下の引出し」

「よかった。ちょっと借りるよ」指一本で彼女の首筋をなぞり、いちばん新しい嚙み跡のまわりに円を描いた。「毎晩、きみが帰ってくるときには、かならずここで待っているよ。夜明け前には館に戻らなきゃならないが、それまでは毎晩ここで過ごす。仕事のない晩はかならず。お互い、場所と時間をできるだけ合わせて、いっしょにいられるようにしよう。いっしょにいられないときには、まめに電話で連絡を取りあおう」

まるでふつうのカップルみたい。ふたりの関係にも平凡な側面がある、そう思うとうれしい。超現実の高い塔からふたりして飛びおりて、現実という地面にばったり倒れたという気分になるから。ともに生きてみようと約束し、うまくつきあっていこうと覚悟を決めたひと組のカップルなのだ。愛するひとがそう決意してくれるなんて、これ以上の幸せはない。

「あなたのフルネームは?」ジェインはささやいた。「いま気がついたんだけど、あなたの名前、Vしか知らないわ」

「ヴィシャス」

ジェインは思わず、彼の手をぎゅっと握りしめていた。「なんですって?」

「ヴィシャスだ。ああそうか、変な名前に聞こえるだろ――」

「ちょっと、ちょっと待って――スペルは?」

「V・I・S・H・O・U・S」

「まあ……信じられない……」

「なにが」

彼女は咳払いした。「ええとその、昔むかし、一生ぶんほど昔のことでした。わたしは子供のころ使ってた部屋で、妹とふたり座っておりました。ふたりのあいだにはウィジャボードがあって、わたしたちはそれに質問をしたのです」Vを見あげた。「あなたがその答えだった」

「どういう質問の？」

「それが……わたしはだれと結婚するでしょうかって」

Vはうれしそうににやにやしている。男がいまいましい自己満足にひたっているときの笑いかただ。「それじゃ、結婚しようか」

ジェインは笑った。「ええ、いいわよ。わたしに白いドレスをひっかぶせて、祭壇でもどこでも――」

Vの顔から笑みが消えていた。「まじめに訊いてるんだ」

「え……そんな……」

「それはイエスじゃなさそうだな」

ジェインは上体を起こした。「わ……わたし、考えたことがなかったから。自分が結婚するなんて」

彼は顔をしかめた。「そうか、わかった。まあ、期待していた答えとは多少ちがうが――」

「いいえ……そうじゃないの。自分でも驚いてるの。あんまり……当たり前みたいな感じがして」

「当たり前って？」

「あなたの奥さんになることがよ」

彼は笑みを浮かべかけたが、すぐに真顔に戻った。「おれたちの伝統にのっとって式はあげられるけど、正式なやつは無理だな」

「わたしがあなたたちの種族じゃないから？」

「いや、〈書の聖母〉がおれをとことん嫌っているからさ。だから〈聖母〉に連れあいを紹介する部分ができないんだ。だけど、それ以外はきちんとやろう」そう言って、意味ありげににやりとした。「とくに彫りもののとこは」

「彫りもの？」

「きみの名前だよ。おれの背中に彫るんだ。いまから待ち遠しいぜ」

ジェインはほとんど音を立てずにヒューと口笛を吹いた。「わたしにやらせてくれる？」

彼は盛大に噴き出した。「とんでもない！」

「なんで笑うのよ。わたしは外科医よ。刃物を握らせたら一流なんだから」

「あれは兄弟たちの役目なんだ——いや、そうだな、ひと文字ぐらいならいいかもしれん。うー、考えただけで硬くなってきた」とジェインにキスをした。「まったく、おれ好みのお嬢さんだぜ」

「わたしも彫られることになるの？」

「まさか、とんでもない。彫るのは男だけで、そいつがだれのものか宣言するためにやるんだ」

「だれのものってどういうこと」

「つまり、おれはきみの命令に従うことになるんだよ。命ぜられるがまま。きみの望みどおりに。きみにできるかな?」

「もうやったじゃない。忘れたの?」

Vはまぶたを閉じて、うなり声を漏らした。「とんでもない、一分一秒残らず憶えてるとも。いつならまたペントハウスに行ける?」

「来いって言ってくれれば、いつでも飛んでいくわ」次回に備えて、レザーのちょっとした衣装を見つけておくのもいいかもしれない。「そうだ、指輪はもらえるの?」

「欲しけりゃ、きみの頭ぐらいあるダイヤモンドを買ってやるよ」

「あらほんと。それじゃ、さぞかし成り金に見えるわね。だけど指輪がなかったら、わたしが結婚してるってみんなにわからないじゃない」

彼は身を乗り出し、彼女ののどもとに顔を埋めた。「おれのにおいはわかる?」

「ええ……大好き」

Vは唇で彼女のあごに軽くふれて、「おれのにおいが、きみのありとあらゆる場所についてる。身体のなかにも。おれの仲間は、それによってきみの連れあいがだれかを知るんだ。警告の意味もある」

「警告?」ジェインはため息をついた、うっとりした気だるさが身体に染みわたる。

「他の男たちに警告するのさ。この女に指一本でもふれたら、あいつが剣をかざして追いかけてくるっていうね」

こんな話を聞いて興奮するなんてどうかしてる。だが、そう感じてしまうのは事実だった。「あなたたちは、男女の交わりを、ものすごく真剣にとらえているのね」

「きずなを結んだ男は危険なんだ」低い声がジェインの耳をくすぐる。「自分の女を守るためならだれでも殺すからな。そういうものなんだ」ジェインの身体から上掛けをはぎ取った。そしてレザーパンツのファスナーを下ろすと、手で彼女の太腿を広げさせた。「それと、男は自分の女にしるしをつけるんだ。これから十二時間は会えないから、あちこちにもう少しずつつけておいたほうがよさそうだな」

彼が腰を前に突き出し、ジェインはうめいた。これまで何度も受け入れてきたが、その大きさは入ってくるたびに衝撃だった。彼の手が髪をつかんでジェインを仰向けにする。Vは彼女を激しくかきまわしながら舌を彼女の口に差し入れた。

が、ここで彼は動きを止めた。「今夜、誓いの儀式をあげよう。ラスに司式してもらって、ブッチとマリッサに証人になってもらう。教会でも式をあげたい？」

ジェインは思わず笑った。ふたりとも、自分が主導権を握りたくてしかたがないタイプだ。幸いにして、この問題に関しては彼と言い争うつもりはなかった。「わたしは式なんてあげなくても平気だわ。だいたい、神さまなんて信じていないし」

「信じてるんだろう？」

彼女はVの腰に爪を立て、背を弓なりにそらした。「いまは神学論争はやめましょうよ」

「ジェイン、信じるべきだ」

「わたしが信じなくたって、この世は狂信者であふれてるわ」

彼はジェインの髪をかきあげた。Vのペニスが、彼女の中でびくんと跳ねる。「信者にならなくても、神は信じられるじゃないか」

「それを言うなら、無神論者だってけっこう悪くない人生を送れるわよ、冗談抜きで」ジェインは彼のシャツのすそから両手を入れ、たくましい背中を愛撫した。「あなたはわたしの妹がいまごろ天国にいて、雲のうえで大好きな〈ファッジクル〉のアイスを食べてると思う？　ありえない。妹の亡骸は何年も前に埋葬されて、もうほとんど残っていないのよ。わたしはこれまでいくつも死を見てきた。この世を去ったあとにどうなるかわかってる。救いの神なんていないのよ、ヴィシャス。あなたのところの〈書の聖母〉が何者かは知らないけど、神さまじゃないことだけはわかるわ」

彼の口もとに、ほんのかすかに、皮肉っぽい笑みが浮かんだ。「その説がまちがってるってことを、これからじっくり証明してみせるからな」

「どうやって？　わたしの創造主に紹介してくれる？」

「おれはこれから先、きみを長く深く愛しつづける。だからそのうちきみにもわかるはずだ。おれたちを結び合わせたのは、この世のものではありえない」

ジェインは彼の顔にふれ、未来を想像して、やがて毒づいた。「わたし、歳をとってしまうわ」

「おれだって歳はとる」

「でも速さがちがうわ。そうよ、どうしよう、V、わたし――」

彼はジェインに口づけをした。「そんな心配はしなくていい。それに……老化を遅らせる方法ならある。きみが興味あるかどうかはわからないけどね」

「ほんと？　ちょっと考えさせて。う－んとね、ええ、わたし、すごく興味ある」

「どんな方法かも知らないのに」

「どんな方法だってかまわないわ。いっしょにいられる時間が長くなるのなら、車に轢《ひ》かれた動物だって食べてみせるわ」

Vが腰を突き立て、ふたたび引く。「一族の法にそむくことになるんだ」

「ヘンタイっぽいこと？」ジェインはまた、彼に合わせて腰をそらせた。

「まあな、きみの種族にとってなら」

そういうことだろうと推測していたとおり、Vは自分の手首を口に持っていく。そこで動きを止めた彼に、ジェインは言った。「やって」

Vは手首を嚙み、ふたつあいた穴をジェインの唇に近づけてきた。目を閉じ、口をあけ

なんてこと……

ポートワインのような甘い味がした。しかもそれを十本一気に飲んだように強烈だった。ひと口飲んだだけで頭がぐるぐる回りだしたが、それでもやめなかった。彼の血がふたりを結びつけてくれるとでもいうように、夢中で飲んだ。身内にとどろく咆哮を聞きながらも、Vが激しく腰を使うのを、そして荒々しいうなり声をあげるのをぼんやり感じていた。

いまVは完全に彼女のなかに在る。頭には言葉で、肉体にはその屹立したもので、口には血で、鼻には香りで存在している。彼女はすべての面で征服されたのだ。

たしかに彼の言うとおりだった。これは神のなせるわざだ。

43

白いカーテンをしっかり胸にかき寄せ、コーミアは唖然《あぜん》として〈プライメール〉の神殿のすみを見やった。あのひとがだれなのかわからないが、ブラッドレターの子ヴィシャスでないことだけはたしかだ。

それでも戦士なのはまちがいない。大理石の壁にもたれる姿は巨人のようで、肩幅はいま彼女が寝かされている寝台と同じくらい広い。その大きさを考えると恐ろしかったが、その手を見て印象が変わった。とても優雅な手をしている。長い指、幅広の甲。力強く、それでいて品がある。

あの美しい手がわたしを解放してくれた。そしてそれ以上のことはなにもしなかった。

それでもまだ、いまにも怒鳴りつけられるのではないかという気がしていた。しばらくのあいだ、彼がなにか言いだすのを待っていた。やがて、こちらを見てくれるのを待つようになった。

彼は美しい髪をしている。コーミアは無言のまま思った。肩に流れ落ちる髪にはさまざまな色が混ざっている。金色や深い赤、黒っぽい茶のウエーブがからみあっている。目はどんな色をしているのだろう。

さらに沈黙が続いた。

どれぐらい時間がたったものか、コーミアにはわからなかった。時間が流れているのはわかっている、ここ〈彼岸〉でも時間は止まっているわけではない。だが、あのかたがここに入ってきてから、もうどれぐらいたったのだろう。ああ、なにか言ってくださったらいいのに。いや、問題はそこなのかもしれない。あちらのほうも、わたしがなにか言うのを待っていらっしゃるのかも……

「あなたは、このあいだのかたとは……」男が目をあげ、コーミアは言葉を失った。

黄色の目だった。温か味のあるまばゆい黄は、コーミアの一番好きな貴石シトリンを思わせた。ほんとうに、あの目で見つめられるだけで、なぜか身体が熱くなってくる。

「だれが来るか知らなかったのか」まあ……なんという声。滑らかで、落ち着いていて……優しい。「聞いてなかった?」

コーミアはなぜか急に声が出なくなって、首を横にふった。でも、それはこわいからではなかった。

「状況が変わってね、おれが兄弟の代わりをすることになったんだ」男は広い胸に手を当てた。「おれの名は、フュアリー」

「フュアリー。戦士のお名前ですね」

「ああ」

「お姿もそのように見えます」

彼はコーミアのほうに両手をかざした。「だけどおれはきみを傷つけたりしない。ぜったいに傷つけたりしない」

コーミアは首を傾げた。ええ、このかたはそんなことはしない。彼はまったく見知らぬ男で、彼女の三倍はあるけれど、危害を加えるようなことはけっしてしないと確信できた。

だが、このかたはわたしと交わらなくてはならない。こうしていっしょにいるのはそのためなのだから。それに、最初に入ってきたとき、このかたはすでに昂っていた。とはいえ、いまはもうそうではないけれど……

コーミアは手を顔に当てた。わたしがどんなふうか見たら、続ける気が失せてしまったのだろうか。わたしはこのかたのお気に召さなかったのだろうか。

ああ〈聖母〉さま、わたしったらなにを考えているのでしょう。交わりたいなんて、望んでいなかったのに。だれとも交わりたくなどなかった。痛い思いをすると、〈束ね〉さまに教えられた。この兄弟がどれほど美しいかただろうと、まったく見知らぬ男であることに変わりはない。

「心配しなくていい」彼はあわてたように言った。彼女の表情を見て、その不安に気づいたかのように。「無理にする必要はないから」

コーミアはさらにしっかりとカーテンを引き寄せた。「ほんとうに？」

「ああ」

コーミアはうつむいた。「でもそうしたら、わたしが〈プライメール〉を失望させたとみなに知られてしまいます」

「失望って……まいったな。きみはだれも失望させたりしちゃいないよ」彼は髪をかきあげた。豊かなウエーブが光を受けて輝いている。「おれはただ……そう、こんなのはまちがってると思うんだ」

「けれどそれがわたしの役目なのです。あなたと契りを結び、それによって〈巫女〉をあなたに結びつけることが」コーミアはしきりにまばたきした。「わたしたちが交わらなければ、儀式は未完成のままです」

「それがどうした」

「え……それはどういう意味でしょう」

「今日儀式が完成しなくたって、どうってことないだろう。時間はある」彼はまゆをひそめ、あたりを見まわした。「なあ……ここから出ていきたくないか？」

コーミアは目を丸くした。「出て、どこへ行くのですか」

「そうだな、散歩に行くとか、いろいろ」

「ここを離れてはいけないと言われてるんです。終わるまでは、つまり、あなたと――」

「こうしよう。おれは〈プライメール〉なんだから、なんでも思いどおりにできる」彼はまっすぐにコーミアを見る。「きみのほうがおれより詳しいだろう。まちがってるかな？」

「いいえ、ここを支配していらっしゃるのはあなたです。あなたよりも上位にいるのは〈書の聖母〉さまだけです」

彼は壁を離れてまっすぐ立った。「だったら散歩に行こう。こういう状況なんだから、せめてお互いよく知りあっておこうよ」

「わたし……ローブがなくて」

「カーテンを使えばいい。きみが巻きつけてるあいだ、おれはよそを向いてるから」

そう言ってあちらを向いてくれた。ややあってコーミアは立ちあがり、ひだの入った布を身体に巻きつけた。こんなことになるとは夢にも思わなかった。こんな代役が現われるなんて。しかもそのひとがこんなにやさしく、そして……美しいなんて。ほんとうに、このかたはなんと目に快いのだろう。「で……できました」

彼は扉に向かって歩きだし、コーミアもそのあとに従った。近くで見るといよいよ大きく感じる。けれどとてもいいにおいがした。濃厚なスパイスの香りが鼻をくすぐる。

彼がドアを開け、白い景色が目の前に広がったとき、彼女はためらった。

「どうかした？」

恥ずかしいという気持ちを言葉にするのはむずかしかった。ほっとするなんて身勝手なことだ。それに、彼女の力不足がそのまま〈巫女〉全体の落ち度と見なされる心配もある。胃が不安に締めつけられた。「わたしはまだ役目を終えておりません」

「役目を果たせなかったわけじゃない。たんにセッ——いや、交わりを延期するだけだ。いずれはすることになるよ」

そう言われても、頭のなかの声は鎮まらなかった。あるいはそれは彼女自身の恐れなのかもしれない。「でしたら、いっそすませてしまったら?」

彼はまゆをひそめた。「驚いた……みんなを失望させるのがほんとうにこわいんだね」

「わたしにはシスターたちしかいませんから。ほかにはだれも知りませんし」〈束ね〉には、伝統を守らなければ追放すると言い渡されている。「シスターたちがいなければ、わたしは独りぼっちです」

彼はしばらくじっとコーミアを見つめていた。「きみの名は?」

「コーミアです」

「そう……コーミア。彼女たちがいなくても、きみはもう独りじゃない。おれがいるよ。そうだ、散歩はやめよう。もっといいことを思いついた」

なにかをこじあけるのは、Vの得意分野のひとつだ。金庫でも、車でも、鍵でも、家でも……そして会社でも、彼にかかればお手のものだ。とくに、民家や社屋は扱いやすい。

というわけで、〈聖フランシス医療センター〉外科部長の豪華なオフィスのドアをこじあけるぐらい、Vにとっては朝飯前だった。

なかへ入ると、幻惑《ミス》をかけて防犯カメラを曇らせ、病棟の管理部門に残っている数名の職員の目に留まらないようにした。

それにしても、まったくけっこうなお住まいじゃないか。広い受付エリアはむかつくほど堂々としていて、壁には本物の木の鏡板が張ってあるし、床にはペルシャじゅうたんが敷いてある。ふたつある付属のオフィスの主は——

ジェインのオフィスは手前だった。

Vは近づいていき、真鍮製の名札に指を這わせた。磨かれた表面にはこう刻まれていた

——『外傷課長　ジェイン・ホイットカム　MD』

ドアをあけてのぞいてみた。ジェインのにおいがする。彼女の白衣が会議用テーブルの上に置かれていた。デスクの上は書類の山とファイルと付箋で覆われ、なにか緊急の用事で席を立ったかのように、椅子は引かれたままだ。壁には修了証書や免許証の類が並び、つねに上を目指そうとする姿勢がうかがえる。

Vは胸骨をさすった。

ちくしょう。これを見ても、ふたりでうまくやっていけると言えるのか。彼女は朝から晩

まで仕事に追われている。Ｖは夜しか訪ねることができない。それで満足できるのか。

できるできないではない、満足しなくてはならないのだ。これまでずっと努力を傾け、鍛錬を続け、成功を積み重ねてきた仕事を、彼のために辞めろなどと言うつもりは毛頭ない。それはちょうど、彼女が彼に対して、〈兄弟団〉を離れてくれと言うのと同じことだ。

そのときだれかのつぶやく声が聞こえ、Ｖは受付エリアの向こう、明かりのついている奥のほうを見やった。

そろそろマネロ先生との用事を片付けなければ。

いいか、殺すんじゃないぞ——Ｖは自分に言い聞かせながら半開きのドアに近づいていった。ジェインのもとへ戻り、彼女の上司を肥やしにしてきたなどと言ったら、興ざめではすまない。

足を止め、ドアの側柱の陰から広々としたオフィスをのぞき込んだ。あのとき見た人間の男が、重役ふうのデスクの前に座って書類を読んでいる。午前二時だぞ。

男は顔をあげ、まゆをひそめた。「だれかいるのか？」

殺すんじゃないぞ。そんなことをしたら、ジェインになんと言われるかわからない。

だが、殺せたらどんなにいいだろう。この男が床に膝をつき、ジェインの顔にふれようとしている姿、あれが頭にこびりついて離れない。これでは気分が晴れるわけがなかった。よその男が自分の女に言い寄ったとあっては、きずなを結んだ男としてはけじめをつけなければならないのだ。できれば棺桶のふたを閉じてやるような形で。

ヴィシャスはドアをあけ、医師の心へ入りこんだ。そして牛の脇肉よろしく、彼を完全に凍結させた。「先生、おれの心臓の画像を持ってるだろう。返してほしいんだがね。どこにある?」医師の心のなかに忍び込んでささやいた。

医師はまばたきした。「ここだ……わたしのデスクのうえ。きみは……だれだ」

質問してくるとは驚いた。こんなふうに頭を乗っとられているときは、たいていの人間は自発的にものを考える力を失ってしまうのだが。

Vは近づいていき、書類の海を眺めた。「デスクのどのあたりだ?」

男の目が左手のほうへ向けられる。「フォルダーだ、そこの。きみは……何者だ?」

ジェインの連れあいだよ、あいにくだったな。そう言ってやれたらいいのだが。できるものなら、それをひたいに刺青してやりたい。ジェインが完全によその男のものになったということを、永遠に忘れられないようにしてやるのだ。

Vはフォルダーを見つけ、開いた。「コンピュータのファイルはどこだ?」

「消えた。きみ……は——」

「そんなことは気にしなくていい」ちくしょう、こいつはなかなか手ごわい。まあ考えてみれば、なにしろこいつは外科部長なのだ。〈バーカラウンジャー(リクライニングチェアの一種)〉でのらくらしていて就けるような地位ではない。「この画像のことを知ってるのはあんただけか」

「ジェインも知ってる」

こんちくしょうの口からジェインの名を聞かされて、Vとしては面白くなかったが、その点は無視することにした。「ほかは？」

「わたしの知るかぎりではいない。それをコロンビア大に送ろうと思ったんだが、うまく……送れなかった。きみはいったい――」

「お化け《ブギーマン》さ」Vは念のため外科医の心中を探った。とくに問題なし。そろそろ退散したほうがよさそうだ。

しかし、その前にもうひとつだけ確かめておきたいことがある。

「ひとつ訊かせてもらおうか、先生。あんたは人妻でもかまわず口説こうとするほうか？」

ジェインの上司はまゆをひそめて首を横にふった。「いいや」

「上出来じゃないか。正解だ」

出口に向かいながら、この男の脳に起爆装置をめぐらし、地雷原を作っておきたい衝動に駆られた。神経経路に多少の細工をして、こいつがジェインについてよからぬ妄想でもしようものなら、底なしの恐怖を味わうとか、吐き気を催すとか、あるいはいきなりめそめそと泣きだすなんていうのもいいかもしれない。強制的にある想念を捨てさせるという点では、敵対衝動トレーニングはまさに天の賜物と言っていい。しかしながらVは〝精神共感者《シンパス》〟ではないので、じっくり時間をかけなければ不可能だろう。それに、この手の小細工は、相手を狂気に陥れることもある。とくに、マネロのような強い精神の持主は危ないのだ。最後にもう一度、Vは恋がたきを眺めた。外科医は戸惑ったような表情でこちらを見ているものの、そこに恐怖の色はなかった。濃いブラウンの瞳には力があり、知性が感じられる。認めたくはなかったが、もしVがいなかったら、この男はおそらくジェインのよき伴侶になっていただろう。

こんちくしょうめ。

まわれ右をしかけたとき、まぼろしが訪れてきた。くっきりと鮮明で、まるで予知能力が干あがる前に見ていたもののようだ。

ただ、それはまぼろしといっても映像ではなかった。単語ひとつだった。まるで意味をなさない単語。

兄弟。

みょうな話だ。

Vは外科医の記憶をきれいに消し去ってから非実体化した。

マニー・マネロはデスクにひじをつき、こめかみをもみながらうなっていた。頭痛がそれじたい鼓動しているかのようで、その音が頭蓋骨じゅうに響きわたっている。同様に深刻な問題は、脳の周波数ダイヤルが勝手に回っていることだ。脈絡のない思考が頭のなかを駆け巡っている。まるで、重要でないことばかりを混ぜたサラダのように。車を点検に出さなければならない。研修医の申し込み書類に目を通す必要がある。〈サミュエル・アダムズ〉ビールを切らしている。月曜のバスケットの予定は水曜に変更になった。

不思議だ。こんなどうでもいい雑音の群れの向こうに目をやると、なんだか……これはすべてなにかを隠すためだという気がしてくる。

なんの脈絡もなく、藤色の鉤針編みのひざ掛けが頭に浮かんだ。母の藤色の居間に置かれた藤色のソファの背に掛けられていたものだ。防寒用に使われたことは一度もない。ソファの背から外そうものなら大騒ぎだった。そのひざ掛けは染みを隠すためだけにそこに掛かっていたのだ。皿に盛った〈フランコ・アメリカン〉の缶入りスパゲティを、父がぶちまけてしまったときについた染みだ。〈レゾルブ〉の染み抜きスプレーを使ったところで限界がある。おまけに缶入りスパゲティには赤の着色料が使われている。藤色のカンバスにはあまりにも調和しない色だ。

あのひざ掛けと同じように、この千々に乱れた思考は、彼の脳についたなんらかの染みを隠すためのものではないだろうか。もっとも、それがなんなのかは見当もつかなかった。まぶたを押さえ、〈ブライトリング〉の腕時計に目を落とした。午前二時を過ぎている。

そろそろ帰るか。

帰り支度をしているとき、なにか大事なことを忘れているような気がして、デスクの左手のほうがみょうに気になった。一か所ぽっかり書類の置いていないスペースがある。他はみな吹き溜まりのように仕事が積もっているのに、そこだけ机の木目がのぞいていた。

空いたスペースは、ちょうどフォルダーほどの大きさだ。

なにかがここから持ち去られた。それだけは確かだった。だが、なにかはわからない。思い出そうとすればするほど、頭痛がひどくなった。

マネロはドアに向かった。

彼専用のバスルームの前を通ったとき、ちょっと中に入って、鎮痛薬〈モトリン〉の五百錠入りの壜から二錠取った。

これは、どうしても休暇をとらなくては。

44

あまりいい考えではなかったのかもしれない――そうフュアリーは思った。ここは〈兄弟団〉の館、彼の自室の隣室だ。その部屋に通じる戸口にいま彼は立っている。少なくとも他の住人はそれぞれに忙しくしているようで、いまのところだれにも会わずにすんでいるのは幸いだった。しかしそれにしても前途多難だ。

くそ、まったく。

部屋のなかでは、コーミアがベッドのふちに腰かけていた。あいかわらず大きなガラス壜に入れたふた粒のビー玉のような目をして、身体に巻きつけたカーテンを胸もとで握りしめている。彼女は完全に動転していた。〈彼岸〉に連れ帰ってやりたかったが、そこで待ち受けているものもこれよりましとは言えない。コーミアが〈巫女の束ね〉の集中攻撃にさらされるのはあまりにも不憫だった。

そんな目にはあわせたくない。

「必要なものがあったら、おれは隣の部屋にいるから」彼は廊下のほうに身体を向け、隣室を指した。「一日くらいここで休んでても問題ないだろう。ひとりでゆっくりくつろぐといい。いいね？」

彼女がうなずくと、金髪が肩から前に垂れ落ちた。

これと言った理由もなく、フュアリーはその色が美しいと思った。とくに、ベッドサイドランプのほのかな明かりで照らされるとてもいい。その色合いは、磨き上げられた松材の、深みと輝きのある黄色を思わせた。

「お腹はすいてない？」彼は尋ねた。コーミアが首をふるのを見て、電話に歩み寄ってそれにふれた。「もしお腹がすいたら、アスタリスクと4をダイヤルすれば、厨房につながる。なんでも食べたいものを運んできてくれるよ」

コーミアの視線は電話に向けられ、またフュアリーに戻ってきた。

「ここにいれば安全だ、コーミア。こわいことなんかなにも起こらないから――」

「フュアリー？　戻ってきたの？」戸口から驚きと安堵が入り混じったようなベラの声が聞こえた。

心臓が止まった。見つかってしまった。しかもよりによって、このことをだれよりも説明したくない相手に。まだラスのほうがましなぐらいだ。

精いっぱい気持ちを落ちつけてから彼女のほうをふり向いた。「ああ、一時的にね」

「てっきりあなたは――まあ、こんにちは」ベラはちらりと彼の顔を見あげてからコーミアに微笑みかけた。「わたしはベラ。あなたは……？」

本人が黙っているので、フュアリーが代わりに答えた。「コーミアだよ。おれが……交わった〈巫女〉だ。コーミア、こちらはベラ」

コーミアは立ちあがり、髪が床につきそうなほど深々とお辞儀をした。「奥方さま」

ベラは下腹部をさすりながら、「コーミア、会えてうれしいわ。お願いだからかしこまらないで、ここでは気楽にしていていいのよ」

コーミアは背筋を伸ばし、こくりとうなずいた。

それから沈黙が続いた。踏み込めないという点では六車線ハイウェイ並みのお手上げの沈黙だ。

フュアリーは咳払いした。気まずいことこのうえない。

コーミアはその女性を眺めた。なにも訊かなくても、ひととおりのいきさつは察しがつく。だから〈プライメール〉はわたしと交わろうとしなかったのだわ。ほんとうに求めているのはこの女性なのだ。彼の欲望はそこここに見てとれる。その目がこの女性の姿に釘づけになっていることにも、声がひときわ低くなったことにも、その肉体が熱を帯びていることにも。

そして彼女は身ごもっている。

コーミアは視線を〈プライメール〉に戻した。彼女が身ごもっているのは彼の子ではない。

こうして部屋を隔てて彼女に視線を向けながら、その顔に浮かぶ表情は支配する誇りではな

自分の部屋だと言っていた。コーミアがまっさきに感じたのは、とてもいい香りがするということだった。ほんの少し煙くさい香りが、すでに彼自身のものとわかっている濃厚なスパイスのにおいに混じっている。そして次に感じたのは、せめぎ合う色と質感と形に圧倒されそうということだった。

だが、彼に連れられて外の廊下に出ると、もうそれどころではなかった。コーミアは完全に圧倒された。実際、この建物はお城のようだった。玄関の間だけでも、〈彼岸〉の大きいほうの神殿くらいある。天井はまさに天のように高く、そこに描かれた闘う戦士たちの絵画は、これまでコーミアが崇めてきた貴石のように色鮮やかだった。バルコニーの手すりに手をつき、身を乗り出したときは、そこからモザイク模様の床までがとても遠くて、頭がくらくらすると同時に、ぞくぞくするスリルを感じた。

そしてこの部屋に連れてこられたころには、すっかり肝をつぶしていた。

いまはもう、さっきほどの畏怖は感じなかった。むしろ感覚に対する刺激過多でショック状態に陥っていた。こちら側の空気はみょうだ。いままで嗅いだことのない匂いがたくさんあるうえ、鼻孔が乾く感じがした。おまけにつねに動いている。ここの空気には流れがあって、それが顔や髪や体にまとうカーテンをなぶっていく。

ドアのほうを見やった。あそこも変な音がする。館全体がきしんでいて、時おり声のようなものも聞こえる。

足をお尻の下に入れ、背を丸めて小さくなって、ベッドの右側にある豪華なテーブルに目をやった。今は空腹ではないが、お腹がすいたとしても、なにを頼んでいいかわからない。それに、〈プライメール〉が電話と呼んだものをどう使えばいいのか、まるで見当もつかなかった。

窓の外からうなり声が聞こえ、はっとそちらに顔を向けた。こちらには竜《ドラゴン》がいるのだろうか。以前本で読んだことがある。ここにいれば安全だというフュアリーの言葉を信じてはいても、どんな見えない危険があるかと思うと不安だった。

ひょっとしたら、あれが風というものだろうか。本で読んだことはあるが、確かなことはわからない。

手をのばし、四隅に房飾りのあるサテンの枕を手に取った。枕を胸に抱き、シルクの房飾りのひとつを何度も撫でて、手のなかを滑る糸の感覚に浸って、気持ちを落ち着かせようとした。

これは罰だ――部屋があいかわらず重くのしかかり、目を刺激してくるのを感じながら、彼女は思った。〈彼岸〉を離れて、自分の道を切り開いてみたいなんて思うから。

彼女はいま、ずっと来たいと願っていた場所に来ている。

なのに、〈彼岸〉に帰ることだけが望みだなんて。

45

ジェインは冷たくなったマグカップを前に、キッチンの片隅に座りこんでいた。通りの向こうに朝日が昇ってきて、その陽射しが木々の枝をきらめかせているのが見える。ヴィシャスは二十分ほど前に出ていった。彼が出る直前に作ってくれたココアを、たったいま飲み終えたところだ。

彼がいないことが寂しくて胸がうずいたが、夜のあいだあれだけいっしょにいたことを考えれば、それもみょうな話だった。Vはマニーと話をしてからここへ戻ってきて、ジェインに彼女の上司はまだ五体満足で生きていると報告した。それからジェインを抱き寄せ、そして愛してくれたのだ。二度も。

だがもう彼は行ってしまい、次に会えるのは、この太陽が石のように沈んでから……たしかに電話も、Eメールも、テキストメッセージもあるし、なにより今夜また会える。それでもじゅうぶんとは感じられなかった。彼の隣で眠りたかった。彼が戦いに出たり家へ帰ったりする前の数時間だけでなく、ひと晩じゅう。

それにスケジュール調整ということで言ったら、コロンビア大の誘いの件はどうしたらいいのだろう。Vからはさらに遠く離れることになるが、でもそれは問題にならないのでは。彼はどこへでも一瞬にして出現することができるのだから。それでも、遠くへ行くのはあまりいいことではないという気がする。Vはすでに一度撃たれている。もしわたしの助けが必要になったら？　わたしのほうは、彼のそばにすぐさま飛んでいくというわけにはいかないのだ。

ただそうなると、自分で采配をふるという目標はどうなるのか。主導権をとりたいというのは、彼女のDNAに刻み込まれた生まれついての欲求だ。とすれば、やはりコロンビア大学へ行くのが最善の道なのは動かない。たとえ学部長の座に就くまで五年ぐらいかかるとはいっても。

それはもちろん、先方にまだ面接してくれる意向があり、そのうえ採用されたらの話ではあるが。

ジェインは、ココアの線が残る冷えたマグを見つめた。

そのとき、ふとあることを思いついた。まったくもってばかげた考え、まさに狂気の沙汰だった。これはきっと、まだ脳が本調子でない徴候だろう。そう思って、ジェインはそれを頭からふり払った。

テーブルから立ち、マグを食洗器に入れ、シャワーを浴びて服を替えた。一時間後、彼女はガレージから車を出した。通りに出ようとしていると、隣家の短い車寄せに一台のミニバンが入ってきた。

ご家族ね。けっこうだこと。

幸いにして、中心街までの道のりは至ってスムーズだった。トレード通りを猛スピードで走り抜けたときも、ほかの車はほとんど見かけなかった。おまけに信号はことごとく青。だが、〈コールドウェル・クーリエ・ジャーナル〉のオフィスの前まで来たところで、その幸運もついに途切れた。

赤信号で車を停めたとき、電話が鳴った。仕事の呼び出しにちがいない。

「ホイットカムです」

「やあ先生、きみの彼氏だ」

顔がほころんだ。まるで締まりのない満面の笑み。「あら、おはよう」

「おはよう」シーツのこすれる音がした。ベッドで寝返りを打ったのかしら。「いまどこ？」

「仕事に行く途中よ。あなたは？」

「仰向けになる途中」

ああ……黒いシーツに包まれた彼はどれほど魅惑的だろう。

「なあ……ジェイン？」

「なあに？」

彼の声が一段と低くなる。「いまなに着てる？」

「手術着」

「うーん……セクシーだ」

彼女は笑った。「ずだ袋よりはちょっとましよね」

「きみが着ればずだ袋だってセクシーだ」

「あなたはなに着てるの？」

「なにも……先生、おれの手はいまどこにあると思う？」

信号が変わったが、ジェインは車の運転方法がすぐには思い出せなかった。乱れた息のあいだから尋ねる。「どこ？」

「脚のあいだ。それでそいつが、どこに当たってるかわかる？」

ああ……神様……アクセルを踏みながら言った。「どこ？」

彼がその問いに答え、ジェインは危うく駐まっている車に突っ込みそうになった。「ヴィシャス……」

「どうしたらいいか教えてくれよ、先生。この手をどう動かしたらいい？」

ジェインはごくりとつばを呑み、車を道路脇に寄せた。そして、どうすべきかこと細かに説明してさしあげた。

フュアリーはレッドスモークを巻き、紙を舌で湿らせてから軽くひねって合わせ目を閉じた。火をつけて枕にもたれかかる。義肢はすでに外して、ベッドサイドテーブルに立てかけ、服はロイヤルブルーと血紅《けつこう》のシルクのローブに着替えている。彼の一番のお気に入りだ。ベラと仲直りして、おかげで気分が落ち着いた。ここへ戻ってきて、おかげで気分が落ち着いた。またレッドスモークを吹かして、おかげで気分が落ち着いた。

しかし〈巫女の束ね〉をなだめても、気分は落ち着かなかった。

コーミアを〈彼岸〉からこちらに連れてきて、三十分ほどしたらもう〈束ね〉はこの館に押しかけてきて、行方不明の〈巫女〉ひとりを探して天井裏までのぞきかねない勢いだった。フュアリーは〈束ね〉を書斎へ連れていき、なにもかも順調だとラスの前で説明した。ただ多少気が変わり、しばらくこっちへ戻ってこようと思っただけだと。

〈巫女の束ね〉はこれにはあまり賛成できないようだった。彼女は威厳に満ちた声を出そうとして失敗しつつ、〈巫女〉を代表する者として、神殿で何があったかコーミアに事情を聞き、〈プライメール〉の儀式が完遂されたことを確認しなければならないと主張した。

フュアリーはこの〈束ね〉という女がどうも気に入らなかった。狡猾そうな目つきからして、性交がなかったのをもう見抜いているようだ。詳細を聞きたいというのは、そうしてコーミアを叱りつけるのが楽しみだからにちがいない。

そうはさせるか。フュアリーは笑みを浮かべ、P型爆弾を落とした。〈プライメール〉としてあんたに報告なんぞする義務はないし、コーミアを〈彼岸〉にいつ連れて帰るかは、一分一秒までこちらの好きに決めさせてもらうと言ってやったのだ。

〈束ね〉は怒ったなどという生やさしいものではなかったが、首根っこを押さえられているのは彼女も承知している。目から憎しみの火花を散らしつつ、お辞儀をひとつして姿を消した。

あんな女になんと思われようが知ったことか。お払い箱にしなくてはならないと真剣に考えていた。どうすればそんなことができるかはわからないが、あんな女を責任ある立場に置いておくわけにはいかない。あまりにも性根が悪すぎる。

フュアリーは煙を吸い込み、しばらく吐き出さずにいた。コーミアをどれくらいのあいだここに置いておけばいいのだろう。まったく、彼にわかるかぎりでは、彼女はもう帰りたがっている。ただこれは確実に言えるが、コーミアがいつ帰るにしても、それは本人が決めることだ。あの頭のおかしい〈束ね〉に強制されることではない。

ところで、彼自身はどうなのか。たしかに……心のどこかではいまもこの館を離れたいと思っているが、コーミアがある種の緩衝材の役割を果たしてくれているようだ。もっともいずれは〈彼岸〉に戻って、あちらに住むことになるだろうが。

フュアリーは煙を吐き、ひざの下で途切れている右脚をぼんやりと撫でた。ひりひりしているが、夜が終わるころにはいつもそうなのだ。

ドアにノックの音がして、フュアリーは驚いた。「どうぞ」

ドアがゆっくりと細めに開く。それだけで、ノックの主がだれかはすぐにわかった。

「コーミア?」身体を起こし、脚に上掛けをかけた。

彼女は身体を廊下に残したまま、ブロンドの頭だけをのぞかせている。

「どうかした?」彼は尋ねた。

彼女はうなずき、〈古語〉で言った。「御心にかないますならば、お部屋に入らせていただきたいのですが」

「もちろんだ。そんなにかしこまらなくていいよ」

コーミアは入ってきてドアを閉めた。あいかわらず例の白い布に包まれて、とても華奢に見える。遷移を終えた成年の女性というより、少女と呼ぶほうがしっくりくる。

「どうかした?」

彼女は答えず、黙ってうつむいている。両腕を自分の身体に巻きつけたまま。

「コーミア、黙ってないで言ってごらんよ。どうしたの」彼女は深々と頭を下げ、その姿勢のままで言った。「戦士の君《きみ》、わたくしは――」

「頼むからかしこまらないでくれよ」フュアリーはベッドから出ようとしたが、そこで義肢をつけていないことに気づいた。また身体をずらして元の位置に戻る。身体の一部がないことを、コーミアがどう思うかわからない。「いいから言ってごらん。なにか欲しいものでもあるの」

コーミアは咳払いした。「わたしはあなたの連れあいですよね」

「えっ……ああ、うん」

「でしたら、同じお部屋で過ごすのが当たり前ではないでしょうか」

フユアリーは目を丸くした。「自分の部屋があるほうが、きみのためかと思ったんだけど」

「あら」

彼はまゆをひそめた。まさか、いっしょにいたいというんだろうか。

沈黙が長く尾を引く。うーん、どうやらそうらしい。

猛烈な気まずさを感じながら、彼は言った。「そうだな、そのほうがよければ……ここにいてくれていいよ。つまり、もう一台ベッドを運んでくれればいいんだから」

「そのベッドではいけないのでしょうか」

いっしょに寝たいって言うのか？　そんなばかな——ああ、そうか。

「コーミア、〈巫女の束ね〉やほかのみんなのことは心配しなくて大丈夫だよ。義務を果たそうがどうしようが、ここでなにをしているかだれにも知られやしないんだから」

まあ、この場合は〝なにをしていないか〟のほうだが。

「そうじゃないんです。風が……少なくともわたしは風だと思うのですけど……この家に当たっているあれは風ですよね？」

「ああ、そうだな。今夜は嵐に近いね。でも、頑丈な石壁に囲まれてるから心配は要らないよ」

先を続けるかと待っていたが、彼女は黙っている。フュアリーははっと気づいた。まったく、おれはなんて間抜けなやつなんだ。唯一知っている環境から連れ出されて、まったくの別世界に放り込まれたのだ。おれにとっては当たり前のことでも、コーミアにとってはいちいち驚きの連続だろう。どういう音が危険で、どういう音が危険ではないと判断できなかったら、とても安心してはいられまい。

「あのさ、ここにいたいんだよね。だったらおれはかまわないよ」フュアリーはどこに簡易寝台を運び込もうかと部屋を見渡した。「折りたたみベッドを置く場所ならいくらでもある」

「わたしはそのベッドでじゅうぶんです」

「ああ、おれが折りたたみベッドで寝るよ」

「どうしてですか？」

「床で寝るのはあまり好きじゃないんだ」あの窓と窓のあいだにはかなりのスペースがある、

フリッツを呼んで——

「でも、こんなに大きなベッドですもの、ふたりでも寝られます」

フュアリーはゆっくりと首をめぐらせ、彼女の顔を見て、まばたきをした。「ええと……ああ、そうだね」

「ごいっしょに寝かせてください」コーミアはまだ目を伏せているが、その声にはみょうに心をかき立てる力強さがあった。「そうすれば、少なくとも、おそばに寝かせていただいたとみんなに言うことができます」

ああ、そういうことか。「なるほど」

彼女はうなずき、ベッドの反対側に回った。そして、上掛けの下に滑り込み、彼のほうを向いて丸くなった。これはかなり意外だった。すぐに目をぐっと閉じて寝たふりをするかと思いきや、そういうこともなかった。

フュアリーは煙草の火を消し、自分が上掛けのうえに横たわれば、お互いに眠りやすくなるだろうと判断した。だが、本格的に眠る前に、トイレへ行かなければならない。

くそっ。

まあ、彼女だって遅かれ早かれ、この脚について知らなきゃならない。

フュアリーは羽毛布団を取り去り、義肢を付けて立ちあがった。彼女がはっと息を呑む音が聞こえ、その目がじっと見つめているのを感じる。やっちまったか、きっと怯えきっているだろう。彼女は〈巫女〉だから、不完全なものなどほとんど知らずに生きてきたにちがいない。

「ひざから下がないんだ」見りゃわかるって。「生活に支障はない」

義肢がぴったり合ってちゃんと機能してくれればの話だが。

「すぐに戻るからね」バスルームのドアを閉めたときにはほっとした。いつもより時間をかけて歯磨きとデンタルフロスをし、トイレを使った。キャビネットの中の綿棒と〈モトリン〉の位置をずらしながら、そろそろ戻らなければと自分に言い聞かせていた。

ドアをあけた。

コーミアはさっきと同じ場所にいた。ベッドの一番端で丸くなり、こっちを向いて目を見開いている。

フュアリーは部屋を横切りながら、そんなにじろじろ見てくれるなと思っていた。とくに義肢を外し、脚を掛け布団のうえに置いたときは、なおさらそう感じた。掛け布団の隅を折って脚を隠しながら、寝る体勢に入ろうとした。

いや、これはまずい。下半身だけしか覆われていないのでは寒すぎる。

コーミアとのあいだがどれぐらいあいているか、ちらと目測した。サッカーのピッチくらいはありそうだ。これだけ広ければ、隣の部屋で眠っているのも同じことだろう。

「明かりを消すよ」

枕のうえでコーミアがこくりとうなずくのを確認して、ランプを消して布団に潜った。闇のなか、彼は身を硬くして彼女の隣に横たわっていた。まいった……だれかといっしょに寝るなんていうのは初めての体験だ。ベラの欲求期に、Vやブッチと寝たことはあったものの、あのときは全員が正体をなくしていたし、だいたいあいつらは男じゃないか。それに対して……コーミアはどう見ても男ではない。

フュアリーは深呼吸をひとつした。ああ、このジャスミンの香りだけでもそれはわかる。目を閉じた。コーミアのほうも、こっちと同じくらい気まずく、緊張しているにちがいない。長い昼になりそうだ。やはり、なにがなんでも折り畳みベッドを運び込むべきだった。

46

「ヴィシャス、そのにやにやすんのいい加減にやめろよ。だんだん腹が立ってきた」

Vはブッチに中指を立ててみせた。館の厨房のテーブルをはさんで向かい合わせに座っているところだ。彼はまたコーヒーを飲んだ。もうすぐ夜が来る。あと……二十八分。二十八分後には自由の身だ。

館を出た瞬間にジェインの家へ飛び、なにかロマンチックな芸当をしてやろう。なにをするかはまだ決めていない。花なんかいいかもしれないな。そう、花と防犯システムをセットでプレゼントするのだ。多数の人感センサほど雄弁に愛を伝えるものはない。

くそ、おれは完全にめろめろだ。まったくどうしようもない。

ジェインは九時ごろ帰宅すると言っていた。つまり、彼女の部屋の装飾に少し時間を割いて、その後ジェインのもとを訪れ、真夜中までいっしょに過ごすのがいいだろう。

しかし、それだと〝レッサー〟狩りの時間が五時間しかない。

ブッチは新聞のスポーツ欄をがさごそ言わせながら身を乗り出してマリッサの肩にキスを

し、また『ＣＣＪ』紙を読みはじめた。マリッサのほうは〈避難所《セーフプレース》〉関連の書類から顔をあげ、ブッチの腕をなでると仕事に戻る。彼女の首にはついたばかりの噛み跡があり、顔には満たされた女性に特有の輝きがあった。

Ｖは顔をしかめ、ひげをしごきながらコーヒーを見つめた。おれとジェインはあんなふうにはなれない。なぜならいっしょに暮らすことはないからだ。〈兄弟団〉の仕事が休みの日でも、太陽が出ている日中は彼女の家に訪ねていくことはできないし、ジェインのほうがここへ来ることも、それとは別の警備上の問題があってかなわない。かれらの存在を知っているというだけでも、ジェインには大きなリスクが伴うのだ。〈兄弟団〉とより親密になり、より深く知り、より多くの時間をともに過ごすなど、安全ではないし利口でもない。

Ｖはマグカップを手に椅子の背にもたれ、未来を思って暗い気分になった。ジェインといっしょに過ごすのは楽しい。だがすれちがいの生活に、やがてふたりとも疲れてしまうにちがいない。今夜逢瀬を終えて別れるときのことを思うと、それだけでもうつらくなる。週七日、一日二十四時間、彼女を肌身離さず近くに置いておきたかった。電話で声を聞くのも、ないよりはましだが、それではとても満足できない。だが、ほかにどんな方法がある？

ブッチがまた『ＣＣＪ』を乱雑にもてあそび、がさがさと音を立てた。まったく、こいつは新聞に関するエチケットというものを知らん。いつも紙面を握りつぶしたり、雑に畳んだりする。雑誌に対しても同様。読むよりも痛めつけている感じだ。春季トレーニングの記事に大打撃を加えつつ、ブッチはまたマリッサのほうに目をやる。それを見てVは、ふたりがすぐに席を立ちそうだとわかった。それはかならずしもコーヒーを飲み終えたからではない。おかしなもので、これからなにが起こるか推測だけでわかる。予知ではないし、ふたりの心が読めるわけでもない。ブッチはきずなのにおいをぷんぷんさせているし、マリッサは連れあいと過ごすのが大好きだから、つまりそういうことだ。配膳室にこもっているところや、〈ピット〉のベッドに戻ったところが幻視できるというわけではない。

ジェインの思考だけは読めるが、それもときどきだ。

胸の真ん中をさすりながら、〈書の聖母〉の言葉を思い出していた。幻視と予知能力が弱まっているのは、岐路に差しかかっているからだと〈聖母〉は言っていた。それが過ぎたらまたもとに戻ると。ただ、いまではジェインを得たのだから、それなら岐路はもう通り過ぎたのではないのだろうか。運命の女を見つけて、ともに過ごしている。それで話は終わりではないか。

またコーヒーを飲み、胸をさすりつづけた。

今朝、また例の悪夢が戻ってきた。

銃撃されたせいでPTSDになったなど、そんな戯《ざ》れ言ではもう片づかない。たぶんあの悪夢は寓意みたいなものなのだろう。無意識があんなイメージを引っぱり出してくるのは、人生が思いどおりにならないといまでも感じているからだ。なにしろ、恋に陥ちるというのはそういうことだから。

それが理由のはずだ。それ以外ありえない。

「十分でいい」ブッチがマリッサの耳もとでささやいている。「出かける前に十分でいいからさ。頼むよ、ベイビー」

Vは目をぎょろつかせながらも、いささか安心していた。例によっていちゃいちゃしているふたりに、彼はいまもいらいらしている。少なくとも、彼の男性ホルモンは完全に干上がってしまったわけではないらしい。

「ベイビー……なあ、いいだろ？」

Vはマグカップの中身をぐいと飲んだ。「マリッサ、この腑抜けにちょっとは情けをかけてやってくれよ。こいつのにやけ笑いを見ていると神経がすり切れそうだ」

「あら、そんなことになったらみんなが困るわね」マリッサは笑いながら書類をひとまとめにし、ブッチのほうを見た。「十分だけよ。くれぐれもむだにしないようにね」

ブッチは椅子に火がついたかのようにぱっと立ちあがった。「いつむだにした？」

「えー と……そうね」

ふたりがぴったり唇を重ねるのを見て、Vはふんと鼻を鳴らした。「お楽しみはいいけどな、よそでやってくれよ」

ふたりが出ていくと、入れ替わりにザディストが入ってきた。「くそっ。ああ、くそっ

「……」

「どうした、兄弟」

「講義があるのに遅れそうだ」ザディストは冷蔵庫をあけ、軸に通したひと続きのベーグルとターキーの骨付きもも肉を取り出し、次は冷凍庫からアイスクリームのクウォート入り容器を取り出した。「くそっ」

「それが朝食かよ」

「うるせえ。腹に入りゃほぼターキーサンドだろうが」

「〈ロッキーロード（砕いたアーモンドとマシュマロが入ったチョコレートアイス）〉はマヨ代わりにはならねえぞ」

「細かいこと言うな」まっすぐドアに向かいかけて、「ああそうだ、フュアリーが戻ってきてるぞ。例の〈巫女〉を連れて。言っとこうと思ってたんだ、館をふらふらしてる女とばったり会わねえともかぎらんから」

こいつは驚いた。「あいつどうしてる？」

ザディストはちょっと口ごもって、「さあな。やけに口が固くて、聞いてもまともに答えやしねえ。ったく、あのくそったれ」

「そりゃ、おまえは『ザ・ヴュー（米国ABCテレビのトーク番組）』の司会者ってがらじゃないからな」

「そりゃこっちのせりふだぜ、このバーバラ・ウォルターズ（『ザ・ヴュー』などで著名なテレビ司会者）が」

「一本とられたな」Vはかぶりを振った。「それにしても、やつには大きな借りができた」

「ああ、だな。おれたちみんなそうだ」

「ちょっと待て、Z」コーヒーに砂糖を入れるときに使ったスプーンを、Vは部屋の向こうのZに投げてやった。「こいつがないと困るだろ」

Zはそれを空中でキャッチして、「ああ、ぼうっとしてたぜ。ありがとよ。しじゅうベラのことばっか考えてるもんでな」配膳室に通じる扉がばたんと閉まった。

静まりかえった厨房で、Vはまたマグからコーヒーを飲んだ。ぬるくなっている。熱はどんどん失われていく。十五分もすればすっかり冷えてしまうだろう。

飲めたもんじゃない。

ああ、そうだな……しじゅう女のことばかり考えているのはたしかに大変だ。それはよくわかっていた。

いまじかに経験しているのだ。


コーミアはベッドが揺れるのを感じた。〈プライメール〉が寝返りを打ったのだ。また。もう何時間もずっとこの調子だった。昼じゅう彼女はまんじりともしなかった。彼のほうもきっと同じだろう。熟睡しているときに動きまわる性質《たち》でもないかぎり。

なにかぶつぶつつぶやき、急に身じろぎして、大きな手足をあっちこっちへ動かしている。なんだか寝心地でも悪いようだ。自分のせいではないかとコーミアは不安だった……が、どこがいけないのかわからない。ベッドに入ってからじっと動かないようにしているのに。

それにしても不思議だ。〈プライメール〉がどれほど頻繁に寝返りを打っても、そばにいると安心できる。ベッドの反対端に彼が寝ていると思うだけで、なんだか落ち着ける。彼のことはなにも知らないのに、いっしょにいるだけで守られているような気がする。

〈プライメール〉がまた不意に動き、うめいて――

コーミアはぎょっとした。〈プライメール〉の手が彼女の腕に当たったのだ。

彼のほうも驚いたようだ。低くうなり、のどの奥で問いかけるような声を発しながら、手のひらで彼女の腕にさわっている。彼のベッドにだれがいるのか確かめようとするかのように。

すぐに手を引っ込めるだろうと思った。

ところが逆につかまれた。

驚きのあまり、コーミアは口をぽかんとあけていた。〈プライメール〉はのどの奥から声を出しながら、シーツの川を渡るようにして近づいてきた。しかもその手が、コーミアの腕からウエストに移ってきたのだ。彼女がなんらかのテストに合格したかのように、彼はごろりと身体を転がして寄りかかってきた。たくましい太腿が彼女の腿にふれ、腰に硬いものが当たる。彼の手が動きはじめる。ぼうぜんとしているうちに、結びめがほどけてカーテンが身体からずり落ちてしまった。

〈プライメール〉はさらに大きなうなり声をあげ、彼女の火照った身体を引き寄せる。例の固いものは、いまではコーミアの太腿にのっかる格好になっていた。コーミアは息を呑んだが、どうしようと考えている時間はなかった。彼の唇が彼女ののどを探し当て、柔らかい肌を吸った。それが引金となって、全身がかっと熱くなってくる。やがて彼は腰を動かしはじめた。前後に突きあげるその動きに誘われるように、コーミアは脚のあいだがうずきだし、下腹部に得体の知れない欲求のようなものが広がっていく。

なんの前触れもなく、彼は両腕を巻きつけてきて、彼女を転がすようにして覆いかぶさってきた。華麗な髪が彼女の顔に落ちかかる。たくましい太腿が彼女の脚のあいだに割って入ってきたかと思うと、完全にうえにのしかかられた。背を反り返らせては腰を引き、性器らしきものを脚のあいだにすりつけてくる。のしかかる彼の肉体はあまりにも大きかったが、押さえつけられて逃げられないという感覚はなく、こわいとも思わなかった。いまふたりがしていることは、それがなんであれコーミアにとっても望ましい――というより望んでやまないことだった。

おずおずと、両手を彼の背中にまわした。背骨に沿った筋肉は力強く、彼の動きにつれて、ローブのサテン地越しに波打つ感触が伝わってくる。コーミアの手が触れたときには、それが気に入ったかのように、彼はまた新たなうめき声を漏らした。服を脱いだら、彼の素肌はどんな感触なのだろう。

やがて彼は横向きになり、彼女の手を取って、ふたりの身体のあいだに導いていった。彼の股間に。

彼女の手がふれた瞬間、ふたりはそろって息を呑んだ。コーミアは純粋な驚きを覚えた。その熱と硬さと大きさ……さらには皮膚の柔らかさ……それには計り知れないほどのパワーが潜んでいるように感じられる。炎のような熱が彼女の太腿に伝わってきて、コーミアはとっさにそれを握っていた。

だが、そのとき彼はひと声叫んで、腰を前に突き出してきた。彼女の手のなかの物がびくんと跳ねる。どこからともなく熱いものが噴き出してきて、彼女の下腹部全体に飛び散った。

ああ〈聖母〉さま、まさかおけがをさせてしまったのでは。

目が覚めたら、フュアリーはコーミアのうえにのっていた。おまけに彼女の手にペニスは握らせているし、すでにオルガスムスの真っ最中だった。ブレーキをかけようとし、全身に渦巻く官能の怒濤をなんとかせき止めようとしたが、勢いがついていて止めるに止められなかった。このままでは彼女の身体にぶちまけてしまうと気づいていたのに。

その嵐が過ぎ去ると、彼ははじかれたように身体を起こした。が、最悪だったのはそのあとだ。

「申し訳ありません」コーミアはおびえた表情でこちらを見あげていた。

「なにが」まずい、ついきつい口調になってしまった。あやまるのはこっちだというのに。

「おけがをさせて……こんなに血が」

ああ、どうしたらいいんだ。「いや……これは血じゃないんだ」

フュアリーは上掛けをめくって起きようとしたが、自分が素っ裸なのに気がついた。あわてて布団のなかを探り、ローブを見つけて手早く引っかけ、義肢を装着してベッドから出ると、バスルームにタオルを取りに行った。

戻ってきたときには、早く拭き取ってやらなくてはとそればかり考えていた。なにしろひどく汚してしまったのだ。

「いま拭いてあげ……」床にカーテンが落ちているのに気づいた。上等じゃないか、彼女も裸だったというわけだ。

目をそらしてタオルを差し出した。「これを使って」

視界の隅で見ていると、彼女は上掛けの下で気まずそうにタオルを使っている。自分で自分が情けなくてしかたがない。まったく……なんたる醜態だ。かわいそうに、なにも知らない娘をあんなにおびえさせて。

コーミアがタオルを返してきたときフュアリーは言った。「やっぱりこの部屋でいっしょに寝るのはやめよう。まずいよ。この館にいるあいだは、きみは隣の部屋を使ってくれ」

ほんの少し間があってから、彼女は答えた。「はい、仰せのとおりに」

47

日が沈んだとき、ジョンは地下のジムにいて、他の訓練生たちとともに一列に並んでいた。短剣を右手に持ち、構えの姿勢で、足を踏んばる。ザディストが歯のあいだから口笛を吹くと、全員そろって形の練習を始めた。相手の胸を剣でひと撫でし、切尖《きっさき》を引きつつまた切りつけ、最後に一歩踏み込んで肋骨の下から突きあげる。

「ジョン、集中しろ!」

くそ、なにからなにまでなってやしない。またしてもだ。わけもわからず、むだにじたばたしていると感じながらも、なんとかリズムに乗って形をきめようとする。しかし身体のバランスが最悪で、手足がどうしても言うことをきかない。

「ジョン——やめ」ザディストが背後にやって来て、腕をとって動かしてみせる。またか。

「お嬢さんがた、構えに戻れ」

ジョンは構えの姿勢をとり、口笛を待った……そしてしくじった。またか。

ザディストがまた近づいてきたが、今度はもうその顔がまともに見られなかった。

「こっちでやってみな」Zはジョンの手から短剣をとり、左手に握らせた。

ジョンは首をふった。彼は右利きなのだ。

「いいからやってみろ。お嬢さんがた、始めるぞ」

ふたたび、構えの姿勢。そして口笛。また失——

いや、なぜか今度は失敗じゃない。奇跡のようだ。ジョンの身体は、まるで完璧なピアノの和音のように、移りゆく一連の形を見事に決めていく。すべてが調和していた。腕も、脚も、行くべきところに行き、手に握られた剣は完璧にコントロールされ、すべての筋肉が一体となって動いている。

稽古が終わったとき、ジョンはうれしさに顔がゆるんでいたが、それもZと目が合うまでだった。〈兄弟〉はみょうな目でこっちを見ていたが、ふとわれに返ったように、「いいぞ、ジョン。ずいぶんよくなった」

ジョンは手にした剣を見下ろした。一瞬、辛い記憶がよみがえる。サレルが殺される二日前、彼女を車まで送っていったときの光景だ。彼女のそばにいたときに、剣を持っていればいいのにと思った。剣を携えていない手の軽さを、とても心細く感じた。あれは右手だった。なぜ遷移のあとに利き手が変わったのだろう。

「もう一度だ、お嬢さんがた」Zが号令をかける。

そこからさらに二十三回、連続技の稽古をしてからべつの形に移った。今度はひざをつき、上に向かって剣を突き立てる動作だ。Zは列のひとりひとりを見て歩き、姿勢を直したり、語気強く命令したりしていく。

だが、ジョンが注意されることはもうなかった。すべてうまくいっている。才能が引き出された。金塊が掘り当てられたのだ。

訓練が終わったとき、ジョンはロッカールームへ向かおうとしたが、Zに呼び止められた。用具室に入り、鍵のかかったクロゼットに連れていかれた。訓練用の短剣が保管されている場所だ。

「次からはこいつを使え」と、柄の青い剣を渡した。「左利き用に作られている」

ジョンはそれを握ってみて、さらに強くなったような気がした。礼を言おうとしたが、Zはまゆをひそめている。さっきジムで見せたのと同じ、みょうな目つきでこっちを見つめていた。

ジョンは道着のベルトに短剣を差して、手話で尋ねた。おれの姿勢、変ですか？

Zは短く刈った頭をこすりながら、「左利きの戦士が何人いると思う」

ジョンは息が止まった。不思議な感情が湧きあがってくる。何人ですか？

「知られてるかぎりじゃひとりだけだ。だれだと思う」

だれですか。

「ダライアスだ。Dは左利きだった」

ジョンは自分の左手を見下ろした。父さんが……

「身のこなしもよく似てる」Zがぼそりと言った。「正直な話、不気味なぐれえだ。そのまんまだ」

ほんとに？

「ああ、流れるみたいな動きだった。おまえもそうだ。まあ、なんでもいいけどよ」Zはジョンの肩を叩いた。「左利き《レフティ》、とにかくがんばれ」

ジョンは〈兄弟〉の背中を見送り、また自分の手のひらに目をやった。

父がどんな姿をした男だったのかと考えるのは、これが初めてではない。どんな声をしていたのか、どんな行動をとっていたのか……ああ、父の話が聞けるならなにを差し出しても惜しくないのに。

いつの日か、ザディストに尋ねることもできるかもしれない。ただ、冷静に聞けるかどうかが気がかりだ。

男たるもの、つねに毅然としていなければならない。とくに〈兄弟〉の前では。

ジェインは車をバックでガレージに入れ、エンジンを切った。腕時計を見て思わず毒づいた。Vと家で会おうと約束していたのに、二時間半も遅れてしまった。

足止めを食らうにしても、ここまでひどいケースは珍しい。ジェインはすでにコートを着て、バッグに荷物を詰め終えていた。だが、出口へ向かう途中、ありとあらゆる医療スタッフが押し寄せて、次々に質問を浴びせてきた。そうこうするうち、患者のひとりの容体が急変して、治療しなければならなくなった。治療が終わったら、今度はその女性患者の家族に説明しなくてはならない。

つかまって出られない、とヴィシャスにテキストメッセージで知らせた。その後、さらに長引きそうになったときにもう一度。彼は気にしなくていいと打ってきてくれた。しかし帰り道、迂回路で渋滞に巻き込まれて電話をしたときには、すでにボイスメールに切り替わっていた。

そしていま、ガレージのシャッターが閉じるのを見ながら車を降りようとしている。ヴィシャスに会えるとわくわくするいっぽうで、同時に疲れきっていた。昨晩はほとんど寝ずにあんなことやこんなことをして過ごしたし、今日は大変な一日だったし。

キッチンからなかへ入り、呼びかけた。「遅くなってごめんなさい」

「気にすんなよ」リビングから声がする。

かどをまわって歩いていき……はたと足が止まった。暗闇のなか、ヴィシャスはソファに座っていた。脚を組んで。そのかたわらにはレザージャケット。そしてラッピングされたカラーの花束があった。彼は身じろぎもしない。凍った湖のように。

どうしよう。

「ただいま」と言って、かつて両親が使っていたダイニングテーブルにコートとバッグを放り出した。

「お帰り」組んだ脚をほどき、両ひじをひざについた。「病院の仕事はぜんぶ片付いたのか」

「ええ、とにかくもう忙しくて」彼女は花束の隣に腰かけた。「きれい」

「きみのために買ったんだ」

「ほんとうにごめん――」

手をあげてその言葉を制して、「謝る必要はない。どんなふうかは想像がつくよ」

ヴィシャスの様子を見るうちにわかってきた。彼は、こちらに罪悪感を覚えさせようとは思っていない。ただ落胆しているのだ。なぜかそのほうがよけいつらかった。理不尽に責められてもそれはそれで困る。しかし彼ほど強い男が、こんなに静かにあきらめているのは耐えられなかった。

「疲れてるみたいだな」彼は言った。「いまはベッドに寝かせてやるのがせめてもの親切だよな」

ジェインはソファの背にもたれ、人さし指で花を撫でた。彼が平凡な薔薇など選ばず、また同じカラーでも白にしなかったのを彼らしいと好ましく思った。深いピーチ色のカラー。個性的で、美しい。「昼間、あなたのことを考えてたわ。いろいろ」

「へえ」顔を見なくても、微笑んでいるのが声でわかる。「どんなことを?」

「どんなってこともないけど。毎晩あなたの隣で眠れたら、どんなにいいかなって」

コロンビア大の話を断わったことは黙っていた。チャンスを見送るのは惜しい気もしたが、ニューヨーク・シティへ移って、いま以上に責任の重いポストを目指すのは、どう考えても賢いこととは思えない。Vと過ごす時間が増えるどころか、ますます減ってしまう。いまでも人の上に立ちたいとは思う。しかし、欲しいものを手に入れるためなら、時としてなにかを犠牲にすることも必要だ。夢はすべて実現するなんて、現実にはありえない。

いきなりあくびがのどから飛び出してきて、抑えきれずに口が開いた。ああ、もうくたくただ。

Vが立ちあがり、手を差し出してきた。「上へ行こうか。しばらく並んで横になろう」

うながされるままに二階へあがり、服を脱がせてもらい、シャワーへ連れていかれた。てっきりいっしょに入ってくると思ったのに、Vは首を横にふった。

「おれにそんなことをさせたら、これから二時間は寝られなくなるぞ」目は彼女の乳房に釘づけで、しかもあやしい光を放っている。「ああ……くそ……とにかく……ちくしょう、外で待ってるから」

ジェインは笑みをもらした。シャワールームのガラス戸が閉まり、大きな黒い人影が大股に寝室のほうへ戻っていく。十分後、身体を洗い終え、デンタルフロスと歯磨きをすませ、ナイトシャツに着替えてシャワーを出る。

ヴィシャスは上掛けを整え、枕をきれいに並べて、シーツもきちんと折り返していた。

「寝ろよ」

「ひとに指図されるのは嫌い」ジェインはつぶやいた。

「おれの言うことは聞くじゃないか。たまには」ベッドに潜り込もうとするジェインのお尻をぽんと叩いて、「ゆっくりお休み」

ジェインがベッドの具合を自分の好みに合わせて整えたところで、彼は反対側に回り、ベッドに横たわった。腕を頭の下にまわされ、抱き寄せられる。ああ、なんていい香り。腰を上下にさすってくれる手のやさしさ。まるで天国だ。

ややあって、闇に向かってつぶやいた。「今日、患者さんがひとり亡くなったの」

「そうか、大変だったな」

「ええ……救う手立てはなかった。ときどきだけど、それがはっきりわかってしまうことがあるの。彼女の場合もそうだった。手は尽くしたけど、そのあいだじゅう……そう、そのあいだじゅうずっと、引き止めてはおけないってわかってたわ」

「つらかったろう」

「ええ、最悪。もう手の施しようがないってわたしが言ったの、ご家族に。でも少なくとも、あの患者さんはご家族に看取られて亡くなったんだから、それはよかったと思う。妹はそうじゃなかった。ハンナは独りぼっちで亡くなったの。それを思うといたたまれないわ」ジェインは、シュートで心臓が力尽きた若い女性の姿を思い出していた。「死って不思議なものよね。たいていのひとは、それをスイッチみたいに、ぱちんと切り替わるものみたいに思ってるけど、どちらかと言えば連続的な現象なのよ。ちょうど、一日の終わりに店を閉めるのに似てるわね。たいていその進みかたは予測がつくの。そしておしまいに、店にともってた最後の明かりが消えて、ドアが閉まって、錠がおろされるの。医者にできることといったら、そのお店のなかに飛び込んで、店じまいが進むのを食い止めることだけ。傷口を縫合したり、輸血したり、投薬して身体の機能をむりに調整させたりするわけ。でもときには……ときには、なにをしてもお店のひとがいなくなっちゃうことがあるの。そんなときは、なにをしたってそのひとを引き止めることはできないのよ」ジェインは力なく笑った。「ごめんなさい。つい暗くなっちゃって」

ヴィシャスは彼女の顔を撫でた。「暗くなんかない。感動的な話だった」

「それはあなたのひいき目よ」と言って、あご骨が鳴るほど大きくあくびをした。

「ほら、おれの言ったとおりだ」と彼女のひたいにキスをした。「もう寝たほうがいい」

その指示に従っていたらしい。しばらくしてから彼が離れるのを感じたから。「行かないで」

「しょうがないんだ。ダウンタウンのパトロールに出る」

立ちあがると、人間の小山のよう――いいえ、ヴァンパイアの小山のよう。ダークヘアが、コンドミニアムの正面の街灯から射し込むぼんやりした光を反射している。

悲しみの波に全身を洗われて、彼女は目を閉じた。

「どうしたんだ」と隣に腰をおろしてくる。「大したことじゃない。悲しいことなんかないじゃないか。おれたちふたり、悲しいことなんかなんにもない。いっしょに楽しくやっていくんだ」

彼女はのどが詰まったような笑い声をあげた。「わたしの気持ちがどうしてわかったの。そんなに情けない顔してた？」

Vは自分の鼻をつついて、「においでわかるんだよ。春の雨みたいなにおいだった」

「わたし、こういうさよならみたいなのがいやなの」

「おれもだ」身をかがめて、唇をひたいに軽く当てた。「ほら」と肩をゆすって長袖のシャツを脱ぎ、丸めて彼女の頬の下に差し入れた。「これをおれだと思って待っててくれ」

ジェインは深々と息を吸った。きずなのにおいを嗅いだら、少し心が落ち着いた。立ちあがると、袖なしシャツ一枚の彼はとても強そうに見える。スーパーヒーローのように不死身かと思わせる。それでいて、ちゃんと息をしているのだ。

「ねえ……気をつけてね」

「もちろん」かがんでまたキスをした。「愛してる」

彼が身を起こそうとしたとき、ジェインは手をのばしてその腕をつかんだ。言葉は出てこない。だが、沈黙がじゅうぶんに語っていた。

「おれも離れたくない」ぶっきらぼうに答える。「でも、すぐ戻ってくるから。約束だ」

もう一度キスをして、ドアに向かった。階段をおりてコートをとる音を聞きながら、彼のシャツを抱きしめ、顔を埋めて目を閉じた。

まるで待っていたかのように、隣のコンドミニアムのガレージのシャッターががらがらと音を立ててあがった。半分あがったところで引っかかり、モーターがしゃかりきにうなりだし、こちらのベッドのヘッドボードが振動しはじめた。

ジェインは枕にパンチをくれて寝返りを打った。わめきだしたい気分だ。


短剣のホルスターを身に着けながら、ヴィシャスは上機嫌にはほど遠かった。気分が乗らず、なんとなくいらいらするし、ひどくうずうずしている。ダウンタウンに出かける前に、ぜひとも煙草を吸って頭をすっきりさせたいところだった。重いダッフルバッグをいっぽうの肩だけにかけているような、みょうにバランスがとれない感じがする。

「ヴィシャス！　待って！」非実体化しようとしたとき、二階からジェインの声が降ってきた。「待って！」

はずむような足音が階段から聞こえてきて、勢いよくかどをまわってくるのを見れば、彼のシャツを着た彼女はことさら小さく見えた。後ろのすそがひざに届きそうだ。

「いいこと思いついたの。とんでもなく聞こえるけど、でもよく考えるとすごい名案なのよ」シャツの高いカラーに頬まで埋めて、目を決意にきらきらさせて、彼女は見とれるほど美しかった。こんな美しいものは初めて見るというほどに。「わたし、あなたのところへ引っ越そうと思うの。どう?」

ヴィシャスは首をふった。「おれはうれしいが、しかし——」

「それでね、〈兄弟団〉専属の外科医になるのよ」

それは……それはすごい……「なんだって」

「〈兄弟団〉には、住み込みの外科医が必要だわ。そのハヴァーズって医師とはぎくしゃくしてるって言ってたでしょう。わたしならその問題を解決できるわよ。看護師を助手に雇って、最新の設備をそろえて、わたしが指揮をとるの。〈兄弟団〉では、週に少なくとも三、四回は負傷者が出るって言ってたじゃない。それにベラは妊娠してるし、将来もっと赤ちゃんができるかもしれないし」

「それはありがたいが……しかし、きみは病院をやめることになるんだぞ」

「そうだけど、見返りはあるもの」

Vは赤くなって、「おれのことか?」

ジェインは笑った。「ええ、もちろんよ。でも、それだけじゃないわ」

「というと?」

「あなたの種族を系統だてて研究できるってことよ。わたし、医学の次に興味があるのは遺伝学なの。これから二十年、あなたたちの治療をしたり、人間とヴァンパイアのちがいを調べたりして過ごせれば、とても充実した人生になると思うわ。あなたたちがどんなふうに進化してきて、あなたたちの身体がどうなってるのか、なぜガンにかからないのか研究したいのよ。重要な研究課題だわ。どちらの種族にも役に立つはずよ。実験材料にしようっていうんじゃないの……いえ、そういうことなのかもしれないけど、でも残酷なやりかたはしないわ。以前思ってたみたいな突き放した見かたをするんじゃなくて、愛してるからこそいろいろ学びたいのよ」

Vは彼女を見つめるばかりで、息ができないというあれを経験していた。

ジェインが顔をしかめる。「ねえ、イエスと言って——」

その彼女をひしと胸に抱きしめて、「もちろんだ。もし……もしラスの許可が得られたら、きみさえよければ……おれはもちろんイエスだ」

彼女もVの腰に両手をまわし、ぎゅっと抱きしめてきた。

ちくしょう、彼は空を飛んでいるような気分だった。完全無欠、頭も心も肉体も充実していると感じる。すべての小さな箱がきちんと並べられて、包みから出してきたばかりのルービック・キューブのように完璧だった。

幸福にわれを忘れそうになっていると、電話が鳴りだした。悪態をつきながらベルトからはずし、「なんだ。ジェインのとこだが。なに、ここに来る？　いますぐか。わかった。そうか。それじゃ二分後にな、ハリウッド」〈RAZR〉を閉じて、「レイジが来る」

「わたしの引越し、うまく処理できると思う？」

「ああ、大丈夫だろう。正直な話、きみがこっちの世界に来てくれたら、むしろラスは安心するだろうと思うぜ」握った手の甲で彼女の頬をなぞり、「おれだってそうだ。ただ、きみにはいまの生きかたを棄てられないだろうと思ってた」

「でも棄てるわけじゃないわ。いまとまったく同じではないけど、すっかりちがうわけでもないし。つまりその……わたし、あんまり友だちもいないし」マネロは別だけど。「なんのしがらみもないのよ。だいたい、コールドウェルを出てマンハッタンに移ろうとしてたんだもの。それに……あなたといっしょのほうが幸せになれると思うの」

Vは彼女の顔を眺め、その意志の強そうな目鼻だち、短い髪、鋭く光る濃緑色《フォレストグリーン》の目を愛しいと思った。「きみにそんなことを頼むつもりはなかったんだ……おれのために、いままで築いてきたものをすべて棄ててくれなんて」

「わたしがあなたのこと好きなのは、それも理由のひとつなのよ」

「ほかの理由もいつか聞かせてほしいね」

「たぶん、いつかね」ジェインの手が股間に滑り込んできて、Vははっと息をのんだ。「聞かせるだけじゃすまないかも」

彼女の口を口でふさぎ、舌を差し入れた。壁のほうへ押しやって、背中を寄りかからせるかっこうにする。レイジは、前庭でもうしばらく待たせておいても——

電話が鳴りだした。しつこく鳴りつづける。

Vは顔をあげ、玄関のわきの窓ごしに外を見やった。レイジが前庭に立って、電話を耳に当てて見返してくる。大仰に時計をチェックし、こっちに向かって中指を立ててみせた。

ヴィシャスは石膏ボードの壁にこぶしを打ちつけ、ジェインから一歩身を引いた。「今夜が終わるころに戻ってくる。裸で待っててくれ」

「自分で服を脱がさなくてもいいの?」

「ああ、そのシャツをずたずたにしちまいそうだし、おれのベッドでいっしょに寝られるようになるまでは、毎晩そのシャツを着て寝てもらいたいから。だから待っててくれ、は・だ・か・で」

「どうしようかしら」

反抗されて、Vは全身がどくどくと脈打つようだった。そしてジェインはそれに気づいている。まっすぐ見つめてくる目がたまらなく悩ましい。

「ちくしょう、愛してるぜ」彼は言った。

「わかってるわ。それじゃがんばって、そのなにかを殺してきて。待ってるわ」

Vは彼女に微笑みかけた。「これ以上はないぐらい、愛してるよ」

「わたしもよ」

Vは彼女にキスをしてから、非実体化してレイジのそばに出現した。多少の〝幻惑《ミス》〟をまちがいなく施してから。くそ、厄介な。雨まで降ってやがる。ジェインとぬくぬく過ごしたくてたまらず、兄弟と出歩くのはまるで気が進まない。どうしても、レイジに険悪な目つきをくれずにはいられなかった。

「あと五分が待てないのかよ」

「勘弁しろよ。惚れた女とああいうことを始めたら、おれはここで夏まで待たなきゃならないだろ」

「おまえが――」

Vはまゆをひそめて、ジェインの隣のコンドミニアムに目をやった。ガレージのシャッターがなかほどで引っかかっていて、ブレーキライトの光が漏れている。車のドアがばたんと閉じる音がしたかと思うと、風に乗って甘ったるいにおいが漂ってくる。冷たい風に、粉砂糖がまぶされているようだ。

「まさか……そんなばかな」

まさにその瞬間、ジェインが玄関のドアをあけて、レザージャケットを手に持って走り出てきた。彼の大きなシャツを後ろになびかせながら。「忘れものよ！」

おぞましいホールインワンの瞬間だった。その断片だけを見てきた場面のすべてがつながった瞬間だ。あの夢がついに現実になったのだ。

「来るな！」彼は絶叫した。

そのつながった場面が順を追って展開していく。連続する一秒一秒が数世紀にも思えた。レイジが、気でも狂ったかという顔でこちらを見る。ジェインが芝生のうえを走ってくる。恐怖に圧倒されて〝幻惑《ミス》〟がほどける。

半開きのガレージのシャッターをくぐって、〝レッサー〟が姿を現わした。銃を抜いている。

消音器が取り付けられていたせいで、銃声はしなかった。Vはジェインに向かって走った。わが身を盾に守ろうとしたが、間に合わなかった。彼女の背に銃弾が突き刺さる。弾丸は胸骨を砕いて貫通し、Vの腕をえぐった。倒れる彼女を抱きとめたとき、彼のほうも胸が痛みに灼《や》けつくようだった。

ともに地面にくず折れたとき、殺戮者を追ってレイジが飛び出していったが、Vはほとんど気がつかなかった。わかっていたのはあの悪夢のことだけだ。彼のシャツに広がる血痕。心臓が張り裂けるような苦悶。死神の訪れ……だが、それを受けたのは彼ではなかった。ジェインだったのだ。

「あと二分」苦しい息のあいだに彼女は言って、手を胸に押し当てた。「もう二分……ないわ」

銃弾は大動脈を引き裂いたにちがいない。そして彼女はそれを悟っている。「わたし、もう――」

首をふって、Vの腕をつかんだ。「ここにいて。ああ……わたし、たぶん……」

助からない……彼女はそう続けるつもりだったのだろう。「ばか言うな！」

「ヴィシャス……」目に涙が浮かんだ。顔から見る見る血の気が引いていく。「手を握って。そばにいて。行かないで……ひとりにしないで」

「大丈夫だ、すぐによくなる！」Vは彼女を抱きあげようとした。「ハヴァーズのとこへ連れてってやるから」

「ヴィシャス……これは治せないわ。手を握って。もう時間が……ああ、くやしい……」彼女はあえぎながら泣きはじめた。「愛してるわ」

「**死ぬな！**」

「あいし……」

「**死ぬんじゃない！**」

48

〈書の聖母〉は、手に止まった小鳥からはっと顔をあげた。だしぬけに恐怖が襲いかかってきたのだ。

ああ……なんと忌まわしい偶然。なんと無情な運命。

ついに来た。ずっと昔に察して恐れていたこと、彼女の作りあげた世界が崩れるときが来たのだ。彼女の受けるべき罰があらわになったのだ。

あの人間……あの人間の女、息子の愛する女が、いままさに死に瀕している。息子の腕に抱かれ、血を流して死のうとしている。

定まらない腕をあげて、白い花咲く木にコガラを戻らせ、よろめきながら噴水のほうへ歩いていった。大理石のふちに腰をおろす。軽いはずのローブが、身に巻きつく太い鎖のようにずっしりと重く感じられた。

息子の喪失の原因を作ったのは彼女だ。まことに、この災いを息子にもたらしたのは彼女なのだ。法にそむいたのだから。三百年前に法にそむいたのだから。

時の始め、〈書の聖母〉はただ一度の創造行為を認められた。そしてそれに従い、成年に達してのちに、創造の行為をおこなった。だが、その後もういちどそれをしてしまった。宿すべきでない子を宿し、そのゆえに彼女の子は呪われたのだ。息子の運命――じつの父に虐待されたことも、無慈悲で冷酷なヴィシャスという男に育ったことも、いままた恐ろしい苦悶を強いられているのも、そのすべてがほんとうは彼女への罰なのだ。なぜなら息子が苦しむとき、彼女はその一千倍も苦しむのだから。

父に助けを求めたかったが、それができないのはわかっている。彼女がどんな選択をしようと、それは父にはなんの関わりもないことだ。そしてその選択の結果は、すべて彼女がひとりで背負うしかないのだ。

いくつもの次元を通して、息子の身に起こったことを彼女は見た。身も凍る衝撃にしびれる感覚を味わい、灼けつくような否認を、はらわたのよじれる恐怖を感じた。そしてまた、彼の愛する女の死をも感じた。徐々に身体が冷えていく。胸腔に血があふれて心臓が細動を始める。そしてそのときたしかに、息子が愛の言葉をつぶやくのを聞き、息子からあふれ出す恐怖の鼻を突くにおいを嗅いだ。

しかし、できることはなにもなかった。かくも多くの者に、計り知れない力をふるってきた彼女だが、いまこの瞬間には無力だった。なぜなら運命を、そして自由意志のもたらす帰結を左右できるのは父ひとりだから。永遠の完全な地図を持つのも、なされた選択、なされなかった選択のすべてを知るのも、人に知られた道、知られざる道のすべてを知るのも、ただ父ひとりなのだ。父は書物であり、書物のページであり、ページに書かれた消えることのないインクだった。

だが、彼女はそうではない。

そしてそのゆえに、父は彼女の声に応えてはくれない。これが彼女の運命だから。彼女がとるべきでない肉体をとったために、そこから生まれた子は罪もないまま永遠に苦しむのだ。息子が生ける屍となって地上をさまようのは、すべて彼女の選択の結果なのだ。そしてそのために苦しむのが彼女の運命なのだ。

嘆きの声とともに、〈書の聖母〉は形を脱ぎ捨て、身に着けていたローブから抜け出した。黒いひだが崩れて大理石の床に落ちる。彼女は光の波となって噴水の水中に入り込み、水素分子と酸素分子のあいだを通り抜けた。彼女の不幸に刺激されて水は沸騰し、蒸発する。エネルギーの転移は続き、水は上昇して雲となり、中庭の上空で凝結して、泣くことのできない彼女の涙となって降り注ぐ。

白い木のうえで、彼女の小鳥たちは降り注ぐ水滴に首をかしげた。この新しいできごとについて考え込むかのように。やがて、初めていっせいに枝を離れて噴水へ飛んでいった。そしてふちにずらりと列をなし、〈聖母〉の宿る輝く沸騰する水を背に、外の世界に顔を向けて並んだ。

悲しみと後悔に苦しむ〈聖母〉を、小鳥たちは守っていたのだ。一羽一羽が、大きく獰猛なタカであるかのように。

いつものように、小鳥たちは〈聖母〉の唯一の慰めであり、また友であった。


ジェインは自分が死んだことに気がついた。

それがわかったのは、そこが霧のただなかで、死んだ妹によく似ただれかが目の前に立っていたからだ。

これはまちがいなく死んだな、と思った。ただ……それならもっと動揺するのではないだろうか。ヴィシャスのことをもっと心配し、妹と再会できたのをもっと喜ぶものなのでは？

「ハンナ？」ジェインは確かめたくて呼びかけた。目の前にいるのが、たしかに自分の思っているとおりのだれかだと確認したかった。「あんたなの？」

「うん、まあね」妹のまぼろしは肩をすくめた。きれいな赤毛が肩といっしょに動く。「でも、ほんとはただのお使いなの」

「だけど、ハンナにそっくりだわ」

「そりゃそうよ。いまあなたに見えてるのは、ハンナのことを思い出したときに心に浮かぶ姿なんだもの」

「なるほどね……なんだかちょっと『トワイライト・ゾーン』みたい。でもちょっと待って。

ひょっとして、これはただの夢なの？」もしそうならどんなにいいだろう。ついさっき彼女の身に起こったことを思えば。

「ううん、あなたは死んだのよ。中間地帯に着いたばっかりなの」

「どことどこの中間？」

「はざまよ。ここでもあそこでもないところ」

「もう少し具体的に説明してくれない？」

「ちょっとむずかしいな」ハンナのまぼろしはあの笑みを浮かべた。意地悪な料理人のリチャードさえ陥落するほどの、天使のような笑み。「でも、メッセージがあるんだよ。ジェイン、彼を手放さなくちゃだめ。平安が欲しかったら、手放さなくちゃいけないの」

彼というのがヴィシャスのことなら、それはぜったいに無理だ。「できないわ」

「できなくてもやらなきゃだめ。でないとここで消えることになるよ。ここでもあそこでもない場所にいられる時間は限られてるんだから」

「その時間が過ぎたらどうなるの？」

「永久に消えちゃうの」ハンナのまぼろしは真顔になった。「ジェイン、彼を手放しなさい」

「どうやって？」

「自分でわかってるはずだよ。そしてそれができたら、向こう側で本物のあたしに会えるんだよ。だから、彼を手放して」そう言うと、そのお使い——であれなんであれ——は消えた。

ひとり残されて、ジェインはあたりを見まわした。一面の霧。雨雲のように濃く、地平線のように果てしない。

恐怖が全身に広がっていく。ここはいるべき場所ではない。なんとかここから出ていきたい。

だしぬけに焦燥感が膨れあがってきた。なぜそうとわかったのかはわからないが、時間切れのときは迫っている。だが、そのときヴィシャスのことを思い出した。手放すというのが、彼を愛するのをやめるという意味なら、そんなことはとうてい不可能だ。

49

ヴィシャスはジェインの〈アウディ〉を走らせていた。雨をついて、地獄から逃げるコウモリのように。ハヴァーズの診療所までの道を、なかほどまで進んだところで悟った。この車にジェインは乗っていない。

乗っているのはその亡骸《なきがら》だ。

この密閉空間に在《あ》るエネルギーは彼のパニックだけ、鼓動を打っているのは彼の心臓だけ、まばたきしているのは彼の目だけだ。

脳がずっと否定していたことを、きずなを結んだオスの本能が肯定していた。彼女はもういないと血が言っている。

Vはアクセルから足を離した。〈アウディ〉はしばらく惰性で進み、やがて速度を落としてついに停まった。早春の嵐が吹き荒れているせいか、二十二号線はがらんとしている。だが、たとえラッシュアワーの渋滞のなかだったとしても、その真ん中で停まったきり動かなかったにちがいない。

ジェインは助手席に座っている。シートベルトのおかげでまっすぐ上体を起こしている。胸の傷をふさぐために彼のシャツが押しつけてあるが、それもベルトで固定されていた。首をめぐらそうとはしなかった。

彼女のほうを見ることができない。

まっすぐ前に顔を向け、道路の黄色い二重線を見つめていた。その目の前で、フロントガラスのワイパーが行きつ戻りつしている。その規則的なリズムは、古めかしい時計の刻む音のようだ。カチ……コチ……カチ……コチ……

時間の経過はもう問題ではない。どんなに急ごうとも無意味だ。

カチ……コチ……カチ……

この胸の痛みを考えれば、自分も死んでいるはずだという気がした。こんなに激しく痛むのに、いまも生きて動いていられる理由がわからない。

コチ……カチ……

前方で道がカーブしていて、森がアスファルトの路肩に迫っている。とくになぜというわけではないが、木々がどれも密集して生えているのになんとなく目が留まった。落葉した枝々が交差しあって、まるで黒いレースのようだ。

コチ……

まぼろしはあまりに静かに忍び寄ってきた。そのせいで、視界が変化していることに最初は気がつかなかった。だがそのとき、目の前に壁が現われた。繊細な質感の……まばゆい光に照らされている。あの光はいったいどこから来るのかと……

あれは自動車のヘッドライトだ。

けたたましいクラクションに、Vはハッとわれに返り、アクセルを踏み込むと同時にハンドルをぐいと右に切った。あちらの車は、凍った舗道に横滑りしつつわきをかすめ、そのあと体勢を立てなおして道の向こうへ消えた。

Vはまた森に目を戻した。すると立て続けに、まるで映画のように残りのまぼろしが現われた。麻痺したような無関心さで、彼は自分の行動するさまを眺めた。破廉恥と非難されてもしかたのない行動だった。未来が展開していくさまを見て、心に刻みつけた。まぼろしが消えると、彼は車を出した。自暴自棄な目的を胸に、制限速度の二倍のスピードで、コールドウェルの中心とは反対方向に走っていく。

電話が鳴りだした。レザージャケットを放り込んだバックシートに手を伸ばし、〈RAZR〉を取り出した。電源を切り、道路際に寄せて車を停めてから裏ぶたを開いた。GPSチップを取り出し、〈アウディ〉のダッシュボードに置くと、こぶしで叩きつぶした。

「いったいあいつ、どこにいやがるんだ」

書斎を歩きまわるラスに、フュアリーは道をあけた。ほかの兄弟たちも、同じく道を譲っている。こんなふうに王がブルドーザー化したときは、へたに道をふさぐとなぎ倒されてじゅうたんにされてしまう。

ただ今回は、どうやら返答を求めているようだった。

「ここにはおれしかおらんのか。Ｖはいったいどこだと訊いてるんだ」

フュアリーは咳払いをした。「それがよくわからないんだ。十分ほど前に、ＧＰＳが故障して」

「故障？」

「うんともすんともいわなくなったんだ。ふつうは、Ｖが電話を身に着けてるとちらちらするんだが、それもしなくなった」

「くそ。上等じゃないか」ラスはラップアラウンドのサングラスを持ちあげ、目をこすりながら顔をしかめた。近ごろは頭痛に悩まされるようになっている。たぶん無理に文字を読もうとするせいだろうが、無許可離隊《AWOL》の兄弟が状況を悪化させているのはまちがいない。

部屋の向こうで、レイジが悪態をついて電話を切った。「まだハヴァーズんとこには行ってない。なあ、どこかに埋葬しに行ったんじゃないかな。地面は凍ってるが、あの手があれば問題ないわけだし」

「ほんとうに死んだのか」ラスがぼそりと言った。

「おれの見たかぎりじゃ、胸をまともに撃たれてたからな。〝レッサー〟を始末して戻ったときには、もうその場にはふたりともいなかったし、ジェインの車も消えてた。だけど……ああ、たぶん助からなかったと思う」

ラスはブッチに目をやった。この部屋に入ってきたときからずっと黙りこくっている。

「女を見つけられないか。あいつが、セックスとか身を養うとかに使った女を」

刑事《デカ》は首をふった。「無理だ。そっちの方面についちゃ、あいつは徹底的な秘密主義だから」

「それじゃ、そっちから追跡することもできんな。ますますけっこう。例のペントハウスに行ってる可能性はないか」

「戻る途中で寄ってみた」ブッチは言った。「あいつはいなかったし、正直言ってあっちに行くとは思えねえな。あの部屋をなんのために使ってたか考えりゃ」

「夜明けまであと二時間しかない」ラスはルイ十六世様式のデスクの向こうに腰をおろしたが、華奢な椅子に両腕を突っ張って、いまにもなにかに飛びかかりそうに見えた。

ブッチの電話が鳴りだし、彼は勢い込んで出た。「Vか？　ああ……やあ、ベイビー。いや……まだなにも。うん、わかってる。愛してるよ」

デカが電話を切ると、ラスは暖炉の火に目を向けた。ほかのみなと同じく、どんな手が打てるかと考えをめぐらしているのだろう。ただ、打てる手は……ない。ヴィシャスはいまどこにいてもおかしくない。兄弟全員で八方手分けして探しても、干し草の山に落ちた針を探すのと同じことだ。それに、GPSチップをVがわざと壊したのはまちがいない。見つけられたくないのだ。

しまいにラスは言った。「手榴弾のピンは抜かれたようだな。あとはいつ爆発するかの問題だ」

Vは、自動車事故の場所を慎重に選んだ。目的地からあまり遠くては困るが、発見される危険があるほど近すぎるのもまずい。ちょうど適当な距離に近づいたところで、手頃なカーブに出くわした。完璧だ。シートベルトを締め、アクセルを踏み込んで衝撃に身構えた。エンジンがうなりをあげ、凍った路面上でタイヤの回転が激しくなる。〈アウディ〉はあっという間に車ではなくなっていき、運動エネルギーの塊そのものに変容していく。

二十二号線が大きく左にカーブしているところで、Vはまっすぐ森のとば口に突っ込んでいった。生存本能を持たない聞き分けのいい子供のように、車は路肩から飛び出し、一瞬宙に浮いた。

着地の衝撃でVは運転席からはねあがり、車のサンルーフに頭を打ちつけ、身体を前方に放り出された。ハンドルとダッシュボードとドアからエアバッグを噴き出させつつ、〈アウディ〉は下生えや若木をなぎ倒してすっ飛んでいく。

そのオークの木は巨大だった。一軒家ほどもある。そして一軒家と同じぐらい頑丈だった。

〈アウディ〉の衝突安全ボディがなかったら、Vは一巻の終わりだっただろう。車の前面はぐしゃりとつぶれて、金属とエンジンのアコーディオンになっていた。Vの首が大きくしなり、顔がまたエアバッグに埋まったとき、枝がフロントガラスをぶち破って突っ込んできた。

衝突の余波で耳鳴りがした。耳のなかで火災報知機が鳴っているかのようだ。どこか折れたところはないかと、身体が自動的にセルフスキャンを始めている。頭はくらくらするし、突っ込んできた枝で切って血も流れていたが、シートベルトを外し、むりやりドアをあけ、よろよろと車を降りた。何度か深呼吸をする。エンジンのうなり、エアバッグのしぼむ音。雨は小やみなく降りつづける。いっそ潔いほど無関心に、木の枝からしたたって林床に浅い水たまりを作っていく。

ジェインの乗っている反対側に急いだ。衝撃で彼女は前方に投げ出され、いまではフロントガラスにもダッシュボードにも座席にも血が飛んでいた。まさにねらいどおりだ。Vはなかに半身を突っ込んでシートベルトをはずし、まだ生きているかのように彼女をそっと抱えあげた。腕のなかで姿勢を変えてやり、苦しくないように気をつけてやる。森のなかを歩きだす前に、寒くないようにレザージャケットもかけてやった。

ヴィシャスは歩きだした。だれもが歩きだすときにするように、片足をもう片足の前に出す。それをくりかえす。何度も。

重い足どりで森を歩いていくうちに、全身濡れて濡れそぼって、しまいには周囲の木々と同じ、雨水がしたたり落ちるだけのモノに変わっていく。目くらましにわざと大まわりをしたせいで、彼女の重みで腕や背中が痛みだした。

ついに洞窟の入口にたどり着いた。尾行されていないか確認する手間はかけなかった。ひとりきりなのはわかっている。

山腹の穴に歩み入ると、雨の音が後退していく。土の床をさらに奥へと進んでいった。記憶を頼りに岩壁《いわかべ》の掛け金を探しあて、開閉機構を作動させた。厚さ三メートル近い花崗岩の板が動き、Vはその向こうの廊下に足を踏み入れた。廊下の先は鉄の門扉に続いている。念力で門の錠を解除すると、扉は音もなく両側に分かれ、背後で岩壁がひとりでに閉じていく。

なかは墨を流したように真っ暗で、空気の密度が濃くなったように感じる。まるでこの地下洞窟には空気が余計に詰まっているかのようだ。すばやく念じて壁のたいまつに火をつけていき、〈廟《びょう》〉の礼拝と儀式の場に向かって歩きだした。廊下の両側には高さ六メートルほどの棚が並び、何千何万という陶製の壺が置かれている。なかに入っているのは、〈兄弟団〉に殺された〝レッサー〟の心臓だ。ふだんは見あげるのだが、今日は目もくれなかった。まっすぐ前方を見すえて、愛する女を運んでいく。つややかな黒い大理石の床に、濡れたブーツのあとを残しながら。

ほどなく、彼は〈廟〉の内部に踏み込んでいった。広い地下洞窟がさらに広がって、巨大な地中の穴になっている。意志の力で、支柱に取り付けられた黒い大ロウソクに火をつける。

その光に照らし出されて、短剣の形に垂れ下がる鍾乳石が見えた。また、祭壇の奥の壁をなす巨大な黒大理石の板も見える。

さっきのまぼろしで見えたのは、この大理石の板だった。二十二号線の先を見つめ、木々を眺めていたとき、この銘板の壁が目に浮かんだのだ。交差しあう木の枝と同じく、大理石の碑文――〈兄弟団〉に仕えてきた何世代にもわたる戦士の名がすべて刻まれている――も繊細でやさしげな模様を描いて、遠くから見るとレースのようだった。

その壁の前にあって、祭壇は素朴ながら強大な力を感じさせた。巨大な一枚岩が、どっしりしたふたつのまぐさ石に載っている。その中央には、〈黒き剣兄弟団〉第一のメンバーの古い髑髏《どくろ》が置かれていた。兄弟たちにとって最も神聖な遺物だ。

その髑髏をわきに押しやり、ジェインを横たえた。すっかり血の気が失せている。力ない白い手がだらりと身体のわきに落ちて、Vはそれを見て全身が震えた。その手をそっと持ちあげ、胸のうえに置きなおす。

祭壇からあとじさると、背中が銘板の壁に当たった。ロウソクの光を浴びて、彼女は上半身にジャケットをかぶって横たわっている。こうしていると、眠っているだけだと思い込むこともできそうだった。

「できそう」というだけだが。

この地下洞窟の壁に囲まれていると、陣営の洞窟を思い出す。また自分自身の姿も目に浮かんだ。彼を脅そうとした未遷移者《プレトラン》に対して、そして父親に対してこの手を使っている姿。手袋をゆるめて引き抜き、輝く手をあらわにした。

いま彼がやろうとしていることは、自然法則にも一族の法にも反している。死者の蘇生は、どんな状況であっても適切でなく、またけっして赦される行為ではなかった。それが〈オメガ〉の領分に属することだからというだけではない。一族の年代記には、あれだけ無数の巻を重ねた歴史書でありながら、そのような例はわずかふたつしかない。そしてどちらもまさしく悲劇で終わっている。

しかし彼はちがう。これはちがう、ジェインはちがう。彼がこれをするのは愛情のためだ。それに対して、史書に出てくるのはどちらも憎悪のためだった。ひとつは、ある殺人者が武器として利用するために死者を蘇生させた例。そしてもうひとつは、復讐の手段として女をよみがえらせたという例だ。

それにもうひとつ有利な点がある。彼はふだんからブッチを癒している。〝レッサー〟相手に仕事をしたとき、デカから悪を抜き取ってやっているのだ。同じことをジェインにもしてやれるだろう。できないはずはない。

黒魔術という〈オメガ〉の領分に踏み込んだ過去の二例のことを、Ｖはきっぱりと頭から追い払った。そしてジェインへの愛のことだけを考えた。

ジェインが人間だというのは問題にならない。たとえ種がちがっても、生と死を分ける境界にはなんのちがいもないからだ。必要なものはすべてそろっている。蘇生の儀式に必要なものは三つ。〈オメガ〉の一部、鮮血、そして電気エネルギーだ。たとえば稲妻を利用する手がある。

もっとも彼の場合は、この身にかけられた呪いを使えばいい。

Vは壺の廊下に引き返したが、選り好みして時間をつぶしたりはしなかった。適当に棚からひとつ取った壺は、その陶器の肌に細かいひび割れが走り、色はくすんだ茶色で、かなり古いもののようだった。

祭壇に戻ると、壺を巨石に叩きつけて割った。なかの心臓は、黒いぬらぬらしたものに覆われている。〈オメガ〉の血管を流れていたものによって保存されているのだ。〈殲滅協会《レスニング・ソサエティ》〉の加入の儀式については、その本質の部分はわかっていない。しかし、心臓を取り出される前に、まず〈オメガ〉の「血」が注入されるのはたしかだった。

つまりヴィシャスは、必要なものを敵から手に入れたわけだ。

初代の〈兄弟〉の髑髏に目をやる。禁じられた行為に神聖な遺物を使うというのに、なんのためらいも感じなかった。短剣の一本を取り出し、手首を切り裂いて、髑髏の頭頂にのっている純銀の盃に血をとった。次に〝レッサー〟の心臓を手にのせ、ぎゅっと握りつぶした。

悪を濃縮した黒いしずくがあふれてしたたり、彼の赤い血に混じっていく。この罪の液体には魔力が宿っている。正義の法をあざむき、虐待を娯楽に変え、無辜《むこ》の者を苦しめて喜ぶたぐいの魔力が。だが同時に、そこには永遠も宿っているのだ。

そしてそれこそが、ジェインのために必要なものだった。

「なりません！」

Vはくるりとふり向いた。

背後に現われたのは〈書の聖母〉だった。フードがおりていて、半透明の顔は恐怖の仮面だった。「してはならないことです」

Vはまた向きなおり、髑髏をジェインの頭のそばに持っていった。そのとき、ちらと思った――いま彼の胸のうちにあるものを〈聖母〉は知っており、そして彼女の胸のうちを間もなく彼は知ることになるのだ。そんな対比に、奇妙だが心休まるものを彼は感じていた。

「それではバランスが乱れます！　なんの代償もなしでは！」

Vはジェインにかけたジャケットをとりのけた。彼のシャツについた血のしみがあらわになる。それは胸のまんなか、乳房と乳房のあいだにあって、まるで標的のように見えた。

「よみがえったときは別人になっているのですよ」と母は押し殺した声で言った。「邪悪なものとなって戻ってくるのです。おまえはそんな結末を望んでいるのですか」

「彼女を愛している。おれなら治してやれる、ブッチを治してるんだから」

「愛があろうと結果は変わりませんよ。〈オメガ〉の名残に対するおまえの能力があってもそれは同じ。禁を破ってはなりません！」

Vはまたくるりと向きを変え、まともに母と向かい合った。〈聖母〉が憎い。陰陽がどうのというご託が憎い。「バランスだと？　つまりギブ・アンド・テイクってことか。なにか差し出さなければやらせないと言うんだな。いいだろう、なにを差し出せばいいんだ。レイジには生涯にわたる呪いをかけたよな。おれに対してはなにをする気だ」

「均衡の法を定めたのはわたくしではありません！」

「じゃあだれだ！　おれはそいつになにを支払えばいいんだ！」

〈書の聖母〉は気を取りなおそうとするかのように口をつぐみ、ややあって言った。「すでに、わたくしがどうこうできる範囲を超えています。その女はもう死んだのです。肉体からひとたび生命が離れたら、二度と戻ることはないのですよ」

「ほざけ」彼はまたジェインにかがみ込み、彼女の胸を切り開こうとした。

「その女が永遠に呪われてもよいのですか。〈オメガ〉のもとへ行くしかなくなるのですよ。それも、おまえがその手で送り込むことになるのです。悪となってよみがえった女を、みずから滅ぼすことになるのですよ」

生命を失ったジェインの顔を見た。彼女の笑顔を思い出した。血の気のない顔に、その笑みを見いだそうとした。

できなかった。

「バランスか……」ぽつりと言った。

手をのばし、よいほうの手で冷たい頬に触れた。彼から差し出せるもの、交換条件として渡せるものになにがあるかと考えた。

「たんにバランスの問題ではありません」〈書の聖母〉が言った。「この世には、してはならないこともあるのです」

そのとき答えがわかった。はっきりと。Vの耳には、もう母の声は届いていなかった。かけがえのない、正常なほうの手を持ちあげた。人やものに触れることのできる手、ごく当たり前の手——呪われた破壊の重荷ではなく。

健全な手。

その手を祭壇にのせ、指を広げて、手首まで石にぺたりとつけた。短剣の刃をあてがい、身を乗り出して体重をのせた。鋭い刃が食い込み、骨にまで達する。

「おやめ！」〈書の聖母〉が叫んだ。

50

もうすぐ時間切れだ。ジェインにはそれがわかっていた。患者の状態が悪化しつつあるときと同じように、体内の時計が切れて、アラームが鳴りはじめている。

「彼を手放したくない」だれにともなく言った。

その声はさほど遠くには届かなかった。ふと見れば、霧がますます濃くなってきているようだ……あまりに濃くて、自分の足すらよく見えない。と、そのとき気がついた。見えないのではない。恐怖にぞっとして悟った。なにか手を打たなかったら、彼女の存在はかき消えて、周囲の虚無の壁の一部になってしまう。そして未来永劫、ひとり寂しく過ごすことになる――かつては感じられた愛情に焦がれながら。

哀れな形のない幽霊として。

いまになってようやく心が揺すぶられ、目に涙が浮いてきた。自分で自分を救う唯一の道は、ヴィシャスへの恋着を手放すことだ。それが扉を開く鍵なのだ。でもそれをしたら、彼を見棄てるように感じてしまう。彼はたったひとりで、冷たく無慈悲な未来に立ち向かわなければならない。もし先に死んだのが彼だったら、自分はそうなるだろうと想像がつくから。

霧は大きくうねり、さらに濃くなってきた。気温も下がってくる。見おろせば、脚が消えつつあった。まずは足首まで、次にはふくらはぎまで。彼女の存在は、虚無に溶けて散りにされようとしている。

ジェインは、自分の決意に気づいて泣きはじめた。こんな利己的なことをしなくてはならないのが悲しい。

でも、彼を手放すにはどうしたらいいのだろう。

霧が太腿まで這いあがってきて、ジェインはパニックを起こした。やらなくてはならないけれど、いったいどうしたら――

そのとき、どうすればいいかわかった。それは苦しい、だが簡単な方法だった。

ああ……そんな……手放すとは、変えようのない現実を受け入れるということだ。未来を変えようとして希望にしがみつこうとしてはいけない……また、運命という抗《あらが》えない力と戦い、こちらの意志に従わせようとしてはいけない……そしてまた、そういうことをしないだけの分別が自分にはあると思い、それゆえに救済を当てにしてもいけない。手放すとは、自分の前にあるものを曇りのない目で見つめ、自由な選択は例外であり、運命に従うことが人の常だと認めることだ。

取引をしないこと。自分が手綱をとろうとしないこと。あきらめること。どんなに愛していても、未来を共有できないのを理解すること。そして、それに対してどうするすべもないのを認めること。

涙が目からこぼれ、渦巻く霧に呑まれていく。見せかけの強さをすべて棄て、ヴィシャスとのつながりを保とうとする闘いをあきらめた。だが、信仰も楽天論も持たない彼女は、そうすると周囲の霧と同じく空虚だった。一生にわたる無神論者だったが、死んでもそれは変わらなかった。無を信じるがゆえに、いま彼女は無になったのだ。

奇跡が起こったのはそのときだった。

頭上からひと筋の光が降ってきた。彼女はその光に包まれ、温められた。そして、ヴィシャスに対して抱いていた愛と同じく正しいもの——祝福によって満たされた。やさしい手で大地から引き抜かれるデイジーの花のように、彼女は引きあげられた。そして気づいた。たとえそばにはいなくても、かつて愛した人をいまでも愛することはできる。それどころか、ふたりの道が分かれたからと言って、胸に抱いた想いは消えるわけではなく、尊さを失うわけでもない。感情にほろ苦いあこがれというマントが重なりはしても、心のなかまでは変化しない。生と死の彼岸で彼を愛し、彼を待つことはできるのだ。愛は永遠だから。気まぐれに訪れる死にもびくともしないものだから。

ジェインはいま自由だった。自由に高みを目指して飛んでいく。

フュアリーは爆発寸前だった。

しかし、たとえ正気を失うにしても取り乱してはいけない。なぜなら、ほかの兄弟もみんなぎりぎりまで追い詰められているからだ。とくにブッチは、独房に監禁された囚人のように書斎をうろうろ歩きまわっていた。

ヴィシャスの行方はわからない。電話はない。まるきりなにも。夜明けは貨物列車の勢いで近づいてくる。

ブッチが足を止めた。「〝シェラン〟の葬式はどこでやるんだ」

ラスがまゆをひそめる。「〈廟《びょう》〉だが」

「ひょっとしてそこへ連れてったんじゃないか」

「そういう儀式のようなことには、もともとあまり熱心じゃなかったし、母親に見放されたことでもあるし……」ラスは首をふった。「あそこには行かないだろう。それに、あそこに行けばすぐに見つけられるのはわかってるし、あいつはとにかく秘密主義だからな。葬式をするつもりなら、だれにも見られずにやりたがるだろう」

「そうだな」

ブッチはまたうろうろを再開し、やがてグランドファーザー時計が午前四時を打った。

「あのさ」デカは言った。「とにかく、べつに問題ないなら見に行きたいんだが。これ以上ここでじっとしちゃおられん」

ラスは肩をすくめた。「よかろう。ほかに探しに行く場所もないしな」

フュアリーは立ちあがった。これ以上待つのに耐えられないのは同じだ。「おれもいっしょに行く。おまえひとりじゃ、入口がどこだかわからないだろ」

ブッチには非実体化はできないので、ふたりは〈エスカレード〉に乗り込んだ。フュアリーの運転で、芝生を越えて森に突っ込んでいく。日の出が近すぎるから、目くらましのため遠まわりをする手間はかけず、まっすぐ〈廟〉に向かった。

道中、ふたりはずっと押し黙っていた。洞窟の入口でフュアリーはSUVを停め、ブッチとともに車を降りた。

「血のにおいがする」ブッチが言った。「どうやら見つけたな！」

たしかに、ごくかすかながら空気に人間の血のにおいがまじっている……まちがいなく、Vがジェインをなかに運んだときの名残だろう。

急がなくては。洞窟に駆け込み、ふたりは奥に向かった。まず偽装の隠し扉を抜け、鉄の門に来てみると、門扉のいっぽうがあいていて、壺の廊下の中央に濡れた足跡がついていた。

「やっぱり来てやがる！」ブッチが言った。その言葉は、吐く息にのって発声されたというより、安堵感がそのまま形になったもののようだった。

それはそうだが、ただなぜVはここに来たのだろう。母親を憎んでいるのに、〈書の聖母〉の定めた伝統に従って愛する女を埋葬しようとするだろうか。

そんなはずはない。

壺の廊下を歩くうちに、不吉な予感がふくらんでくる。廊下の端まで来てみたら、棚にすきまができていたからなおさらだ。〝レッサー〟の壺がひとつなくなっている。これはまずい。くそ……途方もなくまずい。もっと武器を持ってくるべきだった。フュアリーの恐れているとおりのことをVがやっているとすれば、完全武装が必要だ。

「待て！」と声をかけてフュアリーは立ち止まり、壁からたいまつをとってブッチに渡した。自分のぶんを引っつかんでから、ブッチの腕をとる。「戦闘用意をしとけ」

「なんで？　そりゃ、おれたちが割り込んでいけばVはかんかんに怒るかもしれんが、だからって攻撃はしてこないだろ」

「ジェインのほうだ、用心しなきゃならんのは」

「いったいなにを言いだすんだ、やぶから――」

前方で強烈な閃光がはじけ、あたりが昼間のように明るくなった。

「ばかな！」その後にデカがわめいた。「まさかそんなことするか？」

「マリッサが死んで、生き返らせる手段があったら、おまえならどうする」

ふたりは走りだし、廊下から洞窟に駆け込んだ……が、はたと足を止めた。

「なんだ、あれは」ブッチがあえぐ。

「いや……いや、わからん」

そろそろと、ふたりは祭壇に向かって足を進めた。行く手に見えるものにはぼうぜんとするしかない。まぐさ石の中央に彫像がのっていた。胸像だ……ジェインの肩から上の像。暗い灰色の石で作られていたが、あまりにそっくりで写真のようだった。いや、ホログラムのようというべきか。その顔にロウソクの光があたり、ちらつく影のせいでまるで生きているようだ。

巨石の祭壇の右端には、割れた陶製の壺と〈兄弟団〉の聖なる頭蓋のほかに、めった切りにされた油まみれの臓物のようなものがのっている。

祭壇の向こう側、兄弟の名を刻んだ壁にVが寄りかかっていた。目を閉じ、両手をひざに置いている。片方の手首には、黒い布がきつく巻かれていた。短剣が一本なくなっている。煙のようなにおいがするが、ただどこにも煙は見えなかった。

「V……」ブッチは近づいていって、ルームメイトのそばにひざをついた。

Vの世話はデカに任せて、フュアリーは祭壇に近づいていった。彫像はジェインそのままだった。まさに生き写しで、息をしていないのが不思議なぐらいだった。フュアリーは手をのばした。顔にさわってみずにはいられなかったのだが、人さし指の先が軽くふれた瞬間、胸像はあとかたもなく崩れ去った。**なんてことだ**。それは石像ではなかった。ジェインの遺灰だったのだ。それがいまでは、さらさらの小さな灰の山に変わってしまった。

フュアリーはブッチに目をやった。「Vは生きてるか」

「ああ、ともかく息はしてる」

「連れて帰ろう」フュアリーは遺灰に目をやった。「ふたりともだ。ふたりとも連れて帰るぞ」

ジェインの遺灰を入れるものが必要だ。しかし〝レッサー〟の壺など使うわけにはいかない。あたりを見まわしたが、なにも見当たらなかった。

フュアリーはシルクのシャツを脱ぎ、祭壇のうえに広げた。これがいまできるせめてもの方法だし、もう時間がない。

日の出が近づいている。これぱかりは、交渉して遅らせることはできない。

51

二日後、フュアリーは〈彼岸〉に渡ることにした。〈束ね〉が打ち合わせをしたいとやいやい言っていたし、これ以上それを後まわしにしたくなかった。それに、館から出ずにはいられなかったのだ。

ジェインの死で館はすっかり暗くなり、きずなを結んだ男たちはみな動揺していた。ジェインとVは正式に誓ってはいなかったが、彼女はまちがいなく〝ジェラン〟だった。〝ジェラン〟の喪失はどんなときでも最大の恐怖にはちがいないが、それが敵から殺されたとなってはほとんど耐えがたい恐怖だ。なお悪いことに、同じくウェルシーが殺されてからまだ一年もたっていなかった。だからいっそうこたえたのだ。全員が事実として知っていること――〈兄弟団〉の連れあいは、〝レッサー〟という特殊な脅威にもさらされているというおぞましい事実――をあらためて思い知らされたから。

トールメントはそれをじかに学んだ。そして今度はヴィシャスが。

Vがこの先やっていけるかどうか、だれもが危ぶまずにはいられなかった。ウェルシーが

〝レッサー〟に殺されたときは、トールはその直後に姿をくらました。それ以来、姿も見せなければ連絡もない。まだ生きているのが感じられるとラスは言うが、十年二十年以内に戻ってくると思う者はもうだれもいなかった。ひょっとしたら、遠い未来にはまた帰ってくるかもしれない。あるいは、この世界のどこかでひとりひっそり息を引き取るのかもしれない。いずれにしても、とうぶん再会はかなわないだろう。へたをすれば、次に会うのは〈冥界《フェード》〉に渡ってからになるかもしれない。

まったく……ヴィシャスも気の毒に。

そのVはいま、〈穴ぐら《ピット》〉の自分の部屋で横になっている。そばに置かれた真鍮の壺には、ジェインの遺灰が納められている。フュアリーがこれに納めることにしたのだ。ブッチによれば、目はあけているようだが、ひとことも口をきかないし、なにも食べようとしないという。

どう見ても説明する気はさらさらなさそうだ――〈廟〉でなにがあったのか。ジェインの身になにがあったのか。なぜVは手首に重傷を負っていたのか。

悪態をつきながら、フュアリーはベッドのそばにひざをつき、〈プライメール〉のメダルを首にかけた。目を閉じて、まっすぐ〈巫女〉の聖域に渡る。渡りながら考えていたのはコーミアのことだ。彼女も自分の部屋にこもったまま、ろくに食事もせず、口を開くことはさらに少ない。ちょくちょく様子を見に行っているが、なにをしてやればいいのかわからない。ただ本を持っていくとうれしそうにしている。とくにジェイン・オースティンが気に入ったようだ。もっとも、どうしてフィクション——彼女に言わせれば「きちんと組み立てた嘘」——などというものがあるのか、よくわかっていないようだった。

フュアリーは円形劇場に実体化した。まだここの建物の配置が頭に入っていないので、ここから始めるのがよいと思ったのだ。しかし、白一色の世界のただなかに立っているとおかしな気分だった。舞台の外側を歩きまわってさまざまな神殿を眺めると、いよいよおかしな気分になる。やれやれ、これじゃまるで漂白剤のコマーシャルじゃないか。どこを見てもなんの色もない。それにとても静かだ。不気味なほどに。

方向を選んで歩きはじめたものの、〈巫女〉に群がってこられたらどうしようかと気をもんでいた。また、〈東ね〉といますぐサシで対決したいとも思わない。時間つぶしに、神殿のなかがどうなっているかのぞいてみることにした。ところが、適当に選んで蹴上げの浅い大理石の階段をのぼってみたら、両開きの扉にはしっかり錠がおりていた。

まゆをひそめてかがみ込み、変わった形の大きな鍵穴をのぞき込んだ。ふと思いついて、〈プライメール〉のメダルを外して差し込んでみる。

なんと、こいつは驚いた。このメダルは鍵だったのか。

両開きの扉は音もなく開き、なかに入ってフュアリーは驚いた。建物の両側に沿って、貴石の入った容器が六列から八列にずらりと並んでいたのだ。宝物のあいだを歩きまわり、ときどき立ち止まっては、きらめく宝石の詰まったなかに手を差し入れてみる。

しかし、このなかにあったのはそれだけではなかった。奥の突き当たりには、博物館にあるようなガラスケースが並んでいる。近づいて眺めてみた。当然ながら埃などまったくかぶっていないが、これは掃除がされているからではないだろう。このあたりの空気には、どんなゴミや埃も浮かんでいるとは思えない。顕微鏡的に小さなものも含めてだ。

ケースに入っていたのは興味深い品々だった。明らかにあちら側から持ってきたものだ。古風な眼鏡、東洋の陶製の鉢、一九三〇年代のラベルのついたウイスキーの壜、黒檀の煙草入れ、白い羽根でできた貴婦人の扇。

これはどんな事情でここに納められたのだろうか。なかには相当に古いものもあったが、どれも保存状態はすばらしく、また言うまでもなく、汚れひとつついていなかった。

ふと、古い本のようなものに目が留まった。「なに……なんだって」

革表紙はすりきれていたが、型押しした文字はいまも明らかだった――**「マークロンの子ダライアス」**。

フュアリーは肝をつぶして顔を寄せた。Dの本……たぶん日記だろう。

ケースを開いてみて、なかのにおいにまゆをひそめた。これは火薬のにおいか？

展示品に目をやると、奥のすみに古い拳銃があった。訓練生への講義で使っている、例の火器の教科書で見た憶えがある。一八五一年の〈コルト・ネイビー〉、三六口径、装弾数六発のリボルバーだ。つい最近使われた形跡があった。

それを取り出し、コックして薬室を開き、弾丸のひとつを手のひらに受けた。球形弾だ……ハンドメイドなのか、形がいびつだった。

これと似た形のものを見たことがある。〈聖フランシス医療センター〉のコンピュータからVの医療記録を消去していたとき、胸部X線写真があって……球形の、いささかいびつな鉛の塊が、Vの肺に残っていたのだ。

「ここでわたくしに会うおつもりだったのですか」

フュアリーは肩ごしにふり向いた。〈束ね〉が両開きの扉のあいだに立っている。〈巫女〉がみな着ている白いローブを着て、首に鎖でかけているメダルは彼のとよく似ていた。

「ここには、なかなか面白いものが集めてあるね」と、ゆっくりした口調で言いながら身体ごと向きを変えた。

〈束ね〉は不審げに目を細めた。「宝石のほうがお気に召すかと思っておりました」

「そんなことはないよ」彼女の顔をしさいに眺めながら、さっきの本を持ちあげてみせた。

「これは兄弟の日記のようだ」

〈束ね〉の肩からごくかすかに力が抜けるのを見て、フュアリーは殺してやりたいと思った。

「はい、それはダライアスさまの日記でございます」

フュアリーはその表紙を指先でとんとんとやってから、宝石のほうに手をふってみせた。

「ひとつ訊きたいんだが――この神殿はいつも錠がかかっているのかな」

「はい、あの襲撃のときからずっと」

「それで、鍵を持っているのはあなたとおれだけなんだね。ここに保管されているものになにかあったら困る」

「はい。わたくしたちふたりだけです。わたくしに知られず、あるいはわたくしがここにいないときに、ここに入れる者はほかにはおりません」

「ほかにはだれも、ね」

彼女の目がいらだたしげに光った。「秩序は守らねばなりません。わたくしは何年もかけて、しかるべく務めを果たせるよう〈巫女〉たちを鍛えてまいったのです」

「なるほど……それじゃ〈プライメール〉の登場は、あなたにとってはまさに興ざめだろうね。いまはおれがここの責任者なんだから。そうだろう？」

彼女はぼそぼそと答えた。「〈プライメール〉がここをお治めになるのは、理にかなった当然のことでございます」

「すまないが、もう一度言ってくれないか。よく聞こえなかった」

せつな、〈束ね〉の目が憎悪に燃えあがった。彼女の行動と動機がこれで裏付けられた。ヴィシャスを撃ったのはこの〈束ね〉だ。このケースの拳銃を使って。彼女はここの支配権を手放したくなかったのだ。しかし〈プライメール〉がやって来れば、その男に次ぐナンバーツーの地位に甘んじるのがせいぜいだ。へたをすれば、たんに目の色が好みでないといった理由で、すべての権力を男に取りあげられることもありうるのだ。Vを殺すのに失敗して、いったんは手を引っ込めた……が、またその気を起こさないともかぎらない。抜け目のない利己的な女だから、自分の縄張りを守りたいとなったら最後まであきらめないだろう。〈兄弟団〉を全滅させるか、〈プライメール〉就任は不吉と目されるようになるまで。

「なにか言いかけていたんじゃなかったっけ?」フュアリーは催促した。

〈束ね〉は首にかけたメダルをなでながら、「あなたさまは〈プライメール〉、ここの支配者でいらっしゃいます」

「けっこう。意見が一致してよかった」またダライアスの日記を軽くつついて、「これは持って帰る」

「打ち合わせはいかがいたしましょう」

フュアリーは彼女に近づいていった。これが男なら、いますぐ首をへし折ってやるところなのだが。

「また今度にしよう。ちょっと〈書の聖母〉と話し合いたいことがあるから」上体をかがめ、耳もとに口を寄せて彼は言った。「だが、また会いに戻ってくるからな」

52

ヴィシャスはいままで泣いたことがなかった。いままで生きてきて、ただの一度も泣いたことはなかったのだ。あれだけの経験をしてきてこれだから、ついには生まれつき涙腺がないのだと思うようになったほどだ。

ここまでさまざまなことがあったが、それでもそこは変わらなかった。腕のなかでジェインが息を引き取ったときも、彼は涙を流さなかった。〈廟〉で手を切り落として犠牲に捧げようとしたときも、あれほど深く苦しんでいたのに涙はひとしずくもこぼれなかった。憎い母親にはじき飛ばされ、しようとしたことを阻止されたときも、頬を涙が濡らすことはなかった。

それがいまは泣いている。

生まれて初めて、顔を涙が伝い落ちて枕を濡らしている。

涙がこぼれだしたのは、ブッチとマリッサのまぼろしが訪れたときだった。ふたりは〈ピット〉のリビングでソファに腰をおろしていた。それがありありと目に浮かんだ。あまりにもありありと。ふたりの考えていることが聞こえるだけでなく、ブッチの想像するマリッサの姿まで見えた。黒いブラにブルージーンズという格好で、ベッドに横たわっている姿が。またマリッサもマリッサで、そのブルージーンズをブッチに脱がされ、脚のあいだに顔を埋められるさまを想像していた。

いまマリッサは手にオレンジジュースを持っている。だが六分後には、ブッチがそれを取りあげてコーヒーテーブルに置くだろう。『スポーツ・イラストレイテッド』のふちにコップをのせてしまい、そのせいでジュースはこぼれてマリッサのジーンズにかかる。デカはそれを口実にして、彼女を廊下の先の寝室に連れていき、一糸まとわぬ姿にして抱こうとするのだ。

ただ、Vの部屋の前に差しかかったとき、ふたりは立ち止まる。燃えあがっていた情欲の火は消えてしまう。悲しみに沈む目をして、ふたりは連れあいのベッドに横たわり、なにも言わずに抱きあうことになる。

Vは片腕で顔を覆った。そして身も世もなく泣きじゃくった。

まぼろしが戻ってきた。予知という呪いもよみがえった。

人生の岐路を通り過ぎたのだ。

つまり、これからはずっとこのまま生きていくということだ。ただの抜け殻として、愛する者の灰の隣に横たわって。

そしてまちがいなく、泣いているさなかに足音が聞こえてきた。ブッチとマリッサが廊下を歩いてきて、Vの寝室の前で立ち止まる足音。次に、ふたりの部屋のドアが閉じる音。しかし、壁越しにくぐもって聞こえるセックスの音はしなかった。ベッドのヘッドボードにぶつかる音も、のどの奥であえぐ声も聞こえてこない。

すべて予知したとおりだ。その後の静寂のなか、Vは頰をぬぐい、自分の両手を眺めた。みずから加えた損傷のせいで、左手はいまも少しずきずきしている。右手はいつものとおり光っている——そしてその手を濡らす涙は、身内から発する光を受けて白く輝いていた。彼の目の虹彩のように白い。

深く息を吸って時計に目をやった。

いま彼が息をしつづけている理由はただひとつ、夜の訪れがあるからだった。いまごろはとっくに自殺していただろう——〈グロック〉を口に突っ込んで後頭部を吹っ飛ばしていたにちがいない——夜の訪れがなかったら。

〈殲滅協会《レスニング・ソサエティ》〉を滅ぼすことが、いまでは彼の個人的な使命になっていた。一生かかるだろうが、それはかえって好都合だ。なにしろ、彼にはもうほかになにも残っていない。使命をまっとうするために、できれば〈兄弟団〉を去りたかった。だが、彼がいないとブッチが死んでしまうから、しかたなく残っているのだ。

Vは、ふとまゆをひそめてドアに目をやった。

ややあって、また頰の涙をぬぐって彼は言った。「驚いたな、どうして勝手に入ってこないんだ」

だれも触れていないのにドアが開いた。ドアのあちら側、廊下に〈書の聖母〉が立っていた。黒いローブに頭から足先まで覆われている。

「歓迎されるかどうかわからなかったので」低い声で言いながら、宙を浮いて部屋に入ってきた。

Vは枕から頭をあげようともしなかった。どんな形でも敬意を表する気などさらさらない。

「どんな歓迎をされるかわかってるだろう」

「まことに。ですから、さっそく本題に入りましょう。おまえに贈り物を持ってきました」

「要らん」

「いいえ。要りますとも」

「くたばっちまえ」ローブの下で〈聖母〉は頭を垂れたようだった。おやさしいお心が傷つこうがどうしようが、洟《はな》も引っかけるわけではないが。「帰ってくれ」

「おまえの求めるものを――」

Vはがばと身を起こした。「あんたが奪ったんじゃないか、おれの求める――」

戸口にひとつの影が見えた。幽霊のような影。「V……?」

「だから返しに来たのですよ」〈書の聖母〉は言った。「完全にもとのままではありませんけれど」

ヴィシャスの耳には、〈聖母〉の言葉はひとことも聞こえていなかった。いま目にしているものが理解できなかった。ジェインだ……ある意味では。ジェインの顔、ジェインの身体だが、彼女は……半透明のまぼろしだった。

「ジェインなのか」

〈書の聖母〉は、非実体化する前に言った。「礼には及びません。ただ、これだけは承知しておきなさい。その女子《おみなご》に触れることができるのは、おまえの呪いのおかげなのですよ。さらば」


まあね、感動の再会にしては、変てこで落ち着かないのはたしかだわね。

そしてそれは、彼女が幽霊に分類されるせいだけではない、とジェインは思う。

ヴィシャスはいまにも気絶しそうな顔をしている。胸が痛い。こんなふうになった彼女を、彼は受け入れられないかもしれない。その可能性はじゅうぶんにある。そうなったらどこへ行けばいいのだろう。天国――だかどこだかわからないが、〈書の聖母〉がそこへ会いに来て、この世に戻るという選択肢を示されたとき、考えるまでもないと思った。しかし、茫然自失状態の彼の前にこうして立ってみると、あれが正しい選択だったのか自信がなくなってきた。ひょっとしたらただの思い込みだったのかも――

Vはベッドから立ちあがった。近づいてきて輝く手を差しのべ、ためらいがちに彼女の顔にふれてきた。安堵のため息をついて、ジェインはその手のひらに顔を押しつけた。ぬくもりが伝わってくる。

「ジェインなんだな？」声がかすれている。

うなずいて、両手をVの頬に当てた。赤くなっている。「泣いていたのね」

彼はその手をつかんだ。「ちゃんとさわれる」

「わたしもよ」

彼は首に、肩に、胸骨に触れてきた。腕を前に伸ばさせて眺めた——向こうも透けて見えていたが。

「あのね……なにかに座ったりもできるのよ」と、思いつくままに言ってみた。「つまり……あっちで待ってるあいだに、ソファに座ってたの。壁の写真を動かしたり、コインを小銭の皿に入れたり、雑誌を手にとったりもしたわ。なんだか不思議なんだけど、精神を集中しさえすればできるの」もう、わたしったらなにを言ってるんだろう。「あの、ええと……〈書の聖母〉がおっしゃるには、ものを食べることもできるんですって。食べなくても平気だけど。それと……液状のものも飲めるの。どういう仕組みなのかはわからないけど、〈聖母〉はわかってらっしゃるみたいね。まあそんなわけで、とにかく、たぶんちょっと時間はかかると思うんだけど、そのうち慣れると……」

Vが髪のなかに手を入れてきた。その感触は以前と少しも変わらなかった。存在しない彼女の身体に走る戦慄も、なにもかも以前とまったく同じだった。

彼はまゆをひそめたが、やがてそれが完全な怒りの表情に変わった。「〈聖母〉は犠牲が必要だと言っていた。死者をよみがえらせるには……きみはなにを犠牲に差し出したんだ。どんな条件を呑んだ？」

「どういう意味？」

「あの女は、見返りを求めずになにかをくれたりはしないんだ。なにを奪《と》られた？」

「なにも。わたしはなにも求められたりしなかったわ」

Vは首をふってなにかを言いかけた。だがなにも言わず、たくましい腕で彼女を包み込むと、震えながらも自分の輝く身体にしっかり抱き寄せた。ほかのときは精神を集中していないと形が薄くなってしまうのに、Vが相手だとなんの努力も要らなかった。こうして身を寄せていると、なにもしなくても実体をやすやすと保つことができる。

彼は泣いているようだった。呼吸のしかたでわかるし、しっかり顔を伏せていることからも察しがつく。しかし、それを口にしたり、慰めの言葉をかけたりしたら、すぐに泣きやもうとするのはわかっている。だからなにも言わずにただ抱きしめて、自然に泣きやむまで待つことにした。

それにだいたい、ジェインのほうもちょっと油断すると泣き崩れてしまいそうだったのだ。

「もう二度とこんなことはできないと思ってた」とかすれた声で彼は言った。

ジェインは目を閉じて彼をぎゅっと抱きしめた。あの霧のなかで、彼を手放した瞬間のことを思い出す。あのときああしなかったら、こうして再会することはできなかっただろう。自由意志なんかくそ食らえだわ。運命を信頼しよう、そのときそのときにはどんなにつらくても。どんな形をとっていても、愛はけっして滅びることがない。愛は無限、永遠だ。いつまでも残りつづけるものだ。〈書の聖母〉とはだれなのか、あるいはなんなのか、彼女にはまったく見当がつかない。また、あのとき自分がどこにいて、どうやって戻ってきたのかもわからない。しかし、ひとつだけ確実にわかることがあった。

「あなたの言うとおりだった」とVの胸に向かって言った。

「なにが?」

「わたし、たしかに神を信じてるわ」

53

次の夜は講義がなかったので、ジョンは〈兄弟団〉のメンバーとその連れあいたちといっしょに初餐《ファーストミール》をとっていた。館のなかの雰囲気は、何週間かぶりにずいぶん明るくなった。しかしどうしても、ジョンはそんなうわべの明るさに釣られる気にはなれない。

「ともかくそれで」とフュアリーが言っている。「〈書の聖母〉に会って、その弾丸の話をしたんだ」

「信じられん。あの〈束ね〉がなあ」ジェインの手を握って、ヴィシャスが身を乗り出す。「てっきり〝レッサー〟に撃たれたんだと思ってたぜ」

いっしょに席に着いてから、Vはあの医師の手をずっと離そうとしない。離したら消えてしまうとでも恐れているかのようだ。気持ちはわかる。じろじろ見ないように気をつけてはいたが、それは容易なことではなかった。ジェインはVのシャツを着てジーンズをはいていて、どちらもちゃんとその下の人の形を示してはいる。だが、あれに包まれているのは……やっぱり幽霊なんだよな。

「そりゃ当然だよ」フュアリーは言いながら、隣席のベラにバターの皿を差し出した。「みんなそう思ってたもんな。だけど、〈束ね〉にはまちがいなく動機があった。権力を手放したくなかったのさ。そりゃ、〈プライメール〉がいたら、もう好き勝手はできないもんな。ごく一般的な権力闘争さ」

ジョンは、無口なブロンドの女性に目をやった。フュアリーのもういっぽうの隣席に腰をおろしている。ほんとに、あの〈巫女〉は何度見てもきれいだ……この世のものならぬ、天使のような美しさだった。全身から天上の光を発しているかのようだ。しかし楽しそうではなかった。小鳥のように少しずつ食べ、ずっと目を伏せている。

もっとも、たまにフュアリーのほうを見ることもある。それはたいてい、彼がベラに話しかけたり、ベラのほうを見ているときだった。

テーブルの上座から、ラスの厳しい声が飛んできた。「〈束ね〉は生かしておくわけにいかん」

フュアリーは咳払いをして、バターの皿をまたベラから受け取った。「それについては……もう処理ずみとお考えください、わが君《マイ・ロード》」

えっ、そんな。それはつまり、フュアリーが――

「それはよかった」ラスはうなずいた。当然のことと理解し、承認を与えるかのように。

「後任は決まってるのか」

「〈書の聖母〉にだれがよいかと希望を訊かれたんですが、おれはひとりも――」

「アマリヤではいかがでしょう」ブロンドの〈巫女〉が言った。

全員の頭がいっせいにそちらを向く。

「申し訳ない」フュアリーが言った。「よく聞こえなかったんだが」

〈巫女〉の声は、風鈴のように美しかった。甘く、音楽的な声。「差し出がましいとは存じますが、アマリヤではいかがでしょうか。思いやりのある温かいかたですし、年長でいらっしゃいますし」

フュアリーは黄色い目を〈巫女〉に向けていたが、表情は遠慮がちだった。彼女になんと言い、どんな態度をとればよいか決めかねているようだ。「では、そのかたを推薦しよう。ありがとう」

彼女は顔をあげ、しばし彼と目を合わせた。頰がピンクに染まっていく。しかしすぐにフュアリーは目をそらし、〈巫女〉のほうもそれにならった。

「今夜は全員休みをとろう」ラスがだしぬけに言った。「態勢を立てなおす時間が必要だ」

レイジがテーブルの向こう側で鼻を鳴らした。「まさか、またみんなでモノポリーをやるって言うんじゃないよな」

「そのまさかだ」〈兄弟団〉の面々がそろってうめき声をあげたが、ラスはどこ吹く風だった。「正餐のあとでな」

「おれはちょっとやることがあるんだ」Vが言った。「できるだけ早く戻ってくるが」

「かまわんが、それじゃ靴や犬の駒はとれないぞ。いつも真っ先になくなるからな」

「それは我慢するさ」

フリッツが巨大なベイクドアラスカ（アイスクリームを使ったデザートの一種）を持って入ってきた。「デザートはいかがですか」と満面の笑みで言う。

いつものとおり「いただきます」「もらおう」の声があがるなか、ジョンはナプキンをたたんで退席の許可を求めた。ベスがうなずくのを待って席を立ち、大階段の下のトンネルにおりていった。訓練センターまで歩くのに長くはかからなかった。講義に出るために向かっているわけではないし、それに自分の身体にだいぶ慣れてきていたからなおさらだ。

トンネルを出てトールのオフィスに入ったとき、ジョンは覚悟を決めて室内を見まわした。トールの失踪以前とほとんど変わっていなかった。ただ、いまではあの不細工な緑の椅子がラスの書斎にあるだけで、ほかはだいたい以前のとおりだった。

ジョンはデスクの奥にまわって腰をおろした。デスクには書類やファイルが並んでいて、あちこちにつけられた付箋には、文字を書き慣れないひとの几帳面な文字で、Zがメモを書き込んでいた。

オフィスチェアの肘掛けに両手を置いて、前後になでてみた。

こんなふうに感じるのはいけないことだと思う。

トールはウェルシーを失ったのに、Vがジェインを取り戻すことができるなんておかしいと、腹を立てるのはまちがっている。ただ、フェアではない。トールに対する仕打ちは不当だ。幽霊でもいいから、ウェルシーに戻ってきてほしかった。ジョンにとって彼女はただひとりの母だから、そばにいてほしかった。

だが、そんな恩恵を受けたのはヴィシャスだった。

それにレイジもメアリを取り戻した。

どうしてあのふたりだけ。

両手で頭を抱えた。自分は最低のやつだと思った。だれかの幸福や幸運を妬むのはとんでもないことだ。それも他人ではなく、家族同然の相手なのに。でもどうしても妬まずにはいられないのだ、トールは帰ってこないし、ウェルシーは死んでしまったし、それなのに——

「よう」

ジョンは顔をあげた。Zがオフィスのなかに立っている。でも、なんの物音も立てずにどうやってクロゼットから入ってこられたのだろう。

「なに考えてんだ、ジョン」

べつに。

「ほんとか?」

ジョンはうなずき、またうつむいた。積まれたフォルダーをなんとなく眺めたら、ラッシュのフォルダーがてっぺんにあった。それでラッシュのことを考えた。あいつとおれは衝突進路にのっていると思う。ぶつかるのはたんに時間の問題だ。

「あのな」とZが口を開いた。「以前はよく、なんでフュアリーじゃなくおれだったんだって考えたもんだ」

ジョンはまゆをひそめて顔をあげた。

「なんでおれだけ誘拐されて、あんな目にあわなくちゃならなかったんだってな。おれだけじゃねえぞ。フュアリーはいまもそれで苦しんでる。なんであいつじゃなくておれだったのかって」Zは胸もとで腕組みをした。「でもな、どうしてこいつじゃなくてあいつがこんな目にあうんだなんて、考えたってしょうがねえんだ。答えなんか出やしねえんだから」

でも、ウェルシーに戻ってきてほしいんだ。

「だから席を立ったんだな」短く刈った頭を手でこすった。「あのな、ひとつ言っときたいことがあるんだ。おれはな、おれたちゃみんなだれかの手に導かれてると思うんだ。その手はやさしいとはかぎらん。不公平に見えることだってある。だけどなんていうか、おれはいま、その手を信頼しようと思ってんだ。頭に来たときも、なんとか……その、信じてみようっていうか、信じられると思うっていうか。だってな、最後の最後になったら、ほかになにができるよ。自分で選べることなんかたかが知れてる。理屈でわかることとか、計画立てられることだってそうだ。それ以外は……だれかさんにお任せなわけだ。どこにたどり着いてだれと知り合うかとか、大事な相手になにが起こるかとか、そういうことじゃ、自分の力でなんとかできることなんざ大して多くないからな」

でも、トールに会いたいんだ。

「そりゃみんなおんなじさ」

それはそうだ。苦しんでいるのはジョンだけではない。それを忘れないようにしなくては。

「そんでな、おまえに渡すもんがあるんだ」Zは歩いていってキャビネットをあけた。「昨日フュアリーがくれたんだ。おまえの誕生日に渡すつもりだったんだけどよ、まあいいよな。いま必要なんだからよ」

デスクの前に戻ってきたとき、Zが両手に持っていたのは、古くてぼろぼろの革装の本だった。書類の山のうえにそれをのせ、大きな手のひらを表紙にあてた。

「誕生日おめでとう、ジョン」

Zが手をあげ、ジョンはその本を見おろした。

とたんに心臓が止まった。

震える手をのばし、そこに書かれたすりきれた文字をなぞった。「**マークロンの子ダライアス**」。

恐る恐る表紙を開いてみた……美しい端正な飾り書きの文字は、はるか昔に送られた生を、それじたいでどれだけ反映しているか知れない。彼の父が〈古語〉で書いた文章。

ジョンはぱっと手を離して口に当てた。泣き崩れてしまうのではないかと恐ろしくなったのだ。

だが、恥じいりながら顔をあげてみたら、このオフィスにジョンはひとりきりだった。

Zらしい心遣いのおかげで、ジョンは面目を保つことができた。

そのうえ……こうして父の日記を贈られて……いまでは大切な宝物まで手に入れたのだ。


初餐が終わってすぐ、ヴィシャスは〈書の聖母〉の中庭に実体化した。訪ねる許可がおりたのにはいささか驚いた。これまでのいきさつがあれだからだが、ともあれ許可が得られたのはうれしかった。

というわけで実体化したとき、彼はまゆをひそめてあたりを見まわした。白い大理石の山、列柱、〈巫女〉の領域に通じる門。どこかいつもとちがう。はっきりとはわからないが、しかしなにかが――

「ごきげんよう、戦士の君《きみ》」

ヴィシャスはふり向いた。ひとりの〈巫女〉が扉――〈書の聖母〉の私室に通じる扉だろうと以前から思っていた――のそばに立っていた。例の白いローブに身を包み、髪はねじって頭頂でまとめている。見憶えがあった。お披露目の儀式のあと、コーミアの様子を見に来た〈巫女〉だ。

「アマリヤだったな」彼は言った。

名前を憶えていたのに驚いた顔をした。「はい」

ではこれが、新しい〈束ね〉にとコーミアが推薦した〈巫女〉か。なるほど、たしかにやさしそうな顔をしている。

「〈書の聖母〉にお目通りを願いたい」言わなくてもわかっているだろうとは思ったが。

「まことにあいにくではございますが、本日はお会いにはなれません」

「おれだからか。それともだれにも会わないのか」

「お客人には、どなたにも。よろしければお言伝《ことづ》てをおうかがいいたします」

「明日出なおしてくる」

〈巫女〉は深々と頭を下げた。「まことにあいにくではございますが、明日もご面会はなさいますまい」

「なぜだ」

「お尋ねするわけにはまいりませんので」と言う声には、ごくかすかな非難の色が混じっていた。だれであれ理由は尋ねるべきではないというように。

くそ、まったく。しかし、ではなんと伝言を残せばよいのだろうか。

「では伝言を頼む。ヴィシャスが来て……その……」

あとが続かず絶句すると、〈巫女〉の目にあふれるような同情の色が浮かぶ。「差し出がましいとは存じますが、ご子息がお見えになったとお伝えしてよろしゅうございますか。〈聖母〉のご寛大な贈り物と、ご子息の幸福のために払われた犠牲に、お礼をお申し伝えにおいであそばされたと」

ご子息か。

いや、そこまで言うつもりはない。ジェインが戻ってきたとはいえ、そう名乗るのは本意ではない。「ヴィシャスとだけ。ヴィシャスが礼を言いに来たと伝えてくれ」

〈巫女〉はまた頭を下げたが、顔には悲しげな表情が浮かんでいた。「御心のままに」

彼女はまわれ右をして、装飾をほどこした小さな扉の向こうに姿を消した。

ちょっと待て。さっき「犠牲」とか言わなかったか。犠牲とはなんのことだ。

もういちど中庭を見まわし、噴水に目を向けた。ふいにその水音に異変を感じた。このあいだ来たときには――

ゆっくり頭をめぐらした。

白い花盛りの白い木はがらんとして見えた。小鳥が一羽もいない。

これが足りなかったのか。〈書の聖母〉の小鳥が消え、木の枝はその色彩を失い、風ひとつ起こらぬ空気には、もうあの楽しげな声は聞かれない。

その静けさのなか、この場所の寂しさがしみ入ってくるようだった。うつろな落水の音のために、それがいっそう痛切に感じられる。

なんてことだ。これが犠牲だったのか。

愛するものを手放したのだ――息子の愛するものを救うために。

Vが立ち去ったのを、私室のうちで〈書の聖母〉はすぐに悟った。彼の形が外の世界へ戻っていくのを感じる。

〈巫女〉アマリヤが静かに近づいてきた。「御心にかないますならば、申し上げたいことがございます」

「その必要はありません。あれがなんと言ったかはわかっています。少しひとりになりたいから、聖域に戻っていてくれますか」

「かしこまりました」

「ありがとう」

〈巫女〉が退出するのを待って、〈書の聖母〉はふり向き、白一色の私室を眺めた。この部屋部屋は、歩きまわる以外にはほとんどなんの役にも立っていない。眠ることも食べることもないから、寝室も食堂もたんに通り過ぎるだけの四角い空間でしかない。

いまはすべてがひっそり静まりかえっている。

落ち着かなくて、〈聖母〉は宙に浮いて部屋から部屋をまわった。多くの点で息子の期待に添ってやれなかった。彼が息子と呼ばれるのを拒絶するのも無理はない。そうとわかっていてもつらかった。

また痛みが増えた。

恐れおののきつつ、私室のいちばん奥のすみを見やった。その一角に、彼女はけっして近づかない——少なくとも、この二百年は近づいていなかった。

もうひとり、期待に添えなかった者がいる。

胸のふさがる思いでその一角に向かい、二重に錠を差した扉を意志の力で開いた。空気の漏れる音とともに封印が解け、湿度の変化によって細かい霧の雲が湧く。これほど長い年月がたったとは信じられない。

なかに入り、影に包まれた人物を眺めた。床のうえに浮いて、永の眠りに就いている。〈聖母〉の娘。Vの二卵性の双生児。名はペインという。

こうして眠らせておくほうが娘のため、娘の安全のため、そう長らく信じてきた。だが、いまはもう確信が持てない。息子のためと思ってした選択が、これほどの失敗に終わったのだから。性の異なるもうひとりのわが子についても、やはり選択を誤っていなかったとどうして言えよう。

娘の顔を見つめた。ペインは生まれたときから、ほかの女とはちがっていた。父に似て、戦士の本能と戦闘への渇望が身に備わっていたのだ。これでは、〈巫女〉とともに過ごして満足できるはずもない。ライオンをネズミの檻で飼うようなものだ。

そろそろ娘を解放するべきかもしれない。息子を解放したからには、そうでなければ公平でないだろう。今度のことで、保護がつねに善と言えないのはわかってしまった。

それでも解放するのはためらわれた。息子にくらべて娘のほうが、母をより愛してくれると信ずる理由がなにひとつないのだからなおさらだ。とすれば、わが子をふたりとも失うことになる。

迷いの重みに苦しむうちに、本能的に中庭へ出ていた。小鳥の歌に心を慰めようとしたのだが、そこにはなんの救済も待っていなかった。心なごむ明るい歌声はもう聞かれないのだ。

やむなく〈書の聖母〉は私室に戻った。風も音もない空間に浮きあがり、うつろな部屋部屋をいつまでも漂いつづける。時は流れ、存在しないがゆえに永遠に存在しつづける、そのことが針のマントのようにまといついてくる。苦しみと悲しみからなる一千もの針先に、〈聖母〉は責めさいなまれていた。

どこを見ても、逃げ場も慰めもない。平和もやさしさも安らぎもない。いまも昔も少しも変わることはない。自分自身の創造した世界のただなかで、彼女はひとりきりだった。

54

ジェインは、マニー・マネロのマンションには一、二度来たことがある。そう頻繁ではなかった。会うときはいつも病院だった。

ほんとうに、徹頭徹尾ここは男の部屋だった。まさに徹底的だ。もっとスポーツ用品が転がっていれば、典型的な男の城になるだろう。

なんだか〈穴ぐら《ピット》〉に似ている。

リビングを歩きまわり、DVDやCDや雑誌を眺めた。まちがいなく、ブッチやVと気が合いそうだ。ずっと前から『スポーツ・イラストレイテッド』誌を定期購読しているみたいだが、あのふたりとおんなじだ。バックナンバーをとっているのも同じ。酒好きなところもそっくり。もっともこちらは〈ジャック・ダニエル〉派で、〈グレイグース〉や〈ラガヴーリン〉は好みではなさそうだが。

身をかがめて精神エネルギーを集中させ、『スポーツ・イラストレイテッド』の最新号を取りあげようとする。そのときふと気がついた。幽霊として存在しはじめてから、ちょうど一日が過ぎた。つまり、〈書の聖母〉にともなわれてVの部屋に現われたのは、ぴったり二十四時間前のことだったのだ。

それからいろいろなことがわかってきた。不死者のひとりとしてのセックスは、生きていたときと少しも変わらなかった。それどころか、今夜の終わり近くにはVのペントハウスで落ち合うことになっている。Vは、彼の言葉を借りれば「運動」がしたいと言うのだ。期待に目を輝かせて――そしてジェインのほうも、喜んでその期待に応えるつもりだった。

それはもう、なにがなんでも。

ジェインはその雑誌をおろし、もう少し歩きまわった。それから窓のそばで待つ態勢に入った。

つらいことになりそうだった。さよならを言うのはつらい。

人間界から消え失せるにあたって、それにまつわる問題をどうするか、Vとふたりで話し合った。Vがお膳立てした交通事故で、彼女が消えた理由はある程度まで説明がつく。たしかに遺体は見つからないわけだが、〈アウディ〉が残されているあたりは、木々の生い茂る山のうえだ。捜索が終わったあとには、たぶん警察はあっさりあきらめるだろう。とはいえ、現実になにか影響があるというわけではない。ジェインは二度と戻らないのだから、捜査の結果など大した問題ではないのだ。

いわゆる財産に関していえば、コンドミニアムにあるもので唯一大切なのは、ハンナといっしょに撮った写真一枚だった。その写真は、Vが彼女のために取ってきてくれた。ほかの所持品は、弁護士（二年前に作成した遺言書で不動産の遺言執行者に指名しておいた）がいずれ売却してくれるだろう。収益は〈聖フランシス医療センター〉に寄付されることになっている。

本を手放すのは惜しいが、新しいのを買えばいいとVに言われた。まったく同じとはいかないが、いずれは新しい本にも愛着がわくだろう。

残る懸案はマニーのことだけだった。

じゃらじゃらと鍵が錠に差し込まれる音がして、ドアが開いた。

ジェインが影のなかに引っ込むと、マニーが入ってきた。黒い〈ナイキ〉のバッグをおろし、キッチンに向かう。

疲れきった顔をしていた。そして寂しそうな。

とっさに近づいていきたくなったが、彼が眠りに落ちるまで待つほうがよいのはわかっている。だからこんなに遅くなってからやって来たのだ。もうベッドに入っているだろうと思って。だがどうやら、もう立っていられなくなるまで仕事をしていたらしい。

廊下に出てきたときには、水の入ったコップを手にしていた。立ち止まり、まゆをひそめてこっちを見た……が、そのまま寝室に入っていく。

シャワーの音が聞こえる。それから足音。小声で毒づいている。ベッドで身体を伸ばそうとしたのに、こわばっていてうまくいかなかったのだろう。

ジェインはさらに待った。それから、ついに廊下を歩きだした。

マニーはベッドに横たわっていた。腰にタオルを巻いて、天井をじっとにらんでいる。

どうもすぐには眠り込みそうにもない。

ドレッサー上のランプが投げる光のなかに、ジェインは足を踏み出した。「マニー……」

はじかれたように顔をこちらに向け、彼はがばと起きあがった。「いったい——」

「これは夢なの」

「夢？」

「そうよ。だって、幽霊なんか存在しないんだもの」

マニーは顔をこすった。「現実みたいだ」

「そりゃそうよ。夢ってそんなものでしょう」ジェインは両腕を自分の身体に巻きつけた。

「わたしは大丈夫だって言いに来たの。ほんとに大丈夫だから。いまいるところで、元気に幸せにやってるわ」

いまいるところがコールドウェルだなどとは言わぬが花だ。

「ジェイン……」声がかすれていた。

「わかってるわ。わたしもおんなじように感じると思うもの、もしあなたが……いなくなったら」

「きみが死んだなんて信じられない。信じられない、もう……」せわしなくまばたきをしはじめた。

「ねえ聞いて、なにもかも大丈夫なのよ。嘘じゃないわ。死ぬのは……その、死ぬのはこわくないの。ほんとうよ。つまりその、わたし、妹に会ったのよ。両親にも。亡くなった患者さんたちにも。みんないまもそばにいるの、ただ、わたしたちには見えない——いえその、あなたには見えないけど。でも大丈夫なのよ、マニー。死を恐れる必要はないの。ほんとに、ただ別の世界に移るだけだから」

「ああ、だけどきみはもうここにはいない。おれはきみなしで生きていかなくちゃならない」

その口調にジェインは胸が痛んだ。彼の苦しみをやわらげてあげたくても、できることはなにもない。それに、彼女のほうも彼を失うのは同じだ。

「ほんとうに寂しくなると思うわ、あなたに会えないなんて」

「おれもだ」彼はまた顔をこすった。「というか……もうとっくに寂しくなってるよ。会いたくてたまらん。なあ、おれはずっと……心のどこかでは……いつかきみといっしょになれると思ってたんだ。きみとおれは、結ばれる運命だと思ってた。ったく、おれと対等に渡り合える女は、おれの知るかぎりではきみしかいなかったもんな。だが結局……ただの思いちがいだったわけだ。神ならざる身の愚かさってやつか」

「そのうち、もっといい人が見つかるわよ」

「へえ、そうかね。天国に帰る前に、その彼女の電話番号を教えてくれよ」

ジェインは小さく苦笑して、ふと真顔になった。「ねえ、まさかと思うけど、無分別なことはしないでね」

「自殺のことか？　まさか。ただ今後二、三カ月は、べろんべろんに酔っぱらわないとは約束できないな」

「でも人前で飲んじゃだめよ。せっかく血も涙もないやつって評判をとってるんだから、それは守らなくちゃ」

彼は少しにやりとした。「外科部のやつらの言いそうなことだ」

「ご明察」沈黙が落ちた。「そろそろ行かなくちゃ」

彼は部屋の奥からこちらをじっと見つめている。「くそ、ほんとうにそこにきみがいるみたいだ」

「気のせいよ。これはただの夢なの」姿を薄れさせていきながら、ジェインの頰には涙が光っていた。「さよなら、マニー。あなたはとてもいい友だちだったわ」

マニーは片手をあげ、声をふりしぼった。胸がしめつけられて、声が出にくいようだ。

「いつかまた会いに来てくれ」

「来られたらね」

なぜだろう——姿を消していきながら、ジェインには不思議な予感があった。マニーとは、いつか再会できるような気がする。

ほんとうにとても不思議だ。あの自動車事故のまぼろしもそうだったし、もう〈聖フランシス〉に来ることはないという虫の知らせもあった。それと同じように、マニー・マネロと彼女のたどる道は、いつかまた交わることがあるという気がする。

それを思うと心が慰められる。彼を置いていくのはつらかった。身を切られるほどに。

「そのうちね」

「頼むよ」

エピローグ

一週間後……

ヴィシャスはコンロからココアをおろし、火を消した。ココアをマグに注いでいると、悲鳴と「うわっ、なんだ！」が聞こえた。

館の厨房の向こうに目をやると、レイジが身体を半分ジェインに突っ込んで立っていた。ジェインが池で、それを渡ろうとしているかのようだった。ふたりはあわてて互いに飛びのいたが、ヴィシャスは歯を剝き出しにしてレイジに向かってうなった。

レイジは降参のしるしに両手をあげた。「気がつかなかったんだ！　嘘じゃないって！」

ジェインは笑った。「わたしがいけなかったのよ。ぼんやりしてたから、形が薄くなっちゃって――」

Vはそれをさえぎって、「レイジが不注意だったんだ。そうだろう、兄弟」

非を認めるか、さもなければ整形外科に入院することになるという意味だ。

「ああ、そのとおりだよ。ちぇっ」

「わかりゃあいいんだ」ヴィシャスはマグを取りあげ、持っていってジェインに渡した。それに息を吹きかけている彼女の首にキスをし、少し顔をすり寄せた。

彼にとっては、ジェインは以前と少しも変わっていないように思える。だがほかのみんなにとってはまるで別種の存在だった。服を着てはいるが、彼女が自分の実体を維持していないときにぶつかると、中身がないかのように服はひしゃげてしまうし、通り道にいた者はいわば彼女を通り抜けてしまう。

これはいささか奇妙だ。しかも、そういうことをした相手が兄弟のひとりだと、教科書どおりにVの独占欲のスイッチが入る。とはいえこれが現実なのだから、だれしもそれに慣れるしかない。Vもジェインも、彼女のこの新しい状況を受け入れつつあったが、それでもつらいときがないわけではなかった。

しかし、それがいったいなんだろう。ふたりは愛しあっているのだから。

「それで、今日は〈避難所《セーフプレース》〉に行くんだよな」とVは尋ねた。

「ええ、新しい職場の出勤初日なの。待ちきれないわ」ジェインは目を輝かせた。「帰ってきたら、診療所の備品をオーダーしなくちゃ。もう〝ドゲン〟をふたり選んで、看護師のトレーニングを受けてもらうことにしてるの。安全のためにはそれがいちばんだと思うし……」

〈兄弟団〉の診療所の計画や、〈セーフプレース〉での仕事の抱負を語るジェインの声を聞くうちに、Vがだんだん笑顔になっていく。

「なにか変？」と、ジェインは自分の身体を見おろし、白衣のちりを払い、しまいに後ろをふり向いた。

「こっちへ来いよ」と彼女を抱き寄せて、頭を下げた。「近ごろ言ったことあったかな、きみの脳みそはすごくセクシーだ」

「今日の午後はほとんど、あなたはほかのことで頭がいっぱいだったでしょ。だから答えはノーよ」

彼女の茶化すような笑顔に、Vは声を立てて笑った。「ちょっと心ここにあらずだったかな」

「うーん、まあね」

「あとで〈セーフプレース〉に寄るよ、いいだろう」

「助かるわ。ネットワークになにか問題があるみたいだから、マリッサの相談にのってあげてよ」

自分でも気がつかないうちに、Vはジェインに腕をまわして、ただじっと抱いていた。これこそ彼の望んでいたことだ。ふたりの生をひとつに撚《よ》りあわせること、近くに寄りそい、同じ目的を持つこと。ともに生きていくこと。

「どうかした？」ほかのだれにも聞こえないように、小さな声で彼女は言った。

「どうもしない。おれは大丈夫」彼女の耳のそばに口を寄せて、「ただ……こういうことに慣れてないから」

「こういうことって?」

「つまり、こういう……その、なんて言うんだろうな」Vは身を引いた。こんなにめろめろになっている自分が不気味だ。「いや、いいんだ」

「自分はこれでいいんだって感じるのに慣れられないってこと?」

彼は黙ってうなずいた。まともな声が出せそうな気がしなかったから。

ジェインはVの顔に手を当てて、「慣れられるわよ。わたしも慣れるわ」

「ヴィシャスさま、よろしゅうございますか」

フリッツだった。「やあフリッツ、どうかしたのか」

〝ドゲン〟はお辞儀をした。「ご要望のものが届きまして。玄関広間に置いてございます」

「ありがたい、手間をかけたな」ジェインにキスをして、「それじゃ、またあとで」

「待ってるわ」

背中にジェインの視線を感じながら出ていくのがうれしかった。なにもかもうれしいことばかりだ。いままでは——

なんてざまだよ。完全に舞いあがってるじゃないか。

玄関広間に出ていくと、彼が頼んだものは大階段のそばのテーブルにのせてあった。最初のうちは、どう扱っていいかよくわからなかった。とてももろそうに見える。しまいに両手でそっと持って、そのまま図書室に向かった。念力で両開きの扉を閉じ、〈彼岸〉に要請を送る。

たしかに、規則に従って服装を改めるのを怠っている。だがそうは言っても、いまは手に持ったもののことでいささか気もそぞろなのだ。

許可がおりると、Vは〈書の聖母〉の中庭に実体化した。出迎えてくれたのは、前回ここに来たときと同じ〈巫女〉――アマリヤだ。お辞儀をしようとしかけて、ふと顔をあげる。お椀形にして慎重に合わせた彼の両手のなかから、ちゅんちゅんと鳴き声がする。

「なにをお持ちくださったのですか」ささやくように尋ねた。

「ささやかな贈り物だ。大したものじゃないが」白い花をつけた白い木のもとへ歩いていき、手を開いた。一羽のインコが飛び出してきて木の枝に止まる。この木がこれからはわが家だとわかっているかのように。

あざやかな黄色の小鳥は、木の白い腕をちょこまかと昇り降りしている。小さな足で枝をつかんだり放したりしながら。花をついばみ、のどを震わせて鳴き……片足をあげて首を掻いた。

Vは腰に両手を当てて、すべての枝のすべての花のあいだに、あとどれぐらいあきがあるか目測した。どうやらどっさり運んでこなくてはならないようだ。

〈巫女〉は感きわまった声で言った。「あなたさまのために手放されたのです」

「わかってる。だから新しいのを運んでくるつもりだ」

「こ

「ですが、それでは犠牲が――」

「犠牲はすでに払われた。これはおれからの贈り物だ」Vは肩ごしに後ろをふり返り、「この木を鳥でいっぱいにしてやる。気に入ろうが入るまいが知らん。鳥をどうするかは〈聖母〉が好きに決めたらいい」

〈巫女〉の目が感謝に輝いた。「お喜びになるでしょう。小鳥がいれば、お寂しい御心が紛れますから」

Vは大きく息を吸った。「ああ、そうだな。なにしろ……」

そのあとを言いよどんでいると、〈巫女〉がやさしく言った。「みなまでおっしゃいますな」

咳払いをして、「それじゃ、おれが持ってきたと伝えてくれるか」

「その必要はございません。ご子息をおいてほかにだれが、このようなお心遣いを示されましょうか」

ヴィシャスはふり向いた。白い木のまんなかに、黄色い鳥が一羽ぽつんと止まっている。あの枝がまたいっぱいになるときを思い描いた。

「そうだな」

それきりなにも言わず、Vは非実体化した。自分に与えられた世界へ、いま生きている世界へ戻っていく……彼はいま、この世に生をうけて初めて、生まれてきてよかったと思える世界に生きているのだ。

訳者あとがき

本書は、〈黒き剣兄弟団《ブラック・ダガー・ブラザーフッド》〉シリーズ第五作、“*Lover Unbound*”の全訳です。

前作『闇を照らす恋人』は、人間のもと刑事ブッチがいわば力わざでヴァンパイアに「遷移」し、さまざまな障害を乗り越えてマリッサとの恋愛を成就させたところで終わりました。そして本作の物語は、前作の幕切れから二週間ほどあと、三月下旬の木曜日から始まります。今回のヒーローはヴァンパイア界切っての知恵者、Vことヴィシャスです。とはいうものの、どんな女性が相手だったらあのVが恋に陥ちるだろうか、見当もつかない——というのが多くのファンの気持ちではないでしょうか。恐ろしく頭が切れるというだけでなく、過激なSMプレイでなければ満足できず、しかも前作でブッチに失恋している「両刀使い」の自称「ヘンタイ」ときています。並みの女性ではとうてい彼の恋人など務まらないでしょう。

しかし、そこはさすがJ・R・ウォード。なるほどこれなら納得、という女性を連れてきてくれました。それが人間の女性外科医、ジェインです。

彼女はVとまともに舌戦を展開できるほど頭がよくて気も強く、ブッチに負けないほど減らず口が得意で、自力で確固たる地位を築いている有能で魅力的な女性です。ただ、ジェインがいくらすばらしい女性でも、Vは他者とのあいだにつねに距離を置き、深く関わろうとしない（ブッチは例外中の例外でした）男です。そんな男が、そう簡単に恋に陥ちて心を開くことができるとは思えません。なにしろ三百年も生きてきて、まだ一度も女性を養ったことがない――つまり血をもらうばかりで与えたことがないという、徹底した一匹狼なのですから。それにまた、自分で主導権を握りたいタイプの賢くて強いジェインが、彼の「ご主人さま」体質をそうそう受け入れられるものでしょうか。しかし、ウォードは周到にお膳立てを整えて、こんな疑問をきれいにぬぐい去ってくれます。たしかにこういう非日常的な状況、こんな切羽詰まったタイミングであれば、ふだんなら絶対に起こらないことが起こっても不思議はない、そう納得させられてしまいます。

本書は例によって長大な作品ですが、よく考えてみると、物語じたいはわずか一週間あまりの出来事です。こんな長い話でまさかと思うところですが、それはけっして冗長だからではなく、ウォード作品のつねでとんでもなく盛りだくさんだからです。Vとジェインは、ヴァンパイアの戦士と人間の外科医の組み合わせ。それでなくても長続きさせるのはむずかしい関係なのに、特殊な事情もあって最初から別離は約束されたようなものです。そんなふたりの恋の行方にはらはらさせられるいっぽうで、ここに来て〈書の聖母〉の思いがけない秘密が明らかになります。本書冒頭の献辞からもわかるように、今作の影の主役はこの〈聖母〉だと言ってよいでしょう。それにからめてVの不幸な生い立ちと「超能力」に目覚めたきっかけが語られ、〈巫女〉と〈兄弟団〉との関係、〈巫女〉たちの生きる〈彼岸〉の状況も明らかになっていきます。

それだけではありません。Vがジェインを得て、恋人のいない〈兄弟〉はフュアリーひとりになりましたが、悲劇のにおいのつきまとう彼が今作でもまた泣かせてくれます。第三作でもZとベラのためにわが身を犠牲にしようとしましたが、今作でもまたべつの意味で自分を犠牲に捧げようとするのです。そこまで自分をいじめなくてもと思うところですが、そんなフュアリーの孤独な心が癒されるときは来るのか、はたまた今作の冒頭近くでVが語る、謎めいた予知夢にはどんな意味があるのでしょうか。そしてもうひとり、忘れてならないのがジョン・マシューくんです。第二作『永遠なる時の恋人』で登場して以来、救われたかと思えばまたいばらの道を歩んできましたが、彼にもとうとう遷移の時が来て、さっそく淡い初恋（というには、お相手が少々手ごわすぎる気もしますが）を経験します。さらに、よく似た心の傷を抱えたZとの交流があり、親友ふたりとの微笑ましくも感動的な友情物語もあり……というわけで、著者ウォードとしては、この長さでもまだ書き足りないぐらいかもしれません。

先にも書きましたが、本書は前作の幕切れからわずか二週間後の物語です。つまり作中では、なんとまだ二〇〇七年三月（！）なのです。はたと気づけば現実世界ではもう二〇一五年も明け、前作『闇を照らす恋人』の刊行から数えても、はや三年半という歳月が過ぎてしまいました。〈ブラック・ダガー〉シリーズのファンのみなさまには、お待たせしたことを心からおわびするとともに、今作にもよろしくおつきあいくださいますよう平身低頭してお願いするしだいです。

本書の訳出にあたっては、二見書房編集部のかたがたにたいへんお世話になりました。またなにしろ長大なうえにパワフルな作品なので、能力気力体力と三拍子そろって残念な訳者は息切れがしてしまい、同じ翻訳者仲間の米山裕子氏、高里ひろ氏に泣きついて後半を一部お手伝いいただきました。この場をお借りしてあつくお礼を申し上げます。

二〇一五年一月

ザ・ミステリ・コレクション

情熱《じょうねつ》の炎《ほのお》に抱《だ》かれて

著者　J.R.ウォード

訳者　安原和見《やすはらかずみ》

発行所　株式会社 二見書房
東京都千代田区三崎町2-18-11
電話 03(3515)2311［営業］
03(3515)2313［編集］
振替 00170-4-2639

印刷　株式会社 堀内印刷所
製本　株式会社 村上製本所

落丁・乱丁本はお取り替えいたします。
定価は、カバーに表示してあります。

ISBN978-4-576-15019-2
http://www.futami.co.jp/